rowohlt
HUNDERT AUGEN

Michael Römling

PANDOLFO

Historischer Roman

Rowohlt Hundert Augen

1. Auflage April 2019

Satz aus der Dante
Gesamtherstellung CPI books GmbH, Leck, Germany
ISBN 978 3 498 09356 3

PANDOLFO

1 Wenn alle, die Bernardino Bellapianta etwas zu verdanken haben, sich vor der Kathedrale versammeln und, sagen wir, über San Lorenzo Maggiore zur Stadt hinausziehen würden, dann dürfte die Spitze dieser Prozession Assago, vielleicht sogar schon Binasco erreicht haben, bevor das Ende überhaupt die Porta Ticinese durchschritten hätte. Ja, vielleicht würden die Letzten sogar vom Zug abgeschnitten, weil inzwischen die Dämmerung hereingebrochen wäre und die Wachen eine Lücke im Strom der Dankbarkeit genutzt und den Nachzüglern entnervt die Tore vor der Nase zugeknallt hätten. Nein, ich übertreibe nicht. Ja, ich weiß, dass es bis Assago sechs Meilen sind und neun bis Binasco.

Möglicherweise würde sich dann gleichzeitig, angelockt von dem Auflauf, noch ein weiterer Zug aus denen formieren, die Bernardino Bellapianta vor den Kopf gestoßen und mit der schamlosen Zurschaustellung seines Reichtums gedemütigt hat, ein Aufmarsch all derer, die er übers Ohr gehauen, aus dem Geschäft gedrängt und in den Ruin getrieben hat. Um Rangeleien zwischen den beiden Gruppen zu vermeiden, sollte man diesen zweiten Zug vielleicht über San Babila durch die Porta Orientale leiten, wenn möglich mit einem kleinen Umweg, um ihn nicht direkt an Bernardino Bellapiantas Palast vorbeidefilieren zu lassen.

Wenn man es mir gestattete, würde ich mit der allergrößten Freude die erste Prozession anführen. Denn trotz allem, was hier noch zur Sprache kommen wird, stehe ich am Ende doch tiefer in Bernardino Bellapiantas Schuld als alle, die durch ihn zu Geld und Ansehen gekommen sind und damit prahlen, dass sie bei ihm ein und aus gegangen sind, ab und zu an seinem Tisch gegessen haben oder vielleicht auch nur ein einziges Mal zu ihm vorgelassen wurden.

Bernardino Bellapianta rettete mein Leben am Tag des heiligen Servatius im tausendvierhundertdreiundneunzigsten Jahr nach der Geburt unseres Erlösers. Ich selbst erinnere mich nicht an diesen Tag, und das wäre wohl auch zu viel verlangt, schließlich hatte mir gerade jemand mit einem Hammer ein beachtliches Loch in den Schädel gehauen. Aus dem, was mir später von verschiedenen Zeugen berichtet wurde, reime ich mir in etwa den folgenden Ablauf der Ereignisse zusammen:

Es war ein warmer Abend. Der Himmel wölbte sich in einem für unsere Gegend ganz unüblichen Blau über der Stadt, und die Schatten wanderten an den Strebepfeilern des Chors der Kathedrale empor, der die umstehenden Gebäude einschüchternd überragte. Ein letzter Schimmer wie von geschmolzenem Kupfer lag auf den wirr zusammengenagelten Gerüsten, die die unfertige Vierungskuppel umrankten, sodass das Ganze passenderweise fast wie eine Dornenkrone aussah. Drinnen verhallten die letzten Orgelklänge der Abendmesse. Später wurde behauptet, der Priester hätte über das Gleichnis vom barmherzigen Samariter gepredigt. Ein Mann ging von Jerusalem nach Jericho hinab. Ist bekannt? Gut.

Nun war Bernardino Bellapianta an diesem Abend weder von Jerusalem nach Jericho unterwegs, noch ging er zu Fuß. Er war zu Pferd. Genauer gesagt, ritt er den etwas schreckhaften Atlasschimmel, den ihm Hadim Ali Pascha verehrt hatte, der spätere Großwesir des türkischen Sultans. Das Geschirr des Pferdes war mit silbernen Beschlägen in Form kleiner gekrönter Schlangen versehen, ein Geschenk des Herrn Ludovico Sforza, der damals die Geschäfte unseres Staates führte. Von dieser Art waren die Männer, mit denen Bernardino Bellapianta verkehrte.

Für all jene, die mit den Verhältnissen nicht vertraut sind, sollte ich vielleicht erklären, wie seinerzeit die Dinge lagen: Ludovico der Schwarze, wie schon damals ganz Mailand ihn nannte, war der Onkel des rechtmäßigen Herzogs Gian Galeazzo Sforza, eines launischen Bürschchens von knapp vierundzwanzig Jahren, dem man die Geschicke des Staates beim besten Willen nicht hätte überlassen können. Er betrank sich von morgens bis abends und geisterte im Kastell von Pavia herum, während Ludovico die von ihm vorab unterzeichneten und gesiegelten Urkunden ausfertigte. Wenn Gian Galeazzo in den lichten Momenten zwischen seinen Vollräuschen bockig wurde, schickte Ludovico ihm ein paar neue Windhunde nach Pavia, und damit hatte es sich. Wenn es ganz schlimm wurde, ritt er selbst hin und gab seinem Neffen ein paar hinter die Löffel.

Zurück zu Bernardino Bellapianta. Am besagten Abend kam er von einer Besprechung mit Ludovicos Sekretären. Was genau dort erörtert und beschlossen worden war, ist nicht weiter wichtig. Worum auch immer es gegangen war, Bernardino Bellapianta wird seinen Willen bekommen haben. Die herzogliche Kasse schuldete ihm sechzehntausend Scudi, woran er die anwesenden Herren wohl nicht ausdrücklich hatte erinnern müssen.

Er verließ die Runde etwa zu der Zeit, als im Inneren der Kathedrale der Zelebrant seine Gemeinde entließ. Männer und Frauen strömten schwatzend auf den Domplatz. Vielleicht hallten die Worte, die unser Erlöser am Ende des Gleichnisses zu dem neunmalklugen Schriftgelehrten sagt, noch in ihren Ohren nach: Dann geh und handle ebenso. Allerdings war der Ratschlag ein paar Straßenecken weiter längst verklungen, wie wir gleich sehen werden.

Bernardino Bellapianta bahnte sich seinen Weg durch das fromme Volk, das sich langsam auf dem von geschlossenen Verkaufsbuden übersäten Platz vor der Kathedrale verteilte. Der eine oder andere mag den Vorbeireitenden erkannt haben. Die alte Ziegelfassade duckte sich unter dem aufgeplusterten Neubau, der die Kirche wie ein unvollendeter Kokon umschloss: ein gigantisches Federkleid aus Marmor zur Ehre eines Gottes, dessen Sohn sich mit den Bettlern abgegeben hatte. Bernardino Bellapianta umrundete den Bau und ritt ohne Eile am erzbischöflichen Palast vorbei.

Auf der Piazza Verzaro war zwei Tage zuvor Markt gewesen. Aus irgendeinem Grund waren Gemüseabfälle und verfaultes Obst nicht weggeschafft, sondern nachlässig zu einem riesigen Haufen zusammengekehrt worden.

In diesem Haufen lag ich.

Derjenige, der mir den Schädel eingeschlagen hatte, war verständlicherweise davon ausgegangen, dass ich nicht mehr am Leben sein konnte. Als wir uns später erneut begegneten, starrte er mich an wie ein Bauernjunge, dem gerade der Ziegenfüßige im Schwefeldampf erschienen ist.

Wie gesagt, es war warm, und wegen des Gestanks, den das vergammelnde Grünzeug verströmte, dürften die Vorbeigehenden die Köpfe abgewandt haben. Sah also wirklich niemand, dass da eine Hand aus dem Abfallhaufen ragte? Auch dann nicht, als ein paar Köter daran zu zerren begannen? Hätten nicht zumindest die Besucher der Abendmesse etwas empfänglicher sein können für die Botschaft, die sie gerade gehört hatten?

Bernardino Bellapianta liebte es, allein durch die Stadt zu reiten. Er hätte einen kürzeren Weg einschlagen können, um nach Hause zu gelangen, doch er nahm die Piazza Verzaro. Wollte er einen Abstecher über San Giacomo in Raude machen? Möglicherweise reizte ihn ja der Gedanke, sich hinter den verschwiegenen Mauern des Freudenhauses unters Volk zu mischen, wo die jungen Damen bei schweißtreibenden Tänzen ihre Arme an den Gästen hochranken ließen. Vielleicht wollte er auf diese Weise sogar den Gerüchten begegnen, die damals über ihn im Umlauf waren und von denen ich erst später erfuhr: dass er es nämlich nach der Art der Florentiner lieber mit den jungen Herren trieb.

Was auch immer er vorhatte – er kam nicht dazu. Auf der Piazza Verzaro fiel sein Blick auf den Abfallberg und auf die Hand, an der gerade ein struppiger Köter besonders gierig zu zerren begonnen hatte, um die ganze Beute ans Licht zu holen.

Bernardino Bellapianta wendete sein Pferd mit einem Schenkeldruck. Gesichter drehten sich ihm zu. Hier und da wurde Unverständliches gemurmelt. Der Hund hielt inne, ohne die Hand loszulassen, und schielte misstrauisch zu Ross und Reiter empor.

Menschen tröpfelten aus dem Strom der Vorübergehenden heraus und sickerten zu einer kleinen Ansammlung zusammen, die wie von selbst neue Schaulustige anzog. Niemand rührte einen Finger. Alle glotzten abwechselnd auf den Köter und auf Bernardino Bellapianta, oder sie glotzten ihren Nebenmann an, um herauszufinden, was es überhaupt zu glotzen gab. Weiter hinten reckten sie die

Hälse. In den Häusern, die den Platz säumten, klappten Fensterläden auf wie in einer Bühnenkulisse.

Bernardino Bellapianta wandte sich, immer noch im Sattel sitzend, zu den Gaffern um. Ob vielleicht mal jemand anfassen könne?

Keiner rührte sich. Im Gegenteil: Irgendwo aus der zweiten Reihe ließ sich ein verächtliches Schnauben vernehmen, und eine aufwieglerische Stimme verkündete, hier werde niemand irgendwo anfassen, nur weil einer dieser vornehmen Herren mal wieder zu bequem sei, vom Pferd zu steigen und sich die parfümierten Seidenhandschuhe schmutzig zu machen. Und überhaupt sei es den besagten vornehmen Herren doch ohnehin gleichgültig, ob andere auf der Straße verreckten oder nicht.

Bernardino Bellapianta schloss angesichts dieser bodenlosen Frechheit die Augen und holte tief Luft, als müsste er sich selbst zur Ordnung rufen, schwang sich dann mit einem halb gereizten, halb verächtlichen Knurren aus dem Sattel und übergab dem Erstbesten die Zügel seines Pferdes, nein, er übergab sie nicht: Er griff sich die erstbeste irgendwo an einem der Gaffer hängende Hand und klatschte die Zügel unwirsch hinein, als hätte er einen begriffsstutzigen Reitknecht vor sich. Dann wandte er sich dem Abfallhaufen zu.

Bernardino Bellapianta scheuchte den Köter mit einem Fußtritt davon. Kniete vor der blutverschmierten Hand nieder wie vor der Reliquie eines Märtyrers und ergriff sie. Fühlte den Puls. Fand ihn. Durchwühlte mit Seidenhandschuhen, die in der Tat parfümiert waren, die Obstschalen, um den Arm, die Schulter und schließlich das Gesicht freizulegen. Mein Gesicht.

Ich lag auf dem Rücken. Mein Schädel war von einer

dunkelbraunen Kruste überzogen, in der die Haare klebten wie ein Helm. Mit dem Daumen zog Bernardino Bellapianta ein Augenlid nach oben. Die Iris, grün wie die herumliegenden Salatblätter, starrte ins Leere. Die Pupille zog sich zusammen. Das letzte bisschen Leben in mir bündelte sich in diesem kleinen schwarzen Kreis.

Bernardino Bellapianta warf einen letzten verächtlichen Blick in die Runde, stapfte mit zwei entschlossenen Schritten in den Abfallhaufen und räumte das faulige Gemüsezeug zur Seite. Dann packte er mich unter den Achseln und wuchtete mich hoch. Ein Raunen ging durch die Zuschauermenge, und immer noch half niemand, als er mich behutsam quer über den Rücken seines Pferdes legte. Die Satteldecke war aus Goldbrokat, mit Granatapfelmuster und einer Borte aus Zobelpelz. Wie sie hinterher aussah, das kann man sich denken. Die Menge teilte sich. Bernardino Bellapianta führte das Pferd am Zügel. Wir ließen die Gaffer hinter uns und nahmen ein paar Gassen, dann öffnete sich der Platz vor San Giorgio al Pozzo Bianco. Glücklicherweise war hier die Messe bereits seit längerer Zeit vorbei; nur noch ein paar vereinzelte Gestalten standen herum und hielten Maulaffen feil. Bevor sich großes Gerede erheben konnte, veschluckte uns das Tor des Palastes von Bernardino Bellapianta.

Hatte auf dem abgeräumten Gemüsemarkt keiner einen Finger gerührt, schnellten nun, kaum dass wir den Innenhof erreicht hatten, Hände von allen Seiten heran. Kräftige Arme luden mich ab und trugen mich über ein paar Treppen in ein Zimmer, in dem ein Springbrunnen plätscherte. Frauenhände tupften an meiner Kopfwunde herum. Aus der Nachbarschaft wurde ein Chirurg namens Fabrizio da Pontremoli geholt, der, weil es nichts zu amputieren gab, ratlos neben meinem Bett stand und den Kopf hin und her wiegte. Später gestand er, er hätte seinen gesamten Besitz verloren, wenn er an diesem Abend hätte wetten sollen, ob ich mit dem Leben davonkommen würde oder nicht.

Es dauerte drei Tage und drei Nächte, bis ich zum ersten Mal die Augen aufschlug. Natürlich mangelte es hinterher nicht an frömmelnden Schlaubergern, die den nächstliegenden aller Vergleiche zogen und in meiner Rückkehr in die Welt der Lebenden eine Art österliches Wunder erblicken wollten. Von einer Auferstehung war ich allerdings noch weit entfernt, als ich die Augen öffnete. Mein Körper war wie aus Blei. Doch merkwürdigerweise kann ich mich noch sehr genau an das erinnern, was ich sah.

Ich sah einen Himmel voller Sterne. Eine einleuchtende Erklärung hätte sich angeboten: Ich war tot. Doch der Schlag auf den Kopf hatte meinen Verstand derart getrübt, dass mir der Unterschied zwischen tot und lebendig nicht so ohne weiteres gewärtig war. Wie in einem Nebel trieb ich dahin und wunderte mich zunächst nicht über meinen Zustand. Mein Gedächtnis war ein Buch mit leeren Seiten.

Der erste neue Eintrag in diesem Buch war also dieser Sternenhimmel, der plötzlich einfach da war. Es dauerte lange, bis ich begriff, dass das Erscheinen der Sterne im Zusammenhang mit dem Aufschlagen meiner Augen stand. Über dieser Erkenntnis schlief ich ein, wachte wieder auf und kam zu weiteren Einsichten: Die Sterne waren an die Decke des Raumes gemalt. Es gelang mir, den Kopf ein wenig zur Seite zu drehen. Geflügelte Gestalten tummelten sich dichtgedrängt vor einem dunklen Hintergrund. Dreiköpfige Geier mit Reitern auf dem Rücken. Menschen, die mit weitaufgespannten Gewändern durch die Luft segelten.

Ritter in voller Rüstung, die auf dem Rücken von gewaltigen Insekten in den Kampf ritten. Wesen mit Thunfischköpfen und Krebsscheren.

Ein paar ausgewählte Bedienstete bekamen Zutritt zu meinem Zimmer. Wie viele es waren, kann ich nicht sagen, denn in meiner Erinnerung verschmelzen sie zu einer einzigen Gestalt mit einem Engelsgesicht wie auf alten Gemälden, schön und austauschbar zugleich. Während ich langsam meine Sinne wiederfand, wunderte ich mich zunächst noch nicht darüber, dass ich mich an nichts von dem erinnern konnte, was mir in meinem bisherigen Dasein widerfahren war. Ich war noch nicht einmal neugierig auf meine Vorgeschichte, weil mir offenbar nicht bewusst war, dass ich eine haben musste. Es war, als würde mein Leben jetzt erst beginnen. Vielleicht war das eine gute Voraussetzung, um wieder auf die Beine zu kommen, anstatt dem Wahnsinn anheimzufallen.

Nach ein paar Tagen erkannte ich, dass es sich bei den merkwürdigen Flugwesen in meinem Zimmer um Darstellungen auf zwei schweren Teppichen handelte, die die Längsseiten des fensterlosen und von Öllampen flackernd erhellten Raumes von der Decke bis zum Boden bedeckten. Wirre Geschichten geisterten durch meinen Kopf, und manchmal baute ich die Bediensteten, die mich versorgten, in diese Geschichten ein. Einmal beugte sich ein Mensch mit dem Kopf eines Kranichs über mich und schob mir einen Löffel mit einer honigartigen Paste in den Mund. Ein anderes Mal half mir eine wollige Hummel beim Aufsetzen und sagte, dass ich schon viel besser aussähe.

Wochenlang lag ich so da, immer noch zu schwach, um aufzustehen. Ich lernte die Namen derer, die sich um mein

Wohlbefinden kümmerten, ohne dass mein eigener Name mir einfallen wollte. Ich trank und aß, was sie mir einflößten und in den Mund steckten. Ich ließ zu, dass sie mich mit warmem Wasser am ganzen Körper wuschen. Wenn das Fieber stieg, legten sie mir kühle Tücher auf die Stirn, und manchmal setzte sich eine Frau an mein Bett und hielt meine Hand. Ihre Finger spielten in meiner Handfläche, als spräche sie in einer fremden Zeichensprache zu mir. Einmal löste sich ein großes Insekt aus einem der Wandteppiche, trat an mein Bett und fühlte meinen Puls. Überhaupt schienen die Figuren auf den Teppichen die meiste Zeit über irgendwie in Bewegung zu sein. Bald wurden sie mir so vertraut, dass ich sie auch mit geschlossenen Augen vor mir sah.

Eines Tages kamen zwei Bedienstete und verkündeten, es sei an der Zeit, die ersten Schritte zu machen. Während ich noch überlegte, was sie wohl meinten, wuchteten sie unter beschwichtigenden Worten meine Beine aus dem Bett und richteten mich auf. Der Raum kippte zur Seite, aber sie rückten ihn wieder gerade. Ein paar Arme ergriffen mich, und das Bett sank unter mir weg. Sie tauschten einen begeisterten Blick und fühlten sich offenbar angespornt, weitere Versuche mit mir anzustellen. Wie bei einer Marionette setzten sie meine Füße voreinander und ermunterten mich, sie nicht die ganze Arbeit machen zu lassen, also tat ich, was ich konnte, um sie nicht zu enttäuschen. Am ersten Tag schaffte ich zwei Schritte, bevor meine Beine schmolzen. Am zweiten Tag umrundete ich das Bett. Am dritten Tag gelangte ich bis zu einem der Teppiche, auf dem eine Gruppe von Menschen auf dem Rücken von Delfinen durch bewegte See ritt. Ich strich über den Stoff, und wahrscheinlich blickte ich meine Helfer dabei so fragend an, dass einer von ihnen sich aufgefordert fühlte, mir Antwort zu geben: Die Teppiche habe Bernardino Bellapianta anfertigen lassen, dort seien Geschichten dargestellt, die lange verschollen gewesen und kürzlich in einem alten Buch wiederentdeckt worden seien. Und mit einem Mal begriff ich, dass diese Geschichten eine Welt für sich waren, die mit der wirklichen Welt nichts zu tun hatte. Die wirkliche Welt war hinter diesen Wänden. Der Raum musste Teil eines Hauses sein und das Haus Teil einer Stadt. Die Tage, die ich im Bett verbracht hatte, waren ein kleiner Ausschnitt aus der Zeit. Mein Leben hatte außerhalb dieses Raumes begonnen und würde außerhalb dieses Raumes weitergehen. Diese Erkenntnis war so überwältigend, dass ich das Bewusstsein verlor.

Als ich wieder zu mir kam, saß Bernardino Bellapianta an meinem Bett. Ich sah ihn zum ersten Mal, aber es war sofort klar, dass er derjenige war, dessen Wille hier geschah und um den alles kreiste. Die Figuren auf den Wandteppichen schienen auf seine Befehle zu warten. Auch sitzend war er groß und massig. Sein Gesicht zeigte die Zufriedenheit von jemandem, der gerade gut gegessen hat. Seine braunen Augen schienen alles zu begreifen. Sie glühten im Licht der kleinen Lampe auf dem Tischchen neben dem Kopfende meines Bettes. Hinter meinen Rücken hatte man einen Stapel dicker Kissen gestopft, sodass ich fast aufrecht saß.

Wir betrachteten einander lange, ohne dass einer von uns etwas sagte. Was hätte ich auch sagen sollen? In meinem Kopf wirbelten Worte durcheinander, die sich einfach nicht zu Sätzen ordnen wollten, und wenn sie es taten, dann erschienen sie mir sinnlos und verklangen sofort wieder. Ich ahnte, dass es Fragen gab, die beantwortet werden mussten.

Wer war ich? Woher kam ich? Wie war ich hierhergeraten? Doch all diese Fragen waren zu einem festen Kokon verwoben, aus dem kein Fadenende ragte, an dem ich hätte ziehen können. Die Figuren auf den Teppichen verharrten regungslos im Halbdunkel.

Es klopfte an die Tür, und ohne eine Antwort abzuwarten, betrat ein Männlein in einem engen schwarzen Wams den Raum. Es hatte einen Stapel Papiere unter dem linken Arm und in der rechten Hand ein Tintenfässchen, in dem eine Feder steckte. Sein Gesicht verriet, dass hier etwas keinen Aufschub duldete. Es trat zu uns und murmelte, nachdem es einen flüchtigen Blick auf mich geworfen hatte, Bernardino Bellapianta etwas ins Ohr. Dann reichte es ihm die Papiere, auf denen sich winzige Zeilen aneinanderdrängten, und stellte das Tintenfass auf den kleinen Tisch. Bernardino Bellapianta blätterte den Stapel flüchtig durch. Unterzeichnete einige der Blätter mit unwirschen Federstrichen. Legte den Rest neben das Tintenfass. Reichte dem Männlein die unterschriebenen Papiere. Erneut steckten sie die Köpfe zusammen.

Was dann geschah, wurde hinterher immer wieder erzählt.

Das oberste Blatt auf dem Stapel war leer. Während Bernardino Bellapianta und das Männlein weiter tuschelten, langte ich nach dem Papier und legte es auf meine Knie. Ergriff die Schreibfeder. Setzte an. Die beiden unterbrachen ihr Gespräch und begannen mich anzustarren. Meine Hand warf geschwungene Konturen auf das Blatt, zog hier etwas nach, schraffierte dort eine Fläche. Wieder und wieder tauchte die Feder ein, fand wie von selbst den Weg vom Papier zum Tintenfass und wieder zurück, kratzte, tupfte, sprang über Fertiges hinweg und vervollständigte Unfertiges, bis das Bild auf dem Blatt mit dem Bild vor meinen Augen zur Deckung gekommen war: ein Gesicht im Halbprofil unter dichtem schwarzem Haar, das dem Kahlfraß der Jahre widerstanden hatte, eine gerade abfallende und unten etwas aufgeworfene Nase, von der entschlossene Falten zu den Mundwinkeln liefen, vor allem aber zwei ungläubig blickende Augen und ein leicht geöffneter Mund. Jeder, der die Zeichnung später sah, erkannte das Gesicht, obwohl sich niemand erinnern konnte, jemals einen vergleichbaren Ausdruck darin gesehen zu haben: Bernardino Bellapianta war verblüfft, geradezu überrumpelt.

Meine Hand zeichnete mit ein paar schnellen Strichen eine winzige Eule unter das Gesicht, dann steckte sie die Feder in das Tintenfass zurück. Ich schloss die Augen, ohne recht zu begreifen, was gerade geschehen war. Mein Kopf begann zu pochen. Jemand zog das Blatt weg. Und dann hörte ich zum ersten Mal Bernardino Bellapiantas Stimme:

«Na, Alvaro. Ob wir so einen wohl gebrauchen können?»

2 In den Tagen nach Bernardino Bellapiantas erstem Besuch an meinem Bett machte ich rasante Fortschritte. Meine Hände, die wie von selbst gezeichnet hatten, entdeckten sämtliche Funktionen gleichzeitig wieder. Ich nahm meinen Helfern Becher, Löffel und Tücher ab und benutzte sie mit einer plötzlichen Sicherheit, die alle in Erstaunen versetzte. Die Sprache war mir auf einmal vertraut, und die Wörter, die in den lockeren Gesprächen meiner Helfer fielen, riefen die passenden Bilder hervor, auch wenn ich selbst beim Sprechen manchmal kleine Fehler machte, die sie zum Lachen brachten. Doch die Sätze, die sie sagten, ergaben für mich mehr und mehr Sinn. Es war, als bewegte ich mich in einem großen Raum voller verhängter Gegenstände, von denen unsichtbare Hände nach und nach die Tücher wegzogen. Wenn sie von ihren Besorgungen auf dem Markt sprachen, sah ich einen großen Platz voller Menschen und Verkaufsstände vor mir, an denen Gemüse und Fleisch, Schuhe, Stoffe und Werkzeuge angeboten wurden, untermalt von Stimmengewirr, Hundegebell und dem Klimpern von Münzen. Wenn die Rede auf die Sonntagsmesse kam, konnte ich in Gedanken durch eine Kirche spazieren, in der strahlendes Licht durch bunte Glasfenster stach, leuchtende Streifen in den Weihrauchdunst schnitt und sich in Weihwasserbecken spiegelte, während die Liturgie von den Wänden widerhallte. Ein Rätsel aber ließ sich

vorerst nicht lösen: Sah ich den Markt und die Kirche, die ich in meinem früheren Leben selbst besucht hatte? Oder waren das Bilder von irgendeinem Markt, von irgendeiner Kirche?

Zu einem meiner Helfer, einem dicklichen jungen Mann namens Paolo, fasste ich Vertrauen. Erinnerte er mich an jemanden, den ich gekannt hatte? Aus seinem weichen Gesicht ragte ein gewaltiger Zinken, und sein hintergründiges Lächeln war immer von einem schwarzen Bartschatten eingerahmt. Seine Sprache war merkwürdig.

«Du redest komisch», sagte ich zu ihm.

«Findest du? Wie denn?» Sein Lächeln verriet, dass er sich absichtlich dumm stellte.

«Als hätten sie dir die Zähne zusammengeklebt.»

«Ich bin Neapolitaner», sagte er. Er sprach es aus wie *Nabulidaner*. «Schon mal gehört?»

Ich war mir nicht sicher. Ein paar Bilder erschienen. Eine weite Bucht. Ein Vulkankegel im Hintergrund. Ein König, dessen Name wie Eisen klang. Und auf einmal war mir, als käme mir auch Paolos Sprache bekannt vor. War ich dort gewesen? Und wenn ja, warum? Ein neuer Gedanke streifte mich. Paolo begriff, noch bevor ich etwas gesagt hatte.

«Du bist von hier. Mailänder.»

«Woran erkennt man das?»

«Wenn ihr Mailänder den Mund aufmacht, hört sich das an, als würdet ihr die ganze Zeit quengeln.»

«Quengeln?» Das Wort fehlte mir.

Er überlegte kurz. «Wenn wir Neapolitaner reden, kommen die Wörter wie ein dunkelrotes, leicht gewelltes Samtband aus unserem Mund. Bei euch Mailändern ist das Band unregelmäßig verdreht und aus gelbem Stoff.» Während er sprach, wechselte er den Tonfall, sodass ich mir ungefähr vorstellen konnte, was er meinte. Paolo sponn den Gedanken weiter, es schien ihm Spaß zu machen. «Bei den Römern ist es eine dicke Wollkordel voller Knoten. Bei den Florentinern eine Bahn aus durchsichtiger Seide, die bei jedem Windhauch davonflattert. Und kennst du Alvaro, den Verwalter?»

Ich nickte. Das schwarz gewandete Männlein.

«Espanier ist der. Wenn er espricht, espuckt er scharfkantige Kisselsteine aus. Ich habe ein Gehör für so was. Bei dir erkenne ich schon am Luftholen, dass du von hier bist. Ihr Mailänder redet, als wärt ihr ständig mit irgendwas unzufrieden. Euer ganzer Tonfall ist ein einziger Vorwurf. Wahrscheinlich liegt das an dem beschissenen Wetter hier oben.»

«Hier oben?»

«Na ja. Das sagt man so. Mailand ist oben, und Neapel ist unten. Keine Ahnung, warum.»

Nach diesem Gespräch lag ich lange in meinem Bett, den Blick auf den Sternenhimmel an der Decke gerichtet, und dachte nach. Paolos Bemerkung über meinen quengelnden Tonfall war der erste Hinweis auf meine Herkunft, und obwohl seine Feststellung alles andere als überraschend gewesen war, hatte ich das Gefühl, dass er mir ein Stück von mir selbst zurückgegeben hatte. Ich war von hier, ein kleiner Sohn des großen Mailand. War das eine gute Nachricht?

Bei seinen folgenden Besuchen versuchte Paolo, mehr über meine Vergangenheit herauszufinden. Er wies mich auf eine Narbe auf meinem rechten Handgelenk hin und fragte, ob ich mich an die Verletzung erinnern könne. Doch das konnte ich nicht. Nachdem er mit Bernardino Bellapianta die möglichen Folgen abgewägt hatte, gab er mir am nächsten Tag einen Spiegel in die Hand. Ich blickte in ein Gesicht.

Da sich meine Zeichenkünste längst herumgesprochen hatten, kam Paolo bald eine andere Idee. Er brachte mir Papier, Tintenfass und Feder ans Bett und ließ mich Begriffe zeichnen, die er mir ohne weitere Erläuterung hinwarf: Er probierte es mit «Mutter» und «Vater», doch das Ergebnis war mager: Ich brachte nur gütig dreinblickende Allerweltsgesichter zustande. Zur Gegenprobe ließ er mich ein Porträt von Alvaro anfertigen, das, obwohl aus dem Gedächtnis gezeichnet, den Verwalter so treffend wiedergab, dass Paolo es später im ganzen Haus herumzeigte. Begriffe wie «Bruder», «Schwester» oder «Freund» brachten ebenfalls nichts. Als er mir ein neues Blatt gab und «Mädchen» sagte, zeichnete ich oben auf das Papier ein Engelsgesicht mit Stupsnase und Herzmund, die Haare im Nacken zu einem lockeren Knoten gebunden. Hals und Schultern waren unbedeckt.

«Potztausend», sagte Paolo. «Die müssen wir finden.» Er betrachtete das Bild, und ein süßliches Lächeln erschien auf seinem Gesicht. Er zeigte auf die freie Fläche unter dem Kopf. «Der untere Teil wäre interessanter», sagte er.

Ich war ratlos und wusste nicht recht, wie ich weitermachen sollte.

«Kann es sein, dass du bei den Nonnen aufgewachsen bist?», fragte Paolo.

Um der Verlegenheit zu entgehen, zeichnete ich mit schnellen Strichen eine Ordensschwester unter das Mädchengesicht.

Paolo beachtete sie kaum, denn ihm schien schon wieder eine neue Idee zu kommen. Mit hinterlistiger Miene sagte er: «Leofant.»

Das Wort verwirrte mich noch mehr.

«Nicht nachdenken», ermunterte mich Paolo und tippte auf das Blatt. Ich schloss die Augen und zeichnete ein

Tier mit vier Tatzen und geflecktem Fell, dessen Kopf zwei riesige Segelohren trug und in eine lange Rüsselnase auslief.

«Das sieht irgendwie falsch aus», sagte ich unzufrieden, während meine Hand wie von selbst wieder eine kleine Eule in die Ecke der Zeichnung setzte.

«Im Gegenteil», sagte Paolo. «Niemand hat jemals einen besseren Leofanten gezeichnet.»

In diesem Augenblick tauchte Bernardino Bellapianta im Türrahmen auf. Von hinten drängte sich das Tageslicht an ihm vorbei und zeichnete seine Kontur wie einen Scherenschnitt in das helle Rechteck. Er füllte den Raum mit seiner Anwesenheit, noch bevor er ihn richtig betreten hatte. Die Figuren auf den Wandteppichen verneigten sich.

Er trat an mein Bett. Sein Blick fiel auf die Zeichnung.

«Ein Elepard», sagte er.

«Ein Leofant», sagte ich.

«Soso», sagte er und lächelte. «Und was wäre dann ein Leopardenkopf auf einem Elefantenkörper?»

Die Frage erschien mir sehr knifflig. Ich betrachtete das Bild, und aus dem Rüsseltier mit Tatzen wurde eine Raubkatze mit plumpem Leib und faltiger Haut.

Bernardino Bellapiantas Lächeln wurde breiter. Dann wandte er sich an Paolo, während seine mit dicken Ringen besetzten Finger auf meiner Bettkante trommelten. «War das deine Idee?»

Paolo neigte den Kopf, verzog den Mund und zuckte bescheiden die Schultern.

Bernardino Bellapiantas Blick schien sich irgendwo auf den Wandteppichen festzuhaken. «Lässt sich ein Stoffmuster daraus machen?»

«Ohne weiteres», sagte Paolo.

Ich begriff überhaupt nichts.

Bernardino Bellapianta ging vor meinem Bett in die Hocke und sah mich an. «Tust du mir einen Gefallen?»

Jeden Gefallen hätte ich ihm getan. Ich musste nur verstehen, was er von mir wollte.

Bernardino Bellapianta reichte mir ein neues Blatt. «Füll die ganze Fläche mit Leofanten und Eleparden, immer abwechselnd, in Reihen versetzt übereinander wie Mauersteine, eine Reihe nach rechts blickend, eine nach links. Verstanden?»

Zögernd nickte ich. Meine Hand begann zu zeichnen. Die Feder kritzelte. Das Blatt bevölkerte sich nach und nach mit Tieren, während die Zeit im Raum stehenzubleiben schien. Irgendwo im Haus war Hämmern und Sägen zu hören. Von ferne läutete eine Glocke. Leofanten und Eleparden zogen in einer mehrstöckigen Parade aneinander vorbei. Irgendwann war das Blatt voll.

«Füll die Zwischenräume mit Efeu», sagte Bernardino Bellapianta.

Ich war mir nicht sicher, was er mit dem Wort meinte, doch meine Hand schien es umso besser zu wissen. Wieder kratzte die Feder. Ranken krochen empor und wucherten zwischen den Tieren hindurch.

«Das ist doch kein Efeu», flüsterte Paolo.

«Lass ihn.»

Ich zeichnete weiter und merkte kaum, wie Bernardino Bellapianta den Raum verließ. Als die Ranken die Ränder des Blattes erreicht hatten, war er wieder da, eine mächtige Schere in der Hand. Mit einem Nicken nahm er mir das Papier ab und stutzte mit geübten Handbewegungen die Kanten. In jeder zweiten Reihe wurden die Tiere dabei halbiert, sodass auf der einen Seite immer die vordere Hälfte fehlte und auf der anderen immer die hintere. Befriedigt betrachtete er das Werk. Es sah wüst aus: Tierkörper und Blattwerk wanden sich umeinander und schienen sich gegenseitig zur Seite schieben zu wollen. Rüssel tasteten nach vorwitzigen Trieben. Krallen verhakten sich im Rankenwerk.

«Sieht persisch aus», murmelte Paolo.

«Papperlapapp», gab Bernardino Bellapianta zurück. «Es sieht nicht aus wie irgendetwas, das es schon gibt. Begreifst du denn nicht? Unser Freund hier erschafft auf einem Blatt Papier ohne nachzudenken Dinge aus nichts. Was glaubst du, was Gott durch den Kopf gegangen ist, nachdem er Land und Wasser getrennt hatte und sich anschickte, die Erde zu bevölkern? Dass er es einfach nur machen muss wie die Perser, damit es gut wird?»

Paolo senkte den Blick und bekreuzigte sich. «So etwas sollte man nicht sagen», murmelte er.

«Ihr seid einfach zu fromm da unten», gab Bernardino Bellapianta ungnädig zurück. Dann betrachtete er wieder das Blatt. «Epikur behauptet, dass die Welt aus der Leere entstanden ist und die Dinge sich immer neu zusammensetzen. Und zwar von selbst.»

Paolo schwieg betreten. Es sollte lange dauern, bis ich begriff, welche Ungeheuerlichkeiten Bernardino Bellapianta da von sich gab.

Nach einer Weile sagte er: «Wichtig ist, dass alles zusammenpasst.» Er bog das Blatt zu einer Rolle, mit den Zeichnungen auf der Außenseite. Die zerschnittenen Tiere fügten sich zusammen, sodass ein umlaufendes Bild entstand, das keinen Anfang und kein Ende hatte. Ich glaubte zu begreifen, was er meinte. Wozu es gut sein sollte, das begriff ich nicht.

«Ich lasse davon eine Stoffbahn weben», erklärte Bernardino Bellapianta, und seine Augen glänzten. «Daraus fertigen meine Schneider Satteldecken, Altartücher, Baldachine, Wandbehänge und liturgische Gewänder. Je weniger die Leute etwas brauchen, desto mehr Geld legen sie dafür hin.»

Wieder betrachtete er das Blatt. Nach einiger Zeit ging ein Leuchten über sein Gesicht. «Ein treffliches Geschenk für Sultan Bajazid», sagte er. «Zwei Tiere für den Herrn der zwei Kontinente. Das wird ihm gefallen.»

«Leopard und Elefant, das passt nicht», sagte Paolo. «Beides Asien.»

«Stimmt.»

«Löwe und Adler», sinnierte Paolo.

«Gibt es schon. Ein Greif.»

«Hahn und Drache.»

«Ein Basilisk.»

«Adler und Elefant?»

«Wie sähe das denn aus!»

«Stier und Leopard.»

«Das könnte gehen. Und die Ranken?»

«Distel und Jasmin.»

«Da haben wir's. Und dann brauchen wir ein Schriftband. Haben wir noch den Albaner in der Weberei?»

«Ja.»

«Kann der Türkisch?»

«Kann sein.»

«Und kann er schreiben?»

«Das lässt sich schnell feststellen.»

«Dann lass ihn Folgendes aufschreiben: Sultan Bajazid, Sohn Mehmeds des Großen, Herr der Herren, Mehrer des Reiches, Beschützer des wahren Glaubens, durch die Gnade des einen Gottes Imperator der zwei Kontinente und so weiter und so fort.»

So war Bernardino Bellapianta. Er handelte.

Bald nachdem ich das erste Stoffmuster gezeichnet hatte, befand Bernardino Bellapianta, dass es an der Zeit für mich sei, das Zimmer mit den Wandteppichen zu verlassen. Eines Tages trat er ein, nahm auf dem Schemel neben meinem Bett Platz, fragte um Erlaubnis und betastete meinen Schädel. Dort, wo der Hammer mich getroffen hatte, war eine tiefe, weiche Einwölbung. Die Haut darüber fühlte sich taub an. Die Haare, die man mir abrasiert hatte, um die Wunde besser versorgen zu können, hatten nachzuwachsen begonnen. Behutsam glitten seine Finger über den Krater. Dann stand er auf und reichte mir seinen Arm wie einer Braut, die er zum Altar zu führen gedachte.

An seiner Seite schlurfte ich zur Tür. Mit jedem Schritt wurde mein Gang sicherer. Wir traten auf eine Galerie, die über einem Innenhof lag. Der überdachte Umgang ruhte auf Marmorsäulen mit korinthischen Kapitellen; in die Zwickel waren Tonmedaillons mit Gesichtern eingelassen. Der Hof war mit schwarzen und weißen Flusskieseln gepflastert, die ein sternförmiges Muster bildeten. In der Mitte stand ein Brunnen, der aus einem Kapitell mit überbordenden Ornamenten gefertigt war. Ein Wagen ratterte herein und verschwand in einer Toreinfahrt.

Wir gingen eine Weile auf und ab. Es war ein heißer Augusttag. Die Sonne brannte vom leicht bewölkten Himmel herab, doch im Schatten der Überdachung war es einigermaßen erträglich. Die Welt hinter den Teppichen war von einer merkwürdigen Selbstverständlichkeit, als hätte ich all das schon einmal gesehen. Vielleicht lag das an Bernardino Bellapianta und seiner Gelassenheit. Er schien nichts von mir zu erwarten. Als meine Knie weich wurden, dirigierte er mich sachte zur Balustrade.

Die Wärme füllte mich aus, als sickerte sie durch kleine

Öffnungen in meinen Körper. Das grelle Licht auf dem Kapitellbrunnen blendete mich und brannte in meinem Kopf. Um meine Augen zu beruhigen, fixierte ich die gegenüberliegende Seite der Galerie. Eine Tür öffnete sich, ein Bediensteter kam heraus, schwebte lautlos den Gang entlang und verschwand im Treppenaufgang. Die Wolken zogen über uns dahin und verformten sich dabei, als probierte ein unsichtbarer Kulissenschieber an einem passenden Hintergrundbild herum. Alles schien ständig in gleitender Bewegung zu sein, aber es waren andere Bewegungen als die der Figuren auf den Wandteppichen. Ohne dass ich das damals in Worte hätte fassen können, bekam ich eine Ahnung davon, wie unendlich groß die Welt außerhalb dieses Zimmers war, das hinter der halbgeöffneten Tür dalag wie ein aufgebrochener Kokon, aus dem ich gerade geschlüpft war.

Bernardino Bellapianta musterte mich von der Seite. «Jetzt fängt dein zweites Leben an.»

Er sagte es in aufmunterndem Ton, aber es klang auch ein bisschen so, als wolle er die Wirkung dieser Worte auf mich ausprobieren, und das verunsicherte mich. Es erinnerte mich wieder daran, dass ich ein erstes Leben hatte.

«Wie bin ich hierhergekommen?», fragte ich.

«Du wurdest mir vor die Tür gelegt», sagte er.

3 Soso. Das scheint ja eine ganz faszinierende Geschichte zu werden, die unser junger Freund hier erzählt. Hoffen wir, dass er es nicht verbockt. Und nennen wir ihn von jetzt an in Vorgriff auf spätere Enthüllungen schon einmal Pandolfo, denn das war sein richtiger Name.

Obwohl es sich auf den ersten Blick natürlich um seine eigene Geschichte handelt, ist schon jetzt kaum zu überhören, in welchem Maße Dankbarkeit und Bewunderung für Bernardino Bellapianta, seinen Lebensretter und Förderer, ihm die Feder geführt haben. Als Pandolfo im Angesicht der Wandteppiche mit den merkwürdigen Flugwesen das Bewusstsein zurückerlangte, war Bernardino Bellapianta schon über fünfzig Jahre alt und hatte seine eigene Geschichte, die Pandolfo natürlich nicht in allen Einzelheiten kennen konnte. Was er über Bernardino Bellapianta und dessen Werdegang zu wissen glaubt, hat er sich aus dem Gestrüpp von Legenden herausgeschnitten, die damals in Mailand ins Kraut schossen, und mit Berichten mehr oder weniger vertrauenswürdiger Zeugen sowie seinen eigenen Erlebnissen angereichert. Wir werden ihn daher von Zeit zu Zeit mit Richtigstellungen und Ergänzungen unterbrechen müssen.

Du wurdest mir vor die Tür gelegt. Schon diese Bemerkung sollte aufhorchen lassen. Bernardino Bellapianta war kein Mann, der in den Wendepunkten des Lebens schicksalhafte Fügungen oder die ordnende Hand höherer Mächte zu erkennen glaubte. Um die Bedeutung seiner Worte zu begreifen, müssen wir uns weit in die Vergangenheit zurückbegeben und Ereignisse ans Licht holen, von denen Pandolfo gar nichts wissen kann. Kehren wir nun also an den Anfang des Lebens von Bernardino Bellapianta zurück, bevor wir Pandolfo weitererzählen lassen, damit keine Missverständnisse darüber aufkommen, mit wem wir es zu tun haben.

Bernardino Bellapiantas Geschichte beginnt an einem Maimorgen im tausendvierhundertvierzigsten Jahr nach der Geburt unseres Erlösers, im neunundzwanzigsten Regierungsjahr des Herzogs Filippo Maria Visconti. An diesem Morgen wurden die frommen Schwestern des Klosters von Santa Maria di Lantasio beim Laudes von wütendem Säuglingsgeschrei gestört, das von der Pforte her durch den Kreuzgang und von dort bis in den Chor ihrer Kirche drang. Die Gebete erstarben, und eine Schwester eilte zum Tor. Auf der Straße stand ein Holzkasten, in dem zwei eng in eine Decke gewickelte Neugeborene lagen. Eins davon, kräftig und blaurot im Gesicht, brüllte aus Leibeskräften und blickte fordernd auf den halbgeöffneten Torflügel. Das andere war von blassgrauer Farbe, hatte die Augen geschlossen und lag regungslos da, sodass die Schwester zunächst glaubte, es sei nicht mehr am Leben. Man brachte den Kasten ins Refektorium und rief nach der Oberin, die in aller Eile einen Priester kommen ließ, um die beiden taufen zu lassen. Sie bekamen die Namen Bernardino und Giancarlo und wurden zu Zwillingen erklärt, obwohl in ihrem späteren Leben niemand auf die Idee gekommen wäre, sie dafür zu halten: Bernardino kräftig und hübsch, Giancarlo mager und verwachsen, Bernardino forsch und naseweis, Giancarlo schweigsam und in sich gekehrt.

Das Kloster wurde ihre Heimat, die frommen Schwestern ersetzten ihnen die Eltern. Während Bernardino es wie am ersten Tag verstand, sich Gehör zu verschaffen und seinen Willen durchzusetzen, zog der schwächliche Giancarlo die Prügel der Kinder aus dem Stadtviertel Porta Romana auf sich. Bernardino liebte seinen Bruder über alles. Erwischte er einen, der Giancarlo piesackte, schlug er ihn grün und blau. Eine Zeitlang betrachteten die anderen das als Ansporn, Giancarlo aufzulauern und ihn umso mehr zu schikanieren, weil sie wussten, dass sie damit auch Bernardino trafen, dessen herablassende Überlegenheit ihnen eine ständige Provokation war. Nachdem Bernardino einem von ihnen beide Arme gebrochen hatte, stellten sie ihr Treiben ein und gingen den Zwillingen aus dem Weg. Manch einen sah man Jahre später als Bittsteller vor Bernardino Bellapiantas Tür.

Giancarlo hatte ein auffälliges Talent für alles Mechanische. Als kleines Kind bastelte er raffinierte Marionetten, und bald ging er dem Verwalter des Wirtschaftshofes von Santa Maria di Lantasio zur Hand. Er ersann eine Apparatur zum Kneten von Brotteig und kurz darauf ein kompliziertes Hebelwerk, mit dem sich die Futtertröge der Schweineställe alle gleichzeitig nachfüllen ließen. Als er etwas später beim Tüfteln an einem Mechanismus zum Entleeren des Abtritts einen Fehler machte, ergoss sich ausgerechnet während einer Visitation des Archidiakons der gesamte Inhalt der Latrine über den Innenhof des Klosters. Die Oberin verbot Giancarlo jede weitere Betätigung. Am nächsten Tag lief die große mechanische Uhr am Glockenturm der Klosterkirche rückwärts.

Bernardinos Fähigkeiten auf dem Gebiet der Mechanik beschränkten sich darauf, den anderen Jungen der Porta Romana in den Hintern zu treten, wann immer sie seinen Bruder auch nur schief anzusehen wagten. Sein wahres Talent bewies er stattdessen im Umgang mit Zahlen. Die kniffligsten Rechnungen führte er im Kopf aus. Mit einer Geduld, die man von ihm sonst nicht gewohnt war, brachte er dem Verwalter bei, die Abrechnungen des Wirtschaftshofes in arabischen statt in lateinischen Zahlen zu machen, weil die sich einfacher addieren ließen. Dieses Talent war es, das seinem Leben die entscheidende Wendung gab.

Es war im tausendvierhundertdreiundfünfzigsten Jahr nach der Geburt unseres Erlösers. Bernardino und Giancarlo waren dreizehn Jahre alt, und die Oberin hatte soeben beschlossen, die beiden zu einem Schuhmacher in die Lehre zu geben – eine atemberaubende Verschwendung ihrer Talente, die Bernardino so wütend machte, dass er sich tagelang in einem Beichtstuhl verbarg und darüber nachsann, wie das drohende Schicksal abzuwenden sein könnte.

Die Zeiten waren unruhig. Gerade war in Mailand die Nachricht eingetroffen, dass Sultan Mehmed dem lächerlichen Rest des byzantinischen Kaiserreichs das Licht ausgeblasen und über Konstantinopel die Halbmondflagge aufgezogen hatte. Türkische Galeeren quollen aus dem Marmarameer und umkreisten die Inseln der Levante. Venezianer und Genuesen fürchteten um ihre Handelskolonien und schickten Verhandlungsführer nach Mailand, Florenz und Rom, um eine neue Kreuzzugsliga gegen den Sultan zusammenzubringen, während gleichzeitig ihre Botschafter mit Geschenken bei Mehmed ihre Aufwartung machten, um ihn durch Schmeicheleien davon abzuhalten, die Meerengen zu sperren. Wandermönche zogen durch die Städte, hielten bitterböse Predigten und verkündeten dem versammelten Volk, die Türken würden demnächst in Italien einfallen, was im Übrigen die gerechte Strafe des Herrn für die Gottvergessenheit der Christenheit und ihrer lästerlichen, verfressenen, wollüstigen und prunksüchtigen Monarchen sei. Wer etwas zu bereuen hatte, spendete an die Kirche.

Etwas zu bereuen hatte offensichtlich auch Giacomo Bellapianta, ein Kaufmann aus Genua, der sich in Mailand niedergelassen und ein kleines Vermögen zusammengeschachert hatte. Eines Tages tauchte er im Kloster von Santa Maria di Lantasio auf und verkündete, ein neues Altarbild stiften zu wollen, um für seine Seele dereinst die Qualen des Fegefeuers abzukürzen. Die Oberin führte ihn in die Kirche, und sie besprachen das Erforderliche. Dabei kam es zu einem denkwürdigen Wortwechsel, denn Giacomo Bellapianta, geizig wie alle Genuesen, konnte nicht aus seiner Kaufmannshaut und begann zu feilschen. Wenn man, so führte er aus, für sechzig Scudi von einem angesehenen Mailänder Meister eine Madonna mit Kind nebst vier Heiligen ausführen und mit Goldrahmen versehen lasse, dann könne man dafür doch wohl den Erlass einer sechsjährigen Sündenstrafe erwarten. Die Oberin aber wollte ihn nicht so billig davonkommen lassen und entgegnete: Wenn man zeit seines Lebens der Kirche gegenüber so knauserig gewesen sei wie gewisse Anwesende und erst im Angesicht von Not und Gefahr die ersten bescheidenen Schritte auf dem Pfad der Demut zu gehen beabsichtige, dann sei durch eine Stiftung im Wert von sechzig Scudi der Aufenthalt im Fegefeuer bestenfalls um vier Jahre zu verkürzen. Woraufhin Giacomo Bellapianta den gerade auf den besagten Pfad der Demut gesetzten Fuß wieder zurückzog und Folgendes vorrechnete: Nehme man den Scudo zu vier Lire und jede Lira zu zwanzig Soldi oder zweihundertvierzig Denaren, dann seien sechzig Scudi für vier Jahre Ablass ganze vierzig Denare am Tag. Und für das Geld könne er ja gleich einen beschäftigungslosen Malergehilfen vier Jahre lang vom frühen Morgen bis zum späten Abend Gebete für ihn sprechen lassen, und dann werde man ja sehen, was Gott wohlgefälliger sei. Rechne man dagegen halbwegs vernünftig und veranschlage fünfzehn Denare am Tag, dann könne er für seine sechzig Scudi sogar einen Ablass von zehn Jahren verlangen, den Goldrahmen noch gar nicht eingerechnet.

«Zehn Jahre, sechs Monate und eine Woche, um genau zu sein», ließ sich eine Stimme aus dem Beichtstuhl vernehmen.

Giacomo Bellapianta und die Oberin starrten in die Richtung, aus der die Worte gekommen waren. Als sie sich wieder gefangen hatte, eilte die ehrwürdige Mutter zum Beichtstuhl, zog den Vorhang zur Seite und blickte in das herausfordernde Gesicht von Bernardino. Nach einer Weile sagte Giacomo Bellapianta, der hinzugetreten war: «Und der soll zum Schuhmacher in die Lehre?»

Nachdem Giacomo Bellapianta das Talent von Bernardino mit ein paar weiteren Rechenaufgaben auf die Probe gestellt hatte, begann eine neue Verhandlungsrunde, doch diesmal ging es um den Jungen. Giacomo Bellapianta bot an, Bernardino mitzunehmen und ihn in das Kaufmannswesen einzuführen, wohl nicht ohne den Hintergedanken, dass er mit einem derartigen Rechenkünstler den Lohn für mindestens zwei Kontorgehilfen einsparen würde. Eine Weile ging es hin und her, dann willigte die Oberin ein.

«Nicht ohne meinen Bruder», sagte Bernardino.

«Kann der auch rechnen?», fragte Giacomo Bellapianta.

«Nein», sagte die Oberin. «Er baut Maschinen.»

Giacomo Bellapiantas Augen leuchteten. Wieder wurde kurz debattiert, doch die ehrwürdige Mutter war eine ebenso einsichtige wie demütige Frau. Wer war sie denn, dass sie diese beiden Kinder trennte, die Gott ihr in einer Holzkiste zusammen vor das Tor gelegt hatte? Und dann war da noch das Altarbild.

«Die Madonna mit Kind und sechs Heilige», sagte sie. «Das Kleid der Muttergottes in echtem Ultramarinblau. Und der Stifter höchstens kniehoch.»

So gelangten Bernardino und Giancarlo in das Haus von Giacomo Bellapianta gegenüber von San Giorgio al Pozzo Bianco im Stadtviertel Porta Orientale. Das Haus war ansehnlich, aber nicht prachtvoll; es verriet Wohlstand, aber keinen ausufernden Reichtum, wenngleich die Nachbarn, die um die Knauserigkeit des Hausherrn wussten, hinter vorgehaltener Hand gern über im Keller gehortete Schätze fabulierten. Aber sie irrten sich. Denn Giacomo Bellapianta war zwar in der Tat außerordentlich geizig, aber nur mittelmäßig geschickt. Er kaufte vorwiegend Gewürze von seinen genuesischen Geschäftsfreunden, denen er im Gegenzug Mailänder Wollstoffe schickte. Zwar war er ständig bestrebt, seine Geschäfte auszuweiten, doch fehlte es ihm an Phantasie und Wagemut. Und weil die besagten genuesischen Geschäftsfreunde genauso geizig, dabei aber weitaus gerissener waren als er, wanderte das meiste Geld am Ende nicht in seine Taschen, sondern in ihre.

Leider hatte sein Geiz ihn auch vom Heiraten abgehalten, denn nach seinen Berechnungen hätte die Mitgift einer Tochter aus erreichbarem Haus die Kosten für den jahrelangen Unterhalt einer Familie nicht gedeckt. Und wer konnte schon wissen, wie viele Kinder so ein Mädchen am Ende bekommen würde und wie lange sie ihm alle zusammen auf der Tasche liegen würden, wenn man sie gewähren ließ?

Ohnehin konnte er auf eine Frau in seinem Leben gut und gerne verzichten. Mit seinen Geschäften hatte er ausreichend zu tun, und seine verschwommenen Vorstellungen von dem, was sich hinter den Schlafzimmertüren seiner verheirateten Bekannten abspielte, erschienen ihm höchst unappetitlich. Das Einzige, was ihm mit fortschreitendem Alter mehr und mehr zu schaffen machte, war die Erkenntnis, dass er keinen Erben hatte. Nun hatte er gleich zwei, und gekostet hatten sie ihn nichts.

Zwei Jahre nachdem er Bernardino und Giancarlo in seinem Haus aufgenommen hatte, adoptierte er die Jungen, die seinen Namen annahmen. Er hätte es niemals zugegeben, aber er liebte die Zwillinge. Beide gleichviel.

Bernardino lernte die Geschäfte kennen und führte die Bücher. Giancarlo entwarf Hebekräne für die Warenlager und

Waagen von unerhörter Genauigkeit, wobei er dem Drängen seines Adoptivvaters widerstand, die Mechanik mit Blick auf eine Erhöhung der Gewinnspanne zu manipulieren. Abgesehen davon befasste er sich mit allem, was flog. Wenn die Arbeit an seinen Entwürfen beendet war, ging er hinaus vor die Stadt, beobachtete die Vögel und ließ mit Papier bespannte Drachen steigen. Bernardino dagegen schmiedete hochfliegende Pläne zur Ausweitung der Geschäfte, die Giacomo Bellapianta unwirsch und mit dem Hinweis verwarf, das werde ihn an den Bettelstab bringen. Wenn er seinen Adoptivvater nach Genua begleitete, ging Bernardino zum Hafen und blickte den fremden Segelschiffen hinterher, die voll beladen nach Alexandria, Beirut und Tripolis in See stachen. Kehrten sie zurück, roch der ganze Hafen beim Entladen nach Zimt und Muskat.

Im tausendvierhundertsechzigsten Jahr nach der Geburt unseres Erlösers starb Giacomo Bellapianta an einer Vergiftung durch verdorbene Muscheln, die er nicht hatte wegwerfen wollen.

Noch am Tag der Beerdigung begann Bernardino Bellapianta, die Pläne umzusetzen, über denen er seit Jahren heimlich gebrütet hatte. Er trieb sämtliche offenen Forderungen ein, die sein Vater hinterlassen hatte, sodass den Geschäftsfreunden Hören und Sehen verging. Von dem Geld kaufte er Waffen: Schwerter und Piken, Harnische und Helme mit und ohne Verzierungen, zwei Dutzend komplette Rüstungen, vierhundert Hakenbüchsen und acht Falkonette. Schließlich ließ er von einem der besten Waffenschmiede der Stadt eine Paraderüstung mit Silbertauschierung anfertigen. Dazu kaufte er Messer und Dolche, verschiedene Werkzeuge, ein paar hunderttausend Nägel und auch noch Sättel und Geschirre, Gürtel, Futterale und Taschen. Kurz: Er kaufte alles, wofür die Mailänder Handwerker bekannt waren. Wolle kaufte er keine.

Die Ware brachte er ins Kontor nach Genua. Dort erfuhr er von den Geschäftsfreunden seines Vaters, dass dieser eine Handelsgesellschaft mit einem gewissen Gerolamo Gattilusio aus Trapezunt betrieben hatte, einem entfernten Verwandten der Herren von Mytilene. Die Gesellschaft war aufgelöst worden, und Gattilusio hatte einen Berg unbeglichener Verbindlichkeiten hinterlassen. Bernardino Bellapianta beschloss, auch dieses Geld einzutreiben.

«Es geht nach Trapezunt», sagte er zu seinem Bruder, während er eine Vollmacht für den Hausverwalter unterschrieb. «Willst du mit?»

«Nein», sagte Giancarlo. Und dann kam er trotzdem mit.

Sie ritten mit einem Geleitbrief des Herzogs Francesco Sforza nach Genua, wo zu jener Zeit alles drunter und drüber ging. In der Stadt tobte ein Machtkampf zwischen verfeindeten Familien. Von Norden her war ein mailändisches Heer im Anmarsch und von Westen ein französisches. Im Kastell über der Stadt saß eine französische Besatzung und richtete ihre Rohre auf den Anleger. Der Doge befahl allen Kaufleuten, ihre Schiffe aus dem Hafen zu holen und außerhalb der Reichweite der französischen Kanonen vor Anker gehen zu lassen. Die Händler aber weigerten sich mit dem Hinweis, die Versicherung werde in diesem Fall nicht bezahlen. Sollten die verdammten Franzosen die Schiffe doch im Hafen versenken.

Bernardino Bellapianta schaffte es trotz dieses Durcheinanders und mit Hilfe der Kontakte der genuesischen Geschäftsfreunde seines Vaters, eine Karacke zu mieten. Während in den Straßen von Genua die Kugeln pfiffen, ließ er das Schiff mit seiner Ware beladen. Am selben Abend rauschten die Segel nach unten, und der landseitige Wind schob sie unter dem Krachen der Schüsse aufs Meer hinaus.

Noch in Genua hatte man Bernardino Bellapianta gewarnt,

in Trapezunt sei nichts mehr zu gewinnen: Angeblich zog Sultan Mehmed ein Heer zusammen, um der Stadt den Rest zu geben. Trapezunt war einer der letzten christlichen Zwergstaaten, die aus den Tagen der Kreuzzüge übrig geblieben waren, kaum mehr als ein Insekt auf dem Rücken Kleinasiens an der Küste des Schwarzen Meeres. Wer konnte es Mehmed verdenken, dass er sich dieses kleinen Ärgernisses auch noch entledigen wollte?

Bernardino Bellapianta aber dachte keinen Augenblick lang daran, auf sein Geld zu verzichten. Er trieb die Mannschaft zur Eile an. Mit günstigen Winden segelten sie durch die Straße von Messina. Vor Kreta kamen sie so dicht an einem venezianischen Gewürzkonvoi vorbei, dass der Duft von Zimt und Muskat bis zu ihnen herüberwehte. In Mytilene nahmen sie Frischwasser und Proviant an Bord. Unter den Händlern im Hafen fand sich tatsächlich einer, der bestätigen konnte, dass Gerolamo Gattilusio immer noch in Trapezunt war.

Nachdem sie die Dardanellen passiert hatten, sahen sie in der Ferne einen Teppich von türkischen Galeeren vor einer riesigen Werftanlage. Im Schutz der Dunkelheit glitten sie durch den Bosporus. Eine Woche später machten sie an einem wolkenlosen Sommermorgen in Trapezunt fest.

Die Häuser der Stadt lagen wie die bunt zusammengewürfelte Zuschauermenge eines gigantischen Amphitheaters im Halbrund des felsigen Trichters, der sich zum Meer hin öffnete. An der Wasserlinie standen die Paläste der Kaufleute aufgereiht wie an einer Perlenschnur, dahinter zog sich ein wuchtiger Bastionsgürtel entlang. Kuppeln glänzten im Morgenlicht. Hoch oben auf ihrem Felssporn lag wie ausgestorben die Zitadelle. Während sie das Schiff vertäuten, erwachte die Stadt, doch es war keine normale Geschäftigkeit. In hektischer Eile wurden Kisten und Ballen aus den Häusern getragen, auf Eselskarren festgezurrt, zum Hafen gebracht und auf Schiffe verladen. Gerüchte schwirrten durch die Luft, der Sultan sei im Anmarsch.

Gerolamo Gattilusio war nicht aufzufinden. Bernardino Bellapianta fragte sich zu seinem Haus durch und fand alles verrammelt vor. Auch in der Nachbarschaft wurden die Fenster zugenagelt. Die Leute, mit denen Bernardino Bellapianta sprach, tippten sich an die Stirn. Wie viel Geld konnte dieser Gerolamo Gattilusio ihm denn schon schulden, dass er sich dafür mit einer Schiffsladung voller Kostbarkeiten in Reichweite einer Armee von beutegierigen Türken begab?

Das Heer von Mehmed ließ auf sich warten. Nachdem Bernardino Bellapianta einige Tage lang vergeblich versucht hatte, etwas über den Verbleib von Gerolamo Gattilusio in Erfahrung zu bringen, tauchte am Horizont ein Wald von Segeln auf: Statt des Heeres näherte sich die Flotte des Sultans. Bernardino Bellapianta begriff, dass es Zeit war, das Schiff aus dem Hafen zu bringen, doch seine Mannschaft hatte sich über die Tavernen der Stadt verteilt und ließ sich volllaufen. Die paar Männer, die er fand, waren kaum ansprechbar und nicht in der Lage, sich irgendwie nützlich zu machen, geschweige denn in die Taue zu klettern, um die Segel zu setzen. Nun wurde selbst Bernardino Bellapianta unruhig.

Die türkischen Galeeren gingen vor dem Hafen längsseits in Position. Das Flaggschiff mit der Standarte des Großwesirs Mahmud Pascha eröffnete das Feuer mit einem Signalschuss. Die Kanone war zu niedrig eingestellt: Die Kugel rauschte heran und schlug mitten im Rumpf der Karacke von Bernardino Bellapianta ein. Auf dieses Zeichen begann die gesamte Flotte aus allen Rohren zu schießen. Während die Karacke gemächlich sank, sausten die Kugeln über sie hinweg und schlugen krachend in die Bastionen ein.

Das Hafenbecken war so seicht, dass Bernardino Bellapianta

auf dem Oberdeck noch nicht einmal nasse Füße bekam, als die Karacke auf Grund ging. Mit erhobenen Fäusten jagte er die paar Männer, die sich verkatert an Bord bequemt hatten, in den Laderaum, um die Fracht nach oben zu bringen, während das Wasser durch das Leck hereinrauschte. Bald türmten sich Kisten und Säcke auf dem Deck, dazwischen glänzte die aufgebockte Paraderüstung in der Morgensonne, als sei der heilige Mauritius persönlich an Bord, um das Schiff und vielleicht auch gleich die ganze Stadt vor dem Untergang zu bewahren.

Die Türken kümmerte das wenig. Bald hatten sie sich eingeschossen. Nach einem Tag war die Vorstadt ein Trümmerfeld. Nach zwei Tagen zeigten sich erste Risse in den Bastionen. Nach drei Tagen waren mehrere Breschen in die Mauern geschossen. Und nach vier Tagen erschien der Sultan mit seinem Heer auf der Landseite vor der Stadt und machte der Sache ein Ende. Trapezunt legte die Tore nieder, und Mehmed zog ein.

Mahmud Pascha war ein neugieriger Mann. Als man ihm erzählte, dass ein italienischer Kaufmann tagelang auf einem Schiffswrack im Kugelregen ausgeharrt hatte, verlangte er noch am Tag der Kapitulation, zum Hafen gebracht zu werden. Seine Leibwache ließ er an Land zurück.

«Der erste Schuss geht immer zu tief», sagte er bedauernd, als er mit seinem Dolmetscher an Bord kam.

Eine Stunde lang sprachen er und Bernardino Bellapianta auf dem Achterkastell im Angesicht der zerstörten Stadt, während die Soldaten des Sultans die Kaufleute von Trapezunt an den Haaren zu ihren Warenlagern schleiften und die Janitscharen auf der Zitadelle die Halbmondflagge hissten.

«Was habt ihr geladen?», fragte Mahmud Pascha.

«Waffen», antwortete Bernardino Bellapianta.

«Davon haben wir genug», sagte Mahmud Pascha.

«Aber nicht solche.»

Mahmud Pascha ließ seinen Blick amüsiert über die Trümmer von Trapezunt schweifen. «Ach nein? Wir haben damit gerade eure Stadt zu Brei geschossen.»

Dann ließ er sich das Arsenal vorführen. Hieb mit einem blankpolierten Schwert probeweise das Ankertau durch. Schoss mit einer Hakenbüchse ein paar Löcher in die Kajütenwand. Vor der aufgebockten Paraderüstung blieb er stehen. Ob er sie anprobieren dürfe? Bernardino Bellapianta befand, dass er kaum in der Position war, Mahmud Pascha seinen Wunsch abzuschlagen. Die Rüstung passte, als sei sie eigens für den Großwesir geschmiedet worden.

Mahmud Pascha klappte das Visier des Helms hoch und fragte nach dem Preis.

«Ein Geleitbrief bis Erzurum.»

«Man merkt, dass Sie aus Genua sind», sagte Mahmud Pascha.

«Mailand», korrigierte Bernardino Bellapianta. «Außerdem brauche ich hundertzwanzig Kamele und eine Eskorte.»

«Dafür bekomme ich zweihundert Hakenbüchsen obendrauf.»

«Man könnte meinen, Sie sind aus Genua», murmelte Bernardino Bellapianta.

Für die folgenden Wochen wurden sie im Gästeflügel des Palastes hoch über der Stadt untergebracht. Bernardino Bellapianta traf die Vorbereitungen für den Aufbruch, während sein Bruder vom höchsten Turm der Zitadelle aus seine Drachen steigen ließ. In den Straßen trieben derweil die Plünderer weiter ihr Unwesen, und die Beamten des Sultans suchten im Auftrag ihres Herrn die schönsten Mädchen für den Harem und die schönsten Jungen für den Pagendienst am Hof aus. Im Hafen herrschte jetzt wieder reges Treiben: Während der größte Teil der Einwohner von Trapezunt unter Wehklagen von den türkischen Soldaten auf Boote gescheucht wurde, die sie zu den Galeeren brachten, lud die Mannschaft von Bernardino Bellapianta die Waren aus der gesunkenen Karacke auf Kamele um – bis auf die Paraderüstung und die zweihundert Hakenbüchsen, die der Großwesir abgezweigt hatte.

Als alles verladen war, neigte der Sommer sich bereits dem Ende zu. Die Kamele wurden gesattelt, und die Karawane machte sich auf den Weg. Vor Erzurum machte die Eskorte kehrt. Bernardino Bellapianta warb ein paar Bewaffnete als Geleitschutz an. Unbehelligt überschritten sie die Grenze zum Land des Herrn vom Weißen Hammel.

Sie ritten durch karges Gebirge. Nach vier Wochen erreichten sie Täbris, wo Bernardino Bellapianta die Hälfte seiner Waffen und Rüstungen verkaufte. Der Herr vom Weißen Hammel befand sich im Krieg mit seinem Nachbarn, dem Herrn vom Schwarzen Hammel, und zahlte einen mehr als anständigen Preis.

In Isfahan verkaufte Bernardino Bellapianta dem Herrn vom Schwarzen Hammel die andere Hälfte seiner Waffen, die er, unter Hunderttausenden von Nägeln verborgen, über die Grenze gebracht hatte. Für einen Teil des Geldes erwarb er ein paar hundert Teppiche, die persische Kaufleute über den Fluss herangeschafft hatten. Die gesamte Fracht wurde auf Maultiere umgeladen.

In Schiraz bot ihm ein mongolischer Händler einige Beutel mit Moschus aus den Bergen von Transoxanien an. Bei der Begutachtung im Hinterzimmer eines von Wasserpfeifen vernebelten Gasthauses stellte sich heraus, dass die Ware mit Kerzenwachs gestreckt war. Nachdem Bernardino Bellapianta den Mongolen unter den Tisch getrunken hatte, rückte dieser am nächsten Tag sechs Bleikisten mit Moschus in allerfeinster Qualität heraus.

Bernardino Bellapianta bezahlte mit Münzen aus gestrecktem Silber, ließ die Maultiere satteln und zog weiter.

Im Morgengrauen eines eiskalten Wintertages erblickten sie zum ersten Mal nach vier Monaten wieder das Meer. Aus dem graublauen Wasser erhob sich eine felsige Insel, an deren Nordspitze eine gewaltige Festung zu erkennen war. Die Maultiertreiber verrichteten im Angesicht des Meeres schlotternd vor Kälte ihre Morgengebete. Im Weggehen fragte einer von ihnen Bernardino Bellapianta verwundert, ob er nicht auch beten wolle, schließlich feiere man, wenn er richtig informiert sei, bei den Christen doch heute die Geburt des Propheten, den sie als ihren Erlöser verehrten. Bernardino Bellapianta bedankte sich für den Hinweis, befand aber, dass zum Beten keine Zeit sei, wenn sie noch vor dem Abend übersetzen wollten.

Am späten Nachmittag erreichte die Karawane das Ufer. Die Festung von Hormuz glühte in der untergehenden Sonne, und von den Minaretten wehte der Gebetsruf herüber. Sie fanden eine Fähre, die sie mit ihrer Fracht auf die Insel brachte.

Sechs Monate blieb Bernardino Bellapianta in Hormuz. Er mietete ein Lager und heuerte einen Dolmetscher an. Hörte sich in den Herbergen um. Streifte wochenlang auf dem Markt und im Hafen umher, um mit Lastenträgern und Perlenfischern ins Gespräch zu kommen. Verkaufte nach und nach seine Teppiche und lernte, mit den Arabern zu feilschen, die ihm gestreckten Weihrauch, minderwertiges Schildpatt, mit Gips vermengtes Ambra und mit Glaskugeln vermischte Perlen anboten und die gute Ware erst herausrückten, als sie merkten, dass er sich einfach nicht übers Ohr hauen ließ.

Schließlich kaufte er ein Schiff mit Segeln aus Binsenmatten, dessen Rumpf von Seilen zusammengehalten wurde. Er ließ Käfige, Trennwände und Futtertröge in den Laderaum einbauen und erwarb mit viel Bedacht fünf Dutzend arabische Pferde und hundert Jagdfalken. Innerhalb von wenigen Tagen wurde das Lager aufgelöst und alles verstaut. Als der Jasmin blühte, stachen sie in See.

Sechs Wochen lang segelten sie in Sichtweite der Küste. Auf widrige Winde folgten Flauten, und die Hitze an Bord wurde unerträglich. Die Pferde im Laderaum schlugen mit den Hufen gegen die Planken, und täglich mussten sie frisches Wasser an Bord nehmen. Als sie endlich wieder Fahrt aufnahmen, folgten ihnen Fliegende Fische und Kormorane, die so groß waren wie Ruderboote. Giancarlo studierte ihren Flug und machte sich Notizen.

In Cambay verkaufte Bernardino Bellapianta die Pferde und die Falken für das Achtfache des Preises, den er in Hormuz bezahlt hatte, und füllte den Laderaum mit Baumwolle. Als sie wieder aufbrachen, war der Sommer vorbei, doch die Hitze blieb. Sie segelten die Malabarküste hinab und nahmen Kurkuma, Safran und Kardamom an Bord. In Goa kaufte Bernardino Bellapianta ein zweites Schiff. Kolonnen von Trägern schleppten Fässer mit Pfeffer in den Laderaum, während zum Trocknen ausgelegte Schoten die Dächer der Stadt leuchtend rot färbten und wilde Affen in den Tauen herumschaukelten. Im Dezember machten sie in Mangalore fest. Im Januar in Calicut. Im Februar in Cochin.

Im März ankerten sie vor der Insel Ceylon, um Zimt und Ingwer einzuladen. Auf der Kaimauer saß ein alter Mann mit zerzaustem Bart und flackernden Augen. Er war in eine vor Dreck starrende Decke gehüllt und redete mit sich selbst in italienischer Sprache. Er faselte von Verfolgern, die ihm im Nacken säßen, und von Schiffen, die durch die Luft segelten. Bernardino Bellapianta hockte sich neben ihn, hörte geduldig zu, stellte ab und zu eine Frage. Aus dem Geschwafel des Alten reimte er sich dessen Geschichte zusammen: Der Mann stammte aus Ancona, war eine Zeitlang im Levantehandel tätig gewesen, hatte sich eines Tages fürchterlich verspekuliert und war vor seinen Gläubigern von Ägypten nach Indien geflohen. Von da an jedoch verirrte sich sein Bericht im Nebel der Einbildung: Er habe das Reich des Priesterkönigs Johannes gefunden, dessen Palast ganz aus Karfunkelsteinen gebaut sei und in dessen Land die Quelle der Unsterblichkeit entspringe.

«Und?», fragte Bernardino Bellapianta. «Haben Sie aus der Quelle getrunken?»

«Natürlich», sagte der Alte und sah ihn aus seinen flackernden Augen an. «Was hättest du denn getan? Ich bin dreihundert Jahre alt.»

Bernardino Bellapianta ließ ihn eine Weile reden, während die Träger kopfschüttelnd die nach Zimt und Ingwer duftenden Fässer an Bord rollten.

«Und der Palast?», fragte Bernardino Bellapianta schließlich. «Haben Sie den auch gesehen?»

«Selbstverständlich.» Der Zottelbart wies hinter sich, zu den bewaldeten Hängen der Insel. «Wie gesagt, ganz aus Karfunkelsteinen. Die Tore mit Elfenbein beschlagen.» Er wühlte in den Tiefen der zerfledderten Decke herum. «Hier.»

Bernardino Bellapianta traute seinen Augen nicht. In der schartigen Hand funkelte ein Rubin. Den habe er selbst aus der Mauer gebrochen, nicht, um sich zu bereichern, nein, sondern weil die Kraft des Steins ihn vor seinen Verfolgern schütze, erklärte der Alte.

Bernardino Bellapianta hatte begriffen. Er hörte sich das Geschwafel noch eine Weile an, dann erhob er sich, ging zurück an Bord und erklärte seinem Bruder, er werde für ein paar Tage abwesend sein.

Drei Wochen lang blieb Bernardino Bellapianta verschwunden. Als er zurückkehrte, saß der Alte nicht mehr auf der Kaimauer. Dafür irrte nun sein Bruder an Deck umher und fabulierte im Fieberwahn über fliegende Schiffe. Der Rest der Mannschaft lag im Laderaum und warf sich auf schmutzigen Decken hin und her. Von den genuesischen Seeleuten, die die Reise von Anfang an mitgemacht hatten, fehlte jede Spur; ein Händler aus Ägypten, dessen halbe Mannschaft von der gleichen Seuche dahingerafft worden war, hatte sie abgeworben. Einige von ihnen schafften es tatsächlich bis nach Hause und trugen dazu bei, dass die Geschichte von Bernardino Bellapiantas Reise die Runde machte, wobei Erlebtes mit Erfundenem zu einem schwer entwirrbaren Knäuel verflochten wurde.

Es dauerte drei Wochen, bis alle, die nicht gestorben waren, sich vom Fieber erholt hatten. Weitere sechs Wochen brauchte Bernardino Bellapianta, um so viele neue Seeleute anzuheuern, dass er wieder ablegen konnte. Angeblich hatte er von seinem Landgang einen Beutel mit Rubinen, Smaragden und Saphiren mitgebracht, doch niemand bekam die Steine je zu sehen.

Die beiden Schiffe segelten an der Koromandelküste entlang bis nach Mailapur, wo das Grab des heiligen Thomas verehrt wird. Ein frommer Mann aus Mailand vermachte Jahre später einen Finger des Apostels aus seiner privaten Reliquiensammlung der Kirche des heiligen Ambrosius und schwor auf dem Totenbett, er habe ihn seinerzeit von Bernardino Bellapianta für einen schwindelerregenden Preis gekauft, schwindelerregend vor allem deshalb, weil es sich nicht um irgendeinen Finger von Thomas handele, sondern um den, den dieser damals in die Seitenwunde des Erlösers gelegt habe.

Von Mailapur aus fuhren die beiden Schiffe weiter die Koromandelküste hinauf und kauften in verschiedenen Häfen vor allem Edelsteine und Elfenbein. An einem dieser Orte schloss Bernardino Bellapianta sich einem Konvoi von Händlern aus Bengalen an, die nach Malakka segelten. Nach sechs Wochen auf See liefen sie in den größten Hafen ein, den Bernardino

Bellapianta je gesehen hatte. Im Vergleich zu Malakka waren Genua und Venedig nichts als bescheidene Bootsanleger. Tausende von Schiffen lagen dort vor Anker, darunter Dschunken aus China, groß wie vier Karavellen. Der Markt war ein Ozean aus Verkaufsbuden, zwischen denen die steinernen Kontore der großen Kaufleute aufragten. In Malakka ließ sich alles im Übermaß finden, was auf der ganzen Welt nur irgendwie für Geld zu kaufen war. Händler aus Abessinien trafen auf Chinesen, Armenier auf Siamesen, Leute von den Gewürzinseln auf die Haremslieferanten des Sultans von Ägypten, dazwischen Araber, Türken, Perser, Gujaratis, Ceylonesen und Bengalen, Matrosen von der Malabarküste und Kaufleute von der Koromandelküste, von den Malediven, den Andamanen und den Nikobaren, Männer aus Pegu und Atjeh und von den Inseln im Osten, die nie ein Christenmensch gesehen hatte. Sänftenträger, Elefantentreiber, Bärenbändiger, Wahrsager, Akrobaten, Schwertschlucker und Feuerspucker wimmelten zwischen den Besuchern des Marktes durcheinander. Der Sultan von Malakka ließ an der Hafeneinfahrt Zoll auf die eingeführten Waren kassieren, anschließend konnte jeder dort frei seinen Geschäften nachgehen.

Und genau das tat Bernardino Bellapianta.

Während sein Bruder über der Stadt wieder einmal seine Drachen steigen ließ und die Mannschaft sich in den sagenhaften Bordellen der Stadt vergnügte, ließ er sich über den Markt treiben. Zuerst verkaufte er seine Baumwolle. Für den Rest seiner Waren mietete er, wie in Hormuz, ein Lager. Messer, Dolche, Werkzeuge, Nägel, Geschirre, Gürtel, Sättel, Futterale und Taschen riss man ihm aus den Händen. Ein chinesischer Kaufmann bot Seide gegen Pfeffer zu einem Kurs, der Bernardino Bellapianta hellhörig machte. Er übergab Giancarlo den Schlüssel zum Lager, mietete ein schnelleres Schiff und heuerte ein paar chinesische Matrosen an.

Beim nächsten Monsun segelten sie mit Gewürzen, Moschus, Weihrauch, Schildpatt, Ambra, Perlen und Edelsteinen nach Osten. Manch einer bezweifelte später, dass Bernardino Bellapianta wirklich bis nach China gelangt war, denn der dortige Herrscher hatte sämtliche Häfen für ausländische Händler sperren lassen und ließ jedem hundert Stockschläge verabreichen, der gegen die Verbote verstieß. Ein Kaufmann von den Gewürzinseln begann allerdings bald darauf in Malakka herumzuerzählen, er habe gesehen, wie ein Mann, dessen Beschreibung auf Bernardino Bellapianta passte, in einer Schmugglerbucht eine große Menge Kisten verschiedenster Größe auf eine Dschunke habe umladen lassen, die das Hoheitszeichen des Gouverneurs von Zaitun getragen habe. Bald fand sich auch jemand, der behauptete, Bernardino Bellapianta sei bis zu der sagenhaften Insel Cipangu vorgestoßen, auf der angeblich die Dächer mit Gold gedeckt sind. Ein Dritter schließlich konnte beschwören, Bernardino Bellapianta sei nach Cipangu aufgebrochen, sein Schiff sei aber auf dem Weg von einer Seeschlange angegriffen worden, woraufhin er kehrtgemacht habe.

Als Bernardino Bellapianta nach sechs Monaten wieder in Malakka vor Anker ging, hatte er sechshundert Ballen Seide im Laderaum. Auf Deck stapelten sich Kisten mit Porzellan, ganze Stämme von Sandelholz, Fässer mit Muskatnüssen, Amphoren mit Kampferöl, Käfige mit Papageien und ein paar Kästen, in denen in Seidentücher eingewickelte Federn des Paradiesvogels ruhten. Giancarlo erwartete ihn am Anleger. Er wollte endlich wieder nach Hause.

Sie blieben noch ein paar Wochen in Malakka und bereiteten die Rückreise vor. Ein Kaufmann aus Gujarat vermittelte Bernardino Bellapianta schließlich drei Schiffe. Im Herbst brachen sie auf und reisten auf derselben Route zurück, auf der sie gekommen waren. Jedes Mal, wenn sie einen Hafen verließen, lagen die Schiffe eine Handbreit tiefer im Wasser.

Zum Jahresende erreichten sie über das Rote Meer das Land des Sultans von Ägypten. Bernardino Bellapianta ging an Land und verteilte Schmiergelder, damit die Beamten seine Fracht durchließen. Die gesamte Ware wurde auf Kamele verladen und nach Alexandria gebracht, wo der genuesische Konsul Bernardino Bellapianta eine Karacke besorgte.

Kurz vor Messina verfolgte sie eine Galeere mameluckischer Piraten. Bernardino Bellapianta ließ die Falkonette in Stellung bringen und den Mamelucken die Segel in Fetzen schießen, bis die Ruderer den Dienst verweigerten und die Galeere abdrehte.

Anfang März des tausendvierhundertsechsundsechzigsten Jahres nach der Geburt unseres Erlösers machten sie schließlich in Genua fest. Am Anleger liefen die Leute zusammen. Der ganze Hafen duftete nach Zimt und Muskat. Der Wert der Ladung wurde auf eine Viertelmillion Scudi geschätzt.

Während die Fracht unter Bewachung in das Kontor gebracht wurde, packte Giancarlo das Heimweh und Bernardino neuer Tatendrang.

Er ließ einen mit einer großen Decke sorgfältig verhängten Kasten auf einen Wagen laden und bat einen Geschäftsfreund seines Vaters, die Formalitäten für ihn zu erledigen. Die beiden Brüder bestiegen den Kutschbock, dienstbare Hände spannten an, und sie rollten davon. Sie fuhren eine Nacht, einen Tag und eine weitere Nacht und hielten nur an, um die Pferde zu wechseln. Schließlich tauchten die Mauern von Mailand im Morgennebel vor ihnen auf. Fast fünf Jahre waren seit ihrem Aufbruch vergangen.

Die Torflügel der Porta Ticinese schwangen auf, und ein Reiter sprengte an ihnen vorbei, ohne sie zu beachten. Er trug die Standarte mit der gekrönten Schlange des Hauses Sforza.

Ratternd rollten sie durch die erwachende Stadt. Fensterläden schwangen auf. Lieferanten luden ihre Waren ab. Vogelgezwitscher lag in der Luft. Alle Glocken läuteten, als gäbe es etwas Großes zu verkünden.

Vor dem Kastell wimmelte es von Wachen. Einer, der die Uniform der herzoglichen Leibwache trug, brachte den Wagen mit einem Wink zum Stehen. Kniff die Augen zusammen. Schien Bernardino Bellapianta zu erkennen, sagte aber nichts. Deutete fragend auf den verhängten Kasten.

«Ein Geschenk für den Herzog», sagte Bernardino Bellapianta.

«Da will wohl einer der Erste sein.»

Bernardino Bellapianta blickte den Soldaten fragend an, aber der beachtete ihn nicht mehr. Nachdenklich umrundete er den Wagen. Hob schließlich die Decke ein Stück an. Zog die Augenbrauen hoch. Die Wachen strafften sich. Hände tasteten nach Schwertgriffen. Doch auf einen Wink wurde der Weg freigegeben.

Der Wagen rollte über eine Zugbrücke, durch die Torbastion, über eine weitere Zugbrücke und unter dem mächtigen Torturm hindurch auf den weiten Exerzierplatz des Kastells. Geschäftig eilten Bewaffnete hin und her. Nach kurzer Wartezeit passierten sie eine zweite Toranlage und kamen in einen von Säulengängen eingefassten Innenhof. Bernardino Bellapianta brachte die Pferde zum Stehen.

Zwischen den Säulen tauchte eine Frau auf. Seide glänzte matt im Morgenlicht, als sie aus dem Schatten trat. In diesem Augenblick erkannte Bernardino Bellapianta, wen er vor sich hatte. Bianca Maria Visconti, Francesco Sforzas Frau.

«Ein Geschenk für den Herzog?», fragte sie. Ihre Augen funkelten lauernd. Erst jetzt begriff Bernardino Bellapianta: der Reiter. Das Glockengeläut. Die Wachen.

Bianca Maria Visconti scheuchte einen Pagen weg, der sich ihr von der Seite genähert hatte. Dann trat sie an den verhängten Wagen und zog mit einem kräftigen Ruck am Saum des Stoffes. Die Decke fiel zu Boden. Darunter kam ein aus dicken Holzstäben zusammengebundener Käfig zum Vorschein. Der Boden war mit Stroh ausgelegt. Darüber ein schwarz-gelb gemustertes Fell. Gebleckte Zähne. Zwei grüne Augen. Ein Leopard.

«Dass wir uns hier gleich richtig verstehen», sagte Bianca Maria Visconti und musterte Bernardino Bellapianta abschätzig. «Mein Mann ist heute Nacht vor den Thron seines Schöpfers getreten. Der Herzog von Mailand heißt jetzt Galeazzo Maria Sforza. Nur für den Fall, dass Sie einer von denen sind, die sich falsche Vorstellungen von der Zukunft dieses Staates machen.»

Sie wandte sich erneut dem Käfig zu. Der Leopard hatte begonnen, sich das Fell zu lecken, ohne seine Umgebung weiter zu beachten. Die Zunge schnellte zwischen den großen Fangzähnen vor und zurück. Einen Augenblick lang sah es tatsächlich so aus, als wollte Bianca Maria Visconti durch die Gitterstäbe greifen, um ihn zu streicheln. Der Anblick des Raubtiers schien sie milde zu stimmen.

«Wenn mein Sohn Sie braucht, wird er Sie rufen lassen», sagte sie, ohne Bernardino Bellapianta noch einmal anzublicken.

4 Als ich so weit zu Kräften gekommen war, dass ich die Galerie über dem Innenhof ohne Hilfe dreimal umrunden konnte, verordnete Bernardino Bellapianta mir einen ersten Gang in die Stadt.

«Vielleicht fördert das deine verschütteten Erinnerungen zutage», meinte er. Dann ließ er Paolo rufen.

Wir machten uns auf den Weg, Gänge mit bemalten Decken entlang und breite Treppen hinunter, durchquerten den Innenhof mit dem Brunnen und gelangten über einen Eingangskorridor zum Portal. Ab und zu begegneten uns Bedienstete, die mich aus den Augenwinkeln neugierig musterten. Das Tor stand offen und gab den Blick auf den Platz frei. Gegenüber glühte die schlichte Ziegelfassade von San Giorgio al Pozzo Bianco im Nachmittagslicht. In die Front war als einziger Schmuck die Marmorstatue eines in eine Toga gehüllten Mannes eingelassen. Paolo sah mich prüfend von der Seite an. Fürchtete er, dass mein Zustand einen längeren Gang durch die Nachmittagshitze noch nicht erlaubte? Dass plötzlich über mich hereinbrechende Erinnerungen mich überwältigen würden? Oder dass die Fülle an völlig unbekannten Eindrücken mich überforderte? Ich sagte nichts. Wir traten ins Freie.

Bernardino Bellapianta hatte dafür gesorgt, dass ich passende Kleider bekam: eine schwarze und am Oberschenkel geschlitzte Trikothose, ein weißes Baumwollhemd mit weitem Halsausschnitt und ein dunkelgrünes, gepolstertes und mit einer roten Borte paspeliertes Wams, das von einem schmalen Ledergürtel an der Taille zusammengehalten wurde und darunter in einen kurzen Schoß auslief. Meine Füße steckten in Kalbslederschuhen. Alles war neu und elegant. Ich trug die Kleidung von jemandem, der etwas darstellte. Hatte Bernardino Bellapianta sie für mich anfertigen lassen? Hatte jemand Maß genommen, während ich schlief?

Unschlüssig ließ ich meinen Blick umherschweifen. Die Häuser, die die freie Fläche säumten, bildeten ein ungeordnetes Spalier. Fast alle Fensterläden waren weit geöffnet. Die Statue vor der Kirche hatte Glupschaugen. Ein gefleckter Hund hob das Bein an einem Eckstein, in den hochkant ein paar verwitterte Buchstaben gemeißelt waren. Ich weiß nicht, warum ich mich so genau an all diese Details erinnere. Vielleicht war mein Verstand noch nicht in der Lage, ein Gesamtbild zu erfassen. Möglicherweise hatte aber auch der Anblick der wimmelnden Figuren auf den Wandteppichen meine Augen zu sehr daran gewöhnt, an Einzelheiten hängenzubleiben.

Der Palast von Bernardino Bellapianta war in blassem Gelb verputzt, die Fenster hatten auf allen drei Stockwerken gemusterte Laibungen aus Terrakotta mit feinen Verzierungen in Form von schlanken gedrehten Säulen und Blattwerk. Unter der Dachkante verlief ein Fries. Das Portal hatte einen Rahmen aus weißem Marmor und wurde von zwei girlandengeschmückten Blendsäulen flankiert. Das Gebäude beherrschte den Platz, ohne aufzutrumpfen. Trotz seiner Größe wirkte es freundlich, als wollte es Umstehende und Vorbeigehende seines Schutzes versichern.

Welchen Weg wir nahmen, weiß ich nicht mehr. Meine Augen sprangen von einem Detail zum anderen, und je länger wir gingen, desto schlimmer wurde es. Ich sah die goldene Jakobsmuschel am Hals einer eleganten Dame. Ich sah ein aufwendig verziertes Türschloss, das lange nicht geölt worden war. Ich sah den Geldbeutel am Gürtel eines breitbeinig daherwatschelnden Mannes. Ich sah die bossierten Ecksteine eines prachtvollen Palastes, an denen man bis auf das Dach hätte klettern können. Ich sah die geplatzte Ader im Auge eines Ladenbesitzers, die von der gleichen Farbe war wie der Rubin an seinem Finger. Ich sah die Münzen in der Hand eines Betrunkenen, die für den nächsten Rausch wahrscheinlich nicht mehr reichen würden. Ich sah die große und wie ein Papageienschnabel gebogene Nase eines bärtigen Mannes, der von einem lahmenden Pferd aus einem Bettler eine Münze zuwarf. Ich sah die Goldfäden im seidenen Halstuch einer Frau. Wie aufdringliche Blitze leuchteten solche Einzelheiten auf. Und immer wieder sah ich Schlösser und Schlüssel, versteckt oder offen getragenen Schmuck; überall glänzten Gold, Silber und Seide. Waren das eingeübte Gewohnheiten, die als Vorboten von Erinnerungen an die Oberfläche meines Bewusstseins brachen? War ich ein Dieb gewesen?

Paolo riss mich aus meiner Verwirrung. «Hier war es», sagte er.

Wir waren auf der Piazza Verzaro stehen geblieben. Jemand steckte Fackeln in die Eisenringe an einer Hauswand. Ein paar Händler, die spät dran waren, bauten ihre Stände ab. Einer von ihnen fegte Abfälle von Obst und Gemüse mit einem Reisigbesen zusammen.

«Hier hat er dich gefunden.» Paolo tippte mich an und bedachte mich mit einem sorgenvollen Blick, weil ich immer noch nicht reagierte. «Geht es dir nicht gut?»

«Ich weiß nicht. Hier, sagst du?»

«Genau hier. Vor der Hauswand da drüben.»

Ich blickte auf die Stelle, an der mein Leben fast zu Ende gegangen wäre und dann noch einmal von vorn begonnen hatte. Es war, als betrachtete ich den Schauplatz eines Ereignisses, das nichts mit mir zu tun hatte. Ich versuchte mir vorzustellen, wie ich dort gelegen hatte.

«Wir sollten zurückgehen», sagte Paolo nach einem weiteren Seitenblick. «Für heute reicht es.»

Auf dem Rückweg wurde es besser. Straßen und Gassen kamen mir vertrauter vor. Ich sah ganze Häuser und ganze Menschen. Weitere Sinneswahrnehmungen stellten sich ein: Ich roch Gebratenes und Verbranntes, die Düfte der Frauen und den Gestank der Gossen. Ich hörte Kirchenglocken und das Klappen von Fensterläden. Und ich hatte das merkwürdige Gefühl, dass es nach Hause ging.

Wir bogen um eine Ecke und standen plötzlich wieder auf dem Platz vor San Giorgio al Pozzo Bianco. Das Portal des Hauses von Bernardino Bellapianta stand weit offen. Hinter der schattigen Durchfahrt leuchtete das Pflaster des ersten Innenhofes in der Nachmittagssonne.

5 Wer Pandolfos Bericht aufmerksam gelesen hat, mag sich zu Recht über die unschuldige Vertraulichkeit gewundert haben, mit der unser junger Freund den Schauplatz seiner Wiedergeburt als Haus bezeichnet. Offenbar sind ihm zusammen mit seinem Gedächtnis auch die Maßstäbe verlorengegangen. Denn dieses sogenannte Haus war einer der größten Paläste von ganz Mailand, und wer die Bauten der Visconti und der Missaglia, der Castano und der Borromeo vor Augen hat, der kann sich eine Vorstellung davon machen, was das bedeutete.

Der neue Palast von Bernardino Bellapianta war Gegenstand maßloser Bewunderung und hasserfüllten Neides. Dieser Mann, dessen Leben in einer Holzkiste vor der Klosterpforte von Santa Maria di Lantasio begonnen hatte, maßte sich an, die alteingesessenen Mailänder Familien bis aufs Blut zu reizen, indem er ihnen einen Prachtbau vor die Nase setzte, der ihre seit Jahrhunderten von einer Generation zur nächsten weitervererbten Residenzen in den Schatten stellte. Und weil die Umstände der Entstehung dieses Gebäudes für den Verlauf unserer Geschichte nicht ganz unbedeutend sind, machen wir uns noch einmal auf den Weg in die Vergangenheit.

Kaum war Bernardino Bellapianta von seiner oben geschilderten Reise zurückgekehrt, widmete er sich dem Ausbau der Geschäfte. Er machte die Ware zu Geld, kaufte eine Seidenweberei und knüpfte neue Verbindungen. Bald war er an einem Dutzend

Handelsgesellschaften beteiligt, deren Schiffe von Genua aus die Levante befuhren. Das Haus wurde langsam zu eng für die vielen Waren und die Menschen, die in Bernardino Bellapiantas Auftrag für ihre Verteilung sorgten.

Zu dieser Zeit ergab es sich, dass seine Geschäfte ihn nach Rom führten, wo er mit einem päpstlichen Hoflieferanten über ein Edelsteingeschäft zu verhandeln hatte. In seinen freien Stunden streifte er durch die Stadt und sah den Arbeitern zu, die von den antiken Ruinen die Marmorverkleidungen abrissen und in Gruben zu Kalk brannten. Dabei traf er auf einen jungen Mann, der auf einer umgestürzten Säule saß und zeichnete. Er stellte sich vor.

«Angenehm. Donato Bramante.»

Damals sank vor diesem Namen noch niemand in Ehrfurcht auf die Knie. Donato Bramante war ein Niemand von siebenundzwanzig Jahren, der zeichnen konnte wie ein Gott, den Kopf voller Pläne hatte und entschlossen war, es in seinem Leben zu etwas zu bringen. Bernardino Bellapianta erkannte sein Talent mit sicherem Blick.

Im folgenden Frühjahr kam Donato Bramante nach Mailand. Drei Monate lang schlossen er und Bernardino Bellapianta sich in dessen Arbeitszimmer ein. Manchmal sah man sie am Fenster stehen und hierhin und dorthin zeigen. Bernardino Bellapianta ließ einen riesigen Tisch hereinbringen, der bald von Blättern mit Zeichnungen und Berechnungen übersät war, sodass die Bediensteten nicht mehr wussten, wo sie das Essen abstellen sollten.

Donato Bramante, nach dessen Plänen bis dahin noch nicht einmal ein Schafstall gebaut worden war, entwarf einen Palast, der trotz seiner enormen Größe von erhabener Schlichtheit war. Das bestehende Gebäude sollte um zwei weitere Innenhöfe ergänzt werden, die von einem Kranz aus Ställen, Speichern, Werkstätten und Wohnräumen umgeben sein würden. In einem eigenen Flügel im rückwärtigen Bereich sollte ein Festsaal eingerichtet werden, der über zwei Stockwerke ging.

Als die beiden das Arbeitszimmer wieder verließen, kursierten im Viertel allerhand Gerüchte über das, was sie dort angeblich getrieben hatten. Doch da niemand wusste, wer dieser Donato Bramante war, fielen die Nachbarn aus allen Wolken, als es an einem gewittrigen Junitag im tausendvierhundertdreiundsiebzigsten Jahr nach der Geburt unseres Erlösers gleichzeitig an siebzehn Türen klopfte. Die Eintretenden stellten sich als Beauftragte von Bernardino Bellapianta vor und hielten den verdutzten Hausbesitzern mehr Geld unter die Nase, als diese in ihrem restlichen Leben noch hätten verdienen können. Zwei Stunden später lagen sechzehn Kaufverträge auf Bernardino Bellapiantas Tisch. Das siebzehnte Haus gehörte einer Witwe namens Bertrada Facchinetti, die den Besucher mit einem Schürhaken wieder hinausgejagt hatte.

Im Herbst begannen die Abrissarbeiten. Der ganze Häuserblock wurde abgetragen, bis auf das Haus von Bertrada Facchinetti, das wie der letzte Zahn im Gebiss eines alten Leoparden stehen blieb. Bei den Ausschachtungsarbeiten fand man ein römisches Kapitell, das Bernardino Bellapianta zu einem Brunnen umarbeiten und in einem der Innenhöfe aufstellen ließ. Dann begannen neue Mauern aus dem Boden zu wachsen. Steinmetze, Maurer, Zimmerleute, Dachdecker, Schmiede, Schlosser, Maler und Glaser arbeiteten wie die Ameisen. Der Geruch von Mörtel, Putz und frisch gesägtem Holz wehte über den Platz vor San Giorgio al Pozzo Bianco und vermischte sich an den Sonntagen mit dem Duft des Weihrauchs, der aus der Kirche drang.

Knapp zweieinhalb Jahre später wurden die Gerüste abgebaut und gaben den neuen Palast frei, der das alte Gebäude umschloss wie ein Kokon. Seine atemberaubende Eleganz wurde nur durch einen einzigen Schönheitsfehler an der Südflanke gestört: das Haus von Bertrada Facchinetti, das, so gut es ging, in den Palast integriert worden war. Als die alte Witwe eines Morgens vom Markt zurückkehrte, musste sie feststellen, dass ihre Fassade frisch verputzt worden war. Sie verpasste Bernardino Bellapianta eine Kopfnuss wie in seinen Kindertagen. Damit war der Fall für sie erledigt.

«Sieht gut aus», räumte sie ein, während sie, auf ihren Stock gestützt, mit ihrem gichtigen Finger über den noch feuchten Mörtel fuhr. «Aber mein Haus kriegst du erst, nachdem sie mich rausgetragen haben.»

«Was hoffentlich so schnell nicht passieren wird», antwortete Bernardino Bellapianta. Eine Woche später ließ er eine Wand durchbrechen, um Bertrada Facchinetti Zugang zu seinem Brunnen zu verschaffen. Und während ihre Kinder und Enkel hofften, dass die Alte endlich ins Gras biss, damit sie Bernardino Bellapianta das Haus zum Wucherpreis verkaufen konnten, versorgten dessen Angestellte Bertrada Facchinetti mit Obst und Gemüse und achteten darauf, dass sie genug trank. Anfangs spekulierten die Verwandten darauf, dass Bernardino Bellapianta sie auf diese Weise vergiften ließ. Doch Bertrada Facchinetti verteilte noch unglaubliche fünfzehn Jahre lang Kopfnüsse, während ihre Erben einer nach dem anderen wegstarben, ohne jemals begriffen zu haben, dass Bernardino Bellapianta, für den das ganze Leben eine Kaufmannsrechnung zu sein schien, gegenüber den Menschen, die ihm nahestanden, von einer Großzügigkeit war, die ihre engen Herzen niemals ermessen konnten. Auf dem Totenbett vermachte Bertrada Facchinetti ihm das Haus. Er rührte es nicht an.

Bei der Einweihungsfeier des neuen Palastes gab sich Herzog Galeazzo Maria Sforza persönlich die Ehre. Mit auf dem Rücken verschränkten Armen und missmutigem Gesicht durchschritt er die Räume und ließ seinen Blick über die Wandbemalungen schweifen. Es war klar, was er dachte: Hier machte ihm jemand Konkurrenz. Gewiss mochten seine eigenen Säle im Kastell immer noch um einiges prunkvoller sein, alles andere wäre ja auch noch schöner gewesen. Aber gerade die Leichtfüßigkeit der Säulengänge, der Verzicht auf überbordende Farbenpracht, die gelassene Großzügigkeit – all das waren untrügliche Zeichen, dass Donato Bramante, dieser Grünschnabel aus Fermignano, hier den Beginn einer neuen Epoche eingeläutet hatte. Der alte, vom Wein zerrüttete Dionysos blickte über den Rand seines Bechers in die Augen des unbekümmerten und tatendurstigen Apollo. Was er sah, konnte ihm nicht gefallen.

Im Verlauf des Abends gelang es Galeazzo Maria Sforza, Donato Bramante abzuwerben. Eine Woche später stürzten sich vor dem Beginn der Weihnachtsmesse drei Verschwörer auf den Herzog und durchlöcherten ihn mit ihren Dolchen. Galeazzo Maria Sforza, der einen Astrologen im Kerker hatte verhungern lassen, weil der ihm prophezeit hatte, er werde das elfte Jahr seiner Regierung nicht vollenden, dieser Galeazzo Maria Sforza starb im elften Jahr seiner Regierung den schnellsten Tod, den man sich denken kann. Seine tyrannische Seele entwich, noch bevor sein Kopf auf den Boden der Kirche aufschlug. Er hinterließ neben einer ganzen Reihe weiterer ehelicher und unehelicher Kinder seinen siebenjährigen Sohn Gian Galeazzo, der die Macht erben sollte. Und neben einer ganzen Reihe weiterer ehelicher und unehelicher Geschwister hinterließ er seinen Bruder Ludovico, den man damals schon den Schwarzen nannte und der beschlossen hatte, dass es so weit nicht kommen würde.

Einen Monat nach dem Mordanschlag saß Bernardino Bellapianta spätabends beim Schein des Kaminfeuers über seinen Abrechnungen, als Alvaro das Arbeitszimmer betrat und einen Besucher meldete, den man nicht würde warten lassen können.

Bernardino Bellapianta legte die Schreibfeder weg und trat auf die Galerie über dem ersten Innenhof. Neben dem Kapitellbrunnen stand ein Mann mit tief ins Gesicht gezogener Kapuze. Bernardino Bellapianta ahnte, wer ihm hier um diese Zeit unangemeldet und in aller Heimlichkeit seine Aufwartung machte. Und er ahnte auch, was dieser Besucher von ihm wollte. Er eilte nach unten.

Ludovico war ungehalten, das sah Bernardino Bellapianta sofort. Seine dunklen Augen funkelten unter der Kapuze. Er hatte an diesem Tag seinem in aller Eile zum Herzog ausgerufenen Neffen Gian Galeazzo die Treue schwören müssen. Bona von Savoyen, die Mutter des Jungen, war als Vormund eingesetzt worden. Cicco Simonetta, der seit den Zeiten von Francesco Sforza die Kanzlei geleitet hatte, führte die Geschäfte. Ludovicos Vorhaben, die Macht sofort zu übernehmen, war damit vorerst gescheitert.

«Wer zum Teufel muss man sein, damit man bei Ihnen nicht im Innenhof stehen gelassen wird wie der letzte Dienstbote?», polterte Ludovico der Schwarze zur Begrüßung. «Der Papst?»

«Nach dem Eindruck meines Verwalters legen Sie keinen Wert darauf, dass Ihre Anwesenheit hier im ganzen Haus bekannt wird», entgegnete Bernardino Bellapianta vorsichtig.

«Soso, nach dem Eindruck Ihres Verwalters. Dem überlassen Sie also das Urteil darüber, wie ein Fürst aus dem Hause Sforza bei Ihnen empfangen zu werden wünscht. Die Frechheiten werden Ihnen noch vergehen, Bellapianta.»

Bernardino Bellapianta sagte nichts. Er führte seinen Gast die Treppe hinauf ins Arbeitszimmer. Als sie eintraten, war der

Schreibtisch leer geräumt bis auf eine Karaffe mit Wein und zwei gefüllte Kristallpokale. Im Kamin waren ein paar Scheite nachgelegt worden.

Ludovico der Schwarze streifte mit einer unwirschen Handbewegung die Kapuze ab, griff sich einen der Pokale, stürzte den Wein hinunter und goss sich nach. Dann begann er im Schein des auflodernden Feuers auf und ab zu gehen. Seine schwarzen Haare waren in Unordnung, und an seiner Schläfe zeichnete sich ein Geäst von Adern ab.

«So einen Tag will ich nicht noch mal erleben», schimpfte er und trank noch einen Zug. Bernardino Bellapianta beschloss, ihn reden zu lassen, bis der Wein seine Wirkung tat.

Ludovico blieb stehen und starrte in die Flammen. «Wir werden jetzt von einem Dreikäsehoch regiert, der mit sieben Jahren immer noch zu dumm ist, bis drei zu zählen. Seine Mutter, die vor Überheblichkeit kaum laufen kann, lässt sich von Simonetta am Nasenring durch die Manege führen und merkt es nicht einmal. Überhaupt, Simonetta, den hätten Sie mal sehen sollen. Dieser intrigante Scheißhaufen stand die ganze Zeremonie über grinsend daneben. Aber eins sage ich Ihnen, Simonetta hat sich die längste Zeit auf unsere Kosten die Taschen vollgemacht. Das Nächste, was der in sein nimmersattes Maul gestopft kriegt, sind seine eigenen Eier.»

Bernardino Bellapianta sagte immer noch nichts. Ludovico war berüchtigt für seine unghehobelten Ausbrüche, doch wer ihn kannte, der wusste, dass man sich dadurch auf keinen Fall dazu verleiten lassen durfte, seine Klugheit zu unterschätzen.

Ludovico stieß mit dem Fuß einen verrutschten Holzscheit ins Feuer. «Fassen wir es zusammen», sagte er etwas ruhiger. «Meine Schwägerin ist nicht in der Lage, diesen Staat zu führen, und mein verwöhnter Neffe wird es noch in zwanzig Jahren nicht sein. Simonettas Stern geht gerade unter. Meine Schwägerin wird ihn fallen lassen müssen, wenn sich das Ausmaß seiner Veruntreuungen herumgesprochen hat, und dann steht sie allein da, während rundherum alle die Messer wetzen. Ich bin der Einzige, der diesen Staat zusammenhalten kann. Jeder weiß das.» Er drehte sich um und fixierte Bernardino Bellapianta mit einem drohenden Blick. «Kluge Leute wie Sie sollten sich von Anfang an auf die richtige Seite schlagen und nicht erst dann, wenn es alle tun. Denn wenn es so weit ist, wird ganz Mailand Schlange stehen, um mir in den Arsch zu kriechen, und dann können Sie sich hinten anstellen.»

«Wie viel schwebt Ihnen vor?», fragte Bernardino Bellapianta.

«Endlich mal einer, der zur Sache kommt, anstatt meine Zeit zu verplempern. Achttausend für den Anfang.»

«Sicherheiten?»

Ludovico der Schwarze tat, als verschluckte er sich an seinem Wein. «Ihre Unverschämtheit kennt wirklich keine Grenzen. Ihnen ist wohl nicht bewusst, dass Sie mich brauchen. Ich bin Ihre Sicherheit.»

Er ging zum Fenster und blickte hinaus in die Dunkelheit des zweiten Innenhofes. Die Marmorbalustrade schimmerte matt im Mondlicht. Ein unregelmäßiger Vorsprung im Dach verriet, wo das Haus von Bertrada Facchinetti stand.

«Mein Bruder hat nicht übertrieben, was diesen Bau angeht. Sie und dieser Bramante da haben wirklich ganze Arbeit geleistet. Bravo. Und dass Sie das Haus von dieser alten Witwe stehen gelassen haben, das war ja wochenlang Stadtgespräch. Alle lieben Sie dafür. Noch mal bravo.» Er wandte sich wieder Bernardino Bellapianta zu. Seine Augen verengten sich. «Aber Visconti, dessen Palast sich gegen diesen hier wie ein Schweinestall ausnimmt, der liebt Sie nicht. Missaglia, dem Sie mit Ihren Importen die Preise kaputt machen, der liebt Sie nicht. Castano, der meinem Bruder zum Amtsantritt ein paar Jagdhunde geschenkt hat, während es bei Ihnen gleich ein Leopard sein musste, der liebt Sie nicht. Und Borromeo, der sein Jagdschloss verpfänden musste, um seine Außenstände bei Ihnen zu begleichen, der liebt Sie auch nicht.»

Ludovico ließ die Wucht seiner Worte wirken, während er sich erneut Wein nachschenkte. Dann trat er dicht an Bernardino Bellapianta heran.

«Sie sind ein hervorragender Geschäftsmann, aber der Erfolg steigt Ihnen zu Kopf, Bellapianta. Die alten Familien mögen keine Emporkömmlinge. Leute wie Sie führen ihnen Tag für Tag ihre eigene Überflüssigkeit und Unfähigkeit vor Augen. Und wenn diese Familien eines Tages beschließen, Sie zu Fall zu bringen, wer hilft Ihnen dann? Der Pöbel, der Ihnen heute applaudiert, weil Sie einer alten Witwe nicht das Haus unter dem Arsch weggezogen haben? Oder ich?»

Ludovico blickte jetzt milder drein und trat einen Schritt zurück. «Fassen Sie das nicht als Drohung auf, sondern als Angebot. Sie und ich, wir können es zusammen weit bringen. Sie halten mir finanziell den Rücken frei, und ich ebne Ihren Geschäften den Weg. Sie können Geld scheffeln, bis Sie darin ersaufen. Aber Sie müssen aufhören zu glauben, dass Sie jedermanns Liebling sein können. Spielen Sie von mir aus den Wohltäter, und fördern Sie talentierte Habenichtse, wie Sie selbst einer waren. Glauben Sie übrigens nicht, dass ich dafür nicht die höchste Achtung empfände. Mein Großvater stammte aus einer Bauernfamilie. Seinem Talent und seiner Willenskraft ist es zu verdanken, dass ich heute mit dem König von Frankreich zu Tisch sitze, anstatt wie meine Vorfahren in Cotignola die Schweine zu hüten. Aber sein Weg liegt voller abgeschlagener Köpfe. Und auch Sie werden ab und zu die parfümierten Seidenhandschuhe ausziehen und ein paar unappetitliche Aufgaben erledigen müssen, sonst leeren

Ihre Kinder später bei Visconti oder Borromeo die Jauchegruben. Haben Sie überhaupt Kinder?»

«Nein», sagte Bernardino Bellapianta.

«Dann schaffen Sie sich welche an. Wer soll denn das hier alles erben?» Ludovicos Blick wanderte zwischen der Karaffe und Bernardino Bellapianta hin und her. Ein amüsierter Ausdruck trat auf sein Gesicht. «Sie machen's lieber nach der Art der Florentiner, oder was?» Er winkte ab. «Geht mich nichts an und interessiert mich auch nicht. Sehen Sie nur zu, dass es nicht die falschen Leute erfahren. Achttausend, hatten wir gesagt. Bis wann können Sie das Geld beschaffen?»

«Von mir aus sofort.»

Ludovico blickte Bernardino Bellapianta zuerst ungläubig an und lachte dann laut auf. «Sie haben achttausend Scudi hier im Haus? Na, Sie haben Nerven. Wir werden uns gut verstehen. Aber lassen Sie mich beim nächsten Mal nicht im Innenhof warten.»

Und damit zog sich Ludovico der Schwarze die Kapuze über den Kopf und ging. Bernardino Bellapianta nahm seinen Pokal und blickte lange durch den Wein ins Feuer. Die Schlange hatte ihm den Apfel gereicht, und er hatte hineingebissen.

6

«Du hast dich gut geschlagen», sagte Paolo, als wir den ersten Innenhof erreicht hatten. Er ging zum Brunnen, kurbelte den Eimer herauf, schöpfte Wasser mit einem Becher, den er von irgendwo hervorgezogen hatte, und gab mir zu trinken. Plötzlich kam ein lautes Scheppern aus dem Tordurchgang zum zweiten Hof.

«Schmeiß das weg!», brüllte eine Stimme, die sich in Panik überschlug, und dann: «Sofort raus! Raus hier, raus, raus, raus!»

Es folgte ein Krachen, das die Wände erzittern ließ, gefolgt vom Prasseln umherfliegender Gesteinsbrocken. Rauch quoll aus dem Durchgang.

«Gottverfluchte Scheiße!»

Türen flogen auf. Menschen rannten in den Hof. Auf einmal stand Bernardino Bellapianta neben uns am Brunnen und starrte in den Qualm, der an den Säulen hochwallte. Eine etwas verwachsene Gestalt tauchte auf und näherte sich humpelnd. Dahinter waren weitere Schemen zu erahnen.

Die Gestalt, ein Mann mit Sichelbeinen, dessen Arme zu lang wirkten, blieb schwankend stehen und sah an sich hinunter. Sein Gesicht war schwarz wie Kohle, die Haare qualmten. Die Kleider hingen ihm in Fetzen vom Leib, von denen ebenfalls Rauch aufstieg. Bedienstete sprangen herbei und klopften auf ihm herum. Andere rannten nach hinten.

«Ich kann nichts hören», klagte der Kohlenmann mit heiserer Stimme. «Es piept nur.»

Bernardino Bellapianta blickte mich an und wies mit der Hand auf ihn wie auf eine Sehenswürdigkeit: «Mein Bruder. Ein Auftritt, der alles erklärt.»

Kaum hatte er das gesagt, erhob sich neues Geschrei, und noch ehe ich ein Wort verstanden hatte, ergoss sich ein Gewusel aus Hunderten von kleinen graubraunen Fellbündeln auf den Boden des Tordurchgangs. Einzeln und in wimmelnden Pulks stoben sie in alle Richtungen davon. Bald war der ganze Hof ein wogendes Meer von Nagetieren. Sie flitzten um die Säulen, verschwanden in Türöffnungen und Kellerlöchern. Von hinten rollten immer neue heran wie Meeresbrandung. Einige fanden den Weg zum Hauptportal und schossen davon.

«Er hat die Wand vom Käfig weggesprengt!», rief jemand. «Die Hermeline sind ausgebrochen!»

Bernardino Bellapianta machte eine wegwerfende Handbewegung. «Was soll's», sagte er mehr zu sich selbst. «Das wäre sowieso nichts geworden. Zu warm hier. Wir importieren die Felle.»

So war Bernardino Bellapianta. Ein Mann, der immer nach vorn blickte.

Während Giancarlo Bellapianta ins Haus taumelte, um sich den Ruß vom Gesicht zu waschen und seine Kleider zu wechseln, versuchten die Angestellten, die Hermeline einzufangen – ein wenig erfolgreiches Unterfangen, weil die Tiere viel zu schnell waren und immer wieder auseinanderstoben wie ein Schwarm Spatzen, in den ein paar wütende Habichte hineinstießen.

«Passt auf, die beißen!»

«Steh nicht rum, hol Netze!»

«Alle Türen zu!»

So keiften sie durcheinander, während Bernardino Bellapianta auf dem Brunnenrand saß wie ein Feldherr, der nach einer gewonnenen Schlacht von seinem Hügel aus die Verfolgung der fliehenden Feinde beobachtet. Er amüsierte sich bestens. Mir dagegen wurden plötzlich die Knie weich. Paolo fing mich auf.

«Bring ihn nach oben», sagte Bernardino Bellapianta. «Und wenn du wieder runterkommst, sag den Leuten, ich zahle vier Soldi für jedes eingefangene Hermelin. Und jetzt sehe ich mir mal den Schaden an.»

Er sprang vom Brunnen und steuerte auf den Tordurchgang zu. «Was der mich ein Geld kostet mit seinem Feuerwerk …», hörte ich ihn noch murmeln. Dann war er verschwunden.

Paolo begleitete mich in mein Zimmer. Ich fiel aufs Bett. Während ich einschlief, spürte ich noch, wie Paolo mir Wams und Hose abstreifte und die Decke über mir ausbreitete. Mein Körper fühlte sich an, als würde er langsam mit Blei ausgegossen. Immer tiefer sank ich.

Während ich sonst meistens von fliegenden Wesen geträumt hatte, die mich im leeren Raum umschwirrten wie die Gestalten auf den Teppichen, erhob ich mich diesmal selbst in die Luft. Ich schwebte im Sonnenlicht über einer Stadt, die in einem engen und von Gebirgsbächen und Pfaden durchfurchten Talkessel lag. Die Ziegeldächer verliehen ihr einen rostroten Schimmer. Türme ragten mir entgegen. Unweit vom Stadtrand wand sich ein Fluss vorbei, der von langgestreckten Kiesbänken gesäumt wurde. Ich musste keinerlei Anstrengungen unternehmen, um in der Luft zu bleiben. Ich stand im Wind wie ein Drachen an einer Schnur.

Und dann sah ich es: Finstere Wolken krochen hinter den

Bergkämmen heran und öffneten ihre Schleusen, sobald sie die Gipfel überwunden hatten. Dunkel und streifig fiel es auf die Hänge, sammelte sich in den Furchen der Bäche und Pfade und wälzte sich heran, kein Wasser, sondern eine zähflüssige dunkle Masse, die brodelte und Blasen warf. Im Näherkommen schien sie nicht nur schneller, sondern auch flüssiger zu werden, und bald erkannte ich, dass die heranleckenden Zungen aus Millionen von kleinen Tieren bestanden, die rannten und kullerten, sich überschlugen, wieder auf die Beine kamen und vom Strom der anderen fortgerissen wurden, auf die Stadt zu. Im Näherkommen veränderten die Tiere ihre Farbe, als würden sie von einer unsichtbaren Lauge saubergewaschen: Aus Dunkelbraun wurde ein immer helleres Grau, dann hatten sie die Ebene erreicht, und die Flut fächerte sich auf, ein weißer Teppich mit Millionen von wimmelnden schwarzen Punkten darin. Die Welle prallte geräuschlos gegen die Mauern, spülte darüber hinweg und ergoss sich in die Straßen, Nagetiere mit winzigen spitzen Zähnen und schwarzen Knopfaugen drangen durch Türen und Fenster in alle Häuser ein, wieselten mühelos an den Fassaden und sogar an den Kirchtürmen empor, überfluteten die Dächer und strömten in die Kaminschächte. Ein plötzlich aufkommender Wind hob mich weiter in die Höhe, und ich sah, dass es aus den Wolken immer noch regnete und der Strom aus Nagetieren immer noch anschwoll, das Umland der Stadt bedeckte, den Flussläufen talwärts folgte und nicht aufhörte, sich auszubreiten, bis das ganze Land aussah, als hätte man einen Krönungsmantel darüber ausgebreitet.

Jemand sagte, das Schiff sei bereit.

«Ich gehe gleich an Bord», sagte die Stimme von Bernardino Bellapianta.

Der Wind flaute ab, und ich fiel hinab. Fiel und fiel. Landete auf dem weißen, weichen Teppich aus Fell. Drehte mich auf den Rücken und trieb dahin, während das wogende Meer sich beruhigte. Hielt Ausschau nach allen Seiten. Erblickte ein Schiff am Horizont, das sich mit geblähten Segeln schnell näherte. Auf dem Achterkastell stand Bernardino Bellapianta. Entdeckte mich. Streckte eine Hand aus. Eine Welle hob mich empor, bis ich auf seiner Höhe war. Er zog mich an Bord. Ich schlug die Augen auf. Bernardino Bellapianta saß neben meinem Bett.

«Du hast schon wieder Fieber», sagte er. «Das war zu viel vorgestern.»

Vorgestern? Offenbar hatte ich einen ganzen Tag verschlafen. «Die Hermeline haben alles überflutet», stammelte ich.

«Das kann man wohl sagen», bestätigte er. «Zwei Dutzend haben wir eingefangen. Noch mal genauso viele haben es auf die Straße geschafft, bevor das Tor geschlossen wurde. Die anderen vierhundert haben sich im Haus verteilt. Das wird ein Stück Arbeit.»

Auf dem Gang hinter der offenen Tür flitzte etwas vorbei. Nach und nach kehrten die Ereignisse in mein Gedächtnis zurück. Traum und Wirklichkeit schieden voneinander.

Alvaros Kopf erschien in der Tür. «Die Matrosen sind stinkwütend», sagte er. «Sie können nicht auftakeln, weil die Taljen für die Taue zu klein sind. Der Zimmermann hat Mist gebaut. Behauptet natürlich, er hätte die falschen Maße gekriegt.»

«Lass den Stümper am Mastkorb aufhängen», sagte Bernardino Bellapianta.

«Das hält nicht», gab Alvaro zurück, ohne eine Miene zu verziehen. «Der Mastkorb ist nur eine Attrappe.»

«Dann lass ihn im Meer ertränken.»

«Wir können den Saal nicht fluten. Das läuft uns alles in den Keller.»

Bernardino Bellapianta stöhnte auf, halb amüsiert, halb entnervt. «Ich komme», sagte er und erhob sich. Als er meinen verständnislosen Blick sah, begann er zu lachen, erst leise, dann schallend. Nachdem er sich beruhigt hatte, beugte er sich zu mir herunter, fühlte meine Stirn und wiegte skeptisch den Kopf. «Jetzt wird gegessen», sagte er. «Und später zeige ich dir das Schiff. Du kannst es zeichnen, wenn du willst.»

Ich begriff immer noch nichts. Wie auch?

Eine dicke Frau mit einer dampfenden Schale in der Hand trat ein. Bernardino Bellapianta nickte ihr zu, während sie auf der Bettkante Platz nahm.

«Wenn er die Suppe aufgegessen hat, darf er aufstehen», verfügte er im Hinausgehen. Der Geruch von Sellerie und Liebstöckel wallte mir in die Nase.

7 Ach ja, das Schiff. Um zu erklären, was es damit auf sich hatte, sollten wir hier kurz unterbrechen, während Pandolfo seine Suppe isst. Die Zusammenhänge sind kompliziert, und obwohl Bernardino Bellapianta sie Pandolfo natürlich erklärt hatte, besteht doch die Gefahr, dass er in der Rückschau die Details durcheinanderwirft. Seine eigene Geschichte in die richtige Reihenfolge zu bringen, dürfte für ihn Herausforderung genug gewesen sein, und die große Politik war damals verständlicherweise nicht das, was ihn vorrangig interessierte.

Am Abend des Tages, an dem Bernardino Bellapianta unseren Pandolfo schwerverletzt auf der Piazza Verzaro gefunden hatte, lag ein in Basel gedruckter Bericht auf seinem Schreibtisch, den ein durchreisender Geschäftspartner ihm hatte überbringen lassen. Als Bernardino Bellapianta die Bedeutung dessen erkannte, was dort stand, trat er ans Fenster und blickte lange über die Dächer der Stadt. Die Sonne versank, und er schloss die Augen. Seine Gedanken erhoben sich in die Luft und folgten der Sonne. Er ließ Mailand hinter sich und schwebte über das Land. Streifte die schneebedeckten Gipfel der Berge. Erreichte die Küste und folgte ihr. Sah Schiffe unter sich, ein paar Inseln und dann irgendwann nur noch Meer. Während Pandolfo zwei Stockwerke tiefer in dem Zimmer mit den Wandteppichen mit dem Tod rang, schwebte Bernardino Bellapianta über der endlosen Wasserfläche, die sich unter ihm wölbte. Eine unsichtbare Kraft trieb ihn voran. Schließlich machte er am Horizont einen Schwarm Seevögel aus, Vorboten einer neuen Küste. Er entdeckte eine Insel, dann noch eine und noch eine und noch eine und noch eine und dann eine große Landmasse. Gebirge, in denen Lapislazuli schlummerte. Wälder aus Sandelholz. Pfefferplantagen. Flüsse, an deren Grund das Gold schimmerte. Nashörner und Elefanten. Die Boote von Perlenfischern. Plötzlich Orte, die er kannte: Malakka, Cochin, Hormuz, Alexandria. Noch einmal das Meer. Die Straße von Messina. Genua. Dann wieder Mailand. Als er die Augen aufschlug, war es dunkel geworden. Er hatte in einer Stunde die Erde umrundet. Die Sonne brauchte dafür einen Tag. Ein Schiff vielleicht zwei Jahre.

Er las noch einmal die Flugschrift. Sie berichtete von einer Seereise. Drei Schiffe – zwei Karavellen und eine Karacke – waren unter dem Kommando eines genuesischen Kapitäns im Auftrag der spanischen Krone von Palos de la Frontera aus in See gestochen und hatten nach knapp zehnwöchiger Fahrt eine bis dahin unbekannte Küste entdeckt. Die Menschen am Strand waren nackt und flohen in den Wald, während die Beiboote sich durch die Brandung kämpften. Als der Kapitän zum Gebet niederkniete, war das Unterholz voller Augen. Es gelang ihm schließlich, das Vertrauen der Eingeborenen zu gewinnen. Diese glaubten, die Seefahrer seien vom Himmel gekommen, und schenkten ihnen Gold, edle Hölzer und Käfige mit bunten Papageien.

Ein paar Monate später liefen die beiden Karavellen – die Karacke war unterwegs auf Grund gelaufen – wieder in den Hafen von Palos de la Frontera ein. Der Kapitän ging von Bord und wurde vier Wochen später in Barcelona von König Ferdinand und Königin Isabella empfangen, denen er Gold, edle Hölzer und Käfige mit bunten Papageien zu Füßen legte. Dann wurden einige nur mit einem Tuch um die Lenden bekleidete Menschen hereingeführt, die Federschmuck auf dem Kopf trugen und ansonsten wie Tataren aussahen. Der König begutachtete sie von allen Seiten, kniff sie hierhin und dorthin und prüfte ihr Gebiss. Ob die arbeiten könnten? Wie die Pferde, versicherte der Kapitän. Und ob sie wohl zum wahren Glauben zu bekehren seien? Ohne weiteres, sagte der Kapitän. Die Edelmänner in Ferdinands Gefolge knirschten vor Neid mit den Zähnen und merkten sich den Namen dieses genuesischen Kapitäns. Er hieß Cristoforo Colombo.

Bernardino Bellapianta ließ den Bericht sinken und wusste, dass die Welt von nun an eine andere sein würde. Seit zwanzig Jahren hatte er es kommen sehen. Während er zusammen mit Donato Bramante über den Plänen zu seinem Palast gebrütet hatte, hatte der Kartograph Paolo dal Pozzo Toscanelli unter Zuhilfenahme aller verfügbaren Informationen über Himmel und Erde eine Karte gezeichnet, aus der klar und deutlich hervorging, wie ein Schiff auf dem Westkurs nach Asien gelangen könnte. Kaum jemand hatte ihm Beachtung geschenkt. Die Portugiesen waren damit beschäftigt, einen Weg um die Südspitze Afrikas zu suchen, ohne zu wissen, ob diese überhaupt umschifft werden konnte. Vier Jahre bevor Cristoforo Colombo seine Reise antrat, gelang einem portugiesischen Kapitän namens Bartolomeu Dias dann tatsächlich die Umrundung des Kaps der Stürme. Anstatt nach Indien weiterzusegeln, kehrte er um. Doch das Tor nach Asien war aufgestoßen worden, und den Spaniern kam dieser Colombo mit seinen Plänen gerade recht.

Bernardino Bellapianta ahnte, dass es bald sehr viel günstigere Wege geben würde, Pfeffer und Zimt, Elfenbein und Edelsteine, Perlen und Seide nach Europa zu bringen. Da die spanische Krone Anspruch auf alle Schätze erhob, die über die neuen Inseln in ihre Häfen gebracht wurden, beschloss er, sich Handelsprivilegien auf diesen Inseln zu sichern, bevor andere es taten und solange König Ferdinand sich noch den Kopf darüber zerbrach, wie man deren Einwohner zum Christentum bekehren konnte. Die Spanier mochten Männer Gottes sein. Bernardino Bellapianta war ein Mann des Geldes.

Er hatte gute Beziehungen nach Spanien. Kardinal Ascanio Sforza, ein Bruder Ludovicos des Schwarzen, war einer der einflussreichsten Männer in Rom, und auch ihn hatte Bernardino Bellapianta sich durch Kredite verpflichtet. Unter anderem mit diesem Geld hatte Ascanio bei der Papstwahl im vergangenen Jahr für den spanischen Kardinal Rodrigo Borgia die nötigen Stimmen gekauft. Und so bestieg, eine Woche nachdem Cristoforo Colombo in Palos de la Frontera die Anker gelichtet hatte, unter dem Namen Alexander ein von Habgier und Machthunger durchfaulter Prasser und Wüstling den Stuhl Petri, der den Apostolischen Palast innerhalb kürzester Zeit zum größten Hurenhaus der Christenheit machte und dessen ganzes Streben darauf gerichtet war, möglichst große Stücke des Kirchenstaates zum Privatbesitz seiner mit einer römischen Kurtisane gezeugten Nachkommen zu machen. Ascanio hatte sich mit Bernardino Bellapiantas finanzieller Unterstützung den Einfluss erkauft, den er brauchte, um seine Günstlinge für die nächste Papstwahl in Stellung zu bringen. Denn so, wie der Heilige Vater soff, fraß und hurte, konnte er ja nicht ewig leben.

Während Pandolfo seine ersten Gehversuche machte, erfuhr Bernardino Bellapianta von Kardinal Ascanio, dass ein spanischer Sonderbotschafter in Rom erwartet wurde, um über den Kauf einiger Kardinalshüte für die Günstlinge des Königs zu verhandeln. Und da dieser Botschafter über Mailand reisen würde, hatte Bernardino Bellapianta ihm eine Einladung zukommen lassen, um sich am spanischen Hof als Handelspartner ins Spiel zu bringen. Womit aber konnte man sich die eitlen Spanier besser gewogen machen als dadurch, dass man die Entdeckung dieser Inseln als Beginn einer neuen Epoche feierte, in der den Majestäten von Kastilien und Aragón die Ehre zukommen würde, die Botschaft unseres Erlösers bis an die fernsten Küsten der Erde zu tragen? Und so war ihm die Idee gekommen, das Fest auf einem Schiff auszurichten und die Gäste bei jedem Gang eine Etappe der Reise des genuesischen Kapitäns nacherleben zu lassen. Wozu hatte er schließlich einen Saal, der über zwei Stockwerke ging? Wozu hatte er Freunde in Genua, die ihm Schiffszimmerer schicken konnten? Und wozu hatte er verdammt noch mal einen Bruder, der auf dem Gebiet der Mechanik Wunder vollbringen konnte?

8 Der weiß getünchte und an der Decke mit verspielten Ornamenten geschmückte Festsaal wurde im zweiten Stock von einer Galerie mit Marmorgeländer gesäumt, die nur von außen betreten werden konnte und dazu diente, bei besonderen Veranstaltungen und Aufführungen weitere Zuschauer aufzunehmen. Auf dieser Galerie saß ich auf einem Hocker und zeichnete. Die Suppe war köstlich gewesen. Ich fühlte mich besser.

Im Saal bot sich ein unglaublicher Anblick. Dort war tatsächlich ein Schiff aufgebockt, eine Karavelle in verkleinertem Maßstab, vielleicht fünfzehn Schritte lang: drei Masten, Achterkastell, Heckruder. Der Rumpf war unten abgeflacht, und auf den Kiel hatte man verzichtet. Die Taue hingen schlaff von den Mastbäumen herunter, und auf dem Deck stand breitbeinig ein Mann mit Lederschürze, der sich mit ein paar anderen herumstritt – offenbar der Zimmermann, der die Taljen verhunzt hatte. Das Schiff musste vor Ort zusammengebaut worden sein, denn es passte unmöglich durch die Flügeltür an der Längsseite des Raumes. Überall lagen Kisten und Werkzeuge. Auf dem Deck des Schiffes war eine Seilwinde installiert. Der Boden des Saales war mit Sägespänen und Holzresten bedeckt. Handwerker standen in Gruppen herum, zeigten hierhin und dorthin und beratschlagten. Mitten dazwischen: Bernardino Bellapianta.

Das Gestell, auf dem das Schiff ruhte, sah kompliziert

aus. Zwischen den Balken war ein Räderwerk zu erahnen, von dem aus eine hölzerne Kurbelwelle zu einem Loch in der Mauer führte. Rechts und links davon befanden sich zwei größere Öffnungen, die offenbar gerade durch die Wand gebrochen worden waren. Brocken von Mauerwerk und abgeschlagenem Putz lagen auf dem Boden.

Die bucklige Gestalt von Giancarlo Bellapianta erschien in der Flügeltür. Er ging zielstrebig zu dem Räderwerk, ergriff einen Hammer und schlug ein paar Keile weg. Dann gab er einem Handwerker ein Zeichen. Der ging zu einem der Löcher in der Wand und rief etwas hindurch. Ein Dutzend Augenpaare heftete sich auf das Gestell, auf dem das Schiff stand.

Eine Weile passierte gar nichts. Schließlich ging ein Ächzen durch den Saal, und die Kurbelwelle begann sich zu drehen. Mit lautem Klacken rastete etwas ein. Und dann neigte sich die Karavelle mit einem Knarren, das aus den Tiefen der Erde zu kommen schien, nach vorn. Die herunterhängenden Taue schaukelten. Der Bugspriet senkte sich. Etwas rutschte über Deck. Die Welle drehte sich mit gleichbleibender Geschwindigkeit, doch das Schiff verlangsamte seine Neigebewegung, kam schließlich zum Stillstand, begann sich wieder aufzurichten und kippte nun gemächlich nach hinten. Bernardino Bellapianta machte eine wedelnde Handbewegung, die den anderen wohl bedeuten sollte weiterzumachen. Dann zog er seinen Bruder am Ärmel, und sie verschwanden aus meinem Blickfeld. Das Schiff neigte sich wieder nach vorn. Der ganze Saal war vom angestrengten Ächzen des Holzes erfüllt.

Wie aus dem Boden gewachsen, standen plötzlich Bernardino Bellapianta und sein Bruder neben mir. Es war das erste Mal, dass ich Giancarlo Bellapianta aus der Nähe sah.

Er trug frische Kleider, aber die Spuren des Unfalls mit dem Sprengstoff waren unübersehbar: Seine angesengten Haare kräuselten sich drahtig und wirr in alle Richtungen. Augenbrauen hatte er keine mehr, was seine ohnehin hohe Stirn auf groteske Weise noch einmal vergrößerte. Sein gerötetes Gesicht glänzte milchig, wahrscheinlich von irgendeiner Brandsalbe. Sein Oberkörper schien irgendwie zu kurz, aber die Hände waren feingliedrig und gepflegt. Ein etwas altmodischer Mantel verbarg die krummen Beine. Anders als sein Bruder hatte er blaue Augen, die wegen der verbrannten Wimpern umso größer wirkten und mich an die Statue vor San Giorgio al Pozzo Bianco erinnerten. Er betrachtete das Blatt auf meinen Knien, als wollte er es vermeiden, mir in die Augen zu blicken. Überhaupt wirkte er rastlos und abwesend.

Das Schiff auf meinem Blatt war fast fertig. Um es echter aussehen zu lassen, hatte ich eine Wasserlinie eingezeichnet. Vor dem Bug brach sich eine Welle. Am Großmast wehte eine Flagge mit einer kleinen Eule.

«Mein Bruder», sagte Bernardino Bellapianta mit unverhohlenem Stolz in der Stimme, weniger auf Giancarlos Person hinweisend als auf die Leistung, die dieser vollbracht hatte. Giancarlo lächelte verlegen, dann wandte er sich dem Schiff zu, das inzwischen wieder nach hinten zu kippen begann. Er formte die Hände zu einem Trichter und rief in den Saal: «Raufschalten!»

Seine Stimme war durchdringender und herrischer, als sein zurückhaltendes Auftreten das erwarten ließ. Doch die Nervosität war ihm anzumerken. Er trat von einem Bein auf das andere und kaute auf seiner Unterlippe herum, als rechnete er die ganze Zeit damit, dass etwas schiefgehen würde.

Etwas quietschte. Die Welle ruckte ein Stück aus der Wand und drehte sich weiter. Die Schaukelbewegung bekam eine zusätzliche Richtung: Der Rumpf kippte nun in seiner Vorwärtsneigung über die Seite wie ein austrudelnder Kreisel. Ein Hammer, der auf der Bordwand gelegen hatte, fiel zu Boden und zerschlug eine der dunkelgrauen Steinfliesen.

«Bravo», murmelte Bernardino Bellapianta und dann, zu mir gewandt: «Was hältst du davon?»

Ich wusste nicht, was ich sagen sollte. Er schien auch nichts zu erwarten, sondern begann mit einer weitschweifigen Erörterung der komplizierten Mechanik. Es gab ein vierstufiges Getriebe für verschiedene Schaukelbewegungen mit unterschiedlicher Heftigkeit. Ich erfuhr, dass sich vom leichten Nicken am Anleger bis hin zum Schlingern auf stürmischer See alles simulieren ließ, was einem Schiff so widerfahren konnte.

Eine Weile blickten beide Brüder, auf die Brüstung gestützt, nach unten und ließen sich sämtliche Stufen des Getriebes vorführen. Es gab nichts auszusetzen. Während wir die Bewegungen des Schiffes betrachteten, traten weitere Beobachter hinzu: Alvaro und einige Handwerker, die mit unverhohlener Bewunderung ihre Blicke zwischen meiner Zeichnung und dem Schauspiel im Saal hin und her wandern ließen. Das Knarren der Wellen, Zahnräder und Planken hallte von der Decke zurück.

«Wir sollten den Heiligen Vater dazuladen», sagte Bernardino Bellapianta.

«Dann wird es eine Orgie und kein Gastmahl», brummte Alvaro.

«Na, na», mahnte Bernardino Bellapianta. «Ihr seid doch Landsleute. Rodrigo Borgia ist ein gottesfürchtiger Mann.»

«Er umgibt sich mit Gesindel.»

Bernardino Bellapianta lachte auf. «Wie unser Erlöser. Hat der nicht immer mit den Zöllnern zusammengesessen? Und war Maria Magdalena etwa keine Prostituierte? Ein wahrhaft würdiger Nachfolger Christi ist, wer sich mit dem Abschaum dieser Welt abgibt. Frömmelnde Pharisäer wie dich gibt's schon viel zu viele.»

«Wie heißt eigentlich dieser Botschafter?», wechselte Alvaro das Thema.

«Frag nicht. Sein Name ist länger als das Alte Testament.»

Einer der Handwerker fragte: «Wird der Saal mit Wasser gefüllt?» Es klang, als hätte er aus Angst vor einer schnippischen Antwort seinen ganzen Mut zusammennehmen müssen.

«Das geht nicht», sagte Bernardino Bellapianta unerwartet milde. «Dann saugen sich die Mauern voll, und es läuft in den Keller. Außerdem sieht man den Boden und das Gestell. Wir schaffen eine künstliche Wasserfläche. Aus Seide.»

«Seide?», fragte der Handwerker ungläubig. Der Gedanke, dass man den gesamten Boden des riesigen Saals mit Seide auskleiden konnte, schien seine Vorstellungskraft zu übersteigen.

«Seide, mein Lieber. Zwanzig Bahnen aus blauer Seide, zwei Ellen über dem Boden», präzisierte Bernardino Bellapianta. Und als er den erneuten ungläubigen Blick des Handwerkers sah: «Keine Angst, die kann man hinterher noch verkaufen. Siehst du die beiden Löcher in der Wand? Im Raum dahinter sitzen zwei Blasebälge. Damit machen wir Wind unter der Seide. Je heftiger der Luftstrom, desto bewegter wird das Meer sein.»

Er sagte es, als sei es die größte Selbstverständlichkeit der Welt. Dann schien ihm ein Gedanke zu kommen.

«Bist du verheiratet?», fragte er den Handwerker unversehens.

«Verlobt.»

«Ist sie schön?»

«Und wie.»

«Blaue Augen, zufällig?»

Der Handwerker blickte Bernardino Bellapianta verblüfft an und nickte.

«Dann wird deine Braut bei der Hochzeit ein Kleid aus blauer Seide tragen. Blau wie der Ozean. Und leicht wie der Wind. Sag mir Bescheid, wenn es so weit ist.»

Mit einem letzten hölzernen Ächzen kam die Welle zum Stehen. Das Schiff schwebte waagerecht über dem Boden. Bernardino Bellapianta richtete sich auf.

«Eins weiß ich noch nicht», sagte er. «Das Geräusch der Brandung. Wir haben es mit Kübeln voller Wasser versucht. Kleine Kübel, große Kübel. Es klingt nicht echt.»

Und da kam mir aus dem Nichts eine Idee. «Erbsen», sagte ich.

Ein halbes Dutzend Gesichter wandte sich mir zu.

«Ein großer, flacher Kasten aus Blech, voll getrockneter Erbsen. Wir bringen ihn unter dem Rumpf an. Wenn das Schiff sich bewegt, rollen die Erbsen hin und her.»

Bernardino Bellapianta legte mir den Arm um die Schultern.

«Hab ich nicht gleich gesagt, dass der was taugt?», sagte er zu Alvaro und zu den anderen: «Na los! Erbsen!»

Ein paar Leute rannten los. Bernardino Bellapianta klatschte voller Tatendrang in die Hände, dann wandte er sich der Treppe zu, die von der Galerie nach unten führte, und zog mich mit sich.

Es dauerte nicht lange, bis ein Sack Erbsen und ein länglicher Holzkasten neben dem Schiff standen, weil man auf die Schnelle keine Blechkiste hatte finden können. Bernardino Bellapianta befand, dass es zur Probe auch so gehen müsse. Jemand reichte ihm eine Schaufel, und mit schwungvollen Bewegungen beförderte er die Erbsen in die Kiste, dass es nur so prasselte. Dann schnippte er mit den Fingern ungeduldig in Richtung der Handwerker. «Fasst mal an, ihr Rindviecher! Da und da!»

Sofort hatten ein paar Hände den Kasten angehoben und bewegten ihn behutsam, als läge er auf einer Wippe. Die Erbsen rollten von einer Seite auf die andere und verursachten dabei ein Rauschen, das tatsächlich an Brandungswellen erinnerte.

Bernardino Bellapianta kroch in das Gestänge unter dem Schiff und inspizierte dessen Boden, bis er eine passende Stelle gefunden hatte.

«Diese beiden Planken müssen rausgestemmt werden. Kriegt ihr den Kasten da eingepasst?»

Der Zimmermann nickte, offenbar stellvertretend für die anderen.

«Dann los.»

Ich ging neben Bernardino Bellapianta in die Hocke und betrachtete die Planken. Die Handwerker sammelten hinter uns ihre Werkzeuge auf und suchten Nägel zusammen. Und dann roch ich es: Eine unangenehme Schwade wehte heran, süßlich und verdorben zugleich. Auch Bernardino Bellapianta schien sie wahrzunehmen. Er verzog das Gesicht.

«Was ist das denn? Habt ihr da eine tote Katze eingebaut? Als Opfer für Neptun? Macht man das so als Schiffbauer?»

Ein Beil wurde angereicht. Als die Klinge zwischen die Holzbretter drang, wurde der Geruch stärker. Bernardino

Bellapianta kroch ein Stück zurück und überließ den Handwerkern seinen Platz. Mit einem Knirschen lösten sich die Nägel, die den Rumpf zusammenhielten. Jetzt rochen es auch die anderen. Mit angeekeltem Gesicht und unter Stöhnen mühten sich die Männer weiter mit dem Beil ab. Jemand reichte ein Stemmeisen durch, und dann löste sich mit lautem Krachen die erste der beiden Planken und sofort danach die zweite. Die Hölzer polterten zu Boden. Eine Welle von widerlichem Gestank schwappte aus dem Boden des Schiffes.

Und dann erschien das wachsbleiche Gesicht eines bärtigen Mannes in der im Schiffsbauch klaffenden Wunde, der Kopf kippte heraus, baumelte einen kurzen Augenblick schlaff am Hals, und unmittelbar darauf rutschte der ganze Körper hinterher, schlug dumpf auf dem Boden auf und blieb verdreht zwischen Wellen und Zahnrädern liegen wie ein missgestaltetes Unterweltwesen, das bei seiner Geburt verendet war. Einen Augenblick war es ganz still. Der Geruch schwebte giftig durch den Raum.

«Heilige Muttergottes!» Einer der Handwerker übergab sich.

Bernardino Bellapianta richtete sich auf und betrachtete den Toten mit einer Mischung aus Abscheu und Überraschung. Er trug schwarze Kleidung, die sein Gesicht noch weißer aussehen ließ. Seine Nase war groß und gebogen wie ein Papageienschnabel. Irgendwie kam er mir bekannt vor.

«Mustafa Efendi», murmelte Bernardino Bellapianta. «So sieht man sich wieder.»

9 Bernardino Bellapianta hatte in der Tat ein sehr gutes Gedächtnis für Gesichter und Namen, nichts beweist das besser als die Tatsache, dass er Mustafa Efendi nach all den Jahren und selbst als Leiche noch auf den ersten Blick wiedererkannte.

Wie der Name schon sagt, war Mustafa Efendi Türke. Einige Zeit nach Bernardino Bellapiantas erster großer Reise, von der schon ausgiebig die Rede war, hatten die Türken begonnen, eine wichtige Rolle in seinen Geschäften zu spielen. In den ersten Jahren seiner Handelstätigkeit hatte er vor allem mit Arabien, Indien, China und den Inseln am anderen Ende des Ozeans zu tun gehabt. Doch im tausendvierhundertachtzigsten Jahr nach der Geburt unseres Erlösers begannen die Dinge sich zu ändern.

Ludovico der Schwarze war nach zwei Jahren im Exil nach Mailand zurückgekehrt, hatte seine Schwägerin kaltgestellt und Cicco Simonetta verhaften lassen. Der ehemals allmächtige Kanzler wurde mit einem erdrückenden Katalog von Anklagen konfrontiert und sah im Kerker seiner Enthauptung entgegen. Sein Sturz führte allen vor Augen, dass in diesem Staat fortan nichts mehr gegen den Willen Ludovicos geschehen würde und dass Verdienste und Reichtümer niemanden vor dessen Zugriff schützen konnten. Abgeschlagene Köpfe säumten bald auch seinen Weg. Für Gian Galeazzo, inzwischen elf Jahre alt, änderte sich nichts: Er trug den Herzogstitel wie einen zu großen Mantel und hatte nichts zu sagen.

Bernardino Bellapianta hatte Ludovico auch in der Zeit von dessen Exil mit Krediten über die Runden geholfen und bekam Zugang zum engsten Kreis im Kastell. Eigentlich hätte sich das in vorteilhafter Weise auf seine Geschäfte auswirken müssen – wären da nicht die Türken gewesen.

Siebenundzwanzig Jahre waren vergangen, seit Sultan Mehmed Konstantinopel erobert und zu seiner Hauptstadt gemacht hatte, neunzehn Jahre seit der Beschießung von Trapezunt, während der Bernardino Bellapianta an Bord seiner Karacke im Hafenbecken ausgeharrt hatte. In der folgenden Zeit hatte Mehmed eine endlose Reihe von Kriegen gegen seine Nachbarn geführt, die großmäuligen Despoten von den Inseln und Küsten der Levante gefegt und den Venezianern und Genuesen ihre wichtigsten Handelskolonien abgeknöpft. Die christlichen Mächte bekriegten sich wie üblich gegenseitig, während die Türken auf ihren Raubzügen immer weiter in ihre Gewässer und immer tiefer in ihre Länder vordrangen. Genua duckte sich weg. Venedig ruinierte sich in einem jahrelangen Krieg um seine letzten Stützpunkte und musste schließlich in einen erniedrigenden Friedensvertrag einwilligen.

Im Juli des besagten tausendvierhundertachtzigsten Jahres also spuckte die Flotte von Admiral Gedik Achmed Pascha an der engsten Stelle des adriatischen Meeres eine Streitmacht an den Strand, die das Umland von Otranto verwüstete, die Bewohner massakrierte und mit der Belagerung der Stadt begann. Natürlich fürchteten alle, Mehmed werde Otranto als Brückenkopf nutzen, um den Krieg auf das italienische Festland zu tragen. Panik verbreitete sich. Priester wetterten von den Kanzeln, der Sultan werde bald in Rom einziehen, den Petersdom zu einer Moschee und den Apostolischen Palast zu seinem Harem machen. Spötter lästerten hinter vorgehaltener Hand, dann werde sich ja dort nicht viel ändern.

Bernardino Bellapianta bekam die Auswirkungen der Kriege nun also auch zu spüren. Seine genuesischen Geschäftspartner kämpften ums Überleben. Genuas Kolonien in der Levante und am Schwarzen Meer waren dahin, und die Konvois wurden immer öfter von türkischen Piraten überfallen.

Bernardino Bellapianta war vierzig Jahre alt und einer der reichsten Männer Mailands. Einige seiner Bekannten rieten ihm, seine Handelsgesellschaften aufzulösen, ein Landhaus zu kaufen und sich zur Ruhe zu setzen.

«Und was soll ich da von morgens bis abends machen?», fragte Bernardino Bellapianta.

«Wein anbauen», sagte einer der Bekannten.

«Auf Rebhuhnjagd gehen», sagte ein anderer.

«Maulbeerbäume anpflanzen.»

«Falken abrichten.»

«Homer übersetzen.»

«Pferde zureiten.»

«Rosen züchten.»

«Das wird ja immer besser», sagte Bernardino Bellapianta. «Geht mir bloß aus den Augen und kommt wieder, wenn ihr vernünftige Vorschläge habt.»

Aber die Sache mit den Maulbeerbäumen, die behielt er im Hinterkopf.

An einem Tag im August des besagten Jahres kam in der Stadt ein Bote mit der Nachricht an, dass Admiral Gedik Achmed Pascha die Stadt Otranto nun tatsächlich gestürmt hatte. Alle Glocken von Mailand begannen zu läuten. Das Volk rannte in die Kirchen, um die Niederlage der Christenheit zu beklagen. Wenige Stunden später traf ein weiterer Bote ein und berichtete, dass die Türken die Belagerung von Rhodos abgebrochen hatten, weil General Mesih Pascha während des Sturmangriffs ein Plünderungsverbot verkündet hatte, woraufhin seine Soldaten voller Wut die Waffen hatten fallen lassen. Die Meldung ging von Mund zu Mund, und bald hieß es, in den Wolken über der Festung seien die Himmlischen Heerscharen erschienen und hätten sich auf die Angreifer gestürzt. Alle Glocken von Mailand begannen zu läuten. Das Volk rannte in die Kirchen, um den Sieg der Christenheit zu feiern. So ging es damals zu. Alle schienen den Kopf zu verlieren. Nur Bernardino Bellapianta nicht.

Er trat ans Fenster und blickte hinab auf die Stadt, die in brütender Hitze hinter verrammelten Fensterläden dalag. Und Bernardino Bellapianta beschloss, dass es Zeit sei, diesem Sultan Mehmed persönlich einen Besuch abzustatten, um zu sehen, was sich machen ließ.

Er schrieb zwei Briefe: einen an den Schlossermeister Johann Tabbert in Nürnberg, von dem berichtet wurde, er habe soeben ein Wunderwerk der Feinmechanik vollendet. Bernardino Bellapianta bat ihn, es auf dem schnellsten Weg nach Mailand zu schicken, sich einen angemessenen Preis zu überlegen und das Geld bei der Nürnberger Filiale eines Mailänder Bankhauses auszahlen zu lassen. Den zweiten Brief schrieb er an seinen Geschäftspartner Paolo da Colle in Pera, um ihm seine Ankunft anzukündigen. Pera lag an der Einfahrt zum Goldenen Horn, nur durch den schmalen Meeresarm von Konstantinopel getrennt, eine frühere genuesische Kolonie, die einige der alten Privilegien hatte retten können, nachdem Mehmed sich Konstantinopel einverleibt hatte. Wie man sich erzählte, hatten die Kaufleute von Pera dem Sultan dafür so tief in den Hintern kriechen müssen, dass sie den Geruch ihr Leben lang nicht mehr loswurden. Aber immerhin konnten sie bleiben und weiter ihren Geschäften nachgehen. Und es war ja nicht das Geld, das stank.

Kurz nach Weihnachten traf ein Bote mit einem kleinen Paket aus Nürnberg ein. Wenige Tage später hatte Bernardino Bellapianta die Vorkehrungen für seine Abwesenheit abgeschlossen und war reisefertig. Sein Bruder hatte eingewilligt, ihn zu begleiten. Wie sich zeigen sollte, würde diese Entscheidung sein Leben verändern.

Bernardino Bellapianta ließ die Pferde satteln und die Taschen festschnallen. Als alles erledigt war, nähte er mit eigener Hand das Meisterwerk von Johann Tabbert in das Innenfutter seiner Jacke ein.

Drei Wochen später trafen sie mit einem halben Dutzend gemieteter Leibwächter vor den zerschossenen Mauern von Otranto ein. Auf dem Acker vor der Stadt lagen die Leichen der Bewohner, die sich geweigert hatten, ihrem Glauben abzuschwören und sich zum Islam zu bekehren. Verwahrloste Hunde nagten an den Knochen herum.

Bernardino Bellapianta und seine Mitreisenden ritten zwischen den ausgehängten Torflügeln durch. Die türkischen Wachen waren zu betrunken, um Fragen zu stellen.

Zwischen den Pflastersteinen spross das Gras. Ein paar ausgehungerte Gestalten schleppten sich durch die Straßen. Bernardino Bellapianta fragte sich zum Quartier von Gedik Achmed Pascha durch. Er fand den Admiral im erzbischöflichen Palast, seine Laune war miserabel, er blickte noch nicht einmal auf. Alles, was man von ihm sah, war ein riesiger weißer Turban, der sich über irgendwelche Papiere auf dem Tisch beugte.

«Was wollen Sie?», fragte Gedik Achmed Pascha.

«Geleit nach Konstantinopel», sagte Bernardino Bellapianta.

«Sonst noch was?»

«Nein.»

«Gibt's nicht.»

«Doch, gibt's.»

So viel trotzigen Widerspruch war Gedik Achmed Pascha nicht gewohnt. Der Turban kippte nach hinten. Misstrauische

Augen schauten zu, wie Bernardino Bellapianta einen Beutel mit Goldstücken auf dem Tisch ausschüttete. Gedik Achmed Pascha überschlug die Summe mit einem Blick und stellte wortlos und verdrossen den Geleitbrief aus.

Noch am selben Nachmittag fanden sie ein Boot nach Valona. Die Mondsichel stand tief über dem Horizont, als im Morgengrauen des folgenden Tages die albanische Küste in Sicht kam. Passender hätte das Land des Sultans sie nicht empfangen können. Nein, das mit dem Mond ist keine Legende, die sich später jemand ausgedacht hat, weil es so passend klingt. Dieser Mond stand wirklich dort über den Hügeln wie ein schwebender Krummsäbel.

Nachdem die Formalitäten in Valona erledigt waren, kaufte Bernardino Bellapianta für sich und seine Mitreisenden ein paar Maultiere, und sie brachen auf. Mit ihrem wenigen Gepäck kamen sie trotz des unwegsamen Geländes schnell voran. Sie folgten dem gewundenen Lauf der Gebirgsbäche, überwanden verschneite Pässe, passierten die Ruinen von Klöstern und Kirchen und überquerten Brücken aus unbehauenen Bruchsteinen, die aussahen, als würden sie jeden Augenblick zusammenbrechen. Sie kehrten bei schweigsamen Gastwirten ein und wurden selbst immer schweigsamer.

In Thessaloniki musste Bernardino Bellapianta zum ersten Mal den Geleitbrief von Gedik Achmed Pascha vorzeigen. Der Beamte, in dessen Amtsstube die Dokumente geprüft wurden, beugte sich vor. Um seinen Hals baumelte an einer Kette ein Amulett mit einem Bild des heiligen Sebastian.

«Sie sind gar kein Mohammedaner?», fragte Bernardino Bellapianta irritiert.

«Doch, natürlich. Sonst säße ich ja nicht hier.»

Bernardino Bellapianta zeigte auf das Amulett. «Und das da?»

Der Beamte blickte freundlich auf. «Schauen Sie», sagte er. «Christen zahlen hier Steuern, Mohammedaner nicht. Verstehen Sie, was ich meine?»

Natürlich verstand Bernardino Bellapianta.

«Was Sie wirklich glauben, interessiert niemanden und den Sultan am allerwenigsten», fuhr der Beamte fort. «Also richten Sie Ihren Leuten zu Hause aus, sie sollen uns mit ihrem Kreuzzugsscheiß vom Hals bleiben. Wir wollen nicht befreit werden. Wir kommen gut zurecht.»

«Werde ich machen», murmelte Bernardino Bellapianta und wollte die Papiere wieder an sich nehmen.

«Augenblick», sagte der Beamte.

Bernardino Bellapianta verstand und zog den Geldbeutel hervor. Noch am selben Tag reiste er mit seinen Begleitern weiter.

Sie durchquerten noch einige Gebirgstäler und hielten sich dann in der Nähe der Küste. Die Einheimischen wurden gesprächiger. In einem thrakischen Dorf gerieten sie in eine Hochzeitsfeier, wurden eingeladen und betranken sich so schlimm, dass sie am nächsten Tag erst gegen Mittag auf ihren Strohlagern in der Scheune der Brauteltern erwachten. Von draußen drang Trommelwirbel herein. Trommelwirbel und Geschrei.

Bernardino Bellapianta und seine Reisegefährten krochen vom Stroh und spähten durch einen Spalt in den Wandbrettern der Scheune.

Auf dem Dorfplatz hatte ein Trupp Janitscharen Aufstellung genommen. Hohe weiße Filzmützen in Doppelreihe. Säbelgriffe. Bögen. Köcher. Dolche. Der Kommandant wies mit einem Stab hierhin und dorthin. Die Soldaten lösten die Reihen auf und drangen in die Häuser ein. Das Geschrei wurde lauter. Türen krachten. Dann kamen die Soldaten einer nach dem anderen wieder hervor. Einige zerrten kleinere und größere Jungen hinter sich her, zehn, zwölf, vierzehn Jahre alt. Sie stießen die Kinder auf den Platz und verteilten Backpfeifen, wenn einer nicht stillhielt. Die Dorfbewohner standen im Kreis um das Geschehen herum. Frauen schluchzten. Männer ballten die Fäuste. Niemand schritt ein.

Der Kommandeur besah sich die Jungen von allen Seiten. Tastete Arme und Beine ab. Zerrte grob die Kiefer auseinander und prüfte die Zähne. Auf sein Handzeichen schickten seine Leute einen nach dem anderen wieder zu den Familien. Am Ende stand nur noch ein Junge auf dem Platz. Er war der hübscheste von allen, schlank, kräftig, große braune Augen, ein kluges Kindergesicht. Es war der kleine Bruder der Braut vom Vorabend.

Der Kommandeur gab das Zeichen zum Aufbruch. Zwei der Janitscharen packten den Jungen und schleppten ihn weg. Die Braut schluchzte.

«Was machen sie mit ihm?», fragte einer der Begleiter von Bernardino Bellapianta.

«Sie schneiden ihm die Eier ab», sagte ein anderer. «Und dann erziehen sie ihn um. In zehn Jahren hat er selber so eine beschissene Filzmütze auf.»

Die Braut brach zusammen. Zwei Frauen halfen ihr auf und hielten sie fest, damit sie nicht hinterherrannte. Der Janitscharentrupp bog um eine Ecke und verschwand außer Sicht.

Bernardino Bellapianta knirschte mit den Zähnen. Er überlegte kurz, dann strich er sich die vom Schlafen zerknitterten Kleider glatt. «Rührt euch nicht vom Fleck», sagte er.

Ein paar Augenblicke später sah man ihn über den Dorfplatz eilen und hinter der Ecke eines Hauses verschwinden. Die Leute schnatterten aufgeregt durcheinander. Nach einer Weile kam Bernardino Bellapianta zurück, den zitternden Jungen an der Hand.

Noch Generationen später erzählten die Bauern ihren Kindern und Enkeln von dem Tag, an dem der heilige Stylian von Paphlagonien in der Verkleidung eines italienischen Händlers als Hochzeitsgast in ihrem Dorf gewesen war.

Der Rest der Reise verlief zunächst ohne Vorkommnisse, und die Gruppe verfiel wieder in ihren schweigenden Trott. Giancarlo hing wie ein halbleerer Getreidesack auf seinem Maultier und ließ seinen Blick verdrossen über den Himmel schweifen, wo Krähenschwärme hin und her wogten und dann und wann ein Falke seine Kreise zog.

Zehn Tage lang ritten sie weiter nach Osten. Zu ihrer Rechten tauchte immer wieder das Meer zwischen den Hügeln auf. Zuletzt schlugen sie einen großen Bogen nach Norden, um das Goldene Horn zu umgehen. Als sie schon jeden Augenblick damit rechneten, die Mauern von Pera hinter der nächsten Anhöhe erscheinen zu sehen, wurden sie von einem ohrenbetäubenden Krachen aus der Trägheit des Maultiertrotts gerissen. Noch in den Sätteln spürten sie das Erzittern des Bodens wie bei einem Erdbeben. In der Ferne grummelte ein Echo. Hinter einem langgestreckten Hügelkamm wallte eine Rauchwolke auf. Im Trab nahmen sie die Anhöhe.

Vor ihnen lag eine eingezäunte Wiese, auf der eine Reihe von langgestreckten Schuppen mit Schornsteinen stand. Ein kleiner Fluss schlängelte sich zwischen Bäumen und Büschen heran, verschwand im ersten der Gebäude, trat aus dem letzten wieder hervor und verlor sich in der Ferne. Kräne reckten ihre hölzernen Arme in die Luft. Im rückwärtigen Bereich des Geländes waren fünf runde Zielscheiben aus zusammengebundenem Stroh an baumhohe Holzgestelle gelehnt, die an Staffeleien erinnerten. Knapp über dem unteren Rand der mittleren Scheibe klaffte ein großes, qualmendes Loch. Wagenräder und Hufabdrücke hatten auf der weiten Fläche davor tiefe Furchen in den Boden gezogen, die wie ein geheimnisvoller Schriftzug in weiten Bögen über die Wiese liefen, sich überkreuzten und sich an einigen Stellen zu unregelmäßigen Flecken aus zertrampeltem Erdreich erweiterten. Mitten auf der Wiese ruhte eine riesige Kanone auf einer Lafette mit wuchtigen eisenbeschlagenen Rädern. Steinkugeln, groß wie Melonen, waren zu einer Pyramide aufgeschichtet. Ein Dutzend Menschen machte sich an der Kanone zu schaffen. Etwas abseits standen zwei Transportwagen voller Fässer. Die letzten Fetzen der Rauchwolke verflogen unter dem wolkenlosen Himmel.

Bernardino Bellapianta ritt langsam den Abhang hinunter. Gleichzeitig löste sich eine Gestalt aus der Gruppe, die bei der Kanone gestanden hatte, und ging mit schnellen Schritten zu einem in den Zaun eingelassenen Tor.

10 Der Fund der Leiche sorgte natürlich für großes Aufsehen im ganzen Haus. Der Justizhauptmann persönlich sprach bei Bernardino Bellapianta vor. Zwei Stunden lang schlossen sie sich ein. Niemand wusste, was sie dort besprachen, aber bald war klar, dass es eine Untersuchung geben würde. Ein paar Männer kamen und begutachteten die in einem verschlossenen Kellerraum aufgebahrte Leiche. Der Gestank drang durch alle Ritzen und verbreitete sich im gesamten Flügel des Gebäudes. Die dicke Köchin behauptete, in der Nacht merkwürdige Geräusche gehört zu haben, die aus dem Keller kamen: Schaben, Poltern, Stöhnen und beschwörendes Gemurmel in einer unbekannten Sprache. Eine schwarze Katze sei über die Treppe entwichen und fauchend durch den Innenhof gerast. Am nächsten Tag wurde der Tote in einem Sarg abtransportiert. Glaubte man der dicken Köchin, dann war der Sarg allerdings leer gewesen. Jedem, der es hören wollte, erzählte sie, die Leiche sei noch im Haus ausgekocht und die Knochen seien zu Pulver zerrieben worden, das eine gewisse Person für gewisse Versuche benötige. Wer an der Kellertreppe vorbeikam, bekreuzigte sich.

Paolo fasste die Gerüchte für mich zusammen. Wir saßen auf dem Rand des Kapitellbrunnens. Es war ein feuchtwarmer, bedeckter Tag. Im Festsaal waren die Arbeiter damit beschäftigt, das Meeresrauschen zu perfektionieren. In tagelangen Versuchen hatten sie ermittelt, wie der beste Klang zu erzeugen war: Erbsen mit einer Beimischung aus Bleikugeln in einer langen Eisenkiste mit leicht aufgewölbtem Boden. Die Brandung rauschte durch den Hof.

Zwei Männer trugen einen Käfig an uns vorbei, in dem zusammengekauert ein gutes halbes Dutzend Möwen saß.

«Er denkt wirklich an alles», murmelte Paolo.

Dann erzählte er weiter. Die Untersuchung hatte ergeben, dass dem Mann das Genick gebrochen worden war. Im Nacken hatte er einen Bluterguss gehabt, der von einem harten Gegenstand verursacht worden sein musste. Ansonsten wies die Leiche keinerlei Verletzungen auf. In der Kleidung des Toten hatte man einen Beutel mit einer beträchtlichen Geldsumme, eine winzige Landkarte und eine Ampulle mit einer klaren Flüssigkeit gefunden. Bernardino Bellapianta hatte die Sachen dem Justizhauptmann übergeben. Dessen Leute hatten alle Brunnen im Haus absperren lassen und ein paar Tropfen der Flüssigkeit probeweise in ein Fischbassin geträufelt. Zunächst war nichts passiert. Doch drei Tage später trieben die Fische plötzlich tot in ihrem Becken. Daraufhin wurden zur Sicherheit aus allen Brunnen Proben entnommen und der Versuch damit wiederholt. Diesmal blieben die Fische am Leben.

Währenddessen wurden alle Angestellten des Palastes befragt. Doch niemand hatte beobachtet, wie der Unbekannte das Gebäude betreten hatte, geschweige denn, wie er zu Tode gekommen war. In allem Gerede schwang die unbehagliche Ahnung mit, dass der Täter sich immer noch unter uns aufhielt.

Paolo zählte die entscheidenden Fragen an den Fingern ab, nicht ohne den altklugen Hinweis, man müsse ein solches Problem in einzelne Kategorien zerlegen, wie Aristoteles das gelehrt habe.

«Erstens: Wer war der Tote? Zweitens: Warum hatte er diese Karte dabei? Drittens: Wen wollte er vergiften? Viertens: In wessen Auftrag? Fünftens: Aus welchem Grund?» Paolo hielt mir seine geöffnete rechte Hand vor die Nase und zählte mit der linken weiter: «Sechstens: Wann genau ist der Mord geschehen? Siebtens: Wo? Achtens: Kannte der Mörder den Toten? Neuntens: Wusste er von der Giftampulle? Zehntens natürlich: Wer ist der Mörder? Und warum verbarg er die Leiche im Schiff, wo ihm doch klar sein musste, dass man allein durch den Gestank schon bald auf sie aufmerksam werden musste?»

«Das sind zwei Fragen», warf ich ein.

«Ich hab nur zehn Finger», gab Paolo zurück.

Bernardino Bellapiantas Bemerkung kam mir in den Sinn. «Die erste Frage kann ich beantworten», sagte ich. «Der Tote hieß Mustafa Efendi.»

Paolo starrte mich mit großen Augen an. Also sagte ich ihm, dass Bernardino Bellapianta beim Anblick der Leiche diesen Namen gemurmelt hatte.

«Dann kannte er ihn?»

«Danach sah es aus.»

«Vielleicht hast du dich verhört.»

«Er stand direkt neben mir.»

«Merkwürdig. Das hat er später mit keinem Wort mehr erwähnt.»

«Wahrscheinlich wollte er nicht, dass es jemand erfährt.»

«Dann wäre ihm die Bemerkung nicht rausgerutscht. So unbeherrscht ist er nicht.» Der Gedanke, dass Bernardino Bellapianta möglicherweise seine Bekanntschaft mit einem Giftmörder zu vertuschen versuchte, schien Paolo überhaupt nicht zu gefallen. Nach einer Weile sagte er: «Mustafa Efendi. Türke also.»

«Hast du den Namen schon mal gehört?»

«Kann sein. Bernardino macht Geschäfte mit dem Sultan. Er kennt viele Türken. Aber die heißen alle Mustafa, wenn sie nicht Hassan oder Mahmud oder Achmed heißen.»

«So, wie bei uns alle Paolo heißen, wenn sie nicht Giovanni oder Francesco oder Pietro heißen», konnte ich mir nicht verkneifen.

«Du Schlauberger weißt ja noch nicht mal, wie du selbst heißt», gab er bissig zurück, erschrak noch im gleichen Augenblick über seine Grobheit und legte mir die Hand auf den Arm: «Tut mir leid.»

«Schon gut. Und Efendi? Ist das so was wie ein Rufname?»

«Nein, ein Titel.»

«Vielleicht war er im Auftrag des Sultans unterwegs.»

«Das würde die vierte Frage beantworten.»

Paolo schloss für eine Weile die Augen, um seine Gedanken zu ordnen. «Wir sollten der Reihe nach vorgehen. Also: Warum hatte Mustafa die Karte dabei? Klar, oder? Er kennt sich hier nicht aus. Er reist unerkannt durchs Land und will nicht nach dem Weg fragen, um nicht auf sich aufmerksam zu machen und um zu verhindern, dass jemand sein Ziel kennt. Er hat etwas zu verbergen.»

«Was war denn genau auf der Karte verzeichnet?», fragte ich.

«Weiß ich nicht. Die Karte haben sie mitgenommen. Angeblich war sie nur handtellergroß. Und die Schrift so klein wie Ameisenkacke. Lauter Städte und Entfernungen.»

«Also kann es sein, dass er nur auf der Durchreise war.»

«Möglich. Aber er wurde hier im Haus umgebracht. Das

wird ja wohl kaum Zufall gewesen sein. Irgendetwas hatte er hier zu tun.»

Plötzlich traf mich wie ein Blitz ein Bild aus meiner Erinnerung. Ein bärtiger Mann mit einer großen und wie ein Papageienschnabel gebogenen Nase, der auf einem lahmenden Pferd durch eine belebte Straße ritt und einem Bettler eine Münze zuwarf.

«Den habe ich schon mal gesehen», sagte ich.

Paolo glotzte mich an. «Wirklich?»

«An dem Tag, an dem du mich zum ersten Mal durch die Stadt geführt hast. Kurz vor dem Platz, auf dem ich gefunden wurde. Er ist an uns vorbeigeritten. Wahrscheinlich war er auf dem Weg hierher.»

«Sonst nichts?», drängte Paolo.

«Sein Pferd war lahm.»

«Was für ein Pferd?»

«Ein Fuchs.»

«Wunderbar. Unter den Pferden ist der Fuchs das, was der Mustafa unter den Türken ist. Das bringt uns kein bisschen voran.»

«Dann sollten wir uns damit nicht aufhalten», sagte ich.

Paolo überlegte kurz und nickte dann. «Fragen wir also weiter. Auf wen hatte er es abgesehen? Das Gift hätte für uns alle gereicht. Er hätte die Ampulle nur in einen der Brunnen entleeren müssen. Wenn es erst nach drei Tagen wirkt, hätten alle schon längst davon getrunken gehabt, bevor die Ersten tot umgefallen wären.»

«Aber eigentlich hätte es nur einen treffen sollen.»

«Wahrscheinlich. Doch so ist es für ihn sicherer. Wenn das Gift wirkt, ist er schon über alle Berge.»

«Hat er Feinde?»

«Wer? Bernardino? Jede Menge. Er ist nicht zimperlich

bei seinen Geschäften, und wer ihn zu bescheißen versucht, der hat schlechte Karten. Er vergisst nichts. Aber mit den Türken hat er keine Schwierigkeiten. Denen verkauft er vor allem Waffen. Was wiederum hierzulande manch einem sauer aufstößt. Ist ja auch kein Wunder. Stell dir das bloß mal vor: Christliche Schiffe werden von den Mohammedanern mit Kanonen aus Mailänder Gießereien versenkt, die Bernardino Bellapianta ihnen verkauft hat. Und was meinst du, was erst los ist, wenn die Türken in Rüstungen von Missaglia und mit Hakenbüchsen von Vimercate in der Hand unser Land verwüsten! Wie werden wir dastehen!» Er schüttelte den Kopf und starrte eine Weile vor sich hin.

Ich dachte an die offenen Fragen. «Und wenn bei uns gar kein Anschlag stattfinden sollte? Was hatte dieser Mustafa dann hier zu suchen?», fragte ich.

«Vielleicht wollte er jemanden treffen, um Anweisungen entgegenzunehmen. Oder er sollte die Ampulle nur übergeben. Dann bleibt immer noch die Frage, was mit dem Gift geschehen sollte.»

«Und wenn er es nur einfach so dabeihatte?»

«Einfach so?» Paolo blickte mich an, als wäre ich nicht ganz bei Trost. «Selbst bei den Türken gibt es nur eine Handvoll Giftmischer, die so ein Zeug herstellen können. Das trägt man nicht einfach so mit sich herum.»

Ich schwieg ein wenig beleidigt. Wie um mir aus der Verlegenheit zu helfen, fasste Paolo noch einmal zusammen, was ihm als gesichert erschien.

«Nehmen wir an, dass es so war: Mustafa hatte vom Sultan den Auftrag, einen Giftanschlag auszuführen. Hier im Haus gibt es jemanden, mit dem er sich treffen wollte. Was uns natürlich zu der Frage führt, ob diese Person ihn auch erschlagen hat.»

«Vielleicht hat das gar nichts mit dem Gift zu tun», gab ich zu bedenken. «Warum hat der Mörder dem Opfer die Ampulle nicht abgenommen? Das wäre doch naheliegend gewesen.»

«Allerdings», murmelte Paolo ärgerlich.

«Vielleicht wollte er sogar, dass der Tote als Giftmörder erkannt wird. Das würde auch erklären, warum er die Leiche nicht aus dem Haus geschafft hat.»

«Und in einen Gemüsehaufen auf der Piazza Verzaro geworfen?»

Paolo blickte mich mit hochgezogenen Augenbrauen an. Plötzlich wurde mir klar, was das bedeuten konnte.

«Meinst du …», begann ich.

Paolo schien die Tragweite seiner Bemerkung erst jetzt zu begreifen. Er schluckte. «… dass derjenige, der Mustafa erschlagen hat …»

«… auch den Anschlag auf mich verübt hat? Womöglich mit derselben Waffe? Mit einem Hammer oder so? Würde doch passen!»

Paolo überlegte lange. Im Saal wurden Kommandos gerufen. Das Rauschen setzte wieder ein. Ein paar Möwenschreie ertönten.

«Man könnte meinen, wir sind am Meer», sagte Paolo versonnen.

Ich ging nicht darauf ein. Der Gedanke, dass die Sache etwas mit mir zu tun haben könnte, war unheimlich und gleichzeitig auf merkwürdige Weise erregend. Aber was in aller Welt sollte mich mit diesem Mustafa verbinden? Paolo erriet, was ich dachte. Er kratzte sich an seinem unrasierten Kinn.

«Du hattest jedenfalls keine Giftampulle dabei», sagte er. «Außerdem bist du ja nicht hier niedergeschlagen worden.»

«Sicher?»

«Na ja. Bernardino hat dich zufällig auf dem Gemüsemarkt gefunden und hierhergebracht. Das ist die einzige Verbindung.»

«Noch mal der Reihe nach», schlug ich vor. «Bei welcher Frage waren wir stehen geblieben?»

«Wem der Giftanschlag galt.»

«Und ob er hier im Haus verübt werden sollte.»

«Nehmen wir das einmal an. Wer wäre das Opfer?»

«Bernardino Bellapianta», sagte ich. «Wenn das Gift wirklich so schwer zu beschaffen ist und dieser Türke durch das halbe Land reist, dann muss etwas Wichtiges dahinterstecken. Möglicherweise ist bei den Geschäften mit dem Sultan irgendwas schiefgelaufen.»

«Möglicherweise», murmelte Paolo. Der Gedanke schien ihm nicht zu gefallen. Vielleicht passte ihm die Vorstellung nicht, dass er nicht Bescheid wusste. Schließlich hielt er sich einiges darauf zugute, dass er über Bernardino Bellapiantas Geschäfte besser informiert war als andere.

«Was für Aufgaben hast du überhaupt hier?» Merkwürdig, dass ich ihn das noch nie gefragt hatte. Ich war einfach davon ausgegangen, dass Paolo eine Art Handlanger war.

«Ich kümmere mich um die Warentransporte», sagte er unbestimmt. «Das läuft alles wie geschmiert. Da gab's noch nie Probleme, und es wird auch keine geben, solange ich da bin.»

«Und sein Bruder?»

«Giancarlo? Der interessiert sich nicht für die Geschäfte. Er baut seine Maschinen und organisiert das Feuerwerk für die großen Feste. Und irgendwann wird er uns dabei das Haus unter dem Hintern wegsprengen. Hast es ja selbst erlebt.»

«Und sonst nichts?»

«Doch. Er bastelt Flugmaschinen. Er ist überzeugt, dass der Mensch sich eines Tages in die Luft erheben wird. Ich halte das für kompletten Unsinn. Und für ziemlich anmaßend obendrein.» Wieder kratzte er sich am Kinn. «Wenn Gott gewollt hätte, dass wir fliegen, dann hätte er uns Flügel gegeben», fügte er finster hinzu.

«Dann dürften wir auch keine Schiffe bauen. Wenn Gott gewollt hätte, dass wir schwimmen, dann hätte er uns Flossen gegeben», entgegnete ich.

Paolo sah mich feindselig an. «Das ist ja wohl was anderes», sagte er. «Der Erlöser selbst hat von einem Schiff aus zum Volk gepredigt. Er hat die Wogen geglättet, um das Boot mit den Jüngern auf dem See Genezareth vor dem Kentern zu bewahren. Die Apostel sind mit dem Schiff gereist, um sein Wort zu den Menschen zu bringen. Und jetzt zeig mir die Stelle in der Heiligen Schrift, wo vom Fliegen die Rede ist!»

Wäre ich damals belesener gewesen, hätte ich ihm Habakuk und Hesekiel entgegengehalten, die beide von Engeln durch die Luft getragen worden waren, oder Elia, der in einem Wagen aus Feuer zum Himmel aufgefahren war.

«Was aber geschah mit Simon dem Magier, der es wagte, die Gaben des Heiligen Geistes kaufen zu wollen?», ereiferte sich Paolo. «Er erhob sich in die Lüfte, und der Herr ließ ihn niederstürzen! Das sagt ja wohl alles! Und Giancarlo Belapianta sollte aufpassen, dass ihm nicht dasselbe passiert!»

«Was für Flugmaschinen baut er denn?», fragte ich.

«Er hat schon alles Mögliche versucht, aber nichts hat geklappt», antwortete Paolo schadenfroh. «Meinst du, das ist Zufall? Gott hat ihm große Gaben verliehen. Er ist ein begnadeter Mechaniker. Gerade hat er eine Maschine gebaut, die Seidengarn von sechshundert Spulen gleichzeitig spinnt und verzwirnt. Und schau dir sein neuestes Werk an!» Paolo wies in Richtung des Festsaals. «Das Schiff gelingt ihm, die Flugmaschine aber nicht! Ist das nicht deutlich genug? Na?»

Paolo schwieg eine Weile verdrossen. «Wie gesagt, er hat schon alles versucht. Bambusgestelle mit Gänsefedern, die ihn nicht eine Elle vom Boden anheben konnten. Ein riesiger Drachen aus Seide, mit dem er in einen Baum gestürzt ist. Sein neuester Einfall sind mit heißer Luft gefüllte Schweinsblasen, die angeblich von selbst abheben. Aber das soll er dir selber erklären. Da ist er übrigens.»

Mit einem Nicken wies Paolo in Richtung der Tordurchfahrt. Als hätte die Nennung seines Namens ihn angelockt, stand dort Giancarlo Bellapianta. Hatte er etwas von unserem Gespräch mitbekommen?

Giancarlo Bellapianta winkte uns in einer übertriebenen Geste mit beiden Händen, als hätte er schon seit geraumer Zeit versucht, uns auf sich aufmerksam zu machen.

«Könnt ihr kurz mit anfassen?», rief er.

«Nicht bei diesem Teufelszeug», knurrte Paolo und ließ sich vom Brunnenrand gleiten.

Ich folgte den beiden in den nächsten Innenhof und von da durch ein breites Portal zur Linken. Der Anblick dessen, was da in der Mitte des Raumes hing, traf mich wie ein Schlag. Es war überwältigend. Erhebend. Ehrfurchtgebietend. Königlich. Übermächtig.

Dort im Dämmerlicht schwebte knapp über dem Boden ein riesiger Engel. Genauer gesagt, war es eher das Gewand eines Engels mit einem riesigen Schwingenpaar, das den ganzen Raum beherrschte und aus dem das Strahlen eines übermenschlichen Wesens leuchtete, das seine Hülle nach einem Flug durch die Wolken abgelegt hatte. Nein, nicht abgelegt: Es sah aus, als hätte das Wesen sich im Landeanflug aufgelöst und das Gewand mit den Flügeln sei schwerelos in der Luft hängen geblieben.

Beim näheren Hinsehen verflog der übernatürliche Glanz. Die Federn waren in langen Reihen auf leicht gebogene Bambusrohre geklebt, die wie die gespreizten Finger einer Hand angeordnet waren und dem Ganzen etwa die Form eines Schmetterlings gaben. Die mittleren Bambusrohre waren mit Griffschlaufen versehen. Alle Rohre liefen an einem spindelförmigen Rahmen zusammen, von dem aus sich ein Korsett aus feinen Weidenholzrippen vorwölbte und eine Art Käfig bildete. Allerhand Ledergurte und Riemen hingen davon herab.

Aus dem Augenwinkel meinte ich zu erkennen, dass Giancarlo Bellapianta mein Staunen nicht ohne Stolz sah. Dann aber trat ein gequälter Ausdruck auf sein Gesicht.

«Es funktioniert nicht», sagte er. «Aber ich kann mich nicht davon trennen.»

«Wo sollen wir anfassen?», fragte Paolo, der meiner Ehrfurcht vor diesem Werk des menschlichen Hochmutes offenbar so wenig Raum wie möglich lassen wollte.

Giancarlo Bellapianta wies zur Decke, wo ein Flaschenzug angebracht war. Das Fluggerät hing an einem Seil, das dort über mehrere Rollen lief und dessen Ende knapp über dem Boden baumelte.

«Das Seil ist aus der Rolle gesprungen, als ich es wieder aufhängen wollte», sagte Giancarlo Bellapianta.

«Wir brauchen eine Leiter», stellte Paolo fest und verschwand ohne ein weiteres Wort.

Ich sah mich um. Der Raum nahm tatsächlich die ganze Breite des Gebäudeflügels zum Innenhof ein. Er war vollgestopft mit Werkbänken, Gestellen, Fässern, Bottichen,

Kisten, Körben und aufgestapelten Hölzern in allen Größen und Formen. In die Stirnwand auf der linken Seite war ein breiter Kamin eingelassen, in dem ein Feuer brannte. Darüber hing an einer Zahnstange ein wuchtiger Kupferkessel. Der Boden war mit Sägespänen übersät. An den Wänden zogen sich Halterungen mit Werkzeugen verschiedenster Art entlang, darunter eine ganze Reihe Hämmer in allen Größen und Formen. Unwillkürlich tastete meine Hand nach der weichen Stelle an meinem Kopf.

Aufgerollte Seile und Drähte in allen Stärken hingen an Haken, auf den Werkbänken lagen Zeichnungen und Berechnungen sowie Zahnräder, Wellen, Stangen, Kurbeln, Schrauben und Scharniere. Gläserne Becher und Kolben standen herum. Ein paar Schritte vor dem Kamin stand eine riesige Waage. Von der Decke hingen weitere Flaschenzüge mit eisernen Haken herunter. Die Wand gegenüber dem Kamin war von einem Gerüst bedeckt, das bis an die Decke reichte. Es roch nach frischgesägtem Holz und feuchtem Putz.

«Gott sei Dank hatte ich es vor der Explosion zum Abstauben heruntergenommen», sagte Giancarlo Bellapianta, als wollte er mich an seine Anwesenheit erinnern. «Sonst wäre nichts davon übrig geblieben.»

«Warum funktioniert es nicht?», fragte ich.

Giancarlo Bellapianta trat einen Schritt auf mich zu. Er lächelte, als keime in ihm die Hoffnung auf, in mir vielleicht einen Gleichgesinnten gefunden zu haben, jemanden, der seine Leidenschaft ernst nahm, während alle anderen darüber spotteten. Sein Gesicht war kaum noch gerötet. Die Augenbrauen wuchsen als feine Stoppeln nach.

«Wir Menschen sind zu schwer und zu schwach», sagte er. «Also, ich sowieso. Aber ich habe ein paar wirklich kräftige

Kerle in dieses Korsett geschnallt. Mehr als ein paar Luftsprünge haben sie auch nicht geschafft.»

Traurig strich er über einen der Flügel.

Paolo kam zurück. Er bugsierte eine lange Leiter durch die Tür, richtete sie unter dem Flaschenzug auf und hängte die oberste Sprosse in den Haken, an dem das Gestell aufgehängt war. Für seine füllige Statur kletterte er erstaunlich behände nach oben. Ein paar gezischelte Flüche, ein paar ungehaltene Schläge gegen den Flaschenzug, dann hatte er das Seil wieder über die Rolle gelegt. Die Schwingen sackten ein Stück nach unten und federten nach. Mit ausgreifenden Bewegungen zog Giancarlo Bellapianta das Seil Armlänge um Armlänge zu sich hin. Das Gestell ruckte im Takt nach oben. Die Rollen knarrten. Als die Spitzen der Flügel ein Stück über unseren Köpfen hingen, ging Giancarlo Bellapianta in die Knie und wickelte das Seil um einen in den Boden eingelassenen Eisenhaken. Paolo hängte die Leiter aus und klemmte sie sich unter den Arm.

«Danke.»

«Bitte.» Er verschwand, um die Leiter wegzubringen. Ich ahnte, dass er nicht wiederkommen würde.

«Er hält nicht viel von dem, was ich hier mache», sagte Giancarlo Bellapianta.

«Das kann sein», antwortete ich vage.

«Willst du mehr darüber wissen?», setzte er vorsichtig nach.

«Gern», sagte ich, nicht ohne das unbehagliche Gefühl, Paolo damit irgendwie in den Rücken zu fallen.

Giancarlo Bellapianta strich wieder über das Gefieder und überlegte eine Weile. Dann schien ihm plötzlich ein Gedanke zu kommen, und er ging zu einer Kiste neben dem Kamin, schüttete eine Schaufel Kohlen in ein Drahtgestell und setzte es über das Feuer. Kam zurück. Strich wieder über das Gefieder.

Und dann begann er von dem zu sprechen, was sein Leben bestimmte, seit er als Kind die Turmfalken im Glockenstuhl von Santa Maria di Lantasio beobachtet und den Zugvögeln hinterhergeblickt hatte, die im Frühjahr und im Herbst in taumelnden Formationen über die Stadt hinweggeflogen waren. Er bemühte sich merklich, nicht allzu belehrend zu klingen, was ihm nicht immer gelang. Vieles von dem, was ich hier wiedergebe, begriff ich erst später, als er es mir ein zweites und ein drittes Mal erklärte.

Er verglich die Funktionsweise eines Flügels in der Luft mit der eines Bootsruders im Wasser. Der Widerstand, den das Wasser dem Ruder entgegensetze, ergebe sich aus der Trägheit des Wassers, das durch die Ruderbewegung verdrängt werden müsse. Ob ich das verstanden hätte?

Ich nickte zögerlich, eher, um ihm einen Gefallen zu tun.

Genauso verhalte es sich nach seiner Überzeugung mit der Luft, fuhr er fort, und als er sah, dass ich nun endgültig nicht mehr folgen konnte, ging er mit entschlossenen Schritten zum Kamin, holte einen Blasebalg und hielt ihn mir unter die Nase.

«Was ist dadrin?»

«Nichts.»

«Falsch. Luft.»

Er verstopfte die Düse mit einem Korken, den er irgendwo hervorgezogen hatte, und stützte sich mit seinem ganzen Gewicht auf den Blasebalg, der federte wie ein Polster, bis der Korken mit einem Knall aus der Düse flog und gegen eine auf der Werkbank herumstehende Flasche prallte, die herunterfiel und auf dem Boden der Werkstatt zerschellte. Befriedigt blickte er auf die Scherben. Damit sei bewiesen, was schon Aristoteles in seinem von späteren Kommentatoren entstellten Buch über die Fortbewegung der Tiere geschrieben habe: dass Luft eben doch etwas anderes sei als nichts und dass ihr eine geheimnisvolle Kraft innewohne, ähnlich wie dem Wasser, das gegen einen Staudamm drücke, Mühlräder antreibe oder einfach nur durch seine Trägheit bewirke, dass ein Boot mit der Kraft eines Ruders vorwärtsbewegt werden könne. Ob ich das verstanden hätte?

Diesmal fiel es mir leichter, ihm zu folgen. Luft, so führte er weiter aus, verhalte sich also ähnlich wie Wasser, sei aber weniger träge, weshalb Flügel größer seien als Flossen und schneller bewegt werden müssten, um einen Körper in diesem Element anzuheben oder voranzutreiben. Er, Giancarlo Bellapianta, habe dieses Prinzip bewiesen, indem er mit seinem Fluggerät allein durch Flügelschlagen ein Boot in Bewegung gesetzt habe. Und mehr noch: Durch allerhand Versuche und Berechnungen sei er darauf gestoßen, dass das Gewicht eines Vogels, die Fläche und die Spannweite seiner Flügel und die Geschwindigkeit des Flügelschlages in einem kalkulierbaren Verhältnis zueinander stünden. Er habe das nachgeprüft, indem er sich mit seinem Fluggerät auf die Waage gestellt und mit den Flügeln geschlagen habe. Auf diese Weise habe er belegen können, dass sein Gewicht sich im Augenblick der Abwärtsbewegung der Flügel verringere, und zwar ziemlich genau um den Wert, den er vorher berechnet habe. Ob ich das verstanden hätte?

Ich stellte mir Giancarlo Bellapianta vor: flügelschlagend in einem Boot, flügelschlagend auf einer Waage. Und ich begriff, dass all diese merkwürdigen Versuche, mit denen er sich in den Augen seiner Umgebung lächerlich machte, nichts anderes waren als die Früchte seiner Neugier, die

Ausgeburten seines unbändigen Drangs, alles zu begreifen. Ich war beeindruckt.

«Also ist es möglich?», fragte ich zaghaft.

«Ja», erwiderte er. «Aber nicht auf diese Weise.»

Zum Fliegen seien Kräfte vonnöten, die die Leistungsfähigkeit der menschlichen Muskulatur überstiegen. Er habe das Flugverhalten der Vögel und die Beschaffenheit ihrer Körper lange studiert. Ihre Knochen seien hohl und der Anteil der Muskeln an ihrem Gesamtgewicht erheblich größer als bei Menschen. Aus diesem Grund sei es ausgeschlossen, sich mit einem Fluggerät wie dem, das dort an seinem Flaschenzug hing, in die Luft zu erheben, denn die Muskelkraft des Menschen reiche nicht für einen ausreichend schnellen Flügelschlag. Er habe sämtliche Bücher zu diesem Thema durchforstet, die er gefunden habe. Das meiste davon sei nicht zu gebrauchen.

Wie zum Beweis eilte er zu einem Wandregal, in dem mehrere Dutzend in speckiges Leder gebundene Bücher lagen. Er zog den ganzen Stapel heraus, schleppte ihn keuchend heran und knallte ihn mit einer anklagenden Geste auf die Werkbank.

Und dann gab er mir eine Zusammenfassung dessen, was seit Menschengedenken dazu geschrieben worden war. Von seinem Redeschwall wurde mir schwindlig, seine Erzählungen hoben mich in die Höhe und ließen mich im Sturzflug wieder herabschießen. Ich schwebte mit der indischen Gottheit Hanuman durch die Luft, schoss mit dem Apollopriester Abaris auf einem goldenen Pfeil über das Land, ließ mich von dem von Greifen gezogenen Gefährt Alexanders des Großen durch die Wolken kutschieren, stieg um in den Wagen des Perserkönigs Kaikaus, der das Gleiche mit angeschirrten Adlern versucht hatte, und nahm

Platz auf dem Thron Salomos, der auf einem fliegenden Teppich von einem Ende der Welt zum anderen geeilt war. Giancarlo Bellapiantas Worte überschlugen sich, seine feingliedrigen Hände wiesen immer wieder zur Decke, formten Flügel aus Luft und schlugen Bücher auf, um mich auf Textstellen und Zeichnungen hinzuweisen, die ich gar nicht so schnell erfassen konnte, wie er weiterblätterte.

Ein plötzliches Knirschen unterbrach ihn, gefolgt von Rattern und Poltern. Ich fuhr herum. Das gefiederte Geschirr hatte sich aus seiner Verankerung gelöst und war heruntergefallen. Die Flügel lagen ausgebreitet auf dem Boden, als hätte der Engel sich vor seinem Gott niedergeworfen.

Giancarlo Bellapianta sprang mit ein paar Schritten zu seinem Gestell, kniete davor nieder und betastete mit gequältem Gesicht das Federkleid. Sein Buckel wölbte sich, als trüge er unter seinem Mantel eine Kanonenkugel auf dem Rücken.

«Da haben wir's», murmelte er.

Gemeinsam zogen wir das Geschirr wieder an die Decke. Diesmal befestigte Giancarlo Bellapianta das Seil mit ein paar zusätzlichen Knoten. Dann sprach er weiter, als sei der Zwischenfall ein willkommener Anlass gewesen, sich von den Legenden abzuwenden und zu den Tatsachen zu kommen. Die ganze Kette der glaubwürdigen Berichte, die er aus verschiedenen Jahrhunderten über Fluggeräte gefunden habe, sei eine einzige Chronik von Misserfolgen und Fehlschlägen. Schon Sueton berichte von einem Vogelmenschen, der bei einer Flugvorführung in Neros Amphitheater direkt vor der Nase des Kaisers auf dem Boden aufgeschlagen sei. Arabische Quellen wüssten von einem gewissen Abu Nasr Ismail ibn Hammad al-Jawhari, der vor fünfhundert Jahren mit Holzflügeln vom Dach einer Moschee in Nischapur in den Tod gestürzt sei. Ähnliches habe der Mönch Eilmer einige Jahre später in Malmesbury versucht, sei aber mit ein paar Knochenbrüchen davongekommen. Des Weiteren berichte der griechische Chronist Niketas Choniates von einem Türken, der im Hippodrom von Konstantinopel von einem Turm gesprungen sei, um mit einem an Weidenholzstäben aufgefächerten Gewand zu Boden zu gleiten, doch statt zu gleiten, sei er abgestürzt wie ein Stein. Seitdem habe es niemand mehr versucht. Außer ihm, Giancarlo Bellapianta. Und auch er sei gescheitert, habe aber die Gründe dafür erkannt und suche nun nach anderen Wegen. Und jetzt werde die Sache interessant. Wieder schlug er eins der Bücher auf.

«Der Aristoteleskommentar des Nikolaus von Oresme», sagte er triumphierend, als sei damit alles erklärt. Schwungvoll blätterte er eine Stelle auf und fuhr mit dem Finger über die Zeilen, während er mir die Gedanken dieses Nikolaus von Oresme darlegte. Da ein Boot auch dann auf der Oberfläche des Wassers schwimmen könne, wenn es aus einem Material gebaut sei, das schwerer sei als Wasser, müsse es eine Möglichkeit geben, ein Boot auf der Oberfläche der Luft fahren zu lassen. Denn folge man der Lehre des Aristoteles, dann sei die Sphäre der Luft, die die Erdkugel umgebe, von einer äußeren Sphäre aus Feuer umgeben. Wenn es nun also gelänge, ein Boot an die Grenzfläche der beiden Sphären zu bringen, dann müsse man sich damit auf der Luft bewegen können wie auf einer Wasserfläche. Ob ich das verstanden hätte?

«Schon. Aber würde das Boot in der Sphäre des Feuers nicht verbrennen?», wandte ich ein.

«Ein richtiger Gedanke», lobte Giancarlo Bellapianta.

Doch auch darauf habe Nikolaus von Oresme eine Antwort. Feuer sei umso schädlicher, je kompakter das Material sei, mit dem es zusammen auftrete, was man ja auch daran sehe, dass glühendes Eisen heißer sei als brennendes Papier. Dort oben sei es für das Boot völlig ungefährlich. Das Problem sei nun allerdings, es bis zur Grenzfläche zwischen Luft und Feuer aufsteigen zu lassen. Er, Giancarlo Bellapianta, habe vielleicht eine Möglichkeit gefunden.

Er trat an einen großen Wasserbottich und winkte mich ungeduldig heran. Aus einem Weidenkorb nahm er eine aufgeblähte weißliche Kugel mit rosafarbener Äderung, die sich als luftgefüllte Schweinsblase entpuppte. Er drückte sie mit einer Hand unter Wasser und ließ sie los. Wie zu erwarten gewesen war, schoss die Blase sofort wieder an die Oberfläche.

«Verstehst du, was ich meine?»

Ich verstand nicht.

«Warum steigt die Blase auf?», drängte er.

Ich hatte keine Ahnung.

«Weil die Luft darin leichter ist als das Wasser. Wenn wir also davon ausgehen, dass Luft sich verhält wie Wasser, was brauchen wir dann, um in die Luft aufzusteigen?»

«Etwas, das leichter ist als Luft.»

«Und was ist leichter als Luft?» Anstatt eine Antwort abzuwarten, hieb Giancarlo Bellapianta mit der Faust auf die Werkbank: «Heiße Luft!»

Mit wachsender Begeisterung setzte er seine Ausführungen fort. Aristoteles lehre, dass die Luft innerhalb ihrer Sphäre ihrerseits in verschiedene Schichten eingeteilt sei, die mit zunehmender Nähe zur Sphäre des Feuers immer heißer würden. Was ja auch einleuchtend sei. Diesen Gedanken wiederum habe Albertus Magnus in seiner Schrift über Himmel und Erde weitergesponnen und bewiesen, dass heiße Luft leichter sei als kalte, indem er eine Schweinsblase damit gefüllt habe, die daraufhin aufgestiegen sei. Und obwohl auch der heilige Thomas von Aquin sich in ähnlicher Weise zu diesem Thema geäußert habe, hätten die Gelehrten in den folgenden zweihundert Jahren immer weiter unsinnige und viel zu schwere Maschinen konstruiert wie der ansonsten hochverehrte Roger Bacon oder neuerdings dieser völlig überschätzte Meister Leonardo, der mit seinen Spielereien das Geld Ludovicos des Schwarzen verpulvere. Niemand aber habe die richtigen Konsequenzen aus den Erkenntnissen der Scholastiker gezogen. Er, Giancarlo Bellapianta, schon.

Er eilte zu einer anderen Werkbank, in die eine längliche Mulde aus Metall eingelassen war. Darüber hing ein Gestell mit einem Metallrohr und einem Blasebalg, das sich so herunterklappen ließ, dass das Rohr knapp über der Mulde schwebte. Ein paar Zoll vor seinem Ende beschrieb es einen rechten Winkel und war mit einer Manschette aus Holz versehen. Giancarlo Bellapianta ging zum Kamin und fuhr mit der Schaufel in die Kohlen, die er zuvor in das Drahtgestell über dem Feuer geschüttet hatte und die nun orangerot glühten. Er kam zurück und verteilte die Kohlen in der Mulde. Dann klappte er das Gestell herunter. Ich begann zu begreifen.

Aus einer Kiste neben der Werkbank nahm er eine schlaffe Schweinsblase, zog sie mit geübten Handgriffen auf die Holzmanschette und schnallte sie mit einem kleinen Lederriemen fest. Dann betätigte er behutsam den Blasebalg. Die Blase richtete sich auf und füllte sich langsam mit der heißen Luft. Als sie so groß war wie eine Melone, löste Giancarlo Bellapianta den Riemen, zog sie mit einem Ruck von der Manschette und knotete sie mit ein paar schnellen Handgriffen zu. Langsam stieg die pralle Blase auf. Stieß mit einem behutsamen Klopfen gegen die Decke. Pendelte noch ein paarmal hin und her, als müsste sie sich in eine bequeme Position bringen. Verharrte dann regungslos.

Das sei die Zukunft, erklärte Giancarlo Bellapianta. Aber der Weg in diese Zukunft sei mit Schwierigkeiten gepflastert. Denn die Tragkraft einer solchen Blase sei so gering, dass er nach seinen Berechnungen etwa vierzigtausend davon benötige, um das Gewicht eines Menschen vom Boden abheben zu lassen. Abgesehen davon, dass sämtliche Mailänder Schlachtereien nicht so viele Schweinsblasen würden liefern können, sei es auch völlig unmöglich, sie alle gleichzeitig mit heißer Luft zu füllen. Man benötige also eine Blase von der Größe eines Hauses und eine gigantische Apparatur zum schnellen Einleiten der heißen Luft oder vielleicht sogar eine Vorrichtung, die diese während des Fluges auf Temperatur halte. Durch das mitzuführende Brennmaterial erhöhe sich natürlich das Gewicht des Fluggerätes und damit auch wiederum dessen Volumen. Ob ich das verstanden hätte?

«Ein Schwein mit einer solchen Blase müsste so groß sein wie die Kathedrale», sagte ich.

Giancarlo Bellapianta lächelte mich listig an. «Es sei denn, man stellt die Blase aus Seide her», sagte er.

Schon wieder Seide. Mir dämmerte, dass ich im Haus der größten Seidenverschwender von ganz Mailand gelandet war. Die Marotten der beiden Brüder mussten mehr Stoff verbrauchen, als nötig war, um die ganze Stadt einschließlich der Tagelöhner und Bettler in Seidengewänder zu hüllen.

Etwas tippte auf meinen Kopf. Die Schweinsblase war

wieder herabgesunken. Sie strich an meiner Schulter entlang und schwebte langsam zu Boden.

Giancarlo Bellapianta lehnte sich erschöpft gegen seine Werkbank.

«Wenn du willst, nehme ich dich mit nach Vigevano», sagte er. «Dort werde ich dir zeigen, woran ich gerade arbeite. Reib es aber nicht gleich Paolo unter die Nase.»

Als ich wieder durch das Portal trat, hatten die Schatten schon fast die Säulensockel des Umgangs erreicht. In der Ferne setzten Kirchenglocken ein. Ich ging zurück in den ersten Innenhof. Paolo saß immer noch auf dem Brunnenrand. Oder schon wieder.

«War's interessant?», fragte er spitz.

Ich setzte mich neben ihn und atmete ein paarmal tief durch. Die Ausführungen von Giancarlo Bellapianta hatten mich ganz benommen gemacht.

«Hat er dir auch von Batuhan erzählt?», fragte Paolo.

«Batuhan?»

Paolo nickte mit verzogenem Mund. «Also nicht.» Er trommelte mit den Fingern auf dem Brunnenrand. «Vielleicht ist Batuhan die Verbindung zu unserem Freund Mustafa.»

11 Aha, Batuhan. Dieser Name musste irgendwann fallen. Und jetzt sollten wir wirklich den Faden unseres Berichts über die vergangenen Ereignisse da wiederaufnehmen, wo Pandolfo uns vorhin unterbrochen hat: kurz vor Konstantinopel. Bernardino Bellapianta reitet auf das Tor zum Schießplatz zu. Ein Mann kommt ihm entgegen.

So zielstrebig, wie sie sich aufeinander zu bewegten, muss es vom Kamm des Hügels ausgesehen haben, als hätte das Schicksal diese beiden Männer dazu bestimmt, an genau diesem Tag und an genau diesem Ort aufeinanderzutreffen. Bernardino Bellapianta saß ab. Und dann standen sie sich gegenüber: der lombardische Kaufmann und der anatolische Kanonengießer.

Batuhan war ein Mann von vielleicht sechzig Jahren, aufrecht und braun gebrannt, einer, der Frauen gefiel und Männer misstrauisch machte. Der Wind meißelte seine drahtige Gestalt aus dem weißen Gewand. Schwarze Locken schauten unter seiner Filzkappe hervor. Der herunterhängende Schnauzbart gab seinem freundlichen Lächeln eine spöttische Note.

Bernardino Bellapianta zeigte auf die durchlöcherte Zielscheibe. «Zu tief eingestellt», sagte er auf Türkisch.

Das Lächeln des Türken wurde breiter. «Der erste Schuss geht immer zu tief», sagte er auf Italienisch.

«Das hat Mahmud Pascha vor neunzehn Jahren in Trapezunt auch mal zu mir gesagt.»

«Ach, Sie waren das. Wenn Sie mir versprechen, diesen Namen nie wieder zu erwähnen, dürfen Sie reinkommen.»

Mit diesem Wortwechsel begann ihre Freundschaft.

Eine halbe Stunde später waren die Maultiere versorgt. Die italienischen Leibwächter standen mit einem türkischen Kanonier zusammen, der ihnen mit Händen und Füßen erklärte, wie die Kanone zu bedienen war, während die anderen mit einem armdicken Ladestock eine neue Pulverladung ins Rohr stopften.

Batuhan führte die Brüder durch die Werkstätten, als seien sie alte Geschäftsfreunde. Die Gebäude, die aus der Ferne des Hügelkamms wie schmale Schuppen ausgesehen hatten, waren in Wahrheit die Hallen einer Gießerei, in denen sich insgesamt sechs Mühlräder drehten, angetrieben von dem kleinen Fluss, der durch ein gemauertes Kanalbett strömte. Unter der Decke liefen Ketten und Flaschenzüge entlang. Riesige Gusstiegel glänzten matt vor sich hin. An einer Wand waren zwei Dutzend Kanonenrohre auf Strohlagern aufgereiht. In einer der Hallen waren eine Stellmacherei und eine Schmiede untergebracht, in der ein paar Handwerker die Lafetten zusammenbauten. Das Hämmern hallte von den Wänden zurück. Es roch nach Sägespänen, Kohlenfeuer und Schlacke.

Giancarlo war in seinem Element. Mit verzücktem Gesicht inspizierte er die Mühlräder. Betastete die Antriebswellen und klopfte gegen die Tiegel. Musterte die Zahnräder und rechnete im Kopf die Kraftübertragung aus. Batuhans gurrendes Italienisch perlte durch die Luft.

Nach der Besichtigung nahmen sie auf einem Teppich unter einem Vordach mit Blick auf das Schießgelände Platz. Die Arbeiter wuchteten zu viert eine neue Kugel in die Mündung der Kanone. Getränke wurde gereicht. Sie schlürften an ihren Gläsern, und Batuhan erzählte seine Geschichte.

Er stammte aus einer alten Kaufmannsdynastie aus Bursa.

Sein Vater hatte im Edelsteinhandel ein Vermögen gemacht, das Geld in die Gießerei gesteckt und die Kanonen hergestellt, mit denen Sultan Mehmed die Mauern von Konstantinopel zusammengeschossen hatte, als seien sie aus Pappe gewesen. Batuhan hatte den Betrieb später übernommen. Neben der Gießerei besaß er mehrere Pulvermühlen, Kohlehütten und Anlagen zur Herstellung von Salpeter und Schwefel. Er war in Italien, Deutschland und Ungarn gewesen, um Fachleute anzuwerben. Er hatte mit neuen Bronzelegierungen und Pulvermischungen experimentiert, das Gewichtsverhältnis zwischen Treibladung und Kugel optimiert, die Höhenverstellung der Geschützrohre vereinfacht und seine Kenntnisse nebenbei genutzt, um zur Beschneidungsfeier des ältesten Sohnes von Sultan Mehmed auf der Pferderennbahn von Konstantinopel ein Feuerwerk abzubrennen, von dem man heute noch sprach.

Bei diesem Satz stellten die Brüder beide gleichzeitig ihre Gläser ab: Giancarlo, weil von Feuerwerk die Rede war. Bernardino, weil von Mehmed die Rede war. Er berichtete Batuhan von seinem Vorhaben, mit dem Sultan zu sprechen.

Batuhan verschluckte sich fast. Er lachte lange und laut.

«Sie sind mir einer», sagte er. «Mit dem Padischah spricht man nicht. Man übersendet ihm Geschenke. Wenn man Glück hat, darf man sein Anliegen vortragen. Und vielleicht erfährt man dann irgendwann, dass der Wunsch wohlwollend zur Kenntnis genommen wurde.»

«Was für Geschenke?», fragte Bernardino Bellapianta.

«Na, Sie sind ja richtig gut vorbereitet», amüsierte sich Batuhan. «Elfenbeinschnitzereien. Golddurchwirkte Seidenstoffe. Edelsteine mit außergewöhnlichem Schliff. Unbekannte antike Handschriften. Die Pläne der Befestigungsanlagen von Neapel oder Palermo. Die Venezianer haben ihm letztes Jahr einen Maler geschickt, der seine Schlafgemächer mit Bildern voller saftiger Einzelheiten dekoriert. Von einem dieser Kaukasusfürsten bekam er ein Mädchen für seinen Harem, das ein blaues und ein grünes Auge hat. Und ein ägyptischer Händler hat ihm neulich eine Giraffe geschenkt. Das ist so eine Art Mischung aus Kamel und Leopard, mit unglaublich langem Hals.»

«Ein Kamelopard», sagte Bernardino Bellapianta.

«Wenn Sie das so nennen, von mir aus. Das Vieh passte nicht durch die Tür zum Audienzsaal. Was glauben Sie, wie die Palastwachen geglotzt haben. Verstehen Sie, was ich meine? Ausgefallen muss es sein.»

«Dann habe ich etwas Passendes», sagte Bernardino Bellapianta geheimnisvoll.

Batuhan lächelte und fragte nicht nach. «Um Zugang zu ihm zu bekommen, müssen Sie die richtigen Leute schmieren», sagte er.

«Darauf bin ich vorbereitet.»

«Wen kennen Sie denn?»

«Ich meinte das Geld.»

Wieder lächelte Batuhan. Und weil er ein hilfsbereiter Mann war, bot er Bernardino Bellapianta an, seine Beziehungen zu nutzen. Er kenne den Schatzmeister des Serails. Ein Venezianer übrigens, der vor zehn Jahren bei Negroponte gefangen genommen und umerzogen worden sei. Mit dem müsse man reden.

Die Arbeiter riefen etwas herüber. Offenbar war die Kanone wieder schussbereit. Batuhan gab ein Handzeichen. Der Kanonier hielt eine Fackel an das Zündloch. Dann sprangen alle beiseite.

«Ohren zuhalten», warnte Batuhan.

Wieder krachte es, dass der Boden bebte. Die Kanone machte einen Satz nach hinten und spuckte Feuer und Rauch.

«Schon besser», sagte Batuhan.

Die Zielscheibe wippte. Knapp unterhalb der Mitte klaffte ein weiteres qualmendes Loch.

Bernardino Bellapianta wies auf ein riesiges Katapult im Schatten der Halle, das an eine aufgebockte Armbrust erinnerte. «Was wollen Sie denn damit verschießen?», fragte er.

«Mich selbst», sagte Batuhan.

«Bitte?»

Und dann erzählte Batuhan den zweiten Teil seiner Geschichte. Denn sosehr seine Geschäfte ihn auch in Anspruch nehmen mochten – eigentlich interessierte ihn seit seiner Kindheit nur eins: Er wollte fliegen wie die Kanonenkugeln, die schon vor der Gießerei seines Vaters die riesigen Zielscheiben aus Stroh durchlöchert hatten.

Zuerst habe er jahrelang mit Flügeln zum Anschnallen herumprobiert. Anschließend sei er dazu übergegangen, Gleiter zu bauen, mit denen man Abhänge hinunterfliegen konnte. Das habe einigermaßen funktioniert, sei aber wegen der großen Angriffsfläche der Flügel schon beim kleinsten Windstoß lebensgefährlich und außerdem nur in ganz bestimmtem Gelände möglich. Sodann habe er darüber nachgedacht, sich mit einer Kanone abfeuern zu lassen, aber alle Vorversuche in dieser Richtung seien gescheitert, weil es ihm nicht gelungen sei, die Wucht der abgefeuerten Ladung auf eine für den menschlichen Körper gerade noch erträgliche Beschleunigung abzufedern. Einmal sei die ganze Kanone explodiert und habe ihn auf ein Dach geschleudert, wobei er sich Arme und Beine gebrochen habe. Das sei sein weitester Flug gewesen. Inzwischen habe er sich auf ein ganz anderes und weitaus vielversprechenderes Prinzip verlegt. Doch das sei eine lange Geschichte, mit der er seine Gäste nicht langweilen wolle.

Den letzten Satz sagte er mit einem hintergründigen Lächeln, den Blick nachdenklich auf die Kanone gerichtet. Als hätte er nicht gemerkt, dass Giancarlo vor Aufregung kaum stillsitzen konnte, begeistert und zugleich geradezu erschüttert darüber, dass es auf der Welt noch jemanden gab, der von den Leidenschaften und Ideen angetrieben wurde, die auch von seinem Herzen und von seinem Verstand Besitz ergriffen hatten, seit er als Kind die Turmfalken im Glockenstuhl von Santa Maria di Lantasio beobachtet und den Zugvögeln hinterhergeblickt hatte. Er berichtete von seinen eigenen Versuchen. Batuhan hörte aufmerksam zu und warf ab und zu etwas ein.

Bernardino Bellapianta, der die Geschichten seines Bruders schon auswendig kannte, ließ seine Gedanken schweifen. Er sah den Arbeitern zu, die die Kanone ein weiteres Mal luden und einen dritten Schuss abfeuerten, der die Zielscheibe genau in der Mitte traf und dabei auch der Staffelei den Rest gab. Mit Ächzen und Knirschen brach das Gestell in sich zusammen, die Scheibe kippte nach hinten und blieb in einer Staubwolke liegen. Die Arbeiter hantierten noch eine Weile an der Kanone herum und packten dann zusammen. Die Wagen wurden in einen der Schuppen gezogen. Irgendwann war niemand mehr auf dem Gelände zu sehen.

Die Schatten wurden länger. Der Himmel färbte sich violett, und vor der untergehenden Sonne zogen rosafarbene Wolkenbänder vorbei. Bernardino Bellapianta schloss die Augen. Das Gespräch der beiden anderen rauschte dahin wie der kleine Fluss in seinem kanalisierten Bett. Eine riesige Blase aus Seide, gefüllt mit heißer Luft, sagte Giancarlo. Schön und gut, erwiderte Batuhan, aber wie er die denn bitte in die gewünschte Richtung lenken wolle. Wenn schon Seide, dann doch eher ein mit Seide bespannter Drachen mit Raketenantrieb. Prinzipiell nicht schlecht, sagte Giancarlo, aber wie er damit denn bitte unbeschadet wieder landen wolle. Eine luftgefüllte Blase aus Seide als Landekissen, schlug Batuhan vor. Eher ein Schirm, der sich im Fallen von selbst entfalte, meinte Giancarlo. Ein Schirm aus Seide. Seide. Seide. Seide.

Bernardino Bellapianta schlief ein. Die Sätze der beiden echoten in seinem Kopf, bauschten sich zu Blasen und fielen wieder zusammen.

Als er erwachte, hatte jemand eine Wolldecke über ihn gebreitet. Der Himmel hatte eine blassblaue Farbe angenommen, die über dem Horizont in ein zartes Orange überging. Es war kühl, und über dem Boden lag ein dünner Nebelschleier, in dem die Kanone schwamm, als wäre sie ein Stück Treibgut. Die Luft war klar wie Kristallglas. Der Tag brach an.

Giancarlo und Batuhan, ebenfalls in Decken gehüllt, unterhielten sich immer noch, leiser jetzt, als hätten sie Angst, dass ihre Stimmen den zerbrechlichen Morgen zerspringen lassen könnten. Offenbar hatten sie die ganze Nacht geredet, und ihr Gespräch hatte das Stadium erreicht, in dem man sich aus Erschöpfung gegenseitig recht gibt. Irgendwann verstummten sie ganz und blickten müde und zufrieden zu den Zielscheiben hinüber. Eine Krähe segelte heran und ließ sich auf der Kanone nieder.

Bernardino Bellapianta schälte sich aus seiner Decke und begab sich in die Schmiede, um die Leibwächter zu wecken, die sich neben dem heruntergebrannten Feuer zusammengerollt hatten. Sie holten die Maultiere und standen kurz darauf aufbruchsbereit am Tor.

«Besuchen Sie mich in Bursa», sagte Batuhan zu Giancarlo. «Ich zeige Ihnen, wie man mit einem Drachen abhebt.» Und zu Bernardino Bellapianta sagte er: «Um Ihr Anliegen wird man sich kümmern.»

Genauere Verabredungen schien er nicht für nötig zu befinden. So war er, Batuhan.

12

Paolo war sehr darum bemüht, meinem Erinnerungsvermögen auf die Sprünge zu helfen. Oft begleitete ich ihn bei seinen Besorgungen. Ich lernte, mich im Viertel Porta Orientale zurechtzufinden, und machte mich inzwischen auch allein auf den Weg. Ladenbesitzer und Marktfrauen begannen, mich zu grüßen. Jeder schien zu wissen, wer ich war, doch wenn ich mit Leuten ins Gespräch kam, stellte sich jedes Mal heraus, dass sie mich nur deshalb kannten, weil sie die Geschichten von meiner Auffindung und Genesung gehört hatten, die im Übrigen mit allerhand unwahren Anekdoten ausgeschmückt wurden. Einige Wichtigtuer musterten mich mit zusammengekniffenen Augen und behaupteten, mich früher schon einmal gesehen zu haben, aber wenn ich nachfragte, wiegten sie die Köpfe und äußerten vage Mutmaßungen: irgendwo, irgendwann, vielleicht auch nicht.

Auch der Antwort auf die Frage, wer Mustafa Efendi erschlagen hatte, kamen wir kein Stück näher, allerdings hatte auch ich anderes zu tun, als von morgens bis abends darüber nachzudenken, schließlich hatte ich jetzt Arbeit: Meine Stoffmuster wurden immer besser. Ich bekam ein eigenes Zimmer für meine Tätigkeit. Bald vermochte ich auch das komplizierteste Rankenwerk ohne Schablone so zu Papier zu bringen, dass die Entwürfe direkt in die Weberei geschickt werden konnten. Feder, Stift und Kohle arbeiteten wie von selbst und ließen Pflanzen, Tiere und Fabelwesen entstehen. Ich begann meine Zeichnungen mit Kreide einzufärben, was sie auf fast beängstigende Weise lebendig erscheinen ließ, auch wenn ich mir nach der Fertigstellung nicht immer sicher war, ob es diese Wesen und Gewächse eigentlich gab oder nicht. Dasselbe galt auch für die Menschen, die ich zeichnete: Wenn ich die unbekannten Gesichter, die mich von den Blättern anschauten, nur lange genug besah, lösten sie sich in Einzelteile bekannter Personen auf: Alvaros Stirn, Paolos Kinn, die Knollennase der dicken Köchin, die stechenden Augen von einem der Handwerker, die das Schiff im Festsaal zusammengezimmert hatten. Diese Erkenntnis machte mir nur zu deutlich, dass mein Gedächtnis offenbar nichts aus meiner Vergangenheit herübergerettet hatte, was sich irgendwie dazu verwenden ließ, das Rätsel meiner Herkunft mit Hilfe der Zeichnungen zu lösen.

Eines Tages hielt ich dann ein Seidentuch mit dem allerersten von mir entworfenen Muster in der Hand. Bernardino Bellapianta überbrachte es mir, während im Festsaal die letzten Vorbereitungen für den Empfang des spanischen Botschafters getroffen wurden. Das Hämmern der Handwerker hallte durch das offene Fenster herein. Die Seidenbahnen waren inzwischen aufgespannt worden. Das Gebläse arbeitete fehlerfrei und bauschte den Stoff je nach Einstellung zu sanften Wellen oder zu wütenden Brechern. Den Kasten mit den Erbsen hatte man nach einiger Überlegung auf ein eigenes Gestell montiert, um die Brandung auch dann rauschen lassen zu können, wenn das Schiff vor Anker lag.

Bernardino Bellapianta trat neben mich und betrachtete meine neuen Entwürfe, während ich den grünen Damast mit Leofanten und Eleparden durch meine Hände gleiten ließ. Es war ein merkwürdiges Gefühl, einen Gegenstand in der Hand zu halten, der von mir geschaffen worden war und andere in der Zukunft an mich erinnern würde, während es auf der anderen Seite nichts gab, was mich selbst an meine Vergangenheit erinnerte. Natürlich war ich auch stolz, allerdings weniger auf meine Leistung als darauf, dass ich Bernardino Bellapianta einen Dienst hatte erweisen können.

Doch der Blick, mit dem er meine neuen Zeichnungen betrachtete, war skeptisch.

«Das hatte ich befürchtet», sagte er.

Ich erschrak. «Sind sie nicht gut?», fragte ich, obwohl ich ahnte, was er meinte.

«Doch, sie sind hervorragend. Aber du bist dabei, deine Unbefangenheit zu verlieren. Dein Gedächtnis saugt sich Tag für Tag mit neuen Bildern voll. Und mit jedem neuen Bild wird der Platz für die Vorstellungskraft enger. Du kopierst dich selbst.»

Ich blickte ihn ratlos an.

«Es war klar, dass das passieren würde. Die Dinge entstehen niemals aus nichts.» Er nahm mir das Tuch aus der Hand und breitete es auf dem Tisch aus. «Diese Leofanten und Eleparden sind aus deiner Vorstellung von Leoparden und Elefanten geboren. Was ich damals zu Paolo gesagt habe, stimmt im Grunde genommen gar nicht. Der Verstand ist niemals ein weißes Blatt. Was er hervorbringt, ist immer nur aus vorhandenen Bestandteilen zusammengesetzt. Alles Neue entsteht aus der Umformung des Vorhandenen. Es gibt keinen Anfang und kein Ende.»

Wie damals bei dem Gespräch mit Paolo streifte mich eine Ahnung von der Ungeheuerlichkeit dieser Gedanken.

«Das würde bedeuten, dass es keinen Schöpfer gibt.»

«Damit kann ich leben.»

Wir schwiegen lange. Schließlich sagte Bernardino Bellapianta: «Komm mit. Ich zeige dir etwas.»

Ohne ein weiteres Wort ging er voraus. Wir begaben uns in den hinteren Teil des Hauses, wo sich die Ställe, Speicher und Werkstätten befanden. Der dritte Innenhof hatte keinen Säulenumgang. Die Wände waren nachlässig verputzt. Breite Tore führten in die Lagerräume.

Bernardino Bellapianta zog einen Schlüssel hervor und öffnete eine Tür in der Ecke des Hofes. Dahinter war es dunkel. Mannshohe Schränke und Regale waren zu erahnen. Von der Decke hing ein längliches Gebilde herab.

Bernardino Bellapianta trat ein und verschwand in der Dunkelheit. Es knirschte und klapperte, als er etwas entriegelte, dann strömte Tageslicht herein. Ein Fensterladen nach dem anderen wurde geöffnet, und der Raum gab seine Geheimnisse preis. Aufgewirbelte Staubkörner tanzten im Licht. Ich wusste nicht, wo ich hinsehen sollte. Eine ganze Menagerie war hier versammelt, Dutzende von Tieren starrten mich an: Raubkatzen, Echsen, Vögel, Nagetiere, aufgereiht an den Wänden und auf Regalbrettern, festgekrallt auf Stangen oder an Drähten unter der Decke hängend, gebleckte Zähne, glotzende Augen, drohend erhobene Tatzen. In der Mitte des Raumes schwebte, an Ketten aufgehängt, ein Krokodil, länger als zwei ausgewachsene Männer. In seinem halbgeöffneten Maul standen die Zähne in schiefen Reihen wie ungeordnete Kolonnen aus schwankenden Elfenbeinfigürchen.

Bernardino Bellapianta hatte nun alle Fensterläden geöffnet und kam zu mir zurück.

«Das kommt dabei heraus, wenn man den Kontorleitern sagt, dass man sich für die Wunder der Schöpfung interessiert», sagte er.

«Ich dachte, Sie glauben nicht an die Schöpfung?»

«Habe ich das gesagt? Ich habe gesagt, dass es vielleicht keinen Schöpfer gibt, so wie Paolo ihn sich vorstellt. Wie sollte ich die Schöpfung leugnen? Schau dich um!»

Ich betrachtete eine Fledermaus mit ausgebreiteten Flügeln. Einen stacheligen Fisch, der aussah wie eine von Giancarlo Bellapiantas aufgeblähten Schweinsblasen. Einen Schildkrötenpanzer. Eine kleine Galerie von Eiern, nach der Größe aufgereiht wie Orgelpfeifen.

«Epikur lehrt, dass die Natur selbst die Schöpfung hervorbringt, indem sie neue Formen und Gestalten probiert und mit bewährten Formen kombiniert. Sie macht nichts anderes als du, wenn du an deinen Zeichnungen arbeitest. Die missratenen Entwürfe wirft sie weg. Nicht erschrecken!»

Er öffnete einen Schrank, und ich erschrak doch. Glaszylinder mit kleinen bleichen Geschöpfen, die in eine milchige Flüssigkeit eingelegt waren, standen in Reihen übereinander. Einige waren offensichtlich Tiere, andere sahen aus wie Mischformen zwischen Mensch und Tier, wieder andere waren kaum als Lebewesen zu erkennen. In einem der Gläser wand sich eine zweiköpfige Schlange. In einem anderen steckte eine menschliche Hand, zwischen deren Fingern sich Schwimmhäute spannten.

«Paolo hält es schon für Gotteslästerung, diese Dinge überhaupt zu sammeln», sagte Bernardino Bellapianta. «Für ihn sind das Hinweise, mit denen Gott uns bevorstehende Katastrophen ankündigen will. Wenn irgendwo ein Kalb mit fünf Beinen geboren wird, glauben diese Einfaltspinsel, dass ihr König stirbt oder dass die nächste Ernte vom Hagel zerschlagen wird. Ich dagegen neige zu der Überzeugung, dass es sich lediglich um gescheiterte Versuche der Schöpfung handelt. Wenn Kühe mit fünf Beinen besser laufen könnten, dann hätten alle Kühe fünf Beine, so wie Käfer sechs Beine haben und Spinnen acht. All das ist das Ergebnis von Experimenten der Natur, wie die Flugmaschinen meines Bruders das Ergebnis seiner Experimente sind.» Und mit einem listigen Lächeln fügte er hinzu: «Das empfiehlt übrigens schon der Apostel Paulus in seinem Brief an die Thessalonicher: Prüfet alles und das Gute behaltet. Aber das erzähl mal unserem Freund Paolo!»

Ich war sprachlos. Was Bernardino Bellapianta sagte, klang einleuchtend und unfassbar zugleich. Was versprach er sich davon, mir das zu erzählen?

Bernardino Bellapianta schloss den Schrank wieder und schlenderte zu einem ausgestopften Luchs, der auf einem der Regalbretter stand, als wäre die Zeit einfach stehengeblieben, während er dort auf großen weichen Tatzen entlangpirschte, die Pinselohren aufgerichtet, den Kopf mit den gebleckten Zähnen zur Seite gewandt, den Blick auf ein Beutetier gerichtet, das unsichtbar in der Mitte des Raumes zu schweben schien.

Bernardino Bellapianta kraulte die Raubkatze unter dem Bauch, wo das Fell weiß und besonders flauschig war. «Ist das nicht merkwürdig, wie viel Ähnlichkeit so ein Luchs mit einer ganz normalen Katze hat? Man könnte meinen, sie sind verwandt. Und wer weiß, vielleicht sind sie das ja. Vielleicht sind sie nicht am sechsten Tag der Schöpfung geschaffen worden. Vielleicht hat die Natur schon unendlich viele Katzenarten ausprobiert. Schau dir den Luchs an! Perfekt geeignet für das Leben im Wald. Weiche Tatzen, mit denen er sich anschleichen kann. Ein geflecktes Fell, das ihn im Unterholz tarnt. Und Fangzähne, genau in der richtigen Größe, um ein Reh an der Kehle zu packen. Was glaubst du? Ist das etwa Zufall?»

«Wahrscheinlich nicht», sagte ich, hin- und hergerissen zwischen dem Wunsch, ihm zu gefallen, und dem unguten Gefühl, mich zum Komplizen von etwas zu machen, das ich gar nicht überschauen konnte.

«Wahrscheinlich nicht», wiederholte er. «Aber vielleicht war der erste Luchs ein Zufall. Eine zu groß geratene Wildkatze mit merkwürdig geflecktem Fell, die von den anderen Katzen als Missgeburt verspottet wurde, bis sie merkten, dass diese Missgeburt viel besser jagen konnte als sie. Die Missgeburt zeugte Nachkommen, die ihr Fell und ihre Zähne erbten und ebenfalls besser jagen konnten. Sie wurden immer mehr und verdrängten die anderen Wildkatzen aus dem Wald. Der Stein, den die Bauleute verworfen haben, ist zum Eckstein geworden, steht irgendwo bei Matthäus, vielleicht können wir's Paolo damit ja schmackhaft machen.» Bernardino Bellapianta schnippte gegen die Pinselohren. «Und dann passierte wieder etwas Merkwürdiges: Die kleinsten dieser Wildkatzen, von den anderen wiederum als Missgeburten verspottet, verlegten sich auf Mäuse. Sie konnten sich unbemerkt im niedrigen Gras anschleichen. Mit ihren schlanken Tatzen konnten sie die Nagetiere aus ihren Löchern fischen. Und dann gingen sie zu den Menschen und boten ihnen einen Handel an: Sie bekamen einen warmen Platz am Herd und jagten dafür die Mäuse, die den Menschen das Korn wegfraßen. Sie wurden Hauskatzen und führten ein Dasein im Gefolge der Menschen, die sich anschickten, die Welt zu erobern. Und die erschufen dann Gott und behaupteten, er habe ihnen den Auftrag gegeben, sich die Erde untertan zu machen.»

Ich starrte Bernardino Bellapianta an. «Das kann Sie jetzt aber wirklich vor ein Inquisitionsgericht bringen», sagte ich. Fast kam es mir vor, als spräche Paolo durch mich.

Bernardino Bellapianta lachte. «Das soll sich in dieser Stadt erst mal jemand trauen.»

Er begann, im Raum auf und ab zu gehen. «Und wo wir schon einmal dabei sind: Wahrscheinlich sind wir Menschen, die wir uns für Gottes Lieblinge halten, ja aus demselben Stoff gemacht wie alle Katzen und Rehe und Mäuse und was sonst noch auf dieser Erde schleicht und hüpft und kriecht. Vielleicht sind wir am Ende nur Affen, denen das Fell ausgefallen ist und die irgendwann damit begonnen haben, Werkzeuge zu bauen, Feuer anzuzünden und Getreide auszusäen.»

Mir schwirrte der Kopf, und doch erschienen seine Worte mir auf befremdliche Weise plausibel. Wenn ich heute darüber nachdenke, dann kommt mir der Verdacht, dass es nur mein Gedächtnisverlust war, der mir das ermöglichte.

«Abgesehen davon sind das gar nicht meine Ideen», fuhr Bernardino Bellapianta fort. «Es sind Behauptungen, die Lukrez in seinem Werk über das Wesen der Dinge aufstellt, aber aus ihm spricht Epikur. Das Buch ist vor einiger Zeit wiederaufgetaucht, und zwar ausgerechnet in einem Kloster, ausgegraben von einem Mann der Kirche. Den hätten sie beizeiten verbrennen sollen! Jetzt ist dieses Buch in der Welt, und wer es zu lesen versteht, der begreift, dass wir, anders als sie uns weismachen wollen, nicht dem Willen irgendeines Gottes ausgeliefert sind, der uns an unseren Platz gestellt und uns eine Aufgabe gegeben hat, die wir ohne Klagen zu erfüllen haben, damit wir mit dem ewigen Leben belohnt werden.» Er blickte mich herausfordernd an und fuhr dann fort: «Allerdings gibt es sehr wohl ein paar Unterschiede zwischen Menschen und Tieren. Der Luchs besetzt sein Revier und ist zufrieden, wenn er es verteidigen kann und genug zu fressen hat, um sich und seine Jungen durchzubringen. Er würde nie auf die Idee kommen, das Nachbarrevier auch noch zu erobern und irgendwann den ganzen Wald. Der Mensch dagegen rafft so viel Gold zusammen, wie er kann, und dann bezahlt er andere, damit sie es ihm hinterhertragen. So weit, so gut. Doch später vererbt er es an seine Nachkommen, die nichts geleistet haben, aber den Anspruch erheben, sich bis in alle Ewigkeit das geerbte Gold hinterhertragen zu lassen. Denn darum geht es: Die Leute, die an den Futtertrögen sitzen, wollen unter sich bleiben und ungestört weiterfressen, ob sie das verdient haben oder nicht.»

Auch das schien mir einleuchtend. Erst viel später, als sein Glück ihn verlassen hatte, als sein Geld ihn nicht mehr schützen konnte, als er im Gefängnis saß und auf seinen Prozess wartete, da wurde mir klar, dass er mir hier seine verwundbare Stelle offenbart hatte.

Bernardino Bellapianta schloss kurz die Augen, als müsste er sich selbst zur Ordnung rufen. «Ich wollte dir eigentlich etwas anderes zeigen», sagte er und winkte mir, ihm zu folgen.

Die Rückwand des Raums wurde vollständig von Schränken ausgefüllt, in denen flache Schubkästen mit Messinggriffen steckten. Er legte eine Hand auf einen der Griffe, ohne den Kasten herauszuziehen.

«Ich war dreizehn, als ich in dieses Haus kam», sagte er. «Und ich konnte nichts als rechnen, aber das konnte ich richtig gut. Mein Vater stellte meine Fähigkeiten in die Dienste seines Geschäfts, und wie jeder weiß, war ich überaus erfolgreich. Aber er hat mich nie gefragt, ob ich Freude daran hatte. Er hielt das für selbstverständlich. Und er hatte recht, obwohl es auch anders hätte sein können. Wenn es irgendetwas auf der Welt gäbe, das mir besser gefiele, dann würde ich es tun.»

Worauf wollte er hinaus? Sah er in mir den dreizehnjährigen Jungen, der er selbst gewesen war? Je öfter ich später darüber nachdachte, desto sicherer wurde ich mir, dass es genau das war: Wenn er mich anblickte, erblickte er sich selbst.

«Macht deine Arbeit dir Freude?», fragte er. «Oder glaubst du, dass du eine Schuld bei mir abzutragen hast?»

Die Antwort fiel mir schwer. Natürlich glaubte ich, eine Schuld abtragen zu müssen. Aber genauso sicher war ich, dass die Arbeit mir Freude machte.

«Beides», sagte ich schließlich.

Er nickte. «Du hast keine Schuld abzutragen», sagte er. «Was ich für dich getan habe, hat mich nichts gekostet. Vom kaufmännischen Standpunkt gesehen, sind alle Rechnungen bezahlt. Deine Entwürfe sind die besten, die jemals für mich angefertigt wurden. Ich kann dir nur empfehlen, deine Begabung zu nutzen, aber du musst nicht für mich arbeiten, wenn du nicht willst. Du könntest zu einem Maler in die Lehre gehen. Du könntest Architekt werden. Jeder würde dich nehmen.»

«Ich will hierbleiben», sagte ich. Bernardino Bellapiantas Gesicht verschwamm vor meinen Augen.

«Gut», sagte er. «Dann werde ich dir alles beibringen, was du über Seide wissen musst.»

Den Rest des Tages verbrachte Bernardino Bellapianta damit, mir den Inhalt der Schubkästen zu zeigen, in denen er Muster der besten Stoffe gesammelt hatte, die in den letzten sechshundert Jahren hergestellt worden waren. Meine Finger glitten über byzantinische Tücher, in die die Reliquien von Märtyrern eingewickelt gewesen waren. Meine

Augen tranken sich satt an den überbordenden Ornamenten der persischen Goldbrokate, auf denen Greifvögel und Kraniche einander bedrängten, und am Geflimmer des kantigen Flechtwerks der Stoffe aus Córdoba und Granada und erholten sich beim Anblick der strengen Geometrien auf den Samtbrokaten aus den Werkstätten von Lucca und Florenz. Ich stellte mir die chinesischen Weber vor, die, über ineinander verknotete Drachen gebeugt, blind geworden waren, die indischen Prinzessinnen, zu deren Aussteuer die fast durchsichtige, perlenbestickte Atlasseide gehört hatte, und die Könige, die einander die Damaststoffe mit ihren schwindelerregenden Mustern übersandt hatten, während sie heimlich schon wieder für den Krieg rüsteten. Ich folgte der Parade aus Elefanten, Gazellen, Panthern, Pfauen und Affen, fuhr mit geblähten Segeln auf einem Meer aus Blütendolden, umschiffte Granatäpfel und Lebensbäume und atmete erschöpft auf, als Bernardino Bellapianta einen überaus schlichten venezianischen Samtstoff vor mir ausbreitete und sagte, es sei genug für heute.

«Mein Bruder wird dich demnächst nach Vigevano mitnehmen und dir unsere Spinnerei zeigen.» Damit entließ er mich.

Am Abend saß ich lange im stockdunklen Zimmer am Tisch und wartete, dass die flirrenden Muster verschwanden, die sich vor meinen Augen überlagerten, als hätte ich nie etwas anderes betrachtet. Irgendwann sanken die letzten Ranken hinab in die Finsternis aus schwarzem Samt.

Und dann erschien plötzlich ein Gesicht vor dem dunklen Hintergrund. Ein Mann mittleren Alters. Augen von der Verschlagenheit eines auf frischer Tat erwischten Diebes, der nach einer Ausrede sucht. Volle Lippen, die man durchaus als schön hätte bezeichnen können, wäre da nicht dieser spöttische Abwärtsschwung in den Mundwinkeln gewesen, der den gewohnheitsmäßigen Verleumder erkennen ließ. Und eine Nase, ruiniert von zahllosen Zusammenstößen mit den Fäusten anderer Kerle, die genauso hinterhältig, dabei aber schneller oder entschlossener gewesen waren. In beiden Ohrmuscheln klafften wulstig vernarbte Löcher.

Ich wusste, dass vor mir auf dem Tisch ein leeres Blatt lag. Meine Hand fand einen Kohlestift und begann zu zeichnen, während das Gesicht vor meinen Augen langsam verblasste. Es war, als zeichnete ich gegen das Verschwinden des Bildes an.

Als ich fertig war, entzündete ich eine Kerze und betrachtete mein Werk. Ich ging alle Bediensteten des Hauses durch und legte ihre Gesichter über die Zeichnung. Ich versuchte mich an Personen zu erinnern, die mir auf der Straße aufgefallen waren. Doch nichts ließ sich mit diesem Gesicht zur Deckung bringen, das mich da vom Blatt aus anschaute, als wollte es mich fragen, woher wir uns kannten. Und mit einem Schlag wurde mir klar, dass ich in meine Vergangenheit blickte.

13 Mit dieser finsteren Ahnung hatte unser lieber Pandolfo absolut recht. Und leider sollte der Kerl auf der Zeichnung nicht die einzige unausstehliche Gestalt bleiben, der Pandolfo auf der Suche nach seiner Vergangenheit über den Weg laufen würde. Lassen wir ihn seine unheimliche Erkenntnis zuerst einmal überschlafen und versuchen in der Zwischenzeit, endlich die Geschichte von Bernardino Bellapiantas Reise voranzubringen, bevor wir uns hier verzetteln. Schließlich hatte er sich auf den Weg gemacht, um den Sultan zu treffen, und dazu muss er natürlich zuerst einmal in Konstantinopel ankommen.

Beim morgendlichen Aufbruch in Batuhans Gießerei trennten nur noch ein paar Hügel sie von ihrem Ziel, und so dauerte es kaum mehr als eine Stunde, bis Bernardino Bellapianta und seine Begleiter auf ihren Maultieren eine letzte Anhöhe erklommen. Kurz bevor sie den Hügel überwunden hatten, erschien über dem Acker die Spitze eines mit Bleiplatten gedeckten Turmhelms. Dann ein Zinnenkranz. Dann der wuchtige Turmschaft mit einer umlaufenden Bogengalerie im obersten Stock, darunter Schießscharten. Schließlich der zinnengekrönte Wehrgang der Stadtmauer, die sich rechts und links an den Turm anschloss und durch breite Breschen den Blick auf die Dächer einer Stadt freigab.

«Ist das jetzt Pera?», fragte einer der Leibwächter verschlafen.

«Nein, das ist Mailand», sagte ein anderer. «Verdammt, wir sind im Kreis geritten. Natürlich ist das Pera, du Ochse!»

Der Erste wollte etwas erwidern, doch genau in diesem Moment hatten sie den Hügelkamm erreicht. Ihren Augen bot sich ein überwältigendes Bild, als hätte jemand schwungvoll einen riesigen Teppich entrollt.

Pera fiel steil zum Ufer eines Meeresarms ab, auf dem die immer noch tief im Osten stehende Sonne golden glitzerte. Von Nordwesten her schlängelte sich das Goldene Horn zwischen den Hügeln heran und mündete genau auf der Höhe eines großen Schiffsanlegers ein. Masten wiegten sich träge in der Brise des Morgens hin und her. Dahinter schob sich eine Landzunge in die schillernde Fläche vor und trennte die beiden Gewässer wie der noch aus dem Wasser ragende Bug eines untergehenden Schiffes.

Konstantinopel.

Die Nabe des Weltrades.

Der Dolch Asiens im Rücken Europas.

Die riesige Stadt lag ausgebreitet vor ihnen, gespickt mit Türmen und Kuppeln, die aus einer schuppigen Haut von Dächern in den Morgenhimmel aufragten. Zum Ufer hin wurde die Stadt von einer langgezogenen Wehrmauer gesäumt, auf der sich Turm an Turm reihte. Hunderte von Schiffen dümpelten nebeneinander an einer endlosen Kaimauer. Zwei Galeeren, verfolgt von einem Möwenschwarm, durchschnitten das Wasser und schickten sich an, die Landzunge zu umrunden. Ein Muezzin setzte in der Ferne ein, dann noch einer und noch einer, bis die sich überlagernden Stimmen zu einem summenden Klang verschmolzen. Bernardino Bellapianta, der neunzehn Jahre zuvor nach wochenlangem Ritt durch die Berge Persiens die Zitadelle von Hormuz erblickt hatte, der in die wimmelnden Häfen von Mangalore, Calicut und Cochin eingelaufen war, der bei der

Ankunft in Malakka vor lauter Schiffen den Anleger nicht hatte sehen können, dieser Bernardino Bellapianta war sprachlos. Zum ersten Mal seit Jahren.

Die engen Gassen von Pera und die hohen Häuser erinnerten ihn an Genua. Die Menschen, denen sie unterwegs begegneten, waren nach italienischer Mode gekleidet, wenn auch nicht nach der neuesten. Vertraute Gerüche wehten durch die Luft.

Paolo da Colle bewohnte einen wuchtigen Palast, von dem der Putz abblätterte und bröckeliges Mauerwerk freigab. Zu ebener Erde gab es überhaupt keine Fenster, im oberen Stockwerk klafften in unregelmäßigen Abständen vergitterte Löcher. Vor dem Tor standen zwei Türken mit bauschigen Hosen und großen weißen Turbanen herum und blickten der kleinen Maultierkolonne gelangweilt entgegen. Unbehelligt passierten sie die beiden.

So heruntergekommen der Palast von außen wirkte, so geschmackvoll präsentierte er sich von innen. Das ganze Gebäude war um einen Innenhof herumgebaut, eigentlich eher ein Garten, in dem Rosenstöcke sich zwischen Lilien, Hyazinthen und Jasmin an den Säulen eines umlaufenden Ganges emporwanden. Gemusterte Wege aus Flusskieseln führten zu einem Ziehbrunnen, der im Schatten eines Granatapfelbaums in der Mitte des Hofes stand.

Paolo da Colle war Geschäftsmann und Diplomat, gerissen wie alle Florentiner und von einer derart falschen Freundlichkeit, dass Bernardino Bellapianta sich die ganze Zeit fragte, welche Hintergedanken ihn wohl antreiben mochten. Es war bekannt, dass Paolo da Colle die Regierung in Florenz mit Informationen über alles versorgte, was in Konstantinopel vor sich ging. Angeblich hatte er Wochen vor der türkischen Landung bei Otranto von der Invasion gewusst und seiner Regierung geraten, den Dingen ihren Lauf zu lassen, um Neapel zu schädigen. Und dieser Paolo da Colle zeigte seinen Besuchern nun in vollendeter Gastfreundschaft den Palast und wies ihnen ihre Quartiere zu.

Bernardino Bellapianta bekam das schönste Zimmer des Hauses. Von seinem Fenster aus blickte er über das Goldene Horn auf die riesige Stadt. Das Summen der Gebetsrufe brandete immer noch über das Wasser heran, schwoll mit jedem Windhauch an und ebbte wieder ab, überlagert von Möwengeschrei.

«Heute ist Freitag», sagte Paolo da Colle, während er seine Diener mit einer Handbewegung anwies, das Bett zu bereiten. «Da singen sie noch inbrünstiger.»

Sein Gesicht mit den stechend blauen Augen war glatt rasiert und glänzte rosa. Er trat zu Bernardino Bellapianta ans Fenster und wies auf die Spitze der Landzunge, die von einem grünen Teppich aus Baumwipfeln bedeckt war, aus dem vereinzelt die bleigedeckten Dächer und Kuppeln großer Gebäude ragten.

«Der Sultanspalast», sagte er. «Dort lebt er, der Herrscher der beiden Kontinente und Fürst der zwei Meere, Schatten Gottes in der Welt. Steht so über dem Tor.»

«Bescheidenheit ist wohl keine seiner Tugenden», sagte Bernardino Bellapianta.

Paolo da Colle blickte ihn spöttisch an. «Das sagt ja gerade der Richtige. Seit wann ist Bescheidenheit für Sie denn eine Tugend?» Und mit einem anzüglichen Lächeln fügte er hinzu: «Er hat vierhundert Frauen. Aber selbst das reicht ihm nicht. Man sagt, er teilt das Bett auch gern mit seinen Pagen. Alles auffällig hübsche Jungen.»

Bernardino Bellapianta blickte ihn fragend an. Paolo da Colle setzte ein angeberisches Gesicht auf.

«Was denken Sie denn? Natürlich bin ich schon dadrin gewesen. Ich bin Botschafter der Republik Florenz.»

«Und, wie ist er so?»

Paolo da Colle lachte auf. «Sie sind gut. Meinen Sie, der Padischah und ich hätten zusammen ein Gläschen getrunken? Man lässt niemanden an ihn heran. Sie liefern Ihre Geschenke ab, werden in den Audienzsaal geleitet, und da lässt man Sie warten. Irgendwann tragen Sie einem seiner Wesire Ihr Anliegen vor. Hinten im Raum gibt es ein vergittertes Fenster wie in einem Beichtstuhl. Vielleicht sitzt er dahinter und hört zu. Vielleicht auch nicht.»

«Haben Sie ihn nie selbst gesehen?»

«Doch, einmal. Er saß auf einem Berg von Kissen und sagte kein Wort. Ich frage mich immer noch, ob das vielleicht nur eine Wachspuppe mit einem riesigen Turban war.»

Die beiden Galeeren hatten kehrtgemacht und hielten wieder auf die Mündung des Goldenen Horns zu. Ein paar kleinere Schiffe kreuzten ihren Weg. Im Hafen legte ein großer Segler ab. Ein Diener sprühte im Zimmer mit Rosenwasser herum.

«Sie kommen übrigens zur rechten Zeit», sagte Paolo da Colle. «Die suchen gerade nach neuen Lieferanten, wie man hört. Erstens Baumwolle. Die Janitscharen sollen neu eingekleidet werden. Zweitens Wolle für die Wintergarnitur. Und drittens Seide für den Hof. Wenn Sie Goldbrokat und Damast im Angebot haben, dann wird's richtig interessant. Kommen Sie denen aber bloß nicht mit Atlasseide.»

«Mit wem muss ich sprechen?»

«Sie sprechen mit niemandem. Ich kenne einen der Sekretäre von Karamanli Mehmed Pascha. Das ist der Großwesir, falls Sie's nicht wissen. Der Sekretär wird Ihr Anliegen an geeigneter Stelle vortragen. Das kann aber gut und gerne zwei Monate dauern.»

Bernardino Bellapianta nickte. «Ich habe Stoffmuster dabei.»

«Sie haben immer noch nicht verstanden, wie das läuft, oder? Nähen Sie einen Beutel aus Ihren Stoffmustern, und stecken Sie tausend Dukaten rein. Dann kommen wir weiter.»

Bernardino Bellapianta lachte leise.

«Und dann käme noch eine Vermittlungsgebühr für mich dazu.»

«Sie haben sich ja gut mit den hiesigen Sitten arrangiert.»

«Ich muss auch sehen, wo ich bleibe.» Paolo da Colle wandte sich zum Gehen. In der Tür drehte er sich noch einmal um. «Ich empfehle Ihnen, sich in der Zwischenzeit die Stadt anzusehen. Ich schicke Ihnen jemanden vorbei, der Ihnen die Sehenswürdigkeiten zeigt. Wahrscheinlich wird Ihnen ein Aufpasser folgen, den beachten Sie am besten gar nicht. Aber halten Sie sich an die Regeln. Tragen Sie eine blaue Kopfbedeckung. Trinken Sie keinen Alkohol in der Öffentlichkeit. Ziehen Sie die Schuhe aus, wenn Sie ein Haus betreten. Steigen Sie niemals auf ein Pferd. Essen Sie nur Früchte, die vor Ihren Augen geschält wurden. Setzen Sie keinen Fuß in eine Moschee, es sei denn, Sie werden eingeladen. Und sprechen Sie um Himmels willen unter keinen Umständen eine Frau an.» Paolo da Colle verschwand und schloss die Tür. Einen Augenblick später erschien sein Kopf noch einmal. Er lächelte süßlich und sagte: «Wenn Sie in dieser Hinsicht Bedürfnisse haben, können Sie die hier in Pera stillen.»

Welche Bedürfnisse Bernardino Bellapianta in Pera genau stillte und welche nicht, blieb sein Geheimnis. Paolo da Colle brach wenige Tage nach der Ankunft der Reisenden nach Florenz auf, um nach seinen eigenen Geschäften in der Heimat zu sehen. Bernardino Bellapianta hatte ihm vor seiner Abreise einen Beutel aus schwerem Brokat übergeben.

Es begann die Zeit des Wartens. Giancarlo Bellapianta verbrachte die kommenden Wochen damit, Fluggeräte nach Batuhans Angaben in ihrer gemeinsam auf dem Schießplatz durchgemachten Nacht zu zeichnen, um, wie er sich ausdrückte, die Gedankenflüge dieses verrückten Vogels nachzuvollziehen. Oft murmelte er dabei kopfschüttelnd die Kommentare vor sich hin, die er an den Rand der Zeichnungen kritzelte.

«Ein Windhauch, und das fliegt auseinander.»

«Niemals hebt dieses Ding auch nur vom Boden ab.»

«Wieso denn Weidenholz? Wenn schon, dann Bambus.»

«Mit der Treibladung fliegst du bis zum Mond.»

«Nummerier deine Knochen, bevor du dir das umschnallst.»

Und so weiter.

Bernardino Bellapianta nahm also das Angebot von Paolo da Colle allein in Anspruch. Der Stadtführer stammte aus Amalfi, nannte sich inzwischen aber Süleyman und wurde nicht müde, auch Bernardino Bellapianta die Vorteile einer Konversion zum Islam darzulegen: Steuerfreiheit und vier Frauen im diesseitigen Leben, weitere Genüsse dieser, ähnlicher und anderer Art im jenseitigen.

«Überleg es dir, Bruder.»

Bernardino Bellapianta versprach, darüber nachzudenken. Da er aber noch eine Weile auf der Erde zu verweilen gedenke, möge Süleyman seinen Bericht über die Freuden des Paradieses vorerst zurückstellen und ihm zeigen, was Konstantinopel zu bieten habe. Er habe da von einer wundertätigen Säule aus drei umeinander gewundenen Schlangenkörpern gehört, von einem Tierpark mit tanzenden Elefanten und von der größten Kirche der Welt.

«Moschee», sagte Süleyman pikiert. «Gewöhnt euch daran.»

Und so lernte Bernardino Bellapianta die Wunder der Stadt am Goldenen Horn kennen. Er atmete den Duft der Gewürze aus den Garküchen ein. Streifte tagelang über den Markt und inspizierte Goldschmiedearbeiten, Pelze und natürlich Seide. Ließ sich die schwungvollen Schriftzüge über den Eingängen der Moscheen übersetzen. Blickte an den Minaretten der im Auftrag des Sultans gebauten Moschee empor, vor der ein verwahrloster und betrunkener Straßenhändler mit genuesischem Akzent schimmelige Datteln anpries. Besichtigte den Tierpark in den Ruinen des alten Kaiserpalastes, in dem Raubkatzen, wie er sie nie zuvor gesehen hatte, an langen Ketten ihre Runden drehten. Besuchte das Grab von Mahmud Pascha, der, nachdem er beim Sultan in Ungnade gefallen war, abgesetzt und mit einer Bogensehne erdrosselt worden war. Bewunderte die Schlangensäule im Hippodrom, während Arbeiter damit beschäftigt waren, einen Maulbeerbaum auszubrennen, dessen Zweige zwischen den umeinander gewundenen Reptilienkörpern hervorbrachen. Ließ sich die Marmorfigur eines sitzenden Mannes zeigen, dem eine Hand fehlte. Früher, so berichtete Süleyman, habe man bei wichtigen Geschäften das Geld für die Ware in die Hand der Statue gezählt, die sich beim angemessenen Preis von selbst geschlossen habe, bis ein wütender Pferdehändler eines Tages die Hand abgeschlagen habe. Sehr richtig, befand Bernardino Bellapianta. Denn wo käme man hin, wenn ein Händler nicht mehr selbst bestimmen dürfe, was der angemessene Preis für seine Ware sei.

Solche Geschichten erzählte Süleyman, während sie auf verschlungenen Wegen durch die Stadt wanderten, die in Wahrheit aus vielen kleinen Städten zu bestehen schien, weil neben Türken und Griechen auch Araber, Juden, Perser, Armenier, Georgier und Tataren innerhalb des weiten Mauerringes lebten, die alle ihre eigenen Stadtviertel, Trachten, Farben und Gerüche hatten. Über allem thronte, weithin sichtbar, die mächtige Kuppel der einstmals größten Kirche der Welt, die nun eine Moschee war. Neben der Kalotte ragte der spitze Kegel eines Minaretts in die Höhe, ein zweites Minarett wurde gerade gebaut. Die Besichtigung sparte Süleyman sich lange auf. Eines Tages war es so weit.

Sie traten in den riesigen Raum unter der Kuppel. Klein wie Ameisen saßen ein paar Dutzend Gläubige in Gruppen auf ihren

Teppichen und wiegten sich im Gebet vor und zurück. Radleuchter schwebten tief über dem uralten Marmorboden. Das Sonnenlicht stach durch die Fensterreihen der südwestlichen Stirnwand.

Früher, erläuterte Süleyman, seien Wände und Seitenkuppeln mit Mosaiken dekoriert gewesen, von denen man die meisten inzwischen übermalt oder abgeschlagen habe, um die Anhänger Allahs des Erhabenen bei ihrer Versenkung in die Worte des Propheten nicht mit bildlichen Darstellungen zu verwirren, noch dazu mit solchen, die die einfältigen Irrlehren der Christen von der Dreieinigkeit Gottes und dergleichen Fabelei verherrlichten. Er selbst habe die Mosaiken als Kind noch gesehen. In der Nacht vor der Erstürmung der Stadt habe er ein letztes Mal vor dem Altar gekniet. Seine Eltern hätten ihn mitten in der Nacht geweckt, während die Kanonen der Türken die Mauern am Romanostor bearbeiteten. Kurz darauf habe an der Seemauer das Geschützfeuer von den Schiffen eingesetzt, die Mehmed auf Rutschen über Land habe heranbringen lassen, um die Sperrkette an der Mündung des Goldenen Horns zu umgehen.

«Ich habe sie selbst gesehen», sagte Süleyman, und seine Augen leuchteten. «Die Rutschen waren mit Fett eingeschmiert. Sie sind mit geblähten Segeln über die Hügel gefahren.»

Er wies auf die Apsis im Südosten. «Dort stand der Altar. Die Grabplatten waren aus dem Boden gerissen und zur Ausbesserung der Mauern abtransportiert worden. Wir knieten in langen Reihen da und beteten die Psalmen nach, die der Patriarch und seine Priester mit lauter Stimme vortrugen. Draußen läuteten die Glocken, und in der Ferne krachten die Kanonen. Der Kaiser kniete direkt vor mir. Irgendwann erscholl ein Signalhorn. Er stand auf, tätschelte mir, ausgerechnet mir, den Kopf und sah mich mit traurigen Augen an. Im Gehen legte er sich den Schwertgürtel um, und alle Männer, darunter auch mein Vater, folgten ihm hinaus. Das nächste Mal, dass ich in seine Augen blickte, war sein Kopf auf eine Stange gespießt und wurde von den Janitscharen durch die Stadt getragen. Drei Tage lang wurde Konstantinopel geplündert. Ein solches Schlachten kann Allah der Barmherzige niemals gewollt haben.» Süleyman hatte Tränen in den Augen.

«Barbarei», sagte Bernardino Bellapianta.

Sofort trat ein trotziger Ausdruck in Süleymans Gesicht, so als habe er allein das Recht, das Gemetzel zu kritisieren.

«Die Kreuzfahrer haben es viel schlimmer getrieben», sagte er wütend. «Den Altar, vor dem wir damals beteten, hatten Dandolos Schergen zweihundertfünfzig Jahre zuvor schon entweiht, indem sie ihre Huren darauf tanzen ließen.» Süleyman senkte den Blick. «Verzeih mir die Wortwahl. Aber der Padischah hat alles getan, um die übelsten Ausschreitungen zu verhindern.»

«Und dann?»

«Wir beteten stundenlang weiter. Irgendwann setzte das Gebrüll der Kanonen von einem Augenblick zum anderen aus. Da wussten auch wir, dass alles vorbei war. Die Türken hatten eine unbewachte Pforte in der Mauer gefunden. Die Venezianer und Genuesen rannten auf die Schiffe, hängten die Sperrkette aus und machten sich davon, während sich die Flüchtenden in Trauben an die Ruder klammerten. Die Kaufleute von Pera ließen sich übersetzen und gratulierten Mehmed zum Sieg. Was für widerliche Feiglinge!»

Süleyman atmete tief durch, bis seine Empörung sich gelegt hatte.

«Irgendwann flogen die Türen auf, und die Türken stürmten mit gezückten Schwertern herein. Die Priester zelebrierten weiter und ließen sich einer nach dem anderen erschlagen.»

Süleyman zeigte auf eine Säulenreihe mit kunstvoll ausgemeißelten Kapitellen.

«Dort trieben sie uns zusammen und banden uns in kleinen Gruppen aneinander. Im Getümmel wurde ich von meiner Mutter getrennt. Wir schlotterten vor Angst. Die Soldaten waren unberechenbar. Einige schlugen uns, andere gaben uns zu trinken. Irgendwann trieben sie uns nach draußen. Plötzlich schrie jemand etwas, und die Wachen drückten uns zu Boden. Ich schielte zur großen Paradestraße hin. Und da kam er. Allein auf einem Schimmel, die Leibwächter weit hinter ihm. Er blickte nicht nach rechts und nicht nach links. Es war totenstill, bis auf den Hufschlag seines Pferdes. Ein paar Schritte von mir saß er ab. Kniete nieder, nahm eine Handvoll Staub vom Boden auf und streute ihn über seinen Turban. Dann betrat er die Kirche. Ich hörte Geschrei. Später erzählte man mir, er habe einem Plünderer die Brechstange aus der Hand gerissen und ihn damit eigenhändig durch die Vorhalle geprügelt. Nach einer Weile rauschte ein Imam mit großem Gefolge an uns vorbei. Und dann hörte ich zum ersten Mal das Glaubensbekenntnis. Der Imam hatte eine unglaubliche Stimme. Es war, als vibrierte die ganze Kuppel. Ich war zehn Jahre alt und hatte gerade meine Eltern verloren. Aber diese Stimme füllte mich mit einer ganz merkwürdigen Ruhe.»

Süleyman sprach die Worte auf Arabisch nach. Bernardino Bellapianta hörte fasziniert zu und fragte sich, ob die Umerziehung Süleymans Erinnerungen vielleicht nachträglich eingefärbt hatte.

«Einige der Kinder wurden von den Janitscharen aussortiert und mitgenommen», fuhr Süleyman fort. «Wir anderen wurden noch am selben Tag auf einem improvisierten Basar im Hippodrom verkauft. Ich wurde vom Kartographen eines Admirals erworben, der mich gut behandelte. So begann mein zweites Leben.»

«Du wurdest umerzogen», sagte Bernardino Bellapianta vorsichtig.

«Nichts davon ist unter Zwang geschehen, Bruder.»

In den folgenden Wochen dachte Bernardino Bellapianta oft über Süleymans Geschichte nach und über den merkwürdigen Umstand, dass dessen zweites Leben, wie er es nannte, genau zur gleichen Zeit begonnen hatte wie sein eigenes. Er erinnerte sich undeutlich an die Schauergeschichten vom Untergang Konstantinopels, die in Mailand die Runde gemacht hatten, als Giacomo Bellapianta ihn aus dem Beichtstuhl von Santa Maria di Lantasio gepflückt und zusammen mit seinem Bruder in sein Haus geholt hatte. Nichts war unter Zwang geschehen.

Wochenlang wartete er auf Nachrichten von dem Wesir, dem Paolo da Colle seinen Brokatbeutel hatte überbringen lassen. Oft stand er am Fenster und blickte von Pera aus auf den Sultanspalast. Irgendwo unter diesen Dächern verteilte sich gerade sein Geld. Sein Bruder drängte darauf, nach Bursa weiterzufahren. Er hatte über Batuhans Pläne nachgedacht, und nun gingen ihm pausenlos Fragen, Einwände und Vorschläge durch den Kopf, die er loswerden musste. Doch Bernardino Bellapianta wollte nicht abreisen, bevor er nicht wusste, was aus seinen Geschäften werden sollte.

Fast täglich ließ er sich nach Konstantinopel übersetzen. Die Stadt, die er sah, war nicht untergegangen. Im Gegenteil: Überall wurde gebaut. Die verwilderten Flächen zwischen den Stadtvierteln füllten sich mit Wohnhäusern, Märkten, Moscheen und Bädern. Und in einem dieser Bäder geschah es, dass die Dinge eines Tages wieder in Bewegung gerieten.

Es war inzwischen April geworden, und im Garten von Paolo da Colle, der immer noch nicht zurückgekehrt war, blühten Hyazinthen und Jasmin, und die Rosen trieben erste Knospen aus.

Das Badehaus befand sich in der Nähe der von Mahmud Pascha gestifteten Moschee. Während er sich im Vorraum auszog und das blaue Handtuch um seine Hüften wand, fragte er sich, was wohl aus der Paraderüstung geworden war, die er dem Großwesir in Trapezunt überlassen hatte.

Er betrat die achteckige Halle, in deren Mitte ein steinernes Podest stand. Ein Masseur bearbeitete einen Kunden, der ausgestreckt auf den Kacheln lag und vor sich hin stöhnte. Schwitzende Männer saßen mit hinter dem Nacken verschränkten Armen auf Marmorbänken unter einer Kuppel, von der milchiges Licht durch einen Kranz aus kleinen runden Fenstern heruntersickerte. Manche blickten träge umher, andere hatten die Augen geschlossen. Jeder schien mit sich selbst beschäftigt. Diener seiften wortlos Körper ein und rieben mit Bimssteinen an Füßen herum. Ein Trinkbrunnen plätscherte vor sich hin. In die Seitenwände der Halle waren mit Vorhängen verschlossene Durchgänge eingelassen, hinter denen behäbiges Gluckern zu vernehmen war.

Bernardino Bellapianta beschloss, mit dem Schwitzbad zu beginnen, und zog einen der Vorhänge beiseite. Der Raum dahinter hatte keine Fenster. Das aus der Halle hereinfallende Licht beleuchtete schwach eine Nebelwand. Bernardino Bellapianta watete durch die Schwaden zu einer Bank und ließ sich auf die heißen Kacheln fallen. Der Dampf strömte in seine Lungen. Die Hitze machte ihn schläfrig.

«Sie haben ein Geschenk für den Padischah?», fragte eine Stimme neben ihm.

Mit einem Schlag war Bernardino Bellapianta hellwach. Doch sosehr er die Augen auch aufriss: Er sah nichts als dunkelblauen Nebel.

«Ja.»

«Kommen Sie morgen zwei Stunden nach Sonnenaufgang

zum Tor des Palastes. Jemand wird Sie dort abholen. Batuhan lässt Sie grüßen.»

Das plitschernde Geräusch von Fußsohlen auf nassen Kacheln war zu hören. Das milchige Licht aus der Halle ließ den Nebel einmal kurz aufleuchten, als der Vorhang beiseitegezogen wurde und sich einen Augenblick später wieder schloss.

Am nächsten Morgen wartete Bernardino Bellapianta vor dem großen Tor zum Palast auf den, der ihn abholen sollte. Er, der keinerlei Scheu hatte, Ludovico dem Schwarzen bei jeder Gelegenheit seine Meinung zu sagen, der einst in Trapezunt von Großwesir Mahmud Pascha ganz ungeniert einen Geleitbrief und hundertzwanzig Kamele verlangt und mit seinem Palastbau einen Galeazzo Maria Sforza herausgefordert hatte, wurde nun doch von einer gewissen Befangenheit ergriffen. Er war plötzlich ein Bittsteller.

Die Sonne verbarg sich hinter tiefhängenden Wolken. Die Palastanlage füllte die gesamte Spitze der Halbinsel von Konstantinopel aus, groß wie eine eigene Stadt, mit einer zwanzig Ellen hohen Mauer. Das weitgeöffnete Tor hatte eine Einfassung aus weißem Marmor. Im Durchgang standen sieben prachtvoll ausgestattete Wächter, einer von ihnen mit einer Pfauenfeder am Turban und einem Stab in der Hand. Lieferanten mit Eselskarren passierten die Durchfahrt. Ab und zu wurden ein paar Worte gewechselt. Über dem Torbogen leuchtete eine Inschrift, Buchstaben wie goldene Klingenhiebe.

Irgendwann erschien ein Mann mit einer Adlernase in einem bodenlangen weißen Gewand im Torbogen, entdeckte Bernardino Bellapianta mit sicherem Blick und deutete eine Verneigung an. Bernardino Bellapianta trat näher.

«Mein Name ist Mustafa Efendi. Der Defterdar erwartet Sie am dritten Tor», sagte er nur. Sonst nichts.

Bernardino Bellapianta folgte ihm. Im Halbdunkel des Durchgangs wirkte das Tor noch gewaltiger. Ihre Schritte hallten vom Gewölbe zurück. Es war so hoch, dass man einen Belagerungsturm hätte hindurchziehen können.

Sie betraten einen Hof, der nach Bernardino Bellapiantas Schätzung zehnmal so groß sein musste wie der Platz vor der Mailänder Kathedrale. Zu beiden Seiten erhoben sich ohne erkennbare Ordnung verschiedene Gebäude: ein riesiger Pavillon, dessen Front hinter einer vorgelagerten Säulenarkade mit verspielten Ornamenten aus blauen Kacheln verziert war. Wirtschaftsgebäude. Zisternen, dahinter ein Park, der zum graublau glitzernden Meer hin abfiel. Die Dächer von weiteren Pavillons waren hinter Baumwipfeln zu erahnen. Am Horizont erhob sich die hügelige Landmasse des asiatischen Kontinents. Sonnenstrahlen stachen durch die Wolkendecke und malten ein Muster aus wandernden Flecken auf den dunkelgrünen Waldteppich.

In der Mitte des Hofes führte ein gepflasterter Weg auf ein zweites Tor zu, das von Wehrtürmen flankiert wurde. Bernardino Bellapianta folgte Mustafa Efendi, der sich nicht ein einziges Mal umdrehte und auch keine Notiz von der stummen Geschäftigkeit um sie herum nahm: Eselskarren transportierten Fässer und Kisten, Lastenträger mit Körben und Säcken eilten von hierhin nach dorthin, Soldaten überwachten das Treiben.

Sie passierten das zweite Tor. Mustafa Efendi sagte etwas zum Kommandanten der Wache, der daraufhin einen seiner Leute mit einem Wink seines Stabes wegschickte. Wieder fiel das Wort: Defterdar.

Der zweite Hof war viel kleiner als der erste und von Säulengängen umgeben. Eine unwirkliche Stille lag in der Luft. Bedienstete in bestickten Gewändern bewegten sich wie Figuren in einem Glockenspiel. Zwischen den Säulen standen weitere Wächter, regungslos, als wären sie aus Stein gemeißelt.

Das dritte Tor war verschlossen. Zeit verstrich. Es war so leise, dass Bernardino Bellapianta das Ticken hören konnte, das aus dem Innenfutter seiner Jacke drang. Das Meisterwerk von Johann Tabbert aus Nürnberg: eine Uhr, nicht größer als eine Kinderfaust, einmalig auf der Welt. Bernardino Bellapianta hatte sie bei Sonnenaufgang aufgezogen und gestellt, seitdem zählte sie unbeirrbar die Stunden. War er aufgeregt? Fürchtete er, dass das Geschenk für den Sultan doch nicht ausgefallen genug war? Dass die Uhr im entscheidenden Augenblick stehenbleiben würde?

Als Bernardino Bellapianta sich umblickte, stellte er fest, dass Mustafa Efendi verschwunden war.

Das Tor schwang auf. Ein Mann in einem Gewand aus perlmuttfarbener Seide, das mit blauen und roten Granatäpfeln bestickt war und von einer blauen Schärpe zusammengehalten wurde, stand im Durchgang. Die Windungen seines Turbans schraubten sich über seinem Kopf in die Höhe. Sein Gesichtsausdruck war nicht zu deuten. Alle seine Regungen schienen hinter seiner Funktion zurückzutreten. Bernardino Bellapianta ahnte, dass er den Schatzmeister des Serails vor sich hatte. Den Defterdar.

«Wenn Sie zum Padischah geführt werden, küssen Sie seinen Ärmel», sagte der Defterdar mit einem venezianischen Akzent, der durch den befehlenden Tonfall noch arroganter klang. «Sie tragen Ihr Anliegen vor, wenn Sie dazu aufgefordert werden. Erwarten Sie keine Antwort. Und schauen Sie ihm niemals in die Augen.»

Dann sagte er nichts mehr. Die Uhr tickte, als wollte sie die Dauer der Stille messen. Bernardino Bellapianta zog sie hervor und reichte sie dem Defterdar, dessen rechte Augenbraue sich kaum merklich hob. Offenbar brauchte er einen Moment, um zu begreifen, was er da in der Hand hielt. Dann drehte er sich um und verschwand im Durchgang.

Bernardino Bellapianta wartete. Der Blick in den dritten Hof wurde von einem Pavillon versperrt, dessen Dach auf einer umlaufenden Säulenarkade ruhte. Im Schatten der Säulen war ein Ornamentband aus goldener Schrift zu erahnen, das sich über die ganze Breite der Stirnwand des Gebäudes zog. Die Tür in der Mitte war mit Platten aus Silber beschlagen. Außer den Wachen, die in den Nischen des Tordurchgangs standen, war kein Mensch zu sehen.

Bernardino Bellapianta wartete. Ein Rotkehlchen kam angeflattert, landete direkt vor der Tür des Pavillons und pickte hektisch im Sand herum.

Bernardino Bellapianta wartete.

Zwei junge Männer mit goldbestickten roten Samtwesten und goldenen Kappen erschienen und bedeuteten ihm mit einem Kopfnicken, in den Hof zu treten. Sie geleiteten ihn vor die silberne Tür.

Das Rotkehlchen hüpfte zur Seite.

Die Tür öffnete sich ohne einen Laut.

Die beiden Männer fassten Bernardino Bellapianta gleichzeitig von beiden Seiten unter die Arme, als wollten sie ihn in die Gefangenschaft abführen.

Sie betraten einen großen Raum. Die Wände waren mit Goldplatten verkleidet, die im schwachen Licht, das aus hohen vergitterten Fenstern hereinfiel, zu glühen schienen. Der Boden war vollständig mit Seidenteppichen bedeckt, gezackte und gewundene Muster aus Rot und Blau, die vor den Augen tanzten, sobald man länger als einen Moment daraufblickte.

In der Mitte des Raumes ein flaches Podest voller perlenbestickter Kissen.

Darauf ein Berg aus Purpur und Gold, dessen Gipfel von einem weißen Turban gebildet wurde. Eine spitze Nase. Der Padischah.

Zu seiner Rechten standen regungslos zwei weitere Turbanträger, ähnlich prachtvoll gekleidet wie der Defterdar. Wer sie waren, das sollte Bernardino Bellapianta nie erfahren.

Der Griff um seine Arme wurde fester. Die beiden jungen Männer traten vor und schleiften ihn beinahe mit. Vor dem Podest drückten sie ihn zu Boden. Stoff raschelte. Ein Ärmel aus purpurfarbener Seide näherte sich seinem Gesicht. Finger mit polierten Nägeln, von einem halben Dutzend engsitzender Ringe zu Wülsten gepresst. Ein Smaragd, zwei Saphire, drei Rubine. Bernardino Bellapianta erinnerte sich später, dass er den Wert der Steine im Kopf überschlug, während er seine Lippen über den Stoff des Ärmels senkte. Was er sagte, nachdem man ihm kurz darauf das Wort erteilt hatte, daran erinnerte er sich merkwürdigerweise nicht. Nur das undeutliche Murmeln des Dolmetschers, der unbemerkt den Raum betreten hatte, blieb ihm im Gedächtnis.

Man geleitete ihn hinaus. Seine Arme wurden losgelassen. Der Wächter holte ihn am Tor ab. Sie durchquerten den kleinen und den großen Innenhof. Bernardino Bellapianta kehrte zum Haus von Paolo da Colle zurück.

Drei Tage später wurde er überraschend erneut ins Serail bestellt, dieses Mal durch einen Boten, der sich bis nach Pera bemüht hatte.

Die Sonne schien. Tor, großer Innenhof, Tor, kleiner Innenhof, Tor. Der Defterdar empfing ihn wieder im dritten Durchgang und wirkte nicht mehr ganz so förmlich.

«Der Padischah wünscht etwas mit Ihnen zu besprechen», sagte er. «Ihr kleines Geschenk hat großen Eindruck hinterlassen.»

Der Defterdar ging voran. Sie umrundeten den Pavillon, hinter dem ein Rosengarten lag. Vögel zwitscherten. Durch einen

Arkadengang gelangten sie zu einer Tür. Sonnenlicht flutete herein, als ein Diener, wieder einer der Jungen mit roter Samtweste und Goldkappe, ihnen öffnete. Vor ihnen lag ein riesiger Park, der sich in weiten Terrassen bis zur Seemauer erstreckte, dahinter das Meer.

Unter einer Pinie stand Sultan Mehmed, erkennbar nur an der spitzen Nase, in einer Gruppe von Männern, darunter auch der Dolmetscher. Der Sultan trug einen kleineren Turban als bei der Audienz drei Tage zuvor und einen leichten Kaftan. Das Gesicht mit dem kurzgeschnittenen grauen Bart war aufgedunsen und bleich.

Mehmed stand leicht vornübergebeugt und zielte mit einer Hakenbüchse, die vor ihm auf einer in den Boden gerammten Gabel ruhte. Der Defterdar bedeutete Bernardino Bellapianta stehen zu bleiben. Es krachte. Ein Feuerstrahl schoss aus dem Rohr, eine Qualmwolke stieg auf, und hinter einem von Schilfrohr umstandenen Teich flatterten ein paar Enten auf. Dann blickte der Sultan zu ihnen hinüber und winkte sie heran.

Bernardino Bellapianta fragte sich, welche Form der Begrüßung in dieser Situation die angemessene sei, doch Mehmed nahm ihm die Sorge ab, indem er leicht den Kopf neigte, was Bernardino Bellapianta mit einer tiefen Verbeugung beantwortete. Mehmed sagte etwas zu seinem Dolmetscher, dessen Italienisch Batuhans Gurren ähnelte.

Ihr gemeinsamer Freund Batuhan, sagte der Dolmetscher, habe dem Padischah vor Jahren eine Kanone von beträchtlichen Ausmaßen geliefert, die Kugeln in der Größe eines Riesenkürbisses verschieße und für deren Transport von einem Ort zum anderen man ihres enormen Gewichts wegen siebenhundert Männer und zwei Dutzend Ochsengespanne benötige. Doch der Stolz und die Freude darüber, die größte Kanone der Welt zu besitzen, sei ihm im vergangenen Sommer erheblich verleidet worden, nachdem Mesih Pascha, den er seiner Unfähigkeit wegen inzwischen zum Sandschakbey degradiert habe, sich damit an den Mauern der Festung Rhodos die Zähne ausgebissen habe. Er, der Padischah, habe begonnen umzudenken. Die wunderbare mechanische Uhr, die der nun vor ihm stehende verehrte Kaufmann aus Mailand ihm zu seiner großen Freude habe überreichen lassen, habe ihm einmal mehr bewiesen, dass Größe nicht mit Wirksamkeit gleichzusetzen sei. Der Kaufmann aus Mailand möge doch näher treten, damit er, der Padischah, seine Worte am Beispiel dieser Hakenbüchse verdeutlichen könne.

Bernardino Bellapianta betrachtete die Waffe. Das Wappen der Vimercate war in den Lauf geprägt. Zwei Bedienstete nahmen sie aus der Gabel und begannen, sie nachzuladen. Mehmed redete erneut auf den Dolmetscher ein.

In der Tat ein erstklassiges Produkt, für das den Werkstätten in der Heimat des Kaufmanns aus Mailand höchstes Lob gebühre, fuhr der Dolmetscher in blumiger Umständlichkeit fort. Und doch sei ihm, dem Padischah, der Gedanke gekommen, dass sich die Mühe, die es bereite, eine solche Waffe zu laden, abzufeuern und zu transportieren, doch erheblich mindern lasse, wenn es gelänge, sei es durch neue Legierungen, sei es durch eine andere Konstruktion, die besagte Waffe leichter zu machen, ohne dabei ihre Feuerkraft zu beeinträchtigen. Nun sei ihm, dem Padischah, zu Ohren gekommen, dass einige Mailänder Waffenschmieden, deren Namen korrekt auszusprechen er sich leider außerstande sehe, bereits solche Produkte im Angebot hätten. Ob der Kaufmann aus Mailand in der Lage sei, ihm einige davon zu beschaffen? Vielleicht tausend Stück für den Anfang?

Tausend Stück. Für den Anfang. Nichts, so ließ Bernardino Bellapianta dem Dolmetscher ausrichten, bereite ihm größere

Freude als der Gedanke, dem Wunsch des Herrn der zwei Kontinente entsprechen zu können. Allerdings herrsche in seiner Heimat, unter anderem aufgrund der Sache mit Otranto, eine Stimmung, angesichts derer er erhebliche Schwierigkeiten bekommen könne, wenn ruchbar werde, dass er derartige Produkte an den Herrn der zwei Kontinente liefere.

Als der Dolmetscher fertig war, lächelte Mehmed aus kleinen, listigen Augen. Wieder ergriff er das Wort. Er verstehe die Bedenken des Kaufmanns aus Mailand, allerdings bestehe ja vielleicht die Möglichkeit, die Hersteller der besagten Waffen anzuweisen, bei den für ihn, den Padischah, bestimmten Chargen auf die Anbringung der Prägestempel zu verzichten, sodass man, für den Fall, dass das eine oder andere Exemplar in die Hände seiner Gegner fallen würde, ihre Herkunft nicht mehr nachvollziehen könne.

Bernardino Bellapianta stellte sich vor, wie er den alten Vimercate, dessen Eitelkeit noch größer war als seine Geldgier, überredete, die Prägestempel auf seinen Hakenbüchsen wegzulassen. Er ahnte, dass das fast das größte Hindernis bei der Sache werden könnte. Doch Bernardino Bellapianta war nicht der Mann, der sich von derlei Schwierigkeiten einschüchtern ließ. Der mächtigste Mann der Welt hatte ihm gerade ein Geschäft ungeahnten Ausmaßes angeboten. Und nebenbei würde kein türkischer Pirat es in Zukunft wagen, sich an seinen Schiffsfrachten zu vergreifen.

Es sei ihm eine Ehre, sagte er dem Dolmetscher, dem Herrn der zwei Kontinente versichern zu können, dass eine erste Ladung in sechs Monaten auf den Weg gehen könne.

Der Sultan nickte. Und damit waren sie im Geschäft. Die Wollstoffe für die Janitscharen und die Seide für den Hof sprach Bernardino Bellapianta nicht mehr an. Er wollte nicht unverschämt wirken.

14 Am Morgen nach der Nacht, in der ich im Dunkeln das geheimnisvolle Gesicht gezeichnet hatte, saß ich wieder einmal mit Paolo auf dem Rand des Brunnens im ersten Innenhof. Die Füße auf die abgewetzten Akanthusblätter des Kapitells gestützt, betrachtete er skeptisch das Bild, hielt das Papier sogar gegen die Sonne. Doch das Einzige, was auf diese Weise sichtbar wurde, war das Wasserzeichen in der Mitte des Blattes, eine Art Wappenschild mit einem Stier, in dessen Nase ein schwerer Ring baumelte.

«Der ist anders als deine Engelsgesichter», räumte Paolo ein. «Nicht nur, weil er so hässlich ist. Sondern weil er aussieht, als könnte man ihm jederzeit auf der Straße begegnen. Aber wie kannst du dir so sicher sein, dass du den wirklich aus deinem früheren Leben kennst? Vielleicht ist er dir irgendwann in den letzten Wochen über den Weg gelaufen.»

«Den hätte ich mir gemerkt.»

«Mein Freund, du hast dir so einiges nicht gemerkt.»

Warum war ich mir so sicher? Ich konnte es nicht sagen. Der Mann auf meiner Zeichnung bestand nur aus diesem Gesicht, dessen Einzelheiten sich niemandem zuordnen ließen, den ich kannte. Und gerade deshalb war ich mir sicher, ihm schon früher begegnet zu sein.

«Weißt du, warum seine Ohren durchbohrt sind?», fragte Paolo plötzlich.

«Nein.»

«Dieben werden die Ohren durchbohrt. Damit man sie auf der Straße erkennt und seinen Geldbeutel festhält. Wusstest du das nicht?»

Ich schüttelte den Kopf.

«Das ist interessant», sagte Paolo. «Es spricht dafür, dass du dir dieses Gesicht nicht ausgedacht hast.» Er grinste mich an. «Es bedeutet allerdings auch, dass du schlechten Umgang hattest. Vielleicht sollten wir mal in den richtig üblen Gegenden der Stadt herumfragen, anstatt dich von den feinen Leuten aus der Nachbarschaft als Sehenswürdigkeit begaffen zu lassen.»

Ich musste wieder an meinen ersten Rundgang durch die Stadt denken und daran, dass es vor allem Geld, Schmuck und Schlösser gewesen waren, die auf unerklärliche Weise meine Aufmerksamkeit erregt hatten. Der Gedanke, durch verrufene Gassen zu streifen, in der Hoffnung, dass mich irgendwelche Gauner als ihresgleichen erkannten, verursachte mir großes Unbehagen. Ich fürchtete instinktiv, dass eine solche Erkenntnis mich in eine Welt zurückwerfen würde, in der ich ohne Erinnerungen und ohne die schützende Hand von Bernardino Bellapianta nicht würde überleben können, wie eine zu klein geratene Katze, der die Luchse im Wald die Beute wegschnappten.

«Lass mir die Zeichnung hier», sagte Paolo und steckte das Blatt ein, ohne eine Antwort abzuwarten. «Ich zeige sie ein paar Leuten. Früher oder später wird sich jemand finden, der damit etwas anfangen kann.»

Ich reichte sie ihm und war froh, als Paolo das Thema wechselte.

«Hat er dir seine verfluchte Sammlung gezeigt?»

Ich nickte und fragte mich gleichzeitig, ob ich Paolo erzählen sollte, was Bernardino Bellapianta im Angesicht der ausgestopften Tiere für Gedanken geäußert hatte. Aber Paolo schien bestens im Bilde zu sein. Er schüttelte den Kopf und schnaubte verächtlich.

«Dieses verdammte Buch. Glaubst du, er hätte es bei mir nicht auch versucht? Hat er dir von den gescheiterten Versuchen der Schöpfung erzählt?»

Ich nickte.

«Und?»

Ich fühlte mich überrumpelt, als hätte mich jemand auf eine Bühne gestellt und plötzlich den Vorhang weggezogen. Die Ausführungen von Bernardino Bellapianta hatten irgendwie überzeugend geklungen.

Paolo schien diesen Gedanken zu erraten.

«Prüfet alles und das Gute behaltet, was? Noch so eine von seinen Weisheiten. Als fänden sich in der Heiligen Schrift nicht genügend Hinweise darauf, was man behalten soll und was nicht. Du solltest dich vorsehen. In dir hat er einen unbedarften Geist gefunden, den er mit seinen ketzerischen Gedanken anstecken kann. Hat er dir auch diesen Luchs gezeigt und von Missgeburten fabuliert, die die Welt erobern?»

«Ja», sagte ich verwirrt.

«Dachte ich mir. Er ist besessen davon.»

«Warum?»

Paolo blickte mich lange an. «Es geht um seinen Bruder. Der verwachsene Giancarlo wurde als Kind von den anderen immer verspottet und misshandelt. Bernardino war sein Beschützer. Du machst dir keine Vorstellung davon, wie sehr er ihn liebt. Er würde sich für Giancarlo in Stücke reißen lassen. Frag mal die alten Leute aus der Nachbarschaft. Wenn sich jemand an Giancarlo vergriffen hat, dann ist ihm das schlecht bekommen. Dabei ist Giancarlo gar nicht so hilflos. Die ganze Stadt hält ihn für einen verschrobenen Trottel, aber er hat eine unvorstellbare Willenskraft. Und obendrein ist er der klügste Kopf im ganzen Haus hier.»

Paolo stand auf, entfernte sich ein paar Schritte und starrte zur Galerie hinauf, als warte er von dort auf ein Stichwort.

«Vielleicht gefällt ihm dieses Buch deshalb so gut. Er leugnet die göttliche Wahrheit und macht sich seine eigene. Das ist nicht nur unsinnig, sondern auch gefährlich. Dabei könnte er es genauso gut dabei bewenden lassen, dass Gott alle seine Kreaturen liebt und seine Gaben verteilt, wie es ihm gefällt. Doch anstatt dankbar zu sein, schwelgt Bernardino in lästerlichen Ideen, die nirgends hinführen. Irgendwann werden sie ihm einen Prozess wegen Ketzerei anhängen. Es gibt ein paar einflussreiche Leute hier in der Stadt, die ihn nur zu gern fallen sehen wollen, und er liefert ihnen täglich neue Vorwände dafür.» Paolo drehte sich um und betrachtete den Brunnen. «Ich habe manchmal Angst um ihn», sagte er leise. «Denn er hat sehr viel für uns alle hier getan, und wenn er am Ende vor den Thron seines Schöpfers tritt, dann werden seine Worte in die eine Waagschale geworfen und seine Taten in die andere. Und nur der Allmächtige weiß, nach welcher Seite die Waage sich am Ende neigen wird. Ich bete für ihn.»

Die schlichte Aufrichtigkeit dieses Satzes rührte mich sehr.

«Alle in diesem Haus tun das», fuhr Paolo fort. «Er hat unter diesem Dach eine Familie geschaffen, für die er das letzte Hemd geben würde. Jeder kann jederzeit zu ihm kommen. Er ist großherzig und grenzenlos loyal gegenüber denen, die er liebt.»

»Warum hat er keine Frau?», fragte ich. Die Frage schien mir naheliegend, Paolo dagegen war sie offensichtlich unangenehm.

«Keine Ahnung, warum er keine Frau hat», sagte er knapp.

«Wer soll das hier denn alles erben?»

«Vielleicht adoptiert er dich ja.»

«Im Ernst!»

«Tja.» Paolo machte eine lange Pause, dann seufzte er auf und setzte sich wieder. «Es gibt da Gerüchte», sagte er. Und nach einer weiteren Pause: «Angeblich wurde er in gewissen Badehäusern gesehen.»

«Verstehe», sagte ich. «Dort trifft man keine Frauen zum Heiraten.»

«Du verstehst eben nicht», sagte er schroff. «In diesen Badehäusern trifft man überhaupt keine Frauen. Herrgottnochmal.» Er schüttelte ärgerlich den Kopf, als hätte er schon viel zu viel gesagt. «Sag mal, wollte Giancarlo dich nicht mitnehmen nach Vigevano?», fragte er. «Dahinten kommt er. Und ich glaube, er sucht dich.»

15

Wenn die Leute im Palast von Bernardino Bellapianta von Vigevano sprachen, meinten sie das Landhaus, das er kurz nach seiner Rückkehr aus Konstantinopel gekauft hatte, aber nicht, um sich zur Ruhe zu setzen und Rebhühner zu jagen, wie seine Bekannten ihm geraten hatten, sondern um seine Aktivitäten weiter auszubauen. Denn die Sache mit den Maulbeerbäumen, die hatte er im Hinterkopf behalten.

Bernardino Bellapianta bezog das veredelte und gefärbte Seidengarn von genuesischen Lieferanten und ließ es in seiner eigenen Weberei weiterverarbeiten. Mit dem fertigen Tuch belieferte er neben den Mailänder Schneidern Dutzende von Abnehmern in ganz Europa. Woche für Woche ratterten die Transportwagen mit den kostbaren Ballen aus seinem Hof und traten den Weg über die Berge an oder nach Genua, wo sie auf Schiffe verladen wurden und sich in Marseille, Barcelona, Lissabon, London und Antwerpen in Geld verwandelten, das über die Filialen der Mailänder Bankhäuser zu Bernardino Bellapianta zurückfloss.

Schon bald kam er zu dem Schluss, dass die Gewinnspanne sich erheblich erhöhen ließ, wenn er sich von seinen Lieferanten in Genua unabhängig machte und die Rohseide gleich selbst herstellte. Wie alle seine Pläne, so setzte er auch diesen unverzüglich und ohne Rücksicht auf Risiko und Aufwand in die Tat um.

Die Bauern in der Umgebung von Vigevano trauten ihren Augen nicht, als eines Tages eine endlose Kolonne von Bäumen am Horizont auftauchte und sich auf das Tor in der Einfriedungsmauer zubewegte, die die Liegenschaften von Bernardino Bellapianta umgab, eine rollende Allee aus übermannshohen Setzlingen in riesigen Tontöpfen, immer zwei hintereinander auf jedem Wagen. Eine Armee von Arbeitern sprang von den Böcken, zog Furchen, füllte sie mit Kies und Erde und pflanzte die Bäume ein.

Ein paar Jahre lang geschah nichts. Die Maulbeerbäume wuchsen, wurden gedüngt und beschnitten, während Bernardino Bellapianta in Florenz Fachleute für die Seidenraupenzucht anwarb und neben dem Hauptgebäude eine Reihe von langgestreckten Schuppen anlegen ließ.

Dann, im April des tausendvierhundertsechsundachtzigsten Jahres nach der Geburt unseres Erlösers, nahm der Betrieb die Arbeit auf. Bernardino Bellapianta stand persönlich in der Mittagssonne am Tor und begrüßte eine kleine Gruppe von Männern, die sich stöhnend und schwitzend aus den Sätteln ihrer Maultiere mühten, nachdem sie tagelang durch die Hügel der Toskana, über die Pässe des Apennin und durch die Poebene geritten waren. Sie betraten einen der Schuppen. Mit ihren dickgepolsterten Jacken sahen sie aus wie aufgeplusterte Singvögel an einem Wintermorgen. Begleitet von Seufzern der Erleichterung, lösten sie die Knöpfe, förderten zahllose Papierstreifen zutage und legten sie zur Begutachtung auf einen langen Tisch. Und Bernardino Bellapianta, in dessen Lager sich Kisten voller Perlen und Ballen aus schimmerndem Brokat stapelten, der in Goldmünzen hätte baden können und an dessen Finger ein Rubin funkelte, mit dem man gut und gerne eine Armee hätte bezahlen können, dieser Bernardino Bellapianta beugte sich über das, was er später seinen größten Schatz nennen sollte. Die Blätter waren übersät von Tausenden und Abertausenden winziger Kügelchen: den Eiern des Seidenspinners, die unter Umgehung der Einfuhrverbote und gewärmt von den Körpern der Schmuggler ihren Weg nach Vigevano gefunden hatten. Ihr gelblicher Schimmer erinnerte ihn an Gold. Und nichts anderes waren sie.

Die Eier wurden auf mit Matten ausgelegte Gestelle gesetzt. Tagelöhner, die außerhalb der eigentlichen Erntezeit wenig zu tun hatten, ließen den Branntwein stehen, stiegen in die Maulbeerbäume und schnitten die Blätter ab, trugen sie körbeweise in die Schuppen, wo aus den Eiern auf den Matten winzige dunkelgraue Raupen schlüpften, die sich nun mit beeindruckender Gefräßigkeit über die Blätter hermachten. Innerhalb von wenigen Wochen waren sie fingerlang und begannen mit der Verpuppung. Nach einer weiteren Woche waren die Matten mit einem Meer aus Kokons bedeckt. Wenige Tage später wurde den Larven in einem Backofen der Garaus gemacht. Nach dem Aussortieren der minderwertigen Exemplare schleppten Helfer die guten Kokons körbeweise zu einer Reihe von Gestellen mit großen Haspeln, vor denen dampfende Kessel standen. Die Frauen der Erntehelfer bürsteten die Fadenenden heraus und zwirbelten die Fäden mit flinken Fingern zusammen, während die Haspeln sich drehten und weißlich glänzende Bäuche aus Endlosfaden ansetzten, die anschließend abgenommen, auf Spulen gerollt, verzwirnt, in Farbbäder getaucht, gespült und getrocknet, abgepackt, aufgeladen, in die Mailänder Werkstätten gebracht, dort mit hauchdünner Folie aus Silber und Gold umwickelt, als Kettfäden auf Webrahmen gespannt oder als Schussfäden in die Ösen der Weberschiffchen geknotet wurden und unter dem Rattern der Fußpedale Bahn für Bahn zu den Mustern zusammenwuchsen, die noch Jahrhunderte später auf den Gemälden der Krönungsfeierlichkeiten von Kaisern, Königen und Päpsten zu bewundern sein würden.

16 Vigevano also. Eine Stunde nach meinem Gespräch mit Paolo saß ich mit Giancarlo Bellapianta in einem zweispännigen Reisewagen, der uns ruckelnd über die zersiedelte Ebene brachte. Die Straßen waren gut ausgebaut, und die Pferde hielten einen scharfen Trab. Die Eintönigkeit der hinter dem Wagenfenster vorbeiziehenden Landschaft, der Hufschlag der Pferde und das Knarren der Federungen machten mich schläfrig, ganz im Gegensatz zu Giancarlo Bellapianta, der mir mit wachsender Begeisterung die Grundlagen von Seidenraupenzucht und Garnherstellung erklärte. Erst als ich einnickte, ließ er von mir ab. Nach drei Stunden hatten wir die knapp zwanzig Meilen zurückgelegt.

Das Anwesen lag direkt am Ufer des Ticino, von dem man einen künstlichen Seitenarm abgezweigt und über das Gelände geleitet hatte. Das Haupthaus war ein nüchterner Ziegelbau, der rechts und links von den Nebengebäuden flankiert wurde, dazwischen liefen ein paar Leute geschäftig hin und her, ohne unseren Wagen zu beachten. Durch die Lücken zwischen den Gebäuden auf der dem Fluss abgewandten Seite sah ich die Maulbeerbäume in langen Reihen stehen wie eine zur Parade angetretene Armee. Der Wind spielte in den Blättern.

Wir stiegen aus und streckten uns. Ein Junge spannte die schwitzenden Pferde aus und führte sie weg. Dann ging Giancarlo Bellapianta ohne ein weiteres Wort zu einem der Nebengebäude voraus.

Zwei Stunden lang führte er mich durch die Hallen der Spinnerei. Wir waren allein. Die Raupen hatten sich im Juni verpuppt. Einen kleinen Teil der Kokons hatte man abgezweigt; die Seidenspinner waren geschlüpft, hatten sich gepaart und neue Eier gelegt, die zum Überwintern in einen eigenen Raum gebracht worden waren. Giancarlo Bellapianta zeigte mir die verwaisten Gestelle für die Aufzucht der Raupen und die Vorrichtungen zum Abwickeln der Fäden von den Kokons. In der Färberei erklärte er mir, woher die Farbstoffe stammten: Krapp und Indigo, Waid und Safran und allerhand andere Substanzen, an deren Namen ich mich genauso wenig erinnere wie an die Namen der Tiere und Pflanzen, aus denen sie gepresst, gemahlen und gemolken wurden, und die Namen der Länder, aus denen Bernardino Bellapianta all diese Dinge bezog. Giancarlo Bellapianta legte zopfartig aufgedrehte Seidenbündel auf einen Tisch, erklärte mir die verschiedenen Feinheitsgrade der Fäden und ließ mich die Farben vergleichen. Er rechnete mir vor, wie viel Arbeit in jedem dieser Zöpfe steckte, wie viele Ellen fertiges Tuch sich daraus herstellen ließen und wie viel Geld sein Bruder dadurch sparte, dass er die Seide selbst herstellte, anstatt sie einzukaufen wie seine Konkurrenten. Und genau diese Überlegungen seien es gewesen, von denen er, Giancarlo Bellapianta, sich bei der Entwicklung der Maschine habe leiten lassen, die er mir nun zeigen wolle.

Wir überquerten den Hof und umrundeten eine Scheune, hinter der das mit Gras bewachsene Gelände zum Fluss hin leicht abfiel. Mitten auf der Wiese stand ein turmartiges Gebäude mit vielen kleinen Fenstern. Der vom Ticino abgeleitete Wasserlauf war an dieser Stelle zu einem Kanal verengt, durch den das Wasser wie ein Gebirgsbach schoss und ein gewaltiges Mühlrad antrieb.

Bernardino Bellapianta öffnete die Tür des Turms. Und da stand sie: die raffinierteste und komplizierteste Maschine, die er jemals gebaut hatte.

Ich sah ein Gewirr von Balken, die zu zwei haushohen ineinandergefügten zylindrischen Skeletten zusammengezimmert waren. Der äußere Zylinder war fest im Boden verankert, der innere ruhte auf Rollen, die in eine kreisrunde Metallschiene gesetzt waren. Eine baumdicke senkrecht stehende Achse in seiner Mitte war über Wellen, Zahnräder und ein Getriebe mit der Nabe des Mühlrades verbunden, die auf halber Höhe der Maschine von außen durch die Wand geführt worden war. Der äußere Zylinder war wie ein Baugerüst in Stockwerke eingeteilt, die mit Haspeln, Spulen und Rollen gespickt waren. Die Verbindung zwischen den beiden Zylindern wurde von einem System aus Schienen, Riemen und Zahnrädern gebildet. Die Wände des Raums waren von umlaufenden Galerien bedeckt, fünf oder sechs Stockwerke hoch. Ein halbes Dutzend Arbeiter stieg darauf herum, ruckelte an den beweglichen Teilen und spannte Lederriemen.

Giancarlo Bellapianta ließ mir Zeit, sein Werk zu erkunden. Ich drehte eine Runde um die Maschine und stieg dann in den ersten Stock der Galerie, um besser ins Innere blicken zu können. Ich war überrascht, wie schnell ich die ausgeklügelte Mechanik begriff: Wenn das Getriebe an der Nabe des Mühlrades eingekuppelt wurde, setzte es den inneren Zylinder in Bewegung, der die Haspeln und Spulen auf dem äußeren Zylinder antrieb. Wozu all das letztlich gut sein sollte, begriff ich nicht.

Giancarlo Bellapianta trat neben mich und hüllte mich in einen erneuten Redeschwall ein. Diese Maschine, so sagte er, erledige die Arbeit von etwa zweihundert Menschen. Bei den Rohseidenzöpfen, die er mir vorhin gezeigt habe, handele es sich nämlich mitnichten um fertiges Garn. Zu dessen Herstellung müssten die Fäden einzeln aufgezwirnt, dann zu dickeren Strängen verbunden und erneut miteinander verzwirnt werden, wobei sie diesmal in die Gegenrichtung gedreht würden. Er hob das Ende eines auf dem Boden liegenden Seils auf und hielt es mir unter die Nase.

«So. Die einzelnen Fäden rechtsherum, der ganze Strang noch einmal linksherum. Oder umgekehrt.»

Ich musterte das Ungetüm erneut und begann zu begreifen. Seine Maschine, fuhr Giancarlo Bellapianta fort, sei in der Lage, all diese Arbeitsschritte gleichzeitig durchzuführen. Sie könne bis zu vierzehntausend Garnspulen am Tag verarbeiten. Und nicht nur das: Durch ein paar einfache Einstellungen an den Hebeln könne man den Drall des aufgezwirnten Garns verändern. Eine starke Zwirnung ergebe stabileres Garn, eine schwache Zwirnung feineres und damit auch feineren Stoff. Ob ich das verstanden hätte?

Ich nickte. Giancarlo Bellapianta schlug sich triumphierend mit dem Seilende in die Hand. Der Mechanismus basiere auf einem Prinzip, das bereits seit langer Zeit in Bologna im Einsatz sei. Die dortigen Fachleute hätten die Baupläne dieser Maschinen über zweihundert Jahre lang geheim gehalten, und dennoch sei es ihnen in dieser langen Zeit nicht gelungen, ein paar grundlegende Probleme zu lösen, deren Erörterung an dieser Stelle zu weit führen würde. Er, Giancarlo Bellapianta, habe nur sechs Jahre gebraucht, um dieses Wunderwerk zu vollenden. Er habe die einzelnen Bestandteile in seiner Mailänder Werkstatt gebaut und erprobt, bevor die Maschine vor drei Monaten hierhergeschafft und zusammengebaut worden sei. Das damit hergestellte Garn sei feiner und gleichmäßiger als alles, was noch die geschicktesten Spinnerinnen mit ihren Händen herzustellen in der Lage seien. Was er mir nun demonstrieren werde.

Er pfiff durch die Zähne, um die Aufmerksamkeit der Arbeiter auf sich zu lenken. Wie schon bei der Vorführung der Schiffsmechanik im Festsaal überraschte es mich auch diesmal wieder, mit welcher Entschlossenheit dieser sonst so linkisch wirkende Mann seine Befehle erteilte.

«Wo ist Benedetto?», rief er nach oben.

«Keine Ahnung», schallte es zurück. «War heute aber schon da!»

«Ich will einen Probelauf sehen. Bekommt ihr das auch ohne ihn hin?»

«Na hören Sie mal!»

«Dann los!»

Die Arbeiter kletterten aus der Maschine heraus und schwangen sich auf die Galerie. Einer ging zur Nabe des Mühlrades und legte einen Hebel um. Unter lautem Knirschen wurde das Getriebe eingekuppelt, und dann begann der innere Zylinder sich langsam zu drehen. Erst jetzt offenbarte sich in vollem Ausmaß, was für ein Kunstwerk Giancarlo Bellapianta hier geschaffen hatte: Hunderte von Zahnrädern und Wellen setzten sich in Bewegung, flatternd raste das abgespulte Garn über Rollen und durch Ösen und wurde von den Haspeln wieder aufgenommen. Ein ohrenbetäubendes Rattern erfüllte den Raum, untermalt vom klackernden Takt der Räder in der Schiene auf dem Boden. Es war schier unglaublich, dass alle diese rotierenden, springenden und schnappenden Bewegungen von einer einzigen

Kraftquelle abgeleitet wurden: von der Nabe des Mühlrades, die nichts anderes tat, als sich wie unbeteiligt zu drehen.

Ich konnte den Blick nicht von der Maschine wenden. Auch dann nicht, als sich die Tür öffnete.

Einer der Arbeiter zeigte hinter mich und rief etwas. Seine Stimme drang nicht durch den Lärm, doch seine Lippen formten einen Namen: Benedetto.

Ich wandte mich um. Ein hagerer Mann hatte den Raum betreten, ziemlich bleich und ungefähr so alt wie Giancarlo Bellapianta, kein Gesicht, das man sich gemerkt hätte. Er schien über irgendetwas gestolpert zu sein, jedenfalls hielt er sich an der Wand fest. Mein Anblick schien ihm überhaupt nicht zu behagen. Er starrte mich an wie ein Bauernjunge, dem gerade der Ziegenfüßige im Schwefeldampf erschienen war.

Giancarlo Bellapianta nickte dem Ankömmling kurz zu und wandte sich dann wieder zu seinem Werk um. Zahnräder, Wellen, Spulen und Haspeln ratterten vor sich hin, während er gegen den Lärm anschrie und über Kraftübertragung und Reibungsverluste dozierte.

Schließlich kuppelten die Arbeiter auf sein Handzeichen das Getriebe aus. Der innere Zylinder verlangsamte seine Bewegung und kam mit einem letzten Knirschen zum Stehen. Giancarlo Bellapianta fand nach und nach zu seiner normalen Lautstärke zurück, als folge auch seine Stimme einem Mechanismus, der sich erst totlaufen musste. Das langsame Ausrollen, sagte er, beweise die sorgfältige Schmierung seiner Maschine. Benedetto sei in dieser Hinsicht überaus umsichtig. Benedetto. Wo der denn nun schon wieder sei? Wie auch immer: Je komplizierter eine solche Maschine sei, desto wichtiger sei die Wartung. Ob ich das verstanden hätte? Ob ich ihm überhaupt zuhöre?

«Er schien nicht gerade begeistert zu sein, mich hier zu sehen», sagte ich.

Giancarlo Bellapianta verdrehte resignierend die Augen. Benedetto sei nun einmal ein Sonderling und möge es nicht, wenn Fremde seiner Maschine zu nahe kämen. Das müsse man verstehen. Benedetto habe jahrelang an diesem Projekt mitgearbeitet und sei inzwischen überzeugt, die Maschine selbst erfunden zu haben. Dabei sei er eben gerade kein Erfinder, sondern ein zuverlässiger und erfahrener Mechaniker, der schlicht und einfach tue, was man ihm sage – keiner von diesen Schlaubergern, die einen mit Vorschlägen und Einwänden behelligten, die man längst bedacht und verworfen habe, und die mit unsinnigen Einfällen mehr Arbeit verursachten als erledigten. Und genau deshalb habe er, Giancarlo Bellapianta, gut daran getan, Benedetto mit dem Zusammenbau der Einzelteile seiner Maschine in Mailand und mit der anschließenden Installation in Vigevano zu betrauen.

Gegen Abend ließen wir uns im Haupthaus gebratene Wachteln servieren, was Giancarlo Bellapianta wiederum für weitschweifige Ausführungen zu seinem anderen Lieblingsthema nutzte. Die Arbeiten an einem ersten Modell seines Fluggerätes stünden kurz vor dem Abschluss. In wenigen Monaten werde er zu einem Probeflug mit seiner Warmluftblase abheben. Er habe sein Versprechen nicht vergessen und werde mir das Modell bei unserem nächsten Besuch zeigen. Für heute, so scheine es ihm, habe er mich genug mit seinen Projekten behelligt. Um zu verstehen, was er da vorhabe, brauche es einen ausgeruhten Geist.

Nach dem Essen kehrten wir in die Stadt zurück. Als die Porta Ticinese sich hinter uns schloss, war die Sonne bereits untergegangen.

17 Haben wir uns also doch verzettelt. Pandolfo ist vorangeprescht und hat, um im Bild zu bleiben, das Garn seiner Geschichte versponnen wie eine gutgeschmierte Maschine. Offenbar hat er seinen Stoff im Griff, während wir mit unserem Bericht über die Fahrt der Zwillinge ins Reich des Sultans ein bisschen hinterherhinken. Schauen wir uns also an, wie die beiden aus Konstantinopel abreisten, um ihren neuen Freund Batuhan in Bursa wiederzutreffen. Denn bei diesem mit allen Wassern gewaschenen Schlawiner wartete noch eine Überraschung auf sie, die für den Fortgang der ganzen Geschichte von Bedeutung ist.

Nachdem seine Pläne sich auf so unvorhergesehene Weise zum Besten entwickelt hatten, befand Bernardino Bellapianta, es gebe keinen Grund, den Aufenthalt in Pera weiter zu verlängern.

Mehmed war einen Tag nach ihrer Begegnung im Garten mit seiner Armee nach Asien aufgebrochen. Wie so oft hatte er sein Gefolge im Unklaren über das Ziel des bevorstehenden Kriegszuges gelassen.

Paolo da Colle war gerade nach Pera zurückgekehrt. Bernardino Bellapianta konnte es sich nicht verkneifen, ihm das Zusammentreffen mit Mehmed unter die Nase zu reiben, allerdings ohne dessen Vorschlag bezüglich der Hakenbüchsen zu erwähnen. Paolo da Colle wirkte ein wenig eingeschnappt, ohne dass sich sagen ließ, ob es an der persönlichen Einladung des Sultans lag, die ihm selbst nie zuteilgeworden war, oder daran, dass nicht seine eigenen mühsam aufgebauten Kontakte, sondern Bernardino Bellapiantas Zufallsbekanntschaft mit Batuhan ihm die Tore des Serails geöffnet hatte.

«Sie haben wirklich mehr Glück als Verstand», maulte Paolo da Colle, während sie unter den blühenden Hyazinthen saßen und sich mit funkelndem Wein aus einer Kristallkaraffe darüber hinwegtrösteten, dass es zwischen ihnen nicht mehr viel zu bereden gab. Auf seine Vermittlungsgebühr kam Paolo da Colle nicht mehr zu sprechen.

Am nächsten Morgen wurde Bernardino Bellapianta, der gegen seine Gewohnheit lange geschlafen hatte, von Geschrei und Lärm geweckt. Im Innenhof lief ihm sein Gastgeber über den Weg.

«Was ist los?», fragte er.

«Das haben Sie noch nicht gehört?», erwiderte Paolo da Colle. «Die Leute sagen, der Padischah sei tot.»

«Ist das wahr?»

«Woher soll ich das wissen? Sie können sich doch vorstellen, wie das mit solchen Gerüchten ist. Wenn seine Leiche hier eintrifft, wissen wir mehr. Angeblich wurde sie bei Nacht und Nebel aus dem Feldlager fortgeschafft.»

«Wie ist er denn gestorben?»

«Darmkoliken, sagt man. Übersetzt heißt das, er wurde vergiftet. Wahrscheinlich einer seiner Söhne. Cem oder Bajazid.»

«Warum?»

«Das ist kompliziert. Bajazid ist zwar der Ältere, aber Cem, der Porphyrogenetos, wird seinen Anspruch damit begründen, dass sein Bruder geboren wurde, als ihr Vater noch gar nicht Sultan war. Doch darauf kommt es am Ende nicht an. Bajazid hat bessere Karten bei der Nachfolge, weil er zurzeit in Amasya ist und Cem in Konya. Das heißt, Bajazid kann eher in Konstantinopel sein und Tatsachen schaffen. Außerdem ist er mit dem Aga der Janitscharen und mit den beiden Beglerbegs verschwägert. Cem hat zwar den Großwesir auf seiner Seite, aber ohne Soldaten ist der machtlos. Wie im alten Rom. Die Prätorianer erheben den Kaiser.»

Bernardino Bellapianta überlegte, was Mehmeds Tod für die gerade getroffenen Absprachen bedeuten würde. Paolo da Colle erriet seine Gedanken und blickte ihn spöttisch an.

«Nun machen Sie sich mal keine Sorgen wegen Ihrer Geschäfte. Jetzt bekriegen sich die beiden erst mal untereinander. Die werden jede Menge Waffen brauchen. Und wenn Sie beide Seiten beliefern, tun Sie der Christenheit nebenbei einen Gefallen. Niemand kann Ihnen vorwerfen, dass Sie den Feinden Gottes dabei helfen, sich untereinander zu erschlagen. Und Sie kassieren auch noch Geld dafür. Sie Glückspilz.»

Am folgenden Tag wurden die Gerüchte zur Gewissheit: Sultan Mehmed war tot. Ganz Konstantinopel trug Trauergewänder. Die Männer streuten sich Staub und Asche auf die Turbane. Derwische strömten in die Stadt. Großwesir Karamanli Mehmed Pascha ließ alle Schiffe beschlagnahmen, um zu verhindern, dass die aus Asien zurückflutende Armee in die Stadt eindrang. Christen und Juden fürchteten Ausschreitungen und verrammelten die Türen und Fenster ihrer Häuser.

Bernardino Bellapianta stand am Fenster und blickte auf die Baumwipfel im Palastgarten auf der anderen Seite des Goldenen Horns. Konstantinopel lag friedlich im Licht der Nachmittagssonne. Draußen auf dem Wasser zogen Delfine ihre Bahnen, Kaskaden von Rückenflossen. Nichts verriet, welches Durcheinander in der Stadt herrschte.

Paolo da Colle trat neben ihn. «Es geht los», sagte er und deutete auf die Wasserfläche zu ihrer Linken, die die Landzunge vom asiatischen Ufer trennte. «Sie kommen.»

In der Ferne war ein Pulk von ablegenden Booten zu sehen, der sich nach und nach auseinanderzog.

«Die sind so gierig aufs Plündern, dass sie alles nehmen, was schwimmt», sagte Paolo da Colle kopfschüttelnd. «In zwei Stunden ist die Stadt voller Soldaten. Und dann wird es hier sehr ungemütlich. Die werden uns auspressen wie Zitronen. Wenn Sie meinen Ratschlag wollen: Packen Sie Ihr Geld ein, und reisen Sie ab, solange Sie noch ein Boot finden. Und wenn Sie mir auch mal einen Gefallen tun wollen, dann lassen Sie mir Ihre Leibwächter hier, damit die sich endlich nützlich machen können, nachdem sie sich drei Monate lang in meinem Haus durchgefressen haben.»

«Das kostet Sie eine Vermittlungsgebühr», sagte Bernardino Bellapianta trocken.

«Sie können mich mal. Nach allem, was ich für Sie getan habe.»

«Ich muss auch sehen, wo ich bleibe», zitierte Bernardino Bellapianta.

Das Glück ließ Bernardino Bellapianta nicht im Stich. Natürlich trieb er ein Boot auf. Natürlich gelang es ihm und seinem Bruder, unbehelligt über das Marmarameer nach Mudanya zu segeln. Natürlich brachte jemand sie nach Bursa. Und natürlich fanden sie auch das Haus von Batuhan. Der Hausherr sei am See, sagte ein Diener und zeigte ihnen den Weg.

Am Tor zu Batuhans Grundstück empfing sie ein weiterer Diener. Die eingezäunte Fläche war erheblich größer als das Gelände der Gießerei, allerdings standen hier keine langgestreckten Hallen, sondern nur einige Schuppen und ein Holzhaus. Das Gelände war spärlich mit Gras bewachsen und fiel zu einem See hin ab, dessen anderes Ufer sich hinter dem Horizont verlor. Es war ein kühler und windiger Maitag.

Auf die Frage nach Batuhan wies der Diener am Eingang mit dem Daumen hinter sich. Und dann sahen sie ihn.

«Der verrückte Vogel», hauchte Giancarlo Bellapianta mit offenem Mund.

Hoch über dem See stand ein rhombusförmiger Drachen in der Luft, weiß und von enormer Größe. Wie bei einem Schattentheater zeichnete sich vor der hellen Fläche das Gerippe aus Bambusrohren ab, von dem das Fluggerät zusammengehalten wurde. In der Mitte waren die dunklen Konturen eines Mannes zu erkennen, der dort offenbar festgeschnallt war, mit ausgebreiteten Armen wie ein Gekreuzigter. Der Drachen wurde von einem Seil gehalten, das in einem weiten, ganz leicht nach unten weisenden Bogen zu einer im Boden verankerten Winde lief, an der vier Helfer bereitstanden. Von den äußeren Spitzen des Gestells gingen zwei weitere Seile ab. Sie strafften und lockerten sich abwechselnd, während der Drachen leicht hin und her schwankte. Unten auf dem See lag ein Boot mit zwei weiteren Helfern.

Eine Weile sahen sie staunend zu. Giancarlo Bellapianta hatte selbst ähnliche Versuche durchgeführt, aber dieser Drachen stand so hoch in der Luft, wie er nie aufzusteigen gewagt hatte, höher als ein Kirchturm und dabei völlig stabil. Und als wollte der Mann dort oben den letzten Beweis der technischen Ausgereiftheit seines Fluggerätes liefern, winkelte er nun langsam die Beine an, woraufhin die Spitze des Drachens über einen Mechanismus, der von unten nur zu erahnen war, ein Stück nach hinten abklappte. Er begann zu sinken. Als er noch etwa zwanzig Ellen über der Wasserfläche schwebte, zog er irgendeinen Hebel, und im selben Augenblick löste sein Körper sich vom Gestell. Im Fallen vollführte er eine Drehung, streckte sich und tauchte kopfüber in den See ein. Die Männer im Boot begannen zu der Stelle zu rudern, von der sich kreisförmige Wellen ausbreiteten.

Kurz darauf stand Batuhan, in ein großes Tuch gewickelt, zitternd vor den Brüdern und küsste sie nacheinander auf beide Wangen. Er freute sich wie ein Kind. Im Hintergrund zogen die Helfer an der Winde langsam den Drachen ein.

«Was für ein Tag!», strahlte Batuhan und strich sich die nassen Haarsträhnen aus der Stirn. «So einen Wind haben wir hier höchstens zweimal im Jahr.» Seine Zähne klapperten.

«Der Sprung ins kalte Wasser wäre nicht nötig gewesen», sagte Bernardino Bellapianta. «Wir waren auch so schon beeindruckt.»

Batuhan lächelte hintergründig. «Sie sitzen ja lieber im Schwitzbad, wie man hört.»

Drei Wochen blieben sie in Batuhans Haus in Bursa, einem verwinkelten Palast voller Erker und Arkaden, mit Fenstern aus winzigen bunten Scheiben, die zu komplizierten Formen angeordnet waren. In den Zimmern lagen so viele Teppiche, dass man kaum den Marmorboden sah.

Giancarlo Bellapianta brütete mit Batuhan nächtelang über Konstruktionszeichnungen und stritt sich mit ihm herum, welche Methode die beste sei, um endlich zu verwirklichen, wovon sie beide träumten: ein nicht mit dem Boden verbundenes lenkbares Fluggerät. Batuhan hielt an seinem Raketenantrieb fest, Giancarlo an seiner Seidenblase. Schließlich verabredeten sie, zu gegebener Zeit zu einem Wettstreit zusammenzutreffen, um Gewissheit darüber zu erlangen, wer die bessere Idee gehabt hatte. Niemals hatte Giancarlo Bellapianta einen solchen Freund gehabt.

«Du bist der einzige Mensch auf der Welt, der zwei Zwillingsbrüder hat», spottete Bernardino Bellapianta.

Er selbst verbrachte seine Zeit wieder einmal damit, die Basare zu durchforsten, Muster zu kaufen und Pläne für neue Geschäfte zu schmieden. Wenn sie abends zusammensaßen, sprach er von Teppichen, Elfenbein, Edelsteinen und Gewürzen.

Täglich trafen neue Nachrichten aus Konstantinopel ein. Die Janitscharen hatten den Großwesir geköpft und Bajazids minderjährigen Sohn zum Regenten ausgerufen. Bajazids Reiter hatten die an Cem ausgesandten Boten abgefangen, wodurch der Wettlauf auf die Hauptstadt endgültig zugunsten des älteren der beiden Brüder ausgefallen war. Zwei Wochen nach dem Tod seines Vaters traf Bajazid in Konstantinopel ein, brachte die marodierenden Janitscharen unter Kontrolle, indem er ihren Sold verdoppelte, und übernahm die Macht. Als Mehmed bestattet wurde, trug Bajazid persönlich den Sarg in das Mausoleum, doch die Gerüchte, er selbst habe seinen Vater vergiften lassen, wollten nicht verstummen. Gleichzeitig begannen die Säuberungen: Cems Anhänger wurden aus dem Weg geräumt und die lockeren Sitten im Palast abgestellt. Denn Bajazid war ein gottesfürchtiger Mann, anders als sein Vater, der sich mit Christen und Juden umgeben hatte und seiner Religion nicht mit Hingabe gefolgt war, sondern sie nur als einen unter vielen anderen Gegenständen seiner unstillbaren wissenschaftlichen Neugier betrachtet hatte.

Cem aber gab nicht auf. Er scharte seine Getreuen und die Abtrünnigen aus der Armee seines Bruders um sich und marschierte von Konya aus nach Norden. In Bursa machte sich Unruhe breit. Niemand wollte hinterher auf der falschen Seite gestanden haben.

Drei Wochen nach Mehmeds Tod stand Cem mit seinen Truppen vor Bursa. Die Stadt schlug sich nach kurzem Zögern auf seine Seite. Und so zog der Sohn des Eroberers an einem wolkenverhangenen Tag auf seinem arabischen Schimmel in die Stadt ein, in der seine Vorfahren begraben waren. Menschen säumten die Straßen und legten ihre Gewänder vor die Hufe des

Pferdes. Ein endloser Zug von tatarischen Reitern, anatolischen Fußsoldaten, Bogenschützen aus Karaman, Packwagen, Lastkamelen und Maultieren folgte ihm.

Am Abend war Batuhan ungewohnt finster. Cem Sultan werde morgen Gast in seinem Haus sein, sagte er. Er habe ihn einladen müssen.

«Was will er?», fragte Giancarlo Bellapianta.

«Na, was wohl? Meine Kanonen.»

Am folgenden Nachmittag kamen Cems Leibwächter und ließen sich das ganze Haus zeigen. Sie postierten einen Aufpasser in der Küche und zwei Wachen vor dem Eingang. Auf der Straße vor dem Haus liefen Soldaten hin und her, und Maultierkarren brachten Vorräte in die Quartiere.

Die Sonne war schon untergegangen, als Cem selbst endlich eintraf. Allein der Umstand, dass er sich herbemüht hatte, zeigte, in welcher Lage er sich befand. In Konya hatte er auf perlenbestickten Kissen gethront, während die Bittsteller sich vor ihm auf den Boden warfen. Nun stand er selbst als Bittsteller vor Batuhans Tür.

Trotz seiner massigen Statur bewegte er sich so flink wie jemand, der seinen Körper ständigen Übungen unterwarf. Seine Haut war tief gebräunt, was die blauen Augen über der Adlernase noch stärker leuchten ließ. Er schielte leicht, und seine linke Braue zuckte unkontrolliert, laut Batuhan die Folge eines Fausthiebes, den sein Vater ihm vor vielen Jahren versetzt hatte. Er wirkte rastlos und getrieben.

Sie nahmen auf einem Teppich um ein flaches Podest herum Platz. Cems Leibwächter zogen sich in die Ecken des Raumes zurück, wo sie regungslos verharrten. Batuhans Diener brachten Oliven, Gurken, Käse und Brot auf silbernen Platten herein. Cem aß gierig und stürzte dazu einen Becher Wein nach dem anderen hinunter. Während das Fleisch aufgetragen wurde, begann er zu sprechen. Er redete schnell und hektisch. Bernardino Bellapianta verstand nur wenig von dem, was Cem zwischen Hammelfleisch und Reis auf Batuhan einprasseln ließ. Ganz offensichtlich war er bemüht, die Lage zu beschönigen. Von frischen Truppen aus Karaman war die Rede. Der Name Gedik Achmed Paschas fiel. Der Sultan von Ägypten habe irgendetwas zugesagt. Batuhan nickte respektvoll, aber verhalten. Schließlich kam Cem zum Grund seines Besuchs: Ob Batuhan einen Überblick habe, wie viele Kanonen sich in Konstantinopel befänden. Ob es weitere in anderen Arsenalen gäbe, die noch nicht von Bajazids Truppen kontrolliert würden. Was für welche und wie viele das seien und wie schnell man sie heranschaffen könne. Batuhan gab Auskunft. Machte vorsichtige Versprechungen und dämpfte allzu große Erwartungen. Er selbst habe natürlich keinen Zugriff auf die Arsenale. Cem verstand.

Plötzlich winkte er einen Dolmetscher heran und murmelte ihm etwas ins Ohr, wobei er mit dem Kopf auf Bernardino Bellapianta wies. Der Dolmetscher nickte und übersetzte. Ob er der Kaufmann aus Mailand sei, mit dem sein Vater vor seinem Aufbruch über die Lieferung von Hakenbüchsen gesprochen habe. Und ob er, Cem, darauf zählen könne, dass die im Park des Serails getroffene Absprache auch über den Tod seines Vaters hinaus Gültigkeit besitze.

Cem blickte ihn durchdringend aus seinen blauen Augen an. Es war nur zu deutlich, welche Antwort er erwartete.

Batuhan zog warnend eine Augenbraue hoch. Ein Diener, der im Begriff gestanden hatte, sich der Runde zu nähern, um irgendetwas abzuräumen, zog sich wieder zurück.

Bernardino Bellapianta lächelte. In seinem Land, so sagte er, sei es selbstverständlich, dass eine geschäftliche Abmachung dieser Art auch für die rechtmäßigen Erben der beiden Partner bindend sei. Er werde sich in den kommenden Tagen ohnehin auf den Rückweg nach Mailand machen und dort alle Vorbereitungen für die erste Lieferung der besagten Ware treffen. Und er sei sich sicher, dass ihn dort noch vor Ablauf der vereinbarten sechsmonatigen Frist die gute Nachricht von der Beilegung des unerfreulichen Zwists in Konstantinopel erreichen werde.

Diplomatischer hätte er nicht sagen können, dass er sich nicht festlegen wollte. Während Cem mit misstrauisch zusammengezogenen Brauen der Antwort lauschte, die der Dolmetscher ihm ins Ohr flüsterte, hoffte Bernardino Bellapianta inständig, dass die Übersetzung seinen wohlgewählten Ausdrücken keine ungewollte Färbung verleihen möge.

Cem begann mit dem Dolmetscher zu flüstern. Mehrmals fragte er etwas nach, und jedes Mal bedachte er Bernardino Bellapianta mit einem stechenden Blick. Batuhan wirkte angespannt.

Schließlich wandte der Dolmetscher sich wieder Bernardino Bellapianta zu. Der zukünftige Padischah, sagte er, deute die Antwort des Kaufmanns aus Mailand so, dass einer Lieferung der Waffen an ihn nichts im Weg stehe. Allerdings sei zu erwarten, dass der – an dieser Stelle suchte der Dolmetscher lange nach einem Wort – Thronstreit nicht in der Hauptstadt entschieden werde, sondern auf dem Schlachtfeld in Anatolien. Er, Cem, setze darauf, dass die Lieferung aus Mailand ihn erreiche, bevor es zur Entscheidung komme. Er sei sich bewusst, dass es sich wegen der knappen Zeit um eine schwer zu erfüllende Bitte handele. Doch nach allem, was er über den Kaufmann aus Mailand gehört habe, sei dieser in der Lage, durch entschlossenes Handeln auch das scheinbar Unmögliche möglich zu machen, zumal er mit einer angemessenen Bezahlung für seine Mühen rechnen düfe. Zwar seien die Geldmittel im Augenblick aus verständlichen Gründen beschränkt. Jedoch besitze er etwas, das er dem Kaufmann aus Mailand gewissermaßen als Anzahlung überlassen könne. Etwas, das für die gesamte christliche Welt von unschätzbarem Wert sei und seinem Besitzer ein nicht mit Geld aufzuwiegendes Ansehen verleihe. Die zugesagte Bezahlung bleibe davon völlig unberührt. Der Kaufmann aus Mailand möge es lediglich als Zeichen seiner Bereitschaft sehen, seinen Teil der Vereinbarung zu einem späteren Zeitpunkt in vollem Umfang zu erfüllen.

Cem klatschte in die Hände. Einer seiner Leibwächter löste sich lautlos aus seiner Ecke und trat heran. Er reichte Cem einen kleinen Kasten aus Ebenholz. Mit einem Nicken bedeutete Cem ihm, sich wieder zu entfernen. Dann klappte er den Deckel auf und reichte Bernardino Bellapianta den Kasten. Die Tischrunde reckte die Hälse.

Auf den ersten Blick sah das, was da auf dem dunkelroten Samtpolster ruhte, wie ein vertrocknetes Holzstück aus. Doch es war eine Hand. Wie blankpoliertes dunkelbraunes Leder spannte sich die Haut über den Fingern. Die Nägel waren schwarz wie Kohlenstücke. Aus dem Stumpf ragten Elle und Speiche hervor, brüchige Knochen, die aussahen, als hätten Nagetiere sich daran zu schaffen gemacht.

Wieder flüsterte Cem dem Dolmetscher etwas zu, und wieder neigte dieser sich zu Bernardino Bellapianta hinüber. Es handele sich, sagte er, um die Hand des Mannes, den die Christen als Johannes den Täufer bezeichneten. Mit dieser Hand habe besagter Johannes das Wasser aus dem Jordan geschöpft und den Mann getauft, den die Mohammedaner als einen großen Propheten und die Christen als ihren Erlöser betrachteten. Die Reliquie stamme aus der Sammlung seines verstorbenen Vaters, der, wie man wisse, allen Religionen großen Respekt entgegengebracht habe. Ihre Echtheit sei verbürgt.

Bernardino Bellapianta lächelte. Für einen unbedarften Beobachter mochte es wie ein Lächeln der Verzücktheit über die von der Reliquie ausgestrahlte Heiligkeit gewirkt haben. Doch in Wahrheit lächelte er über die Schläue seines Gegenübers. Denn für Cem hatte dieses scheinbar großzügige Geschenk keinerlei Wert, und dennoch konnte Bernardino Bellapianta es kaum zurückweisen. Indem er es aber annahm, besiegelte er ihre Abmachung. Langsam schloss Bernardino Bellapianta den Deckel des Kastens und bedankte sich in überschwänglichen Worten, woraufhin Cem in noch überschwänglicheren Worten antwortete. Zum ersten Mal an diesem Abend lächelte nun auch er.

Als sie genug Komplimente ausgetauscht hatten, gab Batuhan seinen Dienern ein Zeichen, und sie trugen mit Schnee gekühlte Weintrauben herein.

Nach dem Essen begab man sich in Batuhans Garten. Ein lauer Wind strich über die Blüten und ließ die Blätter der Bäume rascheln. Auf einem Podest unter einem Baldachin stand eine Gruppe von prachtvoll gekleideten Musikanten mit Trommeln, Flöten und Stachelgeigen im Fackelschein und spielte Melodien ohne Anfang und ohne Ende, die gleichzeitig zu klagen und zu jubilieren schienen, als wollten sie dem unsicheren Schicksal des hohen Besuchers einen Klang verleihen. Batuhan und Giancarlo begannen wieder über ihren Wettstreit zu sprechen. Giancarlo bückte sich nach einem Minzegewächs in einem Kräuterbeet, pflückte ein paar Blätter ab, zerrieb sie zwischen den Fingern und roch daran, als könne der Duft ihm neue Erkenntnisse eingeben.

Cem blickte gedankenverloren auf die Musikanten. Sein rechter Fuß klopfte den Takt mit, doch es wirkte nicht, als versenke er sich in die Klänge der Instrumente, sondern eher, als warte er ungeduldig darauf, dass sie endlich aufhörten zu spielen. Er winkte den Dolmetscher heran. Wieder wurde geflüstert.

Ob der Mann mit dem Buckel, der während des ganzen Essens kein Wort gesagt habe, der Bruder des Kaufmanns aus Mailand sei.

Bernardino Bellapianta versuchte, sich die Überraschung über die plötzliche Vertraulichkeit nicht anmerken zu lassen. Sein Zwillingsbruder, sagte er.

Cem nickte. Das habe er sich gedacht.

Wen kann es wundern, dass Bernardino Bellapianta seine Verblüffung jetzt nicht mehr verbergen konnte? Das habe, so ließ er ausrichten, in all den Jahren noch niemand von selbst bemerkt. Im Gegenteil gäbe es bis auf den heutigen Tag in seiner Heimatstadt Menschen, die behaupteten, dass sie auf keinen Fall Brüder sein könnten. Doch die Frage, ob sie tatsächlich dieselben Eltern gehabt hätten, sei für ihn ohne jede Bedeutung.

Cem blickte ihn erstaunt an. Sein Fuß hörte auf, den Takt zu klopfen. Wie bei Zwillingen denn überhaupt Zweifel in dieser Hinsicht möglich seien?, fragte er. Schließlich sei die Geburt von Zwillingen die einzige Garantie dafür, dass zwei Menschen nicht nur dieselbe Mutter, sondern auch denselben Vater hätten.

Das, so Bernardino Bellapianta, sei kompliziert. Sie seien als Neugeborene von Unbekannten gemeinsam in die Obhut frommer Frauen gegeben worden. Seitdem seien sie Brüder. Fünfzehn Jahre später habe ein Mann, der nicht ihr Vater gewesen sei, sie als seine Söhne angenommen.

Cem dachte lange nach. Dann lachte er freudlos auf. Das sei bei ihm auf andere Weise ebenso kompliziert. Er und sein Bruder hätten zwei verschiedene Mütter, aber denselben Vater. Doch mit dessen Tod seien sie keine Brüder mehr gewesen. Jemand wie er könne genau genommen gar keinen Bruder haben, denn seit ihrer Kindheit hätten sie gewusst, dass sie einander eines Tages nach dem Leben trachten würden.

Sie schwiegen eine Weile. Batuhan zeigte Giancarlo eine andere Pflanze. Wieder wurde gepflückt und gerochen.

Woran Cem sie als Brüder erkannt habe, wollte Bernardino Bellapianta schließlich wissen.

Die Art, wie sie sein Geschenk betrachtet hätten, sagte Cem. Die Mischung aus Skepsis und Spott.

Skepsis sei die Grundlage seiner Geschäfte, sagte Bernardino Bellapianta.

Ob er denn an der Echtheit der Reliquie des Johannes zweifle?, fragte Cem.

Nicht unbedingt, sagte Bernardino Bellapianta und lächelte. Allerdings habe er sich die Frage gestellt, ob der Mann, den die Christen als ihren Erlöser und die Mohammedaner als einen großen Propheten betrachteten, von besagtem Johannes tatsächlich mit der linken Hand getauft worden sei?

Auf jeden Fall, antwortete Cem. Denn mit welcher Hand, wenn nicht mit der sicheren rechten, hätte der Täufer den großen Propheten sonst in die Wasser des Jordans geführt, sodass er zum Schöpfen nur noch die andere Hand frei gehabt habe? Oder ob der Kaufmann aus Mailand es für möglich halte, dass besagter Täufer etwa Linkshänder gewesen sei?

Diese Frage, sagte Bernardino Bellapianta, könne er nicht beantworten. Er sei sich allerdings sicher, dass die christlichen Theologen sich bereits damit befasst hätten.

Cem lächelte wieder, doch diesmal lag Bitterkeit in seinen Zügen. Sein Vater, sagte er, habe in seiner Sammlung übrigens beide Hände des Täufers gehabt. Die Linke habe er dem Kaufmann aus Mailand vorhin übergeben, die Rechte befinde sich in Konstantinopel und damit inzwischen im Besitz seines Bruders. Er hoffe nicht, dass der Kaufmann aus Mailand diesen Hinweis zum Anlass für ein weiteres Tauschgeschäft nehmen werde.

Wieder schwiegen sie lange. Giancarlo stand, immer noch vornübergebeugt, vor dem Kräuterbeet. Etwas raschelte zwischen den Blättern.

Ob er die Hakenbüchsen liefern werde?, fragte Cem unvermittelt. Ja oder nein?

Ja, sagte Bernardino Bellapianta.

«Dann werde ich Ihrem Bruder jetzt das Leben retten», sagte Cem. Und noch bevor Bernardino Bellapianta begriff, machte er drei Schritte auf Giancarlo zu, seine Hand schoss hinab wie der Schnabel eines Raubvogels und riss eine armdicke Hornviper aus dem Kräuterbeet direkt vor seinen Füßen. Zwei Leibwächter sprangen hinzu und zogen ihre Säbel, doch ihr Eingreifen war nicht mehr nötig. Cem hatte die Schlange mit der Faust dicht hinter dem Kopf gepackt. Sie wand sich in der Luft, ihre Rückenzeichnung zuckte im Licht der Fackeln. Cem drückte zu. Es knackte, und die Hornviper erschlaffte. Und als gäbe es eine unsichtbare Verbindung zwischen der Schlange und den Musikanten, erstarb auch die Melodie mit einem letzten quäkenden Klang der Stachelgeige.

Drei Tage später reisten sie ab. Batuhan brachte sie nach Mudanya und besorgte ihnen ein Schiff. Nachdem das Gepäck verstaut war, umarmte er sie am Anleger wie seine eigenen Brüder. Beim Auslaufen schossen die Kanonen im Hafen Salut, als wollte Batuhan sie daran erinnern, wie ihre Freundschaft vier Monate zuvor begonnen hatte.

In Chios stiegen sie auf ein anderes Schiff um. Einer ihrer Mitreisenden war ein Baumwollhändler aus Savona, der zwischen Pera und Genua hin- und herreiste. Im Gespräch stellte sich heraus, dass er Gerolamo Gattilusio kannte, den Bernardino Bellapianta damals in Trapezunt vergeblich gesucht hatte. Nach Auskunft des Baumwollhändlers hatte er sich kurz vor der Ankunft von Mehmeds Flotte zu seinen Verwandten nach Mytilene geflüchtet. Als die Türken sich ein Jahr später die Insel Lesbos vorgeknöpft hatten, war er in Gefangenschaft geraten und nach Konstantinopel verschleppt worden. Für einen kurzen Moment flammte in Bernardino Bellapianta die Hoffnung auf, doch noch an sein Geld zu kommen. Aber noch bevor er im Kopf die Verzugszinsen für zwanzig Jahre ausgerechnet hatte, erklärte der Baumwollhändler, Gerolamo Gattilusio habe sein gesamtes Vermögen verloren und schlage sich jetzt damit durch, vor Sultan Mehmeds Moschee in Konstantinopel schimmelige Datteln zu verkaufen.

«Ach, der war das», sagte Bernardino Bellapianta nur.

In Messina kam ein Pilger an Bord, der nach Rom unterwegs war und sich das Ziel gesetzt hatte, vor den Reliquien sämtlicher Heiligen zu beten, die den Erlöser persönlich gekannt hatten. Bernardino Bellapianta ließ ihn einen Blick in seinen Ebenholzkasten werfen und erlaubte ihm sogar, ein Stück von einem Fingernagel des Täufers abzuschneiden. Zur Frage, ob Johannes möglicherweise Linkshänder gewesen sein könne, wollte der Pilger sich nicht äußern.

An einem regnerischen Abend im Juli, ein halbes Jahr nach ihrem Aufbruch, liefen sie in Genua ein. Sie übernachteten bei einem Geschäftsfreund, der ihren Vater noch gekannt hatte, ein wortkarger Mann, dessen einziger Kommentar zu Bernardino Bellapiantas Bericht in der Feststellung bestand, für seine Verhältnisse sei er ja nicht lange fort gewesen.

Als sie schließlich durch die Porta Ticinese in Mailand einritten, läutete keine einzige Glocke. Der Torwächter hatte Langeweile und verlangte das Gepäck zu sehen.

«Sie sind wohl neu hier», sagte Bernardino Bellapianta und saß ab.

«Was ist das?», fragte der Wächter, als er den Inhalt des Ebenholzkastens sah.

«Die linke Hand von Johannes dem Täufer», antwortete Bernardino Bellapianta.

«Verschaukeln kann ich mich selbst», murmelte der Wächter und winkte sie durch.

18

In den Tagen nach unserer Rückkehr aus Vigevano drehte sich alles um den Empfang des spanischen Botschafters, dessen Name angeblich länger war als das Alte Testament. Bernardino Bellapianta erklärte, Don Enrique Antonio Talavera Jiménez de Cañaveruelas y Arrancadillo sei ein von seiner Mission durchdrungener Mann, der es als böswillige Missachtung seiner Person betrachte, wenn sein Name nicht korrekt ausgesprochen werde, weshalb alle Angestellten des Hauses in den ersten Innenhof beordert wurden, wo sie von einem unerbittlich dreinschauenden Alvaro so lange traktiert wurden, bis jede Silbe saß. Bernardino Bellapianta stand auf der Galerie des ersten Stockwerks und hielt sich den Bauch vor Lachen.

Die Vorbereitungen im Festsaal waren zum Abschluss gekommen. Das Schiff schwamm auf einem Meer aus blassblauer Seide, über die sanfte Wellen liefen, sobald nur eine Tür geöffnet wurde. Vor der großen Flügeltür hatte Bernardino Bellapianta einen Steg anlegen lassen. Dort lag ein Ruderboot, das ebenfalls zu schwimmen schien, in Wirklichkeit aber auf Rollen montiert war und von Seilzügen bewegt wurde. In einer Ecke des Saales hatte man eine Insel aus Sand aufgeschüttet, die mit riesigen Stoffbahnen in der Farbe der Wände verhängt war. Auf der Galerie waren Hunderte von Kerzen hinter einem großen Schirm in Form einer Sonnenscheibe installiert. Genügt das, um eine

Vorstellung von dem an Besessenheit grenzenden Eifer zu vermitteln, in den die Brüder sich bei der Planung des Festes hineingesteigert hatten? Muss ich noch erwähnen, dass die Sonne durch einen Kurbelmechanismus gegen einen bleichen Mond ausgetauscht werden konnte, um Tag und Nacht zu simulieren? Dass Bernardino Bellapianta einen Dichter beauftragt hatte, die einzelnen Gänge des Festessens in Hexametern anzukündigen?

Eine letzte Generalprobe für die Beleuchtung und die Mechanik des Schiffes ging ohne weitere Schwierigkeiten über die Bühne, wenn man davon absah, dass einer der Arbeiter von der Schaukelei seekrank wurde und sich in den Laderaum übergab. Während andere das unappetitliche Malheur beseitigten und hektisch mit Rosenwasser herumspritzten, stellte Alvaro besorgt fest, dass hier ein kritischer Aspekt des ganzen Festes lag, den man überhaupt nicht in Betracht gezogen habe: Was, wenn Don Enrique Antonio Talavera Jiménez de Cañaveruelas y Arrancadillo ebenfalls einen empfindlichen Magen hatte? Würde er sich auch dann bei seinen Majestäten für Bernardino Bellapianta verwenden, wenn sich im ganzen Land herumgesprochen hätte, dass er das Festessen, in unwürdiger Haltung über die Reling gekrümmt, wieder von sich gegeben hatte? Papperlapapp, entgegnete Bernardino Bellapianta. Ein Volk, das seine nautischen Fähigkeiten durch die Überquerung des Ozeans und die Entdeckung der neuen Inseln unter Beweis gestellt habe, kenne keine Seekrankheit. Viel eher müsse man sich sorgen, dass sie ganz andere Seuchen über das Meer brächten, die sie sich bei der Unzucht mit den Bewohnern der besagten Inseln eingefangen hätten. Schließlich werde die sprichwörtliche Frömmigkeit der Spanier nur noch durch ihre sprichwörtliche Lüsternheit übertroffen, wofür der Heilige Vater wohl das beste Beispiel sei. Alvaro zog es vor, auch zu dieser Stichelei verdrossen zu schweigen.

Im Lauf des Nachmittages begannen die Düfte von Gebratenem und Geschmortem durch die Gänge zu wehen und mit ihnen das Gerücht, Ludovico der Schwarze werde auch unter den Gästen sein. Bernardino Bellapianta schwieg sich dazu aus. Gedankenverloren stand er an der Reling seines Schiffes, während das Personal verstohlen die Stühle zählte, die um die kleine Tafel auf dem Oberdeck gruppiert waren.

Kurz vor Einbruch der Dämmerung drangen vom ersten Innenhof das Klappern von Hufen und das Rattern von Rädern herein. Die Bediensteten gerieten in helle Aufregung und rannten wie aufgescheuchte Nagetiere auf ihre Plätze. Auch ich besann mich auf die Aufgabe, mit der Bernardino Bellapianta mich kurz zuvor betraut hatte: Ich sollte auf der Galerie hinter der Sonnenscheibe neben dem für die Beleuchtung zuständigen Diener Platz nehmen, die Gäste im Auge behalten und beim geringsten Anzeichen um sich greifender Seekrankheit nach unten eilen und veranlassen, dass das Schiff gebremst würde. Offenbar hatte Alvaros Bemerkung Bernardino Bellapianta doch zu denken gegeben.

Die Sonnenscheibe bestand aus dünnem Papier, damit die dahinter dicht an dicht in ihren Halterungen sitzenden Kerzen den Saal erleuchten konnten. Zusätzlich dazu waren auf der ganzen Galerie weitere Leuchter verteilt, die die Szenerie in ein warmes Schummerlicht tauchten. Das Schiff schwebte über dem mattschimmernden Seidenmeer und wirkte noch größer und geheimnisvoller als bei Tageslicht.

Das Klappen von Wagenschlägen war zu hören. Unten im Saal stolperte eine Gestalt in wehendem weißem Gewand auf den Steg, sprang ins Boot und zupfte sich den Lorbeerkranz zurecht, den sie auf dem Kopf trug.

Und dann begann das Spektakel, das Bernardino Bellapianta in monatelanger Vorbereitung geplant hatte, mit dem einzigen Ziel, die Arme seines Handelsimperiums auch in der anderen Richtung um die Erde zu legen, um fortan mit beiden Händen die Reichtümer des Orients in seine Kontore zu schaufeln. Der Bootssteg, das Schiff, die schimmernde Seide, alles von ihm arrangiert und veranlasst: Es war, als blickte ich von oben auf ein Modell der Welt, wie Bernardino Bellapianta sie sich vorstellte.

In der Flügeltür erschienen sechs Silhouetten. Als sie ins Kerzenlicht eintauchten, erkannte ich die Zwillinge. Außerdem betraten den Steg: ein Fleischklops mit riesigem Doppelkinn, ganz in Purpur, ein Finsterling in grünem Damastgewand, mit kinnlangen schwarzen Haaren, die wie ein Helm um seinen Kopf lagen, ein dürrer älterer Herr in enger schwarzer Samtkleidung, auf der kleine Silbernoppen glänzten, und schließlich ein Mädchen von betörender Natürlichkeit. Sie trug ein perlenbesetztes Haarnetz und ein schlichtes langes Kleid. Ihre Schönheit war durchaus nicht perfekt, was die Anmut nur noch steigerte: keine blondierten Haare, keine gebleichte Haut, dafür ein zauberhaftes kleines Polster unter dem Kinn und ein vorwitziger Schwung im Nasenrücken. Einen Augenblick lang glaubte ich, ihr Gesicht aus einer meiner Zeichnungen zu kennen.

«Beatrice», flüsterte der Beleuchter, der neben mir Platz genommen hatte, als sei ihm gerade die Muttergottes erschienen. Und ich begriff schlagartig, was für eine erlesene Gesellschaft Bernardino Bellapianta da zu seinem kleinen Fest geladen hatte: Beatrice von Este, die Frau Ludovicos des Schwarzen, Tochter des Herzogs von Ferrara und Enkelin des Königs von Neapel, achtzehn Jahre alt. Ludovico selbst, der finster dreinblickende Mann in Grün, dessen Hautfarbe durch den Bartschatten noch dunkler wirkte. Sein intriganter Bruder, der Kardinal. Und der dürre Alte musste dann wohl der spanische Botschafter sein.

Der Poet, dem der Lorbeerkranz trotz aller Zupferei immer noch schief auf dem Kopf saß, begann seine Verse zu deklamieren, hinter deren Schwülstigkeit bisweilen ein Hauch von geistreicher Spottlust zu erkennen war. Die Worte flatterten aus seinem Mund wie Bahnen aus durchsichtiger Seide, und ich musste an Paolos Bemerkung über die Aussprache der Florentiner denken, die mir nun passender denn je erschien. Von der Größe Spaniens war die Rede, von Ruhm und Weitsicht seiner Majestäten, die, beseelt vom Eifer zur Verbreitung des wahren Glaubens, nach der Bezwingung der Mauren den Entschluss gefasst hatten, auch die Bewohner der entferntesten Winkel der Welt der Frohen Botschaft teilhaftig werden zu lassen, und so weiter und so fort. Sodann traten zwei als Seeleute drapierte Diener auf, halfen den Gästen ins Boot und ruderten sie zum Schiff hinüber. Über eine Leiter stieg man an Bord, was vor allem dem Kardinal einige Anstrengung abverlangte. Er quittierte es mit einer launigen Bemerkung über seine Leibesfülle.

Der Anker wurde gelichtet, und vier Matrosen kletterten in die Taue. Als die Segel gesetzt waren, begann das Seidenmeer sich über dem lautlosen Luftstrom der Blasebälge zu kräuseln. Ein verhaltenes Ächzen mühte sich aus den Holzbalken hervor, viel leiser, als ich es von den Probedurchläufen in Erinnerung hatte. Offenbar war auch hier Giancarlo Bellapiantas Erkenntnis in die Tat umgesetzt worden, dass eine komplizierte Mechanik vor allem der sorgfältigen

Schmierung bedurfte. Ich nahm die Gäste in den Blick, um beim geringsten Anzeichen nahenden Brechreizes einzuschreiten. Die Erbsen rauschten dezent.

Der Poet hatte auf dem Achterkastell Aufstellung genommen und informierte die Mitreisenden darüber, dass das Schiff soeben den Hafen von Palos de la Frontera verlassen habe. Und wie der Ozean sich nun vor ihren Augen weite, so möge der Eröffnungsgang aus Marzipan und Pinienkeksen ihre Mägen weiten für die Köstlichkeiten, die sie auf der Reise noch erwarteten. Zwei Diener, ebenfalls in Matrosenkleidung, kletterten aus dem Schiffsbauch hervor und servierten das Angekündigte in goldenen Schalen, dazu Weißwein in Kelchen aus geschliffenem Kristall. Der Beleuchter ließ mit einer kleinen Kurbel die Sonne untergehen und zog die Mondscheibe auf. Ich beobachtete weiter die Gäste, auch wenn mein Blick immer wieder an der schönen Beatrice hängen blieb.

Das Gespräch begann erwartungsgemäß mit dem Austausch von Höflichkeiten. Wer denn dieser treffliche Poet sei, wollte Ludovico der Schwarze wissen. Er selbst müsse fast täglich die aufdringlichen Dichterschranzen vor seinem Tor verscheuchen lassen, die ihn mit scheinheiligen Trauerоden behelligten, sobald sich herumgesprochen habe, dass seiner Frau mal wieder das Schoßhündchen gestorben sei, diese bigotten Schleimer, die heute das Loblied des Hauses Sforza sängen und morgen vielleicht schon das der Republik. Wo Bernardino Bellapianta also dieses Exemplar aufgetrieben habe, das nicht nur kunstvoll ziselierte Verse zu verfassen verstünde, sondern auch noch über die Fähigkeit verfüge, sie in überaus fein modulierter florentinischer Aussprache vorzutragen?

Der habe, so gab Bernardino Bellapianta Auskunft, eines

Tages vor seiner Tür gestanden und in derart arroganter Weltverachtung vor sich hin geschwafelt, dass er es als Herausforderung angesehen habe, den Mann dazu zu bewegen, seiner Kunst einen etwas profaneren Sinn zu geben. Wenn Ludovico der Schwarze ihn in seine Dienste zu nehmen beabsichtige, werde er den Dichter mit Freuden ziehen lassen, ganz so, wie er an Ludovicos Bruder damals Donato Bramante abgetreten habe. Woraufhin Kardinal Ascanio einwarf, das sei Galeazzo Maria ja nicht gerade gut bekommen, und Bernardino Bellapianta möge seinen Dichter lieber an König Ferrante von Neapel schicken. Diese leichtfertige Bemerkung erregte den Unmut von Ludovico, dem offensichtlich nicht daran gelegen war, dass die allgemein bekannte Abneigung der Brüder gegen den alten Ferrante hier gleich zu Anfang des Abends zum Gegenstand des Tischgesprächs wurde.

Der Poet rettete die Situation, indem er erneut das Achterkastell bestieg, in weitschweifigen Versen die Endlosigkeit des Ozeans besang und dann mit einigem dichterischen Mutwillen den Bogen zur Ankündigung des folgenden Ganges schlug. Während er noch deklamierte und der Beleuchter wiederum die Sonne aufgehen ließ, bekamen die Gäste Platten mit Obst und Gemüse und Schüsseln mit dampfender Suppe vorgesetzt. An dieser Stelle ließ sich ein Knirschen vernehmen: Die Arbeiter hatten einen Hebel umgelegt, und das Schiff begann etwas stärker zu schaukeln. Auch der Wellengang nahm an Heftigkeit zu.

Während sie aßen, Ascanio mit unverhohlener Gier, Beatrice und Ludovico mit Appetit, der Botschafter in asketischer Zurückhaltung, lenkte Bernardino Bellapianta das Gespräch geschickt von den heiklen Themen zu den Flugmaschinen seines Bruders hin. Ludovico stieg sofort darauf ein. Meister Leonardo, der für ihn das eine oder andere Fest im Kastell organisiere, arbeite nebenher ebenfalls an derartigen Plänen. Giancarlo Bellapianta möge die Güte haben, ihm zu erklären, was es damit auf sich habe. Er hege nämlich den Verdacht, dass der besagte Meister Leonardo sein Geld für Hirngespinste verpulvere. Oder ob einer der Anwesenden die Ansicht vertrete, dem Staat sei in irgendeiner Weise gedient, wenn ein Gelehrter mit umgeschnallten Flügeln auf einem Acker herumhopse?

Giancarlo Bellapianta schien nur auf seinen Einsatz gewartet zu haben. Er berichtete von seinen eigenen früheren Versuchen und erläuterte, warum dieser Meister Leonardo seiner Meinung nach auf dem Holzweg war. Über seinen Worten ging der Mond auf.

Nachdem auch der zweite Gang verspeist war, verkündete der Dichter, man habe soeben die Kanarischen Inseln passiert und nähere sich dem Ende der bekannten Welt. Wie aus dem Nichts erschien plötzlich eine Gestalt mit Zottelbart und Dreizack neben ihm, stellte sich als Neptun vor, forderte die Gesellschaft zum Umkehren auf und kündigte an, das Schiff über den Rand des Meeres hinabstürzen zu lassen. Neptun und Poet lieferten sich ein durchaus geistreiches Rededuell, in dem der Meeresgott unterlag und sich mit der Drohung zurückzog, einen Sturm zu schicken, wie die Reisenden ihn noch nie erlebt hätten.

Derweil wurde der nächste Gang aus dem Bauch des Schiffes aufgetragen: silberne Platten mit einem Dutzend unterschiedlicher Fleischsorten und Fisch in den verschiedensten Zubereitungen, garniert mit Kräutern und Gemüse, dazu kamen Soßenkännchen in Form von Delfinen und Rotwein aus kristallenen Karaffen, der dazu beitrug, dass die erregte Anspannung sich löste. Sonne und Mond wechselten sich ab. Währenddessen erhöhten die Blasebälge ihre Anstrengungen, das Seidenmeer türmte sich zu bedrohlichen Wogen, im Getriebe wurde ein neuer Gang eingelegt, und das Schiff begann in fast schon beängstigender Weise zu schwanken, was die Ausgelassenheit eher noch anstachelte. Der Kardinal rülpste ein paarmal verhalten zwischen seinen gierig hinuntergeschluckten Bissen. Beatrice schien von der Schaukelei gar nicht genug bekommen zu können.

Ludovico prahlte mit der Reiterstatue, die Meister Leonardo demnächst für ihn gießen werde – sein Vater Francesco, zwölf Ellen hoch, dreihunderttausend Pfund schwer –, und rechnete vor, wie viele Kanonen man aus der dafür verwendeten Bronze hätte gießen können. Kardinal Ascanio trug ein paar saftige Anekdoten aus den Hinterzimmern des päpstlichen Palastes vor. Der Botschafter lächelte säuerlich.

Es folgte ein weiterer Vortrag des Poeten, diesmal von Aiolos assistiert, dem Gott des Windes, dann kamen Pasteten und Käse, verschiedene Sorten Obst und vor allem noch mehr Wein. Schließlich ließ der Seegang nach. Das Schiff geriet in ruhigere Fahrwasser, und Bernardino Bellapianta, der während des Vortrags gedankenverloren mit einem Messer an einem Apfel herumgeschnitzt hatte, ergriff das Wort. Wo man vorhin von Donato Bramante gesprochen habe: ob den Anwesenden die Wandmalereien bekannt seien, mit denen dieser Tausendsassa von einem Künstler vor einiger Zeit den Palast der Notare geschmückt habe? Und ganz besonders das Bild, das Heraklit und Demokrit neben der Erdkugel zeige, wobei Bramante dem Demokrit seine eigenen Gesichtszüge verpasst habe und dem Heraklit die des bereits mehrfach erwähnten Meisters Leonardo? Ja? Nun, dazu habe er eine interessante Anmerkung zu machen, die direkt zum Motto des heutigen Abends führe und zu der er gern die Meinung der Anwesenden einholen wolle. Erstens nämlich sei ihm aufgefallen, dass sich auf diesem Bild der afrikanische Kontinent im Süden zu einer großen Landmasse erweitere, die keinen Raum für eine Passage lasse. Dabei habe doch die Umsegelung des Kaps der Stürme durch Bartolomeu Dias vor einigen Jahren bewiesen, dass dort die Durchfahrt in den Indischen Ozean möglich sei.

«Gott der Allmächtige verfluche die Portugiesen», sagte der Botschafter mit finsterer Miene und schneidendem spanischem Akzent.

Bernardino Bellapianta überging die Bemerkung und fuhr in seinen Ausführungen fort. Was es für den Levantehandel bedeute, wenn Portugal demnächst über die Kaproute das Geschäft mit den indischen Gewürzen monopolisiert habe, das brauche er ja wohl niemandem hier am Tisch zu erklären. Doch dank der jüngsten Entwicklungen gebe es ja nun die Hoffnung, den Portugiesen ein Schnippchen zu schlagen, indem man die Reichtümer Asiens einfach über die Westroute herbeischaffe. Und genau darauf beziehe sich eine weitere Anmerkung, die er zu machen habe. Bernardino Bellapianta hielt den Apfel hoch, ohne dass ich von oben erkennen konnte, was genau er dort eingeritzt hatte.

Die Erdkugel an der Wand des Palastes der Notare, fuhr Bernardino Bellapianta fort, zeige den bekannten Teil der Welt, etwa von der Westküste der iberischen Halbinsel bis zur Südspitze Indiens. Das sei gewissermaßen die Vorderseite. Woraus sich zwingend ergebe, dass die Westroute von Spanien über See bis nach Indien, also über die Rückseite der Erdkugel, nicht länger sein könne als der Weg zu Schiff und zu Land über die Levante, Arabien und Persien.

Es sei denn, man wolle davon ausgehen, dass der Schöpfer die Erde eben nicht als Kugel geschaffen habe, sondern als verbeultes Ei.

«Das wäre Ketzerei», warf der Botschafter ein. «Niemals hätte Gott der Erde eine so unvollkommene Form gegeben.»

«Ich denke, das sehen wir hier alle so», bestätigte Bernardino Bellapianta. Abgesehen davon lasse sich die soeben geschilderte Vorstellung von Größe und Beschaffenheit der Erde auch mit den Angaben des Kartographen Toscanelli und mit dem Reisebericht des Admirals Colombo zusammenfügen. Aber, und hier werde es interessant, sie passe nicht zu den Berechnungen des Eratosthenes zum Umfang der Erdkugel und auch nicht zur Darstellung des Ptolemaios über die Ausdehnung der Landmasse, die von Europa und Asien gebildet werde. Nehme man die nämlich zum Ausgangspunkt der Überlegungen, dann habe Colombo die Erde eben nicht zur Hälfte umrundet, sondern lediglich zu einem Viertel. Ob den Anwesenden klar sei, was das bedeute?

Während unten betreten geschwiegen wurde, trat ein Diener auf die Galerie und gab dem Beleuchter einen Schlag in den Nacken, woraufhin dieser hektisch den Mond herunterkurbelte und die Sonne wieder aufgehen ließ. Die Kerzen blakten vor sich hin. Für lange Zeit war das Knirschen der Schiffsmechanik das einzige Geräusch.

Beatrice war es, die als Erste das Wort ergriff. Vielleicht war es die Unbedarftheit ihrer Jugend, die sie aussprechen ließ, was die anderen Gäste, allen voran der spanische Botschafter, für unmöglich hielten. Ihre Stimme war weich und dabei kräftig wie die einer geübten Sängerin.

«Es würde bedeuten, dass Colombo nicht in Indien war.»

Am Tisch erhob sich Gemurmel. Der Botschafter setzte

zu einer Lobrede auf den Scharfsinn der jungen Herzogin an, der nur noch von ihrer Schönheit übertroffen werde und dergleichen mehr. Fast schien es, als wollte er dem Poeten Konkurrenz machen.

«Und dennoch», schloss der Botschafter. «Es bleibt die unbestreitbare Tatsache, dass die Schiffe auf Land gestoßen sind, nachdem sie die berechnete Strecke zurückgelegt hatten.»

«Niemand leugnet, dass sie auf Land gestoßen sind», sagte Bernardino Bellapianta. «Aber bisher wurde durch nichts bewiesen, dass dieses Land, das im Übrigen nur aus einer unbekannten Zahl von Inseln besteht, vor der indischen Küste liegt. Wenn ich richtig informiert bin, dann haben die Einwohner dieser Inseln dem Admiral mit Gesten zu verstehen gegeben, weiter im Westen erhebe sich eine ausgedehnte Landmasse aus dem Meer. Doch die Namen, die sie ihm nannten, klangen allesamt nicht nach irgendwelchen bekannten Ländern.»

Don Enrique Antonio Talavera Jiménez de Cañaveruelas y Arrancadillo versteifte sich und legte seinen Suppenlöffel weg.

«Sie sprachen von Cipangu», sagte er trotzig.

Bernardino Bellapianta lächelte maliziös. «Wirklich? War es nicht vielleicht eher so, dass der Admiral irgendwann glaubte, im Wortschwall der auf ihn einredenden Inselbewohner diesen Namen vernommen zu haben? Weil er ungeduldig darauf wartete, endlich ein paar Silben zu hören, die ihm bekannt vorkamen? Sollten wir die Dinge nicht unvoreingenommener betrachten?»

Der Botschafter lehnte sich zurück und nickte ganz leicht, als nähme er eine Herausforderung an. Bernardino Bellapianta ergriff einen zweiten Apfel und begann, auch diesen mit dem Messer zu bearbeiten. Ludovico und Ascanio beugten sich neugierig vor.

Bernardino Bellapianta reichte den Apfel an den Botschafter weiter und sagte: «Nehmen wir an, die Berechnungen des Eratosthenes sind korrekt. Und nehmen wir an, es gibt tatsächlich diese Landmasse im Westen der kürzlich entdeckten Inseln. Dann bedeutet das was?»

Der Botschafter lächelte, als stünde er im Begriff, eine raffiniert gestellte Falle bei einem Schachspiel zu entlarven. Er nahm ein Messer, schnitzte selbst etwas in den Apfel und gab ihn Bernardino Bellapianta zurück.

«Es bedeutet, dass Indien viel größer ist, als wir bisher angenommen haben», sagte er.

Bernardino Bellapianta wiegte den Kopf. «Das würde nicht nur Ptolemaios widersprechen, sondern auch den Angaben Marco Polos und aller anderen, die in den vergangenen Jahrhunderten zu Land wie zu Wasser die Länder der Mongolen bis an die Ostküste Chinas bereist haben. Und außerdem den arabischen Kartographen und sämtlichen Navigatoren, mit denen ich in Malakka gesprochen habe. Ich wiederhole also meine Frage. Wenn es diese Landmasse gibt und wenn sie nicht Indien ist, was ist sie dann?»

Wieder sagte zunächst niemand ein Wort. Das Schiff schaukelte im Rhythmus der ächzenden Mechanik vor sich hin. Und wieder war es Beatrice, die unbekümmert das Schweigen brach.

«Ein neuer Kontinent», sagte sie.

Ungläubige Blicke.

Der Botschafter schüttelte langsam den Kopf. «Das ist unmöglich», sagte er schließlich leise. «Wenn es einen vierten Kontinent gäbe, dann hätten die Geographen ihn in ihren Schriften erwähnt.»

Bernardino Bellapianta lächelte immer noch. «Ich sprach auch nicht von einem Kontinent», sagte er und drehte den Apfel in der Hand. «Ich nehme an, Sie haben den Bericht des Admirals gelesen.»

«Selbstverständlich.»

«Und? Was beschreibt er? Eine Landschaft von nie gesehener Lieblichkeit. Flüsse, in denen das Gold schimmert. Bäume voller unbekannter Früchte, eine süßer als die andere. Vögel, bei deren Gesang unsere Nachtigall vor Neid verstummen würde. Und die Menschen dort? Wie sahen sie aus? Was trugen sie?»

Während er gesprochen hatte, waren die Augen des Botschafters immer größer geworden. Jetzt starrte er Bernardino Bellapianta mit offenem Mund an.

«Sie waren nackt», sagte er schließlich so leise, dass ich es kaum verstand.

«Und warum waren sie nackt?»

«Weil sie ohne Sünde sind», hauchte der Botschafter nach einer Pause.

Bernardino Bellapianta beugte sich vor und blickte den Spanier an wie ein Geistlicher, der aus einem verunsicherten Beichtkind auch noch die letzten Einzelheiten wollüstiger Umtriebe herausfragte, ohne deren Kenntnis er keine Absolution erteilen konnte.

«Und warum sind sie ohne Sünde?»

Der Botschafter war so bleich geworden, dass ich schon erwog, nach unten zu stürzen und das Schiff anhalten zu lassen. Doch es war nicht die Übelkeit, die Don Enrique Antonio Talavera Jiménez de Cañaveruelas y Arrancadillo die Blässe ins Gesicht getrieben hatte.

Schließlich sagte er: «Weil sie nicht vom Baum der Erkenntnis gekostet haben.» Und bekreuzigte sich.

Bernardino Bellapianta nickte befriedigt. Und weil er ein Gefühl für den richtigen Moment hatte, gab er dem Beleuchter ein Zeichen, der daraufhin neben sich griff und einen Käfig mit Möwen auf das Geländer stellte, den ein schweigender Diener kurz zuvor hereingebracht hatte. Er öffnete die Gittertür, und die Vögel, sieben oder acht, schwangen sich nach draußen. Dann nickte er mir zu und verließ die Galerie.

Die Möwen begannen kreischend das Schiff zu umkreisen und nach den Resten des Essens auf dem Tisch zu äugen. Der Poet hatte sich in der Zwischenzeit zum Bug geschlichen. Er wies auf die Möwen und erklärte, die Vögel seien ein sicheres Zeichen dafür, dass das Land nicht mehr weit sein könne. In umständlichen Versen bedankte er sich bei Neptun und Aiolos, dann wies er in theatralischer Geste auf den Vorhang in der Ecke des Saales und fragte mit bebender Stimme: «Was erblicken, Gefährten, die salzverkrusteten Augen dort in der Ferne? Ist's das Land, das verheißene? Oder doch nur des Helios' tückische Täuschung?»

Bei diesen Worten fiel der Vorhang zu Boden und gab die Insel frei, die sich direkt unter der Stelle befand, an der ich hinter der Sonnenscheibe saß. Alle Gäste erhoben sich von ihren Plätzen und starrten in die Richtung, in die der Poet wies.

Ein halbes Dutzend Palmen war in den Sand eingegraben. Weiter hinten stand ein Apfelbaum, um dessen Stamm eine Schlange gewunden war. An den Zweigen hingen goldene Äpfel.

Das Schiff kam zum Stillstand. Das Seidenmeer kräuselte sich sanft, und die Brandung rauschte leise vor sich hin.

Der Poet sprang in das Beiboot, das die ganze Zeit über längsseits des Schiffes gelegen hatte, und forderte die Gäste auf, es ihm gleichzutun. Mit der Hilfe von zwei Matrosen kletterte die ganze Gesellschaft von Bord und wurde zur Insel gerudert. Von irgendwoher wehten Flötenklänge durch die Luft.

Der Botschafter wurde aufgefordert, das Land, mit dessen Auffindung die Strapazen der Reise ihren glücklichen Abschluss gefunden hätten, im Namen der spanischen Krone in Besitz zu nehmen. Mit heiligem Ernst nahm Don Enrique Antonio Talavera Jiménez de Cañaveruelas y Arrancadillo aus der Hand des Poeten eine Fahne entgegen und rammte sie in den Sand. Dann kniete er nieder und sprach, wohl einer spontanen Eingebung folgend, ein Gebet.

Als er sich wieder erhoben hatte, öffnete sich in der Ecke eine durch bemalte Wandschirme verborgene Tür, und ein Mann und eine Frau erschienen, jung, braun gebrannt und von atemberaubender Schönheit. Bis auf ein nachlässig um die Lenden gebundenes Tuch aus grobem Leinen waren sie nackt – ein Umstand, der den Botschafter derart aus der Fassung brachte, dass er kaum mitbekam, was die beiden in vollendeten Versen auf Knien deklamierten. Sie hießen die Entdecker am Ziel ihrer Reise willkommen, ja, am Ziel allen menschlichen Strebens: im Garten Eden, aus dem Adam und Eva einst durch die Erbsünde vertrieben worden seien; ganze Weltzeitalter hätten vergehen müssen, bis der Schöpfer den Menschen nun endlich die Wiederauffindung dieses Ortes gestattet habe. Don Enrique Antonio Talavera Jiménez de Cañaveruelas y Arrancadillo möge nun also das Paradies im Namen seiner Majestäten in Besitz nehmen und zu einem Quell der Glückseligkeit für die gesamte Christenheit machen.

Während der Botschafter, zitternd vor Ergriffenheit, die Fahne umklammert hielt, trat Bernardino Bellapianta vor und ging geradewegs auf den Baum zu. Er pflückte einen der goldenen Äpfel ab und überreichte ihn dem Spanier in einer Geste, die auf gelassene Weise Bescheidenheit und Anmaßung miteinander verschmolz. Und ich begriff, auf welche meisterhafte Art er die Inszenierung des ganzen Festes auf diesen Augenblick ausgerichtet hatte: Während der Botschafter, eingelullt von der Schmeichelei des Poeten, sich am Ruhm der Entdeckung des Paradieses berauschte, nahm Bernardino Bellapianta die goldenen Früchte vom Baum der Erkenntnis an sich und entschied, wie sie zu verteilen waren. Das und nichts anderes war es, was er hier mitteilte.

Es war meine letzte Erkenntnis an diesem Abend. Denn in diesem Augenblick traf mich von hinten ein Schlag.

Weil ich anders als beim ersten Mal nicht das Gedächtnis verlor, erinnere ich mich noch heute an alle Einzelheiten: der Blitz vor meinen Augen. Die Hände, die meine Beine packten und mich über das Geländer wuchteten. Das Geräusch des reißenden Papiers, als mein Körper durch die Sonnenscheibe stürzte. Das Gesicht von Beatrice, die mir entsetzt entgegenblickte, während ich fiel. Der Glanz der goldenen Äpfel und das Krachen der Äste, als ich durch die Baumkrone brach. Die winzigen schwarzen Augen der Schlange, die, wie ich zu meiner Bestürzung entdeckte, keineswegs ausgestopft war, sondern so lebendig wie ich selbst.

19 Ich überlebte auch diesmal. Gleichwohl blieb mein Sturz, wie man sich denken kann, nicht ohne Folgen. Das Fest, das bis zu diesem Augenblick in allen Einzelheiten der Choreographie von Bernardino Bellapianta gefolgt war, fand einen ungeordneten Abschluss.

Giancarlo Bellapianta erfasste als Einziger die Lage. Daran gewöhnt, den Blick zu allen fliegenden Erscheinungen zu heben, spähte er zur Galerie hinauf, eben noch rechtzeitig, um den Schatten im schwarzen Kapuzenmantel zu erahnen, der dort gerade in die Dunkelheit abtauchte. Ludovico der Schwarze und Kardinal Ascanio hielten mein plötzliches Erscheinen für einen weiteren vom Gastgeber vorbereiteten Effekt und lachten so schadenfroh, dass es von den Wänden widerhallte. Die Schlange erwachte aus ihrer Trägheit, ringelte sich durch den Sand davon und verschwand unter der Seidenbahn. Der Botschafter fiel in Ohnmacht und riss dabei die Fahne um. Und Bernardino Bellapianta rief nach den Dienern, die mit aufgerissenen Augen an der Reling des Schiffes standen und nicht wagten, durch die Seide zu waten, weil irgendwo darunter noch die Schlange herumkriechen musste. Ich aber lag verrenkt und blutend in einem Haufen aus abgebrochenen Ästen und goldenen Äpfeln.

Beatrice war es, die sich als Erste zu mir hinunterbeugte und meinen Puls fühlte. Als ich die Augen aufschlug und ihr Gesicht so dicht vor mir sah, glaubte ich für einen kurzen Moment, tatsächlich im Paradies gelandet zu sein. Eine Welle aus Schmerzen überspülte meinen Körper, und ich wurde bewusstlos. Und so bekam ich nicht mehr mit, dass ein paar Bedienstete durch die verborgene Hintertür auf die Insel gestolpert kamen und mich wegschleppten, während die anderen dem Botschafter Luft zufächelten.

Ich landete erneut in dem vertrauten Raum mit den Teppichen. Der Schlag auf den Kopf hatte mir diesmal weniger Schaden zugefügt, als man hätte befürchten können. Dafür waren mein linker Arm, mein rechtes Bein und eine Reihe von Rippen gebrochen. Wieder wurde Fabrizio da Pontremoli geholt, der Chirurg aus der Nachbarschaft, und endlich bekam er etwas zu tun: Nachdem die dicke Köchin mir eine nach verwelkten Blüten schmeckende Suppe eingeflößt hatte, richtete und schiente er meine Brüche, während die halbe Dienerschaft um mein Bett herumstand und bei jedem Knacken aufstöhnte. Ich aber, das Opfer der Tortur, kicherte nur vor mich hin. Fabrizio da Pontremoli verkündete, es werde Wochen dauern, bis er die Schienen würde abnehmen können. Ich fand jedes seiner Worte unfassbar interessant. Wochen hatte er gesagt, und die Wochentage defilierten an mir vorbei und gaben mir nacheinander die Hand. Eine überaus freundliche Geste, wie ich fand, zumal sie sich eigens für mich kostümiert hatten: Der Sonntag erschien im Festgewand und zog eine Schleppe hinter sich her, über die der pausbäckige Montag, angetan mit einem dick ausgepolsterten blassblauen Wams, beinahe stolperte. Der Dienstag trat sporenklirrend und in voller Rüstung an mein Bett, der Mittwoch trug ein keckes Jägerhütchen und machte eine übertriebene Verbeugung. Lachend schlief ich ein.

«Lass mich auch mal diese Suppe probieren», sagte jemand in weiter Ferne.

Woran ich mich als Nächstes erinnere? Fast kann man es sich denken: Bernardino Bellapianta saß an meinem Bett und blickte mich halb sorgenvoll und halb amüsiert an. Die Figuren auf den Teppichen schielten zu uns herüber.

«Schön, dass Sie mich mal besuchen», sagte ich matt.

«Machst du Witze?», fragte er. «Seit einer Woche besuche ich dich jeden Tag.»

«Tut mir leid», sagte ich. «Ich habe wohl geschlafen.»

«Von wegen. Du warst wach und hast geredet wie ein Wasserfall.»

Etwas irritierend war es schon, sich daran nicht zu erinnern. Ich versuchte mich aufzurichten. Blitze aus Schmerz zuckten durch meine geschienten Knochen.

«Was habe ich denn gesagt?», erkundigte ich mich unsicher.

«Nur dummes Zeug. Wie heißt du eigentlich?»

Die beiläufig gestellte Frage warf mich kurz aus der Bahn. Warum fragte er so etwas?

«Augenblick», sagte ich. «Ich muss kurz überlegen.»

Das Nachdenken war anstrengend, führte aber zumindest teilweise zum gewünschten Erfolg. Meine Erinnerung an die im Haus von Bernardino Bellapianta verbrachte Zeit lief jetzt wie eine rückwärts erzählte Geschichte vor meinem inneren Auge ab: mein Sturz von der Galerie, das Fest auf dem Schiff, der Aufenthalt in Vigevano und die Spinnmaschine, die Stoffmuster, die ich gezeichnet hatte, Paolos Berichte über Bernardino Bellapianta und seine Handelsreisen, Giancarlo Bellapiantas Theorien über die Kunst des Fliegens, der tote Türke im Bauch des Schiffes, meine Wanderungen durch die Stadt, die Zeichnungen mit den Fabelwesen, meine Genesung nach der Kopfverletzung. An dieser Stelle aber stieß mein Gedächtnis gegen eine Wand; die Zeit davor lag nach wie vor im Dunkeln. Und damit auch die Antwort auf die Frage, wie ich hieß. Ich begriff, dass Bernardino Bellapianta mich nur deshalb nach meinem Namen gefragt hatte, weil er hoffte, dass der zweite Schlag auf den Kopf etwas wiederhergestellt hatte.

«Ich weiß nicht, wie ich heiße», räumte ich schließlich ein. «Ich hatte doch das Gedächtnis verloren.»

«Schade. Von einem Sturz in den Baum der Erkenntnis hatte ich mehr erwartet. Aber immerhin müssen wir nicht ganz von vorn beginnen.»

Mit ein paar gezielten Fragen vergewisserte er sich, dass meine Erinnerungen an die vergangenen fünf Monate korrekt und vollständig waren. Er legte mir sogar ein Blatt Papier vor und forderte mich auf, die dicke Köchin zu zeichnen, was ich mit ein paar Strichen mühelos erledigte. Selbst das Amulett, das sie an einer Kette um den Hals trug, gelang mir aus dem Gedächtnis.

«Schönes Stück», sagte Bernardino Bellapianta.

«Verlobungsgeschenk von Fabrizio da Pontremoli», gab ich zurück.

«Ach was», sagte er. «Was du so alles weißt.» Er lachte in sich hinein. Dann blickte er zu mir auf. «Wir können von Glück sagen, dass du diesen Don Enrique Antonio und wie auch immer er weiter heißt nicht unter dir begraben hast.»

«Don Enrique Antonio Talavera Jiménez de Cañaveruelas y Arrancadillo», sagte ich.

Bernardino Bellapianta schürzte anerkennend die Lippen.

«Gutes Gedächtnis. Aber ich glaube, ich muss mir den

Namen nicht mehr merken. Den Botschafter werden wir wohl kaum wiedersehen.»

«Ich habe das Fest verdorben», sagte ich traurig.

«Im Gegenteil. Du hast dafür gesorgt, dass man es bis in alle Ewigkeit in Erinnerung behalten wird.»

Nachdenklich studierte er die Gestalten auf den Teppichen. «Wenn überhaupt jemand das Fest verdorben hat, dann derjenige, der dich von der Galerie geworfen hat. Kannst du dich an irgendetwas erinnern?»

«Er hat mich von hinten niedergeschlagen, meine Beine gepackt und mich über die Brüstung geworfen. Das Letzte, was ich vor dem Aufprall gesehen habe, waren die Augen dieser Schlange. Sie war echt.»

«Ein Python», sagte Bernardino Bellapianta. «Den habe ich mir aus Malakka schicken lassen. Vor der Abreise hat er ein kleines Wildschwein gefressen und dann während der ganzen Überfahrt geschlafen.» Er lachte.

«Ist er wieder aufgetaucht?», fragte ich.

«Ich glaube, er liegt unter deinem Bett und wartet, dass du die Füße auf den Boden stellst.» Er beugte sich hinunter und spähte unter das Bett. «Nein, doch nicht. Jetzt weiß ich's wieder. Er liegt in dem Käfig, in dem vorher die Hermeline waren. Es war nicht ganz einfach, ihn wieder einzufangen. Mein Bruder hat ihm schließlich mit dem Hammer eins über den Schädel gezogen. Das traut man ihm gar nicht zu, oder? Auf jeden Fall weiß ich schon, wer seine nächste Mahlzeit wird. Vorausgesetzt, wir finden den Scheißkerl.»

«Glauben Sie …»

«… dass es derselbe war, der dich damals fast totgeschlagen hat? Ja, das glaube ich. Es muss mit deiner Vergangenheit zusammenhängen. Wenn wir ihn erwischt haben, werden wir es erfahren.»

«Hat ihn denn niemand gesehen?»

«Doch, mein Bruder. Aber auch nur als Schatten mit Mantel und Kapuze. Und leider habe ich es in dem ganzen Durcheinander versäumt, sofort alle Türen absperren zu lassen. Er muss entkommen sein.»

«Oder …» Der Gedanke trieb mir eine Gänsehaut auf die Arme.

«Oder er hat den Kapuzenmantel weggeworfen und ist im Haus geblieben», vervollständigte Bernardino Bellapianta. Seine Finger trommelten auf der Bettkante herum. «Weil man ihn hier kennt. Weil ich ihn kenne.» Eine wilde Wut glomm in seinen Augen. Er stand auf. «Wer ihn findet, bekommt von mir so viel Geld, dass er nie wieder arbeiten muss. Ganz Mailand wird die Augen offen halten.»

Ich war gerührt, wie viel ich ihm wert war. Ich betrachtete die Zeichnung mit dem Gesicht der dicken Köchin. Er bemerkte meinen Blick, und weil er zu der Überzeugung neigte, dass alle Welt dachte wie die Kaufleute, schien er etwas richtigstellen zu wollen.

«Es geht nicht um deine Zeichnungen», sagte er leise. Und nach einer Pause: «Dreizehn Jahre lang wusste ich nicht, wo ich hingehöre, von meinem Bruder einmal abgesehen. Wer in diesem Haus lebt, gehört zu meiner Familie.» Seine Stimme zitterte jetzt vor Wut. «Und niemand vergreift sich ungestraft in meinem Haus an meiner Familie. Frag Paolo, was mit denen passiert ist, die das gewagt haben. Frag meinen Bruder.»

So war Bernardino Bellapianta. Loyal, dass es einem die Tränen in die Augen trieb.

Es dauerte vier Wochen, bis die Schiene von meinem Bein abgenommen wurde. Humpelnd und auf Paolo gestützt, begann ich erneut damit, durch das Haus zu wandern. Wenn ich im Bett lag und zeichnete, stand ein Leibwächter vor meiner Tür. Die Suppe schmeckte von Tag zu Tag weniger stark nach verwelkten Blüten, und die Schmerzen zogen sich zurück, als sickerten sie durch unsichtbare Löcher aus meinem Körper hinaus. Den Unbekannten mit dem Kapuzenmantel wollte niemand gesehen haben.

Als es keine Verbände mehr zu wechseln gab, versuchte Bernardino Bellapianta mich zu überreden, ein paar Wochen in Vigevano zu verbringen. Ich sträubte mich zunächst. Was sollte ich dort?

«Du hast zwei Mordanschläge überlebt, und deine einzige Sorge ist, du könntest dich langweilen? Du kannst dich im Bogenschießen üben und die Maulbeerbäume zeichnen. Landluft ist gesund! Morgen reist du ab!»

Wie er vorausgesagt hatte, tat der Aufenthalt mir gut. Ich schlief lange, zeichnete neue Stoffmuster, auf denen Schlangen sich an Apfelbäumen hochwanden, ließ mich von einem der Arbeiter in die Kunst des Bogenschießens einführen und erlegte tatsächlich ein paar Rebhühner. Ein paarmal sah ich Benedetto über den Hof eilen und in dem Turm mit der Spinnmaschine verschwinden. Bald darauf reiste er ab. Die Maschine wurde stillgelegt und winterfest gemacht, weil die im Sommer von den Kokons abgehaspelte Seide vollständig versponnen und verzwirnt war.

Die Tage wurden kürzer. Mehrmals besuchte mich Paolo, und wir machten lange Spaziergänge durch die Maulbeerbaumplantage und am Fluss entlang, während der Herbstwind an unseren Haaren zerrte. Er berichtete mir, was in meiner Abwesenheit in der Stadt passiert war: Ludovico der Schwarze ließ ein großes Fest vorbereiten, um die bevorstehende Heirat seiner Nichte Bianca Maria mit dem zukünftigen Kaiser Maximilian zu feiern. Bei der Sonntagsmesse in San Babila hatte eine Stimme aus dem Tabernakel verkündet, im nächsten Jahr werde ein großer Sieg über die Türken errungen, wenn die Christenheit sich nur tief genug vor dem Herrn verneige, woraufhin sich die ganze Gemeinde zu Boden geworfen hatte, nur um hinterher festzustellen, dass in der Zwischenzeit der Opferstock ausgeräumt worden war. Vor dem Kastell wurden ganze Straßenzüge abgerissen, um Platz für die große Reiterstatue zu schaffen, mit der Ludovico geprahlt hatte. Meister Leonardo hatte ein zwölf Ellen hohes Tonmodell hergestellt, das dem Volk demnächst gezeigt werden würde. Einem Waisenkind war beim Kräutersammeln vor der Porta Comasina die Muttergottes erschienen und hatte geweissagt, dass die Franzosen im nächsten Jahr in Italien einfallen würden. Bei einer Prozession, bei der die Bürger der Porta Orientale dem Erzbischof die im Stadtviertel gesammelten Spenden für den Weiterbau der Kathedrale hatten übergeben wollen, war es zu einer Massenprügelei gekommen, weil zwei Seidenweber sich nicht hatten einigen können, wer von ihnen dem Prozessionswagen voranreiten durfte.

«Stell dir vor, der Wagen hatte die Form eines Schiffs», sagte Paolo. «Dreimal darfst du raten, wo sie den Einfall geklaut haben.»

Irgendwann fiel der erste Schnee.

Eines Tages traf Giancarlo Bellapianta zu Pferd an der Spitze einer Wagenkolonne ein. Während der Novemberregen vom Himmel fiel, luden Arbeiter dicke Balken, Bündel aus Holzlatten, stapelweise Lehmziegel, Kohlensäcke sowie eine Unzahl von Kisten ab und schleppten alles auf den großen Acker neben der Plantage.

Giancarlo Bellapianta schien äußerst erfreut, mich wiederzusehen. Fast sah es aus, als würde er sich zu einer Umarmung durchringen, doch dann beließ er es bei einem linkischen Schulterklopfen.

«Es ist so weit», sagte er. «Bald werde ich abheben.»

Er war in Hochstimmung. Vom Sonnenaufgang bis zur Abenddämmerung eilte er auf dem Acker umher und gab den Arbeitern Anweisungen. In wenigen Tagen wuchs dort unter dem emsigen Klang von Hämmern und Sägen ein zylindrisches Gerüst von der Größe eines Hauses aus dem Boden, das entfernt an die Spinnmaschine erinnerte. Direkt daneben wurde ein großer Ofen gemauert.

Während wir gemeinsam im Haupthaus vor dem Kamin ein von mir geschossenes Rebhuhn verspeisten, erklärte er mir das Prinzip: Zwischen den Balken sollte eine birnenförmige und unten offene Blase aus Seide so aufgespannt werden, dass die Öffnung über einem riesigen Kohlebecken schwebte. Über den Stoff sollte ein Netz gespannt werden, das unten in vier Seilen endete, an denen ein großer Korb befestigt war. Im Ofen sollte zentnerweise Kohle zum Glühen gebracht und anschließend in das Becken unter der Öffnung geschaufelt werden. Die aufsteigende Hitze würde die Luft in der Blase erwärmen, sodass deren Auftrieb das Gefährt mitsamt dem Korb vom Boden abheben lassen würde. Ob ich das verstanden hätte?

Ich bejahte, obwohl ich mir nicht ganz sicher war.

Eine volle Woche mussten wir auf günstiges Wetter warten. Wir vertrieben uns die Zeit mit Bogenschießen. Giancarlo Bellapianta verblüffte mich ein weiteres Mal, indem er sich als erstklassiger Schütze erwies. Wir hatten eine Zielscheibe zwischen den Maulbeerbäumen aufgebaut, die Pfeile sirrten durch die kühle Novemberluft und schlugen mit trockenem Klacken in das Holz ein. Der Wind rauschte in den kahlen Zweigen.

Giancarlo Bellapianta schaute missmutig zu einem kleinen Windrad hinüber, das auf dem Gerüst mit seiner Flugblase angebracht war. Die Flügel drehten sich wie seit Tagen schon: schnell und stetig.

Er richtete den Blick auf die Zielscheibe, um seine Konzentration wiederzufinden. Sein Atem verlangsamte sich. Dann legte er einen neuen Pfeil ein, spannte den Bogen, hob ihn ein Stück in den Himmel und ließ ihn unendlich langsam wieder sinken. Als er das Ziel fixiert hatte, verharrte er regungslos. Die Zweige flüsterten.

»Ewig kann das nicht so weitergehen«, sagte er. Nur sein Mund bewegte sich. Ich wartete, dass er endlich schoss.

«Was soll schon passieren?»

Jetzt erst begriff ich, dass er nicht den Bogen meinte.

«Man wird seitlich abgetrieben, das ist alles.» Er korrigierte die Ausrichtung des Bogens um den Bruchteil eines Zolls. «Entscheidend ist, dass es keine Böen gibt.»

Der Pfeil schnellte von der Bogensehne und schlug genau in der Mitte der Zielscheibe ein.

Am nächsten Morgen wurde ich in meiner Kammer von Kommandos geweckt. Die Sonne stand tief am Himmel und leuchtete kraftlos durch den Morgendunst. Ein Blick aus dem Fenster verschaffte mir Gewissheit: Fünf oder sechs Arbeiter machten sich auf dem hölzernen Balkengerüst zu schaffen, zogen und zerrten, während die bucklige Silhouette von Giancarlo Bellapianta sich auf der obersten Plattform gegen den Himmel abhob. In der Nacht war frischer Schnee gefallen, eine dünne weiße Decke spannte sich über das Land.

Fiebrige Aufregung packte mich. Wenn ich gewusst hätte, was ich in den nächsten Stunden erleben würde, hätte ich wahrscheinlich keinen Fuß vor die Tür der Kammer gesetzt, so aber fand ich mich kurz darauf zwischen den Arbeitern wieder. Sie legten letzte Hand an die Aufhängung der Seidenblase, die schlaff an einem spiralförmig um sie herumlaufenden Seil zwischen den Balken hing. Der Korb stand, ein paar Schritte versetzt, darunter auf dem Boden. Das Metallbecken war auf zwei Schienen montiert, sodass man es von der Seite unter die Öffnung in der Blase schieben und wieder hervorziehen konnte. Hinter dem Ofen standen zwei Arbeiter und bedienten hektisch einen großen Blasebalg.

Giancarlo Bellapianta winkte mir zerstreut vom Gerüst aus zu und schnippte dann ein paarmal mit den Fingern, um die Aufmerksamkeit eines Mannes auf sich zu lenken, der vor dem Ofen stand und in die Luke spähte.

«Ist die Kohle jetzt endlich heiß genug?», rief er.

«Augenblick noch!», schallte es zurück.

Giancarlo Bellapianta kletterte stöhnend von seinem Beobachtungsposten herunter und sprang neben mir auf den Boden. Sein Gesicht glühte, als hätte er selbst zu lange vor dem Ofen gestanden. Er legte mir den Arm um die Schultern, eine linkische Geste der Vertraulichkeit, die er sich noch nie gestattet hatte.

«Dann wollen wir mal», flüsterte er. Mit entschlossenen Schritten stapfte er zu dem Korb und stieg hinein. Die Brüstung reichte ihm etwa bis zum Bauchnabel. Wie er da stand, sah er aus wie ein Kapitän an der Reling seines Schiffes.

«Los!», rief der Mann am Ofen.

Und dann geriet Bewegung in die kleine Truppe. Langstielige Schaufeln fuhren in den Ofen und schippten die orange glühenden Kohlen in bereitgestellte Metallwannen mit Holzgriffen, die über eine kleine Rampe im Laufschritt eine nach der anderen nach oben geschleppt und in das Becken gekippt wurden. Die Arbeiter waren gut aufeinander eingestimmt; ganz offensichtlich hatten sie die Abläufe lange geübt. Giancarlo Bellapianta ging es dennoch nicht schnell genug. Mit ungeduldigem Händeklatschen trieb er die Leute an. Wanne um Wanne entleerte sich polternd in das Becken. Funken flogen, sodass ich schon fürchtete, die ganze Apparatur würde gleich in Flammen aufgehen. Die Luft waberte, und selbst unter dem Becken musste die Hitze bald kaum noch zu ertragen sein. Den Arbeitern lief der Schweiß in Strömen über die Gesichter.

«Genug!», schrie einer von oben. Ein letzter Schwall Kohlen ergoss sich in das Becken.

Als der Funkenflug sich gelegt hatte, schoben zwei der Männer das Becken mit Eisenstangen unter die Öffnung in der Blase. Der aufschießende Luftstrom ließ die Seide flattern. Ösen und Haken klimperten, Riemen knackten, als der Hohlraum sich füllte. Es dauerte nicht lange, und der eben noch schlaff in der Verzurrung hängende Stoff hob sich und begann an den Befestigungen zu zerren.

«Du lieber Himmel!», rief einer. «Da ist aber ganz schön viel Spannung drauf!»

Giancarlo Bellapianta blickte sorgenvoll aus seinem Korb nach oben. Das Knacken der Riemen schwoll zu einem Prasseln an. Die Arbeiter bekreuzigten sich.

«Das wird zu viel! Zieht das Becken raus! Das wird zu viel!»

«Wartet noch!», schrie Giancarlo Bellapianta. Und dann plötzlich: «Steig ein! Ich brauche Ballast!»

Ich benötigte einen Moment, um zu begreifen, dass er mich meinte.

Was dann geschah, kann ich kaum noch genau wiedergeben. Vielleicht ging alles so schnell, dass mein Gedächtnis es nicht festhalten konnte, vielleicht löschte die Aufregung meine Erinnerung an die Ereignisse augenblicklich aus. Wie auch immer: Stimmen schrien durcheinander, zwei Arme streckten sich mir entgegen, ich spürte das harte Weidengeflecht unter meinen Händen und kippte kopfüber auf den Boden des Korbes; das Knarren des Gestells, das Knirschen des Kohlebeckens auf den Schienen, das Sirren des Seils, das aus den Ösen gerissen wurde, all das vermischte sich zu einem schiefen Konzert; ich spürte einen heftigen Ruck, ein weit ausschwingendes Schaukeln, einen festen Griff unter meinen Armen; ich wurde auf die Füße gezogen, krallte meine Hände in das Korbgeflecht und sah noch, wie das Balkengerüst an mir vorbeizog, als würde es in der Erde versenkt.

Niemals hatte ich etwas Vergleichbares erlebt.

Plötzlich war alles still.

Der Korb schwebte an der obersten Plattform des Gerüstes vorbei.

Das Windrad drehte sich. Langsam.

Giancarlo Bellapianta hatte meine Schultern gepackt und stieß einen Triumphschrei aus. Ich blickte nach unten, und meine Knie wurden weich. Die Arbeiter, Atemwolken vor den Mündern, starrten mit aufgerissenen Augen zu uns herauf, als begriffen sie erst in diesem Moment, dass hier genau das geschah, was sie selbst vorbereitet und ausgelöst hatten.

Wir stiegen, vom Wind sanft zur Seite gedrückt, in einem schrägen Winkel immer höher. Die Schuppen und das Hauptgebäude, der Turm mit der Spinnmaschine – all das schien sich, beständig und von unsichtbaren Händen bewegt, gegeneinander zu verschieben. Die Maulbeerbäume standen in langen Reihen da und offenbarten die Genauigkeit, mit der sie eingepflanzt worden waren. Hinter dem glitzernden Fluss entfaltete die kleine Stadt ihr Gassengewirr, als neigte sie sich uns sanft entgegen. Am Horizont wurde ein vereinzelter Gebäudekomplex sichtbar, der wie ein Fremdkörper in der Landschaft lag und in der tiefstehenden Sonne einen langen Schatten warf: das Jagdschloss Ludovicos des Schwarzen.

Ich weiß nicht, wie lange wir so schwebten. Irgendwann stiegen wir nicht mehr auf, sondern trieben langsam über die verschneite Landschaft dahin: Weiden, Äcker, kleine Wäldchen, hier und da Brachland, Bewässerungskanäle, die sich schnurgerade von einem Horizont zum anderen zogen. Die Luft war kalt und klar. Meine Knie waren weich wie Butter, mein Puls hämmerte gegen meine Schädeldecke, und dennoch spürte auch ich etwas von dem Triumphgefühl, das Giancarlo Bellapianta erfasst hatte und das er in völliger Wortlosigkeit mit einem entrückten Lächeln auf dem Gesicht auskostete. Seine feingliedrigen Hände streichelten die Kante des Korbs wie den kostbarsten aller Schätze. Schließlich sank er neben mir auf die Knie, legte den Kopf auf die über der Brüstung verschränkten Arme und schloss die Augen. Niemals hatte ich ihn ruhiger gesehen.

Bald fühlte auch ich, wie eine nie gekannte Gelassenheit von mir Besitz ergriff. Unsere lautlose Reise durch die Luft war so unwirklich, dass ich für eine Weile die Möglichkeit in Betracht zog, ich sei vielleicht gestorben, meine Seele habe sich aus meinem Körper gelöst und schwebe dem göttlichen Richter entgegen; ich versuchte meine Sünden und die guten Werke zu überschlagen, doch mir wollten keine einfallen, kein Wunder, dachte ich, du hast dein Gedächtnis verloren, also kann Gott dir kaum einen Strick daraus drehen, dass du seit fast einem halben Jahr keinen Beichtstuhl betreten hast. Ich blickte auf das unter mir vorbeiziehende Muster, schneeweiß die Wiesen, grau-weiß gesprenkelt die umgepflügten Äcker, graubraun mit weißer Zeichnung die Birkenschonungen, grauschimmernd die Kanäle, rotbraun die Ziegeldächer der Gehöfte, auf denen der Schnee schon geschmolzen war, ein paar Rauchfahnen als verwehende Tupfer über den Schornsteinen, ein Schwarm Vögel tief unter uns, und mich übermannte das berauschende Gefühl, dass niemand mir etwas konnte, solange ich so schwerelos zwischen Himmel und Erde dahinsegelte: nicht Gott, der dort oben vielleicht darauf wartete, mich für Taten zur Rechenschaft zu ziehen, an die ich mich nicht erinnerte, und auch nicht der, der mir dort unten nach dem Leben trachtete. Trotz des überwältigenden Anblicks schloss auch ich die Augen.

Als ich sie wieder öffnete, war nicht mehr zu übersehen, dass wir zu sinken begannen. Die kahlen Baumkronen lösten sich in einzelne Äste auf. Weit vor uns sprang in langen Sätzen ein Reh zwischen den Bäumen hervor und flitzte über den Schnee wie von einer Bogensehne abgeschossen. Einen Augenblick später brach das Gewimmel einer Hundemeute aus dem Unterholz hervor. Ihr Kläffen schwoll an und ab.

Auch Giancarlo Bellapianta öffnete die Augen. Sein Blick folgte dem Reh. Wir sanken nun schneller. Als wir auf der Höhe der Baumwipfel waren, sprengte eine Gruppe von Reitern hinter dem Wald hervor und jagte den Hunden nach.

Giancarlo Bellapianta erhob sich mit einem Seufzer.

«Halt dich fest», sagte er nur. «Wir setzen gleich auf.»

Wenige Augenblicke später fuhr ein Stoß durch meinen Körper: Der Korb war auf das Stoppelfeld geprallt, neigte sich bedrohlich, als könnte er von der Vorwärtsbewegung nicht genug bekommen, kippte dann aber langsam zurück und stand. Der plötzliche Stillstand war fast genauso unwirklich wie das Abheben vom Boden.

Die Seidenblase strebte weiter voran, zerrte an den Seilen und richtete sich dann träge wieder auf. Die Reiter waren nur noch zweihundert Schritte entfernt. Pferde scheuten, aufgeregte Stimmen erklangen, Finger zeigten auf uns. Dann sprengten sie heran. Giancarlo Bellapianta kletterte aus dem Korb und half mir hinaus. Der unebene Acker unter meinen Füßen fühlte sich an, als sei er in Bewegung.

Die ersten Reiter waren herangekommen und schwangen sich aus den Sätteln. Ihre misstrauischen Blicke sprangen zwischen uns und der immer noch schwebenden Blase hin und her. Von hinten galoppierte ein Nachzügler heran, seine blonden Locken wehten im Wind. Noch bevor das Pferd zum Stehen gekommen war, ließ er sich aus dem Sattel gleiten. Ein besticktes Wams mit Zobelborte. Enge schwarze Beinkleider. Bleiche Haut. Seine kindlichen Gesichtszüge standen in einem merkwürdigen Gegensatz zu den Furchen um seinen Mund. Aus der Nähe wirkte er regelrecht zerrüttet.

«Wollt ihr wohl niederknien!», schrie eine raue Stimme aus dem Pulk der Reiter. «Seine Hoheit, der Herzog von Mailand!»

«Auch das noch», murmelte Giancarlo Bellapianta so leise, dass nur ich es hörte. Dann sanken wir pflichtschuldig auf die Knie.

Gian Galeazzo Sforza machte keinerlei Anstalten, unsere Demutsbezeugung in irgendeiner Weise zu würdigen. Mit einer wegwerfenden Geste gab er uns zu verstehen, dass wir uns wieder erheben sollten, und untersuchte anschließend mit großer Neugier die Flugmaschine. Er kletterte in den Korb, zog prüfend an den Seilen und spähte durch die Öffnung in die Seidenblase hinein, als sei darin etwas verborgen, das ihm Aufschluss über die geheimnisvollen Kräfte geben konnte, die sie in die Luft erhoben hatten. Dann begann er Giancarlo Bellapianta auszufragen, dessen Erklärungen er erstaunlich schnell zu begreifen schien. Schließlich nötigte er ihm das Versprechen ab, ihn bei einem der nächsten Flüge selbst in den Korb steigen zu lassen. Ich war immer noch so ergriffen, dass ich das Gespräch kaum mitbekam. Es war, als wären meine Ohren mit Watte verstopft.

«Das ist zu gefährlich, Hoheit», sagte der Kommandant der Leibwache jetzt. Sein unverblümt bestimmender Ton zeigte allzu deutlich, dass nicht der junge Herzog es war, der hier die Befehle gab, sondern ebendieses Bullengesicht mit der rauen Stimme, das jetzt mich in den Blick nahm und mich auf eine Weise musterte, als würde es ihm größte Befriedigung verschaffen, mich auf der Stelle niederzuschlagen. Ganz offensichtlich fungierte er als verlängerter Arm Ludovicos des Schwarzen und hatte dafür zu sorgen, dass Gian Galeazzo keinen Ärger machte. Der fügte sich widerwillig, wie er es offenbar immer tat, konnte sich aber die patzige, vor allem aber bittere Bemerkung nicht verkneifen, es könne seinem Onkel doch nur recht sein, wenn er abstürze, denn dann könne er endlich selbst Herzog werden.

Da dachte ich zum ersten Mal seit längerer Zeit wieder an Mustafa Efendi und die offenen Fragen. Und je länger ich in den folgenden Tagen und auch auf der Rückfahrt in die Stadt darüber nachgrübelte, wer in Mailand so alles ein Interesse haben könnte, jemand anders aus dem Weg zu räumen, desto deutlicher wurde mir, dass es doch eine ganze Menge Menschen gab, die einander nach dem Leben trachteten.

20

Die Geschichte von unserer unglaublichen Luftreise sprang von Mund zu Mund und hatte Mailand längst erreicht, als ich in das Haus von Bernardino Bellapianta zurückkehrte. In der ganzen Stadt sprach man von nichts anderem. Ein paar Bauern aus der Gegend von Vigevano hatten uns gesehen und zunächst für eine Himmelserscheinung gehalten, über deren Bedeutung leidenschaftlich gestritten wurde. Als die Einzelheiten der Geschichte sich herumsprachen, waren die meisten Leute der Ansicht, der bucklige Bruder des Kaufmanns aus Mailand habe einen Pakt mit dem Teufel geschlossen. Von einer Paste war die Rede, die der Ziegenfüßige ihm in einer Vollmondnacht im Tausch gegen seine Seele überreicht habe, ähnlich der Salbe, mit der Hexen ihre Besen behandelten, um sich in die Luft zu erheben. Giancarlo Bellapianta habe die Seide seines Fluggerätes damit bestrichen und anschließend über einen als Ofen getarnten Einstieg in das Innere der Erde die Glut des Höllenfeuers heraufgeholt, um die dämonischen Kräfte zur Entfaltung zu bringen. Einige machten fortan einen großen Bogen um Bernardino Bellapiantas Anwesen. Andere schreckte das nicht ab, im Gegenteil: Sie kamen aus den umliegenden Orten herbei, drückten sich vor der Mauer herum und versuchten, einen Blick auf das merkwürdige Fluggerät zu werfen, das kurz nach unserer Landung von ein paar Helfern wieder abtransportiert und in einem der

Schuppen verstaut worden war, um es vor neugierigen Blicken zu schützen.

Paolo war also schon bestens informiert, als ich ihn am Morgen nach meiner Rückkehr im Innenhof traf und wir nach fast sechs Wochen wieder auf unserem Brunnenrand Platz nahmen.

Meinen Bericht quittierte er mit demonstrativer Gleichgültigkeit; ganz offensichtlich hätte er es lieber gesehen, wenn ein göttlicher Blitzstrahl uns am Abheben gehindert hätte. Er murmelte ein paar Verwünschungen über die Anmaßung der Menschen vor sich hin und kam dann auf den jungen Herzog zu sprechen.

«War er betrunken?», fragte er.

«Ich glaube nicht», sagte ich. «Er wirkte etwas aufgekratzt.»

«Dann war das wohl einer seiner guten Tage. Man erzählt sich, dass er meistens zu nichts zu gebrauchen ist, weil er viel zu viel säuft. Er sitzt dann tagelang in seiner Kammer in Pavia und starrt vor sich hin. Und die Leibwächter lassen ihn gewähren. Eigentlich sollen sie ihn nur von Mailand fernhalten, damit sein Onkel weiterhin schalten und walten kann, wie er will. Wahrscheinlich hofft Ludovico darauf, dass Gian Galeazzo irgendwann aus einem seiner Räusche einfach nicht mehr aufwacht.»

«Meinst du wirklich, Ludovico hat Angst vor diesem Kind?», fragte ich.

«Vor ihm selbst nicht. Aber es gibt ein paar alte Familien, die Ludovico gern stürzen würden, weil er ihnen die einflussreichen Posten weggenommen und an seine eigenen Günstlinge verteilt hat. Ein willenloser Trinker auf dem Thron wäre denen auch ganz recht.»

«Was sind denn das für Günstlinge?», fragte ich.

Paolo zog eine Augenbraue hoch. Er blickte sich um, als fürchtete er Lauscher, aber niemand war zu sehen. Dann neigte er verschwörerisch den Kopf. «Glaubst du vielleicht, man kann ohne Protektion zum größten Seidenhersteller des ganzen Herzogtums aufsteigen? Glaubst du, man kann nach Herzenslust Waffen an die Türken verkaufen, ohne dass die Behörden von ganz oben die Anweisung bekommen haben, durch die Finger zu sehen?»

Ein paar Kontorgehilfen schlenderten durch den Hof, und Paolo verstummte. Wir blickten ihnen hinterher, bis sie in einem Durchgang verschwunden waren.

Paolo beugte sich noch näher zu mir herüber. Er flüsterte fast. «Abgesehen davon schuldet Ludovico ihm jede Menge Geld. Wenn er stürzt, sieht Bernardino nichts davon wieder.»

«Also muss ihm daran gelegen sein, dass Ludovico an der Macht bleibt», stellte ich fest.

«Ganz genau. Ob mit Herzogtitel oder ohne. Und er wird einiges dafür tun.»

«Nehmen wir mal an, Gian Galeazzo stirbt», sagte ich. «Wird Ludovico dann Herzog?»

«So einfach ist das nicht. Gian Galeazzo hat einen dreijährigen Sohn. Wusstest du das nicht?»

«Das war mir entfallen», sagte ich sarkastisch.

«Und nicht nur das. Seine Frau ist wieder in gesegneten Umständen, heißt es. Wenigstens das scheint bei ihm immer noch zu klappen. Falls Gian Galeazzo sterben sollte, kann Ludovico ihn also nicht einfach beerben, aber er gewinnt Zeit. Er wird sich die Vormundschaft sichern und kann sich dann in Ruhe überlegen, wie er seinen minderjährigen Großneffen kaltstellen kann. Angeblich hat der Kaiser ihm ja den Herzogtitel zugesagt, als Gegenleistung für die Mitgift seiner Nichte. Und jetzt rate mal, wer Ludovico das fehlende Geld dafür geliehen hat!»

«Nein!»

«Doch. Wenn Gian Galeazzo stirbt, sind alle zufrieden. Und wenn er wirklich so viel säuft, wie behauptet wird, dann vergiftet er sich freundlicherweise sogar selbst. Aber vielleicht geht das Ludovico trotzdem nicht schnell genug. Es gibt da nämlich noch so ein Gerücht.»

Ich war so gespannt, dass ich fast zu atmen vergaß. Irgendwo schepperte Metall. Wieder blickte Paolo sich um.

«Angeblich trägt Gian Galeazzo sich mit dem Gedanken, zugunsten seines Sohnes abzudanken.»

«Und weiter?»

«Seine Frau ist eine Enkelin von König Ferrante von Neapel. Und genau wie ihr Großvater hasst sie Ludovico wie die Pest, weil er sie behandelt wie eine abgehalfterte Hofdame und nicht wie die rechtmäßige Herzogin von Mailand. Mal angenommen, sie beschwatzt Gian Galeazzo, die Vormundschaft für ihren Sohn König Ferrante zu übertragen. Dann hätte der in Mailand einen Fuß in der Tür, sein Urenkel wäre der legitime Herzog und Ludovico plötzlich nur noch ein Unruhestifter.»

«Aber wie will Ferrante das durchsetzen?»

«Na, wie wohl? Durch Krieg. Allerdings hat Ludovico den Braten längst gerochen. Er verhandelt seit einiger Zeit mit den Franzosen, weil König Karl auf den Thron von Neapel schielt. Es gibt da irgendwelche alten Verwandtschaftsverbindungen, und die Juristen sind gerade dabei, ihre Traktate zusammenzuschustern. Natürlich ist das an den Haaren herbeigezogen. Aber mehr als einen Vorwand braucht Karl gar nicht, um in Italien einzufallen. Er ist zwar dumm wie Pferdescheiße, aber besessen von Ehrgeiz und Eitelkeit.

Angeblich bezahlt Ludovico die Lieblingskonkubine des Königs dafür, dass sie ihm im Bett die Ohren vollsäuselt, damit er nachts von Neapel träumt.»

Ich grübelte eine Weile, um die komplizierten Zusammenhänge zu ordnen. «Dann wäre es für Ludovico also am besten, Gian Galeazzo stirbt, und die Franzosen schaffen ihm Ferrante vom Hals», fasste ich zusammen.

«Genau das.»

Wir schwiegen eine Weile, während unsere Gedanken ihre Runden drehten. Paolo ließ die Beine baumeln und trommelte mit den Fingern auf dem Brunnenrand herum. Ich wusste, dass er an den toten Mustafa Efendi mit seiner Giftampulle dachte.

Doch noch bevor einer von uns etwas sagen konnte, wurde unser Schweigen plötzlich unterbrochen: Ein vielleicht zwölfjähriger Junge kam in den Hof gerannt, einer der Lehrlinge aus der Weberei, der bei Bedarf auch als Bote eingesetzt wurde, ein flinker kleiner Naseweis aus Neapel, mager und zappelig. Je aufgeregter er war, desto stärker nuschelte er, und wegen der gemeinsamen Heimatstadt schien er Paolo als so etwas wie seinen großen Bruder zu betrachten.

Völlig außer Atem prallte er beinahe gegen den Brunnen und begann sofort, an Paolo herumzuzerren.

«Ich hab ihn gesehen», schrie er, «ich hab ihn gesehen! Er war ganz besoffen! Der Mann von deiner Zeichnung! Der mit den durchlöcherten Ohren! Sie haben ihn aufgehängt! Ganz besoffen war er!»

Ich brauchte ein paar Augenblicke, um seinen neapolitanischen Redeschwall in meinem Kopf in Worte einer verständlichen Sprache zu zerlegen, auch wenn ich durch Paolos Aussprache schon einige Übung darin hatte. Als ich begriff, welche Zeichnung er meinte, hatte ich für einen Augenblick das Gefühl, das Herz sackte in meiner Brust nach unten und setzte irgendwo in den Eingeweiden auf.

Paolo packte ihn am Arm und schüttelte ihn. «Wo?», fauchte er.

«Hinter San Lorenzo Maggiore! Madonna, war der besoffen! Luca il Rampeghín haben sie ihn genannt! Sie mussten ihn zu dritt aufs Schafott schleifen, weil er nicht mehr gehen konnte!»

Paolo blickte zu mir herüber. Ich musste wohl kreidebleich geworden sein, denn er klatschte mir auf die Wange und wandte sich dann wieder an den Jungen, dessen Arm er die ganze Zeit festgehalten hatte.

«Jetzt reiß dich zusammen, Salvo!», schnauzte er ihn an. Der Junge zuckte einmal kurz, als hätte Paolo ihm eine geklebt und nicht mir, dann sammelte er tatsächlich seine Gedanken und begann zu berichten, immer noch aufgeregt, aber nun wenigstens in zusammenhängenden Sätzen.

Was Salvo uns erzählte, war die Geschichte eines Mannes, dessen Leben an diesem Nachmittag auf der Hinrichtungsstätte hinter San Lorenzo Maggiore vor Salvos Augen zu Ende gegangen war. Salvo war zufällig auf einem Botengang zu einem der Lager am anderen Ende der Stadt dort vorbeigekommen, kurz bevor der Henker Luca il Rampeghín, der von zwei Gehilfen gestützt werden musste, die Schlinge um den Hals gelegt hatte. Salvo hatte noch nie eine Hinrichtung mit angesehen, und während Neugier und Widerwillen angesichts des bevorstehenden Spektakels in seiner mageren Brust miteinander gekämpft hatten, hatte ihn beim Anblick des Verurteilten wie der Blitz die Erkenntnis durchzuckt, dass es sich um den Mann mit den durchbohrten Ohren handelte, dessen Bild Paolo ihm einige Wochen zuvor gezeigt hatte. Und weil Salvo ein vorwitziger Junge war, hatte er die Gelegenheit ergriffen, die Umstehenden nach dem Kerl auszufragen, und war auf diese Weise auch gleich darum herumgekommen, allzu genau hinsehen zu müssen, als der Henker den Schemel weggezogen hatte.

Luca il Rampeghín hatten sie ihn also genannt. Der Name war ein Begriff in den Gassen des Färberviertels am stinkenden Kanal vor der Porta Ticinese, und als sein Genick mit lautem Knacken brach und sein Körper nach ein paar letzten von den Fesseln an Händen und Füßen gebändigten Zuckungen leblos am Seil baumelte, da stöhnte nach Salvos Eindruck manch einer in der Menge auch vor Erleichterung auf.

Während ich seinem Bericht lauschte, beschlich mich die unheilvolle Ahnung, dass das triste Leben, das Luca il Rampeghín geführt hatte, auch mein eigenes hätte gewesen sein können, einschließlich seines plötzlichen und gewaltsamen Endes.

Luca il Rampeghín konnte an Wänden hochklettern wie der Vogel, dem er seinen Spitznamen verdankte. Er stieg an Mauerfugen empor, zog sich einhändig an Fenstersimsen hoch und hangelte sich wie ein Affe unter Dachtraufen entlang. Seine Mutter hatte ihr Geld im Bordell bei San Giacomo in Raude verdient und sich nach seiner Geburt aus dem Staub gemacht. Er war zusammen mit seinem älteren Halbbruder Matteo bei seinem Erzeuger aufgewachsen und zum Taschendieb ausgebildet worden, bis der Vater sich eines Tages in einem Gasthaus in Binasco am Beutel eines herzoglichen Geldboten vergriffen hatte und am Galgen geendet war. Angeblich hatte der kleine Luca, damals elf Jahre alt, dem Priester den silbernen Rosenkranz geklaut, während der seinem Vater die letzte Beichte abgenommen hatte. Bald darauf war er im Färberviertel vor der Porta Ticinese aufgetaucht und hatte sein Talent dafür genutzt, an den riesigen Marmorsäulen vor San Lorenzo Maggiore hochzuklettern, während Matteo den Gaffern das Geld aus der Tasche fischte. Einige Jahre später hatte es Matteo erwischt, und er war ihrem Vater an den Galgen gefolgt. Luca hatte man der Mittäterschaft überführt, aber mit einer milderen Strafe davonkommen lassen. Als der Henker ihm im Anschluss an Matteos Hinrichtung mit einem glühenden Eisen die Ohren durchbohrte, hatte er sich geschworen, fortan nicht mehr aufzufallen. Von diesem Tag an nutzte er sein Talent für nächtliche Einbrüche in anderen Stadtvierteln. Wegen seiner außerordentlichen Begabung auf diesem Gebiet tauchten bald dubiose Gestalten mit tief ins Gesicht gezogenen Kapuzen bei ihm auf, steckten ihm Zettel mit den Adressen verreister Kaufleute zu und kauften ihm hinterher die Beute ab. Luca brachte es zu Geld und begann, in den Wirtshäusern damit um sich zu werfen. Doch anstatt sich auf diese Weise den Respekt der Bewohner des Färberviertels zu erwerben, verdarb er es sich mit ihnen, weil er im Suff immer wieder Streit vom Zaun brach und ohne Vorwarnung auf andere Leute losging. Je mehr er trank, desto schlimmer wurde es, und je schlimmer es wurde, desto mehr trank er. Dennoch blieben die Gerüchte über seine Geschäfte im Viertel, denn ein Schläger und Unruhestifter war den Leuten immer noch lieber als in der Nachbarschaft herumschnüffelnde Beamte des Justizhauptmanns. Man ging Luca il Rampeghín aus dem Weg. Doch weil seine Einbrüche beträchtliche Beute abwarfen, fand er immer wieder Helfer, die sich vorübergehend mit ihm zusammentaten. Vor einigen Monaten war er eine Zeitlang mit einem jungen Mann namens Pandolfo gesehen worden, den niemand im Färberviertel kannte und der eigentlich gar nicht zu Luca il Rampeghín passte: Pandolfo war zurückhaltend, fast schüchtern, dabei freundlich und hilfsbereit gewesen. Er begleitete Luca nie auf dessen Sauftouren und ging Schlägereien aus dem Weg. Stattdessen saß er lieber am Ufer des Kanals und zeichnete: die Stadtmauer, die sich hinter den geduckten Hütten der Färber erhob, die Boote auf dem Kanal, spielende Kinder, streunende Katzen und manchmal auch die Gesichter der Leute aus der Nachbarschaft, die bei ihm stehen blieben und zusahen, wie die Kohle über das Papier flog.

An dieser Stelle von Salvos Erzählung wurde mir so schwindlig, dass ich mich am Rand des Brunnens festhalten musste. Einen Augenblick lang konnte ich mich nicht rühren, weil ich fürchtete, das Gleichgewicht zu verlieren, wenn ich nur den Kopf drehte. Aus dem Augenwinkel sah ich, dass Paolo mich anstarrte wie ein Gespenst. Salvo dagegen war so tief in seine Geschichte versunken, dass er unsere Blicke gar nicht bemerkte, sondern einfach weiterschnatterte.

«Der hat immer so kleine Eulen in die Ecken seiner Zeichnungen gesetzt», rief er. «Darum haben sie ihm den Spitznamen Gufo gegeben. Vor einem halben Jahr ist er spurlos verschwunden. Kurz vorher hat Luca il Rampeghín im Vollrausch einem der Wirte erzählt, dass er eine ganz große Sache plant. Die Leute vermuteten, dass Pandolfo dabei vielleicht erwischt worden ist. Jedenfalls war er plötzlich weg. Luca il Rampeghín ist auch für ein paar Wochen abgetaucht. Irgendwann war er wieder da, und alles ging weiter wie vorher. Und dann haben sie ihn im Haus von Antonio Landriani erwischt. Keine Ahnung, wer das ist.»

«Der Generalschatzmeister des Herzogs», murmelte Paolo.

«Na, jedenfalls haben sie ihn da geschnappt, wie er gerade eine Truhe aufgebrochen hat. War einfach an der Fassade hochgeklettert und durch eine Dachluke eingestiegen. Und das war's. Im Kerker hat er sich noch mal richtig besoffen. Der konnte gar nicht mehr stehen auf dem Schafott! Der hat …»

«Halt mal kurz den Schnabel!», sagte Paolo grob. Salvo verstummte erschrocken.

Wir sahen uns wortlos an. Und mir war, als könnte Paolo durch meine Augen hindurch in meinen Kopf blicken und all die Dinge sehen, die darin ausgelöscht waren, während nur ein Name wie ein Echo zwischen den Wänden meines entleerten Schädels hin- und hergeworfen wurde: Pandolfo.

Eine Glocke läutete.

Pandolfo. Das Fadenende, das plötzlich aus dem verschlossenen Kokon meiner Erinnerungen hervorschaute.

Das Läuten verklang.

Ich war Pandolfo. Der Komplize, Kumpan, Gehilfe, vielleicht sogar Freund von Luca il Rampeghín, einem Säufer, Schläger und Einbrecher aus dem Färberviertel vor der Porta Ticinese, wo der Pissegestank der Bleichmittel einem an windstillen Tagen die Tränen in die Augen trieb. Wo die Besoffenen in der Gosse aufeinander und anschließend zu Hause auf ihre Frauen einprügelten; wo man von klein auf lernte, nicht mit den Beamten des Justizhauptmanns zu sprechen; wo die Mädchen davon träumten, von Kaufmanssöhnen aus der Contrada degli Spadari geheiratet zu werden, nur um sich dann doch von einem der groben Jungen aus der Nachbarschaft hinter einer Bretterbude schwängern zu lassen.

Ich, der Schutzbefohlene des größten Seidenhändlers von Mailand, saß in teuren Kleidern auf einem Brunnen aus Marmor und war in Wahrheit doch nur ein Gauner aus der dreckigsten und verrufensten Gegend der Stadt. Ein Dieb oder Schlimmeres.

Paolo legte mir einen Arm um die Schulter, als wollte er meine Zugehörigkeit zu der Welt bekräftigen, in der wir uns begegnet waren. Salvo kaute auf seiner Unterlippe herum und begriff offenbar immer noch nichts.

Pandolfo. Ein Kind des Kanals. Ich sah auf das Muster der schwarzen und weißen Flusskiesel, mit denen der Boden des Hofes gepflastert war, und mir schien, als ob darunter der Abgrund läge, in den ich nun würde blicken müssen. Die beinahe spielerische Neugier, mit der Paolo mich in den unbeschwerten Tagen unseres Kennenlernens angesteckt hatte, war wie weggeblasen. Ich hatte Angst.

«Willst du …», begann Paolo unbeholfen.

«Ich muss», sagte ich.

Noch am selben Abend führte Salvo uns hin. Paolo hatte ihn sich vorgeknöpft und ihn auf den Rosenkranz schwören lassen, mit niemandem über die Geschichte zu reden. Das genüge, um einem Neapolitaner den Mund zu verschließen, sagte er.

Wir warteten die Dunkelheit ab. Da mein Gesicht im Färberviertel vor der Porta Ticinese offenbar einigermaßen bekannt war, hatte Paolo mir einen Umhang mit Kapuze besorgt, damit wir uns umsehen konnten, ohne dass mich gleich jeder erkannte. Ich fühlte mich schrecklich unwohl, als wäre es gerade diese Verkleidung, die mich deutlich sichtbar als jemanden auswies, der etwas zu verbergen hatte. Fühlte man sich so, wenn man ein Dieb war?

Als wir die Piazza Verzaro überquerten, fiel mein Blick auf die Stelle, an der Bernardino Bellapianta mich ein halbes Jahr zuvor gefunden hatte. Diesmal lag dort kein Abfallhaufen; alles war sauber gekehrt. Die Fassade des erzbischöflichen Palastes ragte feindselig vor mir auf.

Je näher wir unserem Ziel kamen, desto tiefer sank mein Blick, und ich wusste nicht, wovor ich mehr Angst hatte: vor dem Erkennen oder vor dem Erkanntwerden. Solange wir durch die besseren Straßen gingen, erhellten das Licht aus den Fenstern und die an den Wänden der größeren Häuser angebrachten Fackeln den Weg. Unsere Schatten vervielfältigten sich auf dem Fischgrätmuster des Pflasters, umkreisten uns, sprangen voran, fielen zurück, verschmolzen miteinander und lösten sich wieder. Zwischen den Häusern wurden die Reste der inneren Stadtmauer sichtbar, zerbröckelt, überbaut und durchbrochen von Tordurchfahrten. Unkraut wuchs in Büscheln aus den Fugen. Die Stadt kam mir vollkommen fremd vor.

Die Häuser wurden kleiner, und irgendwann öffnete sich die große Freifläche hinter San Lorenzo Maggiore: die Hinrichtungsstätte, auf der an diesem Tag Luca il Rampeghín sein verkorkstes Leben am Strick ausgehaucht hatte. Der verwaiste Galgen ragte gegen den tiefhängenden Wolkenhimmel auf, der aussah, als wollte er sich jeden Augenblick auf uns herabsenken, um uns wie eine feuchte Decke zu ersticken. Schneegeruch lag in der Luft. Dann und wann begegneten uns Menschen ohne Gesichter, Atemwolken vor den Mündern.

Wir umrundeten die Basilika mit ihrer gedrungenen Kuppel. Der Bau lag in seinem Kapellenkranz da wie ein riesiges Mutterschwein, an dessen Bauch sich ein Wurf steinerner Ferkel zusammendrängte.

Die Porta Ticinese war bis auf ein kleines Seitentor geschlossen. Die Wachen musterten uns feindselig, als wir die Brücke betraten. Wir überquerten den Graben. Ein Windstoß griff nach meinem Umhang, und ich zog mir die Kapuze noch tiefer ins Gesicht. Unter uns glitzerte schwach das Wasser.

Auf der anderen Seite der Brücke lag ein Meer aus windschiefen Baracken. Der ätzende Gestank der Bleichmittel stieg mir in die Nase. Kurz vor der Einmündung des Kanals in den Stadtgraben bog Salvo in eine dunkle Seitengasse ein. Obwohl er an diesem Morgen noch gar nicht gewusst hatte, worum es eigentlich ging, war er so vorausschauend gewesen, die Gaffer bei der Hinrichtung beiläufig nach dem Haus von Luca il Rampeghín zu fragen. Er bewegte sich mit einer Sicherheit, als sei er selbst in dieser Gegend aufgewachsen, und wahrscheinlich war genau das der Grund, warum wir nicht weiter auffielen. Ein paar Betrunkene taumelten an uns vorbei und verschwanden in einem Wirtshaus, aus dem derbe Gesänge auf die Straße drangen. Im schwachen Licht, das aus den Fenstern schwappte, bewegten sich taumelnde Schatten. Das Schild über der Tür zeigte einen in das Holz gebrannten Gockel mit übertrieben großen Krallen. Paolo warf mir einen fragenden Seitenblick zu. Ich schüttelte unsicher den Kopf. Keine Erinnerung wollte sich einstellen.

Die krumme Gasse endete am Kanal. Fast schien es, als wohnte hier niemand mehr. Nur durch einige Ritzen in den Fensterläden quälte sich ein schwacher Lichtschein heraus. Eine Gestalt huschte am Ende der Gasse davon.

«Hier ist es», flüsterte Salvo. «Das letzte Haus auf der rechten Seite. Hier hat er gewohnt.»

Mein Puls klopfte schnell und laut unter der weichen Stelle, an der ein Stück von meinem Schädelknochen fehlte.

Die Tür war angelehnt. Mit einem leisen Seufzer schob Paolo sie ganz auf. Wir traten in völlige Dunkelheit. Paolo stieß gegen ein Möbelstück und fluchte leise.

«Moment», sagte Salvo. Ich hörte Stoff rascheln, dann ein metallisches Klirren, dann mehrmals das scharfe Klacken von Feuerstahl auf Stein. Funken stoben. Ein winziger glühender Punkt erschien, jemand pustete ein paarmal, die Glut wurde größer, und kurz darauf breitete sich das Licht einer Kerzenflamme aus, das Salvos schmale Hände beleuchtete, dann sein Gesicht und schließlich auch die staubigen Dielen, auf denen Kleidungsstücke lagen. Ein Tisch mit zwei umgekippten Stühlen, eine Truhe, die untersten Stufen einer Treppe im hinteren Teil des Raumes. Von draußen schwollen dumpf die Gesänge aus dem Wirtshaus an und ab. Als die Flamme sich zu voller Größe aufgerichtet hatte, wurde das ganze Durcheinander sichtbar: umgestürzte Kisten, leere Flaschen, angerostetes Küchengeschirr und alle Arten von Plunder lagen verstreut herum. Ganz offensichtlich hatte jemand das Haus durchsucht. Die Leute des Justizhauptmanns auf der Suche nach Beweisen? Die Nachbarn, die sich die Habseligkeiten von Luca il Rampeghín unter den Nagel gerissen hatten, kaum dass der Henker ihn vor den Thron seines Schöpfers geschickt hatte?

Während ich unschlüssig herumstand, halb benommen vor Angst, begann Paolo entschlossen mit der Durchsuchung des Zimmers, wobei er Salvo unwirsche Kommandos zuzischelte, wie er die Kerze halten sollte. Sein Schatten tanzte an der Wand, als er sich über die Truhe beugte und ein paar muffig stinkende Decken hinter sich warf. Plötzlich hielt er inne.

«Schau an», sagte er nur. Und dann: «Das gibt's doch nicht.»

Er langte in die Truhe und fischte mehrere Bögen Papier hervor. Richtete sich auf. Ging zum Tisch und breitete die gelblichen Blätter darauf aus. Mit zitternden Knien trat ich näher. Die unstete Kerzenflamme beleuchtete ein Gewirr aus hastig hingezeichneten Strichen. Pfosten, Balken, Streben, die sich zu einem zylindrischen Gebilde zusammenfügten. Wellen, Stangen, Kurbeln und ineinandergreifende Zahnräder, deren Zusammenwirken in weiteren Zeichnungen vergrößert dargestellt war. Spulen und Haspeln.

Die Spinnmaschine.

Unten, in der Ecke der Übersichtszeichnung, eine kleine Eule.

Und ich begriff schlagartig, dass mich mit Bernardino Bellapianta schon etwas verbunden hatte, bevor er mich auf der Piazza Verzaro aufgelesen hatte.

21

Bernardino Bellapianta und sein Bruder betrachteten die Pläne auf dem wuchtigen Arbeitstisch lange und aufmerksam, während es mich vor Unruhe kaum auf dem Stuhl hielt. Die Papiere lagen nebeneinander ausgebreitet wie Beweisstücke meiner Niedertracht, über die die Zwillinge nun zu Gericht saßen. Paolo stand am Fenster und blickte hinaus in den grauen Novembernachmittag. Stand da wie ein Anwalt, der darauf wartet, dass ihm das Wort erteilt wird, um mit viel gutem Willen und wenig Hoffnung einen Angeklagten zu verteidigen, an dessen Schuld längst keine Zweifel mehr bestehen. Trommelte mit den Fingern auf dem Fenstersims herum. Suchte meinen Blick. Ich wich aus.

Und ich wagte es auch nicht, die Zeichnungen anzuschauen. Meine Zeichnungen, die ich irgendwann vor der Auslöschung meiner Erinnerungen angefertigt haben musste. Die Tatsache, dass sie ausgerechnet im Haus von Luca il Rampeghín aufgetaucht waren, verhieß nichts Gutes. Paolo und ich hatten nach der Rückkehr von unserem nächtlichen Ausflug lange darüber geredet, was unsere Entdeckung zu bedeuten hatte. Und wie man es auch drehte und wendete, es gab nur eine Erklärung, die einigermaßen plausibel war: Jemand musste Luca den Auftrag erteilt haben, die Pläne zu beschaffen, um die Maschine nachzubauen. Und Luca hatte mich, seinen Komplizen, darauf angesetzt, weil ich über die einzigartige Gabe verfügte, sie schnell und genau abzuzeichnen. Er hatte mir mit seinen Einbrecherkünsten Zutritt zu Bernardino Bellapiantas Haus verschafft, und ich hatte die Einzelteile der Maschine, eins nach dem anderen, in der Werkstatt von dessen Bruder zu Papier gebracht und zu einem Gesamtplan zusammengesetzt. Eine andere Erklärung gab es nicht.

Was hatte die Eule zu bedeuten? Wie war es möglich, dass ausgerechnet diese winzige Einzelheit es geschafft hatte, der Auslöschung meiner Erinnerung zu entgehen, diese Eule und das Gesicht von Luca il Rampeghín, das plötzlich in der Dunkelheit vor mir aufgetaucht war, nachdem Bernardino Bellapianta mir seine Stoffsammlung gezeigt hatte? Oder war in Wirklichkeit gar nichts ausgelöscht worden? War alles noch da, irgendwo in einem Winkel meines Kopfes, zurückgehalten von einer Barriere, durch die jederzeit weitere Bilder sickern konnten? Oder schlimmer noch: die vielleicht irgendwann plötzlich unter dem Druck der aufgestauten Erinnerungen bersten würde, sodass sich eine giftige Flut von Einzelheiten in mein Bewusstsein ergießen würde, die bewiesen, was für ein Lump ich in Wirklichkeit war?

Paolo hatte mir tatsächlich angeboten, die Zeichnungen verschwinden zu lassen und Bernardino Bellapianta nichts zu erzählen, aber das hatte ich nicht gewollt. Stattdessen hatte ich darauf bestanden, sie ihm sofort am nächsten Tag zu zeigen. Und jetzt saß ich vor ihm, zusammengekauert auf meinem Stuhl, und fühlte mich nicht nur wie ein Dieb, sondern wie ein Verräter der schlimmsten Sorte, der seinen Lebensretter und Wohltäter bei Nacht und Nebel hintergangen hatte.

Wie viele Nächte hatte ich gebraucht, um das zu tun? Wie oft hatte ich heimlich in den Palast einsteigen müssen, dessen Gastfreundschaft ich nun schon seit einem halben

Jahr genoss? Wie war ich in die Werkstatt von Giancarlo Bellapianta gelangt? Hatte Luca il Rampeghín neben mir gestanden und die Kerze gehalten, während ich zeichnete? Hatten wir anschließend gefeiert und auf die Unvorsichtigkeit von Bernardino Bellapianta angestoßen, der sein Haus nicht ausreichend gesichert hatte? Hatten wir uns über Giancarlo Bellapianta lustig gemacht, den buckligen Einfaltspinsel, der seine wertvollen Entwürfe, Muster und Modelle offen herumliegen ließ? Und hatte ich es nicht verdient, dass Bernardino Bellapianta mich nun mit einem Tritt auf die Straße zurückbeförderte, von der er mich aufgelesen hatte?

Bernardino Bellapianta schob die Papiere zusammen, stützte den Kopf auf die Hände und blickte seinen Bruder an. Er wirkte beinahe belustigt.

«Kann man diese Pläne anfertigen, ohne die Maschine selbst vor Augen zu haben?», fragte er. «Ich meine, kann es sein, dass das einfach nur Kopien der Zeichnungen von Benedetto sind?»

Giancarlo Bellapianta schüttelte nachdenklich den Kopf. «Benedetto macht keine Zeichnungen.»

«Ach nein? Interessant.» Bernardino Bellapianta schien überrascht. «Also nur du?»

Giancarlo Bellapianta nickte.

«Aber von dir können die Vorlagen auch nicht sein», stellte Bernardino Bellapianta fest. «Dafür sind die Zeichnungen viel zu gut.»

«Was soll das denn heißen?»

Bernardino Bellapianta hob die Hände in einer Unschuldsgeste. «Das sagen die Handwerker, die sich ständig bei mir über deine Zeichnungen beschweren: ungenauer Maßstab, wirre Streichungen, konfuse Verweise, unleserliche Beschriftungen und so weiter. Mit diesen Plänen hier»

– er schlug mit dem Handrücken auf den Papierstapel – «wären sie wahrscheinlich ein halbes Jahr früher fertig gewesen. Was sagt uns das?»

Giancarlo Bellapianta schnaubte missmutig.

Bernardino Bellapianta schenkte mir ein Lächeln, bevor er sich wieder an seinen Bruder wandte. «Ein Glück, dass wir diesen begabten Zeichner für uns gewinnen konnten.»

«Er hat uns bestohlen», protestierte Giancarlo Bellapianta.

Bernardino Bellapianta schüttelte den Kopf. «Nicht er, sondern der, der er vorher war. Der Schlag auf den Kopf war sein Damaskus.» Er blickte lächelnd zum Fenster. «Saul, warum verfolgst du mich?», fragte er versonnen.

«Blasphemie», murmelte Paolo fast unhörbar.

Ich war gerührt und beschämt zugleich. Würde ich jemals glauben können, dieses Vertrauen zu verdienen? Es war, als traute ich mir selbst nicht über den Weg.

Giancarlo Bellapianta nickte bedächtig. Ich konnte sein Zögern gut verstehen. Immerhin hatte er selbst mir in Vigevano die Maschine vorgeführt, nur um jetzt zu erfahren, dass ich sie ein halbes Jahr zuvor in allen Einzelheiten studiert und abgezeichnet hatte. Vielleicht hegte er sogar den Verdacht, dass ich den Erinnerungsverlust nur simulierte, um mich im Haus der Zwillinge einzunisten.

Nachdenklich und sehr langsam blätterte Giancarlo Bellapianta durch die Papiere. Nahm sich ein Blatt vor und studierte es eingehend. Verglich es mit einem anderen.

«Das kann er nicht ohne Anleitung gemacht haben», sagte er schließlich und wies auf ein paar vergrößert dargestellte Zahnräder. «Man muss die Maschine sehr genau kennen, um zu wissen, von welchen Baugruppen man Detailzeichnungen braucht und von welchen nicht. Sonst lässt sich das nicht nachbauen.»

Bernardino Bellapianta lehnte sich zurück, verschränkte die Hände hinter dem Kopf, ließ die Finger knacken und dachte nach. Schließlich beugte er sich wieder vor.

«Wie viele Leute kommen dafür in Frage?», wollte er wissen.

«Nicht viele.»

«Was heißt das?»

«Eigentlich nur einer.»

«Benedetto.»

«Ja», murmelte Giancarlo Bellapianta finster. «Eigentlich nur Benedetto.»

«Und? Hältst du es für möglich, dass Benedetto und Luca il Rampeghín unter einer Decke gesteckt haben? Dass er Pandolfo eingelassen hat, um die Maschine zu zeichnen? Dass er ihm gezeigt hat, wie er es machen soll?»

Giancarlo Bellapianta wiegte widerstrebend den Kopf. «Er ist ein zuverlässiger Mechaniker.»

«Das war nicht die Frage.»

Giancarlo Bellapiantas Blick wanderte ziellos über die Tischplatte. Schließlich sagte er: «Eigentlich traue ich ihm das nicht zu.»

«Solltest du aber. Du hättest ihm gegenüber etwas misstrauischer sein müssen.»

«Dafür gab es keinen Anlass.»

Bernardino Bellapianta beugte sich vor und blickte seinen Bruder eindringlich an, als wollte er dessen Reaktion auf seine Worte prüfen. Dann sagte er: «Benedetto arbeitet nicht nur für dich, sondern auch für mich. Und bisweilen geht er ein bisschen zu weit.»

Eine tiefe Falte furchte Giancarlo Bellapiantas Stirn. «Was soll denn das heißen?»

Bernardino Bellapianta warf einen kurzen Blick in Paolos

und meine Richtung, als sei ihm zwischenzeitlich entfallen, dass wir auch noch da waren. Dann schüttelte er unwillig den Kopf wie jemand, der schon zu viel gesagt hat.

«Das willst du gar nicht so genau wissen», sagte er, wieder an seinen Bruder gewandt. «Auf jeden Fall ist ihm nicht zu trauen.»

Wieder schwieg Giancarlo Bellapianta lange. «Aber wenn es wirklich so war: Warum lagen die Zeichnungen bei Luca il Rampeghín in der Truhe? Benedetto müsste sie mitgenommen haben.»

Bernardino Bellapianta schnaubte verächtlich. «Wahrscheinlich haben sie Kopien gemacht. Weil es mehrere Interessenten gibt.» Er schlug mit der Hand auf den Tisch. «Wir werden uns Benedetto zur Brust nehmen müssen. Wo steckt der überhaupt?»

«Hat sich bis zum Frühjahr abgemeldet. Die Arbeit in Vigevano ist erledigt.»

«Dann lasse ich ihn suchen. Wollen doch mal sehen, ob wir den nicht zum Reden bringen», sagte Bernardino Bellapianta finster. «Vielleicht kann er uns dann auch gleich erzählen, wer unserem Pandolfo den Schädel eingeschlagen hat. Falls er es nicht sogar selbst getan hat.»

Schweigen trat ein. Ich war viel zu aufgewühlt, um einen klaren Gedanken zu fassen. Doch plötzlich traf mich die Erkenntnis wie ein kalter Wasserschwall: Wenn Benedetto mich eingelassen und angeleitet hatte, dann kannte er mein Gesicht. Unsere erste Begegnung während der Vorführung der Spinnmaschine in Vigevano fiel mir ein: Benedetto, wie er den Turm betreten hatte. Das Entsetzen in seinem Blick. Nicht, weil ich seiner Maschine zu nahe gekommen war, hatte er mich so angestarrt. Sondern weil er mich wiedererkannt hatte.

22 Wie recht er doch mit seinem Verdacht hatte, unser lieber Pandolfo! Allerdings sollte es noch eine ganze Weile dauern, bis er hinter die genaueren Umstände der Gewalttat kam, die sein Gedächtnis für immer ausgelöscht hatte.

Wie wir dem soeben von Pandolfo geschilderten Gespräch entnehmen konnten, stand Benedetto von nun an im Mittelpunkt der Verdächtigungen. Von den Aufgaben, die er schon früher für Bernardino Bellapianta erledigt, und den Methoden, die er dabei angewandt hatte, wird noch die Rede sein. Um diese durch und durch niederträchtige Gestalt richtig einzuschätzen, genügt es fürs Erste, wenn wir uns damit befassen, was er im Frühling des tausendvierhundertdreiundneunzigsten Jahres nach der Geburt unseres Erlösers getan hatte.

In der Tat steckte Benedetto mit Luca il Rampeghín unter einer Decke. Der Zufall hatte sie zusammengeführt: Der Tischler, der die Zahnräder und Wellen für die Spinnmaschine herstellte, hatte mit schwindender Sehkraft zu kämpfen. Bei verschiedenen Gelegenheiten war Benedetto aufgefallen, dass er die Maßangaben, die man ihm für seine Aufträge übergab, kaum lesen konnte. Immer wieder hatte Benedetto sich gefragt, wie dieser Mann eigentlich seine Arbeit machte. Als er ihn eines Tages wegen einer nicht weiter bedeutenden Angelegenheit in seiner Werkstatt aufsuchte, kam er dahinter: Der Tischler verwendete Augengläser. Eigentlich hätte Benedetto von allein darauf kommen können, denn er selbst hatte sich solche Gläser für eine schwindelerregende Summe bei einem Linsenschleifer anfertigen lassen. Allerdings benutzte er sie selten; manchmal dachte er tagelang nicht daran, dass er sie überhaupt besaß. Sie lagen für alle Fälle in einer klemmenden Schublade in der Werkstatt von Giancarlo Bellapianta bereit.

Der Tischler dagegen war ohne seine Sehhilfe fast blind. Aus riesigen Augen glotzte er Benedetto durch die dicken Linsen an, als dieser an jenem Tag unerwartet mit seinem Anliegen in der Tür stand. Und es schien ihm mächtig unangenehm zu sein. Wie ein ertappter Dieb versuchte er, das Gestell mit den Gläsern unter der Werkbank verschwinden zu lassen und seine Überrumpelung durch eine unangemessen überschwängliche Begrüßung zu überspielen. Benedettos feines Gespür für die Schwächen anderer Menschen sagte ihm, dass es sich lohnte, hier nachzuhaken.

Die seien doch sicher sehr teuer gewesen, wunderte er sich. Und natürlich meinte er damit: zu teuer für einen Tischler. Nachdem der Handwerker sich eine Weile gewunden hatte, gab er zu, dass er die Gläser von jemandem erworben habe, der selbst auf nicht ganz rechtmäßige Weise in ihren Besitz gelangt sei. Und sie seien deshalb so günstig gewesen, weil die besagte Person einfach niemand anders gefunden habe, zu dessen Augen sie passten. Sie seien ihm gewissermaßen im Vorbeigehen zugefallen. Ob es möglich sei, die Angelegenheit verschwiegen zu behandeln?

Nachdem auf diese Weise der erste Zipfel der Wahrheit ans Licht gekommen war, brauchte Benedetto nur noch daran zu ziehen. Dabei erwies sich, dass der Tischler die besagte Person doch etwas besser kannte, als er zunächst hatte zugeben wollen. Im Färberviertel sei der Mann wegen seiner Streitlust berüchtigt. Aufgrund seiner Fähigkeit, an senkrechten Wänden hochzuklettern, nenne man ihn dort Luca il Rampeghín. Und er habe einen Gehilfen, der seinerseits ein besonderes Talent besitze: Er könne zeichnen wie ein Gott. Auf den übelsten Misthaufen gediehen bisweilen eben doch die prächtigsten Blumen, tja. Ob man nun aber das Thema wechseln könne? Er selbst habe nämlich mit der besagten Person eigentlich nichts zu schaffen, wie gesagt. Nicht dass hier ein falscher Eindruck entstehe.

Benedetto nickte abwesend, während in seinem Kopf ein Plan Gestalt annahm. Die Spinnmaschine, die er gemeinsam mit Giancarlo Bellapianta nach dessen Vorstellungen baute, war ein Meisterwerk. Benedetto wusste von mindestens einem Dutzend Seidenherstellern, die ein Vermögen ausgeben würden, um an eine solche Maschine zu gelangen. Seit geraumer Zeit überlegte er, wie er sich diesen Umstand zunutze machen konnte. Denn im Lauf der Jahre war er mehr und mehr zu der Überzeugung gekommen, dass er selbst den größten Beitrag zur Entwicklung dieser Maschine geleistet hatte, nicht Giancarlo Bellapianta, dieser bucklige Trottel, der es sich überhaupt nur durch das Geld seines Bruders erlauben konnte, sich als großer Erfinder aufzuspielen. Benedetto hatte diese Maschine entwickelt. Also durfte er damit nach Belieben verfahren.

In fremde Dienste treten konnte er nicht, ohne seinen Ruf zu ruinieren und sich obendrein Bernardino Bellapianta zum Feind zu machen. Es wäre naheliegend gewesen, selbst Pläne anzufertigen und sie den Interessenten über Mittelsmänner anzubieten, wäre da nicht ein Problem gewesen: So begnadet Benedetto als Mechaniker war, so unterentwickelt war seine Begabung mit dem Kohlestift. Er konnte räumlich denken, aber nicht räumlich zeichnen. Er war in der Lage, die kompliziertesten Mechanismen im Kopf nachzuvollziehen, dabei aber außerstande, sie zu Papier zu bringen. Sein unbeholfenes Gekritzel war wie eine unverwechselbare Handschrift. Giancarlo Bellapianta hatte oft genug über diesen Umstand den Kopf geschüttelt und alle Zeichnungen selbst gemacht, obwohl auch er auf diesem Gebiet nicht gerade begabt war. Und nun das.

Benedetto nötigte den sich windenden Tischler, für ihn ein Treffen mit besagtem Luca zu arrangieren.

In einer Seitenkapelle von Sant'Ambrogio kamen sie zusammen, der Mechaniker und der Einbrecher. Luca il Rampeghín war ohne seinen Wunderknaben gekommen, hatte aber ein paar Proben von dessen Kunst mitgebracht.

Benedetto sah von den Zeichnungen auf und ließ seinen Blick durch die Kirche schweifen. Unter dem Hochaltar ruhte hinter einem Eisengitter das Skelett des heiligen Ambrosius im erzbischöflichen Ornat und blickte aus den schwarzen Augenhöhlen seines Schädels höhnisch zum Allmächtigen empor. Von den Kapitellen schauten grobschlächtig eingemeißelte Gestalten und Tiere auf sie herab, flach und glupschäugig, umrankt von knotigem Flechtwerk.

Benedetto rang mit seinen Zweifeln. Wenn derart mittelmäßige Bildhauer es geschafft hatten, ihre Werke in einer der bedeutendsten Kirchen der Christenheit unterzubringen, was für einen zweifelhaften Künstler mochte dieser unberechenbare Gauner mit den durchbohrten Ohren ihm da erst ins Haus schleppen? Es war ihm nicht entgangen, dass Luca il Rampeghín schon am frühen Morgen angetrunken war. Er konnte sich nur schwer vorstellen, dass dieser Mann in der Lage sein würde, den heiklen Plan zur Ausführung zu bringen.

«Diese Maschine ist komplizierter als alles, was du jemals zu Gesicht bekommen hast», gab er zu bedenken.

«Der Junge kann das», prahlte Luca und deutete auf die Zeichnungen: komplizierte Ornamente und Reliefs, so präzise abgezeichnet, dass man unwillkürlich mit dem Finger darüberstreichen wollte, Pflanzen, die sich dem Betrachter entgegenrankten, Gesichter, die zu sprechen schienen. Erstklassige Arbeiten, ohne jeden Zweifel.

Ein Priester eilte vorbei, und sie verstummten für eine Weile. Vom Altar der gegenüberliegenden Kapelle erklang eine monotone Liturgie, stieg zum Gewölbe empor und rollte unter den Gurtbögen entlang zu ihnen her.

Benedetto kämpfte gegen seine Bedenken an. Schließlich drängte die Zeit: Die Maschine, oder besser gesagt, eins der drei baugleichen Segmente, die später übereinandermontiert werden sollten, stand fertig aufgebaut da, war mit der Antriebsmechanik verbunden und hatte die letzten Probeläufe erfolgreich absolviert, bewegt von einem Laufrad, in dem Lagerarbeiter mit verbundenen Augen ihre Runden drehten. Wenige Tage später sollte sie zerlegt, in Einzelteilen nach Vigevano gebracht und dort in einem Turm wieder aufgebaut werden, um die feinen Fäden aus den Kokons zu schimmerndem Garn zu verspinnen. Benedetto wusste: Wenn die Maschine erst in Vigevano stand, würde sie Tag und Nacht bewacht werden. Es würde sehr schwierig werden, seine Absichten in die Tat umzusetzen. Natürlich ging auch vor dem Portal von Bernardino Bellapiantas Palast in der Nacht ein Wächter auf und ab. Aber Benedetto kannte einen Nebeneinang, der über die Jahre in Vergessenheit geraten war: das Haus von Bertrada Facchinetti.

Der Priester sang weiter. Luca blickte Benedetto fordernd an. Schließlich obsiegte dessen Gier, und so wurden sie handelseinig: Luca und der Zeichner sollten sich Zugang zur Werkstatt von Giancarlo Bellapianta verschaffen und die Maschine nach den Vorgaben von Benedetto abzeichnen. Benedetto würde die Pläne über seine Mittelsmänner den Interessenten anbieten. Die Erträge sollten geteilt werden.

Mit einem Handschlag besiegelten sie ihre Vereinbarung. Keiner von beiden gedachte sie einzuhalten.

Am nächsten Tag ließ Benedetto bei einem Schlosser am anderen Ende der Stadt den Schlüssel zum Haus von Bertrada Facchinetti nachmachen. Schon in der darauffolgenden Nacht schlichen zwei geduckte Gestalten, die Kapuzen tief in die Gesichter gezogen, durch die Gasse, die den Palast im Süden flankierte. Die Glocke eines Klosters schickte ihr dünnes Geläut durch die Nacht. Benedetto schob die Tür zum Haus von Bertrada Facchinetti, die jahrelang nicht geöffnet worden war, von innen einen Spalt auf und spähte hinaus. Er wäre ein schlechter Mechaniker gewesen, hätte er nicht am Tag zuvor die Scharniere noch einmal geölt.

Als die beiden herangekommen waren, ließ Benedetto die alte, mit dicken Nägeln beschlagene Tür ganz aufschwingen. Sie huschten ohne ein Wort hinein. Benedetto führte die beiden über einen kurzen Korridor und dann durch den Wanddurchbruch ins Innere des Palastes. Als lautlose Schatten schlichen sie im Schutz der Arkaden des Innenhofes zur Werkstatt. Benedetto öffnete die Tür, ging voran und entzündete eine Fackel. Misstrauisch spähte er durch ein Fenster hinaus. Im Licht der Fackel tauchte das riesige Holzgestell aus der Dunkelheit auf. Balken, Streben, Leisten, Wellen, Gurte, Zahnräder, Spindeln, Haspeln und Bügel warfen ihre Schatten übereinander. Benedetto erklärte flüsternd, von welcher Seite er das zylindrische Segment gezeichnet haben wollte und welche der Einzelteile, die er auf einem großen Tisch angeordnet hatte, vergrößert darzustellen waren. Dabei sah er die beiden nicht ein einziges Mal an, als könnte er sich auf diese Weise selbst bestätigen, mit der Sache nichts zu tun zu haben.

Anschließend postierte er sich vor dem Eingang zur Werkstatt und ließ seinen Blick über die Galerien und Torbögen schweifen, während die beiden drinnen ihre Arbeit verrichteten. Er hörte sie ab und zu tuscheln. Schrak zusammen, als die ferne Glocke erneut ertönte. Zählte vor sich hin, um sich die Zeit zu vertreiben.

Irgendwann begann der schwarze Himmel über den Dächern des Palastes sich mit Blau vollzusaugen. Benedetto wurde unruhig. Wie lange sollte das noch dauern?

«Fertig», flüsterte eine Stimme hinter ihm. Er wandte sich um, und da waren sie. Jetzt, wo die Arbeit offensichtlich erledigt war, hatten sie es eilig, den Ort des Geschehens zu verlassen. Luca löschte die Fackel mit einem Tuch, doch bevor das Licht ganz erstarb, sah Benedetto das Gesicht des Zeichners. Und das Entsetzen fuhr ihm in die Glieder wie der Blitz in die Äste einer morschen Weide.

Er kannte diesen jungen Mann. Und das Letzte, was er im verlöschenden Fackelschein sah, waren das Wiedererkennen in dessen Augen, die Bestürzung und das plötzliche Begreifen von etwas, das er niemals hätte begreifen dürfen.

Während die beiden durch den Innenhof davonhasteten, ohne auf ihn zu warten, rasten Benedettos Gedanken. Ausgerechnet Pandolfo. Er war erledigt.

Ohne nachzudenken, stürzte er in die Werkstatt. Fand im Dunkeln den Hammer, der an der Wand mit den Werkzeugen hing, die er monatelang täglich selbst benutzt und jedes Mal wieder ordentlich an ihren Platz gehängt hatte. Stürmte hinter den beiden her, ohne noch darauf zu achten, sich lautlos zu bewegen. Sah sie als Schemen durch den Wanddurchbruch im Haus von Bertrada Facchinetti verschwinden. Hetzte hinterher, durch den Korridor und wieder hinaus auf die Straße. Im Licht des anbrechenden Morgens sah er sie davoneilen, im Laufen ein paar gezischelte Worte wechselnd.

Sie schienen begriffen zu haben, dass es ernst wurde, nahmen die Beine in die Hand, lösten sich voneinander. Luca war schneller, Pandolfo fiel zurück. Im Laufen blickte er sich um. Benedetto schloss keuchend auf; fast verwundert stellte er fest, dass er schneller laufen konnte als dieser Junge, dem nun klarzuwerden schien, dass er um sein Leben rannte.

Auf der Piazza Verzaro holte Benedetto ihn ein, Pandolfo blickte sich noch einmal gehetzt um, achtete nicht auf den Weg, stolperte über irgendetwas am Boden, schlug der Länge nach hin, und im selben Augenblick war Benedetto über ihm. Der Hammer sauste durch die Luft, fand wie von selbst seinen Weg, durchbrach einen Widerstand und grub sich mit einem fürchterlichen Geräusch in den Schädel seines Opfers; es krachte und schmatzte zugleich, und ehe Benedetto wirklich begriffen hatte, was er getan hatte, gab Pandolfo ein tiefes Stöhnen von sich, bäumte sich noch einmal krampfend auf und lag dann reglos da. Benedetto sank keuchend neben ihm zu Boden. Sein Herz hämmerte. Eine warme Flüssigkeit leckte an seiner Hand. Lucas Schritte verklangen in einer Gasse.

Benedetto war gierig und skrupellos, aber im Töten fehlte ihm die Erfahrung. Und weil sein Verstand keine Anweisungen gab, übernahm sein Instinkt nach kurzer Zeit die Kontrolle. Kaum hatte die Stille der verfliegenden Nacht wieder die Herrschaft über die Straße gewonnen, richtete Benedetto sich auf. Er entdeckte einen hüfthohen Haufen aus Obstresten und Gemüseabfällen an der Stirnseite des Platzes, fasste Pandolfo unter den Achseln, schleifte den leblosen Körper zu dem Grünzeug, warf ihn hinein, schaufelte mit ausgreifenden Bewegungen, hektisch zuerst und dann mit zunehmender Entschlossenheit, Stiele, Strünke, Blätter, Obstschalen, verfaulte Salatköpfe, schimmelige Früchte und verwelktes Gemüse über ihm zusammen, vergewisserte sich, dass keine Spuren zurückgeblieben waren, warf zum Schluss den Hammer in den Abfallhaufen und trat nach einem letzten Blick in die Runde den Weg nach Hause an, als sei nichts geschehen.

Während das Morgenlicht die Innenhöfe flutete, fiel Benedetto in seinem Zimmer in einen unruhigen Schlaf.

Als er erwachte, standen die aus Vigevano herbeigerufenen Fuhrleute schon vor der Tür. Wie im Traum gab er die nötigen Anweisungen zum Abbau der Spinnmaschine. Seine Gedanken kreisten um die Ereignisse der Nacht. Aber nicht das schlechte Gewissen war es, das ihn plagte, sondern die Sorge, dass irgendjemand ihn auf der Piazza Verzaro gesehen haben könnte. Er widerstand der Versuchung, zum Ort des Geschehens zurückzukehren, um nachzuschauen, ob der Abfallhaufen mit der Leiche noch immer dort lag. Es konnte nicht ewig dauern, bis man Pandolfo finden würde. Gab es irgendetwas, das Benedetto mit seinem Opfer in Verbindung bringen konnte? Eigentlich nicht, abgesehen von Luca il Rampeghín, aber der hatte genügend Gründe, den Mund zu halten. Ärgerlich war nur, dass Luca offenbar auch die Zeichnungen mitgenommen hatte. Allein konnte er allerdings kaum etwas damit anfangen, weil ihm die Kontakte fehlten. Benedetto beschloss, Luca einen Besuch abzustatten, sobald Gras über die Sache gewachsen war. Dann wandte er sich wieder dem Abtransport der Maschine zu, der ihn so in Anspruch nahm, dass er nicht mitbekam, wovon gegen Abend die ganze Dienerschaft redete: Bernardino Bellapianta hatte einen schwerverletzten jungen Mann auf der Piazza Verzaro gefunden und in den Palast gebracht. Mit seinem Überleben rechnete kaum jemand.

Und weil Benedetto nichts davon ahnte, dass Pandolfo gegen alle Erwartungen mit dem Leben davongekommen war, schlief er in der zweiten Nacht schon wieder wie ein Kind. Am nächsten Morgen packte er in aller Frühe seine Sachen zusammen und brach mit einer Kolonne aus Transportwagen nach

Vigevano auf, während die Sonne durch den Morgennebel stach.

In der folgenden Zeit gab es so viel zu tun, dass Benedetto immer seltener an das dachte, was er in jener Nacht getan hatte. Der Aufbau der Maschine erforderte seine gesamte Aufmerksamkeit. Er scheuchte Arbeiter hin und her, tauschte Zahnräder und Wellen aus, schmierte und feilte, bis das scheinbar so schwerfällige Ungetüm lief wie ein Uhrwerk, während in den Nebengebäuden Hunderte von Frauen vor den dampfenden Wasserbädern saßen und die Fäden von den Kokons auf Haspeln drehten, woraufhin sie von einer anderen Maschine auf Garnspulen gewickelt wurden. Nach einigen Wochen war alles bereit, und die Produktion begann.

Was in Mailand geschah, bekam Benedetto dabei kaum mit. Einmal schnappte er ein Gespräch zwischen zwei Arbeitern auf, in dem es um einen jungen Mann ging, den Bernardino Bellapianta schwerverletzt gefunden und in seinem Haus aufgenommen hatte. Aber er kam nicht auf die Idee, dass es sich um Pandolfo handeln könnte.

Bis zu dem Augenblick, in dem der besagte Pandolfo bei einem weiteren Probelauf der Spinnmaschine plötzlich vor ihm auftauchte wie ein Geist. Während Zahnräder, Wellen, Spulen und Haspeln unbeirrbar ratterten, stand Pandolfo da und blickte Benedetto an, gleichgültig, unbeteiligt, keine Bestürzung in seinem Blick, kein Hass und keine Angst. Wäre Benedetto nicht das Blut aus dem Gesicht gewichen, wäre er nicht einen Schritt nach hinten gestolpert, hätte er sich nicht an der Wand festhalten müssen, dann wäre wahrscheinlich gar nichts passiert. Aber weil Benedetto diesen einen Augenblick lang die Selbstbeherrschung verlor, wurde Pandolfo aufmerksam. Benedetto glaubte zu sehen, wie es im Kopf des Jungen zu arbeiten begann. Und auf einmal war er sich sicher, dass Pandolfo wahrscheinlich keine Ruhe geben würde, bis die ganze Geschichte ans Licht kam, die ihn, Benedetto, den Kopf kosten würde.

Er fing sich wieder und entfernte sich unter einem Vorwand, täuschte Geschäftigkeit vor, gab hier eine Anweisung, überprüfte dort die Spannung eines Riemens.

Für den Rest des Tages ging Benedetto dem Jungen aus dem Weg. Offensichtlich hatte das Zusammentreffen nicht bewirkt, dass Pandolfo sich erinnerte, doch vom Fenster aus sah Benedetto, dass er sich nachdenklich umblickte. Offenbar suchte er ihn. Zumindest dachte er über die Begegnung nach. Er würde sich nach ihm erkundigen. Und irgendwann würde seine Erinnerung wahrscheinlich zurückkehren.

Doch zunächst einmal geschah gar nichts. Pandolfo reiste noch am selben Tag wieder ab. Benedetto hatte Bekanntschaft mit einem der Boten von Bernardino Bellapianta geschlossen, der ab und zu in die Spinnerei kam, um Papiere abzuliefern oder mitzunehmen. Rodolfo, so hieß der Mann, war von der Natur mit keinerlei nennenswerten Geistesgaben versehen worden, verstand sich dafür allerdings hervorragend aufs Reiten und brauchte für die Strecke zwischen Mailand und Vigevano eine gute Viertelstunde weniger als jeder andere. Er war ein gutgläubiger Simpel, der keinen Verdacht schöpfte, wenn man ihn ausfragte. Von ihm ließ Benedetto sich von nun an über alles berichten, was im Palast passierte und welche Fortschritte Pandolfo machte. Da nichts darauf hindeutete, dass dieser im Begriff stand, sein Erinnerungsvermögen wiederzuerlangen, beruhigte sich Benedetto schließlich. Doch er blieb wachsam.

In Mailand waren die Vorbereitungen für das Fest zu Ehren des spanischen Botschafters in vollem Gang. Im Festsaal wurde das Schiff aufgebaut. Unter normalen Umständen hätte Benedetto sich schon aus beruflichem Interesse den Mechanismus angesehen, den Giancarlo Bellapianta sich ausgedacht hatte. So aber befand er, das sei zu gefährlich. Eine weitere Begegnung mit Pandolfo wollte er nicht riskieren. Also wartete er weiter ab.

Einen Monat nach Pandolfos plötzlichem Erscheinen in Vigevano sollte die Feier stattfinden. Nach langem Zaudern beschloss Benedetto, doch nach Mailand zu reisen, vor allem aus Neugier wegen des Schiffes, schließlich war diese Art von Mechanik seine Spezialität. Doch es gab noch einen weiteren Grund: die unbestimmte Hoffnung, eine Gelegenheit zu bekommen, um Pandolfo endgültig aus dem Weg zu räumen und sich damit der Gefahr zu entledigen, die seine Existenz gefährdete wie eine Krankheit, die er in sich trug und die jederzeit ausbrechen konnte.

Um nicht gleich von den Wachen gesehen zu werden, betrat er den Palast auch diesmal über das Haus von Bertrada Facchinetti. Er beglückwünschte sich zu der Weitsicht, die ihn damals dazu bewogen hatte, den Schlüssel nachmachen zu lassen.

Er trat in den Innenhof, der von Fackeln spärlich erleuchtet wurde. Diener eilten im Halbdunkel hin und her. Niemand achtete auf ihn, geschweige denn, dass ihn jemand erkannt hätte. Drei Wagen standen im Hof nebeneinander, zwei von ihnen trugen das Wappen mit der gekrönten Schlange. Offenbar war also tatsächlich hoher Besuch im Haus.

Benedetto wusste nicht recht, wohin er sich wenden sollte. Er war auf der Hut. Einerseits gab es keinen Grund, sich anders zu verhalten als sonst, schließlich war er ein allseits geachteter Mitarbeiter von Giancarlo Bellapianta. Andererseits konnte eine weitere unvorhergesehene Begegnung mit Pandolfo zu gefährlichen Verwicklungen führen.

Unter den Säulen des Umganges prallte er fast mit Rodolfo zusammen, der kein bisschen verwundert über die Begegnung zu sein schien, obwohl Benedetto sich fünf Monate lang nicht in Mailand hatte blickenlassen. Rodolfo zwinkerte ihm verschwörerisch zu.

«Pass auf, dass Alvaro dich nicht sieht», sagte er gut gelaunt.

«Wieso?»

«Weil er dich sonst garantiert für irgendeine Aufgabe einteilt. Hier geht es zu wie im Bienenstock. Siehst du ja.»

Ein Diener mit einem schaukelnden Käfig voller Möwen kam im Laufschritt vorbei.

«Danke für den Hinweis», sagte Benedetto. «Wie läuft es mit dem Schiff? Funktioniert alles?»

«Könnte gar nicht besser sein. Wenn du es sehen willst, geh nach oben auf die Galerie, da hast du den besten Blick. Pandolfo ist schon oben.»

Eine kribbelnde Erregung fuhr durch Benedettos Körper. Vielleicht würde sich jetzt alles entscheiden. Er presste die Kiefer aufeinander.

«Pandolfo?», fragte er betont beiläufig.

«Ja», kicherte Rodolfo. «Er soll darauf achten, dass der Botschafter nicht seekrank wird.»

Benedetto zwang sich zu einem Grinsen. «Ist der Seegang denn so stark?»

Rodolfo grinste zurück. «Dieser Spanier war schon bei der Ankunft so bleich, dass alle Angst hatten, er würde bei der ersten Welle in Ohnmacht fallen. Dafür hält er sich ganz gut. Einen Sturm haben sie schon hinter sich. Aber schau's dir selbst an.»

Benedetto nickte und wandte sich der Treppe zu. Dann drehte er sich noch einmal um und bedachte Rodolfo mit einem verschwörerischen Blick. «Tu mir einen Gefallen!»

«Sicher», antwortete Rodolfo, ohne zu zögern.

«Falls jemand dich fragt, dann hast du mich nicht gesehen. Abgemacht?»

Rodolfo schien eher geschmeichelt über die Vertraulichkeit als misstrauisch wegen der verdächtigen Bitte. «Klar», sagte er mit einem dümmlichen Lächeln. «Ich hab dich nicht gesehen. Warst ja auch gar nicht da.» Er zwinkerte tatsächlich, der Blödmann.

Benedetto zwinkerte zurück und trat dicht an Rodolfo heran. «Es ist nämlich so, dass ich eigentlich gar nicht hier sein dürfte. Die Maschine in Vigevano. Ich soll sie nicht allein lassen.» Er flüsterte jetzt. «Aber ich wollte unbedingt sehen, ob das Schiff funktioniert. Das verstehst du doch, oder?»

«Natürlich.»

Während er die Stufen hinaufstieg und sich die Kapuze tief ins Gesicht zog, verfluchte Benedetto sich dafür, dass er keine Waffe mitgenommen hatte, einen Dolch diesmal; vielleicht waren die Eingeweide von diesem Pandolfo weniger robust als sein Schädel.

Er erreichte das Ende der Treppe und spähte den Gang entlang, in dessen Mitte eine angelehnte Tür zur Galerie über dem Festsaal führte. Durch den Spalt drang ein kraftvoller Lichtschein. Die Bodenfliesen schimmerten.

Der Diener, der vorhin den Käfig mit den Möwen getragen hatte, erschien in der Tür und eilte in die andere Richtung davon. Aus dem Saal waren hallende Stimmen zu vernehmen, dann das laute Deklamieren von Hexametern.

Während Benedetto noch unentschlossen hinter der Ecke zwischen Treppe und Gang verharrte, schwang die Tür erneut auf, und ein weiterer Diener erschien. Benedetto kannte ihn nicht. Auch er wandte sich in die andere Richtung und verschwand.

Lange stand Benedetto da, bevor er sich von der Wand löste. Langsam und noch unentschlossen zuerst schlich er ein paar Schritte auf die Tür zu. Keinen Augenblick dachte er an das Schiff mit seiner ausgeklügelten Mechanik. Seine Gedanken kreisten um die Frage, ob Pandolfo allein auf der Galerie sitzen würde.

Möwen kreischten von drinnen. Die durchdringende Stimme, offenbar ein geübter Redner, arbeitete sich weiter an den Versen ab. Benedetto machte ein paar letzte entschlossene Schritte zur Tür und spähte durch den Spalt.

Leuchter mit Hunderten von Kerzen erhellten die Galerie und strahlten eine kreisrunde gelbe Scheibe an. Und den Hinterkopf von jemandem, der da über das Geländer der Galerie gebeugt saß und mit vorgerecktem Kopf angestrengt in den Saal hinabblickte. Einen kurzen Augenblick lang kam ihm die Erinnerung daran, unter welchen Umständen er diesen Schädel schon einmal vor sich gehabt hatte, äußerst befremdlich vor. Doch dann wurde Benedetto von einer Wut gepackt, die ihn selbst überraschte. Dieser Junge, der ihm nur Scherereien eingebrockt hatte, wegen dem er zum Mörder geworden war und der seine ganze Existenz bedrohte, dieser Junge machte sich hier im Palast breit, zwang ihn, mit einer albernen Kapuze herumzulaufen, und wagte es obendrein, ihm die Sicht auf das Schiff zu versperren.

Benedetto spähte den Gang entlang. Niemand war zu sehen. Aus dem Saal drangen nun andere Stimmen herauf, immer noch Verse, aber weniger kraftvoll vorgetragen.

Benedetto trat mit zwei lautlosen Schritten durch die Tür. Unter dem Mastkorb wurde das Segel sichtbar, dann der Rumpf, dann ein Stück blaues Meer aus Seide, das im Licht der Kerzen unstet schimmerte.

Die Stimmen redeten weiter. Das Geschehen spielte sich offenbar direkt unter der Galerie ab.

Benedetto trat noch einen Schritt heran. Er war Pandolfo jetzt so nahe, dass er ihn hätte berühren können.

Auch zu diesem Zeitpunkt hätte er sich immer noch zurückziehen und die Sache auf sich beruhen lassen können. Er hätte sogar neben Pandolfo an das Geländer treten und der Veranstaltung beiwohnen können, ohne dass irgendjemand daran Anstoß genommen hätte, schließlich war er auch jetzt immer noch ein allseits geachteter Mitarbeiter von Giancarlo Bellapianta.

Doch dann tat er es. Packte einen Schemel, der hinter der Sonnenscheibe stand, riss ihn hoch und donnerte ihn gegen Pandolfos dreisten Kopf. Spürte im Augenblick des Schlages zu seinem eigenen Erstaunen einen gewissen Widerwillen gegen sein Tun, als ob die Wehrlosigkeit des Opfers, die erwiesene Zerbrechlichkeit seines Schädels und die Tatsache, dass Pandolfo den ersten Anschlag dennoch überlebt hatte, ihn, Benedetto, zusätzlich ins Unrecht setzten.

Aber weil für Skrupel keine Zeit war und Pandolfos schmerzvolles Aufstöhnen wahrscheinlich schon die Aufmerksamkeit der Anwesenden auf die Galerie gelenkt hatte, beschloss Benedetto, das Werk zu vollenden. Er packte Pandolfos Beine und wuchtete ihn über das Geländer. Dann wandte er sich zur Flucht.

23

Ich brauche wohl kaum zu sagen, dass mir an diesem Nachmittag nichts mehr gelang. Ich kritzelte auf dem Papier herum, zeichnete Tiere, die sich widerwillig gegenseitig in die Schwänze bissen, allesamt einfallslose Kopien älterer Entwürfe, nichts wollte sich zusammenfügen. Ich blickte aus dem Fenster in den Innenhof. Wagen ratterten vorbei. Ich zeichnete das Haus von Luca il Rampeghín aus dem Gedächtnis. Ich zeichnete einen Jungen, der am Ufer eines Kanals saß und sich selbst zeichnete, wie er zeichnend am Ufer eines Kanals saß. Ein Bild in einem Bild in einem Bild. In Gedanken durchstreifte ich das Färberviertel vor der Porta Ticinese. Menschen ohne Gesichter gingen vorbei. Und ich begriff, dass ich nie zur Ruhe kommen würde, bevor ich nicht das Rätsel gelüftet hatte, wer dieser Saulus gewesen war, der durch einen Schlag auf den Kopf zum Paulus geworden war. Ich selbst hätte vielleicht sogar auf dieses Wissen verzichten können. Doch ich spürte Bernardino Bellapianta gegenüber eine Verpflichtung, die Umstände aufzuklären, die mich in sein Haus geführt hatten, und damit sein bedingungsloses Vertrauen zu vergelten – selbst wenn sich herausstellen würde, dass ich es gar nicht verdiente. Das Färberviertel war eine Wunde, die ich ausbrennen musste. Ich beschloss, meiner Vergangenheit ins Gesicht zu blicken. Und nachdem die Entscheidung gefallen war, wurde mir etwas leichter ums Herz.

Als ich am nächsten Morgen erwachte, fiel blassblaues Licht durch die Ritzen in den Fensterläden: ein wunderschöner Herbsttag, der den Winter schon in sich trug.

Ich richtete mich auf. Saß eine Weile auf dem Bettrand und rieb mir die Augen. Stand auf und zog mich an. Klappte die Fensterläden auf. Schlich zur Tür, öffnete sie einen Spalt und spähte auf den Korridor hinaus. Schlüpfte aus dem Zimmer und schlich zur Treppe. Schlich dabei aber nicht wie ein Dieb, sondern wie einer, der für jemand anderen eine Überraschung vorbereitet.

Ich schaffte es, das Haus zu verlassen, ohne dass mich jemand ansprach.

Die Stadt war längst erwacht. Der Duft frischgebackener Brote wehte durch die Gassen. Auf der Piazza Verzaro waren die Stände für Obst und Gemüse aufgebaut. Ich warf einen flüchtigen Blick auf das Pflaster vor der wuchtigen Mauer des erzbischöflichen Palastes, als hätte ich dort einmal etwas verloren, aber schon tausendmal danach gesucht und kaum noch Hoffnung, es wiederzufinden. Dann wandte ich mich ab und machte mich auf den Weg ins Färberviertel.

Auf der äußeren Stadtmauer hielten zwei Wachen gelangweilt ihre Gesichter in die Sonne. Durch das Nebentor gelangte ich auf die andere Seite der Mauer. Ich überquerte den Stadtgraben und tauchte ein in das Budengewirr. Und war dabei ganz ruhig.

Die Färber gingen in den Hinterhöfen ihrer Arbeit nach. Bottiche polterten. Meister stauchten ihre Lehrlinge zusammen. Ab und zu rauschte es, wenn ein Zuber in den Kanal entleert wurde, auf dessen Wasser eine brackig schillernde Haut lag. Nichts kam mir bekannt vor. Niemand sprach mich an. Hin und wieder blickte mir jemand hinterher, allerdings wohl vor allem deshalb, weil ich in meiner teuren

Kleidung nicht in diese Gegend passte. Einmal rempelte mich jemand an. Eine Zeitlang lief mir ein kleiner Hund nach. Ich bückte mich und kraulte ihn, wobei ich mich aus den Augenwinkeln nach allen Seiten umsah.

Ich wollte mich gerade wieder aufrichten, als ich gewahr wurde, wie ein in einem Hauseingang stehender Mann mit aufgedunsenem Gesicht und Glatze mich musterte und einen anderen, der neben ihm ins Freie trat, verstohlen anstieß. Ein Pfiff ertönte. Der Hund sprang auf und rannte ins Haus. Die beiden Männer beobachteten mich weiter. Augenbrauen zogen sich zusammen. Worte wurden gewechselt. Ich erhob mich zögernd und ging auf die beiden zu. Der Glatzkopf nickte in meine Richtung. Sein Mund streckte sich zu einem Grinsen.

«Gufo. Dass du dich noch mal hierher verirrst», sagte er. Auf seinem Schädel sprossen ein paar vereinzelte Haare. Mit seinem verquollenen Gesicht sah er aus, als wäre er nach einer durchzechten Nacht gerade erst aufgewacht. Aus der Ferne hatte er gewirkt wie ein gemütlicher Geselle, jetzt konnte ich sehen, dass seine Freundlichkeit ein dünner Firnis war, hinter dem Unverschämtheit und Streitlust leuchteten.

Eine schmutzige Hand griff nach meinem Ärmel und rieb den Stoff prüfend zwischen den Fingern. Ich ließ es geschehen und versuchte die aufkeimende Angst so gut wie möglich niederzukämpfen.

«Fein angezogen ist er», sagte der andere Kerl. Im Gegensatz zu seinem Freund war er hager und wirkte gleichgültig.

«Ist vielleicht doch schlauer, als wir dachten.»

«Aber das Maul kriegt er immer noch nicht auf.»

«Taucht auf, verschwindet, taucht wieder auf und sagt nichts. Kennt man ja von ihm.»

Ich blickte von einem zum anderen. Mein Schweigen schien die beiden kaum zu irritieren. Die Feststellung, dass man nicht viele Worte von mir erwartete, machte es mir leichter, die Ruhe zu bewahren.

«Ich nehme an, du suchst Luca?», fragte der Glatzkopf. Gehässiges Grinsen.

«Der ist von uns gegangen», sagte der Hagere. «War ja nur eine Frage der Zeit. Ist bei Antonio Landriani eingestiegen und hat sich erwischen lassen.» Er wies mit dem Daumen hinter sich, wo die Kuppel von San Lorenzo Maggiore hinter der Stadtmauer aufragte. «Vorgestern haben sie ihn aufgehängt. Hat er aber gar nicht mehr gemerkt.»

Das Grinsen des Glatzkopfs wurde breiter. Mit gespieltem Interesse wandte er sich an den anderen. «Warst du eigentlich da?»

Kratzen am Kinn. «Lass mich überlegen. War ziemlich besoffen vorgestern. Ich glaube schon. Ja, klar war ich da. Knack hat's gemacht.»

«Und? Hat jemand geweint?»

Geschürzte Lippen. Nachdenkliches Kopfschütteln. Dann prusteten beide gleichzeitig los. Ein paar Augenblicke lang schütteten sie sich aus, dann wurde der Glatzkopf mit einem Schlag wieder ernst.

«Na ja. Ich hätte schon geweint. Der alte Hurensohn hat mir schließlich noch Geld geschuldet. Von wem soll ich mir das denn jetzt wiederholen? Verwandte hatte er ja keine.»

«Und Freunde auch nicht.»

Dann, wie aus einem Mund: «Bis auf einen.»

Wieder wurde der Stoff meines Ärmels betastet.

«Und der ist jetzt unter die feinen Herren gegangen, wie's scheint. Da dürften vier Lire ihm ja wohl nicht weh tun.»

«Waren's nicht sogar sechs?»

Stirnrunzelndes Nachdenken. «Stimmt. Sechs Lire. Komm schon, Gufo. Tu mal ein gutes Werk und bezahl die Schulden von deinem alten Freund Luca.»

Ich begriff natürlich, dass es sich hier kaum um eine Bitte handelte. Wortlos kramte ich ein paar Münzen hervor und ließ sie in die fordernd ausgestreckte Hand fallen. Der leicht bedrohliche Ausdruck verschwand aus den Augen des Glatzkopfs. Die falsche Freundlichkeit blieb.

«Jetzt muss er uns aber mal verraten, wo er die ganze Zeit gesteckt hat. Nach Gefängnis sieht er ja nicht aus.»

Ich hätte mir eher die Zunge abgebissen, als den beiden zu sagen, wo ich das letzte halbe Jahr verbracht hatte.

«Ich war krank», sagte ich vorsichtig.

Die beiden lachten abermals laut los. «Und von welcher reichen Witwe hast du dich gesundpflegen lassen? Na, komm schon!»

Ich begriff, dass ich hier nur als Stichwortgeber für Witzeleien herhalten sollte. Ein paar vorsichtige Versuche, Informationen über mein früheres Leben im Färberviertel zu bekommen, zerschellten an einer Mauer aus Spott.

«Hör dir den an! Der auferstandene Heiland und das Gleichnis vom verlorenen Gedächtnis!»

«Jetzt sei nicht so gehässig. Kann doch sein! Du weißt ja bestimmt auch nicht mehr, wie die Schlampe von gestern Abend hieß!»

«Schläge auf den Kopf hättest du auch von uns kriegen können!»

«Ich war mal so voll, dass mir zwei Tage fehlten. Zwei Tage! Aber ein ganzes Leben? Noch nicht mal Luca hätte so viel saufen können!»

Und so weiter.

Ich spürte bald, dass ich nicht länger auf meiner Geschichte bestehen konnte, ohne die beiden allmählich gegen mich aufzubringen. Ich wandte mich zum Gehen.

«Bei Laura brauchst du dich nicht mehr blickenzulassen!», rief mir der Hagere noch hinterher.

Ich blieb stehen wie vom Donner gerührt. Laura.

«Die Süße hat sich wochenlang die Augen nach dir ausgeweint!», setzte der Glatzkopf nach.

«Na ja, Wochen», wiegelte der andere ab. «Ein paar Tage waren's vielleicht. Jedenfalls hat sie sich jetzt schwängern lassen von diesem … Wie heißt der noch?»

«Hab ich vergessen.»

«Vergessen! Der war gut!»

Ich machte, dass ich wegkam. In tiefer Ratlosigkeit schleppte ich mich zum Ufer des Kanals und ließ mich auf eine herumstehende Holzkiste sinken. Wer war ich gewesen? Der gutmütige Trottel des Färberviertels, der sich von Luca il Rampeghín hatte ausnutzen lassen und ansonsten von allen nur herumgeschubst worden war? Vermisste mich hier überhaupt jemand? War es nicht besser, die Suche ganz abzubrechen? Aber wer war Laura?

Das sollte ich bald erfahren. Das Maß an unerfreulichen Begegnungen war für mich an diesem Tag noch nicht voll.

Nachdem ich eine Weile in das trübe Wasser des Kanals gestarrt hatte, spürte ich, wie sich von hinten zögerlich jemand näherte. Ich blickte mich um. Ein Mädchen, jung, schön, trotz der Bitterkeit, die dabei war, sich in ihre Züge zu schleichen wie wohl bei allen, die keine Gelegenheit bekamen, diesen Wald aus zugigen Bretterbuden rechtzeitig hinter sich zu lassen. Wirre blonde Haare in der Mittagssonne. Und ein unübersehbar schwangerer Bauch.

Sie starrte mich einen Augenblick mit offenem Mund an wie ein Gespenst, dann ging sie auch schon auf mich los.

«Du wagst es noch!», schrie sie und trommelte mit knochigen Fäusten auf mich ein. «Verschwindest mitten in der Nacht, und jetzt hockst du auf einmal hier, als wäre nichts gewesen!»

Ich hob noch nicht einmal die Arme, um sie abzuwehren. Ihre Schläge prasselten eine Weile auf mich nieder, dann erlahmten ihre Kräfte.

«Was hast du dir dabei gedacht?», zischte sie.

Gab es irgendetwas, das ich in dieser Lage hätte antworten können, ohne sie vor den Kopf zu stoßen? Irgendeinen Satz, der in ihren Ohren nicht verlogen oder niederträchtig klingen musste?

«Ich kann mich an nichts erinnern», sagte ich unbeholfen.

Eben. Es gab nichts, was ich sagen konnte. Einen Augenblick lang funkelte sie mich an, als könnte sie meine Unverschämtheit nicht fassen. Dann begann sie wieder, auf mich einzuschlagen, begleitet von einem Schwall aus Flüchen, wie sie einem Mädchen überhaupt nur in diesem Teil der Stadt über die Lippen gingen. Eine letzte Ohrfeige, dann ließ sie von mir ab.

«Räudiger Lügner! Du hast mir versprochen, dass wir zusammen weggehen, sobald du diese Sache für Luca erledigt hast! Und ich hab dir geglaubt! Wie konnte ich nur! Einem vertrauen, der sich mit Luca il Rampeghín rumtreibt!»

Sie trat nach der Holzkiste, auf der ich saß. Dann begann sie zu weinen. Eine Weile zuckten ihre Schultern, dann gewann die Wut wieder die Oberhand. Sie wischte sich die Tränen mit dem Ärmel aus dem Gesicht und musterte meine Kleidung.

«Hast eine gefunden, die dich aushält, was?»

«Man hat mir den Schädel eingeschlagen», sagte ich.

«Gut so! Schade, dass du noch lebst.»

Ich hob den Kopf und blickte ihr in die Augen. Sie zitterte am ganzen Körper.

«Ich war wochenlang bewusstlos. Und als ich aufgewacht bin, war alles weg. Mein ganzes Leben. Ich wusste noch nicht einmal meinen Namen. Und die Erinnerungen kommen einfach nicht zurück.»

«Lächerlich.»

Ich wies auf die weiche Stelle an meinem Hinterkopf, wo der Hammer mich getroffen hatte.

«Fühl mal.»

«Dich fasse ich nicht mehr an! Was willst du überhaupt?» Sie zog die Nase hoch, dann schien sie etwas zu begreifen.

«Das Miststück hat dich vor die Tür gesetzt. Und jetzt bin ich wieder gut genug. Aber es ist zu spät, Pandolfo, du Lügner. Letzte Woche habe ich geheiratet.»

Den letzten Satz hatte sie mit einem lauernden Triumph ausgesprochen. Als ich nicht antwortete, setzte sie nach: «Willst du nicht wissen, wen?»

Ich hob hilflos die Hände und ließ sie wieder sinken.

«Francesco. Den Metzger. Und ein Kind kriege ich auch von dem.»

Ich zuckte mit den Schultern.

«Der konnte dich noch nie leiden. Und wenn er dich hier mit mir sieht, schlägt er dich zu Brei. So sieht's aus. Also fass dich kurz, wenn du was zu erklären hast.»

Immerhin war ihre Wut nun so weit abgeklungen, dass sie keine Anstalten mehr machte, auf mich einzuschlagen. Widerwillig berührte sie die weiche Stelle an meinem Schädel. Sie wurde bleich. Ihre Hand glitt hinunter und streichelte kurz und wie versehentlich meine Wange, dann zuckte sie zurück und blickte sich gehetzt um. Wieder traten Tränen in ihre Augen.

«Und du kannst dich wirklich an nichts erinnern?»

«An gar nichts. Als ich aufwachte, konnte ich noch nicht mal sprechen.»

«Wie hast du dann hierhergefunden?»

«Jemand, den ich kenne, hat bei der Hinrichtung von Luca il Rampeghín gehört, wie ein paar Leute von mir sprachen. Ich bin hier, weil ich wissen will, wer ich bin. Wo ich herkomme. Wie ich gelebt habe. Aber ich erkenne nichts wieder. Nichts. Es ist, als wäre ich nie hier gewesen.»

«Das würde ich auch gern sagen können.»

«Und? Wer bin ich? Bin ich hier aufgewachsen? Habe ich eine Familie?»

Sie antwortete nicht sofort. Ich lachte freudlos auf. Beide schüttelten wir wie auf ein Zeichen den Kopf, ohne uns anzusehen.

«Ich weiß es nicht», sagte sie schließlich. «Luca war im letzten Herbst für ein paar Wochen verschwunden, und dann hat er dich hier angeschleppt. Du hast bei ihm gewohnt. Wir fanden dich alle ziemlich merkwürdig. Du hast nicht viel geredet und wirktest immer so abwesend. Aber du konntest unglaublich gut zeichnen.»

«Das kann ich immer noch.»

«Du hast nie verraten, wo du's gelernt hast. Zuerst sind wir dir aus dem Weg gegangen. Wegen Luca. Er war den ganzen Tag betrunken und hat Leute verprügelt, wenn es ihm in den Kopf kam. Du warst ganz anders als er. Zurückhaltend und freundlich. Niemand konnte verstehen, warum du dich mit ihm abgegeben hast. Alle waren überzeugt, dass er dich verdirbt. Ihr seid zusammen bei allen möglichen Leuten eingebrochen, und die Beute hat er allein versoffen, während du am Kanal gesessen und gezeichnet hast.» Sie sah mich an. «Du weißt wirklich nichts mehr davon?»

«Nichts.»

«Der Frühling kam. Ich hab dich immer da sitzen gesehen, und irgendwann bist du auf mich aufmerksam geworden und hast mich gezeichnet. Von da an waren wir jeden Tag zusammen. Luca hatte so einen beschissenen Plan, mit dem angeblich viel Geld zu verdienen war, und er brauchte dich dazu. Du solltest bei irgend so einem Geldsack was abzeichnen. Du hast mir versprochen, dass wir hinterher zusammen von hier verschwinden. Und dann warst du auf einmal weg. Und ich war so wütend, dass ich alle deine Zeichnungen verbrannt habe.» Während sie sprach, wurde ihre Stimme immer belegter. «Und jetzt bin ich eine Fremde für dich», sagte sie und fing wieder an zu weinen.

Ich saß unglücklich auf meiner Kiste und wagte es nicht, sie zu berühren. Ein Kahn zog vorbei. Die blasige Brühe des Kanals schwappte träge vor sich hin.

«Habe ich nie erzählt, wo ich herkomme?», fragte ich schließlich.

«Du wolltest nicht darüber reden. Deine Eltern sind bei einem Brand ums Leben gekommen. Eine ganz schlimme Geschichte, hast du immer gesagt. Und dass du noch eine Rechnung offen hast.»

«Mit wem?», drängte ich.

«Ach», sagte sie zögernd. «Das klang alles zu verrückt.»

«Mit wem?»

«Ich weiß es nicht mehr. Auch so ein Geldsack.»

«Laura?», rief eine fordernde Männerstimme hinter der Hausecke. «Wo steckst du, verflucht noch mal?»

Das Mädchen schrak zusammen. Hektisch sprang sie einen Schritt zurück und wischte sich die Tränen ab.

«Das ist Francesco», sagte sie. «Er sucht mich. Ich muss gehen.»

Bevor sie sich abwandte, beugte sie sich zu mir herab und küsste mich auf den Mund.

«Komm nicht mehr her», sagte sie. Wieder füllten sich ihre Augen mit Tränen. «Es gibt hier nichts, was du vermissen könntest.»

Dann rannte sie davon.

Ich saß noch lange am Ufer des Kanals und sah den Blasen beim Platzen zu. Was fühlte ich? Ich hatte einen Blick in mein altes Leben geworfen und nichts als das Elend gesehen, das einen Fremden umgeben hatte. War das ein Grund zu trauern?

Am Ende weinte ich doch. Aber nicht um mein Leben. Nicht um Laura. Nicht um meine Eltern. Sondern weil ich eben nichts fühlte. Nichts außer der großen Leere in meinem Herzen. Schließlich stand ich auf und machte mich auf den Rückweg.

Als der Palast von Bernardino Bellapianta vor mir aufragte, war es Nachmittag geworden. Die Sonne stand tief und schnitt scharfe Schatten aus den Steingirlanden über dem Portal. Und die Leere in meinem Herzen füllte sich mit dem Gefühl, nach Hause zurückgekehrt zu sein.

Bernardino Bellapianta hatte mich im Halbschatten des Durchgangs erwartet, trat auf mich zu und legte mir die Hände auf die Schultern.

«Ludovico der Schwarze gibt ein Fest im Kastell», sagte er. «Wir sind eingeladen. Und du kommst mit.»

Das war jetzt mein Leben. Vom Kanal zum Kastell.

24

Paolo konnte seinen Neid kaum verbergen, als ich ihm von der Einladung erzählte, denn die Feste bei Ludovico dem Schwarzen waren Gesprächsthema im ganzen Land. Als später die Franzosen bei uns einfielen und alle Feiern zu geschmacklosen Sauforgien verkamen, war es damit vorbei, doch damals schien Ludovico mit Fürsten, Kardinälen und Bankiers im beständigen Wettstreit zu liegen, wer an einem Abend das meiste Geld verschleudern konnte: Griechische Gottheiten schwebten an Seilzügen von den Decken der Festsäle herab und deklamierten Verse oder verteilten Lorbeerkränze; serviert wurden Pfauen mit aufgespannten Rädern, vergoldetes Wildbret, mit Papageienfedern drapiertes Geflügel und dutzenderlei andere Überflüssigkeiten.

Ludovicos Feste waren vor allem deshalb so bekannt, weil er an seinem Hof einen eigenwilligen toskanischen Griesgram durchfütterte, der sich die ausgefallensten Spektakel für ihn ausdachte: den schon mehrmals erwähnten Meister Leonardo, einen hervorragenden Maler, Forscher und Erfinder, über dessen Marotten Ludovico so gern spottete. In Wahrheit hing er bei aller Lästerei mit einer fast schon rührenden Affenliebe an diesem Kauz, sah über die Ferkeleien hinweg, die dieser angeblich mit seinem jungen Lehrling trieb, und öffnete die Truhe, wann immer der kapriziöse Meister Geld für seine zweifelhaften Projekte brauchte:

Leonardo entwarf die schon erwähnten Fluggeräte und eine ganze Reihe anderer Maschinen, sezierte die Kadaver von Tieren und die Leichen von Hingerichteten, die bei Nacht und Nebel herangeschafft werden mussten, und köchelte, wie man sich erzählte, allerhand haarsträubende Mittel aus Schlangengift, Krötenschleim und dem Geifer von tollwütigen Hunden zusammen. Ansonsten kümmerte er sich um die Festlichkeiten im Palast. Anlässlich der Hochzeit von Gian Galeazzo hatte er ein Fest geplant, von dem man heute noch sprach: Mannshohe goldene Kugeln waren unter Kanonendonner durch den Raum gekreist und hatten Planetengötter ausgespuckt, die mit den verschnörkelten Versen eines gewissen Bernardo Bellincioni die junge Braut priesen, als sei sie die Göttin Venus persönlich.

Ludovico hatte durchsickern lassen, dass Leonardo für das nächste Fest etwas ganz Besonderes vorbereitet hatte. Und ich sollte dabei sein.

Kurz bevor es so weit war, kam Bernardino Bellapianta in mein Arbeitszimmer. Die Sonne schien durch das Fenster herein und beleuchtete die Entwürfe.

Bernardino Bellapianta blätterte in den Papieren herum, als suchte er dort nach einem Stichwort, um zur Sache zu kommen. Wie er da an der Tischkante lehnte, schien er fast ein wenig verlegen, und ich begriff auch bald, warum. Denn den Vorschlag, mich auf das Fest mitzunehmen, hatte er nicht gemacht, um mir einen vergnüglichen Abend zu bereiten. Es ging um etwas anderes.

Es gebe da eine etwas heikle Aufgabe zu erledigen, sagte er schließlich, genau genommen handele es sich um einen Gefallen, den ich seinem Bruder erweisen könne. Aus sicherer Quelle am Hof wisse er nämlich, dass Ludovico der Schwarze seine Gäste mit einer hochkomplizierten Maschine überraschen wolle, genauer gesagt, mit einem Ritter, der, durch eine rätselhafte Mechanik angetrieben, von selbst durch den Raum wandere. Seit Giancarlo davon erfahren habe, sei er geradezu besessen von diesem Automaten, was um so erstaunlicher sei, als er sich zu Leonardos Flugmaschinen bisher immer bloß verächtlich oder gleichgültig geäußert habe. Wahrscheinlich interessiere ihn aber weniger der Ritter selbst als die Frage, wie es möglich sei, eine Maschine zu bauen, die sich ohne Antrieb von außen fortbewege. Zwar könne er sich kaum vorstellen, dass dahinter ein wirklich neues Konstruktionsprinzip stecke, eher handele es sich wohl um eine raffinierte Kombination aus Federn und Hebeln, ähnlich wie bei einem Uhrwerk. Aber ganz sicher sei er sich nicht. Und als die Zeichnungen von der Spinnmaschine aufgetaucht seien, da sei Giancarlo eben auf eine Idee gekommen. Kurz und gut: Bernardino Bellapianta bat mich im Auftrag seines Bruders, den besagten Automaten zu zeichnen. Vor allem dessen Innenleben. Wofür es leider nicht genüge, als einfacher Zuschauer der Vorführung beizuwohnen. Man müsse sich Zutritt zu dem Raum verschaffen, in dem der Automat aufbewahrt werde. Nun ja.

Hätte ich diese Bitte abschlagen können, nach allem, was Bernardino Bellapianta für mich getan hatte? Und war es nicht auch eine Gelegenheit, bei seinem Bruder etwas gutzumachen? Nach der Entdeckung der Zeichnungen war Giancarlo Bellapianta mir gegenüber zwar nicht unfreundlich gewesen, aber zurückhaltend und wortkarg. So hatte er mir das Gefühl gegeben, sein Vertrauen verloren zu haben. Und ich konnte es ihm nicht verdenken. Indem ich den Automaten zeichnete, konnte ich die Scharte vielleicht auswetzen. Ich sagte zu. Offenbar hatte ich ja Übung in diesen Dingen.

Zwei Wochen später war es so weit. In Giancarlo Bellapiantas Reisewagen rollten wir auf den Vorplatz des Kastells, wo sich trotz der Dunkelheit viele Menschen herumtrieben. Gesprächsfetzen drangen von draußen herein, Finger zeigten auf eine wuchtige Masse, die sich im Schein von Fackeln vor dem Nachthimmel abhob: das Modell des Reiterstandbildes für Francesco Sforza, mit dem Ludovico der Schwarze schon auf dem Empfang für den spanischen Botschafter geprahlt hatte. Da der Bronzeguss einige komplizierte Probleme aufwarf, die Meister Leonardo nicht so schnell in den Griff bekam, hatte man sich fürs Erste mit diesem Modell aus Ton beholfen, das dem Volk eine Vorstellung davon vermitteln sollte, was für ein Koloss hier demnächst den Eingang zur Stadt bewachen sollte. Meister Leonardo mit seinem Sinn für Effekte hatte ihm eine bräunliche Lackierung verpasst. Das flackernde Licht leckte über die Muskelstränge des Pferdes und ließ sie metallisch aufglänzen, ein glühendes Gebirge aus Kraft, hoch wie die Statuen von Gattamelata und Colleoni übereinandergestellt. Hufe groß wie Badezuber, Sehnen wie Ankertaue und ein gedrungener Rumpf, in dem man ein Festbankett hätte abhalten können. Unter dem Gewicht dieses Pferdes sollten die letzten Erinnerungen an die Tatsache zermalmt werden, dass die Vorfahren des großen Francesco Sforza ihr Dasein als Bauern in einem Kaff namens Cotignola gefristet hatten. Den Kopf des Herzogs erreichte der Fackelschein schon kaum noch, sein Gesicht unter dem hochgeklappten Helmvisier lag im Dunkeln; er saß leicht zur Seite gedreht im Sattel, mit dem Kommandostab in Richtung der Stadt weisend, als befehle er einer hinter ihm aufmarschierten Armee aus Riesen, Mailand dem Erdboden gleichzumachen. Wer nur einen Funken Verstand hatte, der begriff, warum Ludovico der Schwarze genau so ein Standbild an genau dieser Stelle platziert hatte: als Warnung an alle, die Hirngespinsten von einer Wiedererrichtung der Republik nachhingen oder die Möglichkeit auch nur in Erwägung zogen, dass die Stadt jemals einem anderen Herrn untertan sein könnte als einem Herzog aus der Dynastie der Sforza – und zwar einem entschlossenen Anführer wie Ludovico, nicht einem willenlosen Schwächling, wie Gian Galeazzo einer war. Das war die Botschaft, die dieses Standbild zu verkünden hatte.

«Fehlen nur noch die Blitze», sagte Bernardino Bellapianta nach einem flüchtigen Blick aus dem Wagenfenster.

Wer hätte ahnen können, dass nur ein paar Jahre später französische Armbrustschützen das Modell zum Spaß als Zielscheibe benutzen würden, während die endgültige Ausführung aus Bronze niemals fertiggestellt werden sollte: das Metall zu Kanonen umgegossen, Ludovico in Gefangenschaft, sein Staat ausgeplündert und zerrupft von durchziehenden Söldnerbanden.

Wir passierten die Bastionen und das Tor und fuhren durch ein Spalier von Fackeln zum hinteren Bereich des Appellplatzes, wo vor einem Wassergraben in langen Reihen Wagen in allen Größen standen. Pferde wurden ausgespannt und weggeführt, Geschirre klirrten, Hufe scharrten. Schemenhafte Gestalten entstiegen den Wagen und strebten palavernd dem erleuchteten Torturm zu, der aus der finsteren Begrenzungsmauer des inneren Kastellbereichs vorsprang. Überall patrouillierten Wachen.

Kaum waren wir zum Stehen gekommen, eilte ein Diener herbei und öffnete den Schlag des Wagens. Wundert sich jemand, wenn ich sage, dass ich mich fehl am Platz fühlte, kaum dass ich den ersten Fuß auf den sandigen Boden des Platzes gesetzt hatte? Dass ich überall Augenpaare zu erahnen glaubte, die mich abschätzig musterten und als den erkannten, der ich war: jemand, der hier nicht hingehörte, nicht an diesen Ort und nicht in diese Gesellschaft; jemand, der sich eingeschlichen hatte und etwas im Schilde führte; jemand, den man im Auge behalten musste, um ihn bei der ersten Gelegenheit davonzujagen. Mir war, als quölle der Gestank des Färberviertels als leuchtend grüne Wolke aus allen Knopflöchern meiner Samtweste hervor. Wie ein Magenkranker presste ich mir eine Hand vor den Bauch, wo ein paar zusammengefaltete Bögen Papier und ein kleiner Beutel mit Kohlestiften unter dem Gürtel steckten. Ich schwitzte trotz der Kälte. War ich in meiner früheren Karriere als Einbruchsgehilfe von Luca il Rampeghín auch schon so ein Angsthase gewesen?

In Wahrheit beachtete mich niemand. Wie durch einen Trichter strebten die Ankommenden zum Tor und spülten uns mit. Bernardino Bellapianta tauschte Höflichkeiten mit den Herren aus und machte den Damen Komplimente; sein Bruder trottete neben ihm her und schien wenig daran interessiert zu sein, sich an irgendwelchen Gesprächen zu beteiligen. Genau genommen machte er den Eindruck, als ginge ihm die Veranstaltung schon auf die Nerven, bevor sie überhaupt begonnen hatte, was wohl in erster Linie an der Aussicht liegen mochte, sich einen ganzen Abend lang die Lobhudeleien über Meister Leonardo anhören zu müssen, den ganz Mailand für den brillantesten Kopf aller Zeiten hielt, wo er doch in den Augen von Giancarlo Bellapianta nur ein mittelmäßiger Mechaniker war.

Bernardino Bellapianta grüßte und schwatzte unverdrossen weiter, während wir einen Innenhof passierten. Das Licht von zahllosen Kerzenleuchtern fiel durch hohe Fenster und spiegelte sich unstet in einem langgezogenen

Wasserbecken. Unsere Atemwolken wallten zum Himmel auf, goldene Knöpfe und Perlenketten glitzerten im schummerigen Licht. Drinnen plätscherten Harfenklänge. Wie eine Prozession zogen wir durch den Hof. Unter einer kleinen Arkadenhalle stauten sich die Besucher vor der Tür zum Festsaal.

Vom Eingang her war eine krähende Stimme zu vernehmen. Bernardino Bellapianta fasste mich sanft am Arm, während er mit einem Ohr den Klagen eines rattengesichtigen Fettsacks im Pelzmantel zuhörte, den der Zufall an seine Seite geschwemmt hatte. Er jammerte über die miserable Zahlungsmoral seiner neapolitanischen Kunden und die viel zu hohen Zinssätze für Kredite mit kurzer Laufzeit.

«Hörst du das Gezeter da vorn?», fragte Bernardino Bellapianta mich, während der Dicke weiter vor sich hin lamentierte. «Das ist Diodato.»

Ich reckte den Hals. Gackerndes Gelächter erklang von der Tür. Ein paar der Wartenden lachten mit, andere blickten verlegen zur Seite.

«Diodato ist einer der Zwerge, die Ludovico dafür bezahlt, dass sie seine Gäste beleidigen», sagte Bernardino Bellapianta leise.

Die Aussicht, von einem der herzoglichen Hofnarren gleich zum Auftakt der Veranstaltung vorgeführt zu werden, trug nicht dazu bei, meine Angespanntheit zu mildern. Die Tür rückte näher, sodass ich den ganzen Saal einsehen konnte: Die Kerzen auf den Leuchtern bündelten sich zu Trauben aus Licht und verliehen dem grünen Deckengewölbe eine warme Tönung. Gegenüber den Fenstern war ein gestuftes Podest mit zwei Tischreihen aufgebaut. An der Stirnwand saß unter einem Baldachin eine Harfenspielerin auf einer Bühne und ließ ihre beiläufige Melodie zwischen den Gästen hindurchkullern. Die Wand hinter ihr war von einem Vorhang verdeckt.

Einen Augenblick später traten wir durch die Tür. Und wie befürchtet, sprang uns sofort ein säbelbeiniges Männchen mit einem Wams voller unsinniger Schnallen und einer lächerlichen Zipfelmütze in den Weg, dessen Gesicht aussah, als hätte es jemand vor langer Zeit kräftig eingeschlagen.

«Bernardino Bellapianta!», krähte es und breitete theatralisch die Arme aus. «Hast du genügend Geld mitgebracht? Ludovico ist schon wieder abgebrannt!»

«Ludovico ist abgebrannt, weil er Kanaillen wie dich durchfüttert», erwiderte Bernardino Bellapianta.

«Hört euch das an!», erregte sich der Zwerg und warf anklagend die Hände in die Luft. «Der große Bernardino Bellapianta! Zahlt keine Steuern, scheißt goldene Würste, sitzt auf seinem Berg aus zwanzig Millionen Scudi und pöbelt von dort aus die kleinen Leute an!» Ein gehässiger Zug trat in Diodatos Miene, bevor er fortfuhr: «Dabei will er nur zu gern vergessen, dass er selbst mal einer von den kleinen Leuten war! In einer Holzkiste haben sie ihn gefunden! Und jetzt will er unbedingt zu denen gehören, die in der goldenen Wiege gelegen haben!»

Aus dem Augenwinkel sah ich, wie Bernardino Bellapiantas Gesichtszüge einfroren und in seinen Augen die Wut aufloderte, einen kurzen Moment nur, dann hatte er sich wieder im Griff. Vielleicht hätte er noch etwas erwidert, doch Diodato hatte sich schon Giancarlo zugewandt.

«Und für alle, die den hier nicht erkannt haben», krakeelte er, ließ einen stummeligen Zeigefinger vorschnellen und blickte aufrührerisch in die Runde. «Giancarlo Bellapianta, sein gemeingefährlicher Zwillingsbruder, der uns früher oder später die ganze Stadt unter dem Arsch wegsprengen wird!» Er blickte sich suchend um. «Wachen! Habt ihr den auf Schießpulver durchsucht?»

Der kleine Diodato rotierte mit ausgestrecktem Zeigefinger ein paarmal um die eigene Achse, und wie befürchtet, wurde ich das nächste Opfer.

«Und wo wir gerade beim Sprengen von Festen sind: Aufgepasst, hier kommt der Mann, der den Baum der Erkenntnis zu Kleinholz gemacht hat und den spanischen Botschafter gleich dazu!» Der Zwerg griff nach meiner Hand und schüttelte sie überschwänglich. «Bedanken soll er sich bei dir, dieser Don Embecille Buffonio Toccatette Blasonez de Coñoveruelas y Arrompicazzo! Vorher kannte ihn keine Sau, jetzt kann ganz Mailand seinen Namen rückwärts furzen!»

Die Umstehenden lachten, und ich fühlte, wie mein Gesicht vor Schamesröte ganz heiß wurde. Doch Diodato hatte sich schon auf den nächsten Gast gestürzt, den Dicken mit dem Rattengesicht, dem die Zinsen zu hoch und die Neapolitaner zu unzuverlässig waren.

«Francesco da Bellinzona! Das junge Ding tut dir gar nicht gut! Schaut ihn euch an! Jetzt muss er schon zwanzig Pelzmäntel übereinander tragen, damit keiner sieht, dass er nur noch aus Haut und Knochen besteht!»

Trotz der offenen Fenster war es warm im Saal. Der Strom der Gäste verteilte sich auf die Tischreihen. Im Licht der Kerzen zeigte sich das ganze Ausmaß des Reichtums, der hier versammelt war: Brokatkleider mit geschlitzten Ärmeln, Hauben aus Perlenketten, mit Edelsteinen besetzte Handschuhe, atemberaubend tiefe Halsausschnitte und übertrieben hohe Absätze nach venezianischer Mode, kontrastiert von schlichten schwarzen spanischen Samtwesten, in denen die Silberfäden glitzerten. Insgesamt waren es vielleicht hundertfünfzig Gäste, die nun nach und nach ihre Plätze an den Tischen einnahmen. Jeder schien genau zu wissen, wo er zu sitzen hatte.

Die Tischreihen wurden von einem erhöhten Podest mit zwei goldenen Thronsitzen geteilt, hinter denen ein seidener Wandteppich mit der gekrönten Schlange hing. Ein paar Stühle weiter ließen wir uns nieder.

Bernardino Bellapianta und sein Bruder nahmen mich in die Mitte – zum Glück, denn ich hätte beim besten Willen nicht gewusst, worüber ich mit den Tischnachbarn hätte reden sollen, ohne durch meine Unsicherheit einen peinlichen Beweis nach dem anderen dafür zu liefern, dass ich nicht in diese Gesellschaft gehörte. Links von Bernardino Bellapianta nahm ein hagerer Alter in kerzengerader Haltung Platz. Bernardino Bellapianta begann sofort eine Unterhaltung mit ihm. Als er ihn im Lauf des Gesprächs einmal beiläufig mit seinem Namen ansprach, rutschte ich noch ein Stück tiefer in meinen Stuhl: Antonio Landriani, der Generalschatzmeister des Herzogs, bei dem Luca il Rampeghín seinen letzten Einbruch verübt hatte. Hin und wieder streifte mich Landrianis stechender Blick, und jedes Mal packte mich die Angst, dass seine Augen sich in mich hineinbohren und seine Donnerstimme mich anfahren würde: Solltest du bei dieser Sache nicht auch mitmachen?

Rechts von mir wurde Giancarlo Bellapianta von einem rothaarigen, ziemlich fahrigen Schwätzer in Grund und Boden geredet, der unter dem Vorwand, Auskunft über alchemistische Fragen einzuholen, mit seinem eigenen Wissen prahlte. Er war in Begleitung einer wesentlich älteren und über und über mit Perlen behängten Dame, deren Gesicht vor lauter Schminke zu einer Maske erstarrt war. Als sie lachte, sah ich dunkelgraue Zähne.

«Solltest du bei dieser Sache nicht auch mitmachen?», fragte die donnernde Stimme von Antonio Landriani zu meiner Linken, und ich fuhr so heftig zusammen, dass Bernardino Bellapianta mir unter dem Tisch eine Hand aufs Knie legte.

«Auf keinen Fall», sagte er an Landriani gewandt. «In einem halben Jahr sind die zahlungsunfähig. Entweder ihr stundet ihnen die Rückzahlung und lasst sie umschulden, oder ihr könnt das Geld abschreiben. Ich bin froh, dass ich mich da rausgehalten habe.»

«Sie sollten aufhören, sich die Haut mit Quecksilber zu bleichen», sagte Giancarlo Bellapianta zu meiner Rechten zu der Dame mit den grauen Zähnen. «Nehmen Sie eine Paste aus Mandeln und zerstoßenen Schwertlilien.»

Von dieser Art waren die Tischgespräche, die bei den Festen Ludovicos des Schwarzen geführt wurden. Kann mir irgendjemand verdenken, dass ich wünschte, ganz weit weg zu sein? Und das Schlimmste stand noch bevor. Wieder und wieder tastete meine Hand nach dem Bündel unter meinem Gürtel.

Das vielstimmige Geplauder wurde durch den Beginn des Festes unterbrochen. Von den Gästen weitgehend unbemerkt, hatte eine Gruppe von Musikern mit Trommeln, Geigen, Flöten und Trompeten die Bühne bestiegen. Das Harfenspiel verklang in ein paar letzten Melodiewirbeln. Dann setzten die Trompeter mit einem Ruck ihre Instrumente an und bliesen einen Tusch in den Saal, der alle Gespräche von den Mündern fegte. Der Vorhang hinter der Bühne teilte sich, und eine feuerrote Gestalt auf einer silbernen Mondsichel kam hervorgeschossen, glitt mit einem

Surren unter der Decke entlang, kam in der Mitte des Saales pendelnd zum Stillstand und senkte sich langsam herab: ein verwegen aussehender Mann mit herunterhängendem Schnauzbart, Pluderhose, Turban und einem Krummsäbel in der Hand.

Als das Geraune sich gelegt hatte, stellte die Gestalt sich als Kemal Pascha, Abgesandter und Heerführer Bajazids des Großen, vor und empfahl den Gästen, ihr letztes Festmahl als Christen zu genießen, denn anschließend werde er den Saal im Namen des Sultans in Besitz nehmen, woraufhin die gesamte Gesellschaft sich zum Islam zu bekehren habe und fortan Bajazid dem Großen untertan sei und nicht mehr Ludovico dem Schwarzen, zu dessen Begrüßung er die Anwesenden nun auffordere, sich von den Sitzen zu erheben.

Der falsche Türke sprang von seiner Sichel herab und machte eine übertriebene Verbeugung in Richtung Tür. Eine rumpelnde Welle rollte durch den Saal, als alle sich erhoben, auch ich sprang von meinem Stuhl auf, und dann betrat Ludovico der Schwarze den Saal, mit Beatrice an seiner Seite, die mir noch schöner vorkam als beim letzten Mal. Mir wurde heiß bei dem Gedanken, sie könnte mich in der Menge wiedererkennen, immerhin hatte sie sich nach meinem Sturz von der Galerie über mich gebeugt, doch sie durchmaß am Arm ihres Gatten unter bewundernden Zurufen den Saal und blickte mit einem spöttischen Lächeln auf den Türken, der in seiner Verbeugung eingefroren schien.

Ludovico, angetan mit einem bodenlangen karmesinroten Gewand mit goldenen Stickereien, tippte dem Türken auf die Schulter, und dieser schnellte zur Erheiterung der Gäste hoch wie eine Marionette. Ob das wahr sei, was er da gerade gesagt habe?, fragte Ludovico mit lauter Stimme. So wahr wie das Glaubensbekenntnis, antwortete Kemal Pascha mit Nachdruck.

Ob es denn keine Möglichkeit gebe, das drohende Schicksal noch abzuwenden?

Kemal Pascha legte die Stirn in Falten; doch, das sei möglich, sofern sich am heutigen Abend ein christlicher Ritter fände, der ihn, den Abgesandten und Heerführer Bajazids des Großen, in einem Zweikampf überwinde.

Wie aus dem Nichts sprang nun Diodato nach vorn und bald darauf ein weiterer Zwerg mit Schnallengewand und Zipfelmütze; aufgekratzt wieselten sie zwischen den Tischreihen hindurch und versuchten unter großem Geschrei einzelne Gäste zu nötigen, sich als Freiwillige zur Verfügung zu stellen, ernteten aber nur amüsierte oder verlegene Ablehnung. Schließlich sprang Diodato ein mageres Männlein im Bischofsornat an und legte ihm in scheinheiliger Liebkosung den Arm um die Schultern.

«Pernigone!», schrie er zu seinem Gefährten hinüber, der auf der anderen Seite des Saales gerade das Rattengesicht mit dem Pelzmantel bearbeitet hatte. «Was ist mit dem hier?»

«Das ist der Bischof von Gurk!», schallte es zurück.

«Was? Der Bischof von Möhr?»

«Von Gurk!»

«Sprich lauter, ich kann dich nicht verstehen! Der Bischof von Erbs?»

«Von Gurk, Himmelarsch!»

«Von Gurk!», wiederholte Diodato in das aufbrandende Gelächter hinein. «Der Bischof von Gurk!» Er wandte sich an das Männlein, das die ganze Zeit über gutmütig mitgelacht hatte. «Ist es wahr, dass du der Bischof von Gurk bist?»

«Ja!», antwortete der Gefragte gedehnt und offensichtlich bemüht zu verbergen, dass er kein Wort verstanden hatte.

«Und ist es wahr», fuhr Diodato mit beifallheischendem Blick in die Runde fort, «dass in der berühmten und herrlichen Stadt Gurk die tapfersten Recken des ganzen Alpenlandes gedeihen?»

«Ja, ja!», rief der Bischof wieder und blickte sich nun selbst um. Er schien hochzufrieden, dass seine bescheidene Einlage für so viel Heiterkeit sorgte.

«Der versteht dich nicht!», schrie Pernigone herüber, während er dem Rattengesicht den Kopf kraulte.

«Das werden wir ja sehen», rief Diodato zurück. An den Bischof gewandt, fuhr er fort: «Und stimmt es, dass in der Diözese Gurk die Sodomie nicht nur erlaubt, sondern sogar erwünscht ist und von deiner Kirche nach Kräften gefördert wird?»

«Ja, ja, ja!»

Diodato schmetterte ein langgezogenes «Oho!» durch die Tischreihen, wo die Gäste sich vor Lachen die Bäuche hielten.

«Und stimmt es», fuhr er fort, «dass nach alter Gurker Tradition die größten Sodomiten der ganzen Diözese ins Domkapitel berufen werden und dann den allergrößten Sodomiten aus ihren Reihen zum Bischof wählen?»

Die erneute und durch eifriges Nicken bekräftigte Bestätigung des Bischofs ging in schallendem Gelächter unter. Als die Unruhe sich gelegt hatte, ergriff Ludovico der Schwarze wieder das Wort, beschwichtigte die Anwesenden durch die Ankündigung, man werde beizeiten mit der Suche nach dem geeigneten Ritter für den Zweikampf mit Kemal Pascha fortfahren, doch nun sei es Zeit für eine Stärkung. Damit geleitete er seine Frau zu dem Podest in der Mitte der Tischreihen, und sie nahmen ebenfalls Platz.

Eine Weile lang drängte die Verblüffung über die unglaubliche Rohheit und Respektlosigkeit der beiden Zwerge sogar meine Angst über den weiteren Verlauf des Abends in den Hintergrund. Dann spielten die Musiker eine orientalisch anmutende Melodie, und die Bediensteten marschierten auf, allesamt als türkische Soldaten ausstaffiert. Ganze Wildschweine und Kälber wurden auf großen Rolltischen unter rotierenden Feuerrädern hereingefahren und mit Krummsäbeln zerteilt, wobei die falschen Türken Grimassen schnitten und ordentlich die Zähne bleckten. Ich will mich hier nicht mit den Einzelheiten des Festmahls aufhalten, das von Diodato und Pernigone mit derben Klamaukeinlagen und von den Türken mit Säbeltänzen eingerahmt wurde. Antonio Landriani schwatzte Bernardino Bellapianta neue Kredite für den Herzog ab, und der gequält dreinblickende Giancarlo Bellapianta wurde von dem Rothaarigen als Stichwortgeber für seine alchemistischen Ausführungen missbraucht. Es wurde getafelt, was das Zeug hielt, und am Ende ließen sich alle zurücksinken und lauschten den Musikern.

Alle. Na ja. Außer mir. Denn je näher der Höhepunkt des Festes rückte, desto unruhiger wurde ich. Wie sollte ich meine Aufgabe überhaupt angehen? Bernardino Bellapianta hatte gesagt, es werde sich schon alles ergeben. Und selbst wenn man mich erwischte, werde er dafür sorgen, dass wir das Kastell zusammen wieder verließen, schließlich habe er Ludovico dem Schwarzen so viele Gefälligkeiten erwiesen, dass die Schuld selbst dann noch nicht abgetragen wäre, wenn ich den ganzen Wohntrakt niederbrennen würde. Mir aber war vor Angst ganz übel.

Als alles abgeräumt war, erhob sich Ludovico der Schwarze von seinem Thron und verkündete, er habe nun einen Ritter gefunden, der bereit sei, gegen Kemal Pascha anzutreten und die versammelte Christenheit vor der Zwangsbekehrung zum Islam zu bewahren.

Interessiertes Gemurmel.

Es handele sich, so fuhr Ludovico fort, um keinen gewöhnlichen Ritter, sondern um einen solchen, der die christlichen Tugenden auf vollkommene Weise in sich vereine, weshalb an seinem Sieg in dem bevorstehenden Zweikampf überhaupt kein Zweifel bestehen könne. Niemand brauche sich daher zu sorgen, den Saal als Mohammedaner verlassen zu müssen, und keine der Damen, seine eigene Gattin eingeschlossen, habe zu befürchten, ihren Gemahl fürderhin mit drei weiteren Frauen teilen zu müssen, auch wenn der eine oder andere Schlingel unter den Anwesenden mit Kemal Paschas Auftritt vielleicht entsprechende Hoffnungen verbunden habe. Er wolle ja keinen scharf ansehen!

Lautes Gelächter der Gäste und ein paar in den Saal gerufene Anspielungen auf außereheliche Umtriebe einzelner Anwesender waren die Antwort.

Bevor er die Kontrahenten hereinrufe, müsse er zu seinem Ritter noch ein paar Worte verlieren, fuhr Ludovico fort. Dessen Furchtlosigkeit und Tugendhaftigkeit seien dem Umstand geschuldet, dass er ein eisernes Herz besitze, ein Herz, das keine Sünde und keine Furcht kenne, und zwar nicht im übertragenen, sondern im wörtlichen Sinne. Denn das Herz dieses Ritters sei ein Uhrwerk, seine Glieder seien ein Gefüge aus Hebeln und Wellen. Es handele sich um den ersten vollbeweglichen Automaten der Welt. Und da dürfe man ruhig einmal Beifall spenden.

Die Gäste applaudierten. Ludovico stieg von seinem Podest herab und trat in die Mitte des Saales, bevor er weitersprach.

«Und wer, liebe Freunde, wer, wenn nicht Meister Leonardo, der größte Künstler, Gelehrte und Mechaniker unserer Zeit, hätte einen solchen Automaten bauen können? Und zur Ehre welcher Stadt hätte er ihn bauen können, wenn nicht zur Ehre Mailands, dieses schönsten Diamanten im Schmuckkasten des Abendlandes?»

«Und mit wessen Geld hätte er ihn bauen können, wenn nicht mit dem Geld des großen Ludovico Sforza, der für jeden Mummenschanz bereitwillig die Schatulle öffnet?», fragte Bernardino Bellapianta leise. Antonio Landrianis Mundwinkel zuckten.

Ludovico klatschte in die Hände. Neben dem Podest für die Musiker war das Rumpeln von Rädern zu vernehmen. Alle reckten die Hälse. Der Vorhang wurde ein Stück zur Seite gezogen und gab eine Tür frei. Vier Männer in der Uniform der herzoglichen Leibwache betraten den Saal und schoben einen flachen Wagen herein, auf dem tatsächlich ein Ritter mit erhobenem Schwert stand. Der Plattenpanzer funkelte im Kerzenlicht. In der Mitte des Saales hielten sie an und hoben die Rüstung unter viel Gestöhne von ihrem Podest.

Während alle Gäste noch auf den Ritter starrten, betrat ein wirr dreinblickender dicklicher Mann mit wallendem Haar in einem weiten schwarzen Gewand den Saal: Meister Leonardo, der große Künstler, Gelehrte und Mechaniker; unscheinbar wie ein wunderlicher alter Höfling, der für langjährige Dienste das Gnadenbrot bekam, so schlurfte er herein. Das Gemurmel wurde lauter. Gäste stießen sich an und zeigten auf die Gestalt, die völlig unbeeindruckt von der Aufmerksamkeit zu dem eisernen Geschöpf schritt und schlecht gelaunt an dessen Helm zu ruckeln begann, bis dieser sich löste. Statt eines Kopfes kam ein Zapfen mit einem runden Loch zum Vorschein, der aus der Halsberge aufragte wie ein Krokus nach der ersten lauen Frühlingsnacht. Meister Leonardo griff sich eine Eisenstange, die auf dem Rollwagen gelegen hatte, und schob sie in das Loch. Während die vier Leibwächter den Ritter festhielten, begann der Meister nun, das Uhrwerk aufzuziehen. Ein rasselndes Geräusch hallte durch die gebannte Stille, während er den Ritter wieder und wieder und mit wachsender Anstrengung umrundete, bis es nicht mehr weiterging. Dann wurde der Helm wieder aufgesetzt und rastete ein. Die Diener traten in die Fensternischen. Gespannte Stille senkte sich herab.

«Wo ist Kemal Pascha?», donnerte Ludovico, der inzwischen wieder seinen Platz eingenommen hatte.

Kaum war seine Stimme verhallt, da stürmte die ganze Türkenschar, die Krummsäbel schwingend, zur Tür herein, Kemal Pascha mittendrin. Sie umkreisten den Ritter nach einer hektischen Choreographie, sprangen vor und zurück, drohten und erschraken abwechselnd, ermutigten einander durch Püffe und schubsten sich gegenseitig vor die Klinge des starr aufragenden Schwertes. Der Ritter rührte sich nicht. Schließlich wich der Haufen ein paar Schritte zurück, und Kemal Pascha trat vor.

«Bist du bereit, gegen den Ritter mit dem eisernen Herzen anzutreten?», fragte Ludovico.

Kemal Pascha lachte übertrieben. «Ist das alles, was die Christenheit aufzubieten hat?», fragte er zurück und wies mit dem Säbel auf seinen reglosen Gegner.

Es folgte ein ermüdendes Hin und Her aus Drohungen und Hohngelächter, das die Spannung weiter steigern sollte und Bernardino Bellapianta zu mehrmaligem Aufstöhnen veranlasste. Er beugte sich zu Antonio Landriani hinüber.

«Wer hat euch denn diesen Dialog geschrieben?»

«Antonietto da Campo Fregoso», kam es peinlich berührt zurück.

«Unerträglich. Streich ihn von der Lohnliste und lass ihn aufs Rad flechten. Wenn ihr für den weiter Geld ausgebt, war das heute mein letzter Kredit.»

«Ist veranlasst», sagte Antonio Landriani.

Während Kemal Pascha weiter die verweichlichte Christenheit verspottete, hatte Meister Leonardo das Rückenstück der Rüstung heruntergeklappt und ein Gewirr aus Wellen und Zahnrädern freigelegt. Mit zusammengekniffenen Augen betätigte er ein paar Hebel im Inneren des Ritters. Kaum hatte er die Klappe geschlossen, erklang ein schnarrendes Geräusch, die Rüstung begann zu beben, und der Ritter setzte sich ruckend in Bewegung. Die Zuschauer verstummten.

Kemal Pascha wich in gespielter Überraschung zurück. Der Ritter setzte den rechten Fuß vor, wippte leicht hin und her, dann führte der Arm mit dem Schwert einen abgehackten Hieb aus, der ins Leere ging. Der Ritter hob den linken Fuß. Kemal Pascha sprang vor und schlug mit dem Krummsäbel quer über den Brustpanzer seines Gegners, dass es schepperte. Völlig unbeeindruckt machte der Ritter einen weiteren Schritt, drehte ruckartig die Hand mit dem Schwert und säbelte dem Türken einen sauberen Schlitz in das wattierte Wams. Entsetzt blickte der an sich hinunter, fing sich, ging zum Gegenangriff über und drosch, bald vorspringend, bald zurückweichend, mit anschwellender Wut auf die Rüstung ein, dass die Funken flogen. Seine Attacken zeigten keinerlei Wirkung. Schritt um Schritt rückte der

Automat unter beständigem Schnarren und Klacken vor, teilte seine abgezirkelten Hiebe aus, denen der Türke ungeschickt und manchmal zu spät auswich, sodass er in seinem Wams bald aussah wie ein gerupftes Huhn. Die Menge applaudierte stehend. Irgendwann hatte der Ritter Kemal Pascha bis zum Rand der Bühne zurückgedrängt. Der Abgesandte und Heerführer Bajazids des Großen blickte sich panisch um, als sein Steißbein gegen die Kante des Podests mit den Musikern stieß, der Automat senkte das Schwert in die Waagerechte, ließ es vorschnellen und stoppte abrupt einen Fingerbreit vor dem Bauch des Türken, der daraufhin seine Waffe wegwarf und mit erhobenen Armen auf die Knie sank. Das Schwert wippte. Das Schnarren erstarb. Die Zuschauer tobten.

Nachdem nun also die Zwangsbekehrung glücklich abgewendet worden war und der Abgesandte und Heerführer Bajazids des Großen mit hängendem Kopf den Saal verlassen hatte, ergriff Ludovico noch einmal das Wort, stellte die baldige Rückeroberung von Konstantinopel und Jerusalem durch Heere von Automaten in Aussicht und verkündete, dass man den Sieg der Christenheit jetzt mit einem Feuerwerk feiern werde. Muss ich noch sagen, welcher große Künstler, Gelehrte und Mechaniker auch dieses Spektakel auf die Beine gestellt hatte?

Die Anwesenden wurden aufgefordert, an die Fenster zu treten. Großes Gerumpel setzte ein, alles drängelte und schob. Als alle Gäste in bunten Trauben vor den Fenstern versammelt waren, schickten die Trompeter einen weiteren Tusch durch den Saal, und die Gespräche verstummten. Ein Diener reichte Ludovico eine hölzerne Taube, auf deren Rücken eine Rolle montiert war.

Seine Gattin werde nun die Brieftaube mit der Botschaft losschicken, dass das Feuerwerk beginnen möge, rief Ludovico und reichte den Vogel an Beatrice weiter. Mit einem bezaubernden Lächeln ergriff sie die Taube und setzte sie auf ein Drahtseil, das sich irgendwo in der Dunkelheit verlor. Dann nahm sie eine Kerze und hielt sie unter den Schwanz der Taube. Es zischelte kurz, daraufhin schoss der Vogel über den Hof zu einem der Fenster des gegenüberliegenden Traktes. Es blitzte auf, und ein Sprühregen aus roten Funken setzte ein, der sich im Wasser des Beckens im Innenhof spiegelte. Währenddessen schoss etwas Glühendes von einem Fenster zum anderen und setzte Batterien aus Schwärmern in Brand; blaue, grüne und goldene Funken ergossen sich in den Hof und beleuchteten Raketenstöcke, die offenbar während des Essens dorthin geschafft worden waren und auf ihren Einsatz warteten. Feuerräder begannen sich zu drehen, langsam, dann immer schneller, eine gleißende Spur fraß sich über den Hof und zeichnete eine gekrönte Schlange auf den Steinplatten nach.

Schwärmer zischten, Raketen erhoben sich pfeifend in den Himmel und explodierten in einem Farbenmeer, Böller krachten und ließen die Wände erzittern. Der größte Teil der Zuschauer einschließlich des Gastgeberpaares hatte sich derweil in den Hof verfügt, um besser sehen zu können. Während die im Saal verbliebenen Gäste unter bewundernden Ausrufen auf das Spektakel starrten, stieß Bernardino Bellapianta mich an und wies mit dem Daumen nach hinten. Ich sah gerade noch, wie die Leibwächter, die den Ritter wieder aufgebockt hatten, mit dem Rollgestell durch die Tür hinter dem Vorhang neben der verwaisten Bühne verschwanden. Mein Herz begann schneller zu schlagen, während der Lärm im Hof immer weiter anschwoll und der

Widerschein der Raketen die Wände in ein Farbgewitter tauchte. Nach einer Weile kamen die Leibwächter wieder hervor, eilten durch den Saal und verschwanden durch die Tür zum Innenhof.

«Jetzt», sagte Bernardino Bellapianta.

Ich nickte. Tastete nach dem Papier und dem Beutel unter meinem Gürtel. Schlich, zitternd vor Aufregung, hinter dem Rücken der Gäste auf die Tür zu. Tauchte hinter den Vorhang. Atmete einmal durch. Drückte vorsichtig die Klinke hinunter. Die Tür glitt auf. Ich schlüpfte hindurch.

Ich fand mich in einer Kapelle wieder. An der Rückwand des quadratischen Raumes glänzte ein Altar aus Marmor, davor ein paar Bänke. Überall standen große Kerzenleuchter, die den Goldgrund der Wandbemalung erglühen ließen. Spaliere von Heiligen, darüber ein blaues Gewölbe, in dessen Zenit der Auferstandene, von Engeln umgeben, seine Segenshand erhob. Genau darunter stand der Ritter, stand da in der Mitte der Kapelle wie eine Statue des heiligen Mauritius, das Schwert immer noch in der gleichen Haltung vorgestreckt, in der er Kemal Pascha zur Aufgabe gezwungen hatte.

Von draußen drangen durch ein Bogenfenster das Geböller und der Lichtschein der Raketen herein. Ich beschloss, keine Zeit zu verlieren, und zog mit zitternden Händen das Papier und den Beutel mit den Kohlestiften hervor.

«Leonardo, du Arschgeige», sagte der Ritter.

Mir fiel alles aus der Hand. Ich wollte davonlaufen, doch meine Beine gehorchten mir nicht.

Die Rüstung begann zu wackeln, als mache sich jemand darin zu schaffen.

«Das war das letzte Mal, dass ich diesen Scheiß mitmache. Du weißt genau, dass ich hier drin Platzangst kriege. Wenn du mich bei drei nicht rausgeholt hast, verpfeife ich dich. Eins! Zwei!»

Es pochte ein paarmal dumpf, dann flog mit einem gepressten «Drei!» eine Klappe im Brustharnisch auf. Ich blickte in das Gesicht von Diodato, dessen Ärger in Verblüffung umschlug.

«Was machst du denn hier? Wo ist Leonardo?»

«Ich weiß nicht», stammelte ich.

«Egal. Hol mich raus.»

«Wie denn?»

Diodato befahl mir, die Rückenklappe zu öffnen und ein paar Hebel zu betätigen. Ich klaubte Papier und Beutel auf, stopfte mir beides wieder unter die Weste und machte mich an dem Mechanismus zu schaffen.

Schließlich gelang es mir, begleitet von Diodatos Verwünschungen, das Oberteil der Rüstung abzunehmen. Mit meiner Hilfe kletterte er heraus. Ein Blick in das Innenleben des Ritters genügte, um das Offensichtliche zu erkennen: Die Zahnräder und Wellen hinter der Klappe waren nur Dekoration, um den Automaten echter aussehen zu lassen. Ein paar Hebel und Stangen dienten dazu, die Gliedmaßen des Zwerges so zu verlängern, dass er die Arme und Beine des Ritters bewegen konnte. Der Rest war Betrug. Das Uhrwerk war überhaupt nicht mit der Bewegungsmechanik verbunden, sondern hatte lediglich den Zweck, die begleitenden Geräusche zu erzeugen. Der Ritter war eine Attrappe. Und Leonardo demnach ein Aufschneider.

Und dieser Aufschneider betrat nun plötzlich den Raum. Sein Blick fiel auf den demontierten Ritter, dann auf Diodato und schließlich auf mich. Entsetzen machte sich in seinem Gesicht breit. Draußen näherte sich das Feuerwerk offenbar seinem Höhepunkt. Das Krachen steigerte sich zu einer ohrenbetäubenden Kaskade und die Lichtblitze zu einem anhaltenden Geflacker, das unsere Schatten an den Wänden hin und her springen ließ.

«Wer ist das?», fuhr Leonardo den Zwerg an. «Was macht der hier?»

«Siehst du doch. Er hat mir rausgeholfen. Du bist ja nicht gekommen», antwortete Diodato giftig.

«Ich konnte nicht weg», sagte Leonardo, während er das Oberteil der Rüstung hektisch und unter großen Mühen wieder auf den Rumpf wuchtete.

Diodato schwieg trotzig. «Dein Pech», sagte er schließlich. «Du weißt genau, dass ich dort drin Platzangst kriege. Nie wieder steige ich da rein.»

Der Meister blickte ihn entsetzt an. «Du kannst mich nicht hängenlassen», flehte er. «Ludovico will nächsten Monat noch eine Vorführung!»

«Dann tu, wofür du bezahlt wirst, und bau einen Automaten, der funktioniert.»

«Das geht nicht so schnell. Hast du eine Vorstellung davon, wie kompliziert das ist?»

«Das ist ja wohl nicht mein Problem.»

Leonardo war jetzt richtig verzweifelt. Er sank auf eine der Kirchenbänke, während ich danebenstand und wie ein Schaf zwischen den beiden hin- und herblickte.

«Einmal noch.»

«Frag Pernigone.»

«Der ist zu dick.»

«Dann soll er abnehmen.»

Leonardo versenkte sein Gesicht in die Hände und rieb sich den Bart. Seine Schultern zuckten. Von draußen drang das gedämpfte Stimmengewirr der Gäste herein. Das Feuerwerk hatte geendet.

«Ich schaffe das nicht mehr», heulte Leonardo. «Ludovico setzt mich die ganze Zeit wegen seiner beschissenen Statue unter Druck. Meine Gehilfen nehmen mich aus. Und mein Lehrling treibt es mit dieser Schlampe von Kammerdiener!»

Diodato verdrehte die Augen und stöhnte. Doch anstatt einen neuen Schwall von Gehässigkeiten über den Meister auszugießen, horchte er plötzlich auf und legte den Finger an den Mund. Hinter der Tür war die Stimme Ludovicos des Schwarzen zu vernehmen. Die Klinke wurde halb hinuntergedrückt, ohne dass die Tür geöffnet wurde.

Meister Leonardo sprang auf. Mit einem Satz war er bei mir und packte mich am Arm, wobei er Diodato einen wütenden Blick zuwarf.

«Er darf ihn hier nicht sehen», zischelte er, blickte sich hektisch um und zeigte auf eine breite Sitzbank an der Seitenwand der Kapelle. «Los, da rein!»

Ich war zu überrumpelt, als dass ich darüber nachdenken konnte, ob das eine gute Idee war oder nicht. Meister Leonardo zerrte mich zu der Bank, klappte die Sitzfläche hoch, schubste mich grob in den Hohlraum darunter und schlug mir den Deckel auf den Kopf.

Keinen Augenblick zu früh. Das Stimmengewirr aus dem Saal wurde kurz lauter und dann wieder leiser. Jemand hatte die Kapelle betreten.

Der Stauraum unter der Bank war in regelmäßigen Abständen mit runden Löchern versehen, wahrscheinlich, um die Messgewänder, oder was immer dort aufbewahrt werden sollte, nicht muffig werden zu lassen. Ich schob mich also an eins der Löcher heran und spähte hindurch.

Ludovico der Schwarze erschien in meinem Blickfeld und ging mit schnellen Schritten zum Altar. Sein Blick streifte den Ritter, der regungslos auf seinem Podest stand.

Nichts deutete darauf hin, dass etwas an ihm verändert worden war.

«Verschwindet mal kurz», sagte er zu den beiden. «Ich will beten.»

«Jetzt?», fragte Meister Leonardo entgeistert. Ich sah, dass er sich am liebsten die Zunge abgebissen hätte, kaum dass die Frage heraus war.

Ludovico ließ sich auf eine Bank vor dem Altar fallen und blickte Meister Leonardo an wie ein aufsässiges Kind. «Ob dich das wohl nichts angeht, zu welcher Tageszeit mich der Wunsch übermannt, Zwiesprache mit meinem Schöpfer zu halten?»

Meister Leonardo zog den Kopf ein. Auch Diodato schien zu begreifen, dass jetzt nicht der richtige Augenblick für weitere Frechheiten war. Sie trollten sich.

Kaum hatte die Tür sich hinter ihnen geschlossen, ließ Ludovicos Bedürfnis nach Zwiesprache mit seinem Schöpfer auch schon nach. Er zog die Nase hoch, stand wieder auf und betrachtete nachdenklich den Ritter. Klopfte gegen den Brustharnisch. Ruckelte am Helm. Klappte das Rückenstück auf und betrachtete die Mechanik dahinter. Wusste er überhaupt, dass Meister Leonardo die Gesellschaft zum Narren gehalten hatte?

Ludovico ließ von der Rüstung ab und blickte nachdenklich zur Tür. Die goldenen Stickereien auf seinem Gewand schimmerten. Er schien auf etwas zu warten. Mein linker Arm schlief ein, aber ich wagte es nicht, meine Lage zu verändern.

Es klopfte. Das Geräusch kam nicht von der Tür zum Festsaal, sondern aus einer anderen Richtung. Links von meinem Versteck hatte ich eine weitere Tür gesehen.

«Ja!», rief Ludovico.

Es knarrte. Eine Gestalt in einem Kapuzenmantel trat ins Blickfeld. Ludovico nickte ihr zu, dann trat er zum Altar. Er nahm das Kruzifix herunter, nestelte daran herum und ließ etwas in seine Hand gleiten, das er dem Unbekannten übergab. Der blickte eine Weile auf das Ding, dann hielt er es gegen das Licht. Als ich erkannte, was es war, stockte mir der Atem: eine Ampulle mit einer klaren Flüssigkeit.

Der Besucher verstaute die Ampulle in seinem Umhang, dann wandte er sich ohne ein Wort zum Gehen. Für einen Moment war sein Gesicht nur halb vom Stoff bedeckt. Dieser kurze Augenblick genügte mir, um ihn zu erkennen. Es war Alvaro.

«Lass dich nicht erwischen», sagte Ludovico.

Nachdem Alvaro, die Kapuze tief ins Gesicht gezogen, wieder verschwunden war, stand Ludovico noch eine Weile vor dem Altar herum und betrachtete unschlüssig das Kruzifix, als sähe er in dem Gekreuzigten eine Art Komplizen, der ihm bei der Aufbewahrung der Ampulle geholfen hatte und von dem er nun weitere Ratschläge erwartete. Schließlich zog er noch einmal die Nase hoch und verließ den Raum durch die Seitentür.

Eine ganze Weile lag ich in meinem unbequemen Versteck und traute mich nicht hinaus. Irgendwann gab ich mir dann doch einen Ruck, stieg ins Freie, schlich unter den gleichgültigen Blicken der Heiligen zu der Tür, die in den Festsaal führte, öffnete sie einen Spalt und spähte hindurch.

Die Feier war zu Ende. Die Gäste bereiteten sich plaudernd auf den Aufbruch vor. Niemand achtete auf mich, als ich in den Saal schlüpfte und durch Grüppchen von Gästen zu Bernardino Bellapianta schlenderte. Meine Erleichterung kannte keine Grenzen.

Als wir endlich wieder zu dritt in Giancarlo Bellapiantas Reisewagen saßen und durch die Torbastion rollten, erfasste mich eine große Müdigkeit.

«Und?», fragte Giancarlo Bellapianta. «Lass mich raten. Der Ritter ist eine Attrappe und wird von einem der Zwerge bedient.»

Ich nickte.

«Diodato oder Pernigone?», fragte er.

«Diodato. Pernigone ist zu dick.»

Die Antwort schien beiden eine gewisse Genugtuung zu bereiten. «Diodato, die kleine Kröte», murmelte Bernardino Bellapianta. Und an seinen Bruder gewandt: «Siehst du? Ich hab's dir gesagt.»

Giancarlo Bellapianta blickte eine Weile aus dem Fenster, dann begann er in sich hineinzulachen. «Dieser Aufschneider», sagte er und sah sehr zufrieden aus. Bernardino Bellapianta streckte die Hand nach seinem Bruder aus, und der ergriff und drückte sie, eine schlichte und anrührende Geste von uralter Vertrautheit und Komplizenschaft.

Ich schaffte es tatsächlich, auf dem kurzen Weg bis zum Haus von Bernardino Bellapianta einzuschlafen. Als ich erwachte, stand der Wagen im Innenhof. Bernardino Bellapianta weckte mich mit ein paar Klapsen. Sein Bruder war schon verschwunden.

«Ich habe noch etwas gesehen», murmelte ich schläfrig.

«Das hat Zeit bis morgen», sagte Bernardino Bellapianta.

Paolo war der Erste, der mir am nächsten Tag über den Weg lief, und natürlich verlangte er sofort einen ausführlichen Bericht über das Fest. Und so erfuhr er noch vor Bernardino Bellapianta von meiner Beobachtung.

Wir standen auf der Galerie und blickten in den Innenhof, wo eine Katze mit hin und her peitschendem Schwanz einer Maus den Garaus machte.

Als ich von der Ampulle berichtete, zog Paolo die Stirn in Falten.

«Gift?», fragte er.

«Die Beschriftung konnte ich leider nicht lesen», witzelte ich.

Paolo verdrehte die Augen. «Wie sah diese Ampulle denn aus?»

Was konnte ich darauf schon antworten? Alvaro hatte sie ein paar Schritte von mir entfernt kurz ins Licht gehalten, lang wie ein Zeigefinger war sie gewesen, leicht bauchig, so glaubte ich mich zu erinnern, und mit einer klaren Flüssigkeit gefüllt.

«Das erinnert mich an etwas», sagte Paolo finster.

«Mustafa Efendi.»

«Genau. Aber was soll es da für einen Zusammenhang geben?»

Eine Zeitlang kratzte er nachdenklich mit den Fingern auf dem Geländer herum. Die Katze hatte sich verzogen und die blutigen Überreste ihrer Spielerei neben dem Brunnen liegen gelassen.

«Nehmen wir an, Ludovico hat tatsächlich einen Giftmord in Auftrag gegeben», sagte ich bedächtig, «wer soll das Opfer sein?»

Paolo lachte auf. «Schwer zu sagen, wenn es so viele Leute gibt, von deren Tod man profitieren würde», sagte er. «Drei fallen mir sofort ein: Gian Galeazzo, König Ferrante von Neapel und der Heilige Vater. Spielen wir das mal durch. Wenn Gian Galeazzo stirbt, rückt Ludovico seinem Ziel, den Thron von Mailand zu besteigen, ein Stück näher. Kommt Ferrante um, ist er seinen größten Feind los. Und wenn er den Papst aus dem Weg räumt, hat sein Bruder Ascanio die besten Aussichten, den Heiligen Stuhl zu besteigen. Warten wir doch einfach ab, wer von den dreien zuerst ins Gras beißt.»

«Wo ist Alvaro jetzt?», fragte ich.

Paolo schien eine Erkenntnis zu kommen. Mit großen Augen und aufgerissenem Mund starrte er mich an. «Unterwegs nach Neapel!»

«Nein!»

«Doch. Bernardino hat's gestern beiläufig erwähnt. Angeblich familiäre Angelegenheiten. Sein Onkel ist gestorben. Heute Nacht ist er abgereist. Aber offenbar hat er, wie wir jetzt wissen, vorher noch heimlich einen Abstecher ins Kastell gemacht.»

«Meinst du, Bernardino weiß davon?»

Paolo überlegte lange, und fast bereute ich meine Frage. Ich wollte nicht glauben, dass Bernardino Bellapianta in irgendwelche Giftmordgeschichten verwickelt war. Umso erleichterter war ich, als mir selbst ein Argument zu seiner Entlastung einfiel.

«Aber wenn er irgendwie in die Sache verwickelt wäre, dann hätte er die Ampulle gestern Abend doch auch selbst entgegennehmen können», sagte ich triumphierend.

Paolo wiegte den Kopf. «Vielleicht weiß er davon, will aber nichts damit zu tun haben?» Und mit abschätzigem Blick fügte er hinzu: «Das sähe ihm ähnlich.»

Die Bemerkung gefiel mir überhaupt nicht. Paolo merkte es und blickte mich mitleidig an.

«Du solltest dir über ein paar Dinge im Klaren sein», sagte er streng. «Bernardino Bellapianta, dein Lebensretter und unser aller Wohltäter, ist nicht zimperlich, wenn es um seine Geschäfte geht. Genau wie seine Konkurrenten. Und das bedeutet, dass die Leute, die für ihn arbeiten, ab und zu die Samthandschuhe ausziehen, um seine Interessen zu wahren. Er duldet das, fragt nicht weiter nach ihren Methoden und lebt ganz bequem damit. In dieser Welt mag er damit durchkommen. In der nächsten sicher nicht. Und zu Ludovico hat er ein ganz besonderes Verhältnis.»

«Inwiefern?»

«Na ja. Die meisten Leute glauben, Ludovico ist von ihm abhängig, weil Bernardino ihn mit Geld versorgt. Andersherum gilt allerdings das Gleiche. Bernardino ist von Ludovico abhängig, weil der seine einflussreichen Gegner in Schach hält. Und es heißt, dass Ludovico dafür ab und zu eine kleine Gegenleistung verlangt. Zum Beispiel, dass Bernardino ihm einen verschwiegenen Mitarbeiter für den einen oder anderen Sonderauftrag ausleiht.»

«Alvaro?»

«Unter anderem.»

Ich musste an Bernardino Bellapiantas Bemerkung über Benedetto denken.

«War Benedetto auch so jemand?»

«Angeblich ja.»

Erst jetzt fiel mir auf, dass ich schon länger nicht mehr an Benedetto gedacht hatte.

«Gibt es immer noch keine Nachricht von ihm?»

Paolo schüttelte den Kopf. «Wenn sich was Neues ergibt, erfährst du's zuerst, da kannst du sicher sein.»

«Seit wann arbeitet er eigentlich für Giancarlo Bellapianta?», fragte ich.

«Seit ein paar Jahren. Seit das Projekt mit der Spinnmaschine läuft. Aber er war nicht die ganze Zeit über dabei.»

«Und woher kennt Giancarlo Bellapianta ihn?»

«Du liebe Güte. Das ist eine lange Geschichte.»

25 Du liebe Güte, in der Tat war das eine lange Geschichte, die Paolo seinem Freund Pandolfo nun erzählte. Aber selbst der gutinformierte Paolo wusste noch nicht einmal die Hälfte dessen, was für den Fortgang unserer Erzählung von Bedeutung ist, weshalb wir ihn an dieser Stelle unterbrechen und wieder einmal in die Vergangenheit reisen.

Benedetto trat durch einen Zufall in das Leben der Zwillinge, zu dem es ohne einen anderen alten Bekannten gar nicht gekommen wäre: Cem. Als die Zwillinge von Bursa abreisten, lief dessen Machtkampf mit seinem Bruder auf die Entscheidung zu, und die düsteren Vorahnungen, die den gemeinsamen Abend bei Batuhan überschattet hatten, sollten sich bald bewahrheiten. Kein Wunder, dass die Brüder bei ihrer Abreise aus Bursa nicht damit rechneten, ihn noch einmal wiederzusehen. Es sollte Jahre dauern, bis sich herausstellte, dass sie sich getäuscht hatten. Werfen wir also wieder einmal die Spinnmaschine an, um diese Jahre zu einem Faden zu verzwirnen und in Pandolfos Geschichte einzuweben!

Schnell wurde offensichtlich, dass Cem auf verlorenem Posten stand. Bald nach Bernardino Bellapiantas Aufbruch hatte Bajazid einen seiner Generäle bestochen und Cems schlecht ausgerüstetes Heer in alle Winde zerstreut. Verlassen von seinen Soldaten, gehetzt von Gedik Achmed Pascha und zum guten Schluss auch noch von Wegelagerern ausgeplündert, floh er zerschunden und kopflos ins Land des Sultans von Ägypten. Eine Pilgerreise nach Mekka bescherte ihm geistige Ablenkung, aber weder Erleuchtung noch Einsicht: Nach der Rückkehr sammelte er seine verbliebenen Soldaten und marschierte gegen alle Vernunft erneut nach Anatolien, während seine letzten Unterstützer am Hof die Seite wechselten. Als er mit den paar Getreuen, die ihm noch geblieben waren, auf der Flucht vor Gedik Achmed Pascha in einem alten Boot bei Korykos vom Strand ablegte, galoppierten die Verfolger bis zu den Bäuchen ihrer Pferde ins Wasser und schickten ihm einen Pfeilregen als letzten Gruß hinterher. Wenige Tage später nahm ihn ein Schiff des Johanniterordens an Bord und brachte ihn nach Rhodos. Anstatt in Konstantinopel auf goldenen Kissen zu sitzen, während die Welt vor ihm zu Boden sank, musste er Pierre d'Aubusson, den intriganten Großmeister der Johanniter, auf einer felsigen Insel, die von den Galeeren seines Bruders wie von Haifischen umkreist wurde, um Asyl bitten. Schon nach wenigen Wochen schickte der Großmeister seinen Gast wie einen Gefangenen mit dem Flaggschiff des Ordens, der *Grande Nef du Trésor*, weiter nach Frankreich. Pierre d'Aubusson drohte dem tobenden Bajazid, Cem von dort aus an den meistbietenden Monarchen der Christenheit zu verkaufen. Schließlich kam es zu einer Vereinbarung: Der Sultan hatte den Johannitern Jahr für Jahr fünfundvierzigtausend Dukaten dafür zu zahlen, dass Cem auch in Frankreich in deren Obhut blieb. Nach dem Abschluss der Verhandlungen gab Bajazid ein Bankett, bei dem er seine Gäste mit goldbestickten Gewändern beschenkte. Gedik Achmed Pascha, der Cem zweimal hatte entkommen lassen, bekam wortlos einen schwarzen Kaftan überreicht. Er aß weiter, ohne eine Miene zu verziehen, bis ein Diener hinter ihn trat und ihm die Bogensehne um den Hals legte. So war Bajazid: misstrauisch, nachtragend, undankbar und unberechenbar darin, wann er jemandem seine Gunst gewährte und wann er sie ihm wieder entzog.

Mehrere Jahre lang wurde Cem in Frankreich zusammen mit zwei Dutzend Getreuen von einer Burg zur anderen geschafft, abgeschirmt von den Rittern des Ordens und umschwärmt von den Agenten seines Bruders, die ihm in allen möglichen Verkleidungen hinterherreisten und nur auf den Moment warteten, ihn bei der ersten Gelegenheit umzubringen. Doch solange alle diese Versuche fehlschlugen, zahlte Bajazid Jahr für Jahr zähneknirschend die mit dem Großmeister vereinbarten fünfundvierzigtausend Dukaten.

In Bourganeuf, umgeben von den schwachbesiedelten Hügeln des Limousin, hatten die Johanniter einen wuchtigen Turm gebaut, in dem Cem eine dauerhafte Unterkunft finden sollte. Halb Geisel, halb Gast, so hielten sie ihn in Gewahrsam. Manchmal betraten sie mitten in der Nacht sein Gemach, um nach dem Rechten zu sehen. Seine Hoffnung, noch einmal einen Fuß auf türkischen Boden zu setzen, schmolz dahin. Langsam stumpfte er ab. Neben seinen letzten Getreuen waren eine Prostituierte aus Nizza, ein schachspielender Schimpanse und ein türkisch sprechender Papagei seine Begleiter und schauten ihm gelangweilt beim Reiten und beim Bogenschießen zu. So ging es jahrelang.

Schließlich überzeugten die päpstlichen Diplomaten die Johanniter, Cem an den Heiligen Vater auszuliefern. Pierre d'Aubusson ließ sich den Kuhhandel mit einem Kardinalshut vergolden, und der Papst bekam die jährliche Zuwendung von fünfundvierzigtausend Dukaten zugesagt.

Anfang November des tausendvierhundertachtundachtzigsten Jahres nach der Geburt unseres Erlösers trat Cem mit seinen Begleitern die Reise durch die Berge des französischen Kernlandes an. Einen Monat waren sie unterwegs. An einem klirrend kalten Abend erreichten sie Lyon. Unter schärfster Bewachung führte man den Sohn Mehmeds des Eroberers in ein Haus, das dem Orden gehörte. Herrscher der beiden Kontinente und Fürst der zwei Meere, Schatten Gottes in der Welt: Sieben Jahre, nachdem er all das hätte werden können, stand er als gebrochener Mann am vergitterten Fenster eines Hauses am Ufer der Rhône und blickte auf den Fluss, wo ein paar Arbeiter das bisschen Gepäck, das ihm geblieben war, auf dem Deck eines Bootes vertäuten.

Im besagten Jahr bereitete auch Bernardino Bellapianta eine Reise vor. Seine Geschäfte liefen glänzend. Seine Schiffe pendelten zwischen Konstantinopel und Genua. Die erste Generation der Seidenraupen in Vigevano war geschlüpft und hatte Kokons von feinster Qualität geliefert. Die Frauen aus den Dörfern der Umgebung saßen an den Spinnstühlen. Die Garnspulen rotierten. Die Haspeln ratterten. Die Seidenspinner hatten sich gepaart und neue Eier gelegt.

Auf der Suche nach neuen geschäftlichen Herausforderungen beschloss Bernardino Bellapianta, nach Lyon zu reisen, um alte Kontakte aufzufrischen und seine Seide auch dort auf den Markt zu bringen, bevor die Franzosen noch auf die Idee kamen, selbst welche herzustellen. Genau darauf drängte ihr König nämlich schon seit geraumer Zeit.

Wie so oft sorgte der Zufall auch in jenem Herbst dafür, dass die Fäden weit voneinander entfernt vor sich hin ratternder Garnspulen zum richtigen Zeitpunkt zusammengeführt wurden: Eine Woche vor Bernardino Bellapiantas Aufbruch nach Lyon hatte ihn ein Brief von Batuhan erreicht, der sich ebenfalls unterwegs nach Frankreich befand und ein Wiedersehen vorschlug. Er nannte die Adresse eines Händlers in Lyon. Dort sei er von Anfang November an zu erreichen. Wenn sein Auftrag erledigt sei, könne er sich auf den Weg nach Mailand machen, oder man treffe sich auf halber Strecke, vielleicht in Piemont, wo der Wein besonders gut, oder in Ligurien, wo der Wind besonders beständig sei. Welche Geschäfte ihn so tief ins Land der Ungläubigen führten, schrieb er nicht. Seit ihrem Abschied in Mudanya waren sieben Jahre ins Land gegangen.

Angesichts dieser Aussichten fiel Giancarlo Bellapianta die Entscheidung, seinen Bruder auch diesmal zu begleiten, nicht schwer. Während Bernardino Bellapianta Stoffmuster auswählte und verpacken ließ, schnürte er seine Zeichnungen zu großen Rollen zusammen.

Ende September des genannten tausendvierhundertachtundachtzigsten Jahres nach der Geburt unseres Erlösers war alles bereit. Während Bartolomeu Dias von der Umsegelung des Kaps der Stürme zurückkehrte, brach Bernardino Bellapianta zur Überquerung der Alpen auf.

Es wurde eine ungemütliche Reise. Wegen anhaltender Regengüsse brauchten sie über aufgeweichte Straßen eine Woche bis Turin und eine weitere bis zu den ersten Hängen des Gebirges. Der Wind drosch den Hagel gegen die Wagenfenster. Als sie den Pass überquerten, war die Kälte so schneidend, dass sie tagelang, in Wolldecken gewickelt und schweigend wie die Mumien, auf ihren Sitzen verharrten.

Kaum hatten sie das Land des Königs von Frankreich erreicht, brach die Sonne hervor. Gebirgsbäche glitzerten, und der schwere, feuchte Duft der Nadelwälder wallte ihnen entgegen. Nach drei Wochen ließen sie die letzten Ausläufer der Alpen hinter sich. Einige Tage später rollten sie über eine Brücke, unter der ein eisgrauer Fluss eilig dahinströmte. Am Ende der Brücke passierten sie ein von zwei Rundtürmen flankiertes Tor.

Lyon war eine Stadt, in der die Häuser und Kirchen und selbst die Lagerhallen noch wie Festungen aussahen: unverputzte Mauern, wuchtige Steinquader, grau und beige, vor denen das orangefarbene Herbstlaub in der Abendsonne leuchtete wie mit frischer Ölfarbe aufgetragen.

Sie ließen sich zum Haus von Estienne Anguille bringen, einem alten und immer zu derben Späßen aufgelegten Wollhändler, der ihren Vater noch gekannt hatte und den Bernardino das letzte Mal gesehen hatte, als er noch ein Kind gewesen war.

Estienne Anguille war mit den Jahren klapperdürr geworden, doch seine wässerigen Augen glitzerten vor Lebensfreude, als er die Tür öffnete und Bernardino Bellapianta mit beiden Händen kräftig auf die Wangen schlug.

«Man sieht, dass du genauso ein Verbrecher geworden bist, wie dein Vater einer war!», rief er.

«Mit dem Unterschied, dass ich mich nicht von dir bescheißen lasse», antwortete Bernardino Bellapianta.

Damit war die alte Vertrautheit wiederhergestellt.

Estienne Anguille bewirtete sie wie zwei Könige und stellte ihnen die besten Zimmer seines Hauses zur Verfügung. Zehn Tage lang traf Bernardino Bellapianta sich mit den Seidenhändlern der Stadt und rollte seine Stoffbahnen vor ihnen aus.

Am elften Tag gönnte er sich eine Pause. Er tat, was er seit seiner Kindheit gern tat, wenn er allein sein wollte: Er ging zum Anleger am Flussufer und sah den Arbeitern beim Entladen der Frachtkähne zu.

Lange blieb er nicht allein. Jemand trat von hinten an ihn heran. Und weil Bernardino Bellapianta eine Schwäche für Auftritte dieser Art hatte, sagte er, ohne sich umzudrehen: «Sieben Jahre.» Ein sattes Lachen war die Antwort. Batuhan trat neben ihn.

«Sieben Jahre, vier Monate und zwölf Tage, um genau zu sein.»

«Haben Sie das gerade im Kopf ausgerechnet?»

«Nein. Ich habe die ganze Zeit mitgezählt.»

Dann fielen sie sich in die Arme.

«Was machen Sie hier?», fragte Bernardino Bellapianta.

«Ach», sagte Batuhan. «Sie kennen das doch. Man trifft Verabredungen. Redet mit ein paar Leuten. Macht ihnen Vorschläge. Und so weiter.»

«Der König von Frankreich interessiert sich für Ihre Kanonen.»

«Und ich interessiere mich für sein Geld.»

Eine Weile betrachteten sie den Hafenbetrieb.

«Sie wissen, dass die Franzosen früher oder später nach Italien kommen werden», sagte Batuhan. «Es gibt Leute am Hof, die können es gar nicht abwarten und bearbeiten den König bei Tag und bei Nacht. Vor allem bei Nacht, wie es scheint.»

«Wir rechnen damit. Allerdings hoffen wir, dass sie den Seeweg nehmen und ohne Zwischenstation nach Neapel segeln, anstatt uns in Mailand die Saat zu zertrampeln.»

«Und wenn Ihr Herzog sie einlädt?»

«Ludovico ist nicht unser Herzog.»

«Warten Sie's mal ab», sagte Batuhan. «Das kann ganz schnell gehen.»

«Für Mailand wäre es kein Schaden.»

«Interessant, wie Sie das sagen. Aber ändern würde es auch nichts.»

«Man wüsste, an wen man sich halten muss.»

Batuhan nickte bedächtig. Dann wechselte er das Thema. «Haben Sie Ihren Bruder mitgebracht?»

«Habe ich.»

«Wunderbar. Den habe ich noch mehr vermisst als Sie.»

«Glaube ich nicht.»

Es folgten Tage, an die Bernardino Bellapianta sich später oft und gern erinnerte. Sein Bruder blühte auf. Tagsüber schloss er sich mit Batuhan in seinem Zimmer ein; sie beugten sich über die Pläne ihrer Fluggeräte und über Giancarlo Bellapiantas erste Entwürfe für die Spinnmaschine und stritten sich dabei so laut, dass es im ganzen Haus zu hören war.

Abends zogen sie zu dritt durch die Wirtshäuser wie schlechterzogene Patriziersöhne, die in den auswärtigen Niederlassungen der väterlichen Handelsgesellschaften die Praxis des Kaufmannswesens erlernen sollten, stattdessen aber nur das Geld ihrer Familien zum Fenster hinauswarfen. Estienne Anguille schüttelte fassungslos den Kopf.

Am Abend vor Batuhans Abreise, als sie mit vollen Bäuchen am Flussufer entlangspazierten, wurde ihr türkischer Freund plötzlich ernst.

«Es gibt Neuigkeiten von unserem alten Freund Cem», sagte er unvermittelt.

«Und zwar?», fragte Bernardino Bellapianta.

«Pierre d'Aubusson hat ihn mit dem Einverständnis des Königs von Frankreich an den Papst verschachert. Er reist über Lyon.»

«Gibt's nicht.»

«Doch, gibt's.»

«Wann kommt er an?»

«Er ist schon da. Das hat sich nur noch nicht rumgesprochen.»

«Haben Sie ihn etwa gesehen?»

«Kurz. Und Sie sollten ihn auch besuchen. Er erinnert sich natürlich an Sie und Ihren Bruder. Die Gefangenschaft hat ihn altern lassen. Vielleicht können Sie ihn etwas aufheitern. Er trinkt zu viel und ist schwermütig geworden.»

In diesem Zustand trafen die Zwillinge ihn an, nachdem ein paar Kontakte bemüht worden waren und sie Zugang zu dem Haus bekommen hatten, in dem er gefangen gehalten wurde.

Batuhan hatte die Rückreise angetreten und sich beim Abschied mit Giancarlo Bellapianta geeinigt, dass sie bei ihrem nächsten Zusammentreffen mit ihren Flugmaschinen gegeneinander antreten würden, um ihren Streit endlich, wie er sich ausdrückte, mit scharfen Waffen auszutragen. Seidenblase gegen Raketendrachen.

«Ein Drachen mit Raketenantrieb ist völlig unmöglich», hatte Giancarlo Bellapianta gesagt.

«Das, mein Freund, ist er eben nicht.»

Nun saßen die Brüder mit Cem am Kaminfeuer, während der Papagei in seinem Käfig vor sich hin schwätzte. Das Wiedersehen schien Cem neue Hoffnung zu geben. Im Vergleich mit seiner jetzigen Lage musste der Abend in Batuhans Haus in Bursa ihm fast wie eine Erinnerung an unbeschwerte Tage erscheinen; immerhin hatte er damals sein Schicksal noch selbst in der Hand gehabt.

Nach der ersten Karaffe Wein löste sich die Befangenheit. Nach der zweiten wurde laut gelacht. Nach der dritten gab man sich begeisterten Vorstellungen von den Genüssen hin, die Cem nach den Entbehrungen und Erniedrigungen der vergangenen Jahre nun in Rom erwarteten. Denn Papst Innozenz war ein Mann, der verdammt noch mal zu leben verstand und bekannt dafür war, dass er seine Gäste wie die Könige behandelte, nein, wie die Sultane! Und Kardinal Rodrigo Borgia erst, mit seinen legendären Festen! Und die zuckersüßen Kurtisanen!

«Wann reisen Sie ab?», fragte Cem.

«In den nächsten Tagen», sagte Bernardino Bellapianta. «Wir sind hier fertig.»

«Dann begleiten Sie mich nach Toulon, und fahren Sie von dort aus über Genua nach Hause. Die Alpenpässe sind eine Tortur zu dieser Zeit.»

Bernardino Bellapianta hob seinen Kelch. «So machen wir's.»

Bald darauf glitten sie flussabwärts, während die Bewacher gelangweilt an Deck auf und ab gingen. In Valence wurde ein Gesandter des Sultans gemeldet, der sich von Cems Wohlbehaltenheit überzeugen sollte, schließlich wollte Bajazid wissen, wofür er seine fünfundvierzigtausend Dukaten bezahlte. Zu seiner großen Empörung ließen die Wachen den Gesandten noch nicht einmal an Bord kommen. Vom Anleger aus stellte er Cem ein paar Fragen, dann verschwand er wieder.

In Avignon kam ein päpstlicher Bote zum Hafen, um sich zu vergewissern, dass Cem wirklich an Bord war. Am Abend schleppten sie den Boten in ein Gasthaus mit, wo er nach reichlichem Weingenuss berichtete, er habe vor ein paar Jahren von einem Abgesandten des Sultans eine Hand von Johannes dem Täufer überreicht bekommen und dem Großmeister der Johanniter überbracht.

«Die, mit der er den Erlöser getauft hat?», fragte Bernardino Bellapianta.

«Nein», lallte der Gefragte. «Die, mit der er sich den Arsch abgewischt hat.»

In Arles stiegen sie auf ein größeres Boot um, mit dem sie nach einer Tagesreise die Mündung der Rhône erreichten. Sie segelten in östlicher Richtung in Sichtweite der Küste bis nach Toulon, wo das Flaggschiff des Johanniterordens neben einem riesigen Kran vor Anker lag. Die Zeit des Abschieds war gekommen.

Die Standarte mit dem Pfeilspitzenkreuz auf dem höchsten Mast der *Grande Nef du Trésor* hatte einige Schaulustige angelockt, die sich am Hafen herumtrieben und von den Wachen auf Abstand gehalten werden mussten. Cem machte nicht viel Aufhebens. Er verbeugte sich in Richtung der Zwillinge und verschwand unter Deck, ohne sich noch einmal umzudrehen.

Matrosen machten die Taue los. Mit lautem Flattern wurden

die Segel gesetzt, und der Wind griff sofort hinein. Nachdem das Schiff abgelegt hatte, lösten sich zwei Galeeren vom Kai und gingen als Eskorte längsseits.

Als der Konvoi fast schon außer Sicht war, galoppierte ein Reiter heran. Noch bevor das Pferd zum Stehen gekommen war, sprang er herunter und stolperte zur Kante des Anlegers.

«Wo ist das Schiff der Johanniter?», schrie er.

«Dahinten!», rief einer der Hafenarbeiter und wies in die Ferne, wo die Segel im Dunst gerade noch zu erahnen waren.

«Sie müssen sofort umkehren! Befehl des Königs!»

«Dann schwimm mal schön hinterher», brummte der Arbeiter.

Noch am selben Abend fand Bernardino Bellapianta ein Schiff, das sie nach Genua bringen würde. Nachdem die Formalitäten erledigt waren, kehrten die Brüder in einem Wirtshaus am Hafen ein und bestellten, was die Küche hergab. Während sie aßen, betrat ein unscheinbarer, hagerer Mann die Gaststube und blickte sich suchend um. Und weil er keinen freien Tisch mehr fand, setzte er sich zu den beiden.

Über das Essen kam man ins Gespräch. Sein Name war Benedetto. Er stammte aus Savona und hatte im Hafen von Toulon zu tun gehabt. Am nächsten Tag wollte er nach Genua aufbrechen. Es stellte sich heraus, dass sie die Passage auf demselben Schiff gebucht hatten.

Bernardino Bellapianta fragte, was es mit dem Reiter auf sich gehabt habe.

«Ein Bote des Königs», sagte Benedetto. «Sie werden es vielleicht nicht glauben, aber an Bord des Schiffes, das gerade abgelegt hatte, war dieser Türke. Vielleicht haben Sie davon gehört. Der Bruder des Sultans.»

«Was Sie nicht sagen.»

Benedetto nagte eine Schweinsrippe ab. «Er wird als Gefangener nach Rom geschickt. Ist alles vertraglich geregelt. Und jetzt ist der König von Frankreich auf die Idee gekommen, dass er ihn doch lieber behalten will.»

Bernardino Bellapianta zog die Augenbrauen hoch. «Warum das?»

«Der Sultan hat ihm ein Angebot gemacht.» Benedetto warf den Knochen in eine Schale und angelte sich die nächste Rippe. «Hunderttausend Dukaten und einen Haufen Reliquien. Ich weiß nicht, ob ich das jetzt noch alles zusammenkriege. Ein Gewand des Erlösers und einer seiner Schuhe, den Schwamm, den man ihm am Kreuz gereicht hat, und ein paar Barthaare, die die Pharisäer ihm ausgerissen haben. Dazu einen Fuß des heiligen Lazarus, die Zunge des heiligen Andreas, eins der von Herodes getöteten Kinder, allerdings ohne den Kopf, und der unversehrte Leichnam des Propheten Jesaja. Das Ganze eingewickelt in die Bettdecke der Muttergottes.» Benedetto lachte spöttisch auf. «Sehen Sie mir meine Ausdrucksweise nach, und laut sagen sollte man das natürlich schon gar nicht, aber ich halte das alles für einen Riesenblödsinn.»

«Wieso sind Sie so gut informiert?»

«Wie gesagt, ich hatte hier im Hafen zu tun.»

«Und was genau hatten Sie hier zu tun?»

Benedetto wies mit dem Daumen über seine Schulter. «Haben Sie den großen Kran da draußen gesehen? Den habe ich gebaut. Diese Art von Mechanik ist meine Spezialität.»

Bei diesem Satz ließen die Brüder beide gleichzeitig ihre Messer sinken: Bernardino Bellapianta, weil er im Kopf ausrechnete, wie viel Zeit man mit so einem Kran beim Beladen einer Karacke sparen würde. Giancarlo Bellapianta, weil ihm klarwurde, wie nützlich ein solcher Mechaniker ihm bei seinem bevorstehenden Projekt sein konnte.

«Haben Sie in der nächsten Zeit viel zu tun?», fragte er.
«Nein, warum?»
«Dann sollten wir uns mal unterhalten.»
So fing das an mit Benedetto.

26

Das Jahr ging zu Ende, und von Benedetto fehlte weiterhin jede Spur. Angesichts der Aufregungen der vergangenen Monate spürte ich ein tiefes Bedürfnis nach Ruhe und Erholung, die ich vor allem bei der täglichen Arbeit an Zeichnungen und Entwürfen fand, weil sie mir das sichere Gefühl gab, meinen Platz gefunden zu haben.

Die offenen Fragen nach meiner Vergangenheit drängte ich beiseite. Ich redete mir ein, nichts mehr davon wissen zu wollen, und ahnte insgeheim doch, dass das nicht stimmte. Das Färberviertel auf der anderen Seite der Mauer war da, blieb da und würde sehr lange warten können: mit seinen Gassen, durch die ich gegangen war, mit seinem Kanal, an dem ich gesessen und gezeichnet hatte, mit seinen Gossen, aus denen ich wahrscheinlich so manches Mal den sturzbetrunkenen Luca il Rampeghín hatte ziehen müssen. Es war bevölkert von Menschen, die mich nach wie vor wiedererkennen würden, mit Bekannten, vielleicht sogar Freunden, die möglicherweise etwas von mir wussten, das als Hinweis darauf taugte, woher ich eigentlich gekommen war. Mit Leuten, denen ich Zeichnungen von mir geschenkt hatte, die noch in irgendwelchen Truhen lagen, aber eben auch mit Kerlen wie dem Glatzkopf, der mir die sechs Lire abgeknöpft hatte. In meinen Gedanken malte ich mir oft aus, wie ich zurückkehrte und ihn mit lässiger Überheblichkeit abfertigte. Aber ich wusste, dass ich Angst vor ihm und seinesgleichen hatte. Diese Erkenntnis bestärkte mich darin, die Sache vorerst auf sich beruhen zu lassen: Ich gehörte nicht dorthin und hatte dort nichts mehr verloren. Und doch wusste ich insgeheim, dass ich keine Ruhe finden würde, bevor ich meiner Vergangenheit nicht ins Gesicht geblickt hatte.

Paolo spürte, was in mir vorging. Obwohl er selbst vor Neugier brannte, bedrängte er mich nicht. Einer seiner vortrefflichen Ratschläge bestand darin, dass ich mir ein Mädchen suchen müsste. Abgesehen davon, dass dies seiner Meinung nach an sich schon ein erstrebenswertes Ziel darstellte, sollte es mich vor allem dazu bringen, nach vorn zu schauen. Ich sollte mich um meine Zukunft kümmern, anstatt mich mit einer Vergangenheit herumzuschlagen, die mir nichts zu bieten hatte. Das Färberviertel war der Herbst gewesen. Nun stand der Frühling bevor. So hatte er sich ausgedrückt.

Leider bewirkte sein Ratschlag eher das Gegenteil, denn in Ermangelung von Erfahrungen, auf die ich in dieser Hinsicht hätte zurückgreifen können, kreisten meine Gedanken nun doch wieder um Laura – zuerst vielleicht nur, weil ich keine andere wusste, dann, weil ich mir einbildete, dass sie mir immer noch auf eine geheimnisvolle Weise gefiel. Ich zeichnete sie aus der Erinnerung und betrachtete das Porträt lange und mit einer wachsenden Sehnsucht, die mir ganz und gar nicht behagte.

Paolo auch nicht. «Denk an diesen Metzger», sagte er.

Als ich eines Nachts, vertieft in meine Gedanken, durch den Innenhof streifte, lief mir einer der Lagerarbeiter über den Weg, der eine vielleicht vier Ellen lange, gelblich schimmernde, schraubenartig verdrehte und spitz zulaufende Stange über der Schulter trug. Ohne Notiz von mir zu nehmen, eilte er an mir vorbei und strebte der Werkstatt von Giancarlo Bellapianta zu, aus der durch das angelehnte Tor ein flackerndes Licht drang.

Das merkwürdige Ding zog mich an wie eine umherirrende Maus den Habicht. War es reine Neugier oder die Aussicht auf eine Abwechslung, die die trostlose Kreisbahn meiner Gedanken durchbrechen würde? Wahrscheinlich suchte ich auch nach einem Anlass, mich an Giancarlo Bellapianta heranzutasten und in Erfahrung zu bringen, ob sein Misstrauen mir gegenüber sich inzwischen gelegt hatte. Seit dem Fest Ludovicos des Schwarzen hatte ich noch nicht wieder allein mit ihm gesprochen.

Mit einem Fuß schob der Arbeiter das Tor auf. Das orangefarbene Licht eines großen Kaminfeuers quoll hervor und warf seine Beine als lange Schatten auf den Hof. Ich folgte ihm, und mit jedem Schritt wuchs meine Beklommenheit. Das schlechte Gewissen wegen der Spinnmaschine pulsierte in mir wie ein zweiter Herzschlag.

Die Werkstatt sah aus wie beim letzten Mal. Das Flügelgestell hing noch immer unter der Decke. Die Werkzeuge schienen im Licht des Feuers hin und her zu rücken, als hätten sie noch nicht ganz den richtigen Platz an der Wand gefunden.

Giancarlo Bellapianta stand über eine Werkbank gebeugt. Sein Buckel wölbte sich der Decke entgegen. Der Lagerarbeiter, ein rothaariger Eierkopf mit hängender Unterlippe und überaus einfältigem Gesicht, legte das Ding behutsam vor ihm ab und wandte sich zum Gehen. Als er auf dem Rückweg an mir vorbeischlurfte, traf mich ein ratloser Blick aus Augen, die so hell waren wie der Himmel an einem diesigen Sommertag. Behutsam schloss er das Tor hinter sich, wie um uns allein zu lassen.

«Danke», sagte Giancarlo Bellapianta nach einer Pause, als hätte er gar nicht gemerkt, dass der andere die Werkstatt längst verlassen hatte. Ich brauchte eine Weile, bis ich begriff, dass er mich meinte.

«Ich hatte mir gleich so was gedacht bei diesem Ritter. Aber jetzt kann ich endlich wieder ruhig schlafen», fuhr er fort, ohne aufzublicken. Er kurbelte an einem Schraubstock herum, der auf der Werkbank befestigt war.

«Die Bewegungen waren zu flüssig und die Schrittfolge zu unregelmäßig. Außerdem hat er das Gleichgewicht viel zu gut gehalten. Ein echter Automat wäre ohne seitliche Stützen beim ersten Schritt umgekippt.» Giancarlo Bellapianta ging in die Knie und begutachtete den Schraubstock. «Und diese beiden sinnlosen Bohrungen auf dem Brustpanzer. Dass das Gucklöcher waren, konnte man noch von der zweiten Tischreihe aus sehen.»

«Ich nicht», sagte ich.

Jetzt blickte er doch auf. «Du bist zu gutgläubig», sagte er. «Hilf mir mal hier.»

Seine Vertraulichkeit ermutigte mich. Ich trat näher.

Er wickelte ein paar Wolltücher um das Ding, das der Lagerarbeiter gebracht hatte, und hob es vorsichtig zwischen die Backen des Schraubstocks. «Zudrehen. Aber vorsichtig.»

Ich ergriff die Kurbel und drehte zaghaft daran. Die Backen schlossen sich.

«Weiter.»

«Langsamer.»

«Halt.»

Das Ding schwebte in der Luft. Es sah aus wie ein Elefantenstoßzahn ohne Krümmung, den man in halbgeschmolzenem Zustand aufgezwirbelt hatte.

«Ist das Elfenbein?»

«Gewissermaßen. Aber nicht von einem Elefanten.»

«Von was dann?»

«Von einem Einhorn.» Giancarlo Bellapianta lachte und klopfte gegen den Zahn. «Ein Einhorn des Meeres. Vor ein paar Jahren haben wir einen dieser Zähne von einem Händler aus Bergen gekauft, der nicht verraten wollte, woher er ihn hatte. Also hat mein Bruder seinen Kontorleiter dort oben darauf angesetzt, und der hat berichtet, dass tief im Eismeer ein weißer Wal lebt, bei dem dieser Zahn auf der Nase wächst, und ganz selten kommt es vor, dass die Walfänger einen von ihren Fahrten mitbringen. Es gibt nur eine Handvoll davon auf der Welt, und weil alle die Geschichte mit dem Einhorn glauben, sind sie ein Vermögen wert. Wir haben bisher zwei davon verkauft. Die Kunden lassen sich daraus Becher drechseln und glauben, gegen Vergiftung gefeit zu sein, wenn sie daraus trinken. Andere zerstoßen sie zu einem Pulver, das angeblich gegen alle Krankheiten hilft.» Er beugte sich zu einem Kasten hinab und fischte eine Feile heraus. »Ich dagegen schlage daraus silberne Funken.»

Ich blickte ihn verständnislos an.

«Hast du beim Feuerwerk nicht aufgepasst?», fragte er und setzte das Werkzeug am breiten Ende des Zahns an. Als er zu feilen begann, war es, als stöhne der ganze Raum vor Schmerzen auf. Weißliche Späne häuften sich zu einer kleinen Pyramide auf der Werkbank. Ich fragte mich, ob Bernardino Bellapianta wusste, dass sein Bruder seine kostbare Handelsware einfach zu Pulver zerrieb. Doch angesichts der Verschwendung, die in diesem Haus getrieben wurde, wann immer es um spektakuläre Effekte ging, wunderte mich eigentlich nichts mehr. Vielleicht hoffte Giancarlo Bellapianta auch einfach, dass es nicht auffallen würde, wenn er den Zahn, um ein paar Zoll verkürzt, wieder ins Lager bringen ließ.

«Die Raketen», sagte Giancarlo Bellapianta. «Hast du dich nicht gefragt, wie die Farben zustande kommen?» Konzentriert begutachtete er sein Werk, dann schlich sich ein Lächeln in seine Mundwinkel. «Ach nein. Du hattest ja anderweitig zu tun.»

Während er mit kraftvollen Bewegungen weiter an dem Zahn feilte, erklärte er mir so knapp, wie sein Hang zur Gründlichkeit das eben gestattete, den Aufbau einer Feuerwerksrakete. Vom Zündsatz, der den Treibsatz in Brand stecke, dessen Vortrieb die Rakete nach oben befördere und dann, jedenfalls wenn er richtig berechnet sei, am höchsten Punkt der Flugbahn den Explosivsatz zünde. Woraufhin die Hülse zerberste und glühende Partikel ausspucke, die die Zuschauer als Funkenregen am Himmel wahrnähmen. Ob ich das verstanden hätte?

Ich bejahte. Die Späne rieselten weiter auf die Werkbank, während die Feile im Takt seiner Armbewegungen kreischte.

Die Beimischungen im Explosivsatz, so belehrte er mich weiter, bestimmten darüber, welche Farbe die Funken hätten: Kampfer für weiße, Baumharz für kupferrote, Salmiak für grüne, Schwefel für blaue, Antimon für honiggelbe und Elfenbein für silberne. Was wie Zauberei aussehe, sei in Wahrheit nichts anderes als Alchemie. Dieses Prinzip hätte selbst der verschrobene Meister Leonardo verstanden, wie er kürzlich auf dem Fest Ludovicos des Schwarzen unter Beweis gestellt habe. Wovon ich mich selbst hätte überzeugen können, hätte ich besser aufgepasst, anstatt mich auf dem Höhepunkt der Feier in die Kapelle zu schleichen und die herzoglichen Zwerge zu belästigen.

Ihm, Giancarlo Bellapianta, sei nun gestern bei einem Gang durch die Sammlung seines Bruders der Zahn des besagten Wals ins Auge gefallen. Und er frage sich, ob die Späne aus dieser besonderen Art des Elfenbeins vielleicht eine ebenso besondere Farbe liefern würden: nicht das gleiche Silber wie die Stoßzähne von Elefanten und Walrössern, sondern einen Ton, der mehr in Richtung Gold spiele, wie ja auch der unbearbeitete Zahn selbst schon eine leicht abweichende Farbe aufweise. Ob ich das verstanden hätte?

Ich nickte. Mehr noch als die Schlüssigkeit seiner Ausführungen beglückte mich allerdings der Umstand, dass er offenbar keinerlei Groll mehr gegen mich hegte. Die Erleichterung überwältigte mich dermaßen, dass ich kurz überlegte, ob ich ihm das gestehen sollte. Doch er war offensichtlich viel zu sehr vom Gegenstand seiner Ausführungen eingenommen, als dass er für Rührseligkeiten dieser Art empfänglich gewesen wäre.

Zu diesem Thema, so ereiferte er sich, sei so unendlich viel Unsinn verfasst worden, dass sich einem der Kopf davon drehe. Er wies auf ein Buch, das aufgeschlagen auf dem Tisch lag. Diese Schrift sei vor hundert Jahren von einem Deutschen verfasst worden, einem guten Kenner des Raketenbaus, der dann aber offenbar dem Wahnsinn anheimgefallen war oder beschlossen hatte, die Nachwelt durch aberwitzige Rezepturen zum Narren zu halten. Oder wie seien seine Behauptungen sonst zu erklären, man könne Schießpulver mit Rhabarber verfeinern und aus Schildkrötengalle eine Fackel herstellen, in deren Licht alle Menschen Eselsköpfe hätten? Er selbst sei es gewohnt, jede Vermutung und jede Behauptung sofort am Experiment zu überprüfen. Weshalb er nun die soeben gewonnene Substanz entzünden werde, um Gewissheit darüber zu erlangen, welche Farbe das geriebene Horn des Einhorns beim Verbrennen zeige.

Mit diesen Worten schlug er das Buch zu und schabte die Späne über die Kante der Werkbank in einen Mörser, in dem sich ein graues Granulat befand, rührte eine Weile mit einem Holzstäbchen darin herum und füllte die Mischung mit einem Löffel in eine Metallhülse, aus der unten eine Lunte ragte. Löste den Schraubstock und legte den Zahn beiseite. Klemmte die Hülse ein. Presste die Ladung mit einem Metallstopfen unter großem Kraftaufwand zusammen. Bat mich, beiseitezugehen. Trat zum Kamin und entzündete einen Span. Stand vor mir mit dem brennenden Holz in der Hand und lachte wie ein Kind.

Ich dachte an die Explosion im vergangenen Sommer. Hermeline flitzten vor meinem inneren Auge in alle Richtungen. Kurz übermannte mich der Drang, ins Freie zu fliehen. Aber das wiedergewonnene Vertrauen, der Stolz darüber, dass er mich teilhaben ließ an seinen Versuchen, und schließlich die Dankbarkeit ihm und seinem Bruder gegenüber, all das erschien mir plötzlich so wertvoll, dass ich es als kleinlich, ja geradezu abwegig empfunden hätte, meinem eigenen Leben einen höheren Stellenwert beizumessen. Ich nickte feierlich und aufmunternd, und Giancarlo Bellapianta legte Feuer an die Lunte.

Hektisch fraß die Flamme sich nach oben und verschwand in der Hülse.

Ein paar Augenblicke verstrichen, ohne dass etwas passierte. Dann zischte es laut, gleichzeitig schossen tatsächlich Funken aus der Hülse empor und ergossen sich wie ein Springbrunnen aus silbernem Licht in alle Richtungen.

Silber. Nicht Gold. Giancarlo Bellapianta war maßlos enttäuscht.

In diesem Moment flog das Tor auf, und Paolo erschien.

«Habt ihr schon gehört?», schrie er. «König Ferrante ist tot!»

27

Ich weiß nicht, wie Bernardino Bellapianta, den ich gleich nach Paolo über meine Beobachtung in der Kapelle informiert hatte, es bewerkstelligte, dass Paolo die Sache mit Alvaro für sich behielt, auf wie viele Heilige er schwören und auf welche Reliquien er seine Hand dabei legen musste; die Muttergottes wird darunter gewesen sein und natürlich der heilige Gennaro als Schutzpatron seiner geliebten Heimatstadt sowie alle seine Vorfahren, bis zurück zu den Zeiten der Sirene Parthenope. Auf jeden Fall hatte es gereicht, um Paolo das Mundwerk zu versiegeln, denn als Alvaro fünf Wochen nach seiner Abreise zurückkehrte, wusste offensichtlich immer noch niemand im ganzen Palast etwas von der Ampulle.

Der Verwalter kam zurück, als wäre nichts gewesen. Mit knappen Worten, wie es seine Art war, wies er die Diener an, das Gepäck aus dem Wagen zu laden und ins Haus zu tragen. Die Räder hatten Spuren im frischen Schnee hinterlassen, der unbeirrbar in feinen Flocken vom Himmel rieselte und Alvaros schwarze Samtkappe und die schmalen Schultern sprenkelte, ohne zu schmelzen.

Ich stand an der Brüstung des Umgangs über dem Innenhof, halb verborgen von einer Säule, und beobachtete seine Ankunft. Ich hoffte, etwas in seinem Gesicht lesen zu können, aber seine Miene war undurchdringlich wie immer. Der Brunnen lag verwaist und konturlos im fahlen Licht des Winters, der eigentlich hätte vorbei sein müssen.

Bernardino Bellapianta erschien in der Durchfahrt, trat auf Alvaro zu und begrüßte ihn mit einem Kopfnicken. Der schneeschwangere Himmel schien alle Geschäftigkeit im Haus, in der Stadt und in der ganzen Welt zu einem Murmeln zu dämpfen. Die Stimmen der beiden drangen durch die eisige Luft zu mir herauf, als seien sie die einzigen Menschen auf der Welt.

«Wie weit bist du mit der Inventur?», fragte Bernardino Bellapianta.

«Ist erledigt», gab Alvaro zurück. «Ich habe die Unterlagen auf der Reise durchgesehen. Es fehlen acht Unzen Moschus. Ich nehme an, dass die Zöllner in Alexandria das beim Abwiegen unterschlagen haben. Wie immer.»

«Wenn das nicht aufhört, ziehen wir es ihnen beim nächsten Mal vom Schmiergeld ab», sagte Bernardino Bellapianta.

«Bringt nur Ärger», sagte Alvaro, während er sich den Schnee von den Schultern wischte.

«Stimmt. Weitere unerfreuliche Nachrichten?»

«Allerdings. Aber nicht in Genua, sondern hier. Wir haben einen Langfinger im Haus. Der Elfenbeinzahn ist aus dem Lager verschwunden.»

«Die Stirnwaffe des Einhorns? Ist nicht dein Ernst.»

«Doch.»

«Das muss der dämlichste Dieb der Welt sein. So etwas lässt sich nicht verkaufen, ohne Aufsehen zu erregen.»

«Vielleicht soll er gar nicht verkauft werden.»

Bernardino Bellapianta runzelte kurz die Stirn, dann hellte sein Gesicht sich auf. «Ich glaube, ich weiß, an wen ich mich wenden muss.»

Alvaro zog eine Augenbraue hoch und sagte nichts.

Bernardino Bellapianta wechselte das Thema: «Wie war's in Neapel? Alles erledigt?»

«Mein Onkel ist unter der Erde, falls Sie das meinen.»

«Woran ist er eigentlich gestorben?»

«An der Pest.»

«Dann wollen wir mal hoffen, dass du uns hier nichts eingeschleppt hast.»

«Wir haben seine Kleider verbrannt.»

«Na, dann kann ja nichts passieren.» Bernardino Bellapianta rieb sich die Handgelenke und verzog das Gesicht. «Manchmal denke ich, die Pest wäre mir lieber als diese verdammte Gicht.»

«Sie sollten reingehen und sich aufwärmen», sagte Alvaro und wandte sich ab.

Bernardino Bellapianta wiegte nachdenklich den Kopf und ließ seinen Blick durch den Innenhof schweifen. Seine Augen blieben an einer grauen Katze haften, die im Halbdunkel den Säulenumgang entlangschlich, folgten ihr ein Stück, wanderten an einer Säule hoch und über das Kapitell. Da wusste ich längst, dass er mich entdeckt hatte. Sein Blick traf mich. Er legte den Kopf schief. Und es war, als nickte er unmerklich.

Wenige Tage später passte er mich unter den Arkaden des zweiten Innenhofes ab. Eigentlich weiß ich nicht, ob er mich wirklich abpasste. Jedenfalls stand er plötzlich vor mir.

«Komm mit», sagte er. «Wir müssen uns unterhalten.»

In seinem Arbeitszimmer türmten sich die Papiere auf dem Tisch. Er setzte sich und schob die Stapel beiseite.

«Da ist er also wieder, unser Alvaro», sagte Bernardino Bellapianta, nachdem auch ich mich gesetzt hatte.

Ich wusste nicht recht, was ich antworten sollte. Er schien auf etwas Bestimmtes hinauszuwollen.

«Ich nehme an, ihr rätselt jetzt herum, was er in Neapel getrieben hat», fuhr Bernardino Bellapianta fort. «Nun, wir haben es ja gehört. Angeblich hat er dort seinen Onkel begraben und Erbschaftsangelegenheiten geregelt. Das mag schon sein, denn er hat da unten so viele Verwandte wie Abraham Nachkommen. Allerdings sind das schon ein paar merkwürdige Zufälle: Am Abend vor seiner Abreise bekommt er von Ludovico eine Ampulle, die wahrscheinlich Gift enthält. Und während seines Aufenthalts stirbt plötzlich König Ferrante, Ludovicos Erzfeind.»

«Hat er denn Zugang zum Palast?», fragte ich.

«Ich vermute, er hat da noch ein paar Türöffner. Alvaro war Verwalter der Krongüter, bevor ich ihn abgeworben habe. Er ist über ein paar uneheliche Verbindungen mit dem Königshaus verwandt. Offenbar liefen damals irgendwelche Intrigen gegen ihn, denn er hatte es ziemlich eilig, mit mir nach Mailand zu kommen. In dieser Hinsicht ist er sehr verschwiegen. Vielleicht hat Ludovico ihm Gelegenheit gegeben, eine alte Rechnung zu begleichen.»

Ich nickte langsam und dachte an mein Gespräch mit Paolo.

«Komm schon», sagte Bernardino Bellapianta gutmütig lächelnd, stand auf und ging um den Tisch herum, bis er hinter mir stand. «Ich sehe dir doch an der Nasenspitze an, welche Frage dir auf der Zunge liegt. Meint ihr beiden Schlaumeier, ich wüsste nicht, dass ihr darüber spekuliert habt, ob ich von der Ampulle wusste? Ob Alvaro sie nicht vielleicht sogar in meinem Auftrag bei Ludovico abgeholt hat?»

Ich fühlte mich ertappt. Ich wollte nicht, dass er von mir

dachte, ich verdächtige ihn irgendwelcher finsteren Heimlichkeiten. Eine Weile sah er mir amüsiert beim Herumdrucksen zu, dann erlöste er mich: «Nein, ich wusste nichts davon. Doch weil du es mir nun einmal erzählt hattest, habe ich vor Alvaros Abreise ein paar ziemlich deutliche Anspielungen gemacht, um ihm auf den Zahn zu fühlen. Aber er ist nicht darauf eingegangen, und ich habe es dabei bewenden lassen. Nach meinen Bemerkungen war er ohnehin überzeugt, dass ich wusste, was er mit der Ampulle vorhatte.»

«Warum das denn?»

«Denk mal nach. Er glaubt, dass er mit Ludovico allein in der Kapelle war. Wie soll er auch darauf kommen, dass ausgerechnet dieser Trottel von Leonardo kurz vorher jemanden in die Sitzbank gesperrt hat, damit Ludovico keine Fragen wegen seines faulen Ritters stellt? Also ist Alvaro überzeugt, dass ich die Sache mit der Ampulle nur von Ludovico selbst wissen kann, und das soll er ruhig weiterhin glauben. Was sollte ich auch dagegen haben, wenn Alvaro ab und zu einen delikaten Auftrag für Ludovico übernimmt, solange er seine Arbeit für mich ordentlich erledigt?»

«Aber …», setzte ich entgeistert an.

Bernardino Bellapianta lächelte milde und legte mir einen Arm um die Schulter. «Hör zu», sagte er freundschaftlich. «Unser seliger Herzog Galeazzo Maria ließ seine Gegner im Kerker erdrosseln und wurde später erdolcht, übrigens von Leuten, die ich persönlich gekannt und geschätzt habe. Ludovico trachtet seinem eigenen Neffen Gian Galeazzo nach dem Leben. Sein Bruder Ascanio hat es auf Kardinal Giuliano della Rovere abgesehen, und sein Schwiegervater Ercole von Este hat letztes Jahr seine eigene Frau vergiften lassen, die ihrerseits gerade dabei war, einen

Anschlag auf ihn zu planen. Die Signoria von Venedig hat ein Dutzend Mal versucht, Sultan Mehmed zu ermorden, und was ihre Agenten nicht geschafft haben, hat wahrscheinlich Mehmeds eigener Sohn Bajazid besorgt, derselbe Bajazid, der jetzt seinem Bruder einen Mörder nach dem anderen auf den Hals schickt. Der Heilige Vater meuchelt die hohe Geistlichkeit des Abendlandes dahin, damit er die vakanten Stellen einziehen und für Geld neu verteilen kann. Und der entschlafene Ferrante hatte Gerüchten zufolge das Gift für Ludovico schon anmischen und abfüllen lassen. So viel zu den Fürsten. Kommen wir zu den Republiken.»

«Das reicht», sagte ich.

Bernardino Bellapianta nahm seinen Arm von meiner Schulter. «Ich habe seit dreißig Jahren mit solchen Leuten zu tun. Wenn ich mich weigern würde, mit denen an einem Tisch zu sitzen, dann würde ich keine Geschäfte machen. Und noch eins solltest du nicht vergessen.»

«Was?»

«Was Ludovico nützt, nützt Mailand. Und was Mailand nützt, nützt mir.»

Bernardino Bellapianta ging zurück zu seinem Sessel hinter dem Schreibtisch und fuhr fort, Papiere zu sortieren, womit er mir offenbar zu verstehen geben wollte, dass alles Wichtige gesagt war.

«Was Alvaro außerhalb dieses Hauses tut, ist seine Sache», sagte er noch. «Zu mir ist er absolut loyal.»

«Wie können Sie sich da so sicher sein?»

«Was Loyalität ist, das habe ich bei den Schwestern gelernt, noch bevor ich in dieses Haus kam.»

28 Armer Pandolfo. Nach diesem aufschlussreichen Gespräch ging er halbwegs beruhigt wieder an die Arbeit und ahnte nicht, dass ihm das Schlimmste noch bevorstand. Was denn? Nein, nein. Schläge auf den Kopf blieben ihm erspart. Die Schläge, die diese Geschichte noch für ihn bereithält, sind anderer Art. Lassen wir ihn noch eine Weile ausruhen und haspeln wir einen anderen Faden vom Kokon unserer Erzählung ab: Cems Erlebnisse nach seiner Abreise aus Toulon. Denn dass auch diese Figur noch ihren großen Auftritt in unserem Stück bekommen wird, das dürfte auch dem Unaufmerksamsten inzwischen dämmern.

Wir begeben uns also noch einmal zurück ins tausendvierhundertneunundachtzigste Jahr nach der Geburt unseres Erlösers. Es war der zwölfte Februar, als die *Grande Nef du Trésor* in Toulon ablegte. Cem hatte schon zu viele erzwungene Abschiede erlebt, als dass er solche schmerzlichen Augenblicke ohne Not in die Länge gezogen hätte. Deshalb hatte er sich unter Deck begeben, nicht wegen des eisigen Windes, der über die Kaianlagen fegte.

Und doch konnte er es sich schließlich nicht verkneifen, ein letztes Mal durch eine der Luken im Heck des großen Schiffes einen Blick auf das Land zu werfen, das ihn sechs Jahre lang beherbergt hatte. Die Zwillinge standen noch immer am Anleger: Bernardino Bellapianta lehnte als massige Silhouette an einem

Poller, sein Bruder hatte sich ein paar Schritte entfernt, um den riesigen Kran zu begutachten.

Die beiden Gestalten wurden schnell kleiner, denn der Wind scheuchte die *Grande Nef du Trésor* vor sich her, als könne er es nicht erwarten, sie außer Sichtweite zu bringen. Als Cem den herangaloppierenden Reiter entdeckte und sah, wie er vom Pferd mehr stürzte als sprang und am Anleger herumzugestikulieren begann, da dürfte er geahnt haben, dass sein Leben einen anderen Verlauf genommen hätte, wäre das Schiff nur eine halbe Stunde später seefertig gewesen.

Die Überfahrt auf der *Grande Nef du Trésor* war alles andere als gemütlich. Die See war von stumpfem Grau. Ein heftiger Sturm zog auf und brachte das Schiff beinahe zum Kentern, ein Mast brach und erschlug drei Matrosen. Als das Unwetter sie nach zwei Tagen völlig zerschlagen wieder ausspuckte, wurden sie von einem Piratenschiff attackiert, das ein paar Schüsse abgab, beim Anblick der Standarte aber beidrehte und mit geblähten Segeln davonzog wie ein Raubfisch, der im letzten Moment begriffen hatte, dass die ins Auge gefasste Beute zu groß und zu wehrhaft für ihn war.

Den Rest der Überfahrt vertrieb Cem sich die zäh dahinfließende Zeit beim Wein und am Schachbrett mit Guy de Blanchefort, dem Neffen des Großmeisters Pierre d'Aubusson, der ihn seinerzeit nach Bourganeuf begleitet hatte und vom Kerkermeister zu einem Freund geworden war. Als Schachspieler war er kaum talentierter als der Schimpanse, aber als Gesprächspartner unersetzlich.

Während Cem, leicht angetrunken und voller Erregung angesichts der bevorstehenden Ankunft, Guy de Blanchefort zum hundertsten Mal schachmatt setzte, legten sie in Ostia an.

In der schwirrenden Geschäftigkeit des Hafens nahm kaum jemand Notiz von der kleinen Gruppe der Türken. Die Johanniter ließen das Gepäck verladen und führten ein paar Dutzend Pferde heran. Steigbügel wurden gehalten. Cem warf sich auf einen kleinen Schimmel. Es tat gut, nach der langen Zeit auf See endlich wieder im Sattel zu sitzen. Das Pferd war nach seinem Geschmack, temperamentvoll und eigenwillig.

Unter schnell dahinziehenden Wolken ritten sie über eine belebte Straße, zwischen Feldern und Pinienwäldern hindurch. Ab und zu blitzte hinter den Bäumen der Tiber auf, der zwischen ausgefransten und von Bootshäusern gesäumten Ufern träge dahinströmte.

Je näher sie der Stadt kamen, desto voller wurde die Straße. Boten bahnten sich in rücksichtslosem Galopp ihren Weg zwischen den Wagen hindurch. Staub lag in der Luft. Immer öfter passierten sie Gutshöfe und lockere Ansammlungen von Häusern. Irgendwann kam am gegenüberliegenden Ufer ein kompakter Hügel in Sicht, der sich im Näherkommen als riesiger Haufen aufeinandergeschichteter Tonscherben offenbarte. Direkt davor verlief die Stadtmauer als rotes Ziegelband mit weißen Einsprengseln, das in regelmäßigen Abständen von vorspringenden Türmen unterbrochen wurde. Wo die Mauer an den Fluss stieß, lag ein Hafen: Boote in langer Reihe an einer Kaimauer, Kräne, Lagerhäuser. Gepolter und Geschrei wehten durch die Luft.

Auf ihrer Seite des Flusses war die Stadtmauer in einem schlechteren Zustand. Kleine Verkaufsbuden klebten daran wie Parasiten auf einem verendenden Wirtstier. Ein unscheinbares Tor gab den Blick frei auf ein verbautes Gewirr von Häusern.

Die Kolonne hielt an. Auf dem Ritt hatte scheinbar niemand auf sie geachtet, jetzt aber quoll neugieriges Volk aus seinen Behausungen und Werkstätten und wurde von den Wachen auf Abstand gehalten. Der Schimmel tänzelte hin und her. Cems Begleiter suchten die Menge nach verdächtigen Gestalten ab.

Dann und wann trafen ihn Blicke, in denen die gewohnheitsmäßige Spottlust der Bewohner einer Stadt funkelte, die Tag für Tag hohe Herren zu Gesicht bekam.

Die Delegation, die sie abholen sollte, hatte offenbar hinter dem Tor gewartet und kam jetzt hervor wie aus einer Theaterkulisse: Würdig einherschreitend zog langsam eine große Gruppe von kostbar gekleideten Herren auf den Platz, darunter auch ein paar Geistliche, dazwischen Reiter in Rüstungen oder weiten Mänteln, die über die Pferderücken gebreitet waren wie Altartücher, lässig im Sattel sitzend die einen, steif und unbeholfen die anderen.

Nach sechs demütigenden Jahren, in denen die Johanniter ihn immer mehr wie einen Gefangenen und immer weniger wie einen Gast behandelt hatten, fand Cem erstaunlich schnell die Würde zurück, die man ihm im Serail anerzogen hatte. Er richtete sich im Sattel auf. Sein weißer Turban wurde von einem Blickfang für Gaffer wieder zu einer Insignie der Erhabenheit.

Ein junger Reiter löste sich aus der immer noch anschwellenden Menge der Ankömmlinge. Schon seine Haltung verriet den verzogenen Flegel, der seit frühesten Kindertagen daran gewöhnt war, seine Wünsche durch Fingerschnippen erfüllt zu sehen. Gelangweilt blickte er aus halbgeschlossenen Lidern, als hätte er die Hoffnung fahren lassen, dass ihn in diesem Leben noch jemand überraschen oder beeindrucken würde: Franceschetto Cibo, Graf von Ferentillo und Gouverneur von Rom. Sein Auftritt war eine einzige Respektlosigkeit. Niemals hätte Cem gedacht, dass sie in kurzer Zeit Freunde werden würden. Und nicht im Traum hätte er erwartet, dass der Sohn des Papstes die türkische Sprache beherrschte.

Franceschetto Cibo beherrschte nicht nur die Sprache, sondern überraschenderweise auch das Protokoll. Zehn Schritte vor Cem stieg er vom Pferd, trat heran und küsste mit der größten

Selbstverständlichkeit den Saum seines Gewandes. Sprach ihn als Sultan an. Hieß ihn willkommen als Gast seines Vaters in der heiligen Stadt der Christenheit. Bezeichnete sich selbst als seinen ergebenen Diener. Stellte das Gefolge vor: den päpstlichen Zeremonienmeister, die Vertreter der Kardinäle, den Botschafter des Sultans von Ägypten, die Abgesandten Frankreichs, Neapels und Venedigs, die römischen Barone, die Ordensleute und Kammerherren.

Cem ließ alle Ehrbezeugungen und Ansprachen mit unbewegter Miene über sich ergehen. Seinem wachsamen Auge entging nicht, dass die Botschafter Venedigs und Neapels nach einem tuschelnd ausgetragenen Streit mit Guy de Blanchefort um die Reihenfolge beim Einritt in die Stadt beleidigt wieder abgezogen waren. Ihm war klar, dass die Herren weniger an seiner Person interessiert waren als daran, wie sie seine Anwesenheit zu ihrem Vorteil nutzen konnten.

Nachdem die Höflichkeiten ausgetauscht waren, setzte der Zug sich in Bewegung. Die Wachen am Tor salutierten. Nach Jahren betrat Cem zum ersten Mal wieder eine Stadt, die der Residenz seines Vaters ebenbürtig war. Flankiert von Guy de Blanchefort und Franceschetto Cibo, ritt er durch ein nicht endendes Spalier von Schaulustigen. Aus den Augenwinkeln sah er die ineinander verkeilten Häuser, die aus den Ruinen zusammengesuchten Säulen der Bogengänge und Loggien, die Kirchen, die sich auf den Grundmauern jahrtausendealter Tempel erhoben, die aus Sarkophagteilen und Grabplatten zusammengesetzten Fassaden, die Portaleinfassungen aus hochkant gestellten Architraven, die Stelzen der Wasserleitungen, die Brunnen, die Friese, die Mosaiken, die Inschriften, die Statuen, die Reliefs. Wer ihn vorbeireiten sah, behauptete später, der türkische Prinz habe abwesend gewirkt. In Wahrheit beobachtete und lauschte er. Er sah die Kaufleute in ihren Brokatgewändern und die Handwerker mit ihren Lederschürzen. Er sah die mageren und zappeligen Kinder, die sich lachend durch die Absperrungen schubsten. Er sah die Prostituierten, die sich nicht für ihren Beruf schämten. Er sah die Gaffer in den Fenstern hängen, und er hörte ihren ungehobelten und aufmüpfigen Dialekt.

Und da empfand Cem zum ersten Mal seit Jahren Vertrautheit mit einem Ort. Er war durch Fischerdörfer gekommen und hatte in Küstenfestungen übernachtet. Er hatte in verschlafenen französischen Städtchen gerastet und war weitergezogen durch Dörfer im Hügelland, in denen seine Wachen die glotzenden Bauern mit gezogener Klinge in die Häuser zurückgejagt hatten. Und er hatte Jahre hinter den dicken Mauern von Burgen verbracht, jederzeit damit rechnend, schon am nächsten Tag wieder an andere und ebenso triste Orte verbracht zu werden. Die ganze Welt war ihm wie ein Gefängnis vorgekommen, ob er sie nun von Türmen aus betrachtet oder bei den langen Ausritten mit seinen gleichgültigen Bewachern durchquert hatte.

Diese Stadt aber war anders. Ihm war, als ritte er unerkannt durch Konstantinopel: Aus uralten Steinen in einer Mischung aus Nachlässigkeit und Größenwahn zusammengesetzt, überheblich auf die überlieferte Bedeutung ihrer Marmormassen pochend, so lag diese Stadt da und sonnte sich im Glanz einer Obrigkeit, die sich mit anmaßender Selbstverständlichkeit auf Gott berief, während der Pöbel in den Straßen sie gleichzeitig auf die unverfrorenste Weise beleidigte und in tiefster Demut verehrte.

Sie überquerten eine Brücke und fanden sich auf einer vom Fluss umrauschten Insel wieder, es folgten eine weitere Brücke, ein von Anbauten überwuchertes Amphitheater, verschiedene Plätze, noch eine Brücke, eine Festung, über der ein Engel aus Bronze sein Schwert in den Himmel reckte, mit Marmor verkleidete Prachtbauten, deren strenge Geometrie sie aus dem

Wirrwarr der umliegenden Häuser heraushob, noch eine Wehrmauer, noch ein Tor und schließlich ein gewaltiger, aus unübersichtlichen Baukörpern und Innenhöfen zusammengewürfelter Palast.

Hier hing niemand mehr in den Fenstern. Ein Brunnen plätscherte. Leder knarrte, als man absaß. Man führte Cem in einen Raum, dessen Decke mit blauen und goldenen Malereien voller Madonnen und Märtyrer verziert war. Durch die Fenster blickte er auf einen Weinberg, hinter dem die Sonne versank.

«Sollen wir die Heiligenbilder verhängen?», fragte eine Stimme.

Wäre Cem vertrauter mit den Dialekten gewesen, hätte er den genuesischen Akzent erkannt. Er widerstand dem Drang, sich sofort umzudrehen. Dann wandte er doch den Kopf.

Hinter ihm stand ein kegelförmiger Berg aus perlmuttfarbenem Brokat, mit Stickereien aus Gold. Darüber ein Kopf mit einer pelzgesäumten Kappe. Wasserhelle Augen, eine tief herabgezogene Nase, eingefallene Wangen, Mundwinkel, die ständiges Missfallen ausdrückten: Innozenz, der Achte dieses Namens und der zweihundertfünfzehnte Nachfolger des Apostels Petrus. Endlich ein Mann von seinem Rang.

«Nicht nötig, Eure Heiligkeit», sagte Cem.

Die folgenden Monate verbrachte Cem wie im Rausch. Man stellte ihm die Kardinäle vor und sah darüber hinweg, dass er das Zeremoniell des päpstlichen Hofes durch ungenügende Ehrerbietung missachtete. Weil niemand vor ihm auf die Knie fiel, begrüßte auch er seine Besucher in aufrechter Haltung. Man veranstaltete Bankette zu seinen Ehren, führte ihn verkleidet in der Stadt herum und schickte ihm nachts Kurtisanen in seine Gemächer. Er übte sich im Reiten, Bogenschießen, Jagen und Trinken. Maler und Dichter mit klingenden Namen suchten seine Gesellschaft. Schneider machten ihre Aufwartung und nahmen Maß für neue Kleider. Köche kümmerten sich um sein Wohl. Sein Vorkoster Ayas Bey erlebte nie gekannte Genüsse. Sein Stallmeister Ali Bey ritt ihm die besten Pferde des päpstlichen Marstalls vor. Sein Imam Nasuh Bey gab sich redliche Mühe, Cems Glauben vor der Vergiftung durch die Irrlehren der Giauren zu bewahren, und merkte dabei nicht, dass der größte Feind dieses Glaubens nicht das Christentum war, sondern die Gleichgültigkeit. Sein Sekretär Haydar Bey schickte halbherzige Briefe mit unannehmbaren Forderungen an seinen Bruder, die Bajazid mit ebenso unannehmbaren Angeboten beantwortete.

Es blieb nicht bei Worten: Schon bald schickte Bajazid seine Mörder auf den Weg; Dolche und Gift fanden über geheime Pforten ihren Weg in den Palast und ihre Überbringer über die Folterbank den Weg aufs Schafott. Einen erwischte man im letzten Moment: Er wollte gerade den Inhalt einer Ampulle in den Brunnen schütten, aus dem der Gästetrakt des Apostolischen Palastes sein Trinkwasser schöpfte.

Da weder Bajazids Briefe noch seine Attentäter etwas bewirkten, schickte der Sultan notgedrungen Geld. Ein Jahr nach Cems Ankunft einigte man sich auf vierzigtausend Dukaten im Jahr, die dem Papst durch Boten überbracht wurden, eingenäht in Samtwesten und Satteldecken.

Cem selbst erfuhr nur wenig von diesen Vorgängen. Er ließ sich zu den rauschenden Festen in den Palästen der Kardinäle mitschleppen, deren umschwärmter Mittelpunkt er wurde. Franceschetto Cibo begleitete ihn. Gemeinsam mit ihm gab Cem sich unerhörten Ausschweifungen hin, ohne dass sein neuer Freund dabei auch nur einen Augenblick lang seinen eigentlichen Auftrag aus den Augen verlor, der darin bestand, zu verhindern, dass Cem aus einem seiner Vollräusche nicht mehr erwachte. Mit beschwichtigenden Worten entwand er ihm jeden Kelch, den er nicht selbst gefüllt hatte, und ließ in aller Verschwiegenheit Herkunft und Vergangenheit seiner Bettgenossinnen durchleuchten.

Drei Jahre nach Cems Ankunft in Rom ging es mit Papst Innozenz zu Ende. Aus Angst, dass jemand die allgemeine Verwirrung für eine Entführung des türkischen Prinzen nutzen könnte, wurde Cem auf Veranlassung einiger Kardinäle in die Engelsburg verbracht. Dort saß er zwischen jammernden Hofschranzen und wartete auf den Ausgang des Konklaves. Schließlich erschien ein Bote mit der Nachricht, dass man sich durch Gottes Ratschluss auf Rodrigo Borgia geeinigt hatte. Wer vertraut war mit Betrug und Verrat, Erpressung und Bestechung, Nötigung und Amtsmissbrauch, der konnte über eine aussichtsreiche Zukunft frohlocken. Wer gehofft hatte, dass der Heilige Geist die Kardinäle zur Wahl eines frommen Hirten anleiten möge, der das Ansehen der Kirche durch eine Reform wiederherstellen würde, der zog sich zurück und haderte mit Gott.

Söhne hatte auch dieser Papst mehr als genug, und einer war schlimmer als der andere. An die Stelle von Franceschetto Cibo trat Juan Borgia, ein großmäuliger Schnösel mit irrlichterndem Blick und einem Hang zu Willkür und Obszönität, der selbst die abgebrühtesten Kurialen das Fürchten lehrte. Cem gegenüber war er von einer merkwürdigen Anhänglichkeit. Manchmal begleitete er ihn in türkischen Gewändern bei seinen Ausritten in die Stadt. Dann konnte es passieren, dass er beim Anblick einer Madonnenstatue vor Rührung in Tränen ausbrach und wenige Stunden später bei einem Bankett gegenüber kirchlichen Würdenträgern handgreiflich wurde oder unbedarfte Küchenmägde, die im falschen Augenblick versehentlich seinen nimmersatten Blick erwidert hatten, an den Haaren in sein Bett schleifte.

Ein Jahr nach seinem Amtsantritt schickte der Papst seinen Sohn in diplomatischer Mission nach Spanien. Cem, der längst nur noch gewohnheitsmäßig Freude an den Exzessen der päpstlichen Entourage empfand, wurde schwermütig, als er begriff, wie tief er gesunken war. Er blieb immer öfter in seinen Gemächern und blickte auf die Weinberge hinaus. Der päpstliche Palast erinnerte ihn auf einmal an Bourganeuf.

Die Zeit verstrich. Die Boten seines Bruders lieferten das Geld für den Papst ab und überzeugten sich in kurzen Audienzen davon, dass Cem am Leben war. Wenn sie ihm ihre Briefe überbrachten, achtete eine Schar von Leibwächtern darauf, dass sie ihm nicht zu nahe kamen. Geredet wurde kaum, wenigstens in dieser Hinsicht war es, als wäre er tatsächlich der Sultan. Manchmal hoffte Cem, dass endlich ein Anschlag gelingen möge.

Im März des tausendvierhundertvierundneunzigsten Jahres nach der Geburt unseres Erlösers drangen die Gerüchte von den Invasionsvorbereitungen der Franzosen bis zu ihm. Man munkelte, der König werde ein Konzil einberufen, um Alexander absetzen zu lassen. Wer immer noch darauf hoffte, dass das Ansehen der Kirche eines Tages durch eine Reform wiederhergestellt würde, witterte Morgenluft. Wer sich durch Betrug und Verrat, Erpressung und Bestechung, Nötigung und Amtsmissbrauch zum Komplizen des Heiligen Vaters gemacht hatte, fürchtete um Titel und Ämter.

Die Frühlingssonne schien von einem wolkenlosen Himmel, und die Reben auf den Weinbergen trieben aus. Cem stand am Fenster und blickte hinaus, leicht benebelt, wie so oft.

«Ich werde Ihren Bruder um Hilfe gegen die Franzosen bitten», sagte eine Stimme mit unüberhörbarem spanischem Akzent. Cem drehte sich um.

Hinter ihm stand ein kegelförmiger Berg aus purpurfarbenem Samt mit Stickereien aus Gold. Darüber ein massiger Kopf, ein von Unersättlichkeit aufgedunsenes Gesicht mit Glupschaugen, aufgeworfenen Lippen und Doppelkinn. Alexander, der Sechste dieses Namens und der zweihundertsechzehnte Nachfolger des Apostels Petrus.

Cem begriff zuerst nicht, was er mit dieser Information anfangen sollte.

«Wenn die Franzosen wirklich kommen, werden sie darauf bestehen, Sie mitzunehmen», sagte der Papst.

Plötzlich begriff Cem, dass er in größerer Gefahr war als in all den Jahren zuvor, Meuchelmörder hin, Giftmischer her. Und mit einem Mal hing er wieder an seinem Leben.

29 Während ich meiner Arbeit nachging und nach wie vor nicht die Absicht hatte, zum Färberviertel zurückzukehren, kehrte das Färberviertel ganz uneingeladen zu mir zurück.

Der magere Salvo fand mich im Gespräch mit einem Weber, dem einer meiner Entwürfe nicht gefiel. Während ich den Mann abfertigte, noch erstaunt und fast befremdet über meine lässige Überheblichkeit, platzte Salvo herein.

«Vor dem Tor steht so eine Isabella und will dich sprechen», schnatterte er los und fügte verschwörerisch zwinkernd hinzu: «Sieht nicht schlecht aus.» Er malte mit den Händen ein paar Rundungen in die Luft.

Es kam so gut wie nie vor, dass jemand mich sprechen wollte, der nicht zum Imperium von Bernardino Bellapianta gehörte. Einmal hatte tatsächlich ein abgerissener Kerl vor dem Tor gestanden und sich als mein Bruder ausgegeben, doch ein paar gezielte Fragen hatten ihn als Lügner entlarvt, der meine Geschichte irgendwo aufgeschnappt und gehofft hatte, sich ins gemachte Nest zu setzen. Mit so etwas rechnete ich auch jetzt. Eher gereizt als neugierig ging ich hinunter.

Sie war hübsch, tatsächlich, obwohl der stumpfe Glanz des Färberviertels auf ihr lag wie eine zweite Haut. Wäre sie in einem Haus wie dem von Bernardino Bellapianta aufgewachsen, sie hätte eine strahlende Schönheit werden können. Große blaue Augen in einem dreieckigen Katzengesicht, dem man ansah, dass sie ihre Kindheit damit verbracht hatte, sich mit viel zu vielen Geschwistern um viel zu knappe Portionen zu streiten. Ihre dunkelbraunen Haare hatte sie offensichtlich kurz zuvor notdürftig in Ordnung gebracht, als fürchtete sie, von der Tür eines solchen Hauses fortgejagt zu werden, bevor sie überhaupt den Mund aufgemacht hatte. Die Marmoreinfassung des Portals hatte Bernardino Bellapianta mit Sicherheit mehr Geld gekostet, als ihr Vater in seinem Leben verdienen würde.

«Laura will dich sprechen», sagte sie unsicher. Der Satz klang, als hätte sie ihn mühselig auswendig lernen müssen.

Ich begann zu zittern. Ich ahnte, dass meine Vergangenheit auf mich wartete, dass nun Dinge in Bewegung geraten würden, an die ich nicht rühren wollte und die mich gleichzeitig anzogen.

Ich nickte, trat hinaus auf den Platz vor San Giorgio al Pozzo Bianco und folgte Isabella. Wir nahmen denselben Weg, den ich ein halbes Jahr zuvor mit Paolo und Salvo gegangen war. Das Mädchen schwieg, während sie vor mir herlief, als wollte sie mir nicht zumuten, von den Menschen auf der Straße für jemanden gehalten zu werden, der mit ihr etwas zu schaffen hatte. Sie bewirkte das Gegenteil. Aus dem Augenwinkel sah ich die Blicke der Vorübergehenden, die uns als liederliches Gespann zu erkennen glaubten: die billige Dirne, die das Söhnchen aus reichem Haus auf den Haken genommen hatte, um ihm in einem Hinterhof gegen hektisch hingekeuchte Dienstleistungen das Geld abzuknöpfen. Auf der Piazza Verzaro waren die Blicke noch hämisch. Nachdem wir die Porta Ticinese passiert hatten, wurden sie anerkennend.

Am Kanal stand ein Haus, das sich von den Hütten der

Färber abhob: Es war sauber, und vor der Tür lungerten keine Betrunkenen herum, stattdessen neigte sich eine kleine Madonnenstatue mit Jesuskind den Besuchern entgegen. In dieses Haus traten wir ein.

Drei Schwestern im Ornat der Benediktinerinnen eilten die Treppe herab und musterten mich im Vorbeigehen mit einer Mischung aus Misstrauen und Neugier. Das Mädchen nickte ihnen zu. Wir stiegen hinauf in den ersten Stock. Ein Gang. Eine Tür. Das Zimmer war sauber und kahl. Zwei Betten, ein Fenster, darunter eine Wiege, daneben ein wackeliger Tisch, darüber ein Kruzifix an der Wand. Das Mädchen bekreuzigte sich. Schien erleichtert, ihre Aufgabe erfüllt zu haben. Ging rückwärts wieder hinaus. Schloss die Tür und ließ mich allein.

Mit Laura. Sie hatte mit dem Rücken zu mir über die Wiege gebeugt gestanden und wandte sich jetzt um. Sie sah gesünder und zufriedener aus, als ich sie von unserem Zusammentreffen am Kanal in Erinnerung hatte, und das, obwohl ihr Gesicht schmaler geworden war, ein wenig älter auch, irgendwie wissender und gleichzeitig gelassener und glücklicher, mit geröteten Wangen, als hätte sie ein langes Bad genommen und strahlte nun die Wärme in den Raum ab.

«Schau sie dir an», sagte sie leise.

Ich fühlte die Wärme, ich sah sie, als gäbe sie dem Zimmer eine andere Farbe. Ich trat näher. Spähte in die Wiege. Und traute meinen Augen kaum. Unter einer dicken Decke lagen zwei Säuglinge nebeneinander, schlafend wie Kätzchen in der Sonne.

Laura ergriff meine Hand und führte sie behutsam an die Wiege heran. Eine kleine weiche Faust ergriff meinen Zeigefinger und umschloss ihn. Ich war gerührt und gleichzeitig befangen, gerührt von der Liebe, die den Raum erfüllte, und befangen, weil ich spürte, dass sie nicht mir galt, sondern nur diesen beiden kleinen Menschen.

Laura ließ sich auf das Bett zurücksinken und betrachtete mich.

«Ich wollte sie weggeben», sagte sie fast flüsternd. «Kannst du dir das vorstellen?»

Ich schluckte. Das Haus. Die Schwestern. «Und Francesco?», fragte ich vorsichtig.

«Dieses Arschloch.» Laura schüttelte den Kopf. «Hat mich rausgeworfen, noch vor der Geburt. Hat auf einmal behauptet, ich hätte es mit sonst wem getrieben. Aber das stimmt nicht. Also, jedenfalls nicht so, wie er sich das dachte.»

Sie betrachtete die schlafenden Kinder mit einer Zärtlichkeit, in der die Derbheit ihrer Worte sich einfach auflöste.

«Ottaviano und Costanzo. Sie sind ganz verschieden.»

Das konnte ich nun beim besten Willen nicht erkennen. Aber natürlich sagte ich nichts.

«Die Geburt war einfach», sagte Laura stolz. «Ottaviano wollte unbedingt raus. Der war so schnell auf der Welt, dass ich dachte, das kann doch nicht alles gewesen sein, und da schreit die Hebamme auf einmal, dass da noch einer kommt. Und das war Costanzo.»

Sie blickte versonnen zur Wiege, wo die beiden Kinder jetzt reglos dalagen.

«Und dann wurde alles ganz schrecklich. Ich wusste auf einmal nicht mehr, was ich mit den beiden anfangen sollte. Ich schlief die ganze Nacht nicht und war völlig verzweifelt. Und am nächsten Tag wurde es noch schlimmer. Nicht wegen Francesco, der war mir scheißegal. Wegen der beiden hier. Ich dachte, ich schaffe das nicht, und sie bringen mich um den Verstand mit ihrem Geschrei. Und dann kam die nächste Nacht und dann der nächste Tag, und alles wurde immer fürchterlicher, und ich hab nur noch geheult und ganz entsetzliche Sachen gedacht, dass es besser ist, wenn sie sterben und so. Und was dann passiert ist, daran kann ich mich überhaupt nicht mehr erinnern.»

Sie packte mich am Handgelenk und sah mich mit aufgerissenen Augen an, immer noch entsetzt über ihr eigenes Handeln.

«Ich muss wohl mitten in der Nacht zum Kloster von Sant'Eustorgio geschlichen sein und sie da vor die Tür gelegt haben. Ich kann überhaupt nicht glauben, dass ich das getan haben soll. Das war nicht ich. Ich kann mich einfach nicht erinnern, wie ich da hingekommen bin, kannst du das verstehen?»

Nun ja, wenn jemand das verstehen konnte, dann doch wohl am ehesten ich. Dennoch sagte ich zunächst nichts, sondern ließ sie weitererzählen.

«Und auf einmal, als hätte mir jemand eine geklebt, bin ich wieder bei mir», fuhr Laura fort. «Ich überlege, ob sie auch warm genug eingepackt sind und ob ich jetzt klopfen und wegrennen soll oder wegrennen, ohne zu klopfen, und dann kommt mir dieser verrückte Gedanke, dass ich ja vielleicht wenigstens einen von beiden wieder mitnehmen kann. Und auf einmal fängt die Kirchenglocke an zu läuten, und ich denke, jetzt haben sie dich erwischt, und da geht die Tür auf, und vor mir steht einer im Priestergewand, starrt mich an, und ich starre ihn an, und er starrt die Kinder an und sagt: Mädchen, das willst du nicht, und legt mir die beiden wieder in den Arm.»

Laura schluchzte jetzt so heftig, dass sie nicht mehr weitersprechen konnte. Es dauerte eine Weile, bis sie sich wieder fasste.

«Und dann begleitet er mich hierher, und es wird langsam hell, und er läutet die Schwestern raus und sagt: Ich bringe euch hier zwei Gottesgeschenke, schaut mal, wie schön, gleich zwei auf einmal. Kümmert euch drum, die sind was ganz Besonderes, da werden eure Stifter sich freuen, das ist ja wie damals bei ihnen. Und wenn sie nicht schon ihre Namen hätten, dann müsste man sie eigentlich Bernardino und Giancarlo nennen.» Sie lachte und weinte gleichzeitig.

«Bernardino und Giancarlo?»

«Das sind die beiden Stifter, die das alles hier bezahlen.» Sie wies mit einer Kopfbewegung durch den Raum. «Zwillinge. Der Priester sagte, die hätten sie auch als Findelkinder vor einem Kloster gefunden, und inzwischen seien sie steinreich.»

Ich ließ mich auf die Bettkante sinken. Was für ein unglaublicher Zufall, dachte ich.

«Eine Zeitlang war ich hier auf einem Zimmer mit Isabella. Und die kennt jemanden, der jemanden kennt, der für diese Brüder arbeitet, und sie erzählte mir irgendwann, dass bei denen seit einiger Zeit jemand lebt, der einen Schlag auf den Kopf bekommen hat und sich an nichts erinnern kann. Ich wusste sofort, dass du das warst. Was für ein unglaublicher Zufall.»

Sie schüttelte ungläubig den Kopf. Dann blickte sie mich mit einem merkwürdigen Gesichtsausdruck an, der mir die Knie weich werden ließ. Wenn ich nicht schon gesessen hätte, wäre ich wahrscheinlich umgesunken. Denn dieser Blick – das war nicht mehr nur die in ihren Augen weiterstrahlende Liebe für die beiden Säuglinge, die dort in der Wiege lagen und immer noch keinen Laut von sich gaben. Diese Zärtlichkeit galt auf einmal mir, das spürte ich, obwohl es mir auch in dieser Hinsicht an Erinnerungen und damit an Erfahrungen fehlte. Mein Herz schlug schneller.

«Also schickte ich Isabella los, um dich zu holen.» Sie zögerte, räusperte sich, blickte zur Decke, als wüsste sie nicht, wie sie weitersprechen sollte. «Als Francesco irgendwann anfing zu behaupten, er könne gar nicht der Vater der Zwillinge sein, habe ich das natürlich wütend abgestritten. Aber … na ja. Du bist ziemlich genau neun Monate vor der Geburt verschwunden. Francesco kam erst zwei Monate später ins Spiel. Er ist zwar ein ausgemachter Hohlkopf, aber bis neun zählen kann er schon. Verstehst du?»

Ich kann mich nicht erinnern, ob ich wirklich von selbst begriff, was sie mir da sagen wollte. Ich war noch völlig unzurechnungsfähig wegen dieses Blicks, den sie nicht von mir abwandte, während sie ihre Arme um meinen Nacken legte. Dies war, so wurde mir später klar, der Augenblick, in dem ich etwas wiederfand, das ich durch den Schlag auf den Kopf verloren hatte. Etwas, das undurchschaubarer und wunderbarer und beflügelnder war als alle Worte und Fertigkeiten, die ich mir zurückerkämpft hatte, nur dass ich das in diesem Augenblick eben noch nicht erkannte. Als Laura weitersprach, hörte ich ihre Stimme wie durch eine dicke Wolldecke hindurch.

«Du bist ihr Vater, Pandolfo. Es sind deine Kinder.»

Ich weiß nicht, wie viel Zeit verging, bis die Bedeutung dieser Worte in meinem Verstand ankam, lange kann es nicht gedauert haben, denn noch bevor Laura weitersprechen konnte, hatte ich schon das Hasenpanier ergriffen und fand mich auf dem Flur wieder, stolperte die Treppe hinunter und rannte am Kanal entlang, während die Leute mir kopfschüttelnd hinterherblickten.

30

Paolo starrte mich mit offenem Mund an, als ich ihm noch am selben Abend von meinem Besuch bei Laura erzählte. Ich schämte mich, dass mir nichts Besseres eingefallen war, als die Flucht zu ergreifen. Verwirrt und überfordert war ich zu Bernardino Bellapiantas Palast zurückgelaufen, ohne einen klaren Gedanken fassen zu können. Paolo hatte mich im Innenhof aufgegriffen, und es hätte nicht viel gefehlt, dass er mir eine Ohrfeige verpasst hätte, um mich zu beruhigen. Während ich berichtete, fiel die Verwirrung von mir ab, als würde ich mir selbst etwas erklären und nicht Paolo. Am Ende kam ich mir vor wie ein Idiot. Laura hatte meine Nähe gesucht, und ich war weggerannt.

Wir waren vor die Tür gegangen, um ungestört zu reden. Die Ziegelfassade von San Giorgio al Pozzo Bianco leuchtete in der Abendsonne. Ab und zu gingen Leute an uns vorbei, ohne uns zu beachten.

Als ich geendet hatte, begann Paolo zu lachen, leise zuerst und wie im Zwiegespräch mit sich selbst, dann immer lauter. Er schlug mir auf die Schulter und nahm mich in die Arme.

«Zwillinge! Du bist mir einer!»

Ich ließ mich eine Weile von ihm beuteln, dann wurde es mir zu viel, und ich schob ihn weg. «Was soll ich denn jetzt machen?»

«Na, was wohl? Du musst sie heiraten!» Paolo grinste, doch noch bevor er seinen Gedanken weiter ausführen konnte, kam ihm eine Erkenntnis, und er schlug sich vor den Kopf. «Du lieber Himmel, das geht nicht! Sie ist ja schon verheiratet! Mit diesem Metzger!»

Er dachte eine Weile nach, und seine Miene verfinsterte sich zusehens. «Was ist, wenn die Kinder doch nicht von dir sind?», fragte er. «Wenn sie das nur behauptet? Du erinnerst dich an nichts, also kann sie dir viel erzählen!»

Eine Weile starrten wir vor uns hin. Paolo war mir plötzlich fremd, als hätte er die Seite gewechselt. Lauras Gesicht erschien vor meinem inneren Auge, ihr Lachen, ihre schmalen Hände, die warme Zärtlichkeit, mit der sie mich angesehen hatte, mich, aber eben auch diese Kinder, mit denen ich sie würde teilen müssen. Am liebsten hätte ich Paolo in diesem Moment gegen sie eingetauscht, um nicht weiter mit seinen Zweifeln behelligt zu werden.

«Warum sollte sie denn?», fragte ich schließlich gereizt.

Paolo spürte meinen Unmut und mein Bedürfnis, Laura vor seiner Unterstellung in Schutz zu nehmen. Lange suchte er nach den richtigen Worten. Schließlich sagte er ernst: «Ich will gar nicht behaupten, besonders viel von Frauen zu verstehen, aber eins weiß ich sicher: Wenn es um ihre Kinder geht, sind sie zu jeder Lüge und zu jeder Untat bereit. Denk an diesen Metzger und wie sie ihn hinters Licht geführt hat! Und wer wollte es ihr verdenken bei den Aussichten, die sie hatte?»

Wieder machte Paolo eine Pause, bevor er vorsichtig fortfuhr: «Und dann kommst du dahergespaziert.» Er wies mit dem Kopf auf den Palast, dessen Schatten in der untergehenden Sonne über den Platz geschlichen war und sich anschickte, die Fassade der Kirche zu erklimmen.

«Du kannst ihr mehr bieten, als sie sich jemals hätte erträumen können.»

Ich dachte an meinen Ausflug ins Färberviertel, an unsere erste Begegnung am Kanal, an ihre Wut über mein Verschwinden, an ihre Schläge, an den trotzigen Triumph, mit dem sie von ihrer bevorstehenden Hochzeit gesprochen hatte. Sie hatte mir nichts vorgespielt. Mein Unmut über Paolos Verdächtigungen steigerte sich zu einer schwer zu beherrschenden Wut.

«Aber sie kannte mich!», rief ich. «Sie wusste Dinge von mir, die sie sich nicht ausgedacht haben kann!»

Paolo machte eine beschwichtigende Handbewegung. «Ich behaupte auch gar nicht, dass sie sich irgendetwas ausgedacht hat. Aber das macht dich noch nicht zum Vater ihrer Kinder. Sie war nicht der einzige Mensch im Färberviertel, der etwas über dich wusste.»

Die Bemerkung, die der Glatzkopf mir hinterhergerufen hatte, fiel mir wieder ein. «Sie hat sich wochenlang die Augen nach mir ausgeweint», zitierte ich.

«Wer sagt das?»

Zugegebenermaßen war dieser Kerl kein Leumundszeuge, mit dem man hausieren gehen konnte. Um mir weitere spöttische Bemerkungen von Paolo zu ersparen, schwieg ich verstockt.

Doch Paolo wollte nicht spotten. Statt neue Bedenken zu äußern, legte er seinen Arm um meine Schulter. Ich wollte ihn unwillig abschütteln, ließ ihn aber schließlich gewähren. Es war offensichtlich, dass er es nur gut meinte.

«Sie gefällt dir, was?»

Ich nickte zögerlich. Indem ich es zugab, wurde das Gefühl übermächtig. Lauras Gesicht schob sich vor das von Paolo.

«Dann lauf beim nächsten Mal nicht weg», sagten beide wie aus einem Mund.

«Mache ich nicht», sagte ich.

Paolo fasste mich bei den Schultern und drehte mich so, dass ich genau vor ihm stand wie ein Kind, dem er eine wichtige Lehre erteilen musste.

«Wenn man es genau bedenkt, dann ist die Frage gar nicht, ob du tatsächlich der Vater dieser Kinder bist oder nicht. Die Frage ist, ob du ihr Vater sein willst. Und wenn ja, dann ist der Rest, ehrlich gesagt, ohne Bedeutung.»

Am nächsten Tag ging ich mit klopfendem Herzen wieder zu Laura, schwankend zwischen unausgegorenen Sehnsüchten und einer wilden Angst, sie könnte mich wegen meiner würdelosen Flucht am Vortag einfach hinauswerfen. In meinem Kopf spielte ich unser Wiedersehen immer wieder durch, malte mir aus, was ich sagen und was sie darauf antworten würde, nur, um mich im nächsten Augenblick schon den größten Trottel auf Erden zu schimpfen. Während ich Worte suchte, erprobte und wieder verwarf, gab ich mich im Gehen kindischen Orakeln hin: Wenn ich auf meinem Weg an einer geraden Zahl von Haustüren vorbeikommen und die Sonne – es war ein wechselhafter Tag – von keiner Wolke verdeckt würde, dann käme alles in Ordnung.

Am Ende verlor ich eine halbe Stunde, weil ich bei meiner Ankunft vor dem Eingang mit der freundlichen Madonnenstatue zweihundertelf Haustüren passiert hatte und die Sonne sich hinter einer Wolke versteckte. Ich umrundete den Häuserblock, landete bei zweihundertdreißig Haustüren, aber die Sonne war immer noch nicht herausgekommen, also drehte ich eine leicht abgewandelte

Runde, in deren Verlauf zwar die Sonne erschien, die mich aber auf zweihundertsiebenundsechzig Haustüren brachte, sodass ich mich erneut auf den Weg machen musste. Währenddessen verschwand die Sonne, und bei meiner dritten Runde kam ich auf zweihunderteinundneunzig Haustüren. Da wurde es mir zu bunt, ich wertete den Strahlenkranz der Madonna als Sonne, zählte den Eingang zum Haus der frommen Schwestern mit und trat mit bangem Herzen ein.

Ich klopfte an, Laura öffnete, nahm meinen Kopf in beide Hände und küsste mich, ohne ein Wort zu sagen. So einfach war das mit ihr.

Die Zwillinge schliefen schon wieder. Wir setzten uns auf das Bett, und ich beschloss, kein Wort über meine Flucht zu verlieren, bevor sie nicht davon anfangen würde. So kam es, dass wir nie wieder ein Wort darüber sprachen.

Laura betrachtete mich mit ihren Augen, die so blau waren, wie ich mir das Mittelmeer vorstellte. Die Gewissheit, dass mein Leben nun erneut einen ganz anderen Verlauf nehmen würde, breitete sich in mir aus wie eine Flutwelle. Ihre Finger spielten mit meinen, dann zog sie ihre Hand zurück.

«Denk nicht, dass ich dich brauche», sagte sie, und als sie merkte, wie die Schroffheit dieser Worte mich zurückzucken ließ, schüttelte sie den Kopf und setzte noch einmal an: «In dem Augenblick, in dem der Priester mir die Zwillinge wieder in den Arm legte, da wurde mir mit einem Schlag klar, dass ich viel stärker bin, als ich immer geglaubt hatte, dass ich diese Kinder nie wieder hergeben würde und dass ich sie zur Not auch allein großziehen kann.» Sie griff nach meiner Hand. «Als du damals verschwunden bist und ich kurz darauf merkte, dass du» – sie lächelte – «mir etwas hinterlassen hattest, da wurde ich wütend und ängstlich zugleich. Ich dachte, du wärst einfach so abgehauen, und ich fürchtete, das nicht allein zu schaffen. Eltern habe ich nicht mehr, Geschwister auch nicht, was sollte ich also machen?»

Sie blickte mich herausfordernd an, als erwarte sie tatsächlich eine Antwort von mir. Ihre Bemerkung rief mir noch einmal schmerzlich die Tatsache ins Gedächtnis, dass alles, was ich über sie gewusst hatte, vielleicht für immer verloren war, während sie diesen Umstand in unbedachten Augenblicken vergaß. Kein Wunder also, dass ich mich scheute, ihren Redefluss durch Fragen zu unterbrechen, die wahrscheinlich schon einmal beantwortet worden waren. Aber weil sie nun offenbar irgendeine Reaktion von mir erwartete, fragte ich doch.

«Warum hast du keine Eltern mehr?»

Sie blickte zur Decke. «Also …», sagte sie, überlegte kurz und fuhr dann fort: «Mein Vater ist abgehauen, als ich drei Jahre alt war, einfach so, ohne sich zu verabschieden, während meine Mutter schwanger zu Hause saß. Wahrscheinlich war ich auch deshalb so wütend auf dich. Ich dachte, du bist genauso ein Arschloch wie mein Vater.»

Ich schluckte, und sie strich mir tröstend über die Wange.

«Meine Mutter hat kurz darauf ein totes Kind zur Welt gebracht und ist dabei selber gestorben. Ich wurde zu einer Tante geschickt, die mich nicht haben wollte. Zuerst glaubte ich immer noch, mein Vater kommt irgendwann und holt mich da weg, und dann wird alles gut, aber natürlich kam er nicht. Irgendwer erzählte mir mal, er hätte ihn in Pavia gesehen. Je älter ich wurde, desto schlimmer wurde der Ärger mit meiner Tante. Unter anderem übrigens deinetwegen, mein Lieber.»

Ich hätte mir am liebsten die Ohren zugehalten. Laura spürte es und nahm mich in die Arme. Als sie weitersprach, flüsterte sie fast. Ich fühlte ihren warmen Atem in meinem Ohr.

«Du konntest nichts dafür. Sie war der Ansicht, dass du kein guter Umgang bist. Kein Wunder, wenn man bedenkt, mit wem du dich damals herumgetrieben hast. Meine Tante hatte Angst, aber nicht um mich, sondern um ihren Ruf. Als du weg warst, begriff ich, dass niemand mir helfen würde außer mir selbst. Ich beschloss, mir jemand anderen zu suchen, und da lief mir Francesco über den Weg. Natürlich war er keine gute Wahl, das wusste ich selbst, er ist ein Dummkopf und ein Grobian, aber mir rannte die Zeit davon. Ich schob ihm die Schwangerschaft unter und brachte ihn dazu, mich zu heiraten. Es war ein Fehler, das wusste ich von Anfang an, aber so recht begriffen habe ich das erst, als du plötzlich am Kanal auftauchtest. Von diesem Tag an konnte ich Francescos Gegenwart nicht mehr ertragen. Er ekelte mich an mit seinem Gestank nach Blut und Eingeweiden, ich wollte nicht, dass er mich anfasste mit seinen Händen, mit denen er Schweine zerlegte und Lämmer ausweidete, und er merkte es natürlich und kam irgendwann auch dahinter, dass an der Sache mit der Vaterschaft etwas faul war. Es gab einen Riesenstreit, und er warf mich aus dem Haus. Ich musste zurück zu meiner Tante, die mir zu verstehen gab, dass sie mich so schnell wie möglich wieder loswerden wollte, und zwar am liebsten für immer. Wenigstens besorgte sie mir eine Hebamme, sodass ich die Kinder nicht ohne Hilfe zur Welt bringen musste. Trotzdem war ich allein, und trotzdem war es schrecklich. Bis dieser Priester kam.»

Sie nahm wieder meinen Kopf zwischen ihre Hände, zog

mich zu sich heran und küsste mich. Mir wurde schwindlig. Ameisen krabbelten über meine Haut.

Laura strich mir durch die Haare. «Verstehst du, was ich dir sagen will? Ich will mit dir zusammen sein, Pandolfo, genauso, wie ich das wollte, bevor du verschwunden bist und bevor ich wusste, dass ich schwanger bin. Aber es geht nur, wenn du es auch willst, und zwar um meinetwillen und nicht, weil du glaubst, mir etwas zu schulden.»

Ihre Worte erinnerten mich an das, was Bernardino Bellapianta nach der Besichtigung seiner Sammlung zu mir gesagt hatte. Alle Menschen, denen etwas an mir lag, schienen ganz versessen darauf zu sein, mir zu sagen, dass ich ihnen nichts schuldig war.

Wie lange wir noch da auf dem Bett saßen und uns küssten, kann ich nicht sagen. Irgendwann wachten die Zwillinge auf, blinzelten, strampelten mit den Beinen, ruderten mit den Armen und gaben ein paar quäkende Laute von sich. Laura beugte sich über die Wiege, hob eins der Kinder heraus und legte es mir in den Arm.

«Costanzo», sagte sie, und ihr Lächeln wurde noch runder und wärmer. Eine Weile beobachtete sie mich, wie ich das kleine, vor sich hin strampelnde Bündel unbeholfen hin und her wiegte, ohne recht zu wissen, ob das nun so richtig war oder nicht. Lauras Blick irritierte mich. Es kam mir vor, als ob sie etwas von mir erwartete, ich fühlte mich verpflichtet, Rührung oder Liebe oder dergleichen zu zeigen, aber nichts davon wollte sich einstellen. Costanzo trug eine winzige Mütze, unter der dunkle Haare hervorschauten. Er öffnete und schloss den Mund, schmatzte und zwinkerte, seine Augen waren dunkelblau wie Gewässer, deren Grund man nicht sah, seine Hand griff ein paarmal ins Leere, erwischte dann meinen Zeigefinger, zog ihn zum Mund und begann daran zu saugen, was mich sehr irritierte.

«Er hat Durst», flüsterte Laura und nahm ihn mir wieder ab.

Kaum hatte sie Costanzo wieder auf dem Arm, da begann Ottaviano von der Wiege aus zu protestieren, er wurde knallrot und steigerte sein Quäken zu einem fordernden Gezeter. Laura legte Costanzo vor sich auf das Bett, beugte sich über die Wiege und hob Ottaviano heraus, dessen Gesicht jetzt nur noch aus einem schreienden Mund zu bestehen schien, der offen stand wie eine klaffende Wunde und dessen Lippen von der Lautstärke seines Geschreis vibrierten. Ich muss zugeben, dass mir das Ganze ziemlich befremdlich vorkam. Die Tatsache, dass ich offenbar der Vater dieser Kinder war, änderte daran gar nichts.

Ohne anzuklopfen, trat eine finster dreinblickende Schwester ein und scheuchte mich mit einer Handbewegung auf den Flur. Offensichtlich war sie der Ansicht, dass das, was nun folgte, nichts für meine Augen war. Die Tür klappte hinter mir zu.

Eine Weile stand ich herum, dann fiel mein Blick auf eine sitzende Maria mit Kind auf dem Schoß, die in einer Nische angebracht war. Ich betrachtete die etwas grobschlächtig geschnitzten Figuren. Der Erlöser, dessen Gesicht wie das eines zu klein geratenen Erwachsenen aussah, hatte die Hand zum Segensgruß erhoben.

Ich hörte nicht, dass die Tür hinter mir wieder geöffnet wurde. Auf einmal stand Laura neben mir, so dicht, dass ihre Haare mich am Ohr kitzelten.

«Die hat's auch nicht leicht gehabt», sagte sie leise. «Gut, dass sie Josef hatte. Bei Francesco wäre sie mit der Geschichte vom Heiligen Geist nicht durchgekommen.»

Sie kicherte, warf einen Blick den Flur hinunter und zog mich wieder an sich. «Ein Glück, dass ich den los bin», sagte sie undeutlich zwischen den Küssen.

«Auseinander!», donnerte die Stimme der Schwester, die plötzlich in der Tür zu Lauras Zimmer erschienen war. «Trennt sie mit kaltem Wasser wie die Hunde!»

31

In den folgenden Wochen ging ich fast jeden Tag zu Laura. Der Sommer begann früh. Wir saßen am Kanal, während die Zwillinge neben uns in einem Korb schliefen. Ich lernte, Costanzo und Ottaviano auseinanderzuhalten, und ließ mich von Laura über ihre angeblich so unterschiedlichen Charaktere belehren. Sie sprach viel von den Kindern, weil sie wollte, dass auch ich sie liebte.

«Damit das klar ist», sagte sie einmal. «Ohne die beiden bekommst du mich nicht.»

Ich wusste, wie ernst es ihr damit war, und dennoch war ihr Ton weder drängend noch fordernd.

Manchmal sprach sie auch von mir. Dann ergriff eine merkwürdige Anspannung von mir Besitz. Ich war auf der Hut, ständig besorgt, Einzelheiten zu erfahren, die mich in Bedrängnis bringen konnten. Doch die schlimmsten Dinge, so schien mir, hatte ich bereits erfahren. Neue Erkenntnisse über meine Herkunft stellten sich jedenfalls nicht ein.

Dennoch klaffte meine Erinnerungslücke wie ein Abgrund zwischen uns. Oft kam es mir vor, als spräche Laura von einer anderen Person, aber ab und zu meldete sich ein nagender Zweifel, ob sie nicht vielleicht doch mehr wusste, als sie zugab. In diesen Augenblicken erfasste mich ein tiefes Gefühl von Wehrlosigkeit. Ich wünschte mir meine Erinnerung zurück und fragte mich dabei doch immer, ob es nicht besser war, sie für immer verloren zu haben.

Auch ich hatte einiges zu erzählen. Ich berichtete, wie Bernardino Bellapianta mich gefunden hatte, wie in seinem Beisein meine ersten Zeichnungen entstanden waren und wie ich an seinem Arm meine ersten Schritte auf der Galerie gemacht hatte. Manchmal legte sich bei der Erwähnung seines Namens ein merkwüdiger Schleier über Lauras Blick, den ich damals noch nicht recht zu deuten wusste. Fast war es, als wäre sie froh, wenn ich das Thema wechselte. Also berichtete ich, wie ich mit Paolos Hilfe die Sprache zurückgefunden hatte, wie wir über den Mord an Mustafa Efendi gerätselt hatten und wie Giancarlo Bellapianta mich in die Geheimnisse des Fliegens eingeweiht hatte. Ich erzählte von dem Festessen für den spanischen Botschafter, von dem Mordanschlag und meiner anschließenden Genesung in Vigevano, von unserem Flug mit der Seidenblase und von der Feier bei Ludovico dem Schwarzen, bei dem Meister Leonardo seinen automatischen Ritter vorgeführt hatte. Ich will nicht verhehlen, dass ich ein bisschen angab. Und das musste ich auch, denn Laura war nicht leicht zu beeindrucken.

«Warum hat so einer keine Frau?», fragte sie einmal.

«Keine Zeit», sagte ich knapp.

«Aber Zeit für ausgestopfte Krokodile und Stachelfische, die hat er», stellte sie fest.

Irgendwann begann ich, wieder am Kanal zu zeichnen. Ich zeichnete Laura, wie sie war, und Laura als Ordensschwester, als Königin, als perlenbehängte Kurtisane, als Madonna mit den Kindern im Arm und zum Spaß auch einmal als Metzgersfrau, wofür ich mir eine Backpfeife einfing.

Und ich zeichnete die Zwillinge, allein und zusammen, als Engel und als Teufelchen mit Hörnern, Dreizack und

Ziegenfuß. Ich zeichnete sie, als sie zum ersten Mal lachten wie zwei dicke Putten. Und über meine Zeichnungen begann ich tatsächlich, sie zu lieben. Manchmal hielt ich sie beide im Arm und hatte dabei das Gefühl, größere Reichtümer zu besitzen als Bernardino Bellapianta.

Als ich eines Tages zu Laura ins Zimmer kam, waren die Kinder nicht da. Laura saß auf dem Bett und beobachtete mich leicht amüsiert, wie ich so dastand und nicht wusste, ob ich sitzen oder stehen sollte. Sie streckte eine Hand nach mir aus. Ich schloss die Tür und setzte mich auf die Bettkante.

«Wo sind die Kinder?», fragte ich.

«Isabella hat sie mitgenommen», sagte sie und sah mich merkwürdig an.

Dann nahm sie mein Gesicht in die Hände und küsste mich, ungestümer als sonst, sodass ich rückwärts in die Kissen fiel. Eine schlanke kühle Hand wanderte unter mein Hemd. Mir war schwindlig, doch wie von selbst fand meine Hand ihren Nacken, fuhr durch ihre locker zusammengebundenen Haare, die sich lösten und sich über mein Gesicht ergossen, während wir uns weiter küssten. Ich schloss die Augen. Mein Herz hämmerte in meinem Kopf, und ich zitterte. Irgendwann entwand sie sich meinen Armen, schlich zur Tür, ich hörte den Schlüssel im Schloss knirschen, kurz darauf näherten ihre Schritte sich wieder dem Bett. Stoff raschelte, dann griff sie nach meiner Hand. Es dauerte eine Weile, bis ich durch den Dunstschleier meiner Wahrnehmung merkte, dass sie kicherte. Ich öffnete die Augen. Sie war nackt. Ihre Haut schimmerte im Nachmittagslicht, das durch das Fenster fiel.

«Du erinnerst dich immer noch an nichts, oder?»

Ich schüttelte den Kopf, unfähig, auch nur ein Wort zu sagen.

«Du könntest mich mal wieder zeichnen», sagte sie leise. «Falls es wirklich das ist, was du am besten kannst.»

32 Es war nicht ganz einfach, auch Paolo gegenüber Verschwiegenheit zu wahren und seinen drängelnden Fragen nach Einzelheiten auszuweichen.

«Das musst du beichten», hauchte er. Seine Augen flackerten in einer merkwürdigen Mischung aus Erregung und Entsetzen, die mich an den spanischen Botschafter beim Anblick der beiden Nackten auf der Insel erinnerte.

«Bei dir, oder was?», fragte ich.

«Oh Gott, nein, bloß nicht. Oder vielleicht doch. Was war denn nun?»

«Sag mir lieber, wie es weitergehen soll.»

«Vielleicht fängst du mal damit an, dass du sie uns vorstellst.»

Das war in der Tat ein naheliegender Gedanke, der auch mir schon gekommen war, doch als Paolo ihn so unverblümt äußerte, wurde mir klar, dass ich dieses Zusammentreffen schon seit einiger Zeit vor mir herschob.

Natürlich hatte sich die Geschichte mit Laura und den Zwillingen im ganzen Palast herumgesprochen und war Gegenstand wildwuchernder Geschichten geworden, die sich mit den Gerüchten über meine Vergangenheit vermischten. Dennoch zögerte ich, die Verbindung zwischen meinem alten und meinem neuen Leben, zwischen dem Färberviertel und der Porta Orientale herzustellen; fast kam es mir vor wie eine Prüfung, von der ich fürchtete, dass die eine oder die andere Seite sie nicht bestehen könnte: Würde Bernardino Bellapianta insgeheim über Lauras Derbheit die Nase rümpfen oder gar argwöhnen, sie wollte sich bei ihm ins gemachte Nest setzen? Und würden seine verschwenderischen Marotten bei ihr auf Unverständnis und Spott treffen? Würde Paolo sie für ihre lockeren Sitten verachten oder sie ihn für seine Frömmelei? Wie sich zeigen sollte, machte ich mir in dieser Hinsicht viel zu viele Gedanken, aber ich konnte nicht anders.

Bernardino Bellapianta schien beschlossen zu haben, das Thema nicht zur Sprache zu bringen, bevor ich es nicht tat. Ohnedies sah ich ihn nicht allzu oft in diesen Wochen. Er hatte ständig in Genua zu tun, einmal reiste er nach Venedig und einmal nach Florenz. Wenn wir uns trafen, sprachen wir meistens über meine Entwürfe, und manchmal kam es mir vor, als entfernte ich mich von ihm wie ein Sohn, der sein Elternhaus verlassen hat und neue Wege beschreitet. Der Gedanke missfiel mir. Um mein schlechtes Gewissen zu besänftigen, versuchte ich, meine Arbeit nicht zu vernachlässigen.

Ich zeichnete keine Blumenranken und Tiere mehr, sondern Putten, die in wirbelnden Reigen zwischen Weinreben über die Stoffe tanzten, Pfeile abschossen, Harfe, Leier und Laute spielten, in Hörner und Posaunen bliesen und sich gegenseitig an allerhand Körperteilen zupften. Nicht nur Laura erkannte, wen diese Putten darstellten.

Manchmal besuchte ich Giancarlo Bellapianta, dem die besten Einfälle offenbar ebenfalls erst nach Einbruch der Dunkelheit kamen, in seiner Werkstatt und schaute ihm beim Anmischen seiner Rezepturen über die Schulter. Er arbeitete jetzt an einer Paste, mit der er die Seide für sein

Fluggerät bestreichen wollte, um das Austreten der Luft zu verhindern und auf diese Weise weitere Strecken zu fliegen. Merkwürdigerweise unternahm er zunächst keine erneuten Flugversuche. Er, der sonst alles wieder und wieder ausprobieren musste, um den Kräften der Natur auf die Schliche zu kommen, schien in dieser Hinsicht einen fast schon frommen Respekt zu haben, der ihn daran hinderte, diese Kräfte über Gebühr herauszufordern, solange er ihnen nichts Neues entgegenzusetzen hatte. Umso mehr schmeichelte es mir, dass ausgerechnet ich es gewesen war, der dieses Erlebnis mit ihm geteilt hatte.

Nur einmal wurde unsere Vertrautheit für einen kurzen Augenblick getrübt.

«Kannst du dich an die Nacht erinnern, in der ich dir das Feuerwerk erklärt habe?», fragte er unvermittelt, während er zur Probe eine mit seiner Paste bestrichene Schweinsblase aufpustete und zuknotete.

«Ja», sagte ich.

«Und weißt du noch», sagte er und hielt die Blase gegen das Licht, «wie Paolo reingeplatzt ist und verkündet hat, dass König Ferrante tot ist?»

«Natürlich.»

«Kurz danach bist du gegangen. Hast du irgendjemanden gesehen? Im Hof vor der Werkstatt oder auf der Treppe?»

«Nein», sagte ich alarmiert. «Warum?»

Er blickte mich an, lange und prüfend.

«Weil in dieser Nacht der Elfenbeinzahn verschwunden ist», sagte er schließlich.

Ich erstarrte. Eine Welle des schlechten Gewissens durchfuhr mich unwillkürlich, und obwohl ich nichts getan hatte, war mir, als ob ich dennoch in irgendeiner Weise am Verschwinden des Zahns beteiligt gewesen wäre. Misstraute er mir immer noch? Verdächtigte er mich? Wollte er mich überrumpeln oder mir zu verstehen geben, dass er mich unter Beobachtung behielt?

«Ich habe nichts gesehen», stammelte ich und kam mir schon wieder wie ertappt vor. Kurz überlegte ich, ob ich zu weiteren Rechtfertigungen ansetzen sollte, doch Giancarlo Bellapianta nickte nur bedächtig und wandte sich wieder seiner Arbeit zu. Danach kam er nicht mehr auf das Thema zurück.

Eines Tages, es war Anfang Juni, und die ganze Stadt stöhnte unter einer ersten Hitzewelle, hatte Bernardino Bellapianta offenbar beschlossen, dass die Entscheidung über meine Zukunft nicht bis in alle Ewigkeit auf die lange Bank geschoben werden konnte. Wir waren gerade dabei, eine Reihe von Entwürfen für einen Bettbaldachin durchzugehen, der mit einem gewagten Reigen von Faunen und Nymphen geschmückt war. Bernardino Bellapianta nahm einen Kohlestift zur Hand und korrigierte nachlässig die Einzelheiten, machte die Ohren der Faune spitzer und drehte ein paar Hörner ein, sodass sie mehr nach Widder als nach Steinbock aussahen.

«Das wird ihm gefallen», murmelte er.

«Wem?», fragte ich.

«Dem Heiligen Vater», sagte er, ohne den Stift abzusetzen. «Man glaubt es kaum, aber für solche Sachen hat er immer noch Geld.»

Die Tatsache, dass einer meiner Entwürfe demnächst die größte Lasterhöhle der Christenheit zieren würde, erfüllte mich mit einer merkwürdigen Erregung, die ich im nächsten Moment schon wieder bereute, weil ich einer der Nymphen die Gesichtszüge von Laura verpasst hatte, was mir plötzlich unangemessen erschien.

Bernardino Bellapianta bemerkte meinen Blick auf der Stelle.

«Das ist sie, oder?», fragte er und zeigte mit dem Stift auf besagte Gestalt.

«Ja», sagte ich überrascht.

«Das dachte ich mir», sagte er. «Man sieht deinen Gesichtern auf den ersten Blick an, ob du sie dir ausgedacht hast oder nicht. Selbst wenn sie so perfekt sind wie dieses hier.»

Eine Weile betrachteten wir die Nymphe. Schließlich setzte ich selbst den Stift an und begann, das Gesicht durch Änderungen unkenntlich zu machen.

«Du solltest sie einladen», sagte er ganz unvermittelt. «Es wird Zeit für ein Begrüßungsessen.»

«Was für ein Begrüßungsessen?», fragte ich, obwohl ich natürlich wusste, was er meinte. Denn die Frage, wie und wo Laura und ich mit den Kindern eigentlich leben würden, beschäftigte mich schon seit geraumer Zeit, wenngleich ich ihre Beantwortung immer weiter vor mir herschob. Durch Bernardino Bellapiantas Bemerkung erkannte ich nun schlagartig, dass ich mich auch deshalb in meiner Unentschlossenheit eingerichtet hatte, weil ich irgendwie davon ausging, dass er die Sache in die Hand nehmen würde und dass es letzten Endes darauf hinauslief, dass wir alle zusammen unter seinem Dach leben würden – oder jedenfalls unter einem der vielen Dächer, die ihm in dieser Stadt gehörten.

Heute weiß ich, dass er all das längst durchschaut und erkannt hatte, wie schwer ich mich damit tat, den ersten Schritt zu machen. Und weil er ein Mensch war, der das

Ausräumen von Schwierigkeiten als spielerische Herausforderung ansah, gönnte er sich das stille Vergnügen, den eigentlichen Sinn meiner Frage zu ignorieren und mich auflaufen zu lassen.

«Besprich das mit der Köchin», sagte er. «Du bist der Gastgeber. Ich werde nur der Mundschenk sein.»

Die Befürchtung, dass alles ganz furchtbar schieflaufen könnte, ergriff in den folgenden zwei Wochen erneut Besitz von mir. Wieder und wieder spielte ich das bevorstehende Zusammentreffen durch und bereitete mich darauf vor, peinliche Missverständnisse zu umschiffen. Bernardino Bellapianta schien meine Sorgen zu erraten und zog mich mit Andeutungen auf. Laura reagierte mit Spott auf meine linkischen Versuche, sie irgendwie auf den Abend vorzubereiten.

«Wenn du weiter so rumstammelst, werde ich mich absichtlich danebenbenehmen», drohte sie.

Schließlich war es so weit. Paolo war ausgerechnet an diesem Abend krank und lag mit Fieber im Bett. Und ich kam mir reichlich schäbig vor, als ich mich bei dem Gedanken erwischte, dass es mir dadurch auch wiederum leichter gemacht wurde.

Bernardino Bellapianta hatte Laura und die Zwillinge abholen lassen. Als der Wagen in den Innenhof ratterte, stieg ich beklommen die Treppe hinunter. Bernardino Bellapianta ließ mir den Vortritt bei der Begrüßung, was mich tatsächlich in gewisser Weise zum Gastgeber in seinem Haus machte, obwohl es am Ende doch er gewesen war, der sich um die Vorbereitung und das Essen gekümmert hatte, wohl um mir die neugierigen Fragen der dicken Köchin zu ersparen.

Laura entstieg dem Wagen wie eine Prinzessin. Sie sah hinreißend aus in ihrem schlichten langen Leinenkleid, und ich fragte mich, ob Bernardino Bellapianta auch das stillschweigend bezahlt oder ob sie es sich irgendwo geliehen hatte. Ihre Haare waren zu einem Knoten gebunden, und zu allem Überfluss war sie auch noch geschminkt, was ihre Augen strahlen ließ wie zwei blaue Edelsteine.

Für die Zwillinge stand eine Wiege bereit, die mit Kissen und Decken ausgepolstert war. Laura ließ sich die Kinder aus dem Inneren des Wagens anreichen, bettete sie behutsam auf die Polster und deckte sie zu. Sie rekelten sich einmal kurz und dösten dann weiter. Zwei weitere Bedienstete schickten sich an, die Wiege über die Treppe nach oben zu tragen.

Bernardino Bellapianta legte Laura beide Hände auf die Schultern und blickte sie an wie ein nach langer Abwesenheit heimkehrendes Familienmitglied.

«Pandolfos Zeichnungen sind sonst immer schöner als die Wirklichkeit», sagte er. «Jetzt sehe ich zum ersten Mal, dass es auch umgekehrt sein kann.»

Laura legte die Stirn in Falten. «Hat er sie dir etwa alle gezeigt?», fragte sie mit einer schwer einzuschätzenden Mischung aus Misstrauen und Koketterie.

«Ich glaube nicht», antwortete Bernardino Bellapianta beschwichtigend.

«Das will ich ihm auch nicht geraten haben», sagte Laura.

Das kann ja heiter werden, dachte ich.

Laura ließ ihren Blick über die Galerien wandern, die den Innenhof umgaben.

«Mein Gott», sagte sie. «Dieser Palast ist ja noch größer, als er von außen aussieht. Verläufst du dich hier eigentlich manchmal?»

Bernardino Bellapianta lächelte. «Das kommt vor. Aber früher oder später treffe ich immer irgendwen, der mir den Rückweg zeigt.»

«Stimmt es, dass du dafür einen ganzen Häuserblock abgerissen hast?»

«Nicht ganz. Ein Haus ist stehen geblieben. Die Besitzerin wollte es nicht rausrücken.»

«Da warst du bestimmt ganz schön wütend.»

«Nein, dankbar. Ich hatte gerade angefangen zu glauben, dass man alles kaufen kann. Das tat mir nicht gut.»

«Recht so. Mich kann man auch nicht kaufen.»

Bernardino Bellapianta lächelte wieder. «Das glaube ich dir aufs Wort. Hast du Hunger?»

«Für drei.»

Mir fiel nichts ein, was ich zu diesem Gespräch beitragen konnte. Falls es einen Moment der Befangenheit zwischen den beiden gegeben hatte, dann hatte er sich nach diesem ersten Wortwechsel in Luft aufgelöst. Von jenem Augenblick an verstanden sie sich so gut, dass ich mir regelrecht überflüssig vorkam. Es war befremdlich und gleichzeitig beruhigend.

Wir gingen nach oben. In Bernardino Bellapiantas Arbeitszimmer war der Tisch freigeräumt und für drei Personen gedeckt worden. Kerzenleuchter standen herum. Die Zwillinge schliefen auf ihren Kissen in einer Ecke.

Bernardino Bellapianta trat näher und betrachtete sie mit einer Rührung, die ich an ihm noch nie gesehen hatte. Die Decke hob und senkte sich kaum merklich. Vorsichtig streichelte Bernardino Bellapianta die Hand von Costanzo. Die kleinen Finger griffen sofort zu und spielten im Schlaf mit dem Rubin, der, groß wie ein Vogelei, in seiner goldenen Fassung auf Bernardino Bellapiantas Ring steckte.

«Castor und Pollux», sagte Bernardino Bellapianta. «Sie werden die Welt erobern. Wagt es nicht, sie zu trennen.»

Eine Weile stand er so da, in den Anblick der Kinder versunken, und selbst Laura hielt ihr Mundwerk im Zaum, um die Feierlichkeit nicht zu stören. So hatten sie selbst dagelegen, er und sein Bruder, vor mehr als fünfzig Jahren. Und niemand hatte es gewagt, sie zu trennen.

Schließlich gab er sich einen Ruck, und der gewohnte Ausdruck von souveräner Gelassenheit kehrte in sein Gesicht zurück. Er geleitete Laura zu einem Kopfende des Tisches und rückte den hohen Stuhl so zurecht, dass sie bequem Platz nehmen konnte.

«Ich kümmere mich um das Essen», sagte Bernardino Bellapianta und verließ den Raum. Offenbar hatte er seine Ankündigung, an diesem Abend den Mundschenk spielen zu wollen, ernst gemeint.

Ich setzte mich Laura gegenüber und betrachtete sie, wie sie in ihrer ungenierten Neugier den Raum mit ihren Blicken erkundete. Das schwindende Tageslicht fiel durch die Fenster und beleuchtete eisenbeschlagene Truhen, Sitzmöbel mit Löwentatzen und einen großen Wandteppich mit einer Darstellung von Odysseus, der am Mast seines von geflügelten Sirenen umkreisten Schiffes festgebunden war.

In diesem Augenblick kam Laura mir schöner vor als jemals zuvor. Ihre Unverstelltheit und ihre Sorglosigkeit standen in einem derart starken Kontrast zu meiner Unsicherheit und Steifheit, dass ich mich ernsthaft fragte, womit ich diese Frau verdient hatte.

Sie löste ihre Augen von Odysseus und erwiderte meinen Blick.

«Lass mich nie allein», sagte sie. «Egal, was passiert, geh nie wieder weg.»

Ein warmer Schauer durchlief mich. Und doch spürte ich gleichzeitig wie einen Stachel mit Widerhaken das Wissen darum, dass ich sie schon einmal verlassen und vergessen hatte.

Sie lächelte, und meine dunkle Ahnung verflog. Ich war mir plötzlich sicher, dass dies alles für immer Bestand haben würde. Sie griff nach meiner Hand, und mir wurde schon wieder schwindlig, obwohl der Wein noch nicht einmal serviert worden war.

«Sollen wir abschließen?», fragte sie kichernd, und fast hätte ich zugestimmt.

Kurz darauf erschien Bernardino Bellapianta wieder und rollte einen kleinen Wagen herein, der mit Schalen, Schüsseln, Terrinen und Karaffen vollgestellt war. Er setzte uns gezuckerte Mandeln und Nüsse vor und schenkte uns ein.

«Auf die Zwillinge», sagte er und hob sein Glas. Sein Rubin funkelte mit dem Wein um die Wette. «Auf diesen Priester, der sie euch zurückgegeben hat, auf die Schwestern, die mich und meinen Bruder aufgenommen haben, und auf alle, die wissen, was gut für die ist, die sie lieben.»

Nachdem wir getrunken hatten, servierte Bernardino Bellapianta Obst und eine Suppe, die nach Zimt und Muskat duftete.

«Das ist der Geruch, der mich begleitet, seit ich als Kind zum ersten Mal in Genua am Anleger stand und den Schiffen hinterherblickte», erklärte er.

«Wohin sind sie denn gefahren?», fragte Laura.

Während wir die Suppe löffelten, berichtete Bernardino Bellapianta von seiner ersten Reise über den Ozean, über Trapezunt, Persien und Indien. Und in diesem Augenblick kam er mir vor wie ein alter Mann. All das war vor meiner

Geburt geschehen. Manchmal blickte er versonnen zur Decke, während er versuchte, sich an Einzelheiten zu erinnern.

Als er mit seinem Bericht in Malakka angekommen war, war es Zeit für den nächsten Gang. Bernardino Bellapianta hob die silberne Haube von einer Terrine ab, die Fisch in einer leuchtend gelben Tunke enthielt.

Laura betrachtete ratlos das Besteck. «Keine Ahnung, wie man das alles benutzt», sagte sie.

«Mach dir keine Gedanken», gab Bernardino Bellapianta zurück. «Hier haben schon Botschafter gesessen, die nicht wussten, wie sie den Löffel halten sollten.»

«Pandolfo hat Angst, dass ich mich danebenbenehme.»

«Ach ja? Ich benehme mich ständig daneben und bin damit immer ganz gut durchgekommen.»

«Du hast bestimmt schon jede Menge Leute übers Ohr gehauen.»

Bernardino Bellapianta lachte. «Ja, aber nur solche, die es vorher bei mir versucht haben.»

Und er erzählte von dem Mongolen, der ihn in Schiraz mit falschem Moschus zu betrügen versucht hatte, von den arabischen Händlern, die ihm gestreckten Weihrauch, minderwertiges Schildpatt, mit Gips vermengtes Ambra und mit Glaskugeln vermischte Perlen angeboten hatten. Er war in seinem Element, und Laura hing an seinen Lippen. Während er sich in seinen Geschichten verlor, lehnte ich mich zurück und betrachtete die beiden mit einer Gelassenheit, die ich mir selbst noch wenige Stunden zuvor nicht zugetraut hätte. Ich genoss es, nicht mehr Teilnehmer des Gesprächs zu sein, weil die beiden Menschen, die mir am meisten bedeuteten, auf eine Weise zusammengefunden hatten, die mir als Bindeglied einen Wert verlieh, den ich nicht mehr durch eigene Beiträge zur Geltung bringen musste.

So ging der Abend dahin. Nachdem reichlich Wein geflossen war, reichte Bernardino Bellapianta Käse, Quitten, in Scheiben geschnittene Paradiesäpfel und schließlich Konfekt. Während Laura und ich satt und zufrieden zurücksanken, stand Bernardino Bellapianta auf und hob in einer beinahe zeremoniellen Geste erneut sein Glas.

«Vielleicht habt ihr euch schon gedacht, dass ich euch etwas mitzuteilen habe.»

«Den ganzen Abend haben wir uns das schon gedacht», sagte Laura. Ich versuchte, ihr unter dem Tisch einen Tritt zu geben, verfehlte sie jedoch und wäre dabei fast vom Stuhl gerutscht.

Bernardino Bellapianta bedachte Laura mit einem tadelnden Blick, doch ich sah, dass er sich das Lachen verkneifen musste.

«Laura kann nicht bis in alle Ewigkeit mit den Kindern bei den Schwestern bleiben», sagte er. «Und Pandolfo kann nicht bis in alle Ewigkeit in seinem kleinen Zimmer wohnen. Ihr seid eine Familie. Ihr braucht ein Haus. Und zufällig habe ich eins übrig.»

Ich schluckte. In die Rührung über seine Großzügigkeit mischte sich auch ein Tropfen Wehmut. Die Vorstellung, aus dem Palast gegenüber von San Giorgio al Pozzo Bianco auszuziehen, behagte mir nicht. Bernardino Bellapiantas Haus war von einer Zuflucht zu einem Zuhause geworden.

«Das Haus von Bertrada Facchinetti steht leer», sagte Bernardino Bellapianta. Ihr würdet mir eine Freude machen, wenn ihr dort einziehen würdet. Ihr wärt in meiner Nähe. Ich könnte die Zwillinge aufwachsen sehen. Denkt in Ruhe darüber nach, ich will jetzt keine Antwort hören.»

Er trank einen Schluck und setzte sich wieder.

Laura und ich blickten uns an und nickten schweigend. Er sah es und lächelte in sich hinein.

«Das ist sehr großzügig von dir», sagte Laura leise.

Bernardino Bellapianta blickte auf. «Wie gesagt, ich will jetzt nichts dazu hören.» Und nach einer Weile murmelte er: «Nicht dass ich hier noch anfange zu heulen.»

«Wer sind eigentlich Castor und Pollux?», fragte Laura, als die Stille gar zu feierlich zu werden drohte.

«Zwillinge aus der griechischen Sagenwelt», sagte Bernardino Bellapianta. «Söhne des Zeus, der sich ihrer Mutter als Schwan genähert hatte.»

«Was für ein Arschloch», sagte Laura.

Bernardino Bellapianta lachte. «Na, jedenfalls war Pollux unsterblich und Castor nicht. Castor brach einen Streit vom Zaun und wurde getötet. Und Pollux wurde von Zeus vor die Wahl gestellt: unsterblich zu bleiben oder mit seinem Bruder zusammen zwischen Totenreich und Götterhimmel zu altern. Du kannst dir denken, wofür er sich entschied.»

Laura warf einen Blick auf die Wiege. «Für seinen Bruder», sagte sie, ohne zu überlegen.

«Richtig.»

«Wer von beiden bist du?»

Die Frage schien Bernardino Bellapianta kein bisschen zu überraschen.

«Castor», sagte er. «Wenn einer von uns unsterblich ist, dann mein Bruder.»

«Warum nicht du?»

«Weil ich mir zu viele Feinde gemacht habe.»

Er sagte es sachlich, ohne Bedauern. Im Nachhinein kommt es mir vor, als ahnte er seinen Sturz ins Bodenlose voraus.

33

Nur eine Woche später zog Laura mit den Zwillingen bei uns ein. Man hatte das Haus von Bertrada Facchinetti leergeräumt, und die Wände waren neu getüncht worden. Wir suchten Möbel aus, stellten die Wiege an ein Fenster und stapelten Holz neben dem Kamin auf. Wenn ich heute an diesen Sommer zurückdenke, dann kommt es mir vor, als wäre ich in dieses neue Leben einfach hineingeschlüpft wie in ein passendes Kleidungsstück, ohne mich erinnern zu können, welcher Schneider dafür Maß genommen hatte.

Die Kinder schliefen weniger und hielten sich bei Tag und bei Nacht manchmal stundenlang gegenseitig wach. Sie streckten die Hände nach uns aus, begannen nach Sachen zu greifen und brabbelten vor sich hin. Wenn man sie kitzelte, lachten sie schallend. Alle im Haus liebten sie, orakelten über ihre Zukunft und stellten Vergleiche an, wem sie denn nun eigentlich ähnlich sahen. Die blauen Augen hatten sie von Laura. Den ratlosen Gesichtsausdruck angeblich von mir.

Wir glitten durch unser neues Leben dahin wie ein kleiner Schiffskonvoi durch ruhiges Gewässer. Bernardino Bellapianta sorgte dafür, dass es uns an nichts fehlte, ohne allzu oft in Erscheinung zu treten, als wollte er uns das Gefühl geben, nicht von ihm abhängig zu sein. Um im Bild zu bleiben, könnte man sagen: Er war die Karavelle, die längsseits gegangen war, um uns vor Piraten, Riffen und Seeungeheuern zu schützen.

Einmal bot er uns sogar an, für Lauras Ehe mit Francesco einen Dispens beim Erzbischof zu erwirken. Der alte Schuft schulde ihm so viel Geld, dass man dafür ganz Mailand wieder zu Junggesellen machen könne.

«Nur für den Fall, dass ihr heiraten wollt.»

«Nicht nötig», kommentierte Laura. «Pandolfo läuft mir auch so nicht weg.»

Ich war so glücklich wie noch nie zuvor in meinem Leben. Na, sagen wir, in dem Teil meines Lebens, an den ich mich erinnere.

Und so ist es wohl auch zu erklären, dass die offene Wunde meines verlorenen Gedächtnisses sich langsam schloss. Die fehlenden Erinnerungen an Laura wurden durch neue Erlebnisse und Entdeckungen überlagert. Die Anspannung, die mich bei ihren gelegentlichen Bemerkungen über die Vergangenheit ergriff, verschwand. Irgendwann war ohnehin alles erzählt. Jedenfalls glaubte ich das.

Ich glaubte es noch, als am Horizont das Unwetter heraufzog, das den Ruin unseres Landes ankündigte und schließlich auch uns in seinen Strudel zu reißen drohte.

In Frankreich rüstete der König für seinen Zug nach Italien. Gesandte reisten zwischen den Residenzen hin und her. Während der Sommer sich dem Ende zuneigte, überschlugen sich die Gerüchte: Mal hieß es, das Heer der Franzosen sei schon aufgebrochen, dann wurde wieder behauptet, die ganze Invasion sei abgeblasen worden und die Söldner liefen davon. Einer glaubte gehört zu haben, der König sei in Lyon schwer erkrankt, ein anderer wusste zu berichten, er sei bei bester Gesundheit und schon in Grenoble.

Anfang September legte sich die Gewissheit wie eine bleierne Wolke über das Land: Das französische Heer wälzte sich über die Alpen.

Ich hatte in den vergangenen Wochen so viele Putten gezeichnet, dass sie mir langsam zum Hals heraushingen. Während die Bediensteten im Palast erregt über die bevorstehende Ankunft der Franzosen debattierten, begab ich mich auf der Suche nach neuen Gegenständen für meine Betätigung in den Lagerraum mit der Sammlung von Bernardino Bellapianta. Raubkatzen, Echsen, Vögel und Nagetiere buhlten um meine Aufmerksamkeit. Über all diesem Getier schwebte das zähnefletschende Krokodil wie ein Unheilsbote. Ich setzte mich auf einen herumstehenden Hocker, betrachtete es und überlegte, wie sich die Konturen derartiger Reptilien so miteinander verschränken ließen, dass sie eine Stoffbahn füllen würden. Darüber merkte ich gar nicht, dass Bernardino Bellapianta den Raum betreten hatte.

«Präg es dir gut ein», sagte er. «Wir werden bald alle gefressen.»

«Wie meinen Sie das?», fragte ich, immer noch versunken in den Anblick des Krokodils.

«König Karl ist in Turin eingezogen», antwortete er. «Ludovico will ihn in Asti empfangen.»

Ich blickte fragend auf, obwohl ich ahnte, was kommen würde.

«Wir sind eingeladen», sagte Bernardino Bellapianta und lachte bitter auf. «Eingeladen, bei unserem eigenen Untergang zu applaudieren. Komm mit, wenn du willst. Du kannst die Kanonen zeichnen. Das ist die Zukunft.»

Eigentlich wollte ich nicht. Aber ich spürte, dass er mich aus irgendeinem Grund dabeihaben wollte.

Zwei Tage später stiegen wir in Asti aus dem Wagen und bezogen ein Quartier unweit der Kathedrale: Bernardino Bellapianta, sein Bruder und ich. Es handelte sich um eine schlichte Herberge, die von einem geschwätzigen Wirt betrieben wurde, einigermaßen komfortabel, mehr aber auch nicht. Bernardino Bellapianta war es tatsächlich nicht gelungen, in der Stadt eine bessere Bleibe aufzutreiben. Und man brauchte nur einen kurzen Gang durch die Straßen von Asti zu machen, um zu begreifen, warum das so war.

Die anmaßende Rücksichtslosigkeit, mit der die französischen Quartiermacher an diesem Abend durch die Stadt sprengten, musste jedem die Augen öffnen, der sich damit getröstet hatte, dass das Heer erscheinen und wieder verschwinden würde wie ein großes freundliches Tier, das auf dem Weg in ein neues Revier nur kurz verschnaufen wollte. Denn dieses Tier war unendlich gefräßig, und die Quartiermacher gaben einen Vorgeschmack auf die Plage, die unser Land in den folgenden Jahren heimsuchen sollte. Mit halsbrecherischer Geschwindigkeit galoppierten sie noch durch die engsten Gassen, und wer nicht rechtzeitig in Hauseingängen und hinter Säulen abtauchte, bekam im Vorbeireiten eins mit der Peitsche übergezogen oder wurde gleich zu Boden geworfen. Jedes Haus, das etwas hermachte, wurde mit Kreidezeichen versehen. Sporenklirrend marschierten sie hinein, schrien Dienerschaft und Hausherren gleichermaßen zusammen und verlangten Unterkunft, Verpflegung und Futter für soundso viele Reiter, Fußsoldaten, Trossleute, Pferde und Maultiere. Wer sich widersetzte, bekam gleich die doppelte Belegung angedroht.

Damit nicht genug: Die Stadt wimmelte bereits von Soldaten, die der Herzog von Orléans mitgebracht hatte. Sie saßen in den Tavernen der Stadt, bezahlten die Zeche nur, wenn sie Lust dazu hatten, und lärmten bis spät in die Nacht. Ihr Geschrei drang durch die Fensterläden in mein Zimmer und begleitete mich in den Schlaf.

Während Bernardino Bellapianta am nächsten Tag irgendwelchen Geschäften nachging, erkundete ich zusammen mit seinem Bruder die Stadt. Giancarlo Bellapianta schien nicht recht zu wissen, was er hier sollte, und setzte, die Hände hinter dem Rücken verschränkt, schweigsam einen Schritt vor den anderen. Nur beim Anblick der großen Tribüne vor der Kathedrale leuchteten seine Augen kurz auf. Das Sonnendach sei eine interessante Konstruktion. Ob Meister Leonardo wohl auch hier wieder seine Hand im Spiel gehabt hätte?

Ich war wohl kaum der Richtige, ihm diese Frage zu beantworten.

Ungeachtet des Benehmens der Franzosen hatte sich die Stadt, eingebettet in die freundlichen Hügel des Montferrat, in diesen Tagen herausgeputzt wie eine Braut. Über allen größeren Straßen waren Seile gespannt, an denen Fahnen hingen: riesig in Grün und Rot mit weißem Kreuz für den König, etwas kleiner in Gelb und Violett mit dem heiligen Michael für den Herzog von Orléans, dazu die Flaggen der italienischen Fürsten, Republiken und Städte. Vom Glockenturm der Kathedrale wehte ein riesiges Banner mit goldenen Lilien.

Während wir durch die Gassen wanderten, Quartiermachern und betrunkenen Soldaten ausweichend, beschlich mich ein merkwürdiges Gefühl der Vertrautheit. Manchmal drängten sich mir unscharfe Bilder auf. Einmal sah ich plötzlich eine Kirche vor mir, und kaum waren wir um die nächste Ecke gebogen, da ragte der Bau auch schon vor uns auf. Was in aller Welt hatte das zu bedeuten?

Die Antwort fand ich, nachdem Giancarlo Bellapianta mich allein gelassen hatte. Er wollte sich ausruhen, während sein Bruder zum Alten Kastell gefahren war, wo Ludovico der Schwarze an diesem Nachmittag eintreffen sollte. Der Empfang des Königs war für den nächsten Tag angesetzt. Ich beschloss, ein paar Zeichnungen zu machen, um vielleicht auf diese Weise der Antwort auf die Frage näher zu kommen, was mich mit dieser Stadt verband, falls es da wirklich etwas gab.

Ich saß also auf der Deichsel eines vor der Kathedrale herumstehenden Transportkarrens und hatte gerade die ersten Striche zu Papier gebracht, als jemand von hinten an mich herantrat und mir ganz unverhohlen über die Schulter schaute. Ich blickte auf: ein Mann von unermesslicher Leibesfülle, dessen Alter schwer zu schätzen war. Sein Körper schien aus aufeinandergeschichteten Ringen zu bestehen, die dicken Beine waren wurstartig in enge Beinkleider gepresst, sein Bauch glich einem Stapel von Wülsten, der Hals verschwand vorn unter einem gewaltigen Doppelkinn und hinten unter den Speckrollen des Nackens. Er hatte ein rundes Kindergesicht und wässrige blaue Augen, die rote Nase mit den geplatzten Äderchen verriet den gewohnheitsmäßigen Trinker. Gut gelaunt zeigte er auf die Konturen der Kirche, die ich gerade auf das Papier geworfen hatte.

«Du hast einen scharfen Blick», sagte er.

Ich schwieg und lächelte ob des Kompliments. Das deutete er offenbar falsch, denn nun ließ er einen Schwall französischer Worte auf mich herabregnen.

«Ich verstehe nicht», sagte ich. Verdutzt hielt er inne.

«Du bist aus Mailand», stellte er fest.

Ich nickte.

Er ließ seinen Blick über den Platz mit der Tribüne

schweifen und wies in die Runde. «Und?», fragte er. «Was hältst du davon? Du als Mailänder?»

Zum Glück erwartete er keine Antwort, sondern wollte nur seine Sicht der Dinge loswerden.

«Alles geht den Bach runter», prophezeite er finster. «Wenn sie mit Neapel fertig sind, kommen sie zurück und nehmen sich Mailand vor. Ludwig von Orléans kann es gar nicht abwarten.»

Ich war mir nicht sicher, worauf er hinauswollte.

«Seine Mutter war eine Visconti. Er setzt alles daran, dass Ludovico der Schwarze zum Teufel gejagt wird. Sag bloß, das wusstest du nicht. Was glaubst du, worüber sie im Alten Kastell gerade verhandeln? Ludovico versucht verzweifelt, seine Haut zu retten. Das hat er davon, dass er sich mit dem Teufel eingelassen hat. Ganz Italien wird noch in hundert Jahren auf sein Grab spucken. Und der Türke ist der lachende Dritte. Du wirst es noch erleben. Ich hoffentlich nicht mehr.»

Er machte eine wegwerfende Handbewegung und wandte sich angewidert ab. Nachdem er eine Zeitlang verdrossen vor sich hin gestarrt hatte, richtete er seinen Blick zum tiefblauen Himmel empor, auf dem ein paar verträumte Wolken dahinzogen.

«Das Wetter ist zu schön, um sich die Laune verderben zu lassen. Ich bin übrigens Severino, der Küster dieser wunderschönen Kirche.»

Ich stellte mich ebenfalls vor.

«Möchtest du die Stadt mal von oben anschauen?», fragte er plötzlich und wies mit dem Daumen hinter sich in Richtung Glockenturm. «Bei diesem Wetter kannst du bis nach Turin sehen!»

Ich folgte Severino zur Südseite der Kathedrale. Schon

der kurze Weg bis dorthin machte ihm zu schaffen. Auch als wir in das Halbdunkel des Kirchenschiffs traten, hörte er nicht auf zu schnaufen. Klingen aus Licht fuhren durch die schießschartenartigen Fenster herein und schnitten leuchtende Streifen aus dem schlichten Steinboden. An den Wänden hingen kostbare Teppiche. Die schwere Tür fiel hinter uns ins Schloss.

Severino wies auf die Wandteppiche. «Die hat Ludovico der Schwarze uns geschickt. Dafür haben sie Zeit in Mailand.»

Dann schritt er voran, trat durch eine hölzerne Tür in der Apsis des rechten Seitenschiffes und wies nach rechts, wo ein überwölbter Durchgang zu einem Treppenaufgang führte.

«Bleib oben, solange du möchtest», sagte er. «Ich würde ja mitkommen, aber ich muss die Altarkerzen austauschen. Falls Seine Majestät morgen die Messe zu hören wünscht.»

Stufe um Stufe stieg ich empor. Die untere Hälfte des Glockenturms wurde durch schmale Lichtschlitze spärlich erhellt. Es roch nach altem Holz und Vogelmist. In einer Nische nistete eine dicke Taube und duckte sich misstrauisch zusammen, als ich vorbeistieg. Das Geländer knarrte.

Die oberen Stockwerke hatten größere Fenster, die mit Rundbögen abschlossen. Ich stieg zwischen den Glocken hindurch, die an dicken Balken hingen wie riesige reife Trauben.

Auf der obersten Plattform sank ich schnaufend gegen einen Pfeiler. Mein Herzschlag hämmerte in meinem Kopf und pochte gegen die weiche Stelle, wo ein Stück des Schädelknochens fehlte. Ich wartete, bis mein Puls sich beruhigt hatte. Dann trat ich an eins der Fenster. Was ich sah, verschlug mir den Atem.

Unter mir lag Asti im Nachmittagslicht. Die Häuser stauten sich an der schlanken und von vorgelagerten Bastionen ausgebeulten Wehrmauer, die die Stadt einzwängte wie der Gürtel den Bauch eines viel zu fetten Mannes. An der Südseite des Häusermeers wand sich ein glitzernder Fluss vorbei, der von langgestreckten Kiesbänken gesäumt wurde.

Und mit einem Schlag wurde mir klar, woher ich diesen Anblick kannte: Ich hatte Asti in meinem Traum mit den Hermelinen gesehen, nach meinem ersten Ausflug mit Paolo, während in Bernardino Bellapiantas Festsaal die Feier für den spanischen Botschafter vorbereitet wurde. Und als wäre diese Erkenntnis noch nicht befremdlich genug, sah ich sie, die Hermeline.

Die Luft war klar wie nach einem Gewitter. Am Horizont im Westen türmte sich schartiges, graublaues Gebirge auf wie eine Wand. Schneemützen saßen auf den Gipfeln, die so nah wirkten, als könnte man sie nach einem kurzen Fußmarsch besteigen. Vor dieser Kulisse breitete sich das piemontesische Hügelland als gewellter grüner Teppich aus, vereinzelte Kirchtürme ragten daraus auf wie in die Erde gesteckte Stäbe. Hier und da stiegen dünne Rauchsäulen auf. Dichte Reihen von Weinreben zogen sich über die Hänge, als hätte ein Riese die Landschaft mit einem Kamm bearbeitet. Feldwege schlängelten sich von Dorf zu Dorf.

Und über diese Feldwege kamen sie: Marschsäulen aus farbigen Tupfern, Rinnsale aus Fußsoldaten, Reitern und Wagen.

Ich konnte meinen Blick nicht abwenden. Die Spitzen der Kolonnen bewegten sich bereits über die vorderen Hänge auf die Stadt zu, Reiter auf tänzelnden Pferden, Knäuel, die sich pulsierend stauchten und dehnten, hin und her galoppierende Melder, dahinter in dichten Reihen das Fußvolk, endlose stachelige Raupen, bedrohlich in ihrer Lautlosigkeit, glitzernde Noppenreihen aus Helmen. Dahinter ein buntes Gewürfel aus Panzerreitern mit flimmernder Helmzier und brünierten Harnischen, die glommen wie wandernde Dämmerung. Fahnen flatterten im Herbstwind, der über die Hügel strich. Rechts und links mühten sich vielbeinige Gespanne mit Kanonen ab, dazu Fuhrwerke in allen Größen: langgestreckte Leiterwagen, Trosswagen mit Planen über der Ladefläche und vereinzelt hoch aufragende rollende Heuhaufen. Dazwischen Reiter und immer wieder Reiter.

Wenn ich an diesen Anblick zurückdenke, dann bekomme ich immer noch eine Gänsehaut. Was ich an jenem Tag erblickte, war der heraufziehende Untergang unseres Landes, die größte Heimsuchung seit den Hunnen, Goten, Langobarden und Sarazenen, gieriger als alle Karls und Ottos, alle Heinriche und Friedriche, die nur gekommen waren, um sich eine Krone abzuholen und wieder zu verschwinden. Dieses Heer kam, um das ganze Land zu ersticken. Wenige Jahre später schon sollten sich die schlimmsten Ahnungen bewahrheiten: Mailand ein Staatskadaver, dem die Hyänen aus halb Europa das letzte Fleisch von den Knochen rissen, Florenz eine von Irren regierte Gespensterstadt und Rom eine vergewaltigte Kurtisane, an deren Körper selbst die Parasiten kaum noch Nahrung fanden. Hätten wir damals nur klarer gesehen!

Am nächsten Tag weckte mich Bernardino Bellapianta, indem er die Fensterläden öffnete. Die Sonne stand bereits hoch am Himmel. Von draußen drang geschäftiges Treiben herein: Wagen rollten in dichter Folge durch die Gassen, Kommandos wurden gerufen, Lasten unter Stöhnen abgeladen. Fässer rumpelten über das Pflaster. Riegel krachten, Türen und Luken schlugen. Jemand schnauzte herum.

«Wir haben einen Platz auf der Ehrentribüne», sagte Bernardino Bellapianta nur und dann, mehr zu sich selbst: «Welche Ehre das auch immer sein soll.»

Während wir in der Gaststube unseres Wirtes ein paar Perlhühner verspeisten, klärte Bernardino Bellapianta mich über den weiteren Verlauf des Tages auf: Die Franzosen, die am Vortag in den umliegenden Dörfern einquartiert worden waren, würden am Nachmittag in die Stadt einziehen. Die Würdenträger und Botschafter der italienischen Staaten sollten dem König vorgestellt werden. Danach würde es ein Festbankett geben.

«Und ich soll die Kanonen zeichnen?», fragte ich unsicher.

«Untersteh dich», sagte Bernardino Bellapianta finster. «Präg dir die Stoffmuster ein und überlass die Kanonen denen, die etwas davon verstehen. Das ist nicht unser Geschäft.»

Was aber war unser Geschäft? Ich begriff es nicht, während ich mit Bernardino Bellapianta und seinem Bruder, eingekleidet wie für eine Hochzeit, zum Domplatz ging. Ich begriff es nicht, während ich die Soldaten betrachtete, die die einmündenden Gassen absperrten, um Schaulustige auf Abstand zu halten, während sich in den Fenstern und auf den Dächern der umstehenden Gebäude Menschentrauben bildeten. Ich begriff es nicht, während ich auf der Tribüne meinen Platz zwischen den Zwillingen einnahm, eingerahmt von hohen Herrschaften mit säuerlichen Mienen, die in den pelzbesetzten Gewändern aus Goldbrokat und perlenbestickter Seide fast verschwanden.

Ludovico der Schwarze saß vier Plätze links von mir in versteinerter Selbstsicherheit, umgeben von Leibwächtern.

Sein Gesicht war von tiefen Falten durchzogen und wie beim letzten Mal vom Bartschatten verdunkelt, die Mundwinkel heruntergezogen.

Es war ein wechselhafter Tag. Wolken zogen im Wind des frühen Herbstes über der Stadt dahin, als wollten sie dem Einrücken des französischen Heeres auf der Erde ein Abbild am Himmel gegenüberstellen. Als die Sonne wieder schien, setzte unter der Tribüne ein Surren ein, und für einen Augenblick war es, als schöbe sich eine weitere Wolke heran. Doch es war das Sonnendach, dessen Lamellen sich wie von Geisterhand schlossen und die Tribüne effektvoll mit Schatten überzogen. Gemurmel erhob sich. Irritierte Blicke wanderten nach oben und nahmen einen bewundernden Ausdruck an. Hier und da erschienen Zeigefinger.

«Ganze Arbeit», murmelte Giancarlo Bellapianta.

Nach einer Weile sprengte ein Pulk von Reitern in vollem Galopp auf den Platz. Fanfaren wurden hochgerissen und schmetterten ein Signal gegen die Kathedrale. Ein Herold löste sich aus der Gruppe, trabte ein paar Schritte vor und riss sein Pferd herum, sodass er mit dem Gesicht zur Tribüne stand. Der blecherne Ton verklang. Einen Augenblick lang war der ganze Platz in Schweigen gehüllt. Dann bellte er uns etwas entgegen. Ich verstand kein Wort, und damit war ich offensichtlich nicht allein, denn rechts und links von mir wurde Unmut darüber geäußert, dass der König es nicht für nötig befunden hatte, seine Ankunft in der Sprache der Gastgeber verkünden zu lassen.

Nachdem der Herold seine kurze Ansprache beendet hatte, wendete er sein Pferd erneut, diesmal in die andere Richtung, wo die Straße von der Porta Torino aus einmündete. Von dort war nun Trommelwirbel zu hören, begleitet von Marschtritten wie prasselnder Hagel, unsichtbar zunächst, dann erschien ein Reiter mit flatterndem Helmbusch, dann eine Reihe von Trommlern, sieben oder acht nebeneinander, dann die erste Abteilung Fußsoldaten, in dichten Reihen vorrückend, die Piken erhoben, darunter weißlich schimmernde Brustpanzer, Armschienen, Beinschienen, Bärte in gebräunten Gesichtern, eingerahmt von Lederriemen und Eisenplatten. Zwei, drei, vier, fünf, sechs, sieben, acht Reihen quollen aus der Straße auf den Platz, dann eine Lücke, wieder ein Reiter, wieder ein mit Stacheln gespickter Block, dann noch einer und noch einer. Die Spitze des Zuges passierte inzwischen die Tribüne und das Portal der Kathedrale, dann den Glockenturm und stieß schließlich in die gegenüberliegende Straße.

Auf der Tribüne flog die Bewunderung von Mund zu Mund, während die Parade nicht abriss: Auf die ersten Abteilungen zu Fuß folgte leichte Reiterei, eitel darauf bedacht, die Pferde möglichst nervös hin und her tänzeln zu lassen, um ungezähmte Tatenlust zur Schau zu stellen. Dann wieder Fußsoldaten, Gascogner, Picarden und Normannen, wie ich den sachkundigen Kommentaren der Zuschauer entnahm, Schotten mit umgeschnallten Armbrüsten, Pikeniere aus der Schweiz und Arkebusiere aus Deutschland. Es folgte eine langgestreckte Gruppe von Reitern in aufwendiger Farbenpracht, reitende Herolde mit in die Sättel eingehakten Fahnenstangen, Raubkatzen und Greifvögel aus Seide, fließende Satteldecken, aufgeplusterte Wämser, Stiefel glänzend wie Speckseiten.

«Da ist er», sagte Bernardino Bellapianta zu seinem Bruder. Der nickte nur. Und ehe ich mich noch fragen konnte, wen er meinte, erschien ein von vier Reitern getragener purpurfarbener Baldachin mit goldenen Quasten, und alle Zuschauer erhoben sich.

Der König.

Die Lästerer hatten nicht übertrieben, und der Kontrast zwischen dem prahlerischen Auftritt und seinem Erscheinungsbild hätte nicht größer sein können. Hässlich wie eine Wasserleiche war er, bleich, schlaff, teigig, mit einem Gesicht wie ein Karpfen, dessen eingestempelter Ausdruck eine unsägliche Mischung aus Dümmlichkeit und Blasiertheit darstellte. Er wirkte gleichzeitig abwesend und um Haltung bemüht, wie ein Betrunkener, der seinen Zustand verbergen will. Sein augenfälliger Stumpfsinn wurde durch die auftrumpfende Schneidigkeit seiner Entourage nur noch stärker betont. Sie trugen enganliegende Helme mit hochgeklapptem Visier, er einen Hut aus Zobelpelz, unter dem sein Kopf fast verschwand. Sie ritten Schlachtrösser mit gravierten Beschlägen, Schuppen, Nieten und Stacheln. Er ritt ein Einhorn.

Jawohl, ein Einhorn.

Jedenfalls sah es auf den ersten Blick so aus: Auf der Stirn des schlanken Schimmels, auf dem der König mehr hockte als saß, ragte das Horn auf, knapp anderthalb Ellen lang, elfenbeinfarben und schraubenartig gedreht. Wenn man genau hinsah, dann erkannte man, dass das Horn auf einer mit weißem Fell überzogenen Platte saß, die mit Lederriemen an der Trense befestigt war.

Bernardino Bellapianta beugte sich zu seinem Bruder. «Erkennst du es wieder?»

«Allerdings», kam es zähneknirschend zurück.

«Und ich dachte schon, du hättest es in deinem Wahn vollständig zu Pulver zerrieben und dich nicht getraut, es mir zu sagen.»

«Höchstens ein paar Fingerbreit habe ich abgefeilt», zischelte Giancarlo Bellapianta. «Und wenn du es genau wissen willst, es taugt nicht als Beimischung für den Explosivsatz. Die Funken sind silberfarben wie bei ganz gewöhnlichem Elfenbein.»

«Na, na», stichelte Bernardino Bellapianta weiter. «Da fehlen aber mehr als ein paar Zoll.»

«Dann haben die daran herumgesägt.»

Bernardino Bellapianta stieß in gespielter Missbilligung die Luft aus. «Herumgesägt. An der erhabenen Stirnwaffe des Einhorns. Was für Barbaren.» Seine Schultern begannen zu zucken, als er kopfschüttelnd in sich hineinlachte. «Ganz gewöhnliches Elfenbein. Du solltest dich mal reden hören.» Er schien noch etwas hinzufügen zu wollen, aber in diesem Augenblick wurde ein neuer Fanfarenstoß über den Platz geschmettert. Der ganze Zug kam zum Stehen. Das Pferd des Königs scharrte mit den Hufen und warf den Kopf hin und her, als wollte es sein Horn abwerfen. Die Ritter, die Karl begleiteten, formierten sich zu einer langen Reihe.

Ohne auf das Geschehen auf dem Platz zu achten, beugte Bernardino Bellapianta sich erneut zu seinem Bruder. «Es bleibt die Frage, wie es an dieses Pferd gekommen ist. Ich hätte da eine Vermutung.»

Giancarlo Bellapianta presste die Lippen zusammen und nickte gequält. Mit einem Kopfnicken wies er nach oben. Sein Bruder nickte ebenfalls und musterte die Reihen der Zuschauer auf der Tribüne. Ich wusste nicht, worauf er anspielte, konnte aber auch nicht lange darüber nachdenken, denn wieder erklang ein Fanfarenstoß. Am anderen Ende des Platzes geriet etwas in Bewegung. Die Wachen, die die Einmündung der Straße hinter dem Glockenturm abgesperrt hatten, schwärmten aus und drängten die Zuschauermenge zurück, sodass sich eine Gasse bildete.

Und dann erschien zwischen den aufragenden Piken eine Prozession von Damen zu Pferd, deren prachtvolle Kleider die versammelte Herrlichkeit noch einmal überstrahlten: Kaskaden von Blau, Grün, Rot, Gold, Silber, dazu das Glitzern der in die Stoffe eingearbeiteten Perlen und Edelsteine. Satteldecken, die man zu Krönungsmänteln hätte umarbeiten können. Geschirre, die vor Gold und Silber glänzten, als hätte man einen ganzen Staatsschatz dafür eingeschmolzen. Angeführt wurde der Zug von einer jungen Frau mit engelhaftem Gesicht unter einer perlenbestickten Haube. In ihren Mundwinkeln nistete ein gequältes Lächeln; wie die Muttergottes auf ihren gekreuzigten Sohn, so blickte sie auf den König, als wäre er wie sie ein Opfer gemeinsam ertragenen Unrechts und nicht dessen Urheber. Erst als der Page, der ihr Pferd am Zügel geführt hatte, ihr aus dem Sattel half, begriff ich, wer sie war: Isabella von Aragón, die Frau des rechtmäßigen Herzogs Gian Galeazzo, die hier stellvertretend für ihren abwesenden Mann die schmerzhafte Pflicht auf sich nahm, das Verderben des ganzen Landes zu begrüßen.

Totenstille senkte sich über die Tribüne. Nur die Fahnen knatterten im Wind.

Der König saß ab. Ging den Damen mit ein paar ungelenken Schritten entgegen. Nahm seinen albernen Hut ab. Schien einen Augenblick lang nicht recht zu wissen, wohin damit. Übergab ihn einem Diener, der ihn entgegennahm wie die Reliquie eines Heiligen. Trat mit einem letzten beherzten Schritt auf die Herzogin zu, legte ihr beide Hände auf die Schultern, zog sie an sich und küsste sie auf beide Wangen, was sie geschehen ließ wie eine Marionette. Diese ebenso unerwartete wie unangemessene Geste wurde von den Gästen mit fassungslosen Blicken quittiert. Erst jetzt erkannte ich, dass die zweite Dame, angetan mit einem grünen Brokatkleid, niemand anders war als Beatrice, die nun ebenso widerstandslos die Zudringlichkeit des Königs über sich ergehen ließ, während dieser mit kindlich leuchtenden Augen auf sie einredete und ein hinzugetretener Dolmetscher sein Geschwafel übersetzte.

Die peinliche Prozedur wurde bei jeder einzelnen Dame wiederholt. Eine nach der anderen saß ab und wurde von Karl mit seiner unbedarften Vertraulichkeit bedacht, bis er endlich erneut sein Pferd bestieg und sich unter dem Schutz des Baldachins und im Kreis seiner gerüsteten Begleiter vor der Kathedrale aufstellte, um den zweiten Teil der Parade abzunehmen. Die Damen wurden auf die Tribüne begleitet und nahmen ihre Plätze in den ersten Reihen ein.

Es war ein ermüdendes Spektakel. Erneut quollen Kolonnen von Fußsoldaten und Reitern über den Platz, gefolgt von aufgeprotzten Falkonetten, gedrungenen Bombarden in allen Kalibern, vierspännig und achtspännig gefahren, dann weitere und immer größere Kanonen, eisenbeschlagene Räder, die unter Hufgeprassel über das Pflaster walzten, als wollten sie es zu Pulver zermahlen, und zum Abschluss von drei Dutzend Pferden gezogene Riesengeschütze, die die Tribüne erbeben ließen, als hämmerte jemand von unten dagegen. Wir alle verstanden die Botschaft: Jede Stadt und jede Festung, die dieser bronzeglänzenden Naturgewalt nicht die Tore öffnete, würde kurz darauf keine Tore mehr haben.

Irgendwann war die letzte Kanone über den Platz gerollt. Das Rumpeln verhallte in der Ferne. Und dann setzte das Geläut von der Kathedrale und bald darauf von allen anderen Glockentürmen ein, als könnte die Stadt es nicht ertragen, auf das aufdringliche Getöse der Kriegsfurie einfach nur Stille folgen zu lassen.

Der König und seine Begleiter wendeten ihre Pferde und strebten dem Portal der Kathedrale zu. Wir erhoben uns. Betont belanglose Gespräche begleiteten die Entleerung der Tribüne. Der Platz wurde nun von allen Seiten geflutet. Wir fanden uns in einem Gewühl aus Menschen und Pferden wieder, über dem das Glockengeläut wogte wie Meeresbrandung.

Bernardino Bellapianta ließ seinen aufmerksamen Blick über die Gesichter streichen. Nach einer Weile bedeutete er uns mit einem beiläufigen Handzeichen zu warten und tauchte im Gedränge ab. Bald darauf entdeckte ich ihn wieder: Er stand am Rand der Tribüne, redete auf zwei breitschultrige Kerle mit Knochenbrechergesichtern ein, die dort Wache standen, und zeigte dabei ein paarmal auf das Sonnendach. Die Knochenbrecher nickten und verschwanden.

Kurz darauf tauchte Bernardino Bellapianta wieder neben uns auf, ohne ein Wort über den Grund seiner kurzen Abwesenheit zu verlieren.

Noch ehe ich ihn fragen konnte, was nun eigentlich als Nächstes geschehen sollte, entdeckte ich einen Reiter, der durch die Menge direkt auf uns zuhielt. Und obwohl ich diesen Mann noch nie gesehen hatte, wusste ich sofort, wen ich vor mir hatte. Kerzengerade Haltung im Sattel. Dunkle Haut, kurzgeschnittener hellgrauer Bart, wache Augen, schwarz wie Kohlen. Lachfalten. Darüber ein Turban.

Mit mühelosem Schwung glitt er vor uns aus dem Sattel.

«Fünf Jahre», sagte Batuhan.

«Fünf Jahre, zehn Monate und sieben Tage, um genau zu sein», antwortete Bernardino Bellapianta.

Für den Rest des Nachmittages wich Batuhan den Brüdern nicht mehr von der Seite. Ihrer Unterhaltung entnahm ich, dass er als Sondergesandter des Sultans beim König fungierte. Auf Nachfragen der Zwillinge erging er sich lächelnd in ungenauen und blumigen Umschreibungen, die alle möglichen Schlüsse zuließen: Der Herr der zwei Kontinente sei neugierig zu erfahren, was seine französischen Freunde in Neapel für Pläne verfolgten, und er selbst habe, wie man verstehen werde, schon ein berufliches Interesse am Kanonenpark Seiner Majestät. Und dann sei da noch die Sache mit ihrem gemeinsamen Freund Cem. Ob man sich erinnere? Vierzigtausend Dukaten, das sei ja keine Kleinigkeit, da werde es wohl erlaubt sein, einmal in Rom nach dem Rechten zu sehen und sich zu vergewissern, dass der Bruder des Padischahs wohlauf sei. Nicht dass Cem am Ende längst aus dem Leben geschieden sei und der Papst den jährlich eintreffenden Geldboten im Gästetrakt des Apostolischen Palastes einen Doppelgänger oder, schlimmer noch, einen auf seinem Sessel festgeschnallten einbalsamierten Leichnam präsentiere, um sich bis in alle Ewigkeit das Geld des Padischahs vor die Füße schütten zu lassen. Denn was für ein ausgekochter Schlawiner der Heilige Vater sei, das habe sich längst bis nach Konstantinopel herumgesprochen.

In der Tat ein Schlawiner, bestätigte Bernardino Bellapianta. Man werde sicherlich noch Gelegenheit bekommen, die Angelegenheit bei einer Karaffe piemontesischen Weins näher zu erörtern. Ob seine zahlreichen Verpflichtungen als Sondergesandter Batuhan die Zeit ließen, ihm, Bernardino Bellapianta, die Ehre zu erweisen, in Mailand sein Gast zu sein?

Darauf habe er spekuliert, erwiderte Batuhan. Denn keineswegs habe er die Absicht, die nächsten Monate Tag für Tag dabei zuzusehen, wie das Heer dieses Einfaltspinsels von einem König das Land zugrunde richte. Und weil er ohnehin auf einen längeren Aufenthalt eingestellt sei, habe er sich ein paar Wagenladungen mit gewissem Material hinterherschicken lassen, denn es sei an der Zeit, die vor dreizehn Jahren auf dem Schießplatz vor Pera erstmals gestellte Frage zu beantworten, welches Fluggerät denn nun besser sei: der raketengetriebene Drachen oder die mit warmer Luft gefüllte Blase. Er, Batuhan, habe in der Zwischenzeit einige Fortschritte gemacht. Und Giancarlo Bellapianta sei ja gewiss auch nicht untätig gewesen.

Giancarlo Bellapiantas Augen glühten. Nie hatte ich ihn glücklicher gesehen. Er strahlte wie ein Kind, während die Menge auf dem Platz sich zerstreute und das Geläut über unseren Köpfen verklang.

In ihrem Überschwang über das Wiedersehen hatten sie mich gar nicht mehr wahrgenommen. Als die Menge sich bis auf ein paar Nachzügler verzogen hatte, fiel Batuhans erwartungsvoller Blick plötzlich auf mich. Seine Aufmerksamkeit machte mich trotz der Offenheit seines Lächelns verlegen. Die Geschmeidigkeit seiner Bewegungen und die neugierigen Augen ließen ihn jünger wirken, als er war. In Wahrheit hätte er ohne weiteres mein Großvater sein können.

«Und wen haben wir hier?», fragte er mit seinem gurrenden Akzent.

«Den besten Zeichner der Welt», sagte Bernardino Bellapianta.

Batuhan zog eine Augenbraue hoch und musterte mich wohlwollend. «Waren Sie schon einmal in Rom?», fragte er.

«Ich weiß es nicht», sagte ich unsicher.

Batuhan lachte schallend auf. Da nun aber niemand mitlachte, trat ein fragender Ausdruck auf sein Gesicht. Er blickte zu Bernardino Bellapianta.

«Ist das sein Ernst? Er weiß nicht, ob er in Rom war?»

«Er hat das Gedächtnis verloren.»

Erneut zog Batuhan die Augenbraue hoch. Dann wandte er sich wieder an mich. «Begleiten Sie mich nach Rom. Es wird eine Offenbarung. Erinnerungen sind da nur hinderlich.»

Wie sich herausstellte, war sein Angebot aufrichtig gemeint. Genau wie Bernardino Bellapianta war Batuhan ein Mann, der spontane Einfälle wie gutdurchdachte Vorhaben verwirklichte. Seine Einladung war ein solcher Einfall. Denn was, so sagte er, könne besser geeignet sein, den Sultan von der Wohlbehaltenheit seines Bruders zu überzeugen, als ein lebensechtes Porträt?

All das erfuhr ich beim Abendessen. Im Überschwang der Wiedersehensfreude hatten die Zwillinge und Batuhan kurzerhand beschlossen, dem Festbankett für den König fernzubleiben, und waren stattdessen in ein überfülltes Wirtshaus eingekehrt. Alles war voll mit französischen Soldaten, die sich allerdings besser benahmen als noch ein paar Tage zuvor, als ob allein die Nähe ihres Königs sie gebändigt hätte. Niemand rempelte uns an. Niemand suchte Streit. Niemand versuchte, uns zu bestehlen. Stattdessen wurden wir gegen Ende des Abends mehrmals zum Mittrinken eingeladen.

«In der Fremde ist man immer Botschafter seines Königs», lallte einer.

Irgendwann kam Bernardino Bellapianta mit einem altgedienten Hauptmann aus Toulon ins Gespräch, der achtundzwanzig Jahre zuvor zur Besatzung des Kastells von Genua gehört hatte und sich tatsächlich noch erinnerte, wie die Karacke, mit der die Zwillinge zu ihrer Reise nach Trapezunt aufgebrochen waren, im Kugelhagel aus dem Hafen ausgelaufen war.

«Wir hatten euch schon ins Visier genommen», sagte er. «Ein Schuss, und ihr wärt weg gewesen.»

«Habt ihr auf den Rumpf gezielt?», fragte Bernardino Bellapianta.

«Nein», sagte der Franzose. «Wir zielen immer auf die Takelage.»

«Dann vielleicht», sagte Bernardino Bellapianta. «Denn der erste Schuss …»

«Ich weiß, ich weiß», unterbrach ihn der Franzose. «Geht immer zu tief.»

Am nächsten Tag reisten wir zurück nach Mailand. Die Zwillinge waren kreidebleich und redeten die ganze Fahrt über nicht viel. Einmal mussten wir unterwegs überstürzt anhalten, damit Giancarlo Bellapianta sich in den Straßengraben übergeben konnte.

«Wenn uns jetzt schon die Mohammedaner unter den Tisch trinken, dann ist es weit gekommen», kommentierte Bernardino Bellapianta, als sein Bruder mit zitternden Knien wieder den Wagen bestieg.

Batuhan war vorerst in Asti geblieben, wollte aber so schnell wie möglich nachkommen. Der Abmarsch des Heeres verzögerte sich, weil der König erkrankt war. Täglich trafen neue Gerüchte ein, welche Seuche ihn aufs Lager geworfen hatte. Alle warteten auf Neuigkeiten. Und viele wünschten dem König die Pest.

In der folgenden Zeit sah ich Bernardino Bellapianta nur aus der Ferne und ständig in Eile. In den wenigen Tagen unserer Abwesenheit, die mir wegen der Trennung von Laura und den Kindern wie Monate vorgekommen waren, hatte sich viel Arbeit angestaut, und Alvaro war wegen irgendwelcher Geschäfte nach Pavia gereist.

Eine knappe Woche nach unserer Rückkehr bat Bernardino Bellapianta mich in sein Arbeitszimmer. «Benedetto war in Asti», sagte er.

Der Name war wie ein kalter Windhauch.

«Wir hätten ihn fast erwischt», fuhr er fort. «Als ich das Sonnendach über der Tribüne gesehen habe, kam mir so eine Ahnung, und mein Bruder dachte das Gleiche. Ich habe zwei Leute losgeschickt, die ein bisschen herumgefragt haben. Die Konstruktion stammt tatsächlich von ihm, er hat fast den ganzen Sommer in Asti daran gearbeitet. Die beiden haben auch ziemlich schnell herausgefunden, wo er untergebracht war, aber er ist durch die Hintertür entwischt.»

Ich verstand. Die Knochenbrecher, mit denen er am Rand der Tribüne geredet hatte. Ich spürte ein gewisses Befremden bei dem Gedanken, dass Bernardino Bellapianta in einer fremden Stadt im Handumdrehen Leute auftreiben konnte, die solche Aufgaben für ihn erledigten. Doch da war noch etwas anderes. Im Nachhinein sagt sich das leicht, aber ich glaube, in diesem Augenblick streifte mich eine erste Ahnung, dass Benedetto und mich noch viel mehr verband als die kurze Komplizenschaft bei dem Einbruch in Giancarlo Bellapiantas Werkstatt und dass diese Verbindung in die Zeit vor meiner rätselhaften Ankunft im Färberviertel zurückreichte. Hätte ich damals gewusst, was nun bald alles ans Licht kommen würde, ich hätte Bernardino Bellapianta bekniet, die Suche nach Benedetto einzustellen und ihn über alle Berge fliehen zu lassen.

Bernardino Bellapianta blickte finster drein. «Natürlich ist er jetzt gewarnt. Aber wir werden ihn trotzdem kriegen. Und dann gnade ihm Gott.»

Damit entließ er mich. Und bis heute frage ich mich,

ob Bernardino Bellapianta die Suche nach Benedetto eingestellt und ihn über alle Berge hätte fliehen lassen, wenn er selbst zu diesem Zeitpunkt gewusst hätte, was nun bald alles ans Licht kommen würde.

34 An dieser Stelle ist es höchste Zeit, unserem Pandolfo wieder einmal das Wort abzuschneiden. Er hatte ja nun lange genug Gelegenheit, den Faden seiner eigenen Geschichte weiterzuspinnen, und man muss zugeben, dass er sich dabei ziemlich geschickt angestellt hat. Dass er nun beginnt, sich aus der Rückschau in düsteren Vorahnungen zu ergehen, ist ein sicheres Zeichen dafür, dass er eine Pause braucht, bevor er sich vergaloppiert und den zeitlichen Ablauf durcheinanderbringt, indem er zu viel verrät. Die Rückschau, lieber Pandolfo, ist unser Geschäft, nicht deins.

Da nun also wieder von Benedetto die Rede ist, sollten wir die Gelegenheit ergreifen, den Bericht über dessen vergangene Untaten zur Gegenwart aufschließen zu lassen. Setzen wir dort an, wo wir beim letzten Mal aufgehört haben: auf der Galerie über dem Festsaal von Bernardino Bellapianta. Oben Benedetto. Unten die versammelte Abendgesellschaft. Und dazwischen Pandolfo, dessen Körper gerade die Sonnenscheibe durchschlagen hat und auf den Baum der Erkenntnis zustürzt.

Während Benedetto durch die Tür zum Gang davonhastete, hörte er noch die entsetzten Aufschreie aus dem Saal und das Krachen von berstendem Holz.

Wie beim ersten Mal war Benedetto sich auch diesmal sicher, dass ihm der Anschlag gelungen war. Von der Galerie bis zum steinernen Boden des Festsaales waren es zwölf Ellen. Wäre er besser informiert gewesen, dann hätte er gewusst, dass ausgerechnet unter der Galerie eine Insel aus Sand aufgeschüttet worden war, auf der neben einem halben Dutzend Palmen auch der Baum der Erkenntnis eingegraben war.

Zufrieden kehrte er nach Vigevano zurück. Am nächsten Morgen widmete er sich wieder der Spinnmaschine, als sei nichts gewesen.

Sein Seelenfrieden währte nur bis zum Abend. Von Rodolfo, der tatsächlich einfältig genug war, keine Verbindung zwischen Benedettos plötzlichem Erscheinen, seiner Heimlichtuerei und dem Vorfall auf dem Fest herzustellen, erfuhr Benedetto, dass Pandolfo auch diesmal überlebt hatte und sich auf dem Weg der Besserung befand.

Zuerst befürchtete Benedetto, dass Pandolfos Erinnerungsvermögen durch den zweiten Schlag auf den Kopf wiederhergestellt worden sein könnte. Alle, die das abwegig finden, mögen sich daran erinnern, dass Bernardino Bellapianta kurz selbst entsprechende Hoffnungen gehegt hatte.

Als offensichtlich war, dass Pandolfo sich auch weiterhin an nichts erinnerte, beruhigte Benedetto sich wieder – bis zu dem Tag, an dem Pandolfo erneut in Vigevano auftauchte.

Immer noch deutete nichts darauf hin, dass Pandolfo sich an irgendetwas erinnerte. Aber seine Blicke setzten Benedetto zu. Pandolfo hatte einen Verdacht.

Nachdem kurz darauf die gesamte Seide versponnen und verzwirnt und die Maschine winterfest gemacht worden war, packte Benedetto seine Sachen und kehrte zurück in seine Heimatstadt Savona, wo er ein kleines Haus besaß. Den nachgemachten Schlüssel zum Haus von Bertrada Facchinetti nahm er mit.

Als er eines Abends von einem Spaziergang durch die Hügel vor der Stadt zurückkehrte, sah er im Näherkommen zwei Männer, die auf einen seiner Nachbarn einredeten und dabei auf sein Haus zeigten. Da wusste er, dass sie ihn suchten.

Hinter einem Gebüsch wartete er ab, bis die beiden verschwunden waren. Dann stahl er sich über den Hinterhof hinein, packte in der Dunkelheit seine Sachen, schlich sich zu einem Fuhrunternehmer, den er seit Kindertagen kannte, und ließ sich noch in derselben Nacht nach Genua bringen, wo er in einer Herberge beim Hafen vorerst Unterschlupf fand.

Nun hatte Benedetto in den vorangegangenen Jahren reichlich Geld verdient, sodass er sich eigentlich keine Sorgen um sein Fortkommen hätte machen müssen. Das Problem bestand darin, dass er den größten Teil dieses Geldes bei einer Mailänder Bank deponiert hatte, die keine Filialen in anderen Städten unterhielt – ein Versäumnis, das er sich später oft genug zum Vorwurf machen würde, doch es half nichts. Er musste noch einmal zurück nach Mailand, und weil er wusste, wie weit der Einfluss von Bernardino Bellapianta reichte, passierte er die Porta Ticinese mit einer Beklommenheit, wie er sie niemals zuvor empfunden hatte.

Während er darauf wartete, dass die Bank ihm seine gesamten Einlagen auszahlte, rechnete er jeden Augenblick mit dem Zugriff seiner Verfolger. Doch nichts geschah. Mit zwei Ledertaschen voller Geld trat er zurück auf die Straße. In den folgenden Tagen wechselte er mehrmals die Unterkunft, um seine Spuren zu verwischen.

Nach zwei Wochen war er sich sicher, dass ihm niemand mehr auf den Fersen war. Benedetto beschloss, Luca il Rampeghín einen Besuch abzustatten. Dass die Pläne der Spinnmaschine wahrscheinlich immer noch irgendwo im Färberviertel herumlagen, das wurmte ihn mehr als alles andere.

Doch er kam zu spät. Als er sich im Färberviertel zu Luca il Rampeghín durchfragen wollte, sagte man ihm, dieser sei vor wenigen Stunden auf dem Platz hinter San Lorenzo Maggiore gehängt worden. Benedetto erfuhr immerhin auch, wo Lucas Haus stand. Und weil er fürchtete, ohnehin schon genügend Aufmerksamkeit erregt zu haben, beschloss er, die Nacht abzuwarten, bevor er sich dort umsah. Das war eine schlechte Idee, denn zum zweiten Mal an diesem Tag kam er zu spät, und zwar so knapp, dass es ihm geradezu verhext erscheinen musste: Während Benedetto, hingeduckt zwischen zwei schäbigen Baracken, darauf wartete, dass die drei Gestalten sich verzogen, die da vor seiner Nase in der Gasse herumschlichen, wurde ihm klar, dass sie genau dasselbe Ziel hatten wie er. Und als er unter einer der Kapuzen niemand anderen als Pandolfo erkannte, hätte er sich am liebsten auf ihn gestürzt und ihm das Messer zwischen die Rippen gerammt, das er seit seiner überstürzten Abreise aus Savona immer bei sich trug. Aber sie waren nun einmal zu dritt.

Ohnmächtig vor Wut, beobachtete er von seinem Versteck aus, wie der Lichtschein einer Kerze hinter den Fenstern hin und her wanderte. Nachdem die drei das Haus endlich wieder verlassen hatten, schlich Benedetto selbst hinein. Natürlich fand er nichts mehr, nichts außer umgestürzten Möbeln, auf dem Boden verstreutem Hausrat und einer leeren Truhe.

Zurück in seiner Herberge, überlegte er, was zu tun war. An die Pläne der Maschine würde er nicht mehr kommen.

Und Benedetto beschloss, nach vorn zu blicken.

Mit äußerster Vorsicht kontaktierte er frühere Kunden. Sein Ruf als erstklassiger Mechaniker hallte nach. Doch die Reserviertheit seiner Gesprächspartner war deutlich zu spüren, und Benedetto wusste, was das zu bedeuten hatte. Wenn er nicht bald den Aufenthaltsort wechselte, würde sich seine Anwesenheit in der Stadt bis zu Bernardino Bellapianta herumsprechen.

Schließlich fand sich jemand, der ihm noch einen Gefallen schuldete und ihm eine Arbeit in Genf vermittelte; es ging um die Konstruktion einer äußerst genauen Waage für schwere Lasten. Die folgenden drei Monate verbrachte Benedetto in der Stadt am See und erfüllte die Aufgabe zur Zufriedenheit des Auftraggebers, wenngleich nicht ohne Mühe, denn man hatte ihm für die Zeichnungen und Berechnungen einen Assistenten an die Seite gestellt, dessen winzige Schrift kaum zu entziffern war. Mehr denn je vermisste er seine Augengläser. Er fragte sich, ob sie noch immer in der Schublade der Mailänder Werkstatt liegen mochten.

Die Taschen voller Geld, kehrte er nach Italien zurück. Nach Savona traute er sich nicht mehr. Es war anzunehmen, dass Bernardino Bellapianta seine Nachbarn dafür bezahlt hatte, seine Rückkehr unverzüglich zu melden.

Stattdessen fuhr Benedetto nach Mailand und mietete sich in einer Herberge im Stadtviertel Porta Orientale ein. Und obwohl er hätte wissen müssen, dass das äußerst riskant war, zog es ihn immer wieder in die Nähe des Palastes gegenüber von San Giorgio al Pozzo Bianco. Immerhin hatte er sich Haare und Bart wachsen lassen, was ihm zusammen mit seinem hageren Gesicht das Aussehen eines griechischen Philosophen verlieh. Er gewöhnte sich eine gebeugte Haltung an. Einmal eilte Rodolfo ganz dicht an ihm vorbei, ohne ihn zu erkennen. Und wieder dachte er an die Augengläser.

Eines Abends verschaffte er sich mit Hilfe des Nachschlüssels Zutritt zum Haus von Bertrada Facchinetti. Er schlich durch den Korridor, den er zuletzt während der Verfolgung von Pandolfo und Luca betreten hatte.

Aus der Werkstatt von Giancarlo Bellapianta drang Licht. Benedetto wartete. Stimmen waren zu hören, doch er verstand kein Wort. Irgendwann rannte eine Gestalt über den Hof, riss die Tür zur Werkstatt auf und schrie: «Habt ihr schon gehört? König Ferrante ist tot!»

Von drinnen kam undeutliches Gemurmel. Dann wieder Stille. Kurz darauf trat die Gestalt erneut in den Hof und verschwand. Wieder Gemurmel. Jemand tauchte in der Tür auf.

Pandolfo.

Benedetto bemerkte zu seiner eigenen Verwunderung, dass Pandolfos Erscheinen ihn diesmal völlig kaltließ, als hätte er sich damit abgefunden, dass dieser nun seinen Platz im Haus von Bernardino Bellapianta eingenommen hatte wie ein Mitglied der Familie. So wenig er noch daran glaubte, dass Pandolfo sein Gedächtnis wiederfinden würde, so sicher war er sich, dass man nach wie vor ihn, Benedetto, für die beiden Anschläge auf dessen Leben verantwortlich machte. Es würde also wenig ändern, wenn er jetzt noch einen dritten Versuch unternahm. Gegen Pandolfos Schutzengel schien ja ohnehin kein Kraut gewachsen zu sein. Tatenlos sah er zu, wie der Junge sich trollte.

Als das Licht schließlich erlosch und Giancarlo Bellapianta durch das Tor trat und im Treppenaufgang verschwand, konnte Benedetto der Versuchung nicht widerstehen, sich zur Werkstatt zu schleichen. Die Tür war nicht abgeschlossen. Giancarlo Bellapianta wollte es offenbar nicht lernen.

Benedetto kannte sich in dieser Werkstatt aus wie in seiner eigenen Tasche. Er fischte eine Kerze von einer Ablage an der Wand und entzündete sie an der verlöschenden Glut im Kamin. Er trat zur Werkbank. Die Schublade klemmte immer noch. Mit Hilfe eines herumliegenden Meißels gelang es ihm, sie aufzustemmen. Die Augengläser waren noch da.

Er wollte die Werkstatt schon verlassen, da fiel sein Blick auf einen der Schraubstöcke. Zwischen den Backen klemmte ein Elfenbeinzahn. Was so ein Ding wert war, wusste Benedetto nur zu gut. Er löste ihn behutsam aus dem eisernen Griff des Schraubstocks und schlug ein paar Tücher darum, dann stahl er sich mit seiner Beute nach draußen. So schusselig, wie Giancarlo Bellapianta war, würde er wahrscheinlich am Ende glauben, den Zahn verlegt zu haben.

Es dauerte nicht lange, bis ein anderer Bekannter ihm erneut eine Arbeit vermittelte: Ein Beauftragter des Herzogs Ludwig von Orléans suchte jemanden, der ein bewegliches Sonnendach für eine riesige Tribüne konstruierte. Für was für eine Art von Veranstaltung die Tribüne denn gedacht sei?, fragte Benedetto. Das habe ihn vorerst nicht zu interessieren, ließ man ihn wissen. Ob er in der Lage sei, ein solches Dach zu konstruieren, ja oder nein. Der Auftrag sei übrigens in Asti zu erledigen. Benedetto ahnte, was für eine Tribüne da gebaut werden sollte. Und dass es besser war, aus Mailand zu verschwinden, wusste er sowieso. Also sagte er zu und reiste nach Asti.

Sein Auftraggeber erwies sich als äußerst umsichtig. Benedetto wurde in einem Haus unweit der Kathedrale einquartiert. Ein Assistent zeichnete nach seinen Angaben die Pläne für das Sonnendach. Ein Koch kümmerte sich um sein leibliches Wohl, und ein Mädchen aus der Nachbarschaft brachte ihm eisgekühlten Wein in sein Arbeitszimmer. Ihre Blicke ließen keinen Zweifel daran, dass bald noch ganz andere Vergnügungen auf ihn warten würden. In der Tat brauchte er nicht lange, bis er sie so weit hatte, dass sie auch das Bett mit ihm teilte. Sie hieß Ginevra, ihre Haare glänzten schwärzer als Fettkohle, und ihre vollen Hüften vibrierten wie eine Bassgeige. In der Nacht stöhnte sie so laut, dass die Nachbarn entnervt gegen die Wände klopften. Offenbar fand sie Gefallen an ihm, denn irgendwann ließ sie sich nicht mehr bezahlen.

Benedetto kam in Fahrt. Er begrub die ursprüngliche Idee eines beweglichen Sonnensegels und entwarf stattdessen ein Gestell mit stufenlos verstellbaren Lamellen, die sich nach dem

Stand der Sonne ausrichten ließen und im geschlossenen Zustand ein bündiges Regendach bildeten, für alle Fälle.

An einem unerträglich heißen Sommertag lernte er den Herzog persönlich kennen. Vor der Kathedrale zimmerte ein Dutzend Handwerker bereits die Tribüne zusammen. Sägen kreischten, Hämmer donnerten. Arbeiter stemmten Pflastersteine heraus und schlugen tiefe Löcher in den Boden, um Masten zu versenken. Benedetto war gerade dabei, die Tribüne noch einmal genau zu vermessen, um die Stärke der Tragebalken zu berechnen, da erschien ein Reiter vor der Kathedrale und trabte in weitem Bogen über den Platz. Er trug ein Paar staubige Stiefel und ein schlichtes Leinenhemd. Und doch hätte man blind sein müssen, um nicht zu sehen, dass er mit diesem kurzen Umritt Besitz von der ganzen Stadt ergriff. Das Pferd, hochbeinig und kostbar, tänzelte seitwärts vor der Baustelle entlang und warf den Schweif hin und her. Das Klappern der Hufe hallte von der Fassade zurück. Die Arbeiter legten die Werkzeuge weg und erhoben sich.

Vor der Tribüne saß der Reiter ab. Zählte mit dem Zeigefinger die Sitzreihen durch. Ging in die Knie, um die Tragekonstruktion zu prüfen. Ruckelte an einem der Pfeiler. Wandte sich an Benedetto, ohne sich mit einleitenden Worten aufzuhalten oder sich gar vorzustellen.

«Der König», sagte er mit schnarrender Stimme, «wünscht Folgendes: Die Verstellung muss lautlos erfolgen. Die Arbeiter, die das Dach bedienen, sollen nicht sichtbar sein. Und die Damen dürfen nicht nass werden, falls es regnen sollte. Können Sie das gewährleisten?»

Der letzte Satz hatte nicht wie eine Frage geklungen.

«Ja, Hoheit», sagte Benedetto.

«Dann wollen wir hoffen, dass Sie Ihr Geld wert sind», sagte der Herzog. «Brauchen Sie sonst noch etwas?»

Benedetto dachte an den Zahn, den er in Giancarlo Bellapiantas Werkstatt mitgenommen hatte und der ihn seitdem gut verschnürt in seinem Reisegepäck begleitete. Schon seit einigen Tagen trug er eine Idee mit sich herum. Jetzt war der Augenblick gekommen, sie zu Geld zu machen.

«Was für ein Pferd wird der König reiten?», fragte er.

Es dauerte zwei weitere Monate, bis die Arbeit beendet war. Die Tribüne stand, die Lamellen des Sonnendaches waren montiert, und die Fahnen flatterten erwartungsfroh im Wind.

Die Gerüchte über den Aufbruch der Franzosen waren zur Gewissheit geworden. Der Westwind brachte die Nachrichten vom Zug des Heeres über die Alpen. Bald darauf war es so weit. Soldaten der Vorhut strömten in die Stadt. Alle Glocken läuteten. Die Ritter aus Savoyen, Saluzzo und Montferrat, die Gesandten von Mailand, Venedig, Genua, Mantua, Ferrara, Lucca, Florenz und Siena, die Damen und Höflinge, die Geschäftsleute und Künstler fanden sich ein und bezogen ihre Quartiere.

Angesichts des großen Aufgebotes aus Mailand hatte Benedetto beschlossen, sich nicht auf der Straße blickenzulassen. Er blieb in seinem Quartier, während draußen die Fanfaren schmetterten und die Glocken läuteten. Hätte er geahnt, was ihm blühte, wäre er schnellstens abgereist.

Später am Abend saß er über eine Zeichnung gebeugt, als es klopfte. Er erhob sich, um zu öffnen. Hielt inne. Fand, dass das Klopfen ein wenig zu fordernd gewesen war, und wurde misstrauisch. Griff nach den beiden Taschen mit seinem Geld und den nötigsten Habseligkeiten, die er für alle Fälle bereitgestellt hatte. Und während vorn unter dumpfen Schlägen das Schloss aus der Verankerung flog, stürzte Benedetto zum Hinterausgang und floh durch die Gasse.

35 Bevor wir Pandolfo wieder zu Wort kommen lassen, müssen wir von ein paar Ereignissen berichten, über die seine Kenntnisse äußerst bescheiden waren, die aber zu wichtig sind, als dass wir sie einfach unkommentiert seiner Schilderung überlassen können. Denn was Pandolfo über den Fortgang der französischen Invasion und die Umstände des Thronwechsels in Mailand wusste, das wusste er nur vom Hörensagen.

Warum das so wichtig ist? Das ist schwer zu erklären, ohne der Geschichte vorzugreifen. Es sei uns gestattet, dafür ein letztes Mal das inzwischen schon etwas überstrapazierte Bild von der Spinnmaschine zu bemühen: Die Fäden von Pandolfos Geschichte standen kurz davor, mit denen der großen Politik verzwirnt zu werden. Heften wir uns also noch einmal an die Fersen der französischen Invasoren, schauen wir Ludovico dem Schwarzen bei seinen Intrigen über die Schulter, und statten wir Cem einen letzten Besuch in seinem komfortablen Gefängnis ab, bevor alle Akteure zum großen Finale aufeinandertreffen.

Die Hoffnungen, die halb Italien in die Krankheit des französischen Königs gesetzt hatte, zerschlugen sich schon bald. Karl erholte sich und mit ihm auch sein Größenwahn. Mal hielt er sich für die Wiedergeburt eines antiken Imperators, mal für den Helden eines Ritterromans und für Karl den Großen sowieso. Genua legte ihm die Tore nieder; wie Parzival ritt er hinein und wie Augustus wieder hinaus.

Der größere Teil des Heers verstreute sich im Umland von Asti und sickerte kompanienweise ins Herzogtum Mailand ein, wobei einzelne Abteilungen bis nach Binasco gelangten. Geschichten von Plünderungen, Misshandlungen, Geiselnahmen und Vergewaltigungen machten die Runde. Karl versprach mit großer Geste, für jeden Schaden aufzukommen. Dabei war Ludovico es, der bezahlte, und zwar dafür, dass das Heer der Franzosen einen Bogen um Mailand machte.

Während Ludovico also alle Hände voll zu tun hatte, seine Verbündeten möglichst schnell auf den Weg nach Neapel zu komplimentieren, wurde Gian Galeazzo in Pavia von Magenkrämpfen heimgesucht. Sofort schossen Gerüchte über einen Giftanschlag ins Kraut.

Ludovico hatte in den letzten Jahren mehr Geld für die Spione ausgegeben, die alle Briefe an Gian Galeazzo abfingen und ihm über jede bei Tisch gefallene Bemerkung brühwarm Bericht erstatteten, als für den standesgemäßen Unterhalt seines Neffen. Er hatte dessen Frau Isabella für jedes Aufbegehren gegen die demütigende Behandlung des jungen Herzogs mit einer noch demütigenderen Kürzung der Apanage bestraft und den Hofstaat auf wenige Personen zusammengestrichen, die im Übrigen allesamt als Zuträger auf seiner Lohnliste standen. Nun, angesichts des nahenden Endes, schien sich Ludovicos Herz zu erweichen. Er gewährte seiner Schwägerin Bona von Savoyen, die er jahrelang in Abbiate unter Hausarrest gehalten hatte, Zugang zum Kastell von Pavia. Während das Hufgetrappel der französischen Quartiermacher aus der Stadt heraufdrang, saß Bona am Bett ihres Sohnes und hielt seine Hand. Die Höflinge bemerkten mit Verwunderung, dass diese Frau, die an der Seite von Galeazzo Maria und in den Jahren nach dessen Ermordung kaltherzig bis zur Grausamkeit geworden war, überhaupt Tränen zu vergießen imstande war.

Währenddessen überbrachten die Boten dem sterbenden Herzog Briefe und Geschenke von Ludovico dem Schwarzen. Prachtvolle Jagdhunde wurden in sein Gemach geführt und Falken auf eine Stange am Fußende des Bettes gesetzt, als wollte Ludovico seinem Neffen durch die Aussicht auf unbeschwerte Jagdausflüge in naher Zukunft neuen Lebensmut einflößen. Bis zuletzt war Gian Galeazzo überzeugt, dass sein Onkel ihn im Grunde seines Herzens liebte.

Der französische König zog derweil in Pavia ein, während seine Söldner sich im Umland breitmachten. Die Musik der Festbankette schallte zu den Fenstern des Wohntraktes im Kastell hoch, wo die Krankheit sich unter den ratlosen Blicken der Ärzte weiter durch Gian Galeazzos Körper fraß. Zu den Magenschmerzen gesellten sich Übelkeit, Koliken, Fieber, Krämpfe und Atemnot, seine Glieder wurden steif und gefühllos. Als König Karl eines Tages an sein Bett trat, öffnete er kaum noch die Augen.

Am Tag der heiligen Selina des tausendvierhundertvierundneunzigsten Jahres nach der Geburt unseres Erlösers starb Gian Galeazzo Sforza, der rechtmäßige Herzog von Mailand, unter schrecklichen Qualen.

Zwei Stunden später schwangen die Torflügel der Porta Ticinese auf, und ein Reiter sprengte hindurch. Er trug die Standarte mit der gekrönten Schlange des Hauses Sforza. Und alle, die ihn vorbeigaloppieren sahen, wussten, dass gleich die Glocken zu läuten beginnen würden.

Ludovico der Schwarze befand sich in diesem Augenblick beim französischen König, der mit seinem Heer nach Piacenza weitergezogen war. Während ein Priester den Verstorbenen aussegnete, erreichte ihn die Todesnachricht. Während die Diener den Leichnam wuschen und in einen Sarg betteten, rief er seine Berater zusammen. Während Isabella mit rotgeweinten

Augen eigenhändig eine Decke aus Goldbrokat über dem Sarg ausbreitete, diktierte er seinem Sekretär den Befehl, in Mailand eine Versammlung der zweihundert einflussreichsten Bürger einzuberufen. Während der Sarg auf einen Wagen gestemmt wurde, schwang er sich auf sein schnellstes Pferd. Während der Leichenzug sich bei Fackelschein auf den Weg machte, galoppierte er durch die Dunkelheit, sodass seine Leibwächter kaum hinterherkamen.

Am nächsten Tag wurde Gian Galeazzo in der Kathedrale auf einem goldenen Bett aufgebahrt. Die Untertanen, die an ihm vorbeidefilierten, suchten das wachsbleiche Gesicht des Leichnams verstohlen nach Anzeichen einer Vergiftung ab.

Im Kastell trat Ludovico vor die im Saal versammelten Herren, verkündete in aller Form den Tod seines Neffen und schlug vor, dessen Sohn Francesco zum Herzog auszurufen. Geraune wallte durch den Saal und wurde von den grünen Wänden hin und her geworfen. Alle wussten, wie scheinheilig dieser Vorschlag war und was von ihnen erwartet wurde. Schließlich erhob sich Antonio Landriani und gab zu bedenken, dass man in unruhigen Zeiten wie diesen schlecht beraten sei, die Geschicke des Staates in die Hände eines vierjährigen Jungen zu legen. Alle nickten. Kaum weniger unbedacht sei es, so fuhr Landriani fort, die Entscheidung über die Vormundschaft dieses Kindes einer jungen Witwe zu überlassen, deren Urteilskraft verständlicherweise durch die Trauer über den Tod ihres geliebten Gatten getrübt sei und, auch das dürfe nicht unerwähnt bleiben, an deren Loyalität angesichts des bekanntermaßen schwierigen Verhältnisses zu dessen Onkel einerseits und ihrer verwandtschaftlichen Beziehungen zum Königshaus von Neapel andererseits Zweifel angebracht seien. Von der Aufnahme seiner letzten Bemerkung ins Protokoll möge man absehen. Beifälliges Gemurmel erhob sich. Er hege, so schloss

Landriani, große Achtung vor der Bescheidenheit Ludovicos. Doch wolle man angesichts der von allen Seiten drohenden Gefahr das Überleben des Herzogtums sichern, dann sei es unerlässlich, das Ruder des Staatsschiffes dem einzigen Mann in die Hand zu geben, der durch seine Fähigkeiten und durch seine Erfahrung in der Lage sei, es auch zu steuern. Wer ebenfalls dieser Ansicht sei, der möge sich erheben.

Wie ein Mann erhob sich die Versammlung. Der Saal hallte vom Geräusch der schabenden und rumpelnden Stühle wider. Ein paar Nachzügler, die erst nach verstohlenen Blicken in die Runde aufgestanden waren, bemühten sich, besonders gerade zu stehen.

Ludovico ließ seinen Blick zufrieden über die Köpfe streichen. Doch als er gerade die Stimme erheben wollte, lösten sich ein paar besonders prachtvoll gekleidete Gestalten aus der Menge. Gelber und grüner Brokat, von Goldfäden durchzogene und mit Perlen bestickte Seide. Entschlossene Mienen, jahrhundertelang von einer Generation zur nächsten weitergegebener Dünkel. Ludovico Visconti, der die Gruppe angeführt hatte, trat auf Ludovico den Schwarzen zu und flüsterte ihm etwas ins Ohr. Ludovico nickte widerwillig, drehte sich um und bedeutete dem Grüppchen mit einer Handbewegung, ihm in die Kapelle zu folgen.

Mit verschränkten Armen baute er sich vor dem Altar auf. «Was wollt ihr also?», fragte er ungehalten. «Ein Bauernopfer?»

«Ein Turm müsste es schon sein», gab Ludovico Visconti zurück.

«Welcher denn? Jesus oder Barabbas?», fragte Ludovico spöttisch.

«Bernardino Bellapianta», sagte Ludovico Visconti ungerührt.

«Oh.» Ludovico zog eine Augenbraue hoch. «Gleich die Dame.»

Wenige Stunden später läuteten die Glocken von Mailand erneut. Soldaten schwärmten aus und sperrten die Straßen. Fahnen wurden entrollt. In den Fenstern und auf den Dächern drängten sich die Menschen, um Ludovico den Schwarzen zu sehen, der, auf einem Hengst mit goldenem Geschirr reitend und mit einem karmesinroten Umhang bekleidet, förmlich Besitz von der Stadt ergriff, die ihm eigentlich schon seit Jahren gehörte.

Die französische Kriegsmaschine walzte derweil weiter durch das Land. Wo sie hinkam, warf sie die althergebrachte Ordnung über den Haufen.

Ende Oktober fiel sie in die Toskana ein. In Florenz kam es zu Tumulten. Die Medici flohen Hals über Kopf aus der Stadt, die sie seit vier Generationen wie ihren Privatbesitz geführt hatten. Eine Woche später zog der König mitten in der Nacht mit seinem Heer bei Fackelschein ein und nahm Quartier im Palast der Familie, nachdem seine Soldaten ihn geplündert hatten. Zehn Tage lang blieb er dort, saß im Innenhof zwischen antiken Statuen und zählte das Geld, das die toskanischen Städte ihm schickten, damit er so schnell wie möglich wieder verschwand. Was hätte ihn auch halten sollen?

Über Siena zog er nach Viterbo. Im Kirchenstaat fiel ihm eine Festung nach der anderen zu. Einige der römischen Barone stellten sich offen gegen den Papst. Die Kardinäle Ascanio Sforza und Giuliano della Rovere schlossen sich ihnen an, warben Söldner an und führten einen Kleinkrieg gegen die Gefolgsleute des Papstes.

Alexander verbarrikadierte sich derweil in der Engelsburg. Da von keiner Seite Hilfe kam, hoffte er verzweifelt auf ein Wunder und auf die Rückkehr von Giorgio Bocciardi, dem Botschafter, den er nach Konstantinopel geschickt hatte, um Bajazid an die jährlichen vierzigtausend Dukaten für seinen Bruder Cem zu erinnern. Ohne Geld ließ sich schließlich kein Krieg führen.

Giorgio Bocciardi saß zu dieser Zeit schon in Sinigallia im Kerker. In Begleitung des türkischen Sonderbotschafters Qasim Bey war er an einem diesigen Novembertag in Ancona eingetroffen. Nach einem kurzen Ritt durch das Hügelland hatten sie sich von zweihundertfünfzig Reitern unter dem Kommando von Giovanni della Rovere umzingelt gefunden, einem Bruder des besagten Kardinals. Qasim Bey war mit knapper Not entkommen, hatte aber die Satteltaschen mit den vierzigtausend Dukaten zurückgelassen. Neben dem Geld waren Giovanni della Rovere ein paar Briefe in die Hände gefallen, darunter einer mit besonders delikatem Inhalt: Bajazid schlug dem Papst in blumigen Wendungen und vollendetem Italienisch vor, Cem von den Qualen des irdischen Lebens zu erlösen, damit seine Seele endlich Frieden finden könne. Für den Leichnam seines Bruders bot er dreihunderttausend Dukaten. Man musste kein Kaufmann sein, um zu begreifen, dass das ein lohnendes Geschäft war.

Es dauerte nicht lange, dann war der Inhalt des Briefes in ganz Italien bekannt: Kardinal Giuliano della Rovere hatte ihn verbreiten lassen, um den Papst in Misskredit zu bringen. Gewiss, es fehlte nicht an Stimmen, die behaupteten, es handele sich um eine Fälschung. Aber die Nachricht war in der Welt.

Karl ließ derweil ein Manifest aufsetzen, in dem er ankündigte, nach der Eroberung von Neapel zum Kreuzzug gegen den Sultan aufbrechen zu wollen. Bajazid wurde unruhig. Konstantinopel mochte weit entfernt erscheinen, aber von der Adria bis zum Bosporus waren es nur dreißig Tagesmärsche durch Landstriche ohne Festungen, bewohnt von Völkern, die die Türken selbst entwaffnet hatten. Und dann war da noch Cem. Falls es den Franzosen gelingen sollte, den Papst zu seiner Auslieferung zu zwingen und ihn mit auf diesen Kreuzzug zu nehmen, dann würden einige von dessen alten Anhängern möglicherweise die Seite wechseln und dabei helfen, den Franzosen den Weg nach

Konstantinopel frei zu machen, um ihn wieder auf den Thron zu setzen.

Doch bis dahin konnte noch viel passieren. Und weil Bajazid nichts anderes tun konnte, schickte er ein paar tausend Soldaten nach Valona. Die blieben vorerst dort und beobachteten lustlos die venezianischen Galeeren, die ebenso lustlos vor der Küste kreuzten.

36

Einige Wochen nach unserer Rückkehr aus Asti tauchte zur großen Freude der Zwillinge Batuhan in Mailand auf, wie immer ohne Vorankündigung. Er erklärte, seine Aufgabe als Sonderbotschafter des Sultans beim französischen König für ein paar Wochen ruhen lassen zu wollen, um den Flugwettkampf mit Giancarlo Bellapianta vorzubereiten. Seine Augen sprühten.

Er bekam das Gästezimmer des Palastes zugewiesen, und Bernardino Bellapianta führte ihn persönlich durch seine Werkstätten und durch die Stadt. Sie besichtigten Webereien und Spinnereien, Lager und Geschäfte, die Gießerei der Vimercate und die Schmiede der Missaglia, denen Bernardino Bellapianta seinen türkischen Freund als Geschäftspartner aus Neapel vorstellte. Als sie die Kathedrale besichtigten, begleitete ich sie.

Angeführt vom Bauleiter, stiegen wir auf das Gerüst der Vierungskuppel und blickten auf das zerklüftete Gebirge aus Marmor hinab, das sich unter uns ausbreitete, dahinter das Häusergewirr von Mailand: verbogene Firste und Giebel, scheinbar wahllos eingestreute Vorkragungen, Gauben, Luken und Schornsteine, Ziegelmauerwerk unter abbröckelndem Putz, windschiefe Anbauten und vereinzelte Baumwipfel in Hinterhöfen, die man von der Straße aus gar nicht sah. Von hier aus blickte man auf eine andere Stadt, schaute hinter die Fassaden und bekam eine Ahnung von den durcheinanderwirkenden Kräften, die Mailand gemacht hatten, bestrebt, jede Lücke zu füllen und jeder Fläche einen Nutzen abzutrotzen.

Der Bauleiter wies auf die Säule auf dem Platz vor der Kathedrale.

«Bis dorthin wird der neue Bau reichen», sagte er stolz.

«Nicht schlecht», kommentierte Batuhan.

Der Bauleiter blickte ihn fassungslos an. «Nicht schlecht? Das wird das größte Gotteshaus der Welt!»

Batuhan lächelte. «Waren Sie schon einmal in Konstantinopel?»

In Vigevano trafen derweil zwei große Wagen mit verhängten Ladeflächen ein, wurden in einen Schuppen gebracht und eingeschlossen. Gleichzeitig begannen Arbeiter damit, das mächtige Holzgestell instand zu setzen, von dem aus Giancarlo Bellapianta und ich ein Jahr zuvor mit der Seidenblase aufgestiegen waren.

Batuhan verbrachte viel Zeit damit, in seinem Zimmer über Berechnungen zu brüten. Manchmal drang durch die Tür ein Gemurmel, als betreibe er dahinter eine Alchemistenküche. Die dicke Köchin bekreuzigte sich demonstrativ, wenn sie auf dem Flur vorbeiging. Giancarlo Bellapianta dagegen schien sich vor allem daran zu stören, dass Batuhan das Zimmer jedes Mal hinter sich abschloss, wenn er es verließ.

«Sie trauen mir wohl nicht», sagte er spitz.

«Sie schließen Ihre Werkstatt doch auch ab», erwiderte Batuhan ungerührt.

«Wusste ich's doch! Sie haben es probiert!»

Trotz der Nachrichten über den Vormarsch der Franzosen, die fast täglich bei uns eintrafen, trotz der fiebrigen Betriebsamkeit im ganzen Land und trotz der Sorge um den Ausgang des Feldzugs und die Verwerfungen, die ihm möglicherweise folgen würden, ging das Leben bei uns weiter wie bisher.

Ich zeichnete die komplette Sammlung mit den ausgestopften Tieren ab. «Langweilig», kommentierte Laura. Also begann ich wieder zu kombinieren wie in den ersten Monaten nach meiner Genesung: Der Luchs bekam eine Echsenhaut, das Eichhörnchen einen Löwenkopf, eine Eule das Gesicht des französischen Königs und ein Murmeltier das der dicken Köchin. Wir alberten viel herum. Als ich den Zwillingen zähnefletschende Krokodilsköpfe aufsetzte, spielte sie die Empörte, griff zum Kohlestift und malte einen krummbeinigen Knilch mit Eselsohren. «Das bist du», sagte sie.

Ottaviano und Costanzo begannen zu krabbeln und zogen sich an allen Möbeln hoch. Ausgerechnet Bernardino Bellapianta war es, der bei Ottaviano den ersten Zahn entdeckte.

Im Nachhinein kommt es mir vor, als wäre die Unbeschwertheit dieses Herbstes eine Fassade gewesen, hinter der wir uns versteckten, um die herannahende Katastrophe nicht sehen zu müssen. Der Palast gegenüber von San Giorgio al Pozzo Bianco erschien uns wie eine Festung, stark genug, den herannahenden Stürmen standzuhalten. Dabei hatten die Würmer längst begonnen, im Gebälk zu nagen.

Wir waren so sehr mit uns selbst beschäftigt, dass mir die Frage nicht in den Sinn kam, die Paolo mir eines Tages fast beiläufig stellte.

«Kann es sein, dass unser Freund Batuhan etwas darüber

weiß, was Mustafa Efendi hier zu suchen hatte?», fragte er unvermittelt, während wir uns auf dem Brunnenrand den Hintern abfroren.

Mit einem Schlag wurde mir wieder klar, wie lange ich nicht an unsere offenen Fragen gedacht hatte. Mehr als ein Jahr war vergangen, seit wir genau hier zum ersten Mal darüber gesprochen hatten, und es kam mir vor wie ein ganzes Leben. Und dennoch sah ich Mustafa Efendi wieder vor mir: lebendig, wie er an mir vorbeigeritten war und vom Pferd aus dem Bettler eine Münze zugeworfen hatte; tot, wie er aus dem Bauch des Schiffes im Festsaal gefallen war. Seine Nase, groß und gebogen wie ein Papageienschnabel. Sein dichter schwarzer Bart. Und plötzlich fragte ich mich, wo man ihn eigentlich bestattet hatte, als wäre das noch von Bedeutung.

«Denk mal nach», setzte Paolo nach. «Er ist als Sonderbotschafter des Sultans unterwegs. Vielleicht hat er selbst so eine Ampulle dabei.»

Wir blickten uns an. Und ich spürte, dass wir beide mit einem Mal das Gleiche dachten.

«Batuhan will zu Cem», sagte Paolo und hob einen Zeigefinger. «Um sich davon zu überzeugen, dass Cem wohlauf ist. Im Auftrag des Sultans, dem der Tod seines Bruders dreihunderttausend Dukaten wert ist. Ein Schelm, wer Böses dabei denkt.»

Ich starrte ihn mit offenem Mund an.

«Und du sollst ihn begleiten.»

«Ich weiß nicht», wiegelte ich ab. «Vielleicht hat er das in Asti einfach nur so gesagt.»

Paolo zog eine Augenbraue hoch. «Jemand wie Batuhan sagt nichts einfach nur so.»

Er behielt recht. Als sicher war, dass der Einzug des Königs in Rom nicht auf sich warten lassen würde, kündigte Batuhan seinen Aufbruch an. Und eines Abends, es war kurz nach Weihnachten, ließ Bernardino Bellapianta mich in sein Arbeitszimmer rufen.

Als ich eintrat, saßen er und Batuhan am Tisch bei einer Karaffe mit Wein. Auf der Tischplatte lagen meine Zeichnungen ausgebreitet. Im ersten Augenblick fühlte ich mich übergangen, als ob sie in meiner Abwesenheit meine Eignung geprüft und über mich verhandelt hätten. Doch als ich ihre anerkennenden Blicke sah, fühlte ich mich geschmeichelt.

«Das sind die besten Zeichnungen, die ich jemals gesehen habe», sagte Batuhan.

«Was nicht viel heißen will», fiel Bernardino Bellapianta ihm hinterhältig lächelnd in den Rücken. «Seit Bajazid das Bilderverbot wieder durchsetzen lässt, bekommt ihr ja nichts mehr zu sehen, weil das angeblich euren Gott beleidigt. Je besser ein Porträt, desto anmaßender die Eitelkeit dessen, der sich darin darstellen lässt. Aber den Propheten darf man erst recht nicht zeichnen, denn sonst ist der auch noch beleidigt. Was man auch tut, irgendeiner ist immer beleidigt. Gebe ich das so richtig wieder?»

Batuhan lächelte. «Ich weiß nicht, was schlimmer ist: ein Gott, der immer beleidigt ist, oder einer, der noch nicht einmal dann beleidigt ist, wenn man seinen Sohn ans Kreuz nagelt.»

«Schön haben Sie das gesagt. Wie auch immer, es dürfte ohnehin das letzte Porträt von unserem Freund Cem sein. Hoffen wir, dass es ein Meisterwerk wird und nicht so ein Geschmiere wie das Bild, das der Sultan kürzlich an Francesco Gonzaga schicken ließ, damit seine Schergen wissen, wen sie umbringen sollen. Da schauen Sie, was? Ja, ich weiß davon. Wer immer Cem ans Leder will, er sollte sich beeilen. Gonzaga braucht auch Geld.»

«Wie meinen Sie das?»

Bernardino Bellapianta lachte laut auf. «Nun aber. Ihr Sultan will es zu Ende bringen, das pfeifen doch die Spatzen von allen Dächern. Er ist bereit, dreihunderttausend Dukaten dafür zu zahlen. Es wird sich jemand finden, der die Arbeit erledigt.» Er lächelte Batuhan zu. «Überlegen Sie doch mal», hauchte er verschwörerisch. «So viel Geld.»

«Ach, dieser Brief», sagte Batuhan. «Meiner Ansicht nach ist der eine Fälschung.»

«Das spielt überhaupt keine Rolle», gab Bernardino Bellapianta zurück. «Sobald jemand ihm seinen Bruder vom Hals schafft, wird Bajazid bezahlen. Kämen Sie nicht in Versuchung, wenn Sie die Gelegenheit hätten? Wenn Sie, sagen wir, Sondergesandter wären?» Er zog eine Augenbraue hoch, legte den Kopf schief und sah Batuhan mit einem Lächeln an, das diabolisch und unschuldig zugleich schillerte. «Huch», sagte er nach einer Pause.

Batuhan hielt seinem Blick stand und lächelte ebenfalls, vielleicht eine Spur kühler als zuvor. «Sagen Sie mir doch mal, wie ich das machen sollte.»

«Oh, ich meinte ja gar nicht, dass Sie es machen sollen. Ich meinte, dass irgendjemand es machen wird. Ich garantiere Ihnen, dass Cem in spätestens zwei Monaten nicht mehr am Leben sein wird.»

Batuhan sah ihn an wie ein Spieler, der eine abenteuerlich hohe Summe setzt. «Fassen wir es zusammen. Ich glaube, es ist unmöglich, ihn zu ermorden. Sie glauben, es ist unmöglich, ihn zu befreien.»

«Völlig unmöglich.»

«Das, mein Freund, ist es eben nicht.» Bernardino Bellapianta nickte, als sei damit etwas besiegelt. «Und Sie wollen Pandolfo also wirklich mitnehmen?

«Wenn er einverstanden ist.»

Beide blickten auf mich. Ich nickte.

«Bringen Sie ihn mir heil zurück», sagte Bernardino Bellapianta.

37

In den folgenden Tagen bereiteten wir uns auf unsere Abreise vor. Genauer gesagt, bereitete ich recht wenig vor, sondern überließ die Einzelheiten Batuhan, der genau zu wissen schien, was er tat, ohne dass ich viel davon mitbekam. Er schickte Boten los und bekam Nachrichten, das war eigentlich alles.

Bernardino Bellapianta fasste täglich die Meldungen zusammen, die aus dem Süden kamen. König Karl war inzwischen nach Bracciano gezogen, einen Tagesmarsch von Rom entfernt, und hatte dort sein Lager aufgeschlagen. Damit war klar, dass auch wir bald aufbrechen mussten.

Ich begann tatsächlich, mich auf die Reise zu freuen. Es war das erste Mal, dass ich Mailand und seine engere Umgebung verließ – jedenfalls das erste Mal, seit Bernardino Bellapianta mich halb tot aufgefunden hatte, und vielleicht tatsächlich auch das erste Mal in meinem ganzen Leben. Und merkwürdigerweise gewann dieser Unterschied angesichts der bevorstehenden Abreise eine Bedeutung.

Ich fragte mich nun doch wieder, wie mein Leben vor meinem Gedächtnisverlust eigentlich ausgesehen hatte. Und ich dachte darüber nach, warum ich mir diese Frage überhaupt stellte. Hatte die aufregende Aussicht darauf, in naher Zukunft eine ganz neue Welt zu sehen, meine Neugier auch im Hinblick auf die Welt meiner Vergangenheit geweckt? Hatte die uneingestandene Erkenntnis, dass mein

Leben mit Laura und den Kindern berechenbarer und damit auch eintöniger geworden war, mich so unvorsichtig gemacht, dass ich es wagte, diese Sicherheit aufs Spiel zu setzen, indem ich zwischenzeitlich verdrängte Fragen wieder stellte? Oder war es umgekehrt: Hatte ich insgeheim Angst vor der Ungewissheit der Zukunft und suchte Gewissheit in einer Vergangenheit ohne Rätsel? Ich weiß es bis heute nicht.

Ich versuchte, Laura gegenüber diese Gedanken zu verheimlichen. Aber natürlich erriet sie sie doch und wurde zusehends ungehaltener darüber. Meine aufkeimende Begeisterung teilte sie kein bisschen, sondern deutete sie als nachlassendes Interesse an ihr und den Kindern. Wahrscheinlich weckte mein bevorstehender Aufbruch in ihr ungute Erinnerungen. Ich merkte es an ihren wiederholten Fragen nach unserem Abreisetermin, den sie genau kannte; ich merkte es an gereizten Sticheleien gegen Batuhan; ich merkte es an schnippischen Bemerkungen über die angebliche Vernachlässigung meiner anderen Aufgaben; ich merkte es an ihrem Blick, der immer missbilligender wurde, je näher der Aufbruch rückte. Ich versuchte, einem offenen Streit vor dem Abschied aus dem Weg zu gehen. Doch am Abend vor unserer Abreise kam es doch dazu. Bernardino Bellapianta war am Vortag wegen dringender geschäftlicher Angelegenheiten nach Genua gereist und hatte sich schon verabschiedet.

Die Kinder schliefen. Laura und ich saßen noch beim Essen. Bei einem belanglosen Gespräch war die Rede auf Bernardino Bellapianta gekommen, der mir vor seinem Aufbruch mitgeteilt hatte, dass er uns für die Fahrt nach Rom seinen besten Reisewagen bereitgestellt hatte. Wahrscheinlich hatte ich das Laura gegenüber nur erwähnt, um seine Fürsorglichkeit herauszustreichen. Denn ihre Ungehaltenheit, das hatte ich in den vergangenen Tagen gespürt, richtete sich inzwischen auch gegen Bernardino Bellapianta, den sie offenbar zum Kreis derer rechnete, die ein Komplott schmiedeten, um mich ihr wegzunehmen.

«Da kann er sich ja freuen, dein Bernardino Bellapianta», giftete sie. «Du machst wieder mal genau das, was er will.»

Ich spürte, wie ihr Zorn auf mich übersprang. «Was soll das denn heißen?»

«Was gibt's da denn nicht zu verstehen?», fauchte sie. «Du machst, was er will, wie immer. Er will, dass du für ihn arbeitest, also arbeitest du für ihn. Er will, dass wir hier bei ihm wohnen, also wohnen wir hier bei ihm. Und er will, dass du mit diesem Batuhan nach Rom fährst, also fährst du mit diesem Batuhan nach Rom. Und den passenden Wagen sucht er auch gleich für dich aus. Das soll es heißen.»

Man wird verstehen, dass ich diese Vorwürfe als tiefe Ungerechtigkeit empfand.

«Er hat mir das Leben gerettet!», rief ich. «Ohne ihn wäre ich gestorben!»

Meine letzte Bemerkung brachte sie zur Explosion. Sie sprang auf und schrie: «Vielleicht wärst du ohne ihn ja gar nicht auf der Piazza Verzaro gelandet! Ist dir mal der Gedanke gekommen, dass du möglicherweise nicht alles weißt? Dass er vielleicht an der ganzen Scheiße schuld ist?»

Dieser Satz traf mich wie ein Keulenschlag.

«Wie meinst du das?», fragte ich drohend.

Sie merkte, dass sie zu weit gegangen war. Erschrocken blickte sie mich an. Aber es war gesagt. «Frag nicht», sagte sie patzig. «Vergiss es.»

«Sag es!», herrschte ich sie an.

Laura sackte zusammen. Es war deutlich zu spüren, dass sie am liebsten alles zurückgenommen hätte, aber es war zu spät.

«Das willst du nicht wissen», sagte sie matt. Damit war jeder Rückzugsweg verbaut. Sie wusste etwas.

«Sag es!», schrie ich noch einmal und schlug mit der Faust auf den Tisch. Ich erkannte mich selbst kaum wieder.

Sie sah zu mir auf. Aus ihrem Blick sprach die nackte Verzweiflung. Sie holte Luft, setzte an und sank noch weiter in sich zusammen. Unterdrückte die Tränen. Sprach schließlich weiter, sichtlich bemüht um sachliche Worte.

«Weißt du noch, wie ich dir sagte, dass du mit jemandem eine Rechnung offen hattest? Du hattest einen Namen genannt. Ich hatte ihn vergessen. Aber als ich mit den Zwillingen in das Haus der Schwestern kam, fiel er mir wieder ein.»

Erneut hatte ich das Gefühl, dass mein Herz nach unten sackte wie an jenem Nachmittag auf dem Brunnenrand, als Salvo den Mann von meiner Zeichnung gefunden hatte.

«Bernardino Bellapianta», flüsterte ich.

«Genau.»

Lange Zeit sagte keiner von uns etwas. Es war fast, als hätte ich ein zweites Mal meine Erinnerungen verloren, so verwirrt war ich. Lauras Worte hallten in meinem Schädel nach wie der letzte Orgelklang in einer finsteren Kirche.

Eine ganz schlimme Geschichte, hatte Laura bei unserer ersten Begegnung gesagt. Und jetzt sollte diese ganz schlimme Geschichte auf einmal mit dem Namen von Bernardino Bellapianta verbunden sein.

«Warum hast du mir das nicht gesagt?», fragte ich tonlos.

Laura zuckte mit den Schultern. «Du hattest niemanden außer ihm. Du lebtest in seinem Haus. Ich lebte in seinem

Haus. Und jetzt leben wir beide zusammen in seinem Haus.»

Meine Wut wich einer bodenlosen Traurigkeit. Wortlos drehte ich mich um und ging ins Bett. Kurz darauf hörte ich, wie sie nachkam, dann begannen plötzlich die Zwillinge zu schreien, und ihre Schritte entfernten sich wieder.

Die Nacht verbrachte ich damit, mich dem unberechenbaren Sturm aus Verzweiflung, Wut und Hoffnung hinzugeben, der in mir tobte. Die Verzweiflung fragte, welche weiteren unerwünschten Offenbarungen wohl auf mich warten mochten, um das neue Leben, in dem ich mich gerade zurechtzufinden begonnen hatte, wieder zu zerstören. Die Wut donnerte mich an, warum ich mich überhaupt auf diesen Wortwechsel eingelassen hatte. Und die Hoffnung flüsterte mir ein, dass Laura die Namen der Stifter mit der falschen Erinnerung verbunden haben musste – schließlich war sie schwermütig, übermüdet und unzurechnungsfähig gewesen, als sie mit den beiden Neugeborenen ins Haus der frommen Schwestern gekommen war. Ja, ich hatte Bernardino Bellapianta vielleicht einmal ihr gegenüber erwähnt, aber als Opfer des geplanten Einbruchs und nicht als denjenigen, mit dem ich eine Rechnung offen hatte. Überhaupt: Warum hatte er mein Leben gerettet, wenn er etwas zu verbergen hatte? Warum hatte er mich aus dem Gemüsehaufen gezogen und gesundgepflegt, wenn er die Schuld an etwas trug, was mir zugestoßen war? Oder hatte er es gerade deshalb getan? War er es, der bei mir etwas gutzumachen hatte, und nicht ich bei ihm? Was war bloß vorgefallen?

Während ich das Wechselbad aus Verzweiflung, Wut und Hoffnung über mich ergehen ließ, graute der Morgen. Laura schlief noch. Ich verließ das Haus von Bertrada Facchinetti und trat in den Innenhof. Niemand war zu sehen. Der Palast kam mir hohl vor, wie entkernt ohne seinen Besitzer, als warte er darauf, dass ich meine Sachen nahm und verschwand.

38

Laura hatte mich beim Abschied lautlos weinend in die Arme genommen.

«Komm diesmal zurück», sagte sie nur.

Wenige Stunden später saß ich mit Batuhan in einem Wagen, der uns wie im Flug in südöstlicher Richtung vorantrug.

Batuhan merkte natürlich, dass mich etwas bedrückte, aber er sagte nichts. Seine Gelassenheit war auf merkwürdige Weise ansteckend. Wie er dasaß, an die Seitenwand des Wagens gelehnt, gleichmütig und ein wenig schläfrig aus dem Fenster blickend, den Fuß auf einer Reisekiste, schien es auf dieser Welt keine Schwierigkeiten zu geben, die sich nicht mit ein paar lässigen Handgriffen beseitigen ließen. Und mit jeder Meile, die wir uns in der strahlenden Morgensonne von Mailand entfernten, ließ meine Verzweiflung nach. Nicht dass mir nicht klar gewesen wäre, wie gravierend der Verdacht war, den Laura gegen Bernardino Bellapianta geäußert hatte. Ich redete mir aber ein, dass die Sache sich aufklären ließ und am Ende auf einem Irrtum beruhte.

Natürlich kamen wir schon bald ins Gespräch. Batuhan erwies sich als vielseitiger und unterhaltsamer Reisegefährte. Er erzählte von den verschiedenen Techniken des Kanonengießens und der Abrichtung von Jagdfalken, von mongolischen Pferden, indischen Gewürzen, persischer Buchmalerei, arabischer Navigationskunst und der Beschaffenheit von Himmel und Erde. Er befragte mich über meine Ansichten zu diesem und jenem und gab mir dabei niemals das Gefühl, mich in Verlegenheit bringen zu wollen. Ich fasste Vertrauen zu ihm, beinahe gegen meinen Willen, denn ich hörte nicht auf, mir Gedanken darüber zu machen, was er wohl im Schilde führen mochte, und eine innere Stimme riet mir zur Zurückhaltung. Wieder und wieder dachte ich an das Gespräch in Bernardino Bellapiantas Arbeitszimmer und dessen Anspielungen auf Batuhans möglichen Auftrag in Rom.

Der Winter war so mild, dass wir auf der ganzen Fahrt durch die Ebene keinen Schnee zu Gesicht bekamen. Schnurgerade führte die Straße über Piacenza, Parma, Reggio und Modena nach Bologna. Wir mieden die Städte und stiegen in kleinen Herbergen abseits der Straße ab.

Als ich ihm eines Abends beim Essen in einer muffigen Gaststube von dem Fest für den spanischen Botschafter erzählte, fiel mir Mustafa Efendi wieder ein. Ich berichtete, wie der Tote aus dem Schiffsbauch gefallen war. Batuhan ließ mit keinem Zucken der Augenbrauen erkennen, dass er von der Geschichte wusste.

«Mustafa Efendi», sagte Batuhan. «Schau an.»

«Sie kannten ihn?», fragte ich möglichst unbedarft.

«Kennen ist zu viel gesagt», wiegelte Batuhan ab. «Von dieser Sorte gab es so einige.»

Dann wurde das Essen aufgetragen, und er wechselte elegant das Thema.

Weiter ging es durch die winterliche Toskana. Olivenplantagen und Weinberge unter hingehauchten, glitzernden Schneedecken zogen vorbei. Auf schlanken, geschwungenen Brücken überquerten wir rauschende Bäche. Zweimal am Tag wechselten wir die Pferde, deren Atemwolken im Takt des Hufschlags in die Luft entwichen und verflogen.

Wir ließen Florenz und Arezzo hinter uns. Das Land öffnete sich. Kleine Orte saßen links und rechts der Straße hinter Bruchsteinmauern auf Felsspornen wie Kappen. Hier und da sahen wir die Spuren des französischen Vormarsches: zerschossene Stadtmauern und verbrannte Dörfer. In den Herbergen fluchten die Leute, wenn der Name des Königs fiel.

«Die Türken hätten es nicht schlimmer treiben können», sagte ein Wirt.

«Sie kennen die Türken nicht», erwiderte Batuhan lächelnd.

Während wir durch das Land eilten, fingen wir die Nachrichten von den Ereignissen in Rom ein wie Bälle, die uns durch die Luft zugeworfen wurden. Kurz nach Weihnachten hatte Alexander in der Sixtinischen Kapelle ein Konsistorium einberufen und den Kardinälen eröffnet, dass er die Franzosen in die Stadt lassen werde. Man hatte sich auf das Fest der Beschneidung des Herrn als Termin für den Einzug geeinigt, doch die Astrologen hatten Karl geraten, schon am Tag zuvor die Pferde satteln zu lassen. Letztlich war es nur eine weitere Machtdemonstration gewesen, die Alexander zeigen sollte, dass er nichts mehr zu entscheiden hatte. In der Nacht nach dem Tag des heiligen Silvester war der König in Rom eingeritten und hatte Quartier im Palast von San Marco genommen.

Eine Woche später hatten wir ihn eingeholt. An einem viel zu warmen Januarnachmittag rollten wir nach einer rumpeligen Fahrt auf einer an beiden Seiten von den Überresten antiker Grabmonumente gesäumten Straße, deren Pflaster voller Schlammlöcher war, in der einbrechenden Dunkelheit durch die Porta Flaminia. Schlechtgelaunte Wachen kontrollierten nachlässig den Wagen und das Gepäck.

Rom empfing uns mit Nieselregen. Durch das Wagenfenster sah ich eine merkwürdige Mischung aus Gegenwart und Vergangenheit: verfallende Monumentalbauten, wieder und wieder geflickt mit dem, was offenbar gerade zur Hand gewesen war, Bretterwände zwischen Marmorsäulen, Arkaden mit schlampig eingezogenen Zwischendecken, mit Klee bewachsene Schutthalden, aus denen sich Türme erhoben, die zunächst unbewohnt schienen, in deren Fenstern aber schwache Lichter glommen. Dahinter weit ausgreifende Gemüsegärten, aus denen Ziegelruinen aufragten, dann wieder dichte Reihen windschiefer Häuschen, die von wuchtigen Palästen und vor allem von Kirchen und immer wieder Kirchen unterbrochen wurden. Wir passierten eine gewaltige Säule, an der sich ein Reliefband emporschraubte, dann ein planloses Gewirr von Häusern, zwischen denen ein dreistöckiges Amphitheater aus verwitterten Blöcken mit zugemauerten Bögen thronte. Auf der obersten Etage klammerten sich Häuser aneinander wie Schiffbrüchige auf einem unförmigen Wrackteil, als hätten sie sich dorthin zurückgezogen, um von dem Gewucher weiter unten nicht behelligt zu werden.

Schließlich hielten wir vor einem Haus, dessen rotbrauner Putz matt im Licht der aus der Fassade ragenden Fackeln glänzte. Wir stiegen aus und gingen hinein.

Ein fetter, schlechtgelaunter Kerl mit Lederschürze empfing uns mit einem genuschelten Wortschwall, der wie eine Wollkordel voller Knoten aus seinem Mund fiel. Ich dachte an Paolo und das, was er mir über die Sprache der Römer erzählt hatte. Der Dicke wies uns unsere Zimmer zu und pfiff einen breitbeinig daherstapfenden Jungen heran, der das Gepäck hinauftrug. Todmüde verabredeten wir uns vor meinem Zimmer für den nächsten Tag.

Kaum hatte sich die Tür hinter mir geschlossen, da fielen mir schon die Augen zu. Ich schleppte mich zum Bett, ließ mich in die frischen Kissen sinken und schlief ein.

Am nächsten Morgen hatte Batuhan die Herberge schon verlassen. Offenbar hatte er Dinge zu erledigen, bei denen er mich nicht gebrauchen konnte.

Unsere Unterkunft lag in einem dichtbevölkerten Viertel, einen Steinwurf vom Fluss entfernt. Als ich vor die Tür trat, schlug mir eine klare Kälte entgegen. Die ersten Strahlen der Sonne schnitten durch den Morgen und meißelten scharfe Konturen aus den Fassaden. Einige Häuser waren mit Reliefs gespickt, die man anscheinend wahllos in die meist rotbraun verputzten Fassaden eingefügt hatte: Steinerne Löwen und Greife drängelten sich zwischen Fensternischen und Türstürzen aus verkehrt herum eingesetzten Architraven, alles war irgendwie zusammengestückelt und notdürftig eingepasst, ohne dass sich jemand daran zu stören schien. Madonnenbilder unter kleinen Baldachinen zierten die Hausecken. Durch geöffnete Fensterläden sah ich bemalte Balken und Decken, hier und da plätscherten Brunnen vor sich hin. Ladenbesitzer klemmten ihre Türen fest und warfen den Lieferanten in ihrem Wollkordeldialekt derbe Beleidigungen entgegen, während diese Fässer, Säcke und Bündel von den Wagen wuchteten und dabei fluchten, als würden sie vom Teufel dafür bezahlt. Alles war ungenierter und lässiger, als ich es von Mailand her kannte, leichtfüßig in seiner einfallsreichen Grobheit, als hätte die Allgegenwart von Sterben und Wiederauferstehen, die sich in den Gebäuden manifestierte, den Bewohnern jeden Respekt vor der Erhabenheit dieses Ortes ausgetrieben.

Vielleicht ist es auch der Fluss, der der Stadt diese merkwürdige Frische verleiht, dachte ich, während ich am Ufer des Tiber entlangwanderte, wo Frauen schon am frühen Morgen zwischen schwimmenden Mühlen ihre Bottiche und Zuber ausspülten. Päpste, Kaiser und Könige waren gekommen und gegangen wie das Wasser, das hinter der Insel, die wie ein Schiff im Strom lag, durch eine Staustufe rauschte, Blasen schlug und davonströmte. Zum ersten Mal konnte ich mich an einem völlig fremden Ort treiben lassen, ohne auf Schritt und Tritt damit rechnen zu müssen, dass unwillkommene Erinnerungen in mir aufstiegen. Wie Batuhan gesagt hatte: Erinnerungen sind nur hinderlich. Hier konnte mir niemand etwas anhaben.

Mailand schien unendlich weit weg. Und dennoch vermisste ich die Zwillinge, ihr Gebrabbel und ihre kleinen Hände, die nach meinen Fingern griffen. Und, ja, ich vermisste auch Laura, ihre Unverblümtheit, ihre Ehrlichkeit, ihre Ausgelassenheit, die hintergründige Klugheit ihrer derben Späße, ihre Hingabe, ihre Verspieltheit, die plötzlich in fordernde Begierde umschlagen konnte, und ihren Körper, den ich in manchen Momenten deutlicher vor mir sah, als mir lieb war.

Ich wanderte zwischen den Überresten von Tempeln dahin, zwischen deren Säulen sich Schreinereien und Färbereien mit der größten Selbstverständlichkeit eingenistet hatten wie Vögel in hohlen Bäumen. Ich hörte das Geläute und Gebimmel aus Hunderten von Glocken, das von den Dächern perlte. Ich sah Priester, die mit wehenden Gewändern dahineilten, schwatzende Mönche, Wirte, die mit vor der Brust verschränkten Armen vor ihren Gasthäusern standen, und eingeschüchtert umherhuschende Pilger, an deren Taschen die Blicke der Straßenjungen hafteten.

Und ich sah die Soldaten, die im Gefolge des Königs in die Stadt gekommen waren: Gascogner, Picarden, Normannen, Schotten, Deutsche und Schweizer, erkennbar schon daran, dass die Gespräche verstummten, wenn sie nur um die Ecke bogen. Wie Bienen umschwärmten sie den Palast von San Marco, der sich unweit unserer Unterkunft aus dem Häusermeer erhob wie eine Festung. Und als wären die dunkelroten Mauern nicht genug, war ein Heer von Arbeitern damit beschäftigt, die Häuser in der unmittelbaren Umgebung des Palastes abzureißen, um freies Schussfeld zu schaffen für die Kanonen, deren Mündungen unheilvoll hinter den Fenstern der oberen Stockwerke zu erahnen waren. Krachend barsten die Balken, polternd stürzten die Mauern ein und ließen Staubwolken aufwallen, während Soldaten die Schaulustigen auf Abstand hielten. Ab und zu passierten Boten die Absperrketten und verschwanden im Eingang. Irgendwo hinter diesen Fenstern saß der französische König und wartete darauf, dass seine Botschafter den Papst weichgeklopft hatten, der am anderen Ufer des Flusses in der Engelsburg um seine Tiara bangte.

Doch so erstaunlich es in der Rückschau klingen mag: Die Tragweite der Ereignisse, deren Zeuge ich wurde, war mir damals nicht bewusst. Überwältigt von den Eindrücken der Stadt, wanderte ich in den folgenden Tagen mit Papier und Kohle umher und zeichnete, wahllos Bedeutendes und Unbedeutendes vermischend. Ich zeichnete das gewaltige Amphitheater und die Katze, die sich auf einem umgestürzten Pfeiler in der Sonne rekelte. Ich zeichnete einen zu einem Brunnenbecken umfunktionierten Sarkophag und die erboste Marktfrau, die mit ihrem Kunden über den Preis für einen Bund Möhren stritt. Ich zeichnete die Säulen eines Tempels, die auf einer langgestreckten Wiese aus der Erde ragten, während eine Rinderherde träge das Gras um sie herum abfraß. Und natürlich trat irgendwann jemand von hinten an mich heran.

Diesmal war es ein Mann mittleren Alters. Er war schwarz gekleidet; braune Locken quollen unter seinem Barett hervor und fielen ihm auf die Schultern. Er sah aus wie jemand, der von Natur aus schlecht gelaunt war.

«Zu lang», sagte er und wies nachlässig auf die graue Kontur, mit der ich den Schatten einer Säule angedeutet hatte, der auf das Gras fiel. Auf seinem Finger klebten blaue Farbreste.

Tatsächlich war der Schatten ein wenig zu lang geraten. Ich korrigierte den Fehler.

«Besser», sagte er.

Ich zeichnete weiter. Er blieb beharrlich bei mir stehen, und irgendwann kamen wir ins Gespräch. Er erklärte mir, es handele sich um den Tempel des Saturn, wies mich auf die Inschrift hin und übersetzte mir ihre Bedeutung. Ich stellte mich vor.

«Angenehm. Bernardino Pinturicchio.»

Ich nickte und zeichnete weiter. Er schien auf etwas zu warten.

Nachdem er eine ganze Weile lang nichts gesagt hatte, fühlte ich mich verpflichtet, die Unterhaltung fortzuführen.

«Zeichnen Sie denn auch?»

Meine Frage schien ihn sehr zu erheitern. Er begann leise zu lachen. «Gelegentlich», sagte er. Und nach einer kurzen Pause, wie zu sich selbst: «Gelegentlich.»

Wieder verging eine kurze Zeit, in der das Kratzen der Kohle auf dem Papier das einzige Geräusch war.

«Was machst du in Rom?», fragte er.

Da er ernsthaft an einer Antwort interessiert zu sein schien, erzählte ich ihm schließlich von meinem Auftrag, allerdings ohne Batuhans Namen zu nennen. Zugegeben, wahrscheinlich gefiel es mir auch, mich angesichts seiner Überheblichkeit selbst ein wenig wichtigzumachen.

«Cem?», fragte er. «Na, dann sieh mal zu, dass du nicht zu spät kommst.»

«Warum?»

«Du scheinst ja gar nichts mitzukriegen. So, wie es aussieht, werden die Franzosen ihn übernehmen. Und in deren Obhut wird er nicht alt.»

Ich kopierte mit zusammengekniffenen Augen die Inschrift auf dem Architrav. Als ich wieder aufblickte, hatte Bernardino Pinturicchio sich abgewandt und ging über die Wiese davon.

Am selben Abend erschien Batuhan in meinem Zimmer und eröffnete mir, dass er für den nächsten Tag eine Audienz bei Cem bekommen habe.

«Halt dich im Hintergrund und lass mich reden», sagte er nur.

In der Nacht träumte ich von einer Baustelle. Ein Tempel wurde erbaut. Arbeiter schleppten Ziegel hin und her, andere hoben eine Grube aus. Zimmerleute waren dabei, ein Gerüst hochzuziehen. Eine behäbige Säge verrichtete in der Ferne ihre monotone Arbeit. Ein Hammer klopfte. Klopfte schnell. Klopfte fordernd. Klopfte ungehalten.

Ich schlug die Augen auf und brauchte eine Weile, um mir ins Gedächtnis zu rufen, wo ich war.

Der Hammer klopfte weiter. Er klang wie ein Fingerknöchel auf Holz.

«Mach auf», zischte es von draußen. Jemand stand auf dem Gang.

Ich stemmte mich aus dem Bett und trottete zur Tür. Batuhan, dachte ich. Er hat noch etwas vergessen.

Aber es war nicht Batuhan, und wenn ich hätte raten sollen, dann hätte ich wohl eher den Papst persönlich dort auf dem Gang vermutet, den Erzengel Gabriel oder den Ziegenfüßigen im Schwefeldampf, als dass ich darauf gekommen wäre, wer es wirklich war.

Ich öffnete also verschlafen die Tür.

Vor mir stand Giancarlo Bellapianta.

39

Zugegeben, es ist schon ein bisschen unbarmherzig, Pandolfo ausgerechnet in diesem Augenblick der größten Verblüffung einfach so zu unterbrechen. Aber genau in dem Moment, in dem es in Rom an die Tür seines Zimmers klopfte, wirklich auf die Sekunde genau im selben Moment, da klopfte es in Mailand an die Tür des Arbeitszimmers von Bernardino Bellapianta, der wieder einmal bis spät in die Nacht über seinen Abrechnungen saß. Und da er sich gerade ärgerte, weil Ludovico Visconti aus irgendeinem Grund die letzten beiden Raten für seinen Kredit nicht mehr bezahlt hatte, kam die Nachricht, die der eintretende Bote Bernardino Bellapianta überreichte, gerade recht, um seine Laune wieder zu heben.

Bernardino Bellapianta erbrach das Siegel des Briefes und überflog den Inhalt, der besagte, dass Benedetto den auf ihn angesetzten Verfolgern endlich ins Netz gegangen war. Und um diesem unglaublichen Zufall die gebührende Ehre zu erweisen, soll hier kurz geschildert werden, wie es dazu gekommen war und was anschließend passierte.

Benedetto war nach seiner überstürzten Flucht durch die Hintertür über die Gasse gehastet, die beiden schweren Taschen mit dem Geld rechts und links unter die Arme geklemmt. Er blickte sich nicht um, und das war auch nicht nötig, denn seine Verfolger hofften noch darauf, ihn im Haus aufzustöbern, und verloren wertvolle Zeit damit, alle Zimmer gründlich zu durchsuchen. So schaffte er es bis zu einer Herberge vor den Toren von Asti, und weil die Stadt wegen der vielen Besucher aus allen Nähten platzte, achtete niemand auf ihn. Er mietete noch am selben Abend einen Maultierkarren und machte sich auf den Weg aus der Stadt hinaus, vorbei an den Trosswagen der Franzosen, die nicht mehr eingelassen worden waren und die Straßen verstopften.

Unterwegs überlegte er, wohin er sich wenden konnte, und versuchte, sich in seine Verfolger hineinzuversetzen. Wo würde man ihn suchen? Wahrscheinlich noch eine Weile in Asti, dann in Savona, weil dort immer noch ein Haus auf ihn wartete. Mailand und Genua wären eigentlich groß genug gewesen, um unterzutauchen, andererseits wimmelte es dort von Bernardino Bellapiantas Freunden, Bekannten, Bediensteten und Geschäftspartnern. Einer spontanen Eingebung folgend, beschloss Benedetto, sich in Turin einzumieten und zu warten, bis Gras über die Sache gewachsen war. Er war ein geborener Wanderer, und neue Umgebungen schreckten ihn nicht.

Er fand eine Unterkunft und lebte von seinem mitgebrachten Geld. Um sich die Zeit zu vertreiben, entwarf er Kräne, Waagen, Mühlen und Webstühle, die er irgendwann irgendwem anbieten würde. Er hatte keine Eile. Nur eine Sache trieb ihn um: War es auf seinen früheren Fluchten die Geldgier gewesen, die ihn immer wieder dazu gebracht hatte, an die Orte seines Wirkens zurückzukehren, so ließ ihm diesmal die Lüsternheit keine Ruhe. Je kürzer die Tage wurden und je schwerer die Einsamkeit der Nächte auf ihm lastete, desto mehr sehnte er sich nach dem weichen Körper von Ginevra, die in Asti das Bett mit ihm geteilt hatte. Er suchte Zerstreuung in den Bordellen von Turin, trat aber jedes Mal, nachdem er sich Erleichterung verschafft hatte, mit einem Gefühl von bodenloser Leere auf die Straße zurück.

Nach vier Monaten hatte er sich so in seine Tagträume von Ginevras üppigen Rundungen und ihren kohleschwarzen Haaren hineingesteigert, dass er es nicht mehr aushielt. Sein Dasein kam ihm mittlerweile derart sinnlos vor, dass er jedes Risiko einzugehen bereit war, wenn er sie nur noch ein einziges Mal wiedersehen könnte. Er machte sich auf den Weg.

Mitten in der Nacht kam er in Asti an und klopfte bei ihr an wie ein Bittsteller. Hatte sie ihn vergessen? Hatte ein anderer seine Stelle eingenommen?

Als sie im Nachthemd vor ihm stand, konnte er sein Glück kaum fassen. Als hätte sie ihn schon am Klopfen erkannt, hatte sie geöffnet, ohne auch nur eine Frage durch die geschlossene Tür zu stellen. Nur wenige Augenblicke später stöhnte sie ihre Wiedersehensfreude so laut hinaus, dass die Nachbarn aus dem Schlaf fuhren. Einer erinnerte sich nicht nur an den Lärm, sondern auch an die Belohnung, die ihm vier Monate zuvor versprochen worden war, als zwei Kerle in der Nachbarschaft von Benedettos Unterkunft auf der Suche nach ihm an alle Türen geklopft hatten.

Sie erwischten ihn im Schlaf. Ginevra kreischte. Angesichts der Statur der Angreifer leistete Benedetto keine Gegenwehr. Sie schlugen ihn trotzdem windelweich, fesselten ihm die Hände auf dem Rücken, zogen ihm einen Leinenbeutel über den Kopf und warfen ihn sich über die Schulter. Benommen spürte er, dass sie ihn unter einem getuschelten Wortwechsel auf eine Ladefläche wälzten und irgendetwas zuklappten. Bald darauf setzte sich das Ganze, dem Schaukeln nach ein einachsiger Karren, in Bewegung.

Die Fahrt dauerte eine Nacht, einen Tag und noch eine Nacht, wie Benedetto am wechselnden Licht erkannte, das durch den Leinenstoff fiel. Zwischendurch hielten sie mehrmals an, um ihn essen, trinken und seine Notdurft verrichten zu lassen. Während der ganzen Fahrt fiel kein einziges Wort.

Als der Wagen zum sechsten oder siebten Mal hielt, wurde Benedetto unsanft von der Ladefläche gewuchtet. Seine Schultern schmerzten höllisch. Er war zu erschöpft, um auf Hinweise zu achten, die ihm Aufschluss über seinen Aufenthaltsort hätten geben können.

Man trug ihn in ein Gebäude, warf ihn auf ein Deckenlager, zerrte an seiner Handfessel herum und hakte irgendetwas ein, das nach einer Kette klang. Als man ihm den Beutel abzog, begriff Benedetto, wo er sich befand.

Der langgestreckte Raum wurde an den Längsseiten von Rollgestellen gesäumt, in die jeweils Dutzende von Regalböden eingehängt waren: das Winterquartier für die Eier der Seidenspinner. Er war in Vigevano. Als hätte Bernardino Bellapianta ihn als zusätzliche Demütigung an den Ort bringen lassen, an dem die Maschine stand, deren Baupläne er hatte verraten wollen. Wenn er genau hinhörte, glaubte er sogar, die Maschine draußen in ihrem Turm rattern zu hören. Aber das konnte nicht sein. Die Winterpause hatte längst begonnen.

Sie hatten seine Handfessel tatsächlich mit einer Kette an einem Ring in der Wand befestigt. So gut es ging, richtete Benedetto sich auf den Decken ein und überlegte fieberhaft, was Bernardino Bellapianta wissen konnte und was nicht. Hatte Pandolfo sich am Ende doch erinnert? Wohl kaum. Benedetto beschloss fürs Erste, gar nichts zuzugeben und stattdessen nach einer Möglichkeit zu suchen, Bernardino Bellapianta irgendeine Art von Tauschgeschäft vorzuschlagen. Aber was hatte er anzubieten? Während er noch darüber nachgrübelte, schlief er ein, trotz der schmerzenden Schultern.

Als er erwachte, saß Bernardino Bellapianta auf einem Schemel vor ihm. Sein Gesicht war im Gegenlicht aus den schmalen Fenstern dicht unter der Decke nur schwer zu erkennen. Aber natürlich war er es: massig, selbstherrlich in seiner Pose, nach irgendeinem Wässerchen duftend.

Sie blickten einander lange an. Bernardino Bellapianta zeigte keine Regung. Irgendwo hinter den dicken Mauern ratterte tatsächlich etwas.

Schließlich sagte Bernardino Bellapianta: «Können wir uns darauf einigen, das Geplänkel zu überspringen und direkt zur Sache zu kommen?»

Benedetto sagte nichts.

«Dann wollen wir mal», sagte Bernardino Bellapianta. «Du hast dich mit diesem Gauner aus dem Färberviertel zusammengetan, um die Pläne der Maschine meines Bruders an unsere Konkurrenten zu verscherbeln. Richtig oder falsch?»

«Falsch», krächzte Benedetto mit trockener Kehle.

«Hör doch auf», sagte Bernardino Bellapianta voller Verachtung. «Wir sind längst im Bilde. Die Pläne sind aufgetaucht.»

«Was für Pläne? Ich kann nicht zeichnen, das weiß doch jeder.»

Bernardino Bellapianta verdrehte gereizt die Augen. «Du hast sie anfertigen lassen. Auch das wissen wir.»

«Ach ja? Von wem denn?», fragte Benedetto in einem herausfordernden Tonfall, den er im nächsten Augenblick schon wieder bereute. Es war besser, das ahnungslose Opfer zu spielen, als in seiner Lage noch aufzutrumpfen.

Von unten sah er, wie in Bernardino Bellapianta die Wut hochkochte. «Von Pandolfo!», sagte er scharf. «Von demselben Pandolfo, den du noch in derselben Nacht zu erschlagen versucht hast! Und den du ein paar Monate später von der Galerie geworfen hast! In meinem Haus!» Bernardino Bellapianta beugte sich auf seinem Schemel vor, bis sein Gesicht ganz dicht vor dem von Benedetto war. «Niemand vergreift sich ungestraft an jemandem, der in meinem Haus lebt», sagte er. Er sagte es leise und voller Hass, und Benedetto begann sich zu fragen, wo dieser Hass eigentlich herkam. Dieser Mann betrieb seine Geschäfte berechnend und rücksichtslos. Gefühlsausbrüche dieser Art hätten ihm eigentlich fremd sein müssen.

Bernardino Bellapianta schien Benedettos Gedanken zu erraten. Er erhob sich und schlenderte zu einem der Gestelle, scheinbar gelassen, aber Benedetto bemerkte, dass er zitterte. Und weil Benedetto sein Gespür für die Schwächen anderer Menschen selbst in einer Situation wie dieser nicht im Stich ließ, begriff er es: Bernardino Bellapianta hatte aus irgendeinem Grund einen Narren an diesem Pandolfo gefressen. Oder nicht aus irgendeinem, sondern aus einem ganz bestimmten Grund. Benedetto musste ein Grinsen unterdrücken. Stimmte es also doch, was hinter vorgehaltener Hand getuschelt wurde. Der kleine Hintern war es, an dem Bernardino Bellapianta Gefallen gefunden hatte. Und als er das begriffen zu haben glaubte, wurde Benedetto ganz ruhig.

Bernardino Bellapianta hatte sich offenbar wieder im Griff und kehrte zurück zu seinem Schemel, setzte sich aber nicht, sondern stellte einen Fuß darauf.

«Überleg dir, ob du uns nicht vielleicht doch etwas zu erzählen hast. Denn wenn dir gar nichts einfällt, dann schicke ich jemanden vorbei, der dir ein bisschen auf die Sprünge hilft.»

«Vielleicht sollte Ihnen mal jemand auf die Sprünge helfen», sagte Benedetto höhnisch. Eigentlich war es ihm nur so herausgerutscht, aber es brachte ihn auf den richtigen Weg.

Bernardino Bellapiantas Augen verengten sich, immer noch voller Hass, in den sich nun aber eine Spur Überraschung darüber mischte, dass der Gefangene sich einen derart dreisten Ton herausnahm.

«Pandolfo», setzte Benedetto nach. «Der kleine Zeichner.»

Bernardino Bellapianta erstarrte. Und Benedetto begriff, dass er jetzt sofort in diese Lücke stoßen musste. «Der talentierte Sohn dieses Seidenwebers aus Assago», sagte er genüsslich und rutschte so weit vor, wie die Kette es erlaubte.

Bernardino Bellapianta wich zurück.

«Erzählen Sie mir nicht, Sie wissen das nicht mehr! Lässt Ihr Gedächtnis Sie jetzt auch schon im Stich? Oder haben Sie so viele Brandstiftungen in Auftrag gegeben, dass Sie die Übersicht verloren haben?»

Bernardino Bellapianta zitterte jetzt wieder. «Es sollte niemand zu Schaden kommen», flüsterte er. «Das hatte ich ausdrücklich gesagt.»

«Es ist aber jemand zu Schaden gekommen! Drei Menschen sind verbrannt. Und das hat Sie damals auch gar nicht interessiert. Das Einzige, was Sie interessiert hat, war, dass die Sache nicht mit Ihnen in Verbindung gebracht wird, und dafür habe ich gesorgt. Ein bisschen Dankbarkeit stünde Ihnen gut zu Gesicht!»

Bernardino Bellapianta rang um Fassung. «Drei Menschen», sagte er.

Benedetto konnte sehen, wie es in ihm arbeitete. «Drei verkohlte Leichen wurden gefunden», bestätigte er triumphierend und robbte ein Stück zurück, um die Hände nach vorn nehmen und mit den Fingern vorzählen zu können.

«Erstens der Seidenweber.» Er spreizte den rechten Daumen ab. «Zweitens seine schwerkranke Frau.» Der Zeigefinger schnellte in die Höhe. «Und drittens? Na?»

«Ich dachte …», setzte Bernardino Bellapianta an.

«Ja, Sie dachten!», schleuderte Benedetto ihm entgegen und streckte den Mittelfinger in die Höhe. «Drittens eine Ordensschwester, die gerade dabei war, die Frau zu versorgen! Aber die hat keiner so schnell vermisst!»

Bernardino Bellapianta presste die Lippen zusammen.

«Pandolfo hat überlebt», sagte Benedetto triumphierend und

lehnte sich zurück. «Er war gar nicht im Haus, als das Feuer ausbrach. Dabei wäre es mit Sicherheit besser für uns beide, wenn er mit verbrannt wäre. Auch wenn Sie das nicht hören wollen.»

Bernardino Bellapianta erhob sich wieder und begann, auf und ab zu gehen, und mit jedem Schritt schien er seine Selbstbeherrschung zurückzugewinnen. Benedetto begriff, dass er wieder klar genug dachte, um bereit für das Tauschgeschäft zu sein.

Bernardino Bellapianta blieb stehen und blickte auf Benedetto hinab. «Was genau ist damals passiert?», fragte er.

«Lassen Sie mich laufen, dann erzähle ich es Ihnen.»

Bernardino Bellapianta nickte bedächtig. «Du wirst nie wieder einen Fuß auf mailändischen Boden setzen», sagte er.

40

Ich war völlig überrumpelt. Giancarlo Bellapianta drückte sich an mir vorbei und schloss die Tür. Er wirkte aufgewühlt, fast verwirrt. Hastig blickte er sich im Zimmer um und ließ sich auf einen Schemel fallen.

«Wie sind Sie hergekommen?», fragte ich, als wäre das von Bedeutung.

«Als wäre das von Bedeutung», gab er ungehalten zurück. «Mit dem Wagen, wie sonst.» Er atmete ein paarmal durch, sein Buckel hob und senkte sich. «Kein Wort zu Batuhan», sagte er schließlich.

Ich nickte.

«Folgendes wird morgen passieren», fuhr er fort. «Du wirst mit Batuhan in die Engelsburg geleitet. Ihr werdet Cem vorgestellt. Es wird scharfe Sicherheitsvorkehrungen geben. Man wird euch durchsuchen. Wenn ihr Cem gegenübersitzt, wird man dich auffordern, ein Porträt des Prinzen zu zeichnen. Wenn es gut wird, wird er eine Kopie davon haben wollen. Er ist eitel.»

In der Tat hatte ich mir den Ablauf so in etwa vorgestellt. Ich nickte erneut.

Giancarlo Bellapianta kramte in den Tiefen seines Umhangs, zog einen schmalen Papierstreifen hervor und reichte ihn mir. Winzige Buchstaben drängelten sich auf dem faserigen Zettel. Arabisch, Türkisch, Persisch, ich wusste es nicht.

«Präg dir das ein», sagte er. «Präg es dir ein und vernichte den Zettel. Setz diese Buchstabenfolge in die Kopie ein, irgendwo, so klein wie möglich. Wenn du Cem die Zeichnung überreichst, dann achte darauf, dass Batuhan die Schrift nicht sieht.»

Mein Gesicht muss ein einziges Fragezeichen gewesen sein. Giancarlo Bellapianta seufzte auf, als hätte er gehofft, mir nichts erklären zu müssen. Lange blickte er in die Glut des kleinen Kachelofens in der Ecke meines Zimmers.

«Also gut», sagte er. Und nach einer Pause, auf den Papierstreifen weisend: «Diese Nachricht ist eine Warnung. Batuhan plant ein Attentat.»

Wieder schwieg er lange, während die ungeheuerliche Behauptung in mir ihre Wirkung entfaltete. Paolo hatte es angedeutet. Bernardino Bellapianta hatte es angedeutet.

«Dieser Sonderauftrag des Sultans ...», begann er schließlich. Ich wusste, was kommen würde.

«Seit die Johanniter Cem nach Frankreich gebracht haben, gab es eine ganze Reihe von Missionen dieser Art. Die einen haben Cems Unterkunft ausspioniert, die anderen kamen gleich mit Dolch und Giftampulle.»

«Und was ist es diesmal?», fragte ich.

«Beides», sagte er, ohne nähere Erklärungen dazu abzugeben. Dann fuhr er fort: «Bisher hatte Bajazid keinen Erfolg damit, also bezahlte er einfach weiter die vierzigtausend Dukaten. Aber jetzt drängt die Zeit.»

«Weil die Franzosen Cem mitnehmen werden, wenn sie zum Kreuzzug gegen den Sultan aufbrechen», ergänzte ich.

«Genau. Also schleust Bajazid einen Agenten ins französische Heer.»

«Batuhan.»

Giancarlo Bellapianta nickte traurig. «Genau. Batuhan hat den Auftrag, Cem zu töten.»

«Warum sind Sie sich da so sicher?»

Er rutschte auf seinem Hocker hin und her wie ein Kind, das sich mühsam dazu durchringt, seiner Mutter zu gestehen, dass es doch nicht der Hund war, der den Krug zerbrochen hat.

«Ich war in seinem Zimmer», gestand er schließlich. Er sah zu mir auf und schämte sich ganz offensichtlich. «Ich habe in seinen Unterlagen geblättert, weil ich wissen wollte, was er für den Wettkampf geplant hat.»

Ich musste ein Lachen unterdrücken.

«Ich wollte wirklich nur ganz kurz einen Blick auf seine Zeichnungen werfen. Es hatte mich geärgert, dass sein Zimmer abgeschlossen war. Wollen wir doch mal sehen, dachte ich. Tja. Und unter seinen Papieren fand ich das hier.»

Er zog ein Blatt hervor und faltete es auseinander. Dieselbe Schrift wie auf dem Papierstreifen, den er mir gegeben hatte.

«Sie beherrschen Türkisch?», fragte ich entgeistert.

«Persisch», sagte er ungerührt. «Ich war sechs Monate in Hormuz, während mein Bruder mit den Perlenfischern gehandelt hat. Ich hatte nichts zu tun. Mein Bruder lernte feilschen. Ich lernte Persisch.»

«Und was steht da?»

«Anweisungen, wie man sich selbst das Gegengift verabreicht, falls man mit der Klinge in Berührung kommt.»

«Was für eine Klinge?»

Giancarlo zuckte mit den Schultern. «Das weiß ich eben nicht.» Er zeigte mit seiner gepflegten Hand auf eine Stelle im Text. «Klinge. So steht's da.»

Ich dachte nach. «Aber Batuhan kann Cem unmöglich

mit einem Dolch attackieren. Sie sagen doch selbst, dass die Leibwächter jeden Besucher auf Abstand halten. Und selbst wenn es ihm gelänge: Er würde sich opfern.»

Giancarlo Bellapianta stierte weiter vor sich hin. «Ich weiß. Und das wäre nun gar nicht seine Art.»

«Vielleicht soll er den Dolch nur übergeben», schlug ich vor.

«Möglich», sagte er zögerlich. «Allerdings frage ich mich: Warum überhaupt der ganze Aufwand mit dem Gift? Wenn sich jemand findet, der bereit ist, Cem die Klinge ins Herz zu stoßen, dann reicht ein Küchenmesser. Und ein gedungener Mörder hätte das gleiche Problem: Er könnte kaum entkommen.»

Wir überlegten beide noch eine Weile hin und her. Auf die nächstliegende Lösung kamen wir nicht.

«Warum wollen Sie Cem eigentlich warnen?», fragte ich schließlich.

«Weil er mir einmal das Leben gerettet hat. Vor dreizehn Jahren in Batuhans Garten in Bursa.»

Ich erinnerte mich: die Hornviper. Giancarlo Bellapianta war offenbar jemand, der nichts vergaß. Und ich begriff auch, welchen Schatten die Erkenntnis, dass Batuhan nun Cem nach dem Leben trachtete, auf die Freundschaft warf, die Giancarlo Bellapianta mit Batuhan verband.

«Wirst du mir helfen?», fragte er. «Ja oder nein?»

«Ja», sagte ich. Nicht, weil ich ihm noch etwas schuldete; meine Schuld bei Giancarlo Bellapianta hatte ich in der Kapelle des Mailänder Kastells abgetragen, während draußen die Raketen explodiert waren. Nein, meine Zusage kam mir ganz natürlich vor, entstanden aus der tiefen Überzeugung, dass wir zu einer Familie gehörten und das Stadium hinter uns gelassen hatten, wo Gefälligkeiten gegeneinander aufgerechnet wurden. Diese Verbundenheit war zu jener Zeit schon so fest geworden, dass auch die Zweifel, die nach Lauras Geständnis in mir nagten, sie nicht ohne weiteres erschüttern konnten.

Den Rest der Nacht verbrachte ich damit, die Buchstaben immer wieder abzuzeichnen, bis ich sie aus dem Gedächtnis auf das Blatt bringen konnte. Zum Glück hatte ich genügend Papier dabei.

Am Ende warf ich alle Zettel bis auf den, den Giancarlo Bellapianta mir übergeben hatte, in die Glut.

Am nächsten Morgen wurde ich erneut durch ein Klopfen an der Tür aus dem Schlaf geholt.

«Mach dich fertig», sagte Batuhan von draußen. «In einer halben Stunde geht es los.»

Mein Herz raste, während ich mich anzog. Ein letztes Mal erprobte ich mein Gedächtnis, indem ich den Schriftzug aus dem Kopf auf ein Blatt Papier übertrug und mit dem Zettel unter meinem Kissen abglich. Es stimmte bis auf den letzten Schnörkel überein, jedenfalls soweit ich das beurteilen konnte.

Ich öffnete die Klappe des Kachelofens und stellte entsetzt fest, dass die Asche vollkommen erkaltet war.

Wieder klopfte es.

«Bist du so weit? Der Wagen wartet.»

«Ich komme!», rief ich panisch und war mir im selben Augenblick sicher, dass Batuhan, der ja offenbar mit allen Wassern gewaschen war, schon an meiner Stimme gemerkt haben musste, dass ich etwas zu verbergen hatte. Wieder fragte ich mich, woher ich eigentlich die Abgebrühtheit genommen hatte, mit Luca il Rampeghín nachts in fremde Häuser einzubrechen, ohne mir schon auf der Straße in die

Hose zu machen. Und weil mir auf die Schnelle nichts Besseres einfiel, stopfte ich mir die beiden Zettel in den Mund. Auf der Zunge spürte ich die Faserigkeit des Papiers, das sich nur widerwillig einweichen ließ; ich versuchte den Klumpen hinunterzuschlucken, er klebte am Gaumen fest, ich würgte, bekam einen Hustenanfall und schaffte es schließlich doch.

«Geht es dir nicht gut?», fragte Batuhan, als er mich draußen in Empfang nahm.

Er trug jetzt wieder türkische Kleidung, eine weite Pluderhose, darüber einen mit Agraffen geschlossenen Mantel und auf dem Kopf einen weißen Turban.

Kaum waren wir ins Freie getreten, da zog er auch schon alle Blicke auf sich.

Wir gingen zu einem zweispännigen Wagen, der vor dem Haus wartete. Die Sonne stand bereits hoch am Himmel. Lieferanten luden leere Kisten und Fässer auf ihre Fuhrwerke und setzten ihre trägen Pferde in Bewegung. Fensterläden klapperten. Für Rom schien es ein ganz normaler Tag zu werden. Ich dagegen fühlte mich wie vor einer Prüfung, die über den weiteren Verlauf meines Lebens entscheiden würde.

Ich wagte kaum, über die Bedeutung meines Auftrags nachzudenken, während ich Batuhan in dem Wagen gegenübersaß, der uns zur Engelsburg trug. Sein durchdringender Blick streifte über die vorbeihuschenden Häuser und sprang mich ab und zu unversehens an, scheinbar unbeteiligt, dabei aber von einer Wachsamkeit, die in meine Gedanken einzudringen schien, als stünden sie mir auf die Stirn geschrieben, in der mir unverständlichen, ihm aber wahrscheinlich vertrauten Schrift der beiden Zettel, die gerade in meinem Magen zersetzt wurden.

Batuhan sagte die ganze Fahrt über nichts. Wir rollten

eine Weile am Ufer des Tiber entlang. Durch das Fenster sah ich vereinzelte Gebäude, deren Fundamente trotzig in das seichte Wasser hineinragten, dahinter schwimmende Mühlen und Männer, die in der schneidenden Kälte des Morgens Kähne auf den schlammigen Strand zogen. Möwen kreischten. Ein Junge schleuderte Steine, die über das flache Wasser hüpften.

Wir passierten eine Brücke. Der Wagen hielt an. Ein Wachsoldat streckte seinen Kopf herein. Wir wurden aufgefordert, auszusteigen. Mit unwilligem Brummen zog Batuhan einen Kasten hervor, der unter der Sitzbank verstaut gewesen war, und wir kletterten ins Freie.

Vor uns ragte die Festung auf, die von hier aus noch viel größer und abweisender wirkte als aus der Ferne. Von schwerbewaffneten Wachen begleitet, passierten wir ein Tor, gingen unter einem Fallgatter hindurch und traten in einen beklemmend schmalen, fast schluchtartigen Innenhof, der die äußere Mauer von dem gewaltigen Sockel trennte, aus dem schartige Travertinblöcke ragten, als hätte ein riesiges Nagetier das Gebäude von allen Seiten angefressen. Über Treppen und Durchgänge und eine Zugbrücke gelangten wir schließlich in einen Korridor, der in einem weiten Bogen und bei stetiger Steigung spiralförmig durch den Sockel der Festung nach oben führte und einem trotzdem das Gefühl gab, unter der Erde zu wandern wie in einem Bergwerk. Die Decke hatte ein Tonnengewölbe, der Boden war von einem abgenutzten Pflaster bedeckt, dessen Steine jahrhundertelang von Hufen und Stiefeln bearbeitet worden sein mussten. Es folgte eine Rampe, dann eine scharfe Biegung, und wir fanden uns in einem Innenhof wieder, in dem sich Pyramiden aus Kanonenkugeln stapelten. Überall standen Wachen herum.

Man führte uns durch ein Portal. Ließ uns warten, bis eine Stimme hinter einer weiteren Tür etwas rief, das ich nicht verstand. Dann öffnete sich plötzlich die Tür. Und da saß er.

Auf den gravitätischen Pomp früherer Empfänge hatte man verzichtet. Wie ich später erfuhr, waren die Abgesandten des französischen Königs gerade dabei, mit dem Papst zu einer Einigung zu kommen, unter welchen Bedingungen ihnen der Prinz übergeben werden sollte. Es war offensichtlicher denn je, dass Cem über sein Schicksal nicht mehr zu bestimmen hatte, und dementsprechend wenig Mühe gaben sich die Bewacher, ihm oder seinen Besuchern den Eindruck zu vermitteln, er sei ein Gast und kein Gefangener. Cem, angetan mit einem perlenbestickten Gewand und einem gestreiften Turban, saß zusammengesunken auf einem gepolsterten Stuhl und sah müde und willenlos aus. Hoffte er wirklich noch darauf, dass Karl bis nach Konstantinopel ziehen würde, um seinen Bruder zur Abdankung zu zwingen und ihm, Cem, wieder auf den Thron zu helfen, den er seit dreizehn Jahren vergeblich beanspruchte? Glaubte er, noch einmal auf goldenen Kissen sitzen zu können, als Herrscher der beiden Kontinente und Fürst der zwei Meere, als Schatten Gottes in der Welt?

Kaum.

Und doch umgab ihn auch jetzt noch ein Rest der Erhabenheit, die man ihm anerzogen hatte, eine Glut, die nicht verlöschen wollte, auch wenn sein Wille längst gebrochen war. Aus halbgeschlossenen Augen blickte er uns entgegen. Als er Batuhan erkannte, glomm in seinem Blick etwas auf.

Wir standen in einem großen Raum, dessen Wände mit Teppichen geschmückt waren. Kaum hatte sich die Tür hinter uns geschlossen, traten uns zwei Bewaffnete in den Weg.

Außer uns und einem Dutzend Soldaten waren ein paar türkische Diener anwesend, drei oder vier Würdenträger der Kurie und ein Kardinal in scharlachrotem Ornat, dessen breitkrempiger Hut mit einem Gehänge aus Kordeln und Quasten verziert war. Alle erhoben sich, bis auf Cem und den Kardinal.

Die beiden Soldaten tasteten uns wortlos ab, grobe Hände fuhren an meinem Körper entlang und griffen mir ohne Vorankündigung unter die Achseln und in den Schritt. Batuhan wurde der Kasten abgenommen, ein Soldat rieb ihn mit einem Tuch ab und reichte ihn weiter an den Kardinal, der blickte hinein, musterte den Inhalt eine Weile, nickte dann und gab den Kasten zurück. Einer der türkischen Diener murmelte Cem etwas ins Ohr.

Batuhan zog einen Brief hervor. Die beiden Soldaten traten zur Seite, blieben aber sprungbereit. Batuhan trat vor, machte zwei Schritte auf den Prinzen zu, ließ sich auf die Knie sinken und neigte den Kopf. Einer der türkischen Diener sagte etwas, Batuhan nickte, dann führte er den Brief zum Mund, fuhr mit der Zunge darüber, erbrach das Siegel, faltete das Papier auseinander und leckte auch über die Schrift. Ich staunte, dass dieser kerzengerade einherschreitende Mann, der die Überlegenheit in Person zu sein schien, eine derart erniedrigende Prozedur ohne Protest über sich ergehen ließ. Doch es schien ihm nichts auszumachen.

Er reichte den Brief einem der Diener, der neben Cem trat, ihm das Papier unter die Nase hielt und leise vorzulesen begann. Cem nickte ein paarmal und verzog ansonsten kaum eine Miene.

Als der Vorleser geendet hatte, folgte ein längerer Wortwechsel auf Türkisch zwischen Batuhan und Cem, in dessen Verlauf der Prinz etwas gelöster wurde. Dann nickte

Batuhan dem Soldaten zu, der den Kasten mit beiden Händen vor sich hielt und dabei ein Gesicht machte, bei dem man nicht genau wusste, ob es Ehrfurcht oder Abscheu ausdrücken sollte. Der Kasten, eigentlich eher eine Schatulle aus sehr dunklem Holz mit silbernen Ornamenten, wurde an Batuhan zurückgegeben. Batuhan öffnete ihn so, dass Cem hineinblicken konnte. Ich reckte den Hals. Mein Herz klopfte laut. Und als ich sah, was in dem Kasten lag, begriff ich, welcher raffinierte Plan hier zur Ausführung kommen sollte.

Die Schatulle war mit blauem Samt ausgekleidet. In einer Mulde in der Mitte ruhte zwischen zwei Phiolen aus rotem Glas ein großes Rasiermesser mit Elfenbeingriff, in den kleine Rubine eingearbeitet waren. Mit seiner rasant geschwungenen Klinge erinnerte es mich an orientalische Ornamente, die ich in der Stoffsammlug von Bernardino Bellapianta gesehen hatte, als wäre das Messer ein Requisit für ein blutrünstiges Theaterstück voller Derwische und Dschinns, das seinen mörderischen Zweck durch seine schiere Größe und seine auffällige Form auf plumpe Weise auch den Zuschauern in der letzten Reihe vor Augen führen sollte, bevor es zum Einsatz kam. Einen Augenblick lang riss meine Phantasie mich fort, und ich sah Batuhan, wie er das Messer ergriff, hochschnellte und Cem die Klinge mit geübter Eleganz in den Hals stieß. Aber nichts dergleichen geschah. Natürlich nicht. Stattdessen wurde weitergeredet.

Schließlich beugte Cem sich unendlich langsam vor, ergriff den Kasten und legte ihn auf seine Knie. Er nahm das Messer heraus. Drehte es in der Hand. Betrachtete die Klinge. Eine Maserung aus dunkelgrauen und silbernen Wellen wurde sichtbar, geheimnisvoll schimmernd wie zerlaufende Schlieren aus geschmolzenem Metall.

Und dann begann Cem zu weinen.

Niemand hatte von diesem gleichgültig und abgestumpft dasitzenden Mann eine solche Gefühlsregung erwartet. Die Türken senkten die Köpfe. Selbst der Kardinal wandte sich betreten ab und ließ seinen Blick an den Wänden entlangwandern.

Cem weinte lautlos. Er schluchzte nicht, er brach nicht zusammen, noch nicht einmal seine Schultern zuckten. Aus seinen Augen liefen die Tränen, während er das Rasiermesser betrachtete wie ein Andenken aus glücklichen Tagen, was es vielleicht auch war. Die Tränen liefen in seinen Bart und verfingen sich zwischen den schwarzen Haaren, ohne dass er sie wegwischte.

Schließlich legte er das Messer zurück in den Kasten und unterbrach die Totenstille, indem er sich wieder an Batuhan wandte. Seine Stimme war kehlig, und seine Worte wirkten gerührt und dankbar. Batuhan antwortete, dann wies er auf mich und erklärte etwas, das Cem aufzuheitern schien.

«Bringt einen Schemel für den Zeichner!», sagte der Kardinal halb laut.

Ein Diener löste sich aus der Gruppe der Umstehenden, verschwand kurz und kam mit einem dreibeinigen Hocker zurück. Ich begriff, dass nun ich an der Reihe war. Ich nahm Platz, jemand reichte mir Papier und einen feinen Rötelstift.

Und ich begann, während Batuhan weitersprach, irgendetwas berichtete oder erklärte, offenbar auch ein paar unterhaltsame Episoden einflocht, denn Cem lachte ein paarmal so gelöst, wie die Würde des Anlasses das eben gestattete.

Meine Anspannung lockerte sich. Der Stift flog über das Papier, warf geschwungene Konturen auf das Blatt, zog hier etwas nach, schraffierte dort eine Fläche, sprang über Fertiges hinweg und vervollständigte Unfertiges, bis das Bild auf dem Blatt mit dem Bild vor meinen Augen zur Deckung gekommen war: ein Mann mittleren Alters, müde und mitgenommen von vergeblichen Kämpfen und den Zwängen, denen er jahrelang ausgesetzt gewesen war, eine Nase, die im Kontrast zur Schlaffheit seiner Gesichtszüge um so schärfer geschnitten wirkte, zwei helle Augen, die den Betrachter unter halbgeschlossenen Lidern trotz allem aufmerksam und beinahe stechend ansahen. Als ich fertig war, zögerte ich einen Moment: War es geraten, auch hier die kleine Eule in die Ecke des Bildes zu setzen? Würde man sie als ein unangemessenes Symbol künstlerischer Eitelkeit deuten, das hier nichts verloren hatte? Würde man sie überhaupt bemerken?

Meine Hand entschied sich für die Eule.

Ich reichte Batuhan das Blatt. Er war beeindruckt. Zeigte es Cem unter anerkennenden Worten. Die türkischen Diener reckten die Hälse und raunten sich Bemerkungen zu.

Dann sprach Cem. Ohne ihn zu verstehen, wusste ich, was er sagte.

Man reichte mir ein weiteres Blatt, und ich begann von vorn.

Es war mein Glück, dass die erste Zeichnung so viel Aufmerksamkeit auf sich zog, dass mich nun, beim zweiten Mal, niemand mehr bei der Arbeit beobachtete. Die erste Zeichnung wurde unter Gemurmel durchgereicht, das sich schließlich in Einzelgespräche auflöste. Ohne dass jemand auf mich achtete, zeichnete ich den Schriftzug, den ich mir in der Nacht eingeprägt hatte, in eine der Windungen des Turbans. Dann setzte ich die Eule unter das Bild und reichte es Cem. Er betrachtete es lange. Wenn er die Schrift entdeckt und gelesen hatte, ließ er sich nichts anmerken.

Die Gespräche wurden lauter und ungezwungener. Batuhan straffte sich. Die Audienz war vorbei. Eine unglaubliche Erleichterung ergriff Besitz von mir.

Auf dem Rückweg zu unserer Unterkunft war Batuhan ungewöhnlich schweigsam, wirkte dabei aber sehr zufrieden. Draußen zog das Flussufer vorbei.

«Das Messer war von seiner Mutter», sagte er schließlich. «Sie lebt in Ägypten im Exil, zusammen mit dem Teil seiner Familie, den Bajazid nicht umgebracht hat. Darum die Tränen.»

«Warum schickt sie ihm ausgerechnet ein Rasiermesser?», fragte ich.

«Damit er sich den Bart abnehmen kann», sagte Batuhan und blickte mich prüfend an, als rechne er damit, dass diese Antwort mich nicht zufriedenstellen würde.

In der folgenden Nacht schlief ich fast gar nicht. Ich wälzte mich hin und her und fragte mich, ob Cem die versteckte Botschaft entdeckt, gelesen und verstanden hatte oder nicht. Ich stellte mir den Barbier vor, wie er Batuhans Mitbringsel aus der Schatulle hob, um es für die Rasur am nächsten Morgen bereitzulegen. War er eingeweiht? War irgendjemand eingeweiht? Stimmte die Geschichte mit dem geplanten Anschlag überhaupt? Oder hatte Giancarlo Bellapianta sich da etwas zurechtphantasiert, nur weil er in einem persischen Schriftstück etwas von einer vergifteten Klinge entziffert zu haben glaubte? Ich dachte an das Gespräch zwischen Bernardino Bellapianta und Batuhan vor unserer Abreise, und mir kam der verrückte Gedanke, dass Cem schon in der Kutsche sitzen würde, wenn ich am nächsten Tag den Schlag öffnete.

Doch als es so weit war, saß Batuhan allein dort. Zuvorkommend wie immer, reichte er mir ein paar Kissen, damit ich es mir bequem machen konnte. Dann klopfte er dreimal gegen die Wand hinter seiner Sitzbank. Einen Augenblick später ruckten wir an.

Je länger wir schwiegen, desto schwerer lastete die Befangenheit auf mir, und ich war mir sicher, dass er das spürte, obwohl er sich nichts anmerken ließ. Zufrieden und entspannt saß er da, sanft geschaukelt vom unregelmäßigen Rhythmus der Schlaglöcher, und blickte aus dem Fenster der Kutsche, während draußen die halbverfallenen Grabmäler der Via Flaminia vorbeizogen.

Meine Befangenheit wurde noch verstärkt von den widerstreitenden Gefühlen, die Lauras Geständnis in mir entfesselt hatte. Es war, als wiederhole sich der Ablauf jener Empfindungen, die ich auf der Hinfahrt durchlebt hatte, nun in umgekehrter Reihenfolge: War ich zuvor mit jeder Meile, die wir uns von Mailand entfernt hatten, gelassener geworden, kehrten nun Unruhe, Niedergeschlagenheit und Angst mit jeder Meile zurück, die wir uns Mailand näherten. Die quälenden Gedanken an Lauras Offenbarung und Bernardino Bellapiantas mögliche Verstrickung in die Katastrophe, die mein erstes Leben zerstört hatte, wurden übermächtig. Ich war mir nicht mehr sicher, ob ich alldem gewachsen war. Am liebsten wäre ich nach Rom zurückgekehrt.

Doch die Reise zog sich hin, und Batuhans verbindliche Freundlichkeit begann erneut ihre Wirkung zu entfalten. War ich schon so abgestumpft gegenüber Mord und Totschlag, dass ich mich derart leicht von jemandem einlullen ließ, der wahrscheinlich gerade einen Mordauftrag ausgeführt hatte? Wieder und wieder kamen mir Bernardino Bellapiantas Worte in den Sinn: Wenn ich mich weigern würde, mit solchen Leuten an einem Tisch zu sitzen, dann würde ich keine Geschäfte machen, so oder so ähnlich hatte er es ausgedrückt. Falls es stimmte, was Laura gesagt hatte, dann gehörte er selbst zu diesen Leuten.

Und wenn es stimmte, was Giancarlo Bellapianta gesagt hatte, dann gehörte auch Batuhan zu diesen Leuten, Batuhan, der mir auf unserer Reise von morgens bis abends gegenübersaß und dessen Freundlichkeit und Fürsorge ich mich ebenso wenig entziehen konnte wie der Faszination, die von ihm und seinem Geheimnis ausging. Zurückhaltung und Vorsicht fielen nach und nach von mir ab.

Batuhan blieb dabei ein unterhaltsamer Gesprächspartner. Nichts verriet, dass er etwas zu verbergen hatte. Wir redeten, betrachteten die vorbeiziehende Landschaft, dösten im schaukelnden Wagen vor uns hin, wachten von Schlaglöchern oder Nackenschmerzen auf und schlugen uns abends in den Herbergen den Bauch voll. Gegen meinen Willen eroberte er mein Vertrauen zurück. Manchmal blickte er mich an, als wüsste er genau, was mich umtrieb. Nur einmal fand ich den Mut, seinen Auftrag zu erwähnen.

«Ist Ihre Aufgabe eigentlich erledigt?», fragte ich vorsichtig.

«In spätestens zwei Monaten werden wir es wissen», sagte er. Dann blickte er wieder aus dem Fenster. Draußen regnete es Bindfäden. Dahinter schob sich die Silhouette der Türme von Arezzo langsam an unserem Blickfeld vorbei.

Als wir nur noch wenige Tagesreisen von Mailand entfernt waren, gab ich eines Abends der Versuchung nach, Batuhan meine Geschichte zu erzählen.

Wir hatten Florenz passiert, waren im Schneegestöber durch den Apennin geeilt, hatten Bologna, Modena, Reggio und Parma hinter uns gelassen und waren dabei wie schon auf dem Hinweg in den kleineren Orten abgestiegen, um kein Aufsehen zu erregen.

So kamen wir eines Nachmittags in Fidenza an, einer kleinen Stadt auf dem Weg nach Piacenza. Und weil die Zimmer in der Herberge noch nicht hergerichtet waren, beschlossen wir, uns ein wenig die Beine zu vertreten.

Fidenza war einer dieser Orte, in denen man kaum um zwei Ecken biegen konnte, ohne vor der Kathedrale zu landen. Der Dom ragte aus der geduckten Masse der Häuser hervor wie ein Nashorn, das sich zum Verschnaufen inmitten einer Schafherde niedergelegt hatte.

Auf dem schmalen Platz vor der Kathedrale, die in der Sonne des späten Nachmittags glühte, blieben wir stehen. Die Fassade mit ihren drei Portalen war über und über mit Skulpturen aus verschiedenfarbigen Steinen verziert, von denen die meisten aussahen, als seien sie nachträglich eingepasst worden. Je länger ich auf die Figuren blickte, desto verwirrender wurde der Reichtum an Einzelheiten: Könige und Propheten des Alten Testaments mit Schriftrollen in den Händen, Kampfszenen und Heiligenlegenden, über denen Engel schwebten, während Teufel die armen Seelen der Sünder traktierten, umgeben von traubenschweren Weinreben, Blätterwerk und geometrischen Mustern.

Batuhan ließ seinen kundigen Blick über die Details wandern. An einer Darstellung von Daniel in der Löwengrube, die ein Kapitell zierte, blieb er hängen. Der Prophet saß in der Mitte, zwei der Raubkatzen hatten ihre Pranken rechts und links auf seine Knie gelegt, und seine Hände ruhten entspannt in ihren Mäulern.

Batuhan wies mit einem Kopfnicken auf die Figur.

«Erinnert dich das an unseren gemeinsamen Freund?», fragte er.

Ich wusste, wen er meinte, verstand aber nicht, worauf er hinauswollte.

«Darius warf Daniel den Löwen vor, nachdem dessen Neider eine Intrige gegen ihn angezettelt hatten», sagte er finster. «Sein Stern war zu hoch gestiegen.»

Eine Weile betrachteten wir die Darstellung.

«Er sollte damit aufhören, seine Hände in die Mäuler dieser Löwen zu legen, ehe es zu spät ist», sagte Batuhan. «Eines Tages werden sie zubeißen.»

Später grübelte ich oft darüber nach, ob Batuhan zu diesem Zeitpunkt schon mehr wusste, als er sagte. Ich erfuhr es nie, und selbst wenn es nicht so war, so blieb dennoch der merkwürdige Zufall, dass Bernardino Bellapianta tatsächlich am selben Tag in die Löwengrube gestoßen worden war, an dem wir in Fidenza vor der Kathedrale standen.

Wie auch immer: In jenem Augenblick beschloss ich, Batuhan meine Geschichte zu erzählen.

Eine Stunde später machten wir uns in unserer Herberge über eine Platte mit köstlichem Fleisch her, das vor Fett nur so troff. Während des Essens war Batuhans düstere Stimmung verflogen. Zufrieden lehnte er sich zurück und strahlte schon wieder die unerschütterliche Zuversicht aus, die auf unserer Hinreise auf mich abgefärbt hatte und in deren Licht meine Sorgen mir unbegründet, ja gegenstandslos erschienen waren. Eigentlich hoffte ich darauf, dass er meine Befürchtungen entkräften würde, auch auf die Gefahr hin, dass ich hinterher als Kleingläubiger dastand.

Es zeigte sich, dass er den größten Teil meiner Geschichte schon kannte. Als ich zu Lauras Geständnis kam, nickte er nur, als bestätigte sich dadurch eine Vermutung.

«Deswegen also dieses Gesicht», sagte er.

«Was soll ich denn tun?», fragte ich.

Er runzelte die Stirn. «Na, was wohl? Frag ihn selbst.»

So einfach war das für ihn.

«Warum hat Laura mir nicht früher etwas gesagt?», beharrte ich.

«Wann denn? Als du völlig verwirrt bei ihr aufgetaucht bist? Als sie erfuhr, dass du Bernardino Bellapianta dein Leben verdankst, und verständlicherweise davor zurückscheute, dich zu zwingen, zwischen ihm und ihr zu wählen? Als sie selbst begann, ihn zu bewundern, und nicht mehr glauben wollte, dass er so schwere Schuld auf sich geladen haben könnte? Als ihr gerade bei ihm eingezogen wart und sie keinen Grund mehr sah, wegen einer irgendwann einmal von dir hingeworfenen Anschuldigung euer ganzes neues Leben aufs Spiel zu setzen? Wann?»

Ja, wann eigentlich? Plötzlich kam ich mir schäbig vor.

Batuhan lächelte und beugte sich zu mir. «Bernardino Bellapianta liebt dich mehr, als du dir vorstellen kannst. Nimm das zur Kenntnis und freu dich, dass du dich noch nicht einmal zwischen ihm und Laura entscheiden musst. In ein paar Tagen hast du sie beide wieder. Du verdammter kleiner Glückspilz.»

41

Das war leider ein Irrtum. Schon als wir auf dem Platz vor San Giorgio al Pozzo Bianco ankamen, merkte ich, dass etwas nicht stimmte. Das Portal des Palastes von Bernardino Bellapianta war geschlossen. Der Kutscher sprang vom Bock und schlug gegen den Torflügel, der sich nur zögerlich öffnete.

Im Innenhof war auf den ersten Blick niemand zu sehen. Dann entdeckte ich ein paar Bedienstete im Halbdunkel des Treppenaufgangs, die ratlos miteinander tuschelten. Schließlich erschien Paolo, mit einem Gesicht wie eine lebende Leiche.

«Da seid ihr ja», sagte er ohne jede Wiedersehensfreude, während er mir aus dem Wagen half. «Hier ist viel passiert.»

Mein erster Gedanke galt Laura und den Kindern. Sie ist verschwunden, schoss es mir durch den Kopf, sie hat es mir heimgezahlt. Aber das hätte die bedrückten Mienen der anderen nicht erklärt.

Paolo erriet, was ich dachte.

«Laura ist oben bei den Zwillingen», sagte er und quälte sich ein Lächeln ab. «Sie haben dich vermisst.»

Batuhan, der ebenfalls ausgestiegen war, trat heran. Als Paolo weitersprach, war mir, als ob er schon alles wüsste.

«Sie haben Bernardino verhaftet», sagte Paolo.

«Das kann nicht sein.»

«Doch. Im Morgengrauen abgeholt und ins Kastell gebracht.»

«Was wirft man ihm vor?»

«Unendlich viel. Dinge, die er nicht getan hat.»

Ich war fassungslos. Die Löwen hatten zugebissen.

Ich traf Laura, in Tränen aufgelöst, an der Wiege der Zwillinge an. Sie nahm mich in die Arme, und ich wusste nicht, ob es eher die Erleichterung über meine unversehrte Heimkehr war oder eher die Angst um Bernardino Bellapianta, den sie trotz ihres wütenden Ausbruchs am Vorabend meiner Abreise wohl immer noch als eine Art Paten unseres gemeinsamen Lebens betrachtete. Sie hielt mich fest an sich gedrückt, ohne mich anzublicken. Bereute sie ihre Worte? Fürchtete sie, dass wir nun bald auf der Straße sitzen würden?

«Immer wenn du weggehst, läuft alles verkehrt», schluchzte sie. Als hätte meine Abwesenheit Bernardino Bellapiantas Verhaftung heraufbeschworen.

Als wir uns kurz darauf gegenübersaßen, jeder mit einem der Kinder auf dem Arm, hatte sie sich so weit beruhigt, dass sie berichten konnte. Die Leute des Justizhauptmanns hatten so laut gegen die Tür geschlagen, dass das Donnern durch alle Innenhöfe gehallt war. Während sie Bernardino Bellapianta abgeführt hatten, hatte die halbe Dienerschaft auf der Galerie gestanden und fassungslos zugesehen. Immerhin hatte man so viel Respekt gehabt, ihn nicht in Ketten zu legen.

Mit weiteren Einzelheiten versorgte mich noch am selben Tag Paolo.

«Soweit ich erfahren konnte, haben seine Gegner sich ihre Zustimmung zu Ludovicos Ernennung damit erkauft, dass er Bernardino opfert.»

«Welche Gegner?»

«Die alten Familien. Visconti, Missaglia, Castano, Borromeo und ein paar andere, die er seit Jahren gegen sich aufbringt.»

«Was haben sie denn von seiner Verhaftung?»

«Tja», sagte Paolo. «Einige von ihnen schulden Bernardino Geld und spekulieren darauf, dass die Schulden verfallen, wenn er stürzt. Vor allem aber geht es um Genugtuung. Sie haben zugesehen, wie er aufgestiegen ist und dabei reicher und mächtiger wurde als sie alle zusammen. Er hat ihnen vor Augen geführt, dass man Geld und Macht nicht nur erben kann. Und dann dieser Palast. Schau dich doch um! Für die ist das ein Denkmal von Anmaßung und Überheblichkeit.»

«Aber Ludovico ist sein Freund!»

Paolo schnaubte verächtlich. «Für diese Leute gibt es keine Freundschaften, nur Bündnisse. Ludovico lässt jeden fallen, den er nicht mehr braucht. Das war schon immer so. Außerdem verfallen auch Ludovicos eigene Schulden, wenn er Bernardino hinrichten lässt.»

«Moment!», rief ich entsetzt. «Er soll hingerichtet werden? Ohne Prozess?»

Paolo zuckte mutlos mit den Schultern. «Du kannst dir doch denken, wie so ein Prozess abläuft, oder? Glaubst du, es findet sich hier noch ein Richter, der sein Urteil gegen Ludovicos Willen zu fällen wagt? Und selbst wenn – es wird gekaufte Zeugen und gefälschte Beweise geben. Und es werden Männer gegen ihn aussagen, deren Wort niemand laut anzweifeln wird. Denk an Cicco Simonetta!»

«Kann er sich nicht freikaufen?», fragte ich verzweifelt.

«Um dann gleich wieder hier einzuziehen und sich das Geld zurückzuholen, indem er die Außenstände bei ihnen eintreibt?»

«Was wirft man ihm überhaupt vor?»

Wieder zuckte Paolo mit den Schultern. «Sie haben einen ganzen Katalog von Anklagepunkten zusammengestellt. Betrug, Verrat, Veruntreuung, Unterschlagung, Verschwörung, Unzucht, Sodomie, Ketzerei, Gotteslästerung und noch ein paar andere Sachen. Alles völlig haltlos.»

Paolo zögerte, als müsste er sich überwinden. «Na ja, nicht alles. Für die Gotteslästerung brauchen sie gar keine Zeugen zu bestechen.» Paolo machte noch eine Pause, bevor er widerwillig weitersprach: «Und was die Sodomie betrifft, gibt es da zumindest ein paar Gerüchte.»

Ich war völlig erschlagen.

«Wo wird er gefangen gehalten?»

«Irgendwo im Kastell. Aber es heißt, dass er bald nach Pavia verlegt wird. Das Kastell platzt aus allen Nähten vor lauter Gefangenen.»

«Warum das denn?»

«Du stellst Fragen. Ludovico hat gerade die Macht übernommen. Da werden noch mehr Köpfe rollen.»

«Kann man ihn besuchen?»

Paolo lächelte mich mitleidig an. «Sie lassen noch nicht einmal seinen Bruder zu ihm. Wahrscheinlich haben sie Angst, dass Giancarlo ihn mit einer selbstgebauten Flugmaschine rausholt.» Er lachte freudlos auf. «Zuzutrauen wäre es ihm.»

Den Rest des Tages verbrachten Laura und ich allein mit den Kindern. Wie gelähmt gingen wir unseren Verrichtungen nach. Die Wiedersehensfreude wurde von einer übermächtigen und unausgesprochenen Beklommenheit überschattet. Keiner von uns erwähnte auch nur mit einem Wort unseren Streit. Die Frage nach Bernardino Bellapiantas Verstrickung in die Unbillen meiner Vergangenheit trat völlig hinter meine Angst zurück, dass ich ihn vielleicht nie wiedersehen würde und dass unsere Tage in diesem Haus gezählt waren. Die Zwillinge krähten und plapperten derweil in ihrer drolligen Sprache und krabbelten munter zwischen uns hin und her, als wollten sie unser Schweigen überbrücken.

In dieser düsteren Stimmung traf Giancarlo Bellapianta uns an, als er gegen Abend plötzlich vor der Tür stand.

Er sah aus, als hätte er seit Tagen nicht geschlafen, bleich, unrasiert und mit grauen Ringen um die Augen. Sein fahriger Blick glitt hierhin und dorthin, als suchte er nach versteckten Lauschern. Dann ließ er sich auf einen Stuhl fallen und kam ohne Umschweife zur Sache. Dass Laura im Raum war, schien ihn nicht zu stören.

«Du musst ihn besuchen», sagte er. «Gleich morgen.»

«Ich dachte, sie lassen niemanden zu ihm?»

«Mich lassen sie nicht zu ihm», korrigierte er. «Ludovico hat erlaubt, dass jemand nach ihm sieht, um sich zu überzeugen, dass er unversehrt ist.»

«Heißt das, er wird vielleicht freigelassen?»

Giancarlo Bellapianta wiegte skeptisch den Kopf. «Ich fürchte, es geht eher darum, dass hinterher niemand behauptet, man hätte ihn gefoltert, um ihm ein Geständnis abzupressen. Sie wollen ihn mit ihren gekauften Zeugen und gefälschten Beweisen zur Strecke bringen, damit es sauber aussieht.»

«Keine Hoffnung?», fragte ich matt.

Er blickte zur Wiege, in der Costanzo sich zu regen begonnen hatte.

«Doch», sagte er schließlich. «Aber nicht, wenn es zum Prozess kommt. Wir müssen ihn rausholen.»

Ich blickte auf. «Wie soll das gehen?»

«Ich weiß es noch nicht. Wir konnten bisher nicht herausfinden, wo er gefangen gehalten wird. Die Zellen im Keller sind voll. Es besteht die Möglichkeit, dass er irgendwo anders sitzt. Morgen werden wir mehr wissen. Du musst dir genau einprägen, wo man ihn festhält, wo die Wachen stehen und wo die nächsten Fenster nach draußen sind.»

«Kann man denn nicht die Wachen bestechen?», fragte Laura unvermittelt.

Giancarlo Bellapianta warf ihr einen anerkennenden Blick zu. «Daran haben wir auch schon gedacht. Aber die Wachen rotieren. Ich versuche gerade, an Sebastiano Donzello heranzukommen. Aber das kann dauern. Und wir haben keine Zeit.»

«Wer ist das?», fragte ich.

«Der Kommandant der Kastellwache. Korrupt bis in die Haarspitzen. Aber ich bezweifle, dass er meinem Bruder einfach so die Tür aufschließen wird. Denn wenn das herauskommt, kann er gleich selbst in die Zelle einziehen.»

Costanzo wälzte sich hin und her. Laura ging zur Wiege und hielt ihm den kleinen Finger hin. Er begann daran zu saugen und beruhigte sich wieder. Ottaviano schlief wie ein Stein.

Eine Hand in der Wiege, die andere in die Hüfte gestemmt, blickte Laura uns an. Ganz offensichtlich missfiel ihr der Gedanke, dass ich, kaum aus Rom zurückgekehrt, schon wieder eine Aufgabe für die Zwillinge übernehmen sollte.

«Warum ausgerechnet Pandolfo?», fragte sie angriffslustig. «Kann nicht jemand anders gehen?»

Giancarlo Bellapianta ignorierte ihre aufkeimende Wut, während ich schon wieder überlegte, wie ich aus der Sache herauskommen konnte, ohne einen von beiden vor den Kopf zu stoßen, als wäre es das, worauf es in diesem Moment ankam.

«Mein Bruder muss Pandolfo unbedingt sprechen», sagte er ernst zu Laura. Er holte tief Luft und wandte sich mir zu. Und ich ahnte, was kommen würde.

«Wir haben Benedetto erwischt. Und er hat geredet. Aber das muss mein Bruder dir selbst sagen.» Ohne ein weiteres Wort erhob er sich und stapfte schwerfällig und gebeugt zur Tür.

Als wir nebeneinander im Bett lagen, fürchtete ich, dass Laura versuchen würde, mir den Auftrag auszureden. Aber sie sagte nichts, sondern griff nur nach meiner Hand.

«Was ich gesagt habe, tut mir leid», flüsterte sie nach einer Weile in die Dunkelheit hinein. Und während ich mich noch fragte, ob sie ihre Kritik an meiner angeblichen Willfährigkeit gegenüber Bernardino Bellapianta meinte oder die Behauptung, er trage die Schuld an meinem Unglück, rückte sie ganz dicht an mich heran.

«Vielleicht findest du so endlich Ruhe», wisperte sie und küsste mich.

Als irgendwann das Tageslicht durchs Fenster hereinschlich, wusste ich noch nicht einmal, ob ich geschlafen hatte oder nicht.

Der Wachsoldat, der mich am äußeren Tor des Kastells in Empfang nahm, ein junger Kerl mit wichtigtuerischem Gebaren, schien über meinen Auftrag im Bilde zu sein. Als Erstes durchsuchte er mich. Zog mir den Überwurf von den Schultern und wendete den Stoff hin und her. Tastete sorgfältig meine Kleidung ab. Griff mir hierhin und dorthin, dass es schon fast eine Frechheit war. Dann begleitete er mich über die Zugbrücke, durch die Torbastion, über eine weitere Zugbrücke und unter dem mächtigen Torturm hindurch auf den weiten Exerzierplatz des Kastells, der mir bei Tageslicht viel größer erschien als einige Monate zuvor auf dem Weg zum Fest. Mehr noch: Das Kastell kam mir gar nicht mehr vor wie derselbe Ort. Damals war Bernardino Bellapianta einer der umschwärmtesten Gäste von Ludovico dem Schwarzen gewesen, jetzt saß er als dessen Gefangener irgendwo in einer kalten Zelle. Die Bemerkung fiel mir wieder ein, die der Zwerg gemacht hatte, als wir den Saal betraten: Jetzt will er unbedingt zu denen gehören, die in der goldenen Wiege gelegen haben, hatte Diodato gesagt. Und genau diese Leute hatten ihn nun hierhergebracht.

Ich hatte damit gerechnet, in die tiefsten Kellerverliese des Kastells gebracht zu werden, doch zu meiner Verwunderung geleitete der Soldat mich schweigend über aufwärtsführende Treppen und Gänge, schloss Türen auf, schob Riegel zurück, führte mich einen endlos langen Korridor mit schmalen Fenstern entlang und eine Wendeltreppe hinauf bis vor eine Gittertür, hinter der ein hoher Raum in der Form eines Tortenstücks mit Wänden aus roh behauenem Stein lag. Offenbar befanden wir uns in einem Turm. An der runden Stirnseite fiel spärliches Licht durch eine Schießscharte. Während der Schlüssel im Schloss knirschte, erkannte ich, dass im Halbdunkel eine Gestalt auf einem Schemel saß.

Er war es.

Bernardino Bellapianta erhob sich, als ich eintrat. Kerzengerade stand er vor mir, bekleidet mit engen dunkelroten Beinkleidern aus Wolle und einem Wams aus schwarzem Samt. Hinter uns krachte die Gittertür ins Schloss. Die Schritte des Wachsoldaten entfernten sich.

Bernardino Bellapianta schob mich ein Stück von sich weg und betrachtete mich von oben bis unten, als müsste er überprüfen, ob ich auch genug zu essen bekam. Dann wies er freudlos lachend in die Runde: ein Strohlager mit ein paar Decken in der Ecke, der Schemel, ein Wandvorsprung, hinter dem ein Eimer stand, daneben ein Krug mit Wasser. Sonst nichts, außer den schartigen Steinwänden, aus deren Fugen der Mörtel bröckelte. Es war kalt.

«Das letzte Mal, dass ich so wenig Platz hatte, lag ich schreiend in einer Holzkiste vor dem Tor von Santa Maria di Lantasio», sagte er. «Aber da war wenigstens noch mein Bruder dabei.»

Er ließ sich auf den Schemel fallen und fuhr sich mit beiden Händen, an denen die stark angeschwollenen Fingergelenke dunkelrot leuchteten, durch die Haare. Für einen kurzen Augenblick gelang es ihm nicht, seine Niedergeschlagenheit zu verbergen. Als er aufblickte, hatte er sich schon wieder im Griff.

«Aber hier oben ist es immer noch besser als in den Zellen unten im Keller. Da liegen sie inzwischen übereinandergestapelt wie die Heringe im Salz.»

Ich trat an die Schießscharte, die sich in der dicken Wand nach innen zu einer Nische verbreiterte, und ich begriff, wo wir uns befanden: im nordwestlichen Turm der äußeren Mauer, knapp oberhalb der Wasserlinie des Grabens, der zugefroren und mit einer dünnen Schneeschicht bedeckt war. Dahinter begann das freie Feld, unbebaut, um den Verteidigern im Fall eines Angriffs freies Schussfeld zu bieten. Unwillkürlich überlegte ich, wie man von hier würde fliehen können.

Bernardino Bellapianta stand auf einmal hinter mir. Und als erriete er meine Gedanken, sagte er leise: «Ich kann mir denken, was mein Bruder vorhat. Präg dir die Breite der Schießscharte und die Wandstärke ein. Er wird ein wenig rechnen müssen. Und er sollte dabei keine Fehler machen.»

Ich blickte mich fragend zu ihm um. Auf den nächstliegenden Gedanken kam ich nicht.

Er ging zur Tür und lauschte hinaus. Draußen auf dem Gang war kein Geräusch zu hören. Dann drehte er sich wieder um und musterte mich lange und traurig.

«Du musst etwas erfahren», sagte er schließlich. «Und ich muss es dir jetzt sagen, denn ich weiß nicht, ob ich später noch eine Gelegenheit dazu bekomme.»

Ich nickte stumm, unfähig, etwas zu sagen oder auch nur zu denken.

«Kennst du das Gleichnis von den Talenten?», fragte Bernardino Bellapianta. «Von dem Herrn, der nach langer Abwesenheit zurückkehrt, die Knechte belohnt, die ihre Fähigkeiten genutzt und sein Geld vermehrt haben, und den tadelt, der es einfach nur vergraben hat?»

Ich nickte, verwundert, weil ich nicht erwartet hatte, dass ausgerechnet er den Umweg über biblische Geschichten nehmen würde, um seine Lebensbeichte abzulegen. Denn genau das schien er vorzuhaben.

Er blickte eine Weile aus dem Fenster, als müsste er seine Gedanken ordnen. Blickte auf seine geschwollenen Finger. Verzog das Gesicht. Offenbar hatte er starke Schmerzen. Der Schnee auf dem zugefrorenen Graben glitzerte.

«Niemand wird bestreiten, dass ich aus meinen Talenten mehr gemacht habe, als irgendjemand mir zugetraut hätte. Und was habe ich davon? Schau mich an! Ich sitze hier mit nichts und frage mich, ob das nicht vielleicht die Strafe für das ist, was ich getan habe. Auf der Jagd nach immer mehr Geld habe ich alle meine anderen Talente verschleudert.»

Er lächelte schief. Dann wurde er wieder ernst und musterte mich forschend, als wollte er sichergehen, dass ich stark genug wäre für das, was nun folgen sollte.

«Ich trage die Schuld am Tod von drei Menschen», sagte er leise. Und dann, noch leiser: «Zwei davon waren deine Eltern. Ich habe das nicht gewollt, aber es ist passiert. Und du musst davon erfahren, bevor du entscheidest, ob du mir überhaupt noch helfen willst.»

«Seit wann wissen Sie das?», fragte ich. Es war mir herausgerutscht, ohne dass ich nachgedacht hatte, aber ich begriff noch im selben Augenblick, dass die Antwort wichtig war. Ich wollte wissen, ob er mir etwas vorgespielt hatte, ob er mir seine Freundschaft angeboten hatte, obwohl er wusste, welche Schuld er auf sich geladen hatte, und ob er das am Ende vielleicht nur getan hatte, um sein Gewissen zu beruhigen.

«Seit zwei Wochen», sagte er. Seine Antwort erleichterte mich. Ich spürte, dass ich ihm verzeihen wollte, schon jetzt, noch bevor ich überhaupt wusste, was geschehen war. Vielleicht aber auch gerade weil ich es noch nicht wusste.

«Wahrscheinlich hat mein Bruder dir erzählt, dass uns Benedetto ins Netz gegangen ist, als du mit Batuhan in Rom warst.»

Ich nickte.

«Er wusste sehr viel über dich. Setz dich, und ich erzähle dir alles.»

Ich sank auf den Schemel. Und dann erfuhr ich, wer ich gewesen war.

42 Bernardino Bellapianta erzählte Pandolfo in seiner Zelle tatsächlich alles, was er von Benedetto erfahren hatte. Er hatte keinen Grund, noch irgendetwas zu verheimlichen. Er wollte reinen Tisch machen.

Aber er wusste eben auch längst nicht alles, und auch das nur aus zweiter Hand. Das allein ist schon Grund genug, Pandolfo seine Geschichte nicht selbst erzählen zu lassen. Dazu kommt, dass das, was nun folgt, für unseren jungen Freund viel zu aufwühlend war, als dass auf seinen Bericht wirklich Verlass wäre. Er hätte eine kopflos hingeworfene Skizze hinterlassen. Diese Geschichte aber verlangt nach einem Gemälde in kräftigen Farben und mit scharfen Konturen.

Eine vorwitzige Frühlingssonne schien durch das Fenster der Stube in dem kleinen Haus in Assago, in dem Pandolfo am Tag des heiligen Hilarius von Aquileia im tausendvierhundertdreiundsiebzigsten Jahr nach der Geburt unseres Erlösers das Licht der Welt erblickte. Angefeuert von der Hebamme, presste Giuditta, eine schmächtige Frau, der man zur Erleichterung ihrer Qualen allerhand Polster und Kissen unter diese und jene Körperteile geschoben hatte, ihren ersten und einzigen Sohn heraus. Man gab ihm den Namen seines verstorbenen Großvaters: Pandolfo.

Sein Vater Ettore verdiente sein Brot als Seidenweber. Außer dem kleinen Haus am Ortsrand von Assago war der Webstuhl, den er einst von seinem Vater, dem besagten Pandolfo, geerbt hatte, sein einziger nennenswerter Besitz: ein Ungetüm aus Walzen, Rollen, Wellen, Zahnrädern, Seilzügen und Bleigewichten, die in einen Rahmen aus knorrigen Holzbalken montiert waren. Wenn die Lieferanten die rot, gelb, grün und blau schimmernden Zopfgebinde zur Weiterverarbeitung in die Stube trugen und auf einem wackeligen Holzgestell in einer Wandnische hinter einem Vorhang ablegten, verdoppelte sich der Wert des kleinen Hauses auf einen Schlag. Wenn die mit hauchdünnen Streifen aus Gold und Silber laminierten Fäden für besonders kostbare Stoffe darunter waren, verdreifachte er sich.

Assago war ein verschlafener Ort, doch es ließ sich dort gut leben. Die Bauern und Handwerker hatten ihr Auskommen, denn das benachbarte Mailand verschlang mit nimmersatter Gier das Getreide und die Stoffe, die in seinem Umland hergestellt wurden. Beinahe täglich erschienen gutgekleidete Herren mit prallgefüllten Geldbeuteln, prüften die Ware, plombierten die Tuchballen und ließen säckeweise Weizen aufladen.

Pandolfo wuchs also ohne Geschwister auf. Er war ein stilles Kind, das mit aufmerksamen Augen das Treiben beobachtete, das ihn umgab. Er lernte laufen, rannte aber nie weit weg. Er lernte sprechen, redete aber wenig. Die stille Gesellschaft von Tieren zog er dem Geplapper der gleichaltrigen Kinder aus Assago vor. Pandolfo wurde ein Träumer, der gern allein seinen Gedanken nachhing und ansonsten freundlich zu allen war. Für die endlosen Balgereien der anderen Jungen konnte er sich nicht begeistern. Er ahnte nichts von dem Talent, das in ihm schlummerte. Bis er es eines Tages entdeckte.

Es war an einem Spätsommertag des tausendvierhunderteinundachtzigsten Jahres nach der Geburt unseres Erlösers. Pandolfos Vater arbeitete in der Werkstatt. Seine Mutter bleichte draußen die Wäsche. Und weil er nun einmal gern allein war und angesichts der bleiernen Augusthitze keine Lust verspürte, gleich wieder zu irgendwelchen Handreichungen herangezogen zu werden, zog Pandolfo sich in den kleinen Schuppen zurück, der an das Haus angebaut war und in dem sein Vater die Ersatzteile für den Webstuhl, nicht mehr benötigte Stoffmuster, allerlei Werkzeuge und Gerätschaften, Brennholz für den Kamin und Kohle für den Herd aufbewahrte.

Pandolfo hockte sich auf einen umgestülpten Eimer und genoss die Kühle und den Schatten. Als sein Blick sich an das Halbdunkel gewöhnt hatte, entdeckte er, dass er nicht allein war.

Auf einem Balken im hinteren Teil des Schuppens saß ein kleiner Kauz und schaute ihn unverwandt an, unterbrochen nur von gelegentlichem Blinzeln. Pandolfo war fasziniert. Noch nie hatte er ein solches Tier aus der Nähe gesehen. Er betrachtete das grau und weiß gesprenkelte Federkleid, die leuchtend gelben Augen, den Schnabel, die Krallen. Er wagte nicht, sich zu rühren, weil er den Vogel nicht aufscheuchen wollte.

Auf einer Ablage an der Wand neben ihm ruhte ein kleiner Stapel mit Stoffmustern, zwischen die dünne Papierbögen gelegt worden waren. Davor stand ein Korb mit Kohlen. Pandolfo hatte in seinem achtjährigen Leben noch nie einen Zeichner bei der Arbeit gesehen und stieß tatsächlich ganz allein darauf, was man mit Papier und Kohle anstellen konnte. Vielleicht wäre die Begabung sein Leben lang unentdeckt geblieben, hätte er nicht an diesem Nachmittag Auge in Auge mit dem Kauz im Schuppen seines Vaters gesessen, die nötigen Requisiten in Reichweite.

Ohne den Kauz aus den Augen zu lassen, tastete Pandolfo nach dem Stapel mit den Stoffmustern. Bekam die Ecke eines Papierbogens zu fassen und zog ihn heraus. Legte ihn auf seinen Knien ab. Streckte die Hand erneut aus und fischte ein schmales Stück Kohle aus dem Korb. Der Kauz blinzelte. Pandolfo maß mit ungeübtem, aber auf wunderbare Weise sicherem Blick die

Kontur des Vogels ab und zeichnete den ersten Strich seines Lebens.

Eine halbe Stunde später befanden sich zwei Käuze im Schuppen: Einer hockte immer noch auf dem Balken und einer frisch gezeichnet auf dem Papier. Sie waren kaum voneinander zu unterscheiden, wenn man von der fehlenden Farbe des Papiervogels einmal absah.

Von diesem Augenblick an konnte Pandolfo an nichts anderes mehr denken. Er trug ständig ein Stück Kohle bei sich und machte sich an die Arbeit, wann immer er sich unbeobachtet fühlte. Er saß hinter Büschen und zeichnete Katzen und Hunde. Er kauerte im Schatten eines Wäldchens am Feldrand und zeichnete die Ochsen der Bauern beim Pflügen. Er schlich sich auf den Dachboden und zeichnete von der Fensterluke aus die Nachbarhäuser, die Fuhrwerke der Herren aus Mailand beim Abholen der Ware, ein Paar Klapperstörche in seinem Nest, ein zum Ausbluten aufgehängtes Wildschwein und die Prozession, die zu Ehren irgendeines Patrons durch die Straße zog. Zur Erinnerung an den Vogel, dem er sein Erweckungserlebnis verdankte, setzte er in die Ecke einer jeden Zeichnung eine kleine Eule. Seine Werke versteckte er unter einem Stapel von Dachziegeln.

Bald ging das Papier aus dem Schuppen zur Neige, und Pandolfo musste die freien Flächen zwischen seinen alten Zeichnungen füllen, bis auch dort kein Platz mehr war. Schließlich überwand er sich und bat seinen Vater um Papier.

Der zog die Augenbraue hoch. Was er denn damit wolle? Statt einer Antwort legte Pandolfo seine gesammelten Zeichnungen auf den Tisch. Ettore war verblüfft und beeindruckt. Und weil er seinen Sohn sehr liebte und genau erkannte, was dieser Wunsch ihm bedeutete, sagte er zu, Papier zu besorgen, allerdings unter einer Bedingung: Pandolfo musste ihm seinerseits versprechen, das Weberhandwerk zu erlernen, um, falls Ettore etwas zustoßen sollte, seine Mutter versorgen zu können. Denn Giuditta war auch damals schon nicht bei bester Gesundheit, und weitere Geschwister gab es nun einmal nicht. Pandolfo willigte ein. Am nächsten Tag lag ein leeres Abrechnungsbuch auf dem Tisch.

So gingen die Jahre ins Land. Pandolfo wurde am Webstuhl ausgebildet und bemühte sich, dem Wunsch seines Vaters zu entsprechen, obwohl ihm von Anfang an die Begeisterung dafür fehlte. Und weil es nun keinen Grund mehr gab, sein Talent vor der Welt zu verbergen, begann Pandolfo, auch Menschen zu zeichnen. Was er zuwege brachte, war beeindruckend, und nach kurzer Zeit kannte die ganze Nachbarschaft ihn als Gufo, den Zeichner. Er begann davon zu träumen, Assago hinter sich zu lassen und sein Glück in Mailand oder Florenz zu versuchen.

Ettore war ein geradliniger Mann. Er widmete sich seinem Handwerk mit großer Hingabe und war der festen Überzeugung, dass seine Fähigkeiten der Familie bis ans Ende seiner Tage ein Auskommen sichern würden. Doch die Welt um ihn herum veränderte sich. Die Abnehmer verlangten größere Mengen bei kürzeren Lieferfristen, ohne die Bezahlung anzupassen. Die anderen Seidenweber von Assago verschuldeten sich und kauften neue und bessere Webstühle, um die Forderungen erfüllen zu können. Ettore setzte unbeirrbar auf Sorgfalt. Und seine Arbeit war so gut, dass Kunden mit hohen Ansprüchen vorerst auch weiterhin anständige Preise dafür zu zahlen bereit waren.

Einer dieser Kunden war Bernardino Bellapianta. Sein Name hatte in der ganzen Gegend einen großen Klang. Gerüchte um seine Herkunft und Legenden über seine Orientreisen und seinen neuen Palast machten die Runde. Die meisten Seidenweber von Assago produzierten für ihn. Monat für Monat verließ eine

Wagenladung voller Stoffballen den kleinen Ort. Ein Heer von Schneidern fertigte in Mailand daraus Satteldecken, Altartücher, Baldachine, Wandbehänge und liturgische Gewänder.

Eines Morgens erschien ein schmalbrüstiges Männchen in schwarzer Kleidung in einem schnellen Wagen und in Begleitung von vier Bewaffneten in Assago. Sein schneidender Akzent wies ihn als Spanier aus. Sein Name sprach sich im Lauf des Tages hinter vorgehaltener Hand herum: Alvaro.

Während seine Begleiter beim Wagen blieben und der Kutscher ein paar Eimer mit Wasser für die Pferde heranschleppte, spazierte Alvaro im Licht der aufgehenden Sonne durch den Ort, musterte Häuser und Grundstücke und machte sich Notizen, aufmerksam beobachtet von Dutzenden von Augenpaaren, die durch halbgeöffnete Türen und Fensterläden lugten. Als er alles gesehen hatte, kletterte er in den Wagen und kam einen Augenblick später mit einem schweren Beutel in der Hand wieder zum Vorschein. Er betrat das Haus eines der Nachbarn von Ettore. Nach einer halben Stunde erschien er wieder auf der Straße, ging erneut zum Wagen, holte einen weiteren Beutel hervor und begab sich zum nächsten Haus. So ging es den ganzen Tag. Die Pferde schnaubten und scharrten mit den Hufen, während die Sonne ihre Bahn zog und die Schatten zuerst kürzer und dann wieder länger wurden.

Als die Abenddämmerung bereits eingesetzt hatte, klopfte dieser Alvaro an die Tür von Ettore. Der Weber, der natürlich längst ahnte, was der Spanier ihm anbieten würde, begrüßte ihn mit einem abweisenden Nicken und bat ihn widerwillig herein. Alvaro sah sich in der Stube um. Musterte den Webstuhl. Ließ seine schmalen Finger über die Stoffbahn gleiten, die straff gespannt von der Umlenkrolle auf eine Walze geführt wurde. Wog eins der tropfenförmigen Bleigewichte in der Hand. Stupste ein anderes an und ließ es auspendeln.

Die Technik sei veraltet, sagte er schließlich. Aber das brauche er Ettore wahrscheinlich nicht zu erklären.

In der Tat brauche er das nicht, war die Antwort. Doch für die Art von Stoffen, die er, Ettore, produziere, komme es auf die Technik nicht an, sondern auf Augenmaß und Fingerfertigkeit. Aber das brauche er Alvaro wahrscheinlich nicht zu erklären. Oder ob es in der Vergangenheit irgendeinen Anlass gegeben habe, die Qualität seiner Arbeit zu beanstanden?

Nicht den geringsten, antwortete Alvaro. Doch die Zeit bleibe nun einmal nicht stehen. Sein Auftraggeber plane den Aufbau einer größeren Weberei in Assago. Er habe die Aufgabe, die dafür nötigen Häuser und Grundstücke aufzukaufen. Alle anderen Weber in der Nachbarschaft hätten sein Angebot angenommen. Niemand werde seine Arbeit verlieren. Im Gegenteil: In der geplanten Werkstatt werde es mehr als genug zu tun geben, und wer schnell arbeite, werde in Zukunft sogar noch erheblich mehr verdienen als zuvor.

Alvaro legte den Beutel, den er mitgebracht hatte, auf den Tisch. Ettore würdigte ihn keines Blickes.

Er lebe nicht davon, dass er schnell arbeite, sondern davon, dass er sorgfältig arbeite. Wer behaupte, dass beides zugleich möglich sei, der habe keine Ahnung von diesem Geschäft.

Alvaro wies mit einem Kopfnicken auf den unberührten Beutel. Ob Ettore nicht wenigstens nachzählen wolle?

«Nein.»

«Ihr letztes Wort?»

«Mein allerletztes.»

«Schade. Passen Sie auf sich auf.»

Und Alvaro ging. Ettore hörte, wie draußen ein paar Worte gewechselt wurden. Leder knarrte, als die Reiter aufsaßen. Geschirre klirrten. Eine Peitsche knallte. Das Hufgetrappel und das Rattern der Räder entfernten sich.

In den folgenden Monaten verwandelte sich die Umgebung des kleinen Hauses in eine große Baustelle. Ettore achtete kaum auf den Betrieb. Er wob. Wob, während draußen mit großem Getöse die Häuser abgerissen wurden; wob, während Arbeiter eine Fundamentgrube aushoben; wob, während Maurer eine langgestreckte Halle hochzogen; wob, während Zimmerleute das Gebälk zusammenhämmerten; wob, während Dachdecker die Schindeln verlegten.

Seine Nachbarn erklärten ihn für verrückt. Ob er das Geld von diesem Alvaro wenigstens nachgezählt habe? Wozu?, fragte Ettore zurück. Er habe ja nicht die Absicht gehabt, sein Haus zu verkaufen.

Eine Weile fürchtete er, die Aufträge könnten ihm entzogen werden. Doch nichts dergleichen geschah. Er hatte auch weiterhin genug zu tun, und seine einzige Sorge war und blieb die mangelnde Begeisterung seines Sohnes für das Handwerk.

Kurz bevor die neue Weberei in Betrieb genommen wurde, erschien Bernardino Bellapianta persönlich in Assago, um sich das Gebäude anzusehen und ein paar letzte Anweisungen zu geben. Mit einem Rattenschwanz von Bediensteten im Gefolge ließ er sich durch die Halle führen.

Als er die Besichtigung beendet hatte, ging er allein hinüber und klopfte an Ettores Tür.

Ettore rechnete mit einem weiteren Angebot von Bernardino Bellapianta. Wie gesagt, er war ein geradliniger Mann, stolz auf die Geschicklichkeit seiner Hände und frei von Ehrfurcht vor dem Geld und Unterwürfigkeit gegenüber den Leuten, die es besaßen. Doch der Auftritt dieses Herrn, den sein Reichtum wie eine Aura umgab, schüchterte ihn umso mehr ein, als Bernardino Bellapianta offenbar gar nicht die Absicht hatte, ihn einzuschüchtern. Das Brokatgewand und die parfümierten Seidenhandschuhe waren wie eine Haut für ihn.

Ettore frage sich sicherlich, warum er herübergekommen sei, eröffnete Bernardino Bellapianta das Gespräch.

Nun ja, antwortete Ettore verlegen. Das frage er sich schon.

Aus reiner Neugier sei er gekommen, erklärte Bernardino Bellapianta. Aus Neugier, den Mann kennenzulernen, der seine Unabhängigkeit höher schätze als das Geld. Denn in der Regel sei es ja umgekehrt, und er, Bernardino Bellapianta, habe große Achtung vor solchen Leuten. Er sei es gewohnt, alles kaufen zu können, und er sehe es als eine erfrischende und wohltuende Lektion, gelegentlich daran erinnert zu werden, dass es immer noch Menschen gebe, die anders dächten.

Ettore schwieg, halb beeindruckt von der Offenherzigkeit seines Gegenübers, halb misstrauisch, ob das tatsächlich schon alles gewesen war.

Er werde ihm hier und jetzt kein weiteres Angebot für sein Haus machen, sagte Bernardino Bellapianta. Ettore solle aber wissen, dass er sich, falls er in naher oder ferner Zukunft noch einmal über die Sache nachdenken wolle, jederzeit an ihn wenden könne, denn eine Vergrößerung der gerade fertiggestellten Weberei sei ja immerhin denkbar.

Ettore nickte verunsichert. Er hätte erleichtert sein müssen, aber ein Rest von Misstrauen blieb in seinem Kopf haften. War die letzte Bemerkung doch als Drohung aufzufassen? Genoss dieser Kaufmann es, ihm zu verstehen zu geben, dass er seine Existenz in der Hand hatte?

Während nebenan die Weberei den Betrieb aufnahm, arbeitete Ettore auf eigene Rechnung weiter. Seine Sorgen verblassten, bis auf die übliche: Pandolfo lernte und arbeitete auch weiterhin, ohne bei der Sache zu sein. Wann immer er Zeit hatte, verließ er das Haus, um Bäume, Tiere oder Menschen zu zeichnen. Manches Mal fragte Ettore sich, ob es nicht doch besser wäre, den Jungen in die Stadt zu einem angesehenen Meister in die Lehre zu schicken. Im nächsten Augenblick zweifelte er wieder: Was bedeutete es schon, in Assago bewundert zu werden? Waren Pandolfos Fähigkeiten wirklich ausreichend, um in Mailand zu bestehen? Er schob die Entscheidung immer wieder auf.

Irgendwann hatte Pandolfo ausgelernt. Es wäre der richtige Zeitpunkt gewesen, um ihn ziehen zu lassen, wenn er das wirklich gewollt hätte. Aber Giuditta wurde immer schwächer und verbrachte inzwischen die meiste Zeit im Bett. Morgens und abends wurde sie von einer Ordensschwester versorgt. Sie klagte über ein schweres Gewicht auf ihrer Brust, und wenn sie überhaupt aufstand, klammerte sie sich keuchend an das Bettgestell. Wenn Ettore sie so sah und sein Blick dann auf seinen zeichnenden Sohn fiel, packte ihn die Wut. Pandolfo solle die Mätzchen lassen und endlich anfangen, sich der Weberei mit dem nötigen Ernst zu widmen, schrie er ihn an.

Ettore versuchte alles, um seiner Frau zu helfen. Er holte angesehene Ärzte aus Mailand an ihr Bett und ließ sich teure Mittelchen aufschwatzen. Er bat Wunderheiler um Rat, die allerhand verwegene Prozeduren mit Giuditta anstellten. Er betete nächtelang und ließ Messen lesen. Er rieb ihr die Brust mit Öl aus einem Fläschchen ein, das ein Pilger heimlich für eine Nacht am Grab der Heiligen Cosmas und Damian in Bremen deponiert hatte und für das Ettore ein Vermögen bezahlt hatte. In seiner Verzweiflung verpfändete er das Haus. Giuditta aber wurde nicht gesund.

Da tauchte eines Tages ein gewisser Benedetto in Assago auf, um im Auftrag von Bernardino Bellapianta die Anlieferung und den Aufbau einiger neuer Webstühle zu überwachen.

Doch niemand ahnte, was für einen Auftrag dieser Benedetto außerdem noch hatte: Er sollte dafür sorgen, dass Ettore sein Haus endlich herausrückte. Bernardino Bellapiantas Weberei sollte vergrößert werden, und diesmal wurde das Grundstück wirklich gebraucht. Bernardino Bellapianta war ziemlich wütend gewesen. Man könne nicht um jeden Schafstall herumbauen wie damals um das Haus von Bertrada Facchinetti. Benedetto solle dafür sorgen, dass die verdammte Baracke von diesem Weber verschwinde, und dafür tun, was ihm notwendig erscheine, und wenn gutes Zureden und sein ohnehin schon in unangemessene Höhen getriebenes Kaufangebot nichts bewirken sollten, dann solle er nicht warten, bis irgendwann der Blitz bei diesem Weber einschlüge, sondern handeln. Um sicherzugehen, dass er richtig verstanden hatte, hatte Benedetto noch einmal nachgefragt. Er solle also Feuer legen? Bernardino Bellapianta hatte unwirsch wiederholt, Benedetto möge tun, was ihm notwendig erscheine. Und als Benedetto schon fast zur Tür hinaus gewesen war, hatte Bernardino Bellapianta noch einmal aufgeblickt und ihm hinterhergerufen, dieser Weber und seine Frau müssten ja nicht gleich mitverbrennen. Und der Sohn auch nicht. Ob der übrigens wirklich so gut zeichnen könne, wie man in Assago behaupte?

Während Benedetto noch darüber nachdachte, wie er in dieser Sache vorgehen sollte, traf er in einer Arbeitspause unverhofft auf Pandolfo, der das tat, was er immer tat, wenn er nicht für seinen Vater arbeitete: Er zeichnete. Diesmal hatte er sich einen der neuen Webstühle vorgenommen, der auf einem Transportwagen vor der Halle stand und darauf wartete, dass die Arbeiter ihn abluden.

Fasziniert trat Benedetto näher. Offenbar hatte er den Sohn des besagten Ettore vor sich, von dessen Talent in der Tat der ganze Ort sprach. Während er Pandolfo weiter zusah, nahm in Benedettos Kopf eine Idee Gestalt an, wie sich hier vielleicht zwei Fliegen mit einer Klappe schlagen ließen.

Pandolfo blickte auf.

«Mach ruhig weiter», sagte Benedetto.

Pandolfo zeichnete weiter, doch die Blicke des Mannes, die

über seine Hände und über das Papier wanderten, machten ihn nervös.

«Wo hast du das gelernt?», fragte Benedetto.

«Nirgendwo», sagte Pandolfo nicht ohne Stolz. «Das hab ich mir selbst beigebracht.»

«Glaube ich nicht.»

«Ist aber so», gab Pandolfo zurück und legte die Kohle beiseite. «Wer hätte mir das hier denn wohl beibringen sollen?»

Benedetto bemerkte sofort den Groll, den Pandolfo gegen sein Dasein in Assago hegte, den Wunsch, dieser ländlichen Umgebung zu entkommen, die seinem Talent keinerlei Möglichkeiten zur Entfaltung bot. Er beschloss, den Spalt zu erweitern, der sich hier gerade auftat. Er ließ einen spöttischen Blick über die bescheidenen Häuser schweifen, die sich hinter der Halle in die Landschaft duckten.

«Stimmt», sagte er. «Hier kann dir niemand etwas beibringen. Einer wie du hat nichts von diesem Ort. Und ein Ort wie dieser hat nichts von dir.»

Pandolfo blickte verdrossen in die Runde.

«Warst du jemals in Mailand?», fragte Benedetto.

«Gelegentlich, für Besorgungen», murmelte Pandolfo verhalten.

Benedetto blickte ihn ungläubig an. «Gelegentlich? Für Besorgungen? Hast du dir nie die Kathedrale angesehen? Die größte Baustelle der Welt?» Er beugte sich vor, grinste ölig und senkte die Stimme. «Und die Mädchen dort. Ich sage dir, das ist ganz was anderes als diese Trampeltiere hier. Die wissen Bescheid. Wenn du verstehst, was ich meine.» Benedetto neigte sich noch weiter hinunter, bis sein Mund beinahe Pandolfos Ohr berührte. «Die wollen nicht immer gleich heiraten», flüsterte er.

Pandolfo wusste nicht ganz genau, was Benedetto meinte,

aber er ahnte es auf eine Weise, die ihn gleichzeitig irritierte und verlockte.

«Ich kann hier nicht so lange weg», sagte er gereizt.

Benedetto spürte, wie seine Saat zu keimen begann. «Dann bleib lieber gleich hier. Du würdest nicht zurückwollen. Oder vielleicht andersherum: Wer so gut aussehend und talentiert ist wie du, den würden sie dort nicht wieder gehen lassen.»

«Was sollte ich denn dort machen?», fragte Pandolfo vorsichtig. Natürlich hatte er oft genug an die Stadt gedacht und sich allerhand Vorstellungen davon hingegeben, welche Möglichkeiten sich dort bieten mochten. Aber Benedettos Schmeichelei war nicht ohne Wirkung geblieben, und er wollte es von ihm hören.

«Fürs Erste könntest du für mich arbeiten», sagte Benedetto. «Jemanden wie dich kann ich immer gebrauchen. Ich baue Maschinen.» Er wies mit einem geringschätzigen Kopfnicken und komplizenhaften Grinsen auf den Webstuhl. «Nicht so was wie das da. Richtige Maschinen.»

Pandolfo konnte seine Aufregung kaum bändigen. War das die Gelegenheit, auf die er gewartet hatte?

«Warum kannst du hier eigentlich nicht weg?», setzte Benedetto nach.

«Meine Mutter ist krank.»

Benedetto machte ein ernstes Gesicht und zog die Stirn in Falten. Er wusste, dass er sich jetzt auf dünnem Eis bewegte.

«Und glaubst du, es wäre ihr recht, dass ihr Sohn ihretwegen seine Talente verschwendet?», fragte er schließlich, den Blick nachdenklich in die Ferne gerichtet. «Wäre deiner kranken Mutter nicht viel leichter ums Herz, wenn sie wüsste, dass du den Platz gefunden hast, der dir gebührt?»

Pandolfo schwieg überrumpelt. Die Aussicht auf die verlockende Zukunft, die Benedetto ihm soeben skizziert hatte, machte ihn taub für die Unverschämtheit und die Anmaßung, die in diesen Worten lagen. Benedetto seinerseits beschloss, das Gift nun ein paar Tage lang wirken zu lassen. Er verabschiedete sich und ging.

Pandolfo lag in dieser Nacht lange wach. Er wälzte sich hin und her und überlegte, wie er Benedettos Vorschlag bei seinem Vater zur Sprache bringen sollte. Er hatte ein schlechtes Gewissen seiner Mutter gegenüber. Andererseits: Tat er der Familie am Ende nicht den größeren Gefallen, wenn er seine Begabung nutzte, um Geld zu verdienen? Viel mehr Geld vielleicht, als dieser veraltete Webstuhl in Assago ihm jemals einbringen würde?

Er malte sich das Gespräch mit seinem Vater in allen möglichen Varianten aus. Legte sich die richtigen Worte zurecht. Fand sie kurz darauf überhaupt nicht mehr richtig und verwarf sie. Schlief darüber ein.

Am nächsten Tag schickte Ettore ihn wegen einer fehlerhaften Lieferung nach Mailand. Konnte Pandolfo in diesem Auftrag etwas anderes sehen als einen Wink des Schicksals?

Gegen Mittag machte er sich auf den Weg, fest entschlossen, seinem Vater nach seiner Rückkehr von Benedettos Vorschlag zu berichten und ihn um seine Einwilligung zu bitten. Er wanderte frohen Herzens die Straße entlang und fand auf halber Strecke sogar ein Fuhrwerk, das ihn mitnahm. Am frühen Nachmittag passierten sie die ersten Ausläufer der Stadt. Die Bebauung wurde dichter. Vom Kutschbock aus sah Pandolfo das Färberviertel mit seinen armseligen Hütten vorbeiziehen und atmete den strengen Geruch der Bleichmittel ein. Doch an diesem Tag kam ihm alles wunderbar vor.

Er suchte den Geschäftspartner seines Vaters auf und klärte den Irrtum mit der Lieferung. Und weil ihm noch nicht danach war, sofort nach Assago zurückzukehren, ließ er sich vom Menschenstrom treiben, der ihn ins Herz der Stadt schwemmte. Er kämpfte sich durch das Gewirr der Buden auf dem Platz vor der

Kathedrale. Blickte überwältigt auf das Marmorgebirge. Beobachtete die Arbeiter, die auf den Gerüsten der Vierungskuppel herumstiegen. Lauschte dem Donnern der Hämmer und dem Klimpern der Meißel, das von den Fassaden der umstehenden Häuser zurückgeworfen wurde. Achtete auf hübsche Mädchen, die im Gewühl seinen Blick suchten. Und vergaß dabei die Zeit. Irgendwann brach die Dämmerung herein.

Benedetto hatte zwar keine unruhige Nacht verbracht, sich aber doch seine Gedanken über Pandolfo gemacht. Und er war dabei zu dem Schluss gekommen, dass der Junge trotz seiner Begeisterung wahrscheinlich nichts unternehmen würde, sei es aus Mitleid mit seiner Mutter, sei es aus Angst vor seinem Vater. Also beschloss Benedetto, die Sache selbst in die Hand zu nehmen. Er hatte sich umgehört. Ettore brauchte Geld für seine kranke Frau, also würde er ihm welches anbieten. So teuer konnte es ja wohl nicht sein, einen verschuldeten Handwerker davon zu überzeugen, dass er sich selbst einen Gefallen tat, wenn er einen unnützen Esser loswurde. Und vielleicht ließ sich bei der Gelegenheit auch noch einmal die Sache mit dem Haus zur Sprache bringen.

Damit nahmen die schrecklichen Ereignisse ihren Lauf.

Die Dämmerung brach schon herein, als Benedetto an Ettores Tür klopfte. Offenbar war dieser noch bei der Arbeit gewesen: Auf einem Schemel neben dem Webstuhl brannte eine voll aufgedrehte Öllampe. Das Weberschiffchen steckte zwischen den Kettfäden. Im oberen Stockwerk wurde irgendetwas gemurmelt. Eine Frauenstimme betete.

Als Benedetto das Gesicht des Webers sah, begriff er gleich, dass er einen Mann vor sich hatte, der sich nichts aufschwatzen lassen würde; jeder Versuch, ihn durch Schmeicheleien für sich einzunehmen, würde das Gegenteil bewirken. Also beschloss Benedetto, gleich zur Sache zu kommen.

Pandolfo wolle mit ihm nach Mailand gehen, um dort als Zeichner sein Geld zu verdienen. Mit diesem Geld werde er seine Mutter besser unterstützen können, als ihm das von hier aus jemals möglich sei. Mit einem Kopfnicken wies Benedetto auf den Webstuhl. Es gelang ihm nicht ganz, die Geringschätzung in seinem Blick zu verbergen.

Mehr brauchte es nicht, um in Ettore eine unbändige Wut hochkochen zu lassen. Er packte Benedetto am Arm, um ihn aus dem Haus zu werfen. Dieser war nicht bereit, sich eine derart grobe Behandlung von einem Weber aus Assago einfach gefallen zu lassen. Er schüttelte Ettores Hand ab und schlug ihm mit aller Kraft ins Gesicht.

Ettore taumelte zurück, stolperte und krachte im Fallen mit dem Kopf gegen den Rahmen des Webstuhls. Dabei riss er den Schemel mit der Lampe um. Sie zerschellte auf den Steinplatten. Ein Sturzbach aus Öl ergoss sich über den Boden und fing sofort Feuer. Die Flammen schossen hoch und erfassten das trockene Holz des Webstuhls.

Eine Hitzewelle schlug Benedetto ins Gesicht, sodass er zurückwich. Er hätte schnell handeln und den reglosen Ettore bei den Füßen packen und ins Freie ziehen können. Doch er tat es nicht. Niemand wusste, dass er hier war. Also stürzte er ins Freie, stieg auf sein Pferd und galoppierte nach Mailand zurück.

Pandolfo war zu dieser Zeit auf dem Rückweg nach Assago. Weil es schon dunkel war, hatte er keinen Wagen mehr gefunden, der ihn mitnahm, aber das störte ihn nicht. In einem Gasthaus an der Piazza Mercanti hatte er zwei Becher Wein getrunken. Zufrieden und zuversichtlich wanderte er durch die Dunkelheit, dachte an die Blicke der Mädchen und malte sich seine Zukunft in Mailand aus. Länger als drei Stunden würde er nicht brauchen.

Auf halber Strecke kam ihm ein Reiter in gestrecktem Galopp entgegen und flog mit prasselndem Hufschlag an ihm vorbei.

Kurz vor Assago nahm Pandolfo Brandgeruch wahr. Im Näherkommen sah er den Widerschein von Feuer. Aufgeregtes Rufen schallte ihm entgegen. Silhouetten von Menschen hetzten umher, einige hatten eine Kette gebildet, reichten Eimer durch und schütteten sie in Richtung der Fenster des Hauses, aus denen die Flammen schlugen. Es war das Haus seiner Eltern. Eine eiserne Klaue griff nach seinem Herzen. Später erinnerte er sich nur noch daran, dass er losrannte. Den Rest erzählte man ihm Tage danach.

Nach zwei Stunden hatte das Feuer sich sattgefressen. Von Ettores Haus stand nur noch ein Gerippe. Die Glut war immer noch so heiß, dass es bis zum nächsten Morgen dauerte, ehe Pandolfo, in feuchte Decken gewickelt, die Ruine betreten konnte. Er fand drei verkohlte Leichen: seine Eltern und die Ordensschwester, die seine Mutter versorgt hatte.

In den folgenden Tagen war sein Kopf wie mit Wolle ausgestopft. Es rauschte in seinen Ohren. Die Umarmungen der Nachbarn, die vergeblich versucht hatten, das Feuer zu löschen, erwiderte er mechanisch. Ihre Beileidsbekundungen nahm er zur Kenntnis.

Lanfranco, der Priester der Kirche des heiligen Desiderius, nahm ihn im Pfarrhaus auf. Er umarmte Pandolfo noch ein bisschen fester als die anderen und machte dabei ein Gesicht, als sei er selbst derjenige, dem das größte Leid widerfahren war.

Nach einigen Tagen brachte man Pandolfo schonend bei, dass sein Vater das Haus mit dem Grundstück verpfändet hatte. Pandolfo nahm auch diese Nachricht mit Gleichgültigkeit auf. Vor dem Tod seiner Eltern hatte er nichts besessen. Jetzt besaß er immer noch nichts. In dieser Hinsicht hatte es also keine Veränderung gegeben.

Pandolfo begann wieder zu zeichnen. Er bat den Priester um ein paar Bögen Papier und ein Stück Kohle. Lanfranco umarmte ihn und brachte ihm beides.

Als das Rauschen in seinem Kopf abklang, wurde Pandolfo langsam klar, dass er jetzt auf sich allein gestellt war. Lanfranco hatte ihm angeboten, so lange im Pfarrhaus zu bleiben, wie er wollte, um Trost und Frieden zu finden. Doch die Umarmungen des Priesters wurden fordernder, und seine Hände glitten dabei auch an Stellen, an denen sie keinen Trost spendeten und schon gar keinen Frieden.

Zwei Wochen nach dem Unglück erfuhr Pandolfo von einem der früheren Nachbarn, dass der Gläubiger, dem Ettore seinen Besitz verpfändet hatte, das Grundstück an Bernardino Bellapianta verkauft hatte, der es offenbar zur Erweiterung der Weberei nutzen wollte. Ein ungeheuerlicher Verdacht ergriff Besitz von Pandolfos Gedanken. Er erinnerte sich an das, was sein Vater ihm damals beiläufig erzählt hatte: Zweimal hatte Bernardino Bellapianta versucht, ihm das Haus abzukaufen. Beim ersten Mal hatte er diesen unheimlichen Spanier geschickt, der Ettore im Weggehen geraten hatte, auf sich aufzupassen. Und beim zweiten Mal war Bernardino Bellapianta selbst gekommen und hatte die Vergrößerung seiner Weberei angekündigt. Was lag näher als der Verdacht, dass dieser mit allen Wassern gewaschene Kaufmann es offenbar nicht hatte ertragen können, dass er mit seinem Geld nichts auszurichten vermochte, und nun einen Brandstifter geschickt hatte, um endlich in den Besitz des Grundstücks zu kommen? Je länger Pandolfo darüber nachdachte, desto sicherer war er, dass Bernardino Bellapianta das Haus seines Vaters hatte anstecken lassen.

Weil Lanfranco mit jedem Tag zudringlicher wurde, verbrachte Pandolfo immer mehr Zeit mit Papier und Kohle im Freien. Er zeichnete Trauerweiden, Rosenblüten und Eichhörnchen und dachte darüber nach, wie er an Geld kommen sollte, um Assago endlich verlassen zu können.

Und so kam der Tag, an dem Luca il Rampeghín in sein Leben trat. Ob ihn die Aussicht auf verbrecherische Betätigungen hergelockt oder er vorübergehend Zuflucht gesucht hatte, weil man ihm auf den Fersen war, wusste niemand zu sagen. Wie auch immer: Luca il Rampeghín gewährte Assago die zweifelhafte Ehre seines Besuchs.

Die meisten schicksalhaften Begegnungen in Pandolfos Leben begannen damit, dass jemand von hinten an ihn herantrat, während er irgendwo saß und zeichnete. Und so trug es sich auch diesmal zu: Pandolfo saß am Ufer eines Baches und zeichnete eine knorrige Weide, und Luca trat von hinten an ihn heran. Da es bereits später Nachmittag war, roch er schon ganz ordentlich nach Wein.

Wie zuvor Benedetto, so hatte auch Luca auf der Stelle eine Idee, wie die Begabung dieses Jungen zu nutzen war. Er lobte Pandolfos Fähigkeiten und fragte ihn, wo er das Zeichnen gelernt habe. Pandolfo antwortete bereitwillig.

Luca setzte ein herausforderndes Gesicht auf und zog einen Schlüssel hervor. Ob Pandolfo den Schlüsselbart zeichnen könne? Ohne nachzumessen und dennoch so, dass ein Schlosser in der Lage sei, ihn nachzumachen?

Natürlich könne er das, erwiderte Pandolfo und griff nach dem Schlüssel. Doch Luca zog ihn weg und legte ihn mit einem schlauen Grinsen auf einen Baumstumpf, drei Schritte von Pandolfo entfernt.

«Von hier aus. Zeig mir mal dein Adlerauge.»

Pandolfo zuckte mit den Schultern und begann zu zeichnen.

Luca war beeindruckt. Als die Arbeit beendet war, kramte er aus seinem Beutel eine Flasche hervor und lud Pandolfo ein, mit ihm zu trinken. Der Wein tat seine Wirkung umso mehr, als

Pandolfo das Trinken nicht gewohnt war. Wie zuvor Benedetto, so gelang es auch Luca, vor den Augen des unbedarften Jungen das Bild einer überaus verlockenden Zukunft in der großen Stadt entstehen zu lassen.

«Komm mit mir nach Mailand», sagte er. «Für einen wie dich gibt es dort jede Menge zu tun.»

Endlich, dachte Pandolfo. In Assago hielt ihn nun erst recht nichts mehr.

So begann sie, die ungleiche Komplizenschaft zwischen Pandolfo und Luca il Rampeghín. Ohne sich von Lanfranco zu verabschieden, brach er auf, entschlossen, nie wieder nach Assago zurückzukehren.

43 Auf dem Heimweg ging die Geschichte, die Bernardino Bellapianta mir erzählt hatte, in meinem Kopf hin und her wie ein Echo. Eineinhalb Jahre lang war ich ohne die geringste Erinnerung an mein erstes Leben gewesen, nun hatte ich in eineinhalb Stunden alles erfahren, was ich wissen musste, um eine ungefähre Vorstellung von diesem Menschen zu gewinnen, der ich gewesen war. Oft hatte ich mir ausgemalt, wie es sein würde, wenn die Fragen nach meiner Herkunft beantwortet wären. Jetzt war es so weit, und ich fühlte fast nichts, genau wie an dem Tag, an dem ich Laura im Färberviertel getroffen hatte. Nach wie vor gab es zwei Pandolfos, die durch eine Gewalttat voneinander getrennt waren und sich nicht zusammenfügen ließen: einer davon war ich, der andere der Sohn eines Webers aus Assago, dessen Werdegang ich betrachtete wie den eines Fremden und dessen Dasein durch einen Schlag auf den Kopf beendet worden war.

Es gelang mir nicht, Bernardino Bellapianta als den Verursacher dieses Bruchs zu sehen, weil ich aufgrund meiner fehlenden Erinnerung eben keinen Bruch sah, sondern nur den Neuanfang, den er mir ermöglicht hatte. Und trotzdem betrachtete ich ihn mit anderen Augen als vorher. Das strahlende Bild, das ich mir von ihm gemacht hatte, war getrübt worden, weniger wegen seiner Schuld am Verlust meiner Eltern und der Folgen, die sich daraus ergeben hatten, als vielmehr wegen der Bedenkenlosigkeit, mit der er den Tod von drei Menschen in Kauf genommen hatte. Nicht mein Schicksal war es, das ich ihm vorwarf, sondern die Tatsache, dass er eine Seite hatte, die ich lieber nicht an ihm gekannt hätte. Dabei hätte ich es wissen können: Paolo hatte mich gewarnt, und er selbst hatte damit kokettiert.

Am Ende war es nicht nur unsere lange und enge Verbundenheit, die den Ausschlag gab, sondern Bernardino Bellapiantas Reue. Mag sein, dass Benedettos von ihm angeregte Tat ihm erst dann Kopfzerbrechen zu bereiten begann, als Benedetto ihn daran erinnert hatte. Wahrscheinlich war ich in gewisser Weise sogar stolz darauf, der Anlass für seine Läuterung gewesen zu sein. Ich glaube, Bernardino Bellapianta hatte sich selten, vielleicht nie in seinem Leben, jemandem so geöffnet wie mir an diesem Tag in seiner Zelle.

Giancarlo Bellapianta fing mich schon im Innenhof ab, lotste mich in seine Werkstatt, in der ein Kaminfeuer loderte, und ließ sich alles berichten. Die Zusammenfassung meiner eigenen Geschichte hörte er sich abwesend an und kommentierte sie mit keinem Wort. Stattdessen drängte er darauf, die Größe der Zelle zu erfahren, den Durchmesser der Schießscharte und die Dicke und Beschaffenheit der Mauer an dieser Stelle. Er machte sich Notizen und stellte ab und zu eine knappe Zwischenfrage. Seine Miene hellte sich im Verlauf meines Berichts zusehends auf.

Nachdem ich geendet hatte, schrieb er noch eine Weile weiter, als dringe meine Stimme nur mit Verspätung zu ihm durch. Schließlich ließ er die Feder sinken.

«Das müsste klappen», sagte er.

«Sie wollen ein Loch in die Wand sprengen, oder?»

«Allerdings will ich das.» Seine Augen leuchteten wie an

dem Tag, an dem er mir zum ersten Mal von seinen Flugversuchen erzählt hatte.

«Ist das nicht gefährlich?»

«Ihn nicht zu befreien ist gefährlicher.»

Ich zweifelte noch, doch er hatte sich schon ein neues Blatt gegriffen und zeichnete mit schnellen Strichen den Grundriss der Zelle auf. Er tippte mit dem Finger auf die Stelle, an der sich die Schießscharte befand.

«Wir schmuggeln den Sprengsatz in seine Zelle. Er bringt ihn in der Schießscharte an, zündet die Lunte und geht in Deckung, aber nicht bei der Tür, wo die Sprengung ihre größte Wirkung entfaltet, sondern im toten Winkel der Druckwelle in einer der beiden Ecken an der Außenwand. Wenn er alles richtig macht, wird die Schießscharte so weit vergrößert, dass er sich hindurchzwängen und auf das Eis springen kann.»

Wenn er alles richtig macht, dachte ich. Giancarlo Bellapianta war offensichtlich so überzeugt von der Korrektheit seiner Berechnungen, dass es ihm überhaupt nicht in den Sinn kam, er selbst könnte einen Fehler machen.

«In der Nähe der Außenmauer wird ein Wagen warten, der nach der Explosion an den Graben heranfährt und ihn einlädt», fuhr Giancarlo Bellapianta fort. «In Como wird er ein Boot besteigen, das ihn über den See bringt. Anschließend geht es nach Graubünden. Dort haben wir ein Haus. Alles ist vorbereitet.»

Ich war beeindruckt, wie schnell Giancarlo Bellapianta in der kurzen Zeit die überstürzte Befreiung seines Bruders in die Wege geleitet hatte.

«Und dann?», fragte ich.

«Dann wird verhandelt. Wir werden bei Ludovico eine Amnestie herausschlagen.»

«Was ist, wenn Ludovico sich nicht darauf einlässt?»

«Er muss. Die Gegner meines Bruders haben darauf gesetzt, dass es schnell über die Bühne geht. Aber wenn sie keinen Zugriff mehr auf ihn haben, arbeitet die Zeit für uns. Mit jedem Tag, der verstreicht, wird es unangenehmer für Ludovico, weil die ganze Stadt darüber reden wird, dass er seinen wichtigsten Gefangenen hat entwischen lassen. Mit einer Amnestie kann er es so aussehen lassen, als hätte er eine Freilassung von Anfang an in Betracht gezogen. Natürlich wird das Geld kosten.»

«Wie soll der Sprengsatz in die Zelle gelangen?», fragte ich. Mir war klar, was für eine Lösung ihm vorschwebte, aber ich fragte dennoch, mit einem leicht trotzigen Tonfall. Ich wollte nicht, dass er meine Mithilfe als Selbstverständlichkeit betrachtete.

Giancarlo Bellapianta sah mich lange an. «Ich finde auch jemand anderen.»

Ich glaubte es ihm. Aber mir schmeichelte, dass er offenbar wollte, dass ich es tat. Und ich spürte, dass sich so in gewisser Weise auch ein Kreis schließen würde. Ich würde Bernardino Bellapiantas Leben retten, auch ohne dass ich ihm das schuldig war. Zwischen uns gab es nichts mehr aufzurechnen.

Ich schüttelte den Kopf. «Nicht nötig.»

Allerdings war da noch ein anderes Problem.

«Sie haben mich durchsucht», sagte ich.

Er presste die Lippen zusammen und nickte. «Das hatte ich mir gedacht.»

«Warum schieben wir die Ladung nicht von außen durch die Schießscharte?», fragte ich.

«Das ist von der Eisfläche aus etwas zu hoch», antwortete er. «Man müsste eine Leiter heranschaffen, und das würde die Wachen auf der Mauer aufmerksam machen. Bis mein Bruder den Sprengsatz bereitgemacht und gezündet hat, sind sie längst in der Zelle.»

Eine Weile saßen wir wortlos herum und blickten ins Feuer. Schließlich sagte er: «Uns fällt schon was ein.»

Anders als Giancarlo Bellapianta ließ Laura sich meine Geschichte in allen Einzelheiten erzählen und unterbrach mich mit behutsamen Zwischenfragen, die ich nicht beantworten konnte. Dennoch schien sie erleichtert darüber zu sein, dass die Einblicke in meine Vergangenheit nicht den Drang in mir geweckt hatten, diesem alten Leben weiter auf den Grund zu gehen.

«Wenn ich dich damals schon getroffen hätte, wäre genau dasselbe passiert», sagte sie, als sei die Sache damit abschließend kommentiert.

«Aber wir wären uns nie begegnet», sagte ich und wusste im selben Moment, dass der Gedanke ihr nicht gefallen würde.

«Deshalb muss ich ja wohl noch lange nicht dankbar dafür sein, dass jemand deine Eltern umbringt und dich anschließend halb tot schlägt.»

Damit hatte das Gespräch genau die ungute Richtung eingeschlagen, die ich vorausgesehen hatte. Als der Plan zur Befreiung von Bernardino Bellapianta zur Sprache kam, war sie alles andere als begeistert.

«Eine Sprengladung, ja? Und du sollst sie reinschmuggeln?»

«Irgendeiner muss es machen», sagte ich gereizt. Wie gesagt, ich hatte es kommen sehen.

«Ja, irgendeiner! Hier wohnen hundertzwanzig Leute im Palast und fressen sich auf Bernardino Bellapiantas Kosten durch. Angeblich schuldet ihm halb Mailand alle möglichen Gefallen, aber komischerweise bleibt mal wieder nur einer übrig, der den Kopf für ihn hinhalten soll, wenn es darauf ankommt, und das ist der liebe Pandolfo, der nicht nein sagen kann, wenn der allmächtige Bernardino Bellapianta und sein einfallsreicher Bruder jemanden brauchen, der mit einer Bombe am Körper herumläuft und damit das halbe Kastell in die Luft sprengt!»

«Ich sprenge überhaupt nichts in die Luft! Ich bringe nur den Sprengsatz rein und verschwinde wieder!»

«Ach ja? Wenn das alles so einfach ist, warum schickt er nicht diesen Alvaro? Das ist doch der Fachmann für Sonderaufgaben!»

«Er hat mir das Leben gerettet!», rief ich.

«Ja, nachdem er es fast zerstört hätte! Ihr seid jetzt schon mehr als quitt! Es ist völlig unnötig, dass du dich schon wieder in Gefahr begibst!»

«Aber ich begebe mich nicht in Gefahr!»

«Natürlich tust du das! Was glaubst du denn, wo sie zuerst anklopfen werden, wenn Bernardino Bellapianta ausgebrochen und über alle Berge ist? Sie werden dich abholen und den Wachen gegenüberstellen. Und was werden die wohl sagen?»

Ich musste zugeben, dass ich daran noch gar nicht gedacht hatte. Und so blieb mir nichts anders übrig als der trotzige Hinweis, dass Giancarlo Bellapianta auch dafür eine Lösung finden würde.

«Na, da bin ich ja mal sehr gespannt», sagte sie, verließ den Raum und knallte die Tür zu.

Nachdem Laura und ich die nächsten beiden Tage in gereizter Anspannung verbracht hatten, ohne die Sache weiter zu erörtern, fand sich tatsächlich eine Lösung. Und dafür wurde es auch höchste Zeit: Die Gerüchte über eine Verlegung des Gefangenen nach Pavia verdichteten sich.

Die Sonne war schon untergegangen, als Giancarlo Bellapianta mich in das Arbeitszimmer seines Bruders rufen ließ. Als ich eintrat, stand eine in einen groben Umhang gehüllte Gestalt vor dem Kamin, ein junger Mann mit dünnem Haar und vortretenden Augen, der sich gebärdete, als sei er gegen seinen Willen hier.

«Sebastiano Donzello», stellte Giancarlo Bellapianta ihn vor.

«Keine Namen», sagte der Gast ungehalten, ohne mich auch nur anzublicken.

Giancarlo Bellapianta hob beschwichtigend die Hände und wandte sich an mich. «Wie auch immer. Der Kommandant der Kastellwache hat sich dazu durchgerungen, uns zu helfen.»

«Dass wir uns hier gleich richtig verstehen», sagte Sebastiano Donzello aufgebracht. «Ich werde Ihnen eben gerade nicht helfen. Ich werde niemanden freilassen, und ich werde keinem Gefangenen irgendetwas übergeben. Ich begleite Ihren Freund da in die Zelle und wieder hinaus. Und ich werde dafür sorgen, dass er dabei nicht durchsucht wird. Sonst gar nichts. Und wenn das, was Sie dort vorhaben, nicht klappt, dann gibt es keinen zweiten Versuch.»

«Den werden wir nicht brauchen», sagte Giancarlo Bellapianta.

«Umso besser. Ich riskiere hier Kopf und Kragen.»

«Jetzt tun Sie mal nicht so. Sie haben ausgesorgt, wenn das erledigt ist. »

«Und wenn es schiefgeht, leider auch», sagte Sebastiano Donzello.

«Es wird aber nicht schiefgehen», sagte Giancarlo Bellapianta. Wieder einmal war ich überrascht über seine Selbstsicherheit. «Was wird uns das kosten?», fragte er.

Sebastiano Donzello wiegte den Kopf, als müsste er überlegen. Er blickte sich im Raum um und taxierte die kostbare Einrichtung: den Marmorboden, den von kannellierten Blendsäulen eingerahmten Kamin, die feinen Intarsien auf der Platte des Schreibtisches.

«Fünftausend Scudi», sagte er.

«Wird veranlasst», sagte Giancarlo Bellapianta.

Ich sah Sebastiano Donzello an, dass er seine Forderung am liebsten zurückgenommen und verdoppelt hätte. Offensichtlich hatte er damit gerechnet, feilschen zu müssen.

Er blickte mich angewidert an. «Wir treffen uns bei Sonnenuntergang vor dem Tor», sagte er, nun offenbar darum bemüht, die Angelegenheit schnell und sachlich zum Abschluss bringen und verschwinden zu können. Und zu Giancarlo Bellapianta gewandt: «Sagen Sie Ihrem Bruder, er soll danach mindestens zwei Stunden warten. Ich bin beim Kastellan eingeladen, und es ist besser, wenn wir zusammen bei Tisch sind, während es passiert. Im Turmsockel unter der Zelle liegt ein Pulvermagazin. Ich werde dafür sorgen, dass sich das Gerücht verbreitet, es hätte da eine Explosion gegeben. Wäre ja nicht das erste Mal. Und Sie gewinnen etwas Zeit.» Damit wandte er sich zum Gehen.

«Man liebt den Verrat, aber nicht den Verräter», kommentierte Giancarlo Bellapianta, als wir wieder allein waren.

Am nächsten Abend fand ich mich kurz vor Sonnenuntergang vor dem Kastell ein. Das Modell der Reiterstatue glühte im Abendrot. Seit Tagen schien die Sonne trotz der Kälte fast schon frühlingshaft vom Himmel, und ich zweifelte, ob das Eis überhaupt noch dick genug war, um einen schweren Mann wie Bernardino Bellapianta zu tragen.

Ich tastete in meinem Umhang nach der Schachtel, die Giancarlo Bellapianta mir übergeben hatte. Sie war erstaunlich schmal und leicht, und ich fragte mich, ob ich sie auch ohne die Hilfe von Sebastiano Donzello in die Zelle hätte bringen können. Sie enthielt einen Feuerkasten und die Sprengladung, die aussah wie eine in Papier gewickelte Wurst, aus der eine Lunte ragte.

Nur wenige Menschen waren auf dem Platz vor dem Kastell unterwegs. Niemand beachtete mich. Um nicht aufzufallen, ging ich scheinbar geschäftig mal hierhin, mal dorthin. Während ich so umherwanderte, wurde es dunkel, und der schmale Mond, der eben noch blassgrau gewesen war, leuchtete wie Quecksilber.

Sebastiano Donzello erschien wie aus dem Nichts. Wortlos stand er plötzlich vor mir und bedeutete mir mit einer Handbewegung, die Kapuze ins Gesicht zu ziehen und ihm zu folgen.

«Du sagst nichts», raunte er mir im Gehen zu.

Wir passierten die Wachen an den äußeren Toren ohne ein Wort. Sein forsches Auftreten genügte, und sie standen stramm. Der Innenhof war unbeleuchtet. Sebastiano Donzello eilte voran, ohne nach rechts und links zu blicken. Wir passierten Treppen, Türen und Gänge, die an wenigen Stellen von Fackeln erhellt wurden. Das Knirschen der Schlüssel in den Schlössern und ein paar gemurmelte Wortwechsel mit den Wachen waren die einzigen Geräusche. An der letzten Tür nahm er eine der Fackeln aus ihrer Halterung. Im blakenden Lichtschein erkannte ich den langen Korridor mit der Wendeltreppe am Ende, die zu der Zelle von Bernardino Bellapianta führte.

Unsere Schritte verhallten, als wir vor der Gittertür ankamen. Sebastiano Donzello öffnete, ließ mich eintreten, schloss umständlich wieder ab und entfernte sich. Die Fackel nahm er mit, als wollte er es uns so schwer wie möglich machen.

Bernardino Bellapiantas Silhouette zeichnete sich im Mondlicht ab, das durch die Schießscharte fiel. Als ich sein Gesicht dicht vor meinem sah, erschrak ich. Er wirkte gealtert, als hätten die wenigen Tage seit unserem letzten Zusammentreffen ihm stärker zugesetzt als alle seine Reisen zusammen. Als er nach meinen Händen griff, spürte ich seine eiskalten, geschwollenen und verkrümmten Finger. Bei der Berührung zuckte er vor Schmerz zusammen. Dennoch leuchteten seine Augen voller Entschlossenheit.

Ich trat an die Schießscharte. Das Eis glänzte matt und tückisch. Weiter hinten waren ein paar Bäume zu erkennen. Dort würde wahrscheinlich der Wagen auf ihn warten.

«Hoffentlich ist dieser verdammte Wagen beheizt», sagte er.

Ich fragte mich, woher er überhaupt über die Einzelheiten seiner Befreiung informiert war. Offenbar war es seinem Bruder gelungen, ihm eine Nachricht zukommen zu lassen.

Ich zerrte die Schachtel mit der Sprengladung und dem Feuerkasten aus dem Stoff meines Umhangs hervor und übergab sie ihm. Er griff danach, aber sie fiel zu Boden. Ich kniete mich hin und suchte tastend die Einzelteile zusammen: den Feuerstein und den Stahlstift, die aus dem Kasten gefallen waren, die Zündwolle und die Sprengladung mit der Lunte. Er bückte sich stöhnend, um mir zu helfen, doch seine steifen Finger gehorchten nicht.

In diesem Augenblick begriff ich, dass er die Lunte ohne

meine Hilfe niemals würde entzünden können. Der große Bernardino Bellapianta, der die Ozeane befahren und aus eigener Willenskraft ein Imperium geschaffen hatte, dieser Bernardino Bellapianta stand vor mir im Dunkel einer Gefängniszelle und konnte keine Zündwolle mehr halten.

«Geh jetzt», sagte er. «Ich schaffe das.»

Ich wusste, dass er es selbst nicht glaubte, sondern nur versuchte, der Aussichtslosigkeit der Lage mit Würde zu begegnen.

«Nein», hörte ich mich sagen. «Wir machen das zusammen.» Später wurde mir klar, dass ich in diesem Moment zum ersten Mal einen eigenen Entschluss getroffen hatte.

Er wollte widersprechen, doch ich schlug schon den Stahl gegen den Feuerstein, dass die Funken flogen, die Wolle glomm auf, erlosch, glomm wieder auf, ich pustete, sie fing schließlich Feuer und erleuchtete sein Gesicht, auf dem angesichts meiner Eigenmächtigkeit ein entgeisterter Ausdruck lag, gefolgt von einem wildentschlossenen Lachen, das, so stelle ich es mir vor, dem Lachen an jenem Tag glich, an dem er im Kugelhagel aus dem Hafen von Genua ausgelaufen war, um zu seiner ersten großen Reise aufzubrechen.

Als wollte er mich nicht alles allein machen lassen, nahm er mir mit einiger Mühe die Sprengladung aus der Hand und hielt sie zitternd in die Höhe, bis die Flamme auf die Lunte übersprang und sich zischend daran hochfraß.

«In Deckung!», schrie er und wies auf die Ecke links von der Schießscharte. «Flach auf den Bauch legen und Arme über dem Kopf verschränken!»

Während ich noch herumstand, unschlüssig, ob er weitere Hilfe brauchte, legte er die Sprengladung in die Schießscharte. Die Flamme fraß sich weiter voran und tanzte dabei hin und her.

«Runter!», schnauzte er, und ich warf mich endlich auf den Boden, verschränkte die Arme hinter dem Kopf und schielte hinter mich, wo Bernardino Bellapianta sich immer noch an der Ladung zu schaffen machte, weil sie offenbar nicht so lag, wie er sich das vorstellte. Mein Herz raste.

Plötzlich verstummte das Zischen, und die Flamme war nicht mehr zu sehen. Im ersten Augenblick dachte ich, die Lunte wäre erloschen, doch dann begriff ich, dass das Feuer sich in die Hülse hineingefressen hatte.

Und dann geschah das Schlimmste, was passieren konnte: Die Ladung kullerte aus der Schießscharte und fiel zu Boden.

«Was macht ihr da?», hörte ich die Stimme von Sebastiano Donzello vom Korridor her. Der Fackelschein näherte sich.

«Verdammt!», schrie Bernardino Bellapianta. Es war zu spät, den Sprengsatz noch einmal aufzuheben und erneut zu platzieren.

Und dann ging alles ganz schnell.

Mit zwei Schritten war Bernardino Bellapianta bei mir und warf sich mit seinem ganzen Gewicht auf mich. Stechender Schmerz fuhr in meine Brust, als ein paar Rippen brachen. Einen Augenblick später blitzte es auf. Das Krachen der Explosion warf sich wie eine eiserne Brandungswelle gegen meinen Körper, Steine prasselten über uns gegen die Wand. Bernardino Bellapianta bäumte sich auf und sackte wieder in sich zusammen.

Staub rieselte herab.

In meinen Ohren piepte es.

Es war hell und dunkel zugleich.

Rauch stach durch meine Nase in meinen Kopf.

Sebastiano Donzello brüllte etwas und rüttelte am Gitter.

Andere Stimmen näherten sich, wild durcheinanderschreiend.

Eine warme Flüssigkeit lief über meinen Nacken.

Stöhnend wälzte ich mich zur Seite. Bernardino Bellapianta rollte von mir herunter. Ich weiß nicht, warum, aber mir war klar, dass er tot war, noch bevor ich den faustgroßen Stein ertastete, der in seinem Hinterkopf steckte.

Was dann passierte, weiß ich nicht mehr, doch es kann nur folgendermaßen gewesen sein: Ich stemmte mich hoch und kam auf die Beine. Tastete nach der Schießscharte und fand ein ausgefranstes Loch vor. Kroch hindurch. Fiel ins Leere. Schlug auf dem Eis auf. Rappelte mich hoch. Rannte.

44 Pandolfo versuchte später immer wieder, sich an das Geschehen nach der Explosion zu erinnern, doch es wollte ihm nur ungenügend gelingen. Was war die Ursache dafür? Die Druckwelle der Explosion, die seinen Kopf wie ein Hammerschlag getroffen hatte, oder der Schock über den gewaltsamen Tod von Bernardino Bellapianta, der sich auf ihn geworfen hatte, um ihn mit seinem Körper zu schützen?

Wie auch immer: Pandolfos Flucht über den zugefrorenen Graben, sein Umherirren vor den Mauern, seine Rückkehr in die Stadt, seine Ankunft im Palast, die Gesichter, die ihn dort umringten, und die Stimmen, die auf ihn einredeten, die allgemeine Bestürzung – von alldem waren in seinem Gedächtnis nur einzelne Bilder übrig, als hätte er sie beim Umherirren durch ein nächtliches Gewitter im Licht niederfahrender Blitze wahrgenommen.

Keine Sorge: Er wurde wieder gesund, aber das brauchte seine Zeit. Wir sollten ihn daher noch ein wenig schonen und ihm und uns die Peinlichkeit ersparen, seinen Bericht, den er unseren anfänglichen Zweifeln zum Trotz so meisterhaft und souverän abgeliefert hat, so kurz vor dem Ende doch noch in den Sand zu setzen. Das bedeutet auf keinen Fall, dass wir ihn aus seiner eigenen Geschichte hinauskomplimentieren und aufs Gnadenbrot setzen wollen wie einen alten Ackergaul, der seine Schuldigkeit getan hat. Er wird noch einmal zu Wort kommen. Doch in den ersten Wochen nach dem gescheiterten Befreiungsversuch war er in Lauras Armen besser aufgehoben als am Schreibtisch.

Die Blessuren hatten übrigens durchaus ihr Gutes: Lauras Sorge um den verletzten Pandolfo überdeckte ihren Ärger über seinen Leichtsinn und seine angebliche Willfährigkeit gegenüber Bernardino Bellapianta vollständig. Seinen Einsatz bei der Zündung des Sprengsatzes hielt sie ihm nicht vor, im Gegenteil: Sie hatte schon den unentschlossenen und zögerlichen Pandolfo geliebt, aber den zupackenden und energischen Pandolfo liebte sie noch ein bisschen mehr. Und die Tatsache, dass ausgerechnet Bernardino Bellapianta diese Eigenschaften hervorgelockt hatte, versöhnte sie eher mit dem Toten, als dass sie ihn mit ihrer Eifersucht bis ins Grab verfolgt hätte. Als Pandolfo eines Tages freudlos an einem Porträt von Bernardino Bellapianta herumzeichnete, der an der Reling eines Schiffes stand und gedankenverloren in die Ferne blickte, schaute sie ihm über die Schulter und sagte: «So war er nicht.»

«Wie war er denn?»

«Lebendiger. Ich vermisse diesen Knilch.»

Mit seinem ersten Leben hatte Pandolfo endgültig abgeschlossen. Es wäre naheliegend gewesen, Benedettos Bericht durch eigene Nachforschungen zu überprüfen und zu ergänzen, nach Assago zu fahren und die Leute aufzusuchen, die ihn gekannt hatten. Aber er fand keinen Grund mehr dafür. Die Aussicht, Menschen gegenüberzutreten, die ihn kannten und vielleicht liebten, ohne dass sich bei ihm eine Regung einstellen würde, war zu abschreckend.

Giancarlo Bellapianta weinte um seinen Bruder, ohne dass es jemand sah. Wer damit gerechnet hatte, dieser zerstreute

Sonderling werde sich in seiner Werkstatt vergraben und dabei immer wunderlicher werden, der rieb sich bald die Augen. Als Erbe seines Bruders ging er daran, den Betrieb mit Alvaros Hilfe weiterzuführen und die große Familie zusammenzuhalten, die Bernardino Bellapianta in seinem Palast zusammengebracht hatte.

Nur wenige Tage nach der Explosion erschien Ludovico der Schwarze im Palast, mit tief ins Gesicht gezogener Kapuze, wie an dem Tag, an dem man ihm den Treueschwur für seinen Neffen abgenötigt hatte. Diesmal schien er keinen Wert darauf zu legen, nach oben gebeten zu werden.

«Können wir uns darauf einigen, dass Ihr Bruder bei der Explosion des Pulvermagazins ums Leben gekommen ist?», kam er ohne Umschweife zur Sache.

«Können wir uns darauf einigen, dass unser Vermögen nicht angetastet wird, keine weiteren Fragen über die Umstände dieser Explosion gestellt werden und alle beteiligten Personen unbehelligt bleiben?», fragte Giancarlo Bellapianta zurück.

«Du liebe Güte. Sie sind ja schlimmer als Ihr verstorbener Bruder.»

«Ja oder nein?»

«Ja.»

«Auf Wiedersehen.»

Es zeigte sich bald, dass Giancarlo Bellapianta von den Geschäften weit mehr verstand, als irgendjemand ihm zugetraut hätte. Es war fast so, als hätte er sich heimlich auf seine neue Aufgabe vorbereitet, um nun an die Stelle seines Bruders zu treten und dessen Imperium vor dem Verfall zu bewahren. Auch er war ein Mann, der immer nach vorn blickte. Schon nach kurzer Zeit hatte manch einer im Palast den Eindruck, Bernardino Bellapianta sei gar nicht gestorben. Papiere unterzeichnete Giancarlo

Bellapianta im Gehen. Boten, die nicht schnell genug mit ihrem Auftrag wieder abzogen, trat er in den Hintern. Angestellte, die mit ihren Fragen und Anliegen an seinem Schreibtisch vorbeidefilierten, fertigte er mit knappen Anweisungen ab, als verteidigte er die Bresche in einer Stadtmauer gegen anstürmende Feinde.

«Zeig mir die Entwürfe später!»

«Wir geben keine weiteren Nachlässe.»

«Warum sind die neuen Webstühle in Caravaggio noch nicht aufgebaut?»

«Mach davon eine Kopie und schick sie an Landriani, damit er mal sieht, was uns dieser Firlefanz kostet.»

Währenddessen trafen in Mailand die Nachrichten von den Ereignissen in Rom ein. Die Stadt am Tiber wartete darauf, dass die Franzosen endlich abzogen, denn durch die Anwesenheit von Tausenden von Soldaten wurden Lebensmittel und Brennholz knapp. Die Franzosen gingen dazu über, die Märkte zu plündern und Fensterläden, Türen und Treppen herauszureißen. Ihr König versprach auch weiterhin, für alle Schäden aufzukommen, doch für Geld war schon bald nichts mehr zu kaufen. Ein paar Tage nach Pandolfos und Batuhans Abreise aus Rom wurde ein Vertrag geschlossen, der die Bedingungen für den Abzug regelte. Eine Woche später wurden die Pferde gesattelt und die Wagen beladen. Die Kriegsmaschine machte sich auf den Weg nach Neapel, und Cem reiste als Geisel mit.

Man hätte meinen müssen, dass Giancarlo Bellapianta derjenige war, der unter dem plötzlichen Verlust seines Bruders am meisten litt. Tatsächlich aber – und zur Überraschung aller aufmerksamen Beobachter – war es Batuhan, den Bernardino Bellapiantas Tod am schwersten traf. Der tollkühne Kanonengießer und Flugmaschinenbauer war tagelang kaum ansprechbar und weinte sich die Augen aus, ohne dass jemand sich das Ausmaß seines Leids erklären konnte – bis auf einige wenige, die vermuteten, dass ihn und Bernardino Bellapianta mehr verbunden hatte als die Freundschaft zwischen zwei Gleichgesinnten. Und der eine oder andere erinnerte sich daran, dass Bernardino Bellapianta immer auf den Tag genau gewusst hatte, wie lange sein letztes Zusammentreffen mit Batuhan her gewesen war.

Als die Tränen versiegt waren, besann Batuhan sich auf den eigentlichen Grund seiner Anwesenheit in Mailand: den Wettkampf der Flugmaschinen. In Vigevano trafen mehrere von Planen verdeckte Wagen mit Material ein, das er sich hatte hinterherschicken lassen. Batuhan begann, eine Liste mit Dingen zusammenzustellen, die er außerdem noch benötigte. Die Beschäftigung mit seinem Vorhaben hatte eine heilende Wirkung.

«Ich brauche Bauholz», sagte er zu Giancarlo Bellapianta.

«Meinen Sie nicht, wir hätten vorher noch etwas anderes zu besprechen?»

«Stimmt. Wir sollten einen Spaziergang machen.»

Zwei Stunden lang bekam niemand sie zu Gesicht. Als sie zurückkehrten, sah man sie zum ersten Mal wieder zusammen lachen.

Von da an eilte Batuhan fast täglich zwischen Mailand und Vigevano hin und her, um den Aufbau der Startvorrichtung seines Flugdrachens zu beaufsichtigen. Abends schlugen er und Giancarlo Bellapianta sich ihre Theorien über die Beschaffenheit der Luft und die geheimnisvollen Kräfte des Auftriebs um die Ohren und zankten sich in gewohnter Manier über die Vorzüge und Nachteile von raketengetriebenen Drachen und schwebenden Blasen. Besonders umstritten war dabei die Frage, bei welchen Windbedingungen man den Wettkampf durchführen und wie der Sieger ermittelt werden sollte. Giancarlo Bellapianta vertrat die Ansicht, das entscheidende Kriterium sei die Dauer des Fluges.

«Das könnte Ihnen so passen», erwiderte Batuhan. «Auf die Geschwindigkeit kommt es an. Sonst ist es kein Wettflug.»

«Auf keinen Fall», gab Giancarlo Bellapianta zurück. «Die weiteste Strecke.»

«Gut», sagte Batuhan. «Aber wir starten bei Windstille.»

«Das ist witzlos. Bei Flaute komme ich nicht voran. Ich brauche Wind.»

«Das könnte Ihnen so passen, nur weil Sie sich nicht um den Antrieb gekümmert haben. Bei Wind wird mein Drachen instabil. Wollen Sie, dass ich in den Tod stürze?»

«Sie wären in guter Gesellschaft.»

«Sie meinen Abu Nasr Ismail ibn Hammad al-Jawhari? Schönen Dank auch.»

«Sie haben eben auf das falsche Konstruktionsprinzip gesetzt. Wie wollen Sie überhaupt mit so einem Ding wieder landen?»

«Das lassen Sie mal meine Sorge sein. Außerdem wüssten Sie es, wenn Sie damals besser zugehört hätten.»

«Na gut. Schwacher Wind.»

«Einverstanden. Schwacher, gleichmäßiger Wind.»

Sie tranken sich zu.

«Er fehlt mir.»

«Und mir erst.»

In Neapel hatte König Alfonso, Sohn und Nachfolger des nur ein Jahr zuvor verstorbenen Ferrante, angesichts der heranrückenden Franzosen abgedankt und seinem Sohn Ferrantino die Misere überlassen. Kaum hatte das Heer die Grenze zum Königreich überschritten, da begann ein furchtbares Wüten. Karl mochte sich immer noch für den neuen Augustus halten, die Bevölkerung aber erblickte in ihm bestenfalls einen neuen Attila.

Als Karl in San Germano einzog, schritt ihm eine Prozession von weiß gekleideten Kindern voran, die mit Olivenzweigen in der Hand das Tedeum sangen, um ihn milde zu stimmen. Und so gab er sich der Illusion hin, in diesem Land willkommen zu sein. Von Cem sah man derweil nichts. Er reiste in einem geschlossenen Wagen, der von schwerbewaffneten Reitern flankiert wurde.

Mit der gleichen Selbstverständlichkeit, mit der er die Geschäfte übernommen hatte, übernahm Giancarlo Bellapianta die Fürsorge für Pandolfo, die er offenbar als Vermächtnis seines Bruders ansah. Pandolfos Bereitschaft, die Sprengladung nicht nur in die Zelle zu schmuggeln, sondern auch noch bei ihrer vorzeitigen Zündung zu assistieren, erfüllte ihn ungeachtet des Ausgangs mit tiefer Achtung.

Als das Heer des Königs Capua erreichte, kamen erste Gerüchte auf, dass Cem an einem rätselhaften Leiden erkrankt sei. Wer ihn gesehen hatte, berichtete von Fieberkrämpfen und einer schwarz verfärbten Zunge. Einige, die sich für besonders schlau hielten, erinnerten daran, dass die Stellung von Saturn und Mars zu Anfang des Jahres eine solche Entwicklung der Dinge bereits angekündigt hatte. Als die Franzosen in Aversa einmarschierten, saß Cem schon nicht mehr in der Kutsche, sondern lag in einem Packwagen auf einer Bahre.

Kurz vor Karls Ankunft in Neapel brach in der Stadt ein Aufstand gegen Ferrantino aus, denn die Bevölkerung hatte keine Lust, sich von den Franzosen in Stücke reißen zu lassen. Ferrantino gab seine Hauptstadt preis und floh nach Sizilien. Neapel öffnete dem Eroberer die Tore. Cem wurde, von allen Blicken abgeschirmt, ins Kastell gebracht.

Die Meldung von seinem Tod erreichte Mailand, als die Vorbereitungen für den Flugwettkampf schon in vollem Gange waren. Die Franzosen beschuldigten natürlich den Papst, ihn vor der Abreise vergiftet zu haben, um die dreihunderttausend Dukaten vom Sultan zu kassieren. Wen auch immer man fragte: Niemand glaubte, Cem sei eines natürlichen Todes gestorben.

Wieder einmal war es der zappelige Salvo, der zuerst davon erfahren hatte und die Nachricht überall im Palast herumposaunte. Es war ein warmer Nachmittag Anfang März. Giancarlo Bellapianta und Batuhan saßen im Arbeitszimmer bei einer Partie Schach und tranken eisgekühlten Wein.

Nach einem hektischen Klopfen flog die Tür auf, und der kleine Neapolitaner schnatterte los.

«Haben Sie schon gehört? Dieser Türke ist tot!»

«Welcher Türke?», fragte Giancarlo Bellapianta. Und mit einem Kopfnicken in Richtung Batuhan fügte er hinzu: «Der hier lebt auf jeden Fall noch.»

Salvos Blick fiel auf Batuhan. Er erschrak kurz über seine Respektlosigkeit, schien sich irgendwie entschuldigen zu wollen, verhaspelte sich und brachte nur heraus: «Der Prinz! Dieser …»

«Cem», sprang Giancarlo Bellapianta ihm bei.

Batuhan und er tauschten einen Blick. Giancarlo Bellapianta zog eine Augenbraue hoch.

«Sie Sondergesandter, Sie», sagte er.

«Hätten Sie Ihren Freund nicht besser schützen können?»

«Schützen Sie mal lieber Ihren Turm. Schach, übrigens.»

45

Während die beiden Kontrahenten auf das richtige Wetter warteten, hielt der Frühling endgültig Einzug. Die Maulbeerbäume trieben zarte Blättchen aus, und die ersten Blumen streckten ihre Köpfe aus der Erde.

Eine neue Seidenblase wurde in das Gerüst eingehängt, von dem aus Giancarlo Bellapianta und ich damals in die Luft aufgestiegen waren. Direkt daneben entstand eine Rampe aus Holz, über deren ganze Länge in Kopfhöhe eine Metallschiene an einer Aufhängung aus mehreren galgenartigen Gestellen schwebte. Batuhan verbrachte viel Zeit in der verwaisten Spinnerei und zimmerte eigenhändig aus Bambusrohren ein Fluggerät zusammen, das entfernt an ein Vogelgerippe mit ausgebreiteten Schwingen erinnerte. Die Flügel wurden mit Seide bespannt. Dort, wo bei einem Vogel der Rumpf hätte sein müssen, verliefen längs und quer ein paar Streben, an denen wie die Kufen eines Schlittens zwei lange Blechhülsen befestigt waren, aus denen kurze Lunten ragten. Dazwischen wölbten sich zwei bogenförmige Bügel nach unten. Nach und nach wurde offensichtlich, was Batuhan vorhatte.

«Völliger Irrsinn», kommentierte Giancarlo Bellapianta.

«Kümmern Sie sich mal um Ihre Blase.»

Eines Tages war es dann endlich so weit: Die Sonne stand am leichtbewölkten Himmel, und ein schwacher Wind aus westlicher Richtung raschelte in den Blättern der Maulbeerbäume. Natürlich hatte sich längst in der ganzen Gegend herumgesprochen, was in Vigevano vorbereitet wurde. Die Bauern schüttelten die Köpfe darüber, was der reiche Herr aus Mailand zusammen mit diesem Türken da trieb. Manch einer sprach von Zauberei und verkündete, dass die Sache ein böses Ende nehmen werde. Aber entgehen lassen wollte sich das Spektakel dann auch niemand. Und so drängelten sich die Neugierigen vor dem Tor des Anwesens, drückten sich auf den Feldern herum und hockten sogar in den Bäumen. Wachen waren aufgestellt worden, um zu verhindern, dass die Schaulustigen über Zäune und Mauern kletterten.

Während die Kohle in den Ofen geschaufelt wurde und der Blasebalg stöhnte, stieg Giancarlo Bellapianta ein letztes Mal auf sein Gerüst, prüfte die Haken und rüttelte an den Seilen herum. Batuhan stand am oberen Ende seiner Rampe und gab den Arbeitern Anweisungen, die seinen Drachen, der an der Oberseite mit zwei Rollen versehen war, in die Schiene einhängten. Mit vereinten Kräften schoben sie ihn ein paarmal vor und ließen ihn zurückrollen. Das Flügelgestell glitt fast lautlos hin und her.

Batuhan trug enganliegende weiße Kleidung, die einen trotz seines Alters beeindruckend muskulösen Körper erahnen ließ. Seine Schuhe waren an der Spitze mit großen Metallhaken versehen.

Jemand reichte ihm einen Rucksack. Während er ihn aufsetzte, studierte er mit sorgenvollem Blick die Wolken: Der Wind hatte etwas aufgefrischt.

«Sie werden jetzt ja wohl nicht im letzten Augenblick Ihren Drachenschwanz einziehen!», rief Giancarlo Bellapianta vom Gerüst herab.

«Natürlich nicht!», rief Batuhan zurück. «Aber der Wind verschafft Ihnen einen ungebührlichen Vorteil.»

«Was soll ich machen? Beten, dass er abflaut?»

«Lassen Sie das bloß bleiben! Sie und Ihr Bruder haben Ihren Gott viel zu oft beleidigt, als dass er noch auf Sie hören würde! Aber Sie könnten Ballast mitnehmen!»

Ein Lächeln trat auf Giancarlo Bellapiantas Gesicht. Sein Blick fiel auf mich.

«Wie wär's?», fragte er.

Ich blickte zu Laura hinüber, die mich begleitet hatte. Die Zwillinge krochen auf dem Boden herum und grapschten nach Käfern. Laura verdrehte die Augen und wedelte mit der Hand. Ich nickte Giancarlo Bellapianta zu.

Kurz darauf stand ich wieder neben ihm in dem Korb unter der Seidenblase, während die schwitzenden Arbeiter die glühende Kohle in die Metallwannen schaufelten, die kleine Rampe hochschleppten und in das Becken schütteten, dass die Funken nur so aufstoben. Batuhan hatte sich derweil am unteren Ende der Rampe unter seinen Drachen gehängt. Mit den Armen klammerte er sich am vorderen Bügel fest, die Haken an seinen Schuhen hatte er in den hinteren eingeklinkt. Seine Augen sprühten vor wilder Entschlossenheit.

Als das Becken gefüllt war, schienen alle den Atem anzuhalten. Die Luft flimmerte. Die Kohlen knisterten. Eine kaum zu ertragende Spannung lag über dem ganzen Gelände.

Zwei Helfer mit brennenden Kienspänen traten rechts und links von hinten an Batuhan heran.

«Los!», rief Giancarlo Bellapianta.

Mit großem Getöse wurde das Becken auf seinen Schienen unter die Öffnung an der Unterseite der Blase geschoben, die sich nach kurzer Zeit zu straffen begann. Riemen knarrten, Ösen und Haken klimperten, und die Blase richtete sich behäbig auf, blähte sich zwischen den Balken des Gestells und zerrte an den Seilen, die den Korb hielten, genau wie beim ersten Mal. Doch als das umlaufende Seil aus den Haken gezogen wurde und wir uns in die Luft zu erheben begannen, da kam mir die Kraft, die an unserem Fluggerät riss, noch viel stärker vor als vor einem Jahr.

Unten ertönte ein weiteres Kommando. Während wir die oberste Etage des Holzgerüstes passierten, wurden die Lunten am Ende der beiden Blechhülsen unter Batuhans Flügelgestell entzündet. Die Glut fraß sich zischelnd in die Raketen hinein, dann schossen zwei Feuerstrahlen heraus, die Arbeiter sprangen beiseite, und der Drachen mit Batuhan setzte sich unter ohrenbetäubendem Fauchen in Bewegung. Die Beschleunigung war atemberaubend. Am Ende der Rampe hatte Batuhan die Geschwindigkeit eines galoppierenden Pferdes erreicht. In einer flachen, aber stetig aufsteigenden Flugbahn raste er voran, dem Horizont entgegen. Wir hatten noch nicht einmal die Grenze des Grundstücks überflogen, da war er schon eine halbe Meile entfernt und wurde kleiner und kleiner. Für kurze Zeit zeichneten zwei bogenförmige Rauchfahnen seine Flugbahn in der Luft nach, dann wurden sie vom Wind verwischt.

Giancarlo Bellapianta klammerte sich an den Rand des Korbes, während er ihm hinterherstarrte.

«Der ist wahnsinnig», murmelte er. «Wenn er mit dieser Geschwindigkeit auf dem Boden auftrifft, bleibt nichts von ihm übrig.»

Unter uns waren die Zuschauer in Bewegung geraten. Die Arbeiter ließen fallen, was sie gerade in der Hand hatten, und rannten in die Richtung, in die Batuhan entschwunden war. Auch auf dem Feld setzten sich die Menschen in Gruppen in Bewegung, einige sprangen auf ihre Pferde und galoppierten los.

Batuhan war inzwischen kaum mehr als ein kleines Dreieck am Horizont. Dennoch war nicht zu übersehen, dass seine Flugbahn, die an ihrem Scheitelpunkt vielleicht die doppelte Höhe eines Kirchturms gehabt hatte, sich wieder der Erde zuneigte. Einen Augenblick lang fürchtete ich, dass er am Boden zerschellen würde, doch da löste sich eine Gestalt von dem Dreieck, fiel ein Stück zur Erde und wurde dann jäh abgebremst, während sich wie aus dem Nichts knapp über dem Körper ein Schirm entfaltete. Ich begriff: der Rucksack.

«Unglaublich», hauchte Giancarlo Bellapianta. «Es hat geklappt.»

Unendlich langsam schwebten wir dem Geschehen entgegen. Immer noch wurden wir emporgezogen, aber ich hatte keinen Blick für die Frühlingslandschaft, die unter uns vorbeizog, sondern starrte auf Batuhan, wie er langsam und mit strampelnden Beinen zur Erde sank. Kurz vor einem kleinen Waldstück war er am Boden, rannte ein paar Schritte, fiel hin und war einen Augenblick später nicht mehr zu sehen, weil der Schirm sich sanft über ihm ausbreitete.

Die ersten Reiter hatten den Ort des Geschehens erreicht. Während wir uns gemächlich näherten, wurden weitere Einzelheiten erkennbar: Unter dem Schirm richtete sich jemand auf, der Stoff wölbte sich und wurde von eifrigen Händen zur Seite gezogen. Die Gestalt Batuhans erschien und ruderte mit den Armen. Bald war er von Menschen umgeben und im Gewühl kaum noch zu erkennen.

So spektakulär sein Flug auch gewesen sein mochte: Lange bevor wir die Stelle erreicht hatten, an der er gelandet war, wurde offensichtlich, dass wir noch erheblich weiter fliegen würden. Irgendwann war das Menschenknäuel genau unter uns, und wir waren immer noch so hoch, dass wir die Gesichter, die sich uns zuwandten, kaum erkennen konnten. Kurz darauf schwebten wir über dem Wäldchen. Soweit ich das beurteilen konnte, hatten wir immerhin aufgehört zu steigen.

«Wir haben gewonnen», sagte Giancarlo Bellapianta beiläufig, ohne Triumph in seiner Stimme.

Irgendwann sanken wir dann auch. Wir überflogen Wassergräben und kleine Schonungen, Felder und Gehöfte, und überall standen Menschen und starrten zu uns herauf.

Ein Waldstück kam in Sicht. Giancarlo Bellapianta verzog den Mund.

«Das könnte ins Auge gehen», sagte er.

Und es ging ins Auge. Wir sanken inzwischen zu schnell, um das freie Feld hinter den Bäumen noch zu erreichen. Die Baumwipfel kamen immer näher. Der Boden des Korbes streifte raschelnd die ersten Zweige und tauchte dann ganz in das Geäst ein. Überall knackte und krachte es, der Korb neigte sich zur Seite, sackte tiefer und setzte schließlich irgendwo auf.

«Gottverfluchte Scheiße.»

Der Korb stand leicht schräg zwischen frischen grünen Trieben und einem Gewirr aus schlanken Ästen. Die Blase schwebte senkrecht über uns. Es war eine Frage der Zeit, bis sie in sich zusammenfallen würde.

Ich blickte über den Rand des Korbes durch das Geäst nach unten. Wir befanden uns etwa zwanzig Ellen über dem Boden. Man konnte nicht genau sehen, wo der Korb aufgesetzt hatte, aber eins war sicher: Keiner der dünnen Äste in Reichweite war stark genug, um daran nach unten zu klettern. Luca il Rampeghín hätte das vielleicht hingekriegt. Aber ich nicht und Giancarlo Bellapianta schon gar nicht. Wir waren dazu verdammt, darauf zu warten, dass uns jemand herunterholte.

«Wenigstens stecken wir hier einigermaßen fest», sagte ich, um uns zu beruhigen. «Es kann nichts passieren.»

Giancarlo Bellapianta sah mich an. «Du hast das Prinzip des Auftriebs immer noch nicht verstanden, oder?»

Er wies nach oben. «Die restliche heiße Luft in der Blase trägt immer noch den größten Teil unseres Gewichts. Innerhalb der nächsten halben Stunde wird sie sich abkühlen. Und erst dann ist das ganze Gefährt so schwer, wie es auch am Boden wäre. Die Äste werden brechen, und wir werden nach unten durchfallen. Das wird passieren.»

Daran hatte ich gar nicht gedacht.

«Die anderen sind bestimmt gleich da», sagte ich schwach.

«Und dann? Sollen sie uns auffangen?»

Auch da hatte er recht. Ich wusste keinen Rat. Eine Weile ließen wir unsere Blicke durch das Gewirr aus Zweigen schweifen. Irgendwo flatterte ein Vogel auf. Plötzlich war ein Knacken zu hören, der Korb geriet ins Rutschen, sackte nach unten, es krachte lauter, der Korb fiel ein paar Ellen, setzte erneut auf und kam wippend zum Stillstand.

Giancarlo Bellapianta blickte verdrossen nach unten. Aussteigen war immer noch unmöglich. Immerhin sah man nun schon den Waldboden.

Eine Weile sagte keiner von uns etwas. Ich bemerkte, wie Giancarlo Bellapianta neben mir unruhig wurde, aber nicht wegen der Gefahr, in der wir uns befanden, sondern so, als müsste er sich zu einem Geständnis durchringen, das er lange auf der Zunge gehabt hatte und das nun endlich herausmusste, bevor wir mit dem Korb nach unten stürzten und uns den Hals brachen.

Er drehte mir das Gesicht zu, und sein Blick schraubte sich in meine Augen. «Ihr habt euch doch immer den Kopf darüber zerbrochen, wer Mustafa Efendi erschlagen hat. Das war ich.»

Ich konnte kaum glauben, was ich gerade gehört hatte. Aber ich musste nicht weiter nachfragen, Giancarlo Bellapianta schien nun alles loswerden zu wollen.

«Was glaubst du, für wen die Ampulle bestimmt war, die Mustafa Efendi dabeihatte?»

Ich schaute ihn nur mit großen Augen an.

«Sie war für Cem.»

Damit war die Frage beantwortet, die Paolo und ich uns eineinhalb Jahre lang gestellt hatten.

«Aber warum war Mustafa Efendi bei uns im Haus?», fragte ich.

«Weil er Alvaro treffen sollte. Alvaro hat über seine spanischen Verwandten Zugang zum Apostolischen Palast. Er kennt dort praktisch jeden. Er sollte das Gift in den Gästetrakt bringen und ins Trinkwasser schütten.»

«Woher wissen Sie das?»

«Weil ich sie belauscht habe. Sie waren so leichtsinnig, direkt vor meiner Werkstatt darüber zu reden.»

«Und wusste Ihr Bruder davon?»

«Na ja. Wie ich ihn kenne, hat er für Bajazid den Kontakt zu Alvaro hergestellt und nicht weiter nachgefragt. So hat er es meistens gemacht. Der Sultan schuldete ihm einen Gefallen, was gut für seine Geschäfte gewesen sein dürfte, und er konnte sein Gewissen damit beruhigen, von nichts gewusst zu haben. Aber er wird sich gedacht haben, für wen das Gift bestimmt war.»

«Und dann?»

Wieder seufzte Giancarlo Bellapianta, als bereite die Erinnerung ihm Schmerzen. Und vielleicht tat sie das auch. Ein abgebrühter Totschläger wie Benedetto war er jedenfalls nicht.

«Alvaro wurde weggerufen, bevor Mustafa Efendi ihm die Ampulle übergeben konnte. Mustafa Efendi stand noch eine Weile herum und ist dann in den Festsaal gegangen, warum auch immer. Ich bin hinterhergeschlichen. Er hat sich das Schiff angesehen und war ganz in Gedanken. Und mir war auf einmal klar, dass es nur einen sicheren Weg gab, den Anschlag zu verhindern: Ich musste ihm das verdammte Gift abnehmen. Also griff ich mir einen herumliegenden Hammer, um ihn niederzuschlagen. Ich wollte ihn nicht töten. Der verfluchte Hammer war schlicht und einfach das einzige Werkzeug, das in Reichweite lag. Ich unterschätzte die Wirkung dieses Schlages, so wie Benedetto die Wirkung seines Schlages überschätzte, als er dich niederschlug.» Er lachte auf und schüttelte freudlos den Kopf. «Ich habe Mustafa Efendi erschlagen, ohne es zu wollen, und Benedetto hat dich nicht erschlagen, obwohl er es wollte. Ist das nicht absurd? Es hätte umgekehrt sein müssen!»

«Danke», sagte ich.

Er lächelte schief. «So war das nicht gemeint.»

«Was passierte dann?», fragte ich.

«Ich wusste gleich, dass er tot ist, und trotz meines Entsetzens begriff ich, dass zuerst einmal die Leiche verschwinden musste. Aber ich konnte ihn nicht aus dem Saal schleifen, ohne dass mich jemand gesehen hätte. Also habe ich ihn mit der Seilwinde an Deck gehievt und in den

Rumpf geworfen. Ich wollte ihn in der Nacht wegschaffen. Doch eine Stunde später kam es zu der Explosion in meiner Werkstatt, und ich war außer Gefecht gesetzt. Die nächsten zwei Tage und Nächte rannte alles auf der Jagd nach den Hermelinen durch den Palast, weil mein Bruder versprochen hatte, für jedes gefangene Tier vier Soldi zu zahlen. Und dann tauchte die Leiche plötzlich wieder auf. Du warst ja dabei. Ohne deine Idee mit den Erbsen hätten sie sie wahrscheinlich gar nicht so schnell gefunden.»

Ich dachte an den schauerlichen Fund und sah Mustafa Efendis Gesicht so deutlich vor mir, als hätte ich ihn gezeichnet.

Giancarlo Bellapianta dachte lange nach.

«Ich habe meinem Bruder immer vorgeworfen, dass er Mustafa Efendi mit dem Gift ins Haus gelassen hat, obwohl er wusste, für welchen Zweck es bestimmt war. Durch seine moralische Nachlässigkeit hat er mich dazu gebracht, einen Menschen zu erschlagen. Ich habe diesen Augenblick seither jede Sekunde bereut, und hinterher sind mir natürlich ständig neue Möglichkeiten eingefallen, wie ich den Giftmord anders hätte verhindern können. Die Wahrheit hat mein Bruder nie erfahren. Ich habe ihn sehr geliebt, aber ich wollte niemals so sein wie er. Und jetzt muss ich genau das: Ich muss werden wie er, wenn ich das erhalten will, was er aufgebaut hat. Und ich bin auf dem besten Weg dazu.»

Unter uns knackten erneut ein paar Äste. Und eine Stimme sagte mir, dass ich weitere Fragen so schnell wie möglich stellen sollte.

«Warum kannte Ihr Bruder ihn eigentlich?»

Giancarlo Bellapianta zuckte mit den Schultern. «Er kannte ihn eigentlich nicht richtig. Mustafa Efendi hat ihn damals in Konstantinopel am Tor des Palastes in Empfang genommen und zum Sultan gebracht. Mein Bruder erinnerte sich an das Gesicht und war überrascht, ihn wiederzusehen. Das war alles.»

Plötzlich krachte es sehr laut, als bräche ein dicker Ast. Panisch krallten wir uns am Korb fest, dann sackte der Boden unter uns weg, und wir schossen ein weiteres Stück in die Tiefe. Ich dachte schon, mein letztes Stündlein hätte geschlagen, da wurde der Korb erneut aufgefangen, aber nicht mit einem Stoß, sondern federnd. Ich wurde auf den Boden des Korbes geschleudert. Als ich mich wieder aufgerappelt hatte, sah ich, dass die inzwischen ziemlich schlaffe Blase sich im Geäst über uns verfangen hatte. Wir baumelten jetzt etwa acht Ellen über dem Boden: immer noch zu hoch, um einfach hinunterzuspringen, aber tief genug, dass wir einen weiteren Sturz wohl mit ein paar Knochenbrüchen überleben würden.

Und weil ich Giancarlo Bellapianta nun schon zum Reden gebracht hatte und wir so ungestört beieinanderhockten, beschloss ich, ihn auch die letzten offenen Fragen beantworten zu lassen.

«Und die Ampulle, die Ludovico der Schwarze in der Kapelle Alvaro übergeben hat? War das dieselbe?»

«Ja. Als die Leute des Justizhauptmanns den Tod von Mustafa Efendi untersuchten, bekamen sie die Ampulle in die Hand. Sie haben das Gift an einem Fischbassin ausprobiert. Und die Tatsache, dass es erst nach drei Tagen gewirkt hat, fanden sie interessant. So etwas kriegt man nicht an jeder Ecke. Der Justizhauptmann hat Ludovico davon berichtet. Und der nahm das Gift an sich.»

«Für seinen Neffen», sagte ich.

«Genau. Und weil Alvaro in diesen Dingen offenbar einen gewissen Ruf genießt, wurde er dafür angeheuert.

Weißt du eigentlich, dass er in Pavia war, kurz bevor Gian Galeazzo krank wurde? Was für ein Zufall!»

Ich erinnerte mich, dass jemand das erwähnt hatte.

«Ein Schelm, wer Böses dabei denkt», sagte Giancarlo Bellapianta.

Plötzlich hob er den Kopf und lauschte. «Na endlich», sagte er. Hufgetrappel näherte sich. Und noch ehe die kerzengerade Gestalt in der enganliegenden weißen Kleidung zwischen den Bäumen hervorpreschte, wusste ich, dass es Batuhan war.

Direkt unter dem Korb brachte er das Pferd zum Stehen.

«Gut, dass wir nicht gewettet haben, wer länger in der Luft bleibt», rief er gut gelaunt zu uns herauf. «Sie sind ja immer noch nicht gelandet!»

«Sehr witzig.»

«In der Tat, sehr witzig, wie Sie da hängen», sagte Batuhan. «Aber Sie haben ja so oder so gewonnen. Sie sind einfach der bessere Erfinder. Ich werde für den Rest meines Lebens zu Ihnen aufschauen.»

«Sehen Sie lieber zu, dass Sie etwas erfinden, um uns hier runterzuholen», knurrte Giancarlo Bellapianta. «Ich lege keinen Wert darauf, dass Sie zu mir aufschauen.»

«Habe ich schon. Was mich gerettet hat, wird auch Sie retten.»

Und damit wendete er sein Pferd und sprengte davon.

Giancarlo Bellapianta stöhnte auf. Dann lachte er eine Weile in sich hinein.

Es dauerte nicht lange, und Batuhan war zurück, diesmal in Begleitung von einem Dutzend Männern. Er gab ein paar Kommandos, einer seiner Begleiter zog ein Bündel vom Rücken seines Pferdes und faltete es auseinander. Es war der seidene Schirm, an dem Batuhan zur Erde gesegelt war.

In Windeseile wurde der Stoff auseinandergezogen wie eine Plane. Zehn Männer hielten die Ränder straff. Das Tuch spannte sich und glänzte unter uns wie ein kleiner weißer See.

«Du zuerst!», sagte Giancarlo Bellapianta.

Widerwillig und mit zitternden Knien kletterte ich über den Rand des Korbes, holte einmal tief Luft und ließ mich fallen. Ich sauste hinab, ein Ziehen ging durch meinen Magen, dann fing der Stoff mich auf. Ich federte noch einmal hoch und kroch zum Rand, wo kräftige Hände mich auf die Beine stellten. Kaum hatte ich wieder festen Boden unter den Füßen, da plumpste auch schon Giancarlo Bellapianta auf das Tuch.

Den Rest des Tages wurde gefeiert. In der Spinnerei war ein riesiger Tisch aufgebaut worden, der sich unter der Last der Köstlichkeiten bog. Das war genau die Art von Fest, wie sie Bernardino Bellapianta immer gefallen hatte. Und es war, als könnte er sich jeden Moment unter die Gäste mischen.

Nach und nach trafen die Zuschauer ein. Schwatzend flanierten sie durcheinander und ließen uns immer wieder hochleben, auch Batuhan, den ansonsten alle begafften. Ob Sieg oder Niederlage, es spielte keine Rolle.

Paolo stand mit Laura am Rand des Geschehens und schüttelte den Kopf, während Ottaviano und Costanzo um ihre Beine herumkrabbelten. Obwohl ich mich zum Komplizen von Giancarlo Bellapiantas gottvergessener Anmaßung gemacht hatte, lächelte er.

Als die Besucher sich langsam zerstreuten, nahm Giancarlo Bellapianta mich beiseite.

«Lass uns nach Mailand fahren», sagte er leise. «Es gibt noch eine Überraschung.»

In einer langen Wagenkolonne ging es zurück zum Palast gegenüber von San Giorgio al Pozzo Bianco. Das Portal stand sperrangelweit offen, und Dutzende von Fackeln füllten den Innenhof mit warmem Licht. Der Anblick erfüllte mich mit Wehmut.

Giancarlo Bellapianta führte Batuhan und mich in seine Werkstatt, wo die beiden sofort über das Flügelgestell zu streiten begannen. Das Feuer im Kamin knisterte.

Die Tür öffnete sich einen Spalt, und ein Bediensteter steckte den Kopf herein.

«Er ist da.»

Dann schwang die Tür ganz auf. Ein massiger Mann in spanischer Tracht betrat den Raum, schwarzes Wams mit Silberfäden, enge Hose, Samtkappe. Eine scharfgeschnittene Nase. Dunkle Haut, stechende blaue Augen hinter halbgeschlossenen Lidern.

Es war Cem.

Ich wusste nicht, was ich sagen sollte. Cem stand da wie ein gerade aus einer Theaterkulisse getretener Statist. Doch die gleichgültige Schwermut, die noch in Rom so deutlich in seinem Gesicht gestanden hatte, dass sie sich wie von selbst auf das Papier drängte, war verschwunden.

«Das ist Salvatore Catalano», sagte Giancarlo Bellapianta. «Ein Geschäftsfreund meines Bruders aus Catanzaro. Er handelt mit Rohseide und hat ein paar Schwierigkeiten mit seinen Gläubigern, weshalb er für eine Weile bei uns bleiben wird. Er spricht nicht viel, so sind die Kalabresen. Wenn er den Mund aufmacht, versteht man ihn nicht immer, was an dem merkwürdigen Dialekt dort unten liegt. Sie nuscheln noch schlimmer als die Neapolitaner. Frag Paolo, der kennt sich ja damit aus.» Giancarlo Bellapianta hob einen Zeigefinger und sah mich durchdringend an. «Wichtig ist, dass du ihn niemals mit einem anderen Namen ansprichst und niemals irgendjemandem gegenüber ein Wort darüber verlierst, wer er möglicherweise sonst noch sein könnte. Nur wir drei hier sind eingeweiht, und das muss auch unbedingt so bleiben. Cem ist tot, wie uns allen bekannt ist. Sein Leichnam wurde in Neapel einbalsamiert. Irgendwann wird man ihn nach Konstantinopel bringen, doch bei dem ganzen Durcheinander, das im Augenblick herrscht, wird das noch eine ganze Weile dauern. Wenn der Sultan eines Tages feststellt, dass es sich bei dem Toten nicht um seinen Bruder handelt, wird er einen Wutanfall bekommen, aber er wird sich hüten, die Angelegenheit an die große Glocke zu hängen, dafür ist das alles viel zu unangenehm. Der Herr der zwei Kontinente lässt sich nicht auf diese Weise zum Narren halten. Und das ist auch gut so. Verstanden?»

Ich nickte, immer noch völlig überrumpelt.

«Wer liegt denn in dem Sarg?», fragte ich schließlich.

«Junge, es ist Krieg. Da kriegt man die Leichen im Dutzend hinterhergeworfen.»

«Aber wie …», begann ich.

«Batuhan hatte den Auftrag, Cem dieses Rasiermesser zu übergeben», unterbrach er mich. Die Klinge war in der Tat vergiftet. Aber unser Batuhan ist ein friedfertiger Mann. Er hat schon schlaflose Nächte, weil er mit Kanonen handelt. Gebe ich das richtig wieder?»

Batuhan lächelte dünn. «Meine Kanonen dienen den Streitern Gottes dazu, sich vor ihren Feinden zu schützen.»

«Gewiss, gewiss. Und unsere Seidentücher dienen den Kindern Gottes dazu, sich vor Kälte und Regen zu schützen. So leistet eben jeder von uns seinen Dienst an der Gemeinschaft. Nun denn.» Giancarlo Bellapianta wandte sich wieder an mich. «Einer der türkischen Diener war von

Bajazid angeworben worden, um die Sache mit dem Gift in aller Stille zu Ende zu bringen. Leider konnte Batuhan nicht herausfinden, welcher. Aber als ihr in Rom wart, hat er sich mit Ayas Bey getroffen, Cems Vorkoster. Ayas Bey war aus verständlichen Gründen der Einzige, bei dem Batuhan sich einigermaßen sicher sein konnte, dass er sich nicht an einem Giftmord beteiligen würde. Er bekam eine Menge Geld und den Auftrag, Cem zu warnen. Kannst du dich noch an den Kasten erinnern, den Batuhan Cem übergeben hat?»

Natürlich erinnerte ich mich.

«Neben dem Rasiermesser mit der vergifteten Klinge lagen zwei Phiolen darin. Duftwasser angeblich, in Wirklichkeit ein langsam wirkendes Gift und das zugehörige Gegenmittel. Diese türkischen Giftmischer sind uns wirklich um einiges voraus, das muss man sagen. Nachdem die Franzosen Cem mitgenommen hatten, weihte Ayas Bey ihn ein und verabreichte ihm das Gift. Cem wurde krank und simulierte zusätzlich einen recht überzeugenden Todeskampf. Eines Nachts ließ Ayas Bey die falsche Leiche herbeischaffen und von einem französischen Arzt begutachten, der Cem nie zuvor gesehen hatte. Dann wurde der Sarg geschlossen. Der echte Cem bekam das Gegengift und wurde als Soldat verkleidet aus der Stadt geschafft. Er war eine Weile unterwegs. Jetzt ist er in Sicherheit. Niemand vergreift sich ungestraft an jemandem, der in meinem Haus lebt.»

Ich war sprachlos. Ein weiterer Bediensteter schwebte herein und brachte eine Karaffe mit Wein. Nachdem er uns eingeschenkt hatte, hob Giancarlo Bellapianta sein Glas. «Auf meinen Bruder», sagte er mit Tränen in den Augen. «Und auf alle, die ein neues Leben bekommen haben.»

Fast hätte ich auch geweint.

Wir sprachen noch eine Weile über den Verlauf des unglaublichen Wettkampfs und weitere, die vielleicht folgen würden. Giancarlo Bellapianta fabulierte über eine noch größere Seidenblase, die sich über ein Tretrad mit Propeller in jede beliebige Richtung steuern lassen würde. Batuhan entwickelte die Idee weiter und meinte, ein senkrecht gestellter Propeller würde bessere Dienste leisten, weil sich der Auftrieb auf diese Weise beliebig lange würde aufrechterhalten lassen, sodass man nicht mehr durch das Erkalten der Luft zur vorzeitigen Landung gezwungen würde. Diesen Unsinn habe der unfähige Meister Leonardo schon längst und wie immer ohne Erfolg probiert, widersprach Giancarlo Bellapianta. So ging es noch eine Weile weiter. Irgendwann überließ ich die beiden ihren Erörterungen und ging nach draußen.

Die kühle Luft im Innenhof roch nach Frühling, und aus der Richtung des Warenlagers wehte der Duft von Zimt und Muskat herüber. Aber vielleicht habe ich das auch nur im Nachhinein dazugedichtet, weil es mich an Bernardino Bellapianta erinnerte.

Ich blickte auf das Haus von Bertrada Facchinetti, das trotz des gleichfarbigen Verputzes immer noch als Fremdkörper hinter der strengen Säulenordnung der Arkaden erkennbar war: Die Fensteröffnungen, unregelmäßig in Größe, Form und Anordnung, lagen nicht auf einer Ebene mit den regelmäßigen Spalieren der Fenster rechts und links davon. Das Dach hatte eine steilere Neigung. Die Traufe sprang weiter vor. Hier war kein Donato Bramante am Werk gewesen. Und plötzlich wurde mir der merkwürdige Umstand bewusst, dass ausgerechnet im Jahr meiner Geburt einer von Bernardino Bellapiantas Angestellten versucht hatte, dieses Haus in seinem Auftrag von Bertrada Facchinetti zu kaufen. Sie hatte ihn mit dem Schürhaken wieder hinausgejagt. Ich dachte an Laura und die Zwillinge, die hinter diesen Mauern schliefen, und ich beschloss, mich als ein würdiger Bewohner des Hauses von Bertrada Facchinetti zu erweisen. Denn so wie dieses Gebäude hatte auch ich mich in mein neues Leben eingepasst, nachdem alles um mich herum abgerissen worden war.

In dieser Nacht saß ich noch lange beim Kerzenschein am Tisch und dachte über die Zwillinge nach. Giancarlo Bellapianta hatte die Leere, die sein Bruder hinterlassen hatte, mit einer solchen Selbstverständlichkeit ausgefüllt, als wäre er schon immer dafür bestimmt gewesen. *Ich wollte niemals so werden wie er,* das hatte er behauptet, als wir zwischen den Baumwipfeln festhingen. Ich dagegen hoffte genau das. So werden wie Bernardino Bellapianta, das hieß, großzügig werden, unvoreingenommen und neugierig auf alles, loyal gegenüber allen, die man liebte, egal, ob man mit ihnen zusammen in einer Holzkiste vor irgendeiner Tür abgelegt worden war oder sie vor seiner eigenen Tür schwer verletzt gefunden hatte.

So war er gewesen, Bernardino Bellapianta.

Und ich beschloss, alles aufzuschreiben.

46 Tja, und das genau ist das Problem: Pandolfos maßlose Bewunderung für seinen Retter und Förderer, den großen Bernardino Bellapianta. Sein Bericht, bei dem diese Verehrung ihm die Feder geführt hatte, ist eine Hymne auf einen Mann mit vielen Bewunderern und vielen Feinden, einen Mann, den man liebte und hasste: Man liebte ihn für das, was er verschenkte, und man hasste ihn dafür, dass er es sich überhaupt leisten konnte, etwas zu verschenken, obwohl er aus dem Nichts gekommen war. Für Bernardino Bellapiantas moralische Schwächen fand Pandolfo sogar dann eine Rechtfertigung, als er erkannte, dass er selbst deren Opfer gewesen war. Wenn ihm das half, seinen Seelenfrieden zu finden, dann sei es ihm gegönnt.

Um nicht als Spielverderber dazustehen, erlauben wir uns dennoch, noch ein paar letzte Worte darüber zu verlieren, warum wir überhaupt und immer wieder, korrigierend bis zur Besserwisserei, in den Verlauf der Geschichte eingegriffen haben. Natürlich konnte Pandolfo nicht alles wissen, und sein Gedächtnis ließ ihn oft im Stich, als er später zu Papier brachte, woran er sich zu erinnern glaubte. Wir haben uns nicht jedes Mal eingemischt, wenn er sich an den Wortlaut eines Gesprächs nicht ganz genau erinnerte und nur aufschrieb, was ihm plausibel erschien. Dennoch haben wir ihm bisweilen den Mund verboten und die zweifelhaften und auf Hörensagen beruhenden Teile seines Berichts eigenmächtig herausgeschnitten, um der unbestechlichen Wahrheit näher zu kommen.

Keine Angst – die Frage, was Wahrheit ist, überlassen wir den Gelehrten. Dennoch kommen wir um den Hinweis nicht herum, dass wir hier nur einige wenige Steinchen aus einem Mosaik ausgewählt und enthüllt haben und dass sich jeder den ganzen großen Rest dazudenken muss.

Es ist dennoch etwas unbefriedigend, wenn ein Erzähler seinen Lesern einzelne Tatsachen vorenthält, die diese kennen zu müssen glauben, um seinen Bericht mit dem Gefühl weglegen zu können, dass alle Fragen beantwortet sind – weil er sie nicht beantworten kann oder weil sie aus seiner Sicht nicht Teil der Geschichte sind, sodass ihre Beantwortung nichts zur Sache tut. Da wir uns nun so oft unaufgefordert zu Wort gemeldet und mit unserer Allwissenheit geprahlt haben, kommt es auf dieses eine Mal auch nicht mehr an. Wer eine Schwäche für den Reiz letzter Geheimnisse hat, sollte an dieser Stelle lieber nicht weiterlesen. Alle anderen mögen uns verzeihen, dass wir auf alle Ausschmückungen verzichten. Wir reden hier über Ereignisse, die vor Pandolfos Geburt lagen, und über solche, die stattfanden, nachdem er die Schreibfeder für immer weggelegt hatte, weil er glaubte, alles gesagt zu haben. Springen wir ihm also noch ein letztes Mal bei.

Möchte jemand wissen, ob Bernardino und Giancarlo Bellapianta tatsächlich Zwillinge waren? Ja, das waren sie. Ihre Mutter war eine Prostituierte aus dem Bordell bei San Giacomo in Raude und hatte kurioserweise die Mutter von Luca il Rampeghín in das Gewerbe eingeführt. Der Vater der Zwillinge war einer ihrer Stammkunden, der sich verständlicherweise nicht für die Frucht seiner Ausschweifungen interessierte. Nicht genau genug? Also gut: Ihr Vater war der Hofastrologe des Herzogs Filippo Maria Visconti. Aus beruflichen Gründen verstand er viel von der Mechanik der Himmelskörper und von der Berechnung ihrer Bahnen, und offenbar gab er diese Fähigkeiten an seine überaus begabten Söhne weiter, deren Mutter tat, was nötig war, um möglichst schnell wieder an die Arbeit zu kommen: Sie legte die Kinder vor dem Tor des Klosters von Santa Maria di Lantasio ab, läutete die Türglocke und rannte weg.

Weitere Fragen? Fand Bernardino Bellapianta tatsächlich das Reich des Priesterkönigs Johannes? Nein. Die Edelsteine, die er von seinem Abstecher ins Landesinnere der Insel Ceylon mitbrachte, hatte er einem einheimischen Händler abgeluchst. War der Finger des Apostels Thomas echt? Nein. Es handelte sich um den Daumen eines Raubmörders, der kurz zuvor in Mailapur gehängt worden war. Erreichte Bernardino Bellapianta wirklich die sagenhafte Insel Cipangu? Nein. Allerdings war es keine Seeschlange, die ihn zur Umkehr zwang, sondern Trinkwassermangel an Bord.

Ermordete Alvaro wirklich König Ferrante, wie Paolo vermutete? Nein. Er war tatsächlich nur zur Regelung der Hinterlassenschaften seines Onkels nach Neapel gereist. Vergiftete er in Ludovicos Auftrag dessen Neffen Gian Galeazzo Sforza? Ja. Aber das wird so niemals in den Geschichtsbüchern stehen. Vom Töten konnte Alvaro übrigens nicht lassen: Neben seiner verlässlichen Tätigkeit als Verwalter des Imperiums von Bernardino Bellapianta vergiftete er im Lauf seines langen Lebens noch einen Papst, zwei Könige, drei Herzöge und vier Kardinäle, wurde nie erwischt und brachte es zu einem beträchtlichen Vermögen, das er der Kirche vermachte.

Damit hat unsere Zusammenfassung Pandolfos Geschichte auch schon überholt. Alle Leser, die ihn ins Herz geschlossen haben, dürfen aufatmen: Er lebte nach dem Ende seiner Aufzeichnungen noch weitere siebenundsechzig Jahre, setzte nie wieder einen Fuß nach Assago, zeichnete sein Leben lang, erreichte dadurch eine gewisse Berühmtheit und starb im Haus von Bertrada Facchinetti im Kreis seiner Kinder, Enkel und Urenkel, die ihm die Zwillinge und sechs weitere Kinder, die er mit Laura bekommen hatte, beschert hatten. Laura hielt seine Hand, als er starb, und folgte ihm acht Jahre später nach.

Das besagte Haus hatte Giancarlo Bellapianta ihnen nach der Geburt ihres achten Kindes geschenkt. Die Geschäfte seines Bruders führte er erfolgreich weiter und fand dennoch die Zeit, dann und wann mit seinem Fluggerät aufzusteigen. Niemand war in der Lage, seinen Einfall zu kopieren, weil niemand außer ihm genug Seide dafür auftreiben konnte. Achtzehn Jahre nach dem Tod seines Bruders kam er bei der Explosion einer Feuerwerksrakete ums Leben, die er mit einer Mischung aus zerstoßenen Edelsteinen gefüllt hatte, von deren Verglühen er sich eine nie zuvor von einem Menschenauge erblickte Farbe erhofft hatte. Der größte Teil seines Vermögens wurde in eine Stiftung überführt, die sich um Findelkinder und Waisen kümmerte. Von da an hieß es in ganz Italien, die Findelkinder und Waisen von Mailand würden in Windeln aus Goldbrokat gewickelt.

Cem lebte als Salvatore Catalano noch sechs Jahre in Mailand und kam ab und zu in den Palast, um sich mit Giancarlo Bellapianta zu betrinken.

Batuhan besuchte Mailand noch dreimal. Immer war er auf der Durchreise, und immer hatte er geheimnisvolle Aufträge zu erledigen.

Paolo zeugte elf Kinder mit Isabella – jawohl, genau der Isabella, die Pandolfo damals zu Laura geführt hatte – und blieb Pandolfos bester Freund. Irgendwann überrumpelte er ihn mit der Frage, ob es sein könne, dass Salvatore Catalano in Wahrheit Cem Sultan sei. Pandolfo gab eine ausweichende Antwort und gestand ihm die Wahrheit erst, nachdem Cem gestorben war.

Benedetto ging nach Asti, bis Ginevra ihn vor die Tür setzte. Später wurde er noch einmal in Turin gesehen.

Der kleine Salvo geriet auf die schiefe Bahn, kam ins Gefängnis und ging zu den Söldnern, die damals kreuz und quer das Land durchzogen.

Weitere Fragen werden wir nicht beantworten. Wer mehr wissen will, der soll die Schauplätze unserer Geschichte besuchen: die Piazza Verzaro, wo alles begann, den Palast gegenüber von San Giorgio al Pozzo Bianco, das Färberviertel, vielleicht sogar die Hallen der Spinnerei in Assago, wo Pandolfos Elternhaus stand. Vielleicht finden sich dort noch ein paar Menschen, die sich an ihn erinnern. Doch das muss nicht sein. Pandolfos Geschichte beweist, dass man auch ohne Erinnerungen seinen Frieden finden kann.

MIX
Papier aus verantwortungsvollen Quellen
FSC
www.fsc.org
FSC® C083411

Das für dieses Buch verwendete Papier ist FSC®-zertifiziert.